일범의 비범한
인생 이야기

이 책을 소중한

_____ 님에게 선물합니다.

_____ 드림

대학 졸업 때 아버지와

어릴 때 어머니와

형님, 사촌누나, 누나와 함께

엄마와 동생들

포스코 장학생들의 현장 실습

서대석 박사와 초기 IE실 직원

결혼

자아린

세빈

UPI 조업연수(사진 중앙이 필자)

안정준 사장으로부터 표창 수상

◀ 냉연부 간부들
(맨 왼쪽이 필자)

UPI에서 고락을 함께했던 선후배들과(흰색 상의가 필자)

▲▲ Bryce Canyon
▲ Crater Lake

비범한 선택의 삶에서 고군분투한
한 남자의 자서전

일범의 비범한
인생 이야기

일범 손영징 지음

갈림길마다, 또 고비마다 내가 선택하고 헤쳐온 비범한 인생길!

미다스북스

책머리에

   내가 나를 스스로 일범(一凡)이라고 하는 것은 내가 정말로 평범한 한 사람이기 때문이다. 우리 또래가 다 그렇듯이 6·25 전쟁 후, 가난한 시골에서 태어나, 누구나 가지고 있는 어릴 적의 추억을 간직하고, 도시로 공부하러 나가서 힘들게 자수성가하고, 산업 역군이 되어 국가 경제 발전에 나름대로 기여하고, 부모에게 효도하고 싶어도 마음뿐 늘 미안한 마음으로 살면서, '자식은 제대로 키우겠다'고 교육에도 투자한 소위 말하는 '낀 세대'의 평범한 한 사람인 것이다. 국가 정책에 대한 불만이 있어도 끼리끼리 술자리에서나 욕할 뿐 개선할 힘은 전혀 없고, 세금 꼬박꼬박 내는 봉급생활자로서 늘 쪼들리는 살림에, 수십 년을 살면서 아내에게 한번도 생일선물을 못 하는, 그러면서도 집에서는 큰소리치고 싶어 하고, 화나는 일은 술 먹고 풀려고 하는 서민 중의 서민인 것이다. 내가 돈도 없고 힘도 없으니 스스로 '일범'이라 하고, 속은 그렇지 않으면서도, 겉으로는 마치 인생을 달관한 사람처럼 행동하는 것이 나름의 도피는 아니었는지 부끄러운 생각이 드는 것도 사실이다.

   사람의 인생이 한번도 좌절하지 않고 자신이 원하는 대로 곧게 나가는 사람은 아마 없을 것이다. 인생의 이러한 갈림길에서 부모든, 선배든, 스승이든 누군가의 조언은 도움이야 되겠지만 결국 선택과 책임은 자신의 몫이다. 내게는 조언해주는 사람도 많지 않았지만, 워낙 고집이 세고, 나름대로의 자신감이랄까 이런 것도 있었는데, 돌이켜보면 나는 상황이 달라질 때마다 너무나 임기응변으로 대처해 온 것 같다. 갈림길마다, 또 고비마다 내가 선택하고 헤쳐온 길이 다른 사람들과는 조금 달랐다는 생각이 든다. 이름은 '일범'이지만, 내 생각과 살아온 삶은 아내의 표현대로 결코 평범하지 않은 '비범'이었는지도 모르겠다. 대학을 졸업한 후 40여 년간 직장생활을 한 후 퇴직을 하고 보니, 내가 살아온 이야기를 남기고 싶어졌다.

이 책은 기본적으로 나의 자서전이다. 전반부는 나의 부모, 형제, 고향 등 어릴 때부터 대학을 졸업할 때까지의 성장 과정에 관한 내용이고, 중반부는 한국에서 20년, 미국에서 20년간 살아온 봉급생활자로서의 전쟁 같은 직장생활 이야기다. 내용은 다소 생소할 수도 있으나, 고군분투하고, 주어진 상황에서 최선을 다하는 한 직장인의 삶이라고 봐주었으면 좋겠다. 후반부는 내가 살아오면서 틈틈이 기록해둔 글들을 모아놓은 것인데, 특히 '불편한 나라, 미국'이라는 부제를 붙인 미국 생활 얘기는 한국에서 미국으로 유학 또는 이민 가는 분들에게 조금이나마 도움이 되었으면 좋겠다. 미국이 선진국이고 살기 좋을 것 같아도 실상은 그렇지가 않다. 미국 생활에 잘 적응하려면 많은 시행착오를 거칠 수밖에 없다. 미국에 정착해 잘살고 있는 교민들에게 박수를 보낸다.

2021. 10
일범 손영징

차례

제2부 나의 포스코 이야기

1장 포스코 시절(1)

2장 포스틴 시절

3장 포스코 시절(2)

제4부 나의 글

1장 고등학교 때 쓴 글들

2장 대학 시절 쓴 글들

3장 공장장 시절 쓴 글들

4장 불편한 나라, 미국

일러두기

• 영문의 한글 표기를 포함한 일부 단어 및 문장의 경우, 생생함과 현장감을 위하여 표준표기나 맞춤법에 맞지 않게 교정하지 않았음을 밝힙니다.
• 일부 영단어에 한글 표기가 따로 달려 있지 않음은 당시의 생생함을 그대로 살리기 위함입니다.

제1부

나의 성장 이야기

1장

가족과 고향

아버지

손석현(孫石鉉), 1919년 음력 7월 14일 생, 자(字)는 송암(松岩), 택호(宅號)는 소바우댁. 할아버지 손진희와 할머니 이종천(여주 이씨)의 2남 3녀 중 장남으로 태어나셨다.

그 당시 나의 할아버지는 머슴을 둘씩 데리고 농사를 짓는 부유한 집이었고, 아버지의 어린 시절은 서당에 한학을 배우러 다녔다니 유복했던 것 같다. 그러나 아버지가 일곱 살 때에, 할아버

대학 졸업 때 아버지와

지의 빚보증 관련 송사(訟事)로 인해 가사가 기울어지면서 아버지의 고생은 시작되었다.

열여덟 살 때는 북한의 남포에 있는 나무 공장에 돈 벌러 간 적도 있고, 일제 말기에는 징용으로 끌려가 일본의 한 탄광에서 죽을 고생을 하다가, 탄광 내의 대변 정화조 속으로 들어가 밖으로 탈출함으로써 목숨을 건져, 해방을 맞이한 우리 역사의 한 증인이시다. 일제로부터의 해방과 더불어 귀국하여 밀성 박씨와 결혼하여 얻은 첫아들은 갓난아기 때 잃고, 1947년 둘째 아들을 얻었다. 1952년 음력 2월 19일에는, 아침엔 아버지가 돌아가시고, 저녁엔 처를 잃는 모진 운명을 겪으셨다. 같은 해, 15살 어린 경주 김씨 김복돌과 재혼하여, 3남 3녀를 낳았으나, 아들 하나는 어릴 때 잃었다.

6 · 25 전쟁 전후와 가난했던 5, 60년대에 끼니를 해결하기 위해 새벽부터 밤늦게까지 일을 해야만 했고, 80세에 돌아가실 때까지 평생을 가난과 싸우시고, 친척분들의 거들먹거림과 맞서고, 잘못된 관습에 대해 늘 손해 보면서도 단호히 대항해 왔던 올곧은 분이셨다. 집에서는 가부장적이었고, 아내에게 사랑한다는 말을 평생 해본 적이 없고, 아무리 당신의 판단이 틀렸더라도 처자식들에게는 '내가 잘못했다' 고 하지 않으셨으며, 자식을 키울 때는 칭찬보다는 매(회초리)와 고함이 앞섰으며, 마음속에 있는 따뜻한 정은 늘 바깥으로 표출하는 걱정과 후회로 덮어버리셨다. 동네에서 어른들이 함께 담장을 쌓을 일이 있으면 항상 돌의 모양에 따라 담을 쌓는 일을 담당하신 손재주가 야무진 분이셨고, 독학으로 한글과 한자를 익히고, 소설 춘향전 책 한 권을 통째로 외우시고, 동네 농악에서는 꽹과리를 치시면서, 지신(地神)을 밟을 때면 늘 지신풀이 가사를 창(唱)하시는 역할을 담당하신 머리가 아주 좋은 분이셨다.

생신상을 받으신 아버지

　정부 소유 임야를 개간하여, 한 해 여름에 고구마를 60가마니나 캐내어, 식량 문제를 해결하자, 아버지의 개간을 비웃던 동네 사람들이 앞다투어 온 산을 경작지로 바꾸었으며, 60 평생을 모아 이룬 천수답 일곱 마지기를, 스스로 저수지를 파서, 가뭄과 홍수를 대비하도록 해, 다른 사람들의 천수답과는 비교가 되지 않을 정도의 옥토로 만든 창의력이 뛰어난 선구자셨다.

　젊었을 때는 먹고살기 위해서는 공부보다는 일하는 것이 우선이었으나, 어느 정도 먹거리가 해결된 노년에는, 자신이 배우지 못했고, 집안의 누군가가 높은 벼슬을 못 한 게 최대의 한(恨)이어서, 자식들 중에 검, 판사가 나오는 게 꿈이었고, 심지어는 파출소장이나 면장이라도 되기를 간절히 바라셨다.

노년에 고관절 수술로 다리가 불편하신 데다, 백내장 수술로 시력이 좋지 못하셨고, 천식이 심해 나들이하기도 어려운 상황에서, 고생하며 공부시킨 자식들은 다 도시로 나가 자주 찾아오지도 못하자, 아침저녁 문안 인사하는 자식이 효자라 생각하시는 당신께서는 하루하루의 생활이 외로움과의 투쟁이었다. 생전에 선산 부모님 묘 아래에 묻힐 곳을 정리해두시고, '陰 5월 20일 밤 11시 卒'이라는 메모를 스스로 남기시고 생을 마감하셨다.

아버지, 그는 우리 부모 세대의 역사 그 자체였다.

어머니

어머니는 김복돌(金福乭), 경주 김씨, 1934년생 개띠다. 외조부모의 1남 4녀 중 둘째로 일제 시대 일본에서 소학교를 다니다가 귀국했기 때문에 신식 여성이었다. 현금을 가지고 귀국한 외할아버지는 그 돈으로 논밭을 사두었으면 자식들에게 좋았을 것을, 커다란 집 한 채만 덜렁 사고, 남은 돈은 생활비로 계속 까먹

어릴 때 어머니와

어만 가다가, 외할아버지와 외할머니가 갑자기 돌아가시게 된 뒤로는, 어머니의 어린 형제들은 밀양군 평촌리의 여러 친척집에 뿔뿔이 흩어져 살아야 했다.

나이 열여덟 살에 중매로, 서른세 살의, 다섯 살 난 아이가 있는 밀성 손가 집안의 가난한 농부 손석현의 재처로 결혼하였다. "누나만 살러 가냐?, 언니만 살러 가냐?"는 동생들의 울음을 뒤로한 채 시집온, '양반 집안, 밀성 손씨, 오한공파 4대 종손집'은 하루하루 끼니를 걱정해야 하는 가난과의 전쟁 그 자체였다.

생활력이 강했던 어머니는, 그 당시에는 양반집 새댁으로서는 상상하기 힘든 생활 전선에 직접 뛰어들었다. 사과 장사, 개 장사, 두부 장사, 옷 장사… 40여 년을 때로는 이 마을, 저 마을을 떠도는 보따리 장수로, 때로는 시골 5일장의 시장 바닥 한 귀퉁이를 지키는 장터 지킴이로, 억척 아지매였다. 마을마다 돌아다니면서 개를 사다가, 새벽 1~2시에 일어나 50리 길 밀양장까지 5마리나 되는 개를 끌고 가서 팔아 오시곤 했고, 15년 동안 집에서 손수 두부를 만들어, 잔칫집, 제삿집, 명절은 물론, 온 마을의 반찬거리와 긴긴 겨울밤 야식거리를 제공하셨다.

시골 학교 운동회가 되면, 학부모 달리기 대회에 나가 반드시 고무신이나, 냄비 같은 상품을 타 오셨는데, 체력도 남달랐겠지만, 반드시 일등해야 한다는 의지력이 누구보다도 강했기 때문에, 달리기에서는 늘 일등이었다. 한번은 상품은 타 와야겠는데, 운동회가 늦게 끝나는 바람에, 늦게 귀가하게 되어, 할머니의 저녁상을 봐 드릴 수가 없게 되었다. 이 때문에 숙부랑 싸움이 되어, 몇 년간을 형제 간에(아버지와 숙부) 말도 하지 않고 지낸 경우도 있었으나, 어머니는 이런 것에 전혀 흔들림 없이 어떡하든 억척스럽게 생활을 꾸려나가셨다.

어릴 때 헤어진 형제자매들을 자주 만나지도 못하고, 막냇동생은 아직도 어디 사는지도 모르는 한(恨)을 간직한 채, 친정 조카들의 소식을 접하고 눈물지으며, 만날 기회가 생기면 천 리 길도 주저하지 않는 우리 앞 세대의 또 다른 한 증인의 삶을 살아오신 분이다.

내 결혼식 때의 부모님

일본서 소학교를 다니다 온 게 학력의 전부라, 한글을 자유롭게 읽고 쓰지를 못했으나, 옷 장사 20년 동안 100명이 넘는 외상 손님의 거래 내역을 전부 외우고 계시는 기억력의 천재이시고, 뭐든지 숨기거나

에둘러 말하지 않고, 직설적으로, 면전에서 바로 말해서 싸움이 되기도 하고 오해도 많이 받았지만, 뒤끝은 전혀 없는 화끈한 성격이시다.

꼼꼼하고, 고리타분하고, 늘 비판적이던 아버지와는 반대로, 항상 낙천적이며, 활동적이고, 개방적이시다. 중풍으로 쓰러져, 40년간 해오던 장사를 그만둔 뒤에도, 아버지께서 돌아가시고 시골집에 혼자 살고 계셔도, 자식들이 모두 객지로 나가 연락을 잘 하지 못해도, 외로워하거나, 누구를 탓하거나, 하소연하는 일이 없으셨다. 여행을 좋아해, 계를 모아 틈만 나면, 국내외로 여행도 다니시고, 3개 TV 채널 연속극의 시간과 스토리를 다 외우고 계시며, 외국 영화도 좋아하셔서 심심할 겨를이 없으셨다.

외국 사는 아들이 오랜만에 안부 전화를 드려도 "그 먼 데서 말라꼬 또 전화했노? 나는 괘안다. 느그는 잘 있나? 아~들은? 고마 끈어라. 전화비 마히 나온다"가 대화의 전부이시다. 말년에 치매에 걸려 요양원 생활을 오래 하셨다. 일제 강점기, 전쟁, 그리고 산업화를 살면서 고생이란 고생은 다 하신 우리 근대사의 억척 아줌마였다.

나는 아버지의 세심하고 빈틈없으면서도, 때로는 불같이 화를 내는 성격과 어머니의 낙천적이고 대범한 성격이 조합된 이중성격자 같다.

형제자매

부모님은 3남 3녀를 두셨다.

형님, 사촌누나, 누나와 함께

형님 손영달(孫永達)은 47년 음력 9월 14일 생으로 사실 나의 이복형이다. 어릴 때 친어머니께서 돌아가시고, 다섯 살 때 계모를 맞았다. 아버지가 워낙 가난하여 끼니를 이어가기 힘든 가정 형편이어서, 초등학교 졸업 후 중학교에 가지를 못했다. 중학교 선생님이 '학교 급사(給仕)를 하면서 학비를 면제받고 공부하라'고 추천했지만, '일할 사람이 없다'는 아버지의 반대로 결국 진학을 하지 못했다. 집에서 아버지를 도와 일을 하면서도, 강의록을 받아보면서 중학 과정을 혼자 공부했다. 아버지에게는 늘 순종했지만 스무 살 때는 집을 떠나, 인천에 있는 국립청소년직업훈련소로 갔다. 목공과를 졸업한 후에는 바로 군대 입대를 하여 경기도 이천, 광주 지역에서 군 복무를 했다. 제대 후 도시로 바로 나갔더라면 형님의 인생은 크게 달라졌을 텐데 그러지를 않고, 형님은 고향으로 돌아왔다. 가정 형편이 좀 나아지기는 했으나 여전히 가난하였다. 얼마 안 되는 농사일을 하면서 집안 제사 때는 축(祝

文), 지방(紙榜) 쓰는 걸 전담할 정도로 필체가 좋았다.

 스물여덟에 서울로 가서 경량 천정, 전동 샷다 같은 건축 기술을 배워 부산으로 와서는 평생 이 분야의 건설하청업을 하신다. 부산에서 김난순과 결혼하여 외동아들 홍배(弘培)를 두었다. 홍배라는 이름은 '홍익인간을 기른다'는 뜻으로 내가 지어주었다. 형님은 사업, 특히 하청업을 하기에는 어울리지 않는 성격이시다. 좋게 표현하면 마음이 너무 좋고, 나쁘게 표현하면 사기꾼들이 득실거리는 현대를 살아가기에는 부적합한 무골호인이다. 밤낮을 가리지 않고 열심히 일하고도 부도를 내고 도망가버리는 원청 업체 때문에, 공사 대금을 받지도 못할 뿐만 아니라, 받아둔 어음은 휴지조각이 돼버리는 일이 한,두 번이 아니었다. 아버지가 평생 일군 사과 밭을 팔아 사업에 보탰지만, 다시 부도를 당해 유일하게 남은 집 한 채도 넘어갈 형편인 적도 있었다. 형제자매들의 도움으로 집은 지켰으나, 본인 명의로는 재산도 통장도 가질 수 없는 불편한 상황이 되었다. 자신의 생활이 그러함에도 집안대소사를 빠짐없이 챙기고, 문중 행사에는 솔선수범 나서는 5대 종손(宗孫)이시다. 사기를 당하면서도 자신의 가족과 직원 가족들의 생계를 위해 건설하청업을 그만둘 수도 없는 상황에서 '언젠가는 이 사회도 정의가 살아나고, 힘없는 하청 업체도 일한 대가를 제대로 받을 날이 있을 것'이라는 믿음을 잃지 않는 순수한 분이다.

 누나 손영필(孫永畢)은 53년 음력 6월 6일 생이다. 두 살 차이인 나와는 어릴 때 참 많이도 싸우면서 컸다. 그때의 가정 형편은 어지간하면 중학교를 보낼 수도 있었으련만, 아버지는 딸이라는 이유로 중학교를 보내지 않았다. 그러나 누나는 남자 못지않게 집안일을 하면서도, 10리 길이나 떨어진 야간학교를 다니면서 중학 과정을 공부했다. 성품이 착하고 부지런하여 동네 어른들로부터 최고의 신붓감으로 꼽혔는데, 부유한 집안의 막내아들인 진해홍(陳海洪) 씨와 중매로 결혼하여 정우, 정식 두 아들을 두었다. 쪼들리는 살림은 아니었지만 신혼 시절부터 조그만 구멍가게를 차려 생활비를 벌어나가고, 남편의 봉급과 전답에서 나오는 소득은 꼬박꼬박 저축을 하는 억척 아지매가 되어갔다. 20년 가까운 세월을 동네 슈퍼마켓을 운영하면서도 허튼 돈을 쓰는 법이 없었다.

애들도 커서 삶의 여유를 찾을 만한 나이가 되면서, 인생의 새로운 의미를 찾아가는 데 열심이시다. 가난해서 못 배웠던 게 한(恨)이 되어, 꽃꽂이, 수영, 서예 등 배울 기회만 있으면 뭐든지 열심이고, 등산, 여행, 불교 성가대 활동 등 취미 생활도 다양하고 적극적이다. 친정 부모와 가까이 있어 자주 찾아뵙고 문안드리며, 무슨 때마다 선물이나 용돈을 드리는 진정한 효녀이고, 시집에서는 막내이면서도 시부모를 비롯한 조상 제사를 모시는 착한 며느리이다. 친정 형제자매가 생활이 어려울 때는 물심양면으로 도움을 주는 정이 많은 분이며, 하춘화를 닮은 외모에 노래도 잘하는 한국의 강한 아줌마이다. 자신의 씀씀이는 대단한 구두쇠이면서도 처가일이라면 큰돈을 내놓는 자형(姉兄)에게도 늘 고마움을 느낀다.

내 밑으로는 영창이라는 남동생이 태어났으나 일찍 죽었고, 나보다 네 살 어린 손영이(孫永伊)는 나의 자랑스런 여동생이다. 학교를 졸업하고 부모를 도와 농사를 지었는데, 그 야무진 솜씨가 남자들보다 훨씬 뛰어났다. 우수한 두뇌, 뛰어난 필체, 비상한 손재주를 가져, 장사일로 가사에 좀 소홀했던 어머니를 대신하여 살림을 꾸려나갔고, 직장으로, 학교로 해서 도시로 나가버린 오빠들을 대신하여 농사일도 도맡아 했으나, 잔소리가 심하고, 마음속에 품은 정(情)을 겉으로 표현하는 적이 없는 아버지와는 함께 살면서 무던히도 티격태격했다. 집안에서는 영이의 손길이 닿지 않으면 아무 것도 안 되었다.

통일산업에 다니던 착한 남자 김태종(金泰鐘)과 중매 결혼하여 정현, 현우 두 아들을 두었다. NC Machine의 설치 및 수리 업체로 사업을 시작한 남편의 일이 순조롭지 못해 생활이 넉넉지 못했으나, 타고난 부지런함과 뛰어난 손재주를 묵혀둘 영이가 아니어서, 집안에서 밀빵을 쪄서 시장에 내다 팔고, 바느질을 하여 생활비를 벌었다. 시부모나 시댁 식구에게도 항상 정성을 다하여, 신혼 초에 약간 미움 받은 적도 있었으나 가장 사랑받는 며느리가 되었다. 친정 부모나 자매지간에도 틈나는 대로 물심양면의 도움을 주는 자랑스러운 딸이다. 남편의 사업이 잘 풀리면서 생활에 여유가 생겼으나 결코 자만하지 않고, 계속 개량한복이나 승복(僧服)을 만든다. 특히 독실한 불교 신자가 되어 어려운 이웃을 위해 늘 봉사하며 살고 있고, 남편은 어느 사찰의 신도회장을 맡는 독실한 불교 신자이면서 사업을 키워나가 탄탄한 중소기업으로 키웠고, 끊임없이 공부도 병행하여 박사학위를 취득했다.

둘째 여동생 손필자(孫必子)는 언니들과는 나이 차이가 많아 집안일에서 비교적 자유로웠다. 아버지가 아들을 바라고 있었는데, 딸이 태어

났으므로 이름을 '必子'라
고 지었다고 한다. 얼굴이
예쁘고, 노래도 잘하며 비
교적 신세대적 사고방식
으로 살아간다. 학교를 졸
업 후 모 화장품 회사의 미
용사원으로 뽑혀, 가정집
을 방문하면서 화장법도
가르쳐주고 화장품도 판
매하는 직업을 가졌는데,
어느 날, 어느 집을 방문했
다가 '마음에 드는 언니감

엄마와 동생들

을 발견했'고 나에게 소개를 시켜줬다. 그 아가씨가 내 아내가 되었
으니 필자는 나에게 가장 큰 선물을 한 셈이다. 나는 동생에게 우리 형
제의 항렬자를 따서 영실(永實)이라는 이름을 지어줬다. 부산의 미남 청
년 정철영(鄭喆永)과 연애 결혼하여 나래, 유리 두 예쁜 딸을 뒀다. 맏며
느리가 아니지만 신혼 때부터 시어머니를 모시고 살았으며, 예식장 미
용사, 보험사원 등으로 맞벌이를 한다고 바깥생활이 바쁘다. 생활이
늘 쪼들려 언니들의 도움을 받으면서도, 술도 잘 먹고, 노래도 잘하고,
항상 낙천적으로 살아가고, 또 패션 감각도 뛰어난 신세대 아줌마다.
꾸준히 해온 보험설계사 일은 워낙 고객 관리를 잘한 덕분에 10여 년
간 보험왕을 놓친 적이 없을 정도로 사교력과 인간성이 뛰어나다.

막냇동생 손영목(孫永睦)은 나와는 열 살 차이가 난다. 나는 내가 살아

오는 동안 어떤 중요한 진로 결정을 해야 할 때마다 나에게 조언을 해주는 사람이 항상 아쉬웠다. 모든 결정은 내 스스로 해야 했고, 그 결과가 어떻든 내가 헤쳐나가야 했기 때문에, 미리 인생을 경험한 형으로서 동생 영목이에게는 좋은 조언자가 되리라고 다짐했다. 나는 군대를 제대하고 3학년에 복학했을 때, 아버지께 '영목이는 제가 맡겠습니다'라고 말씀드리고, 시골 중학생이던 동생을 부산으로 전학시켜, 함께 자취 생활을 하면서 중학교를 보냈다. 동생은 내가 취직이 되어 포항으로 간 후에는 형님과 함께 살면서 브니엘고등학교를 다녔다. 나는 동생에게 '너는 나와 닮은 점이 너무 많다. 나는 어찌어찌 해서 공대로 갔지만 내가 보기에 너의 적성은 문학 쪽이다. 국문학이든 영문학이든 하여간 문학 방면으로 가라'고 조언했다. 내가 포스코 서울사무소로 발령이 나서 서울에 근무할 때는, 재수하는 동생과 잠시 함께 생활하기도 하였다. 재수하면서 '어느 대학을 갈까' 고민하던 동생에게 나는 고려대를 권했다. 내가 고려대 경영대학원에 다니기도 했지만, 경상도 사나이인 동생의 성격을 봐서는 고려대가 어울릴 것 같았다. 나는 다시 포항으로 내려왔지만, 동생은 내 뜻대로 고려대 국문과에 합격이 되었고, 나는 동생에게 1년 정도는 기숙사 생활을 하도록 조언했다.

그 후 나는 직장일에 몰두하느라 여념이 없어, '동생은 거저 공부 잘하고 있으리라' 믿었는데, 나중에야 알았지만, 객지에서 혼자 생활하던 동생은 부모형제의 바람과는 반대로 공부는 뒷전이었고, 반미와 독재타도를 외치는 학생운동권에 깊숙이 빠져들어갔다. 동생은 기숙사를 나와 자취를 하면서 그 당시 전대협을 이끌던 이인영, 허인회, 임종석 등과 친해졌고, 한때는 고려대 최고의 화염병 제조 기술자로 이름을 날렸고, 또 경찰의 포위망을 뚫고 도망가는 데도 일가견이 있어 한 번도 신분이 노출되지 않았다. 1986년 10월 28일 터진 건국대 사건은 1,290명의 대학생이 구속되면서 건국 이래 최대의 공안 사건으로 기록되었다. 그 당시 나는 자민투, 민민투, 애학투 같은 학생운동 조직이 뭐가 다른지 관심도 없었으나, 구속자 명단에 동생의 이름이 있는 걸 보고 나서야 사태의 심각성을 깨달았다. 포항에서 영등포구치소로, 안양교도소로 면회를 다니는 것도 힘들었지만, 동생과의 대화에서 주체사상에 빠져들어 있는 동생의 생각이 나를 더욱 힘들게 했다.

그러나 내게는, 동생에게 면회 가는 일보다, 실의에 빠진 아버지와 실망한 형제자매들을 안심시키는 일보다 더 중요한 일이 있었다. 그것은 동생이 학교를 계속 다닐 수 있게 하는 일이었다. 내 힘으로 된다는 보장은 없었지만, 정말로 절박한 마음으로 고려대학교를 들락날락거렸다. 각 대학의 흐름을 보니 구속된 학생들을 제적시키지는 않을 것 같았다. 그런데 영목이는 그동안 학교공부를 등한시한 결과 성적불량으로 이미 두 번의 학사경고를 받은 상태였다. 고려대 학칙에 의하면 학사경고가 세 번 누적되면 출학처분을 당하게 되어 있었다. 차라리 데모로 인해 제적당하면 나중에 사면, 복권될 경우 복학이 가능했지만, 이유야 어떻든 성적 미달로 출학당하면 복학이 불가능했다. 따라서 건국대 사태로 구속된 동생의 2학년 2학기 성적이 그대로 인정된다면 동생은 출학 대상이었다. 나는 고려대 교학처를 찾아서 아무나 붙들고 하소연을 했다. '구속된 학생들을 제적시키지 않는 것은 좋다. 그러나 시험을 아예 치르지 못했으므로 성적을 인정해서도 안 된다.' 왜냐하면 성적을 인정하는 순간 동생은 학사경고 세 번 누적이 되어 출학당하기 때문이었다.

  동생은 6개월간 교도소 내에서 다른 운동권 학생들과 많은 토론을
한 것 같았다. 그리고 드디어 프롤레타리아 혁명이론에서 모순을 발
견하고는 많은 고민을 한 모양이었다. 나는 주체사상의 유혹을 뿌리치
고, 자유민주주의 건전한 시민의식으로 돌아온 동생이 한없이 고마웠
다. 하늘이 복을 내려주심인가? 학교는 동생의 2학년 2학기 등록 자체
를 무효 처리함으로써 내 동생에게 계속 공부할 수 있는 기회를 터줬
고, 또한 '평균 B 이상의 학점을 취득하면 장학금을 주겠다'라고 했다.
한편 정부에서는 '건국대 사태로 구속된 학생은 군대를 가지 못한다'고
했으니, 동생은 인생의 큰 경험도 하고, 황금같은 시기에 군 면제도 받
고, 새 사람도 되었으니 일석삼조였다.

  마음을 다잡고 공부에 전념한 동생은 무사히 대학을 졸업했고, 한때
요절한 무협작가인 서효원 씨와 함께 거연(巨然)이라는 필명으로 무협
지를 쓰기도 하고, KBS TV 〈아침마당〉의 Scripter 생활도 했으나, 작
가 윤혁민 씨의 지도로 결국은 KBS 전속 드라마 작가가 되었다. KBS
에서 대학생들(이병헌, 고소영, 박소현, 김정균 등 출연)의 청춘 드라마인 〈내일
은 사랑〉을 쓰면서 드라마 작가로 데뷔를 하여, MBC에서 손지창, 장
동건, 심은하, 허준호, 이종원, 이상아, 신은경 등 후에 쟁쟁한 스타가
된 사람들이 출연하는 농구 드라마 〈마지막 승부〉를 쓰면서 크게 인기
를 얻었다. 그 후 KBS에서 〈머나먼 나라〉(백상예술대상 수상), 〈누나의 거
울〉, 〈천추태후〉, 〈프레지던트〉 등 여러 극본을 썼고, MBC에서는 〈메
이퀸〉(MBC 올해의 작가상 수상), 〈황금무지개〉, 〈화려한 유혹〉, 〈도둑놈 도

둑님〉 등을 썼다. 1994년 어머니의 회갑연을 열었을 때는 그 당시 〈내일은 사랑〉에 출연 중이던 탤런트 김정균, 이재형 씨 등이 밀양까지 내려와 함께 놀면서 축하해주어서 기분이 좋았다. 〈누나의 거울〉에서 '누나의 모델은 큰누나냐? 둘째 누나냐?'로 서로 티격 대는 누나와 동생 영이의 모습이 보기 좋고, 〈바람꽃〉의 주인공 '영실'은 내가 동생 필자에게 지어준 이름이라 더욱 정겹다. 또한 동생의 결혼식이나 조카의 돌잔치 등 행사가 있을 때면 TV에서나 보던 탤런트들을 직접 만날 수 있어, 방송작가인 동생이 자랑스러웠다. 동생은 산하, 운하, 율하 세 아들을 두었는데, 드라마 〈도둑놈 도둑님〉에서 어느 주택의 이름이 '산운율'로 나올 때는 그저 미소가 지어졌다.

내가 고등학교를 다닐 때인데, 여름방학 기간 중의 무더운 어느 날, 우리 식구들은 아버지와 삼촌이 함께 개간한 산등성이의 콩밭을 메고 있었다. 콩밭의 넓이가 워낙 커서 하루 종일 뙤약볕 아래서 호미질을 할 생각을 하니 한숨이 나왔다. 나는 '어떡하면 그 지루함을 이겨낼까' 하는 생각 끝에 누나와 동생들에게 와룡생의 무협소설 『군협지』를 들려주었다. 서원평, 자의소녀, 소림의 혜자배 고승 혜공, 혜인, 혜과, 혜생, 원통방장, 신주일군 역천행, 신개종도, 남해일기, 일궁이곡삼대보(현무궁, 귀왕곡, 천독곡, 사가보, …) 귀왕곡주의 두 딸 정령과 정봉 …. 나는 아직도 그 소설의 등장인물들의 성격을 다 기억하고 있을 정도로, 그 당시는 거의 달달 외우고 있었다. 내 얘기와 함께 하루 종일 지겨운 줄 모르고 콩밭을 맸는데, 그때 동생 영목이는 일곱 살인지 여덟 살인지 그랬는데, 나는 영목이가 내 얘기를 듣고 있는지도 몰랐다. 방송작가가 된 후 동생은 "그때 형님의 얘기를 너무 재미있게 들었던 것이 오늘

날 제가 작가가 된 동기였습니다."라고 했다.

고향

내 고향 밀양(密陽)은 신라, 고려 때는 밀성(密城)으로 불렸으며, 조선시대에는 영남에서는 경주, 안동, 상주, 진주와 견주는 큰 고을이었다. 조선에는 4대루(四大樓)가 있었는데, 평양의 부벽루, 남원의 광한루, 진주의 촉석루, 밀양의 영남루가 그것이다. 밀양은 충의와 예절의 고장으로서 밀성 박씨와 밀성 손씨의 관향(貫鄉)이다. 조선 초 성리학자 점필제 김종직과 승병장 사명대사의 고향이며, 많은 열녀, 효부가 태어난 고장이다. 내가 태어난 마을은 산내(山內)면 송백(松柏)리 옥정동(玉井洞)이란 곳인데, 풀이해보면 '깊은 산 속, 소나무와 잣나무가 우거진 곳에 구슬처럼 귀한 샘이 있는 마을'이란 뜻이니 좋은 정기를 받고 태어난 것 같다. 지금은 영남의 알프스라 불리는 가지산, 운문산, 천황산, 재약산이 어우러지는 그곳에, 얼음골과도 과히 멀지않은 우리 동네에는 실제로 한여름에 아무리 가물어도 물이 마르지 않는 샘이 있었다. 게다가 나의 생일이 견우와 직녀가 일 년에 한 번 오작교에서 만난다는 칠월 칠석이니 일시(日時)도 잘 타고난 것 같다.

우리 마을은 손씨 집성촌이라 100여 호 가구 중 반 이상은 친척집이었다. 대부분 아재, 아지매뻘 아니면 할배, 할매뻘이었다. 나의 형님 또래와 누나 또래만 하더라도 주로 손씨끼리 어울렸지만, 나는 형, 누나와는 달리 타성(他姓)들과 주로 놀았다. 동갑 내지는 함께 어울렸던 친구로, 손씨 중에는 손영달, 손영수, 손법현, 손영현, 손영준, 손영의, 손갑순, 손경순, 손월현 등이 있었고, 타성으로는 이수태, 이수천, 이수오, 이주석, 변종득, 변종필, 손영희, 손일수, 황양순 등이 있었는데, 나는 주로 수태, 수천, 수오, 주석이,

고향 친구들(앞줄 오른쪽이 필자)

종득이, 그리고 영현, 영준이와 어울려 다녔다. 수태가 골목대장이었고 수천이가 그 다음으로 야무졌고, 나를 포함한 나머지도 대강의 서열은 있었으나 대부분 수태의 지시를 따랐다.

어릴 때 우리 집은 참 가난했으나, 모두가 그렇게 살았으므로 나는 가난이 뭔지를 몰랐다. 친구들이랑 함께, 봄이면 송기(새로 난 소나무 가지)를 분질러 깎아 먹거나 밀싸리(완전히 영글지 않은 밀을 베어다 불에 그슬려 먹는 것)도 했고, 여름이면 마을 뒷산에서 딸기, 오디, 깨금, 개암을 따먹고, 도라지, 짝두싹, 더덕 같은 것도 캐 먹으며, 조금 먼 산으로 가서 머루와 다래를 따오곤 했다. 겨울이나 봄에 비해 여름, 가을철이 훨씬 먹거리가 풍성했는데, 메뚜기, 개구리, 가재, 미꾸라지 등을 잡아먹고, 송어 낚시도 하며, 심지어는 뱀을 잡아 구워먹기도 했다. 납작한 돌 위에

오리나무잎에 싼 풋감을 놓고 사카린을 조금 뿌린 뒤 무거운 돌로 눌러놓고 불로 구우면 정말 맛있는 감떡이 되었다. 남의 집 감, 밤, 대추 같은 과일은 물론 고구마, 감자, 무를 캐 먹기도 하며, 심지어는 텃밭에 있는 오이, 가지까지 아무런 죄의식 없이 따 먹고 다녔다. 또한 그 당시로는 귀했던 수박이나 복숭아 서리를 하기도 했으며, 때로는 남의 집 닭서리를 한 적도 있다. 잔치집이 있으면 형이나 어른들에게 단자문(單子文)을 부탁하여 술과 음식을 얻어먹기도 하고, 가을에는 묘사(墓祀) 떡을 얻어먹으러 다니기도 하였다.

우리 친구들은 여름에 풀을 뜯어 먹이려 마을 뒷산으로 소를 몰고 가면, 노는 데 정신이 팔려 소들이 어디로 가버렸는지 잃어버리기도 했으며, 겨울에는 거의 매일 산으로 지게를 지고 땔감을 하러 가서도 '어떻게 하면 더 재미있게 놀 것인가'를 궁리했다. 아침에는 제기차기, 낮에는 도둑놈잡기 놀이와 찌빠묵놀이, 초저녁엔 카멘놀이(지금도 그 어원을 모르겠다. 영어 Come on인지), 밤에는 화투놀이, 여름엔 산에 가서 군대놀이, 진 잡기, 겨울엔 팽이치기, 논두렁에 불놓기, 앉은뱅이 스케이트 타기, 새끼줄이나 돼지 오줌통으로 만든 공으로 보리밭에서 축구하기, 연날리기 등 사시사철 밤낮으로 재미있기만 했다. 팽이, 연, 스케이트 등은 직접 만든 것임은 물론이다. 동네 형들은 우리 친구들에게 별명을 하나씩 붙여주었는데, 수태는 돼지, 수오는 개, 주석이는 가오리, 영현이는 메뚜기, 종득이는 호박, 나는 삼태였다. 머리에 가마가 셋이 있다고 해서 삼태성(三台星)을 본 딴 내 별명은 지금 생각해 보면 참 좋은 별명인데, 그 당시는 왜 그렇게 듣기 싫었는지, 친구들이 삼태라고 부르면 죽기 살기로 싸웠다. 그러나 동네 형들이 시켜서 할머니의 풍

년초 담배를 훔쳐와 피워본 적도 있고, 초등학교 3학년 때 같은 날 두 집에서 잔치가 있었는데 한 집에서는 소주, 다른 집에서는 막걸리를 주는 바람에, 친구들 모두가 만취해버렸던 안 좋은 추억도 있다. 그런데 어른이 되고 난 후에는 '술 취했을 때 버릇이 어릴 때나 나이 들었을 때나 같다'는 것을 알았다.

한번은 친구들과 닭서리를 갔었는데, 우선 어릴 적 소아마비를 앓은 적 있는 집을 목표로 정하고, 형들이 알려준 대로 가장 먼저 한 일은 마루 밑에 운동화(그 당시에는 목이 긴 농구화)가 있는지 확인하는 것이었다. 다행히 그 집에 운동화가 있어서 내 고무신을 벗어놓고 운동화로 갈아 신었다. 대나무로 만든 둥근 닭장이었는데, 두 팔만으로는 닭이 손에 잡히지를 않았다. 결국 상체를 닭장 속으로 넣어서, 형들에게 배운 대로 닭의 목과 날개를 동시에 움켜쥐는 것까지 성공을 했다. 그러나 옆에 있는 닭들이 후닥닥거리고 소리치는 바람에 주인이 알아채고 방에서 나오는 것 같았다. 닭을 놓쳐서는 안 되는데, 상체가 닭장에 끼어 잘 빠져나오지를 않았다. 당황해서 힘을 쓰다 보니 닭장 전체가 끌려 나오는 게 아닌가. 약 1m 정도 닭장을 끌고 오다가 겨우 빠져나왔다. 주인의 고함소리가 들리고 나는 단거리 선수처럼 뛰었다. 미리 갈아 신은 신발이 도움이 되었음은 물론이다.

아버지는 형님과 나에게 예의범절과 효(孝), 형제간의 우애에 대해 틈만 나면 강조하셨다. 나는 시조(始祖) 순(順) 字 할아버지의 효(孝) 얘기부터 시작해서, 경주(월성), 밀성(밀양), 청주(청성), 평해 손씨는 다 손순(孫順)의 후손이며, 안동(일직) 손씨는 원래 순씨였는데 고려 때 임금님이

시골집에서의 가족(필자는 사진사였음)

손씨를 사성(賜姓)했다는 것, 14대조 오한공 기(起) 字 양(陽) 字 할아버지
는 어떻게 밀양에 정착했으며, 그의 처(妻)인 송(宋)씨 할매, 주(朱)씨 할
매, 이(李)씨 할매와 그의 아들 장사랑공 할아버지 얘기, 그리고 우리
마을에 집성촌을 이루게 하신 6대조 할아버지로부터 갈라져 나온 각
집안 사람들의 얘기를 귀에 못이 박히도록 들었다. 집안의 어른들을
호칭할 땐 택호(宅號)를 붙여부르고, 설날 이른 아침엔 조상에게 차례를
모시기 전에 집안 어른들에게 세배를 하러 다녔다. 그러나, 집안 할아
버지뻘 어른들이 겉으로 체면을 중시하면서도, 공적인 일에는 대단히
이기적인 행동을 하고, 조금 잘산다고 거들먹거리면서, 가난하지만 성
질이 올곧아 불의를 보고는 참지 못하는 나의 아버지와 언쟁을 할 때
면 어린 마음속에 분노가 쌓여갔다. 봄엔 밭을 매고, 도리깨로 보리타
작을 하며, 여름엔 소 먹일 풀을 베어 오거나 소를 돌보며, 가을엔 나
락 타작(벼 수확), 고구마 캐기, 겨울철엔 땔감나무 하기 등으로 사시사
철 부모님을 도와 집안일을 했다.

산내국민학교

내가 졸업한 밀양군 산내면 송백리에 소재한 산내국민학교는 1922년에 산내공립보통학교로 개교했으며, 1995년부터는 산내초등학교로 개명되었다. 나는 산내초등학교 43회 졸업생이다. 지금은 농촌마을에 젊은 사람이 별로 없어, 학생 수가 워낙 적지만, 내가 초등학교를 다니던 1960년대에는 우리 면에 산내국민학교 외에도 가인리에 가인국민학교, 남명리에 남명국민학교가 있었다. 내가 1955년생인데, 내 또래의 학생 수가 제일 많았다. 보통 60~65명씩 3개 학급이 있었는데, 우리 학년만은 4개반으로 250명 정도의 동기생이 있었다. 아마 1953년도에 6 · 25 전쟁이 휴전된 후 시작된 Baby Boom 세대의 Peak라 생각된다.

1학년 때는 유순자 선생님, 2학년 때는 제상명 선생님, 3학년 때는 김인기 선생님, 4학년 때는 이종근 선생님, 5학년과 6학년 때는 김만곤 선생님이 나의 담임 선생님이었다. 1학년 1학기를 마치고 통지표를 받아 집으로 왔는데, 할머니가 내 통지표를 보고는 결석이 25번이나 된다고 깜짝 놀라서는 '너 학교 가지 않고, 중간에서 땡땡이 쳤지?' 하면서 나를 다그쳤는데, 나는 결석한 적이 한번도 없었다. 결국 할머니께서 우리 동네에 사시던 황 선생님에게 물어보니, "애들이 까불고 노느라고 출석 부를 때 대답을 안 한 것 같습니다."라고 하셨다. 나는 그만큼 개구쟁이였고, 키가 작아 앞자리에 앉는, 공부 잘하는 똘똘한 아이였다.

초등학교 때의 가장 잊을 수 없는 사건은 4학년 때의 끔찍한 폭발사고다. 그때 나는 4학년 4반의 급장(반장)이었는데, 자연(과학) 시간에 전기의 원리에 대해 공부를 하고 있었다. 담임 선생님께서 양극과 음극에 대해 설명해주셨고, 전기선을 어떻게 연결하니 전기불이 켜졌다. 그 당시에 우리 동네에는 아직 전기가 들어오지 않아 호롱불을 켜고 생활하던 때라, 전기불을 직접 보니 대단히 신기하고 재미있었다. 그때 '미나리'라는 동네에 사는 친구가 이상하게 생긴 물건을 가져와 선생님께 드리면서, "선생님, 이것도 어떻게 어떻게 하면 불이 들어와요."라고 했다. 선생님과 우리는 그 물건에 불이 들어오게 하려고 여러 가지로 선을 연결해봤다. 나는 급장으로서 당연히 선생님을 도와 실험에 참가했는데, 한참을 시도해봐도 불이 안 들어왔다. 지루해진 나는 실험을 포기하고 내 자리로 돌아왔는데, 여전히 많은 친구들이 선생님을 둘러싸고 불이 들어오기를 기다리고 있었다. 그런데 갑자기 '꽈—앙' 하면서 천지가 진동하는 폭발음이 들렸다. 나는 엉겁결에 책상 밑으로 머리를 숙였는데, 많은 친구들이 교실 밖으로 뛰쳐나가고 있었다. 나도 친구들을 따라 교실을 빠져나오면서 얼핏 교탁 앞을 보니, 교실 바닥에 붉은 피가 흥건히 흘러 있고, 선생님과 또 몇몇 친구가 쓰러져 있었다. 학교 전체가 난리가 났었는데 나중에 알고 보니, 친구가 주워온 것은 6·25 때 버려진 폭발물이었다. 이 사고로 양촌의 어느 집 외동아들인 한 친구가 죽었고, 선생님과 폭발물 주워온 친구는 중상을 입었고, 그 외 많은 친구들이 조금씩 다쳤다. 부산의 어느 병원에 입원해 계시던 선생님께는 입원 기간 중에 병문안 편지를 여러 번 보내곤 했었는데, 나중에 선생님께서 퇴원하시어, 학급으로 돌아오셔서 첫 수업을 진행할 때, 한쪽 눈은 의안을 끼우시고, 왼손으로 칠판에 삐뚤삐

뜰 글씨를 쓰시던 그 모습을 생각하면 지금도 가슴이 메인다.

6학년 때는 제주도가 고향이신 '손덕구'라는 선생님이 우리 동네에 하숙을 하게 되었는데, 동네 친척어른들이 같은 손씨인 선생님께 저녁 시간에 과외 지도를 부탁드렸다. 나와 영수, 법현, 제호, 영달 이렇게 5명이 제실(祭室)에서 몇 달간 공부를 하게 되었는데, 과외 첫날, 선생님은 우리들 보고는 책을 읽게 하고는 어른들과 여러 가지 말씀을 나누고 계셨다. 나는 무슨 책을 읽을까 생각하다가 사회 과목 교과서를 꺼내, 책에 나오는 우리나라 국보를 찾아보기로 하고, 책장을 빨리빨리 넘기며, 간혹 국보 사진이 나오면 공책에다 '남대문 국보 1호'라고 기록했다. 잠시 동안 책 한 권을 다 넘겼는데, 그때 어른 한 분께서 이렇게 말씀하셨다. "영징이 저 놈은 정말 공부를 잘해. 다른 애들은 아직 몇 장 읽지도 못했는데 저 놈은 벌써 책 한 권을 다 봤어."

어쨌든 나는 참 공부 잘하는 똑똑한 아이였는데, 몇몇 친구들은 중학교를 부산으로 유학 갔지만, 나는 가정 형편상 산내면에 있는 동강중학교로 진학했다. 그래도 그것은 아버지에게는 큰 기쁨이었는데 우리 집 가계 역사상 중학생이 되는 것은 내가 처음이었다. 아버지도, 어머니도, 형님도, 누나도 중학교를 다니지 못했다.

동강중학교

동강중학교는 이사장 겸 교장 선생님이신 황의중 선생님이 6·25 동란 중에 강변에 천막을 짓고 애들을 가르치면서 시작한 시골의 사립

학교였다. 나는 키가 작아 늘 교실의 앞에서 두세 번째 좌석에 앉았으나 공부는 참 잘했다. 우리 학교에서는 매월 시험을 치러서 1등 하는 학생에게 장학금을 주었는데, 1학년 초에는 '최화열'이와 경쟁했고, 2학년 1학기 때는 여학생 '백태희'에게 한번 1등을 뺏긴 적이 있고, 또 3학년 때는 수학을 특히 잘하던 '이만희'에게 위협을 받기도 했지만, 3년 동안 1등을 놓친 경우가 거의 없었다. 전교생이 넓은 운동장에 집합해 아침조회를 할 때, 높은 단상에 올라가 장학금을 받으면 조금은 우쭐해지는 기분이었다.

초등학교 졸업 후 중학교 입학하기 전까지 방학기간 중에 천자문(千字文) 공부를 좀 했는데, 그것이 도움이 됐는지는 몰라도, 1학년 때부터 국어 과목에는 유난히 두각을 나타냈다. 수업시간에 선생님이 어떤 질문을 하든 나는 손을 들었으며, 손드는 학생이 나 혼자뿐일 때도 많았다. 워낙 발표를 많이 하다 보니, 손드는 학생이 여러 명일 때는 나를 잘 지명해주지 않았다. 한번은 안택현 선생님이 '조상에 대해 부, 조, 증조, 고조라고 하는데, 자손에 대해서는 자, 손, 증손, 그 다음엔 뭐라고 하는지?'를 물었다. 손을 든 사람은 나와 여학생 박정수(초등학교 땐 박정시였다) 둘뿐이었다. 지명을 받은 정수는 현손(玄孫)이라고 대답했다. 선생님은 '고손이라는 말이 있긴 하지만 후손에 대해 높을 고(高)자를 쓰는 것보다 현손이라고 하는 게 맞다'면서 정수의 집안 교육이 잘됐다며 칭찬을 해주었다. 당연히 高孫이겠거니 생각했던 나는 얼굴이 화끈거렸고 그때부터 정수가 좋아졌다. 2학년 때는 서울로 수학여행을 다녀와서 기행문을 써서 급우들 앞에서 발표를 한 적이 있는데, 신상두 선생님께서 아주 잘 썼다고 칭찬해주셨다. 나는 이때부터 내가 글쓰기에 소질이 있다는 것을 알았다. 또한 1학년과 3학년 때는 교내 웅변대회에 나가 우수상을 받기도 했고, 면소재지에 하나뿐인 극장에서 무슨 행사가 있을 때는 청마 유치환 선생의 「깃발」이라는 시를 낭송하기도 했다.

　우리 학교의 교훈은 '근면, 단정, 명랑'이었는데, 특히 제 1교문의 입구에 설치해놓은 '부지런한 자 아니면 걸음을 멈추어라'라는 슬로건은 내게 오랫동안 큰 영향을 주었다. 겨울에는 뒷산으로 전교생이 땔감나무를 하러 다니기도 했고, 여름에는 강변을 개간하여 뽕나무를 심었다. 1969년도 여름엔 빌리호 태풍으로 개간한 뽕나무 밭이 물에 완전히 휩쓸려 내려가긴 했지만, '부지런하라'라는 교훈은 가난한 시골학교에는 정말 필요한 가르침이었다. 심지어는 학급의 이름도 1반, 2반이 아니라 근반, 면반으로 불렀다. 우리 학교는 한 학년에 남학생이 100여 명, 여학생이 25명 정도인 남녀공학이었는데, 나는 남학생과는 심할 정도로 장난치기 좋아하는 개구쟁이였으나, 여학생에게는 말도 제대로 붙이지 못하는 부끄럼 많은 사춘기 시절이었다. 집안 아지매인 손월현 앞에서도 부끄러워서 그 집에 심부름도 잘 못 가던 경우가 많았다. 그러나 독서를 좋아해서, 도서실에 있는 많은 소설들을 이때 읽었고, 김태홍 선생님 댁에 있던 『삼국지』를 읽고 언젠가는 저 넓은 중국 대륙에 가야겠다는 생각도 했으며, 어디선가 구한 와룡생의 무협지 『군협지』를 달달 외울 정도로 좋아했다. 그러면서도 겨울방학 때는 거의 매일 지게를 지고 뒷산으로 땔감나무를 하러 다닌 일꾼이자 효자였다.

기억나는 은사님들로는, 중학생이 된 내게 처음으로 ABC를 가르쳐주신 임명홍 영어 선생님, 우리가 입학할 때 부임하셔서 졸업할 때까지 수학을 가르쳐주신 화학 전공 여환덕 선생님, 자취생활 하시면서 시험 기간이면 늘 내게 채점을 부탁하셨던 김태홍 실업 선생님, 내게 평생 국어 과목을 가장 잘할 수 있도록 기초를 닦아주신 신상두 선생

김한식 선생님

님과 안택현 교감 선생님, 나를 특별히 귀여워해주셨는데도 불구하고, 어느 날 교실로 들어오시는 선생님을 향해 내가 "가라, 가!"라고 소리 치는 바람에 너무나 가슴 아파하셨던 김영숙 미술 선생님, 악기라고는 풍금밖에 없는 학교에 바이올린을 가지고 오셔서 연주도 해주시고, 안소니 퀸 주연의 〈길〉이라는 영화 주제곡이라며 '젤소미나'를 불러주셨던 이선자 음악 선생님, ROTC 출신의 현정용 농업 선생님, 수업 시작 전 '국기에 대한 경례'부터 하시고, 내게 노트 필기를 깨끗하게 잘한다고 늘 칭찬해주시던 황의정 도덕 선생님, 그리고 3학년 때 담임이셨던 김한식 선생님, 그분은 내 인생 진로에 큰 영향을 주셨다. 김한식 선생님은 ROTC 출신이었는데, 남자다움과 올바른 마음가짐, 바른 자세를 늘 강조하셨다. 여선생님을 놀렸다가 선생님께 크게 혼나기도 했는데, 그의 신사다움에 많은 학생들은 진심으로 존경하고 따랐다.

중3, 고등학교를 어디로 가느냐에 따라 인생의 진로가 거의 정해진다 해도 과언이 아닌 시절이었는데, 그 당시의 나는 정말 순진해서 이러한 사실을 전혀 깨닫지 못하고 있었다. 인생의 어떤 목표를 뚜렷이 가지고 있지 못했고, 공부도 열심히 노력해서 잘하는 게 아니라 그저 머리가 좋아서 시험점수가 잘 나올 뿐이었다. 아버지께서는 집안 종손인 영욱이 형님이 부산상고를 나와서 한국은행에 다니고 있는 것이 부러웠던지 나에게 부산상고로 진학하라고 말씀하셨다. 어느 날 김한식 선생님이 부산의 어느 고등학교 장학생 모집 안내서를 가지고 오셔서, 내게 "실력 테스트 해볼 겸 한번 응시해볼래?" 하고 물어보셨다. 나는 명색이 전교 1등 학생이었으니까 정말 실력 테스트를 한번 해볼 요량으로 그 학교의 장학생 선발 시험에 응시하게 되었다. 물론 부산상고에 입학원서를 접수시켜 놓은 상태였고 전기(前期) 고등학교 입학시험이 얼마 남지 않았었다. 그 학교는 부산에 있는 배정고등학교라는 곳이었는데, 현대식 건물과 넓은 도서관, 각종 실험실, 깔끔한 기숙사 시설 등이 시골 촌놈인 내게는 충격이었다. 국, 영, 수 세 과목의 시험을 치르고 나서, 함께 오신 아버지는 학교에서 대접한 소고기국 점심과 교통비라고 하는 그 당시로는 상당히 많은 돈이 든 봉투를 하나 받으시고 먼저 고모댁으로 가시고, 나는 당일 합격자 발표를 한다기에 밤늦게까지 기다렸는데, 덜컥 합격이 되고 말았다. 김한식 선생님께서는 이날 신혼여행 기간 중이었는데 학교까지 찾아오셔서 나를 격려해주셨다. 그런데 학교에서 말하는 조건은 순진하고, 가난하고, 효성이 지극한 나를 유혹하기에 충분했다. 3년간 학비 면제, 3년간 기숙사에서 숙식 제공, 장학생들을 위한 특별학급 편성, 전국의 우수 선생님 초빙, 원할 경우 같은 재단인 고려학원에 무료 수강, 그리고 서울대 합격 시

입학금 지급. 조건은 단 하나, '전기(前期) 고등학교 입학시험이 있는 날 예비소집을 하는데, 이때 출석해야만 최종합격이 된다'는 것이었다. 고모집에서 나는 아버지와 밤늦도록 얘기를 나누었는데, 아버지의 말씀은 오직 "니가 알아서 해라"였지만, 돈 안 들고 고등학교를 다닐 수 있는 게 싫지는 않은 눈치였다. 일류 고등학교가 뭔지 삼류 고등학교가 뭔지, 경남고나 부산고를 가는 것이 인생에 어떤 영향을 주는 것인지 정말 몰랐던 순진한지 멍청한지 그랬던 나는, 단지 부모님을 힘들게 하지 않고 공부할 수 있다는 생각으로, 전기(前期) 고등학교 입학시험 날, 부산상고에 시험 치러 가지 않고, 배정고등학교 장학생 예비소집에 응했다. 나는 '강선대 장학생' 1기가 된 것이다.

2장

고등학교 시절

고등학교 땐 참 많은 일들이 있었다. 인생을 결정짓는 가장 중요한 시기임에도, 나는 그 중요성을 사실 크게 깨닫지 못하고, 그저 주어진 하루하루에만 충실했던 것 같다.

병재와 판규(앞줄 왼쪽이 필자)

강선대 장학생

청운의 꿈을 안고 시골에서 유학을 왔으나, 당초 학교 측의 약속은 처음부터 잘 지켜지지 않았다. 장학생들만으로 특별학급을 편성한다고 했으나, 많은 장학생 합격자들이 타 고등학교로 진학해버렸고, 나처럼 전기 고등학교 입학시험을 포기하고 강선대 장학생으로 온 친구들은 열 몇 명밖에 되지 않았기 때문에 특별학급은 없어졌고, 인문계, 자연계 각 1개 반씩 우수 학급이 편성되었다. 기숙사의 식사는 너무나 조악하여, 한창

클 나이에 영양실조에 걸릴 정도였고, 약속과는 달리 고려학원에 수강하려면 무료가 아니라 수강료를 내라고 했다. 장학생들은 대부분 시골에서 자란 순진한 애들이었지만 자신의 미래에 대해서는 나와는 달리 뭔가 중심이 서 있던 애들도 있어서, 우리는 결국 남기열 교장 선생님 겸 이사장 댁으로 몰려가 '약속을 지켜라'며 농성을 하기에 이르렀다. 대문을 열어주지 않아, 우리들은 밤늦게까지 문 밖에서 우리의 미래에 대해 열띤 토론을 하였다. 일부는 '재수를 해서 내년에 명문 고등학교로 진학하자. 그것만이 우리가 갈 길이다.'라고 주장했으나, 나는 '학교가 뭐 그리 중요하냐? 우리끼리라도 똘똘 뭉쳐 열심히 공부하면, 서울대든 어디든 못 가겠는가? 더구나 너희 친구들이 경남고나 부산고 등에 많이 있다면 그 친구들이랑 시험문제도 서로 교환해보면서 공부하면 될 거 아니냐?'라는 주장을 폈다. 나는 그 당시 아직 일류고와 삼류고의 차이점을 몰랐고, 우리 집 가정 형편이 나를 재수시킬 만큼 여유가 없었고, 또 '할 수 있다'는 자신감이 강했던 것 같다. 농성한 다음 주부터는 충남 아산에서 온 박창국이라는 친구 등 몇 명의 모습은 보이지 않았다. 결국 남은 강선대 장학생은 이광우, 박성호(이상 울산제일중), 김맹곤(방어진중), 노판규(언양중), 전병재(의령중), 정춘환, 정사행(이상 진양 반성중), 권해성(하동 옥종중), 그리고 나(밀양동강중) 이렇게 아홉 명뿐이었다.

장학생 숫자는 아홉 명뿐이었으나, 학교에서 차지하는 비중은 대단하였다. 학교 성적이 최상위였으므로 선생님들도 우리를 무시하지 못했고, 우리들의 예리한 질문으로 수업시간에 땀을 뻘뻘 흘리는 선생님들도 계셨다. 2학년 말에는 우리가 지원하는 친구를 전교 학생회장으로 당선시켜 학생회 운영을 면학 중심으로 바꿨고, 3학년으로 올라가면서는 교무실에서 집단 농성 끝에, 이미 배정된 몇몇 과목의 담당 선생님을 다른 선생님으로 교체하기까지 했다.(그것은 정말 우리들의 잘못된 판단이었다. 그 선생님들께는 두고두고 용서를 구한다.)

정말 나중에야 나도 깨달았지만, 세칭 일류고(경남고, 부산고)의 상위권은 서울대에 많이 진학했고, 세칭 이류고(동래고, 동아고)에서도 서울대에 더러 진학했는데, 배정, 동성, 해동 같은 삼류고는 '부산대에 5명의 합격자를 내었느냐, 6명의 합격자를 내었느냐'를 가지고, '누가 더 좋은 학교다'라고 선전할 만큼 학교 간의 격차는 컸다. 이러한 학교를 우리 장학생 그룹이 학교 운영의 주도권을 잡고, 싸움하는 학교에서 공부하는 학교로 분위기를 바꾼 결과, 우리가 졸업할 당시에는 부산대 합격자가 25명이나 되었으니, 배정고등학교로서는 강선대 장학생 프로젝트로 명문고로 발돋움하는 밑거름이 된 셈이다. 이러한 강선대 장학생 제도는 2기까지 이어졌으나, 1972년 말 유신헌법이 공표되기 전의 마지막 국회 국정감사에서 학교재단의 불법 학생 모집이 밝혀지면서(배정고등학교는 학생 수가 한 학급반에 85명씩, 주간 10학급, 야간 10학급이 있었으니, 한 학년이 무려 1,700명이나 되었는데, 실제로 인가된 학생 수는 학급당 70명 수준에, 주간 10학급, 야간 2학급으로 840명 정도였다), 73년도 신입생 모집을 하지 못하게 되었고, 74년도부터는 고교 평준화 시책에 따라 추첨으로 학생을 배정받게 됨으로써, 강선대 장학생 제도는 더 이상 이어지지 못했다.

기숙사 생활

당초에는 강선대 장학생들의 숙소로 지어졌으나, 장학생 수가 얼마 안 되었으므로, 일반 학생들도 수용하여 80여 명이 단체생활을 하였다. 1층은 학교식당이었고, 2층에 여섯 개, 3층에 여섯 개의 방이 있었는데, 나는 노판규, 전병재와 함께 304호실에 배정되었다. 같은 방에는 3학년 권오량 선배, 2학년 박종식, 오세원 선배와 함께 생활하였다. 나중에 안 일이었지만 박종식 선배는 박정희 대통령의 경호실장이었던 박종규 씨의 친동생이었다. 초대 사감 선생님은 조만제 선생님이었고, 나중엔 원현욱 선생님으로 바뀌었다.

기숙사 친구들(왼쪽 끝이 필자)

기숙사 생활은 마치 군대처럼 엄격한 규율과 선배로부터의 기합, 그리고 조악한 식사 질 때문에 한창 감수성이 예민하고 클 나이인 우리들에겐 최악의 생활환경이었으나, 그럴수록 판규, 병재와의 우정은 더욱 깊어졌다. 한번은 국어 시간에 이창원 선생님이 '창'이라는 제목으로 작문을 하라 하셨는데, 나는 낯설은 도시로 유학 와서 힘든 기숙사 생활에 지친 나의 일상에서 탈출하기 위해, 저 창을 열어 훨훨 자유로운 공간으로 뛰쳐나가고 싶다는 요지로 글을 썼는데, 선생님으로부터 잘된 글이라고 칭찬을 많이 받았다. 기숙사 동료들은 결국 식사의 양과 질에 반발하여 단식 투쟁을 벌인 적이 있는데, 학급 친구들이 싸온 도시락을 나눠주기도 했으며, 그 이후로 식사 질은 약간 좋아지기도 하였다.

학생회장 선거

손윤탁은 나와 밀양의 시골에서 초등학교와 중학교를 함께 다닌 친구다. 그는 초등학교 때도 학생회장을 했고, 중학교 때도 학생회장을 한 리더십이 뛰어난 친구였으나, 부산의 배정고등학교에 진학한 이후에는 마음을 터놓고 얘기할 만한 친구가 나 외에는 아무도 없는 시골 촌놈일 뿐이었다. 나의 집이나 그의 집이 다 가난하

윤탁이와 함께(왼쪽이 필자)

였었지만, 나는 장학생이라 학비와 숙식비를 면제받고 있었기 때문에, 들어가는 돈은 책값, 참고서 값 그리고 용돈 조금뿐이었지만, 그는 사정이 달랐다. 그는 형님 댁에 기거하고 있었는데 형님 댁도 사정이 좋지 않았고, 시골집에서도 부산의 사립학교 학비를 대는 게 보통 힘든 일이 아니었다. 2학년 2학기 어느 날 윤탁이가 내게 와서 불쑥하는 말이 "학생회장에 출마하겠다"는 것이었다. "왜 그런 생각을 하느냐"고 물으니, "학생회장이 되면 학비를 면제받기 때문"이라 했다. "우리 학교에 친구가 많냐?"라고 물으니 "너 하나뿐"이라고 했다. "여기가 밀양동강중학교인 줄 아냐? 여기는 부산이고, 학생들은 대부분 부잣집 애들이고, 대부분의 애들이 공부보다는 싸움이나 연애에 관심이 많은 삼류, 깡패 학교이고, 주간 800명 학생 중에 친구가 나 하나뿐이라면서 어떻게 학생회장이 되겠다는 거냐?"라고 심하게 다그치니, "학생회장이 되지 못하면 나는 더 이상 공부를 계속할 수가 없다. 퇴학을 하든지, 아니면 야간으로 내려가 낮에는 일하고 밤에 공부해서 졸업하는 수밖에 없다"고 하며 고집을 꺾지 않았다.

며칠을 고민한 나는 정말 기발한 생각이 하나 떠올라, 윤탁이를 학생회장으로 만들기로 결심했다. 윤탁이와는 학생회장이 되기까지는 무조건 내가 시키는 대로만 하기로 약속했다. 나는 우선 사감 선생님께 부탁드려 윤탁이를 기숙사에 입사시켰다. 기숙사에서 윤탁이는 항상 반듯하고, 예의 바르며, 대단한 리더십이 있는 학생으로 보이도록 행동했다. 기숙사에서 무슨 회의라도 할 때는 절대로 먼저 의견을 내어 갑론을박에 끼어들지 않도록 주의를 주었다. 대신 어느 정도 추이가 보이면, 여러 가지 의견을 종합해서 가장 바람직한 조정안을 제시하였으며, 최종 회의 결과는 언제나 윤탁이의 안이 통과되도록 하였다. 이렇게 기숙사 학생들의 신임을 얻어가고 있을 때 드디어 학생회장 선거 시기가 다가왔다.

기숙사에는 강선대 장학생들을 비롯하여 각 학급의 모범생들이 선발되어 생활하고 있었다. 이들 대부분은 공부만 열심히 했지 학생회활동에는 관심이 없는 애들이었으나, 나는 이들을 설득해 들어갔다. "지금까지 우리 학교는 삼류 학교, 깡패 학교였다. 이대로 두면 영원히 삼류 학교, 깡패 학교로 남는다. 우리가 졸업한 후에 우리가 과연 떳떳하게 이 학교 출신이라 얘기할 수 있겠느냐? 이제는 바꿀 때가 되었다. 우리가 지금 이 학교를 깡패 학교에서 공부하는 학교로 바꾼다면, 훗날 우리는 자랑스런 모교로 얘기할 수가 있을 것이다. 다행히 여기 괜찮은 후보자가 한 명 있다. 너희들도 봐왔지 않느냐? 손윤탁이라면 충분히 해낼 수 있다." 기숙사생들은 내 말이 옳다고는 생각하나 과연 윤탁이를 당선시킬 수 있을지 자신 없어 하는 분위기였다. 나의 설득은 계속되었다. "우리는 충분히 이길 수 있다. 왜냐하면 우리 기숙사생들은 학교의 모범생들이고, 각 반에서 인기가 높다. 무엇보다 각 반에 몇 명씩 골고루 분포되어 있으니, 우리는 이미 80명의 운동원이 전교 전 학급에 깔려 있는 것이다. 두 번째는 지금의 학교 분위기가 우리 편이란 점이다. 지긋지긋한 삼류 학교, 깡패 학교에서 벗어나고자 학교 재단과 선생님들이 엄청난 노력을 기울이고 있는데 학생들 스스로가 '공부하는 학교를 만들자'라고 나서는데, 반대할 사람이 어디 있느냐? 선생님들이 우리 편이면 무조건 유리해진다. 그리고 마지막으로는 우리가 우리의 모교를 일류 학교로 만들 수 있다는 자신감이다. 훗날 떳떳하게 나는 배정고 출신이라고 자랑스럽게 얘기하고 싶지 않느냐?"
드디어 기숙사 학생들은 정말로 의기투합되었고 '이길 수 있다는 자신
감과 미래에 자랑스런 모교를 우리가 만든다'는 긍지로 똘똘 뭉쳤다.

　　선거는 처음에 인문계와 자연계의 대결로 가고 있었다. 윤탁이는 인
문계였고 상대는 류기현이라는 자연계반 친구로 학교 내에서 주먹과
덩치로 군림하는 그룹들이 밀고 있었다. 그런데 인문계에서 구XX이
라는 친구가 출마를 선언하면서 상황은 대단히 어려워졌다. 인문계와
자연계의 학생 수가 반반인데, 통상 선거에서는 인문계와 자연계가 표
대결하는 경향이 많았기 때문에, 인문계 후보 두 명에, 자연계 후보 한
명이면, 당연히 우리가 불리했다. 그런데 문제는 구XX이라는 친구에
게 있었다. 그는 멀쑥하게 생긴 얼굴에 말도 잘해서 타 학교 여학생들
에게 인기가 있었으나, 학교 밖에서는 배정고 학생이라는 사실을 숨기
고, 경남고 학생 행세를 하고 다녔다. 학원 갈 때는 경남고 모자와 경
남고 뱃지를 달고 다니는 모습이 발견되기도 했다. 한번은 국제신보
가십란에 재미있는 얘기가 실렸는데, "독서실에서 한 학생이 남의 책
을 훔치다 잡혔는데, 그 학생이 경찰에게 울면서 말하기를, 자기는 3
대 독자인데, 시골에 계신 할아버지가 공부 그만하고 시골로 돌아와
장가를 가라고 했는데, 그 말을 따르지 않았더니, 어른들이 책을 몽땅
가져가버렸다고, 공부는 계속하고 싶은데 책이 없어서 남의 것을 훔쳤
노라고, 경찰은 동정심이 생겨 그 학생을 격려하고 훈방했다"는데, 그
학생이 구XX이라는 것을 알고는 정말 어처구니가 없었다. '정말 대단
한 친구다. 이제는 경찰과 신문기자까지 속아 넘어가는구나.' 나는 학
생들에게 구XX이의 실체를 알리는 데 애를 썼고, 또 마지막으로는 지

도 교사인 천도균 선생님에게 "구XX이가 이런 학생인데 우리 학교 학생회장에 출마하는 게 가당키나 합니까."라고 말씀드렸다. 선생님께서 어떻게 하셨는지 확인은 못 했지만 결국 구XX은 후보 사퇴를 했고, 손윤탁이와 류기현은 정말 멋진 대결을 펼쳤다. 나는 윤탁이의 선대본부장으로서 각 교실로 지원 연설을 하러 다니면서, 상대편 본부장 차능진(복싱선수이면서 우리 학교 주먹짱이었다)과 여러 번 마주쳐 악수하며 페어플레이(Fair Play)를 다짐했다. 결국 윤탁이와 나, 기숙사 학생들 그리고 전체 배정고 학생들은 배정고 역사에 새로운 한 페이지를 열었다. 당선이 확정된 후, 나는 윤탁이에게 "선거 기간 중 단돈 10원도 쓰지 않았지만, 이제는 기숙사 학생들에게 한턱내라"고 했다. 윤탁이는 우리 장학생 그룹에게 학생회 간부 역할을 제의했지만 모두 사양했고, 그는 우리의 기대에 부응하여 1년간 학교 이미지를 많이 개선했다. 그리고 그 자신도 역대 학생회장 출신자들 중 처음으로 부산교대로 진학했고, 낙선한 류기현이는 열심히 공부하여 부산대 건축공학과에 합격했다. 윤탁이는 대학에 진학한 이후에도 수많은 어려움이 있었으나, 현재는 존경받는 목사님이 되어 사회에 봉사하고 있다.

아르바이트

1973년, 고3이 되면서, 서울 법대를 가겠다던 내 목표는 별로 자신이 없어졌다. 대신 '육군사관학교를 가는 게 어떨까.'라는 생각이 들었다. 다람쥐 쳇바퀴 도는 듯한 기숙사 생활에서도 벗어나고 싶었다. '서울대학교가 아니라면 공부를 좀 게을리해도 되겠지.'라는 자만심도 있었고, 사회경험을 쌓는 게 더 중요하다는 생각도 들었다. 내가 옳다고 생각하면 때로는 무모한 도전도 실행해버리는 면이 내게 있었다. 4월 쯤, 나는 기숙사를 나와 학교 뒤편 산동네에 하숙을 시작하고 저녁에는 부산역 앞에 있던 영어 회화 학원에 등록을 했다. 그리고 '부모님이 내 하숙비를 대주는 것이 쉽지 않다'는 것을 알았기 때문에 나는 아침에 신문배달을 하기로 했다. '고3 학생이 공짜 밥 먹여주는 기숙사를 나와 하숙하고, 또 하숙비를 벌기 위해 신문배달을 한다?' 참 말도 안 되는 결정이었지만 나는 그 길을 택했다.

한국일보와 코리아타임즈를 150부 정도 배달을 했다. 그 당시 아침에 신문을 배달하다 보면, 일찍 출근하는 사람들이 간혹 신문을 사 보기도 했는데, 1부에 10원 또는 20원 주는 분들도 있었다. 가난한 신문배달 학생들에게는 그 돈이 정말 귀한 부수입이 되었다. 나는 신문배달원 중에 나이가 제일 많았기 때문에, 지부장을 대신해서 어린 신문배달원에게 신문 부수를 나누어주는 일을 했다. 대개 100부 정도 배달하는 애들에게는 10여 부를 더 주었다. 물론 나도 여유 부수를 가지고 있으면서 누가 원하면 팔았다. 같은 반의 이광우 같은 친구는 코리아타임즈를 매일 갖다 달라고도 했고, 문현동의 어느 쌀집 아저씨는 정기 구독자로 등록하지 않고 항상 신문을 받아보셨다. 내가 "정기 구독자로 등록을 하시라"고 했더니, "신문배달 소년들을 돕고 싶어서 옛날부터 이렇게 해왔으니, 걱정 말고 공부나 열심히 하라"고 하시던 따뜻한 마음씨를 가진 분이었다. 그러나 신문배달을 하면서 내가 한 경험은 사회의 밝은 면보다는 어두운 면이 훨씬 많았다. 아침 일찍 일어나 신문배달을 한 후 학교에 가면 몸이 피곤해서 공부에 잘 집중할 수가 없었지만, 그 정도는 괜찮았다.

일요일은 주로 신문배달원이 신문 요금을 받으러 가는 날이다. 나는 정말 많은 사람들의 내면을 보았다. 어린 학생을 격려해주며, 단번에 돈을 주는 사람은 거의 없었다. 하루라도 신문배달이 잘못되면 온갖 욕설을 다 하는 사람들이, 신문 요금 줄 때는 서너 번씩 찾아가 졸라 야만 마지못해 주곤 했다. 심지어 어느 술집 주인은 "어? 그래, 돈 받 으러 왔어? 잠시만 기다려." 하고는 술집 안으로 들어가서 도통 나오 지를 않는다. 학생이 술집 안에 들어갈 수도 없고, 30분씩을 기다리다 돌아올 수밖에 없었다. 그 사람은 내가 수금하러 갈 때마다 똑같은 수 법으로 나를 따돌렸다. 또 어느 교회에서는 (그 사람이 목사인지 장로인지는 모 르겠다) "일요일이기 때문에 돈을 줄 수 없다"고 했다. 학생은 일요일이 아니면 수금하러 올 시간이 없고, 교회는 일요일이기 때문에 돈을 줄 수 없다. 그 교회는 진정 사랑을 가르치는 예수님을 믿는 교회인가? 내가 신문배달을 두 달 좀 넘게 했는데, 월급을 한 푼도 못 받고 그만 두게 된 동기는 지부장 때문이었다. 지부장은 두 달 동안 배달원의 봉 급을 주지 않았다. 나는 지부장을 만날 시간이 잘 없어서 따지기가 쉽 지 않았는데, 어쩌다 마주치면 "내일 줄게."라고 했다. 내일에는 또 다 른 내일이 있다는 걸 그 당시 나는 몰랐다. 그러던 어느 날 부산본부에 서 연락이 왔다. '우리 지부장이 석 달치 신문대금과 배달원들의 봉급 을 몽땅 떼먹고 도망갔다'는 것이었다. 가난한 어린 학생들이 그렇게 구박받으면서 수금한 돈과, 애들에게는 생계가 달려 있는 봉급을 떼먹 고 잠적하다니…. 아, 이것이 진정 내가 살아가야 할 사회란 말인가? 나는 이때의 경험을 바탕으로 「수금(收金)」이라는 제목으로 소설을 한

편 써서, 이창원 선생님께 보여 드렸는데, 선생님께서는 내게 여러 가지 조언을 해주셨다. 나는 사실 문학적인 재능이 뛰어났으나, 그걸 끝까지 살리질 못해 아쉽다.

조만제 상담 선생님과 내 생활에 대해 상담한 지 며칠 후에, "3학년 4반 학생의 집에 입주해서, 그 학생을 가르치면서 함께 공부하겠느냐"고 연락이 왔다. 김영준이란 그 친구의 집은 초량동 선화여고 가는 쪽에 있었다. 아버지는 대구상고를 나와 금융회사의 임원으로 근무하시는 대단히 부유한 분이었는데, 영준이는 그 집 외동아들이었고, 식구는 영준이 부모님과 가정부뿐이었다. 그 집은 부유해서, 내가 살아오던 방식과는 여러 가지 다른 점이 많아, 내가 생활하기에는 불편한 점이 참 많았다. 그래서 내가 할 수 있는 일이라곤 영준이를 가르치는 것과 그냥 열심히 공부하는 것뿐이었다. 영준이 부모님의 소원은 영준이가 4년제 대학에 들어가는 것이 유일했으며, 나는 영준이를 예비고사에 합격시켜야 하는 막중한 임무를 가지고 있었다. 그 당시는 일단 예비고사에 합격을 해야만 4년제 대학에 지원할 수 있는 제도였기 때문에, 예비고사에 합격, 불합격이라는 제도가 있었다. 또 서울에 있는 대학에 가려면 서울 지역 예비고사를 치러야 했고, 부산에 있는 대학을 갈려면 부산 지역 예비고사를 통과해야만 했다. 나는 6월부터 예비고사를 치르는 날까지 정말 열심히 영준이를 가르치려고 노력했는데, 영준이에게는 공부보다는 뭔가 다른 쪽에 소질이 있었는지, 좀처럼 성적이 오르질 않았다. 예비고사 치루기 일주일 전에는 전 과목에 대해 예상문제를 뽑아내어, "이것만 외워라, 그러면 합격한다"고 했다. 실제로 내가 뽑아낸 예상문제 중에 출제된 문제가 대단히 많아서, 가장 커트라인이 낮을 것 같은 경남과 경기에 원서를 낸 영준이가 합격할 수 있으리라 기대를 했다. 그러나, 시험을 다 치르고 집에 돌아와 복귀를 해보니, 영준이의 오답 선택율(시험문제는 전부 객관식이었다)은 내 예상을 완전히 빗나갔다. 6월부터 11월까지 나는 난생처음 살아보는 부잣집에서 좋은 음식을 먹으며, 영준이와 쉽지 않은 시간을 보냈지만 예비고사 합격자 발표를 며칠 앞두고, 그 집을 나와 다시 기숙사로 돌아왔다. 영준이 부모님께는 정말 죄송스러웠지만, "영준이를 위해 내가 할 수 있는 일은 다했고, 이제는 기숙사에서 본고사를 준비해야겠다"는 것이 내 변명이었다. 그 후로 영준이와의 연락을 완전히 끊어버린 것이 늘 영준이 부모님께 죄스럽고 미안했는데, 내가 영준이를 합격시키지 못했다는 부담이 너무 컸기 때문이라 생각된다. 대학 다닐 때 수산대학교 축제 때, 어느 전문학교에서 디자인을 공부하고 있다는 영준이를 잠깐 만난 적이 있는데, 지금은 어디서 어떻게 살고 있는지 궁금하다. 공부가 아닌 다른 그의 적성을 찾아서 행복하고 성공적인 인생을 살고 있기를 바란다.

공부

고등학교 때 나를 가르쳐주신 선생님들을 졸업 후 한 번도 찾아뵙지를 못해 죄스럽다. 이창원, 김종욱, 김봉기, 윤덕만, 김만석 국어 선생님, 이병혁 한문 선생님, 황상우(별명:도치), 김민, 이옥우, 김학배 영어 선생님, 최명호, 정경술 수학 선생님, 이춘식 독일어 선생님, 허일성, 천도균 정치경제 선생님, 허만웅 국사 선생님, 조상호 세계사 선생님,

우대식 생물 선생님, 김오현 지리 선생님, 허만기, 박병환 화학 선생님, 권영기, 이종찬 물리 선생님, 박명옥 지학 선생님, 이식우 체육 선생님, 안영환(별명:똥개) 유도 선생님, 원현욱 미술 선생님, 조만제 상담 선생님, 최두순 교장 선생님.

모과회 낙도 봉사활동

　고등학교에 와서도 내 성적은 항상 최상위권이었다. 졸업할 때는 전교 석차가 이광우에 이어 내가 2등이어서 교육회회장상을 받았다. 그러나 나는 늘 내 실력에 자신이 없었다. IQ로는 145인 이광우와 노판규보다 낮은 143이었지만, 실제로 내가 공부하는 방식은 다른 학생들과는 많이 달랐다. 나는 무슨 과목이든 중요하다고 생각되는 부분만 뽑아내어 공부했다. 실제로 시험보기 전에 친구들끼리 예상문제에 대한 얘기를 해보면, 대부분의 친구들은 나보다 훨씬 광범위하게 많이 알고 있었지만, 성적은 내가 잘 나왔다. 나는 그들에게, "그런 것은 중요하지 않다. 그런 건 시험문제에 안 나온다, 시험에 나오지도 않을 걸 뭐 그렇게 열심히 달달 외우냐?"라고 말하곤 했다. 뿐만 아니라, 나는 벼락치기로 공부하는 스타일이어서, 시험 당일날은 머릿속에서 방금 암기한 것들이 흐트러질까 봐 걸음도 살금살금 걸었으며 시험이 끝나면 몽땅 잊어버리곤 했다. 따라서 나는 시험을 치를 때 운이 좋았을 뿐이지, 실제 실력은 좋지 못하다고 생각했다.

우리 학교는 매년 국, 영, 수 세 과목에 대해 학력경시대회를 열었는데, 과목별 우승자에게는 스테인리스 밥그릇 등 푸짐한 상품을 주었다. 나는 국어 과목을 항상 우승했다. 문학적인 소질도 있었지만 중학교 때 안택현 교감 선생님으로부터 잘 배운 탓이었으리라. 수학은 광우가 잘했고, 영어는 병재가 잘했다. 특히 병재는 부친이 영어 선생님이라서 그런지 몰라도 중학교 때 이미 고등학생 수준의 영어책을 다 공부하고 온 것 같았다. 나는 병재가 중학교 때 뗐다는 안현필 씨가 지은 '오력일체'라는 영어책부터 공부하기 시작했고, 다른 친구들이 정통종합영어를 공부할 때 나는 '영어구문론과 영어정해'라는 책을 선택했다. 어쨌든 나의 실력은 한참 뒤쳐졌는데, 시험 성적은 늘 남보다 좋았기 때문에, '과연 이러한 내 엉터리 실력이 대학 본고사에서도 통할까.'라는 생각이 들어 조금 불안했고, 실제로 서울법대를 포기하는 한 가지 원인이 된 것 같다.

해양대학교 응시

1979년 11월, 가정교사를 하던 집에서 기숙사로 돌아온 나는 어느 학교로 진학할 것인가 고민에 빠졌다. 서울법대를 포기한 지는 오래고, 어쩌다 보니 육사에는 원서도 내지 못했다. 검, 판사를 바라는 아버지, 가난한 우리 집…. 나의 고민은 학비 걱정 없이 공부하고, 공부 끝나면 돈 잘 벌 수 있는 그런 학교였다. 결론은 해양대학교로 진학하여 선장이 되는 것이었다. 갑자기 부산항에 정박해 있는 커다란 배들에게 친근감을 느꼈다. 고등학교 때 나는 인문계 반이었고, 해양대학교 항해과는 자연계에서만 배우는 수학2, 과학2 같은 시험과목이 있었지만, 나는 일단 항해과에 원서를 접수시키고 응시를 했다. 예상대로 수학2와 과학2의 범위에 속하는 몇 문제는 풀 수가 없었지만, 국어, 영어, 국사 같은 과목의 문제는 아주 쉬웠다. 얼마 후 1차 합격자 발표, 당연히 합격이었다. 신체검사와 면접이 남아 있긴 했으나, 나는 이미 해양대학생이 된 기분이었다. 학생복과 모자도 멋있었고, 미래에 선장이 되어 세계 여러 나라를 누비고 있을 내 모습을 상상만 해도 흐뭇해졌다.

이때 학교에서는 전기(前期) 대학교 입학원서를 받고 있었다. 나는 부산상대 무역과에 원서를 내놓은 상태였는데, 해양대학교 필기시험 합격 후, 담임 최명호 선생님께 물어보니, 나의 지원서는 여러 학생들 것을 모아 한꺼번에 접수시키기 위해, 아직 접수시키지 않고 가지고 있다고 하셨다. 나는 선생님에게 말했다.

"저는 어차피 해양대학교로 진학할 겁니다. 그런데 혹시 제가 무역과에 떨어지기라도 한다면, 학교로서는 부산대학교 합격자 수를 한 명 손해 보는 것 아닙니까? 어차피 부산대학교 합격자 수 한 명 늘이기 위해 보는 시험이라면, 굳이 무역과에 응시할 게 아니라 다른 쉬운 곳으로 바꿔주십시오."

"그래, 그러면 어느 과를 써줄까?"

"아무데나 경쟁률이 낮은 곳이면 다 좋습니다. 어차피 가지는 않을 텐데요 뭐."

그때 입학원서를 제출하기 위해 교무실에 와 있던 '정석교'라는 친구가 끼어들었다.

"야, 내가 기계설계과에 응시하는데 같이 치자. 내 앞에 앉아서 답안도 좀 보여주고."

"응, 그래? 기계설계과? 좋지. 그렇게 하자."

이렇게 돼서 나는 부산대학교 기계설계과에 입학원서를 접수시키게 되었다. 얼마 후 나는 해양대학교에서 신체검사를 받았는데, 여기서 그만 상상도 못 한 일이 벌어지고 말았다. 항해과는 양안시력 1.0이상을 요구하는데, 그날 나의 시력은 두 쪽 다 0.8이 나왔다. 평소에 나는 눈이 나쁘다는 느낌은 전혀 없었다. 오히려 두 눈 모두 2.0을 자랑했기 때문에 특별활동반(물론 실제 활동은 없었지만)에는 사격반에 등록되어 있었다. 그런데 이게 웬 날벼락인가? 난 해양대 선배들 몇 명에게 "내가 항해과를 지원했는데, 시력이 0.8이 나왔다. 어떻게 되겠느냐?"고 물어봤다. 그들의 대답은 "통상 항해과는 시력이 1.0 이상이 안 되면 떨어지지만, 필기시험 성적이 대단히 우수하면 합격시켜줄지도 모른다"는 것이었다. 나는 필기시험을 대단히 잘 치른 쪽이라 생각했다. 왜냐하면 1차 합격자 명단에 내가 위에서 몇 번째에 있었다는 것을 기억했기 때문이었다.

　한 가닥의 희망을 가지고, 담임 선생님을 찾아갔는데, '나의 부산대학교 입학원서는 기계설계과로 이미 접수시켜버렸다'는 말씀을 들었다. 그로부터 며칠간은 정말 가슴이 답답했다. 머리 속에는 온통 '해양대학교에 떨어지면, 재수를 해야 하는가?'라는 생각뿐이었다. 고등학교 졸업식 날, 나는 전교 석차 2등으로 부산시교육회 회장상을 받게 되어 있었지만 졸업식에 참석하지 못했다. 왜냐하면 그날은 해양대학교 최종 면접시험 보는 날이었기 때문이었다. '나는 필기시험을 대단히 잘 봤기 때문에, 비록 시력이 나쁘더라도, 최종합격이 될 수 있다'는 희망을 가지고, 졸업식 참석 대신 면접시험 응시를 택한 것이었다. 그리고… 나는 중학교 때 주판대회 3급시험에서 떨어져본 이후 처음으로, 시험에서 떨어지는 경험을 하게 되었고, 내 인생은 전혀 엉뚱한 길로 접어들었다.

3장

청년 시절

대학생활은 어떤 면에서는 도전이었고, 어떤 면에서는 현실 안주였다. 작은 일에서는 의지가 굳었으나, 큰 변화에 대해서는 현실의 벽을 두려워함으로써, 내 인생은 보이지 않는 손에 맡겨진 꼴이었다. 군대생활은 새로운 경험이긴 했으나 내 인생에 큰 영향은 주지 못했다.

부산대학교 입학

해양대 항해과 입시에 떨어짐으로써, 나는 앞으로 어떻게 해야 할지 그저 멍~한 상태였다. 재수를 하자니 1년간의 생활비, 학원비는 어찌할 것이며, 시골에서 공부 잘한다고 소문난 내가 대학을 못 가고 재수한다는 것이 얼마나 부끄러운 일이며, 아버지의 자존심을 상하게 할 것인가? 그렇다고 후기(後期) 대학에 가자니, 사립대학 등록금을 어떻게 감당할 것이며, '그렇게 공부 잘한다더니, XX대 갔다더라'라고 할 사람들의 시선이 두려웠다. 전기(前期) 대학 입학시험 날, 나는 본고사에 대한 아무런 준비없이 그냥 원서가 접수되어 있으니, 부산대학교 기계과에 시험을 쳤다. '내가 아무리 자연계 공부를 안 했지만 합격이야 하겠지. 그래서 배정고등학교의 부산대 합격자 수 한 명 늘려주겠지. 그것이 고등학교의 명예를 높이는 데 조금은 도움이 되겠지.'라는 생각으로. 그 당시 본고사는 국, 영, 수는 물론 정치경제, 국사, 세계사, 지리, 지학, 물리, 화학, 생물 등 전 과목 시험을 치렀는데, 수학2, 과학2 등 인문계에서 배우지 않은 몇 문제를 제외하곤 대체로 쉬웠다. 지금은 서울에 있는 대학에 비해 지방대학들이 상당히 위축되어 있지만, 그 당시에는 서울대를 제외하고는 국립지방대들이 가장 경쟁률이 높았다. 고대법대, 연세상대 등 몇몇 학과를 제외하고는 고대나 연대보다 부산대에 입학하기가 더 어려웠다. 특히 1973년에는 정부의 '국립대학교특성화계획'에 의해 부산대학교는 기계특성화 대학으로 선정되었고, 기존의 기계과는 확대 개편되어 기계설계, 화학기계, 섬유기계, 박용기계 등으로 세분화되어, 74년도에는 기계설계 전공에만 200명의 신입생을 뽑게 되어 있었다.

합격자 발표날, 부산대학교 본관 벽면에 붙어 있는 합격자 명단에서, 나는 내 이름이 입학금 전액을 지원받는 장학생 명단에 들어 있는 걸 보고 한편으론 놀랍기도 했지만, 다른 면에서는 묘한 생각이 들었다. "도대체 뭐란 말인가? 나는 인문계 공부만 했는데, 어떻게 자연계 출신 학생들과 겨뤄 200명 중에 4등을 했단 말인가? 그렇다면 나는 기계 분야를 공부해도 충분히 잘할 수 있단 말인가?" 왠지 모를 자신감이 생기면서 갑자기 고등학교 때 했던 적성검사가 생각이 났다. 적성검사 결과는 '모든 직업이 내 적성에 맞다'는 것이었다. 상담 선생님께 여쭤봤더니, "너는 어떤 분야에서 일하든 다 성공할 수 있어. 모든 직업이 다 네 적성에 맞아."라고 하셨다. 적성검사를 할 때 나는 내 적성에 맞는 문항을 고른 것인지, 아니면 각 설문마다 정답을 고른 것인지 헷갈리기는 했으나, 어쨌든 내게 유리한 쪽으로 해석하고 있었다.

따라서, 내 마음은 이미 부산대학교 기계과로 진학하는 쪽으로 많이 기울어져 있었지만, 그래도 몇몇 선생님을 찾아뵙고, 자초지종을 설명 드린 후, '내가 재수를 해야 할지, 기계과 공부를 해야 할지'에 대해 의견을 구했다. 존경하는 김한식 선생님도, 조만제 선생님도, 이창원 선생님도, 고1 때 담임이셨던 김오현 선생님도 다 기계과로 진학하는 게 좋겠다고 하셨다. 아들이 공부 잘해서 늘 자랑스러워하시며 검, 판사가 되기를 희망하시던 아버지를 설득시키는 것이 마음 아팠지만, 나는 그렇게 기계과로 입학하게 되었다.

군대 가기 전의 대학생활

기계공학 공부를 하기 위해서는 우선 고등학교 자연계에서 배우는 수학2 분야의 공부가 필요했다. 특히 미적분 시간에는 교수님이 "올해는 교재를 너무 쉬운 걸 채택했어. 이런 것들 너희 고등학교에서 다 배웠지?" 하며 그냥 넘어가는 경우가 많았다. 초월함수의 미적분이라고는 금시초문인 나는 고등학교 수학책부터 공부를 해야 했다. 중간고사 때는 총 5문제가 출제되었다. 수학2를 배우지 않은 나는 혼자 공부한 실력으로 조금은 긴장이 되었으나, 4문제는 잘 풀었고, 한 문제는 좀 엉성하게 답안 작성을 했다. 시험을 치른 후 친구들과 얘기를 해보니, 5문제 중 3문제도 제대로 푼 학생이 없는 게 아닌가? '도대체 이게 뭔가? 이 친구들이 멍청한 건가? 내가 똑똑한 건가?' 나는 도통 판단이 서질 않았다. 다만 한 가지 '더 이상 기계과 온 걸 후회하지 말자. 나는 충분히 해 낼 수 있다.'라는 은근한 자신감이 생겼다.

이때부터의 내 생활은 공부에 대한 걱정보다는 대학 생활 자체를 즐기는 쪽이었다. 당구도 치러 다니고, '마이티(Mighty)'라는 카드 게임을 하느라 밤을 지새우기가 일쑤였으며, 학교 앞 막걸리 집에서 술도 엄청 마셔댔다. 반정부 데모를 할 때는 아무런 의식화없이 그저 스크럼을 짜고 경찰과 대치하는 그 상황을 즐겼다. 특히 대부분의 내 생활은 유엔학생

왼쪽부터 전병도, 필자, 권태일, 최순철

회(UNSA)라는 써클 활동과 거기서 사귄 친구들과 함께였다. 중요한 행사 때면 지도교수인 김경환 교수도 빠지지 않으셨고, 풀피리를 잘 불던 1기 김문생 선배의 자상한 지도가 고마웠으며, 5기 최성철 선배, 바로 위 6기인 심영인, 조세형, 이종갑, 김상문, 김응수, 고영숙 선배 등이 잘 이끌어주었다. 나는 7기 멤버로서, 마이티(Mighty)를 하든, 바둑을 두든, 술을 마시든 같은 7기인 최순철, 권태일, 이준국, 전병도, 최희영, 여주현, 송성태, 구용택, 방근제, 강진헌 등과 함께였고. 윤진숙, 김승희, 최송희, 김미애, 노인숙, 이순자, 이옥자, 강옥숙 씨 등의 7기 여학생들과 어울려 대화하고, 축제 때는 포크댄스도 하고, 가지산 계곡 배내마을에 하계 봉사활동 가서 함께 별도 세고, 산으로 들로 야유회, 엠티(MT)도 다녔다. 구용택(퍼스트 기타), 방근제(세컨드 기타), 송성태

(드럼)와 내(베이스 기타)가 조직한 'The Big Chance'라는 보컬그룹은 고고
미팅(GOGO Meeting)이나 타 써클의 행사에 초대되어 연주를 해주고 짭짤
히 술값을 벌기도 했다. 문학에 소질이 있던 나는 써클 소식지를 창간
하여 수필을 쓰기도 했고, 2학년 때는 부산대 UNSA 회장으로 활동하
면서, 경북대, 중앙대 등의 UNSA와 교류회도 가졌다.

UNSA 회장 시절 UN 묘지 참배

특히 별명이 '엄마'일 정도로 착하고, 뒷바라지 잘하고, 말과 행동이
조신했던 윤진숙 씨에게는 특별한 감정이 느껴져서 함께 있으면 괜히
기분이 좋아지고, 안 보면 보고 싶었다. 간호과였던 그녀가 2학년 때
는 캠퍼스가 다른 의과대학으로 가버려서, 주소만 들고 가야동에 사
는 그녀의 집을 찾아보기도 했으며, 송창식의 노래 '한번쯤'을 열심히
불렀다. 고영숙 씨가 졸업했을 때는 밀양동강중학교 교감 선생님께 가

정 담당 교사로 추천을 해서, 고영숙 씨는 내 동생을 비롯한 나의 고향 후배들에게 기억나는 선생님이 되었다. 어릴 적 동네 친구로 경상대에 다니던 손영달이가 군대 가면서 소개해준 진주교대에 다니던 정영애 씨와는 약 1년간 펜팔 친구가 되었다. 글쓰기에 재주가 있었던 나는 참 많은 편지를 보냈는데, 나중엔 진주에서 만나 서로 말을 놓을 만큼 스스럼없는 친구가 되었다. 후에 손영달과 정영애는 결혼하여 행복한 가정을 꾸렸다.

  학교 성적은 항상 좋았기 때문에 등록금은 장학금을 받아 해결했고, 생활비는 입주 가정교사를 하여 해결했다. 1학년 때는 부암동에 있는 어느 목욕탕집 할머니의 1남 4녀 중 외동아들인 박성보라는 동의공고 3학년 학생의 집에 입주해 있었는데, 성보의 아버지는 일찍 돌아가셨고, 어머니는 목욕탕 운영 외에도 체증을 잘 내리는 기술이 있어, 체증 걸린 사람들의 발길이 끊이지 않았다. 성보의 어머니를 비롯해, 이혼 후 중학생인 딸을 데리고 친정에 와 살고 있는 큰누나, 나보다 한 살 위인 셋째누나 순의(박자영), 그리고 막내인 여동생 중학생 순덕(박성영)이 등 이 집안엔 온통 여자들이어서, 옷을 편하게 입는 여름철엔 내가 들락거리기에 좀 민망한 면도 있었다. 나는 고등학교 때의 입주 가정교사 실패를 거울삼아, 최선을 다해 성보를 가르쳤지만, 결과는 역시 좋지 못하였다. 나는 남을 가르치는 소질이 뛰어났는데, 왜 연거푸 좋은 결실을 못 봤는지 정말 아쉬웠다. 예비고사가 끝난 후 성보의 집을 나와 영도 영선동에 어느 집에 잠시 입주 가정교사를 했었는데, 몇 달 못가 쫓겨났다. 써클 활동에 재미를 붙여 몇 번 늦게 귀가했더니, 그 집 어머니가 냉정하게 "손 선생님은 실력은 있는 것 같은데, 성의가 너무 부족하니 내 아이를 계속 맡길 수가 없어요, 나가주세요."라고 했다. 갈 곳이 없던 나는 대연동 고개 꼭대기 마을에 사는 고모댁 다락방에서 얼마 동안 생활했는데, 고모님은 손주들에게 "공부 잘하는 진외오촌아재를 본받으라"고 노래를 불렀다. 사실 고종형 박병기의 아들 종형이는 내가 이름을 지어주었었다.

2학년 때는 학교 앞에 방을 하나 얻어, 고등학교 1년 후배인 '진호선'이와 자취생활을 하면서, 시간제 가정교사로 생활비를 충당했다. 가수 서유석 씨와 꼭 닮은 호선이는 고등학교 때 기숙사에서 함께 생활하면서, 나를 굉장히 좋아했었는데, 막상 함께 생활하면서 내가 너무 밥해 먹는 걸 게을리하니, 나에 대해 적잖이 실망을 했다. 호선이의 아버지께서는 거제도에서 여러 번 많은 종류의 생선들을 가져오셨는데, 안 좋은 모습만 보여주게 되어 호선이와 그의 아버지께는 미안했다. 그러나 그렇게 내 생활이 평소 나답지 않게 흐트러져 있었던 것은 공부와 적성에 대한 새로운 발견 때문이었던 것 같다.

학교 성적은 여전히 괜찮았다. 그러나 좋은 성적을 내는 방법은 전혀 공학적인 접근 방식이 아니었다. 내가 공부해오던 방식, 즉 예상문제를 추려서 달달 외워 두면 실제 시험 출제의 60% 이상을 적중했고, 평균 B 이상의 학점은 받을 수 있었다. 1학년 때 교양과목을 수강할 땐 몰랐는데, 2학년부터 전공과목인 역학(고체역학, 유체역학, 열역학, 동역학)과 기계진동학, 기계제도, 기계공작, 전기공학 등의 과목을 수강해보니, 내 방식은 더 이상 좋은 방법이 아니었다. 문제 하나를 '맞추고 못 맞추고'가 중요한 것이 아니라, 원리를 이해하고, 그 원리를 응용해 어떠한 문제든 스스로 해결해나갈 수 있어야 하는데, 내게는 그런 면이 부족했다. 본 적이 있으면 아는 문제이고 본 적이 없으면 모르는 문제일 뿐이었다. 공부에 대한 자신감은 점점 떨어지고 '앞으로 내 인생은 어떻게 될 것인가'가 고민이었다. 2학년을 마치면서 나는 뭔가 '전기(轉機)를 마련해야겠다'고 생각하고 군대를 가기로 마음먹었다. '일단 군 문제를 해결하고, 제대 후에 타 대학 법학과로 편입하는 방법을 모색하자. 아버지께서 그토록 원하는 검, 판사가 돼보자.'라는 막연한 생각으로, 전투경찰 모집에 응모했다.

군 입대

1976년 2월 5일, 추운 날 아침, 머리를 박박 깎은 나는 연무대로 들어섰다. 전경 24기로 자원입대한 나는 전, 후반기 신병훈련을 논산에서 받아야 했다. 훈련소에 배치되기 전 누구나 거쳐야 하는 수용연대에서의 며칠간은 '불당번'이 되어, 조개탄을 때는 난로의 불을 꺼지지 않게 하기 위해 잠을 설치기가 일쑤였다. 이제는 많이 달라졌겠지만 '장정'이라 불리는 군번 없는 군인들인 수용연대의 생활은 인간 이하의 취급을 받았다. 26연대에서의 전반기 훈련소 생활은 할 만했다. 훈련소에서의 생활백태는 남자들이 한번 겪어볼 만한 경험들이었다. 그때 배운 노래들이 삼십 년 이상이 지난 지금도 잊히지 않는다. 특히 무명가수 생활을 했다고 하는 홍순원의 '용두산 엘레지'는 애간장을 살살 녹였다. 다리가 안장다리여서 차렷 자세 때 양 무릎을 붙이기가 힘든 나는 정말 많이도 얻어맞았지만, 시골서 자라서 목소리가 크고, 악을 쓰는 데는 자신이 있어서 총검술을 할 때면 시범조교를 도맡아 했다. 옆 내무반의 내무반장인 조하사는 색소폰 부는 게 취미였는데, 취침 나팔이 불고 난 후에는, 옥상으로 올라가 고향 생각나게 하는 곡을 연주하곤 했다. 신상명세의 취미란에 '창작'이라고 썼더니, 내무반장이던 김 하사가 어느 훈련병의 누나에게 연애편지를 하나 대필해 달라고 했다. 심혈을 기울여 편지를 썼는데 답장이 오질 않았다. 전반기 훈련을 마치는 날, 김 하사는 "지금까지 여러 사람이 연애편지를 대필해줬는데, 친척이 훈련소에 있을 때는 답장이 잘 오다가, 훈련소만 나가고 나면 더 이상 답장이 오질 않았었다. 네가 쓴 편지는 훈련 기간 중에는 답장이 오질 않다가, 훈련이 끝나는 날인 오늘, 답장이 왔다. 뭔가 잘될 것 같다."라고 했다. 좋은 인연으로 이어지기를 바라면서 나는 후반기 훈련을 위해 29연대로 갔다. 짠밥수가 늘어난 탓인지 후반기 교육은 큰 어려움 없이 마치고, 자대 배치 받는 날, 수백 명 중 나를 포함한 10명이 '레이다기지 요원'으로 선발되었다. "너희들은 정말 편하게 군생활하게 되었다"며, 동료들과 인솔하는 병사가 부러워하는 가운데, 우리 열 명은 꾀죄죄한 모습으로 기차를 타고, 부산에 있는 경남경찰국으로 인계되었다.

자대 배치

해안 레이다기지는 공해상에서 침투하는 대간첩선 작전이 주 임무인데, 타 지역엔 주로 육군이나 해군이 맡았으나, 경남 지역엔 경찰 소속의 기지가 4개 있었다. 나와 함께 4명의 신병들은 부산에서 시외버스를 타고, 충무 남망산 아래에 있는 레이다운용대 본부로 와 1박을 하게 되었다. 운용대 본부에 근무하는 고참 대원은 '환영한다'며 미소를 지어줬고, 왼쪽 가슴엔 '경남경찰국 레이다 운용대 아무개'라고 된 하얀 뿔명찰을 달고 있으니, 우리는 군인이 아니라 경찰이라는 생각에 우쭐해졌다. 다음날 우리는 여객선을 타고, 거제도 최남단 대포마을에 위치

기지장과 동료 박영욱과 함께(오른쪽이 필자)

한 118기지로 향했다. 인솔한 고참 대원은 "네 명이 한 달간 통제기지인 118기지에서 자대교육을 받고, 한 달 후에는 118기지에 남는 사람도 있고, 감시기지인 119,120기지로 가는 사람도 있다"고 했다. 설레던 마음은 마을을 지나 기지가 있는 산 정상으로 올라가다, 마을이 보이지 않는 지점부터 산산조각이 났다. "전입신고 한번 해봐."라는 고참 대원의 명령에 따라, 나는 신병의 대표로 군기가 바싹 들어 우렁차고도 멋지게 신고를 했지만, 고참들은 우리를 반쯤 죽이기로 작정을 했던 것 같았다. 평균경사 30도인 해발 약 260m 고지까지 수없이 발길질을 당하고, 욕설을 들으면서, 다블빽을 멘 채로 오리걸음으로 올라갔다.

24기 동기생들은 전경 10기의 교체 병력이었는데, 118기지에는 제대를 약 한 달 앞둔 10기 선배가 두 명 있었지만, 한 달 동안 얼굴은 딱 한번 봤다. 전경대 초창기는 아직 질서가 잡히지 않아 그랬는지는 몰라도, 그들은 이미 회사에 취직이 되어 직장생활을 하고 있는 것 같았으며, 어쩌다 기지에 한번 왔을 때는 머리가 장발이었다. 한 달 동안 의아선박 추적법, 각종 무전기 사용법, 군대암호, 독도법 등의 교육을 받고 난 후, 박경태, 이경락은 감시기지로 배치받고 나와 박영욱은 118 통제기지에 남게 되었다. 나중에 고참들에게 물어보니 내가 네 명 중 가장 일을 잘해서 뽑았다고 했다. '군대서는 너무 뛸 필요 없이 중간치만 하라'는 말이 떠올라 쓴웃음을 지었다.

거제도 대포기지 시절

통상 조직은 피라밋 구조로 되어 있는 게 보통인데, 118기지는 조직 구조가 대단히 잘 못되어 있었다. 기지장(경사)을 포함해서 대원은 총 24명이 있었는데, 입대 1년 남짓 된 17기가 7명(김영진, 홍순협, 성남선, 박수대, 강길수, 하선학 등), 10개월쯤 된 18기가 6명(박춘식, 장덕상, 최재호, 변XX 등), 7개월 된 20기가

대포기지 시절

3명(이성훈, 김찬성, 김윤곤), 우리와 같이 전경입대 시험을 치르고 입대 시기만 좀 빨랐던 22기가 4명(조정호, 임창호, 이복선, 윤광석), 그리고 내 동기가 박영욱과 나 둘뿐인 역피라밋 구조였다. 고참 수는 많고 졸병 수는 적은데다, 레이다기지라는 곳이 타 부대와 달라 독립된 조직이다 보니, 한마디로 고참은 천국이고, 졸병은 지옥이었다. 영욱이와 나는, 발전병인 윤광석을 제외한 22기 세 명과 함께 식사 당번을 일주일씩 번갈아하며 3교대 근무도 고참병들과 똑같이 했다. 산중턱에 있는 식수를 길어오는 일, 대포마을 선착장에서부터, 무거운 짐을 지고 오는 일 등은 다행히 내가 시골서 지게를 많이 져본 경험이 있기에 크게 힘들지는 않았다.

최재호 씨는 전국학생체전 때 충청도 유도 대표를 했다는 사람으로, 대민봉사활동을 나가면 볏가마니를 어깨에 메고 올 정도로 힘이 장사였는데, 내가 고등학교 때 유도를 좀 했다고 했더니, 틈만 나면 옥상에 매트리스를 깔아놓고 유도를 하자고 했다. 내가 곁누르기 기술을 걸면, 그는 쉽게 빠져나왔으나, 그가 같은 기술을 걸면 나는 꼼짝달싹도 못 했다. 체급도 달랐지만 나는 초단이고 그는 4단인데 어디 상대가 되기나 하나. 강원도 출신인 김찬성 씨는 거구였는데, 다른 사람이 약을 먹으면 무슨 약이든지를 불문하고 얻어먹기를 좋아했다. 보약이라면 상관없지만 그는 두통약이든 설사약이든 아무거나 가리지 않고 먹었으며, 간혹 나한테도 아무 약이나 나눠주곤 했다. 한번은 휴가를 갔다 오더니 몸에 좋은 약이라면서 한 알을 주며 먹으라고 했다. 나는 좀 미심쩍은 생각이 들어 먹은 것처럼 제스처는 취했으나, 실제로 삼키지는 않고 감추었다. 그는 "먹었어? 정말 먹었어? 괜찮아?" 하면서 계속 웃어 댔다. 알고 보니 그가 건넨 것은 돼지를 발정 나게 하는 약이라나. 개구쟁이 고참이었다. 이성훈 씨는 진해 사람이었는데, 한번은 배를 타고 인접한 섬으로 놀러가는 중 "수영에는 자신 있다"면서 배에서 뛰어내렸다. 잠깐 동안 헤엄쳐서 따라오던 그는 "건져 올려 달라"고 소리를 쳤다. 위에서 보는 잔잔한 물살과는 달리 물밑에는 소용돌이가 치고 있어 대단히 위험하다고 했다. 우리는 몇 명씩 가끔 카빈 소총을 하나씩 들고 해녀들이 작업하는 배를 타고 나가기도 했는데, 해녀들이 "상품 가치가 없다"면서 주는 조그만 전복이나 해삼들을 안주로 해서 먹는 배 위에서의 소주 맛은 정말 최고였다. 배위에서 아무렇지도 않은 듯 옷을 훌렁훌렁 벗고 갈아입는 해녀들이 좀 민망스럽긴 했지만. 남해안에서 멸치잡이 철에 먹는 멸치회와 시도 때도 없이 먹을 수 있었던 쥐치회의 맛은 지금도 잊을 수 없다.

기지 생활을 한 지 얼마 안 됐을 때, 부모님께서 면회를 오셨다. 밀양 촌구석에서 거제도 최남단인 이곳까지의 거리가 얼마인데, 떡을 해서 차 타고 배 타고 오신 부모님이 한없이 고마웠다. 특히 살아오면서 한번도 자식사랑을 겉으로 표현한 적이 없으신 아버지의 새로운 면을 볼 수 있었다. 휴가를 나올 때면 비록 군복이긴 했으나, '경남경찰국 레이다운용대'라고 적힌 하얀 뿔명찰이 군인이 아닌 경찰인 것처럼 보여 기분이 괜찮았다. 첫 휴가를 나왔을 때는 군대 가지 않고 계속 공부하던 대학 친구들 외에, 부산에 살고 있던 중학 친구들의 신세를 졌다. 부산진시장에서 그릇 점포를 하나 운영하고 있던 김진억과 아모레 화장품 미용사원이었던 손명희 등에게 밥도, 술도 얻어먹었다. 그 당시 명희는 정말 미인이고 완벽한 신붓감이었는데, 나는 친구 이상의 아무런 생각을 하지 못했으니, 바보였는지, 순수했는지 모르겠다.

기지에는 개를 길렀다. 주로 졸병 식사 당번들이 짠밥을 주면서 정이 들었는데, 어느 정도 큰 개가 되면 고참들이 개를 잡았다. 개를 죽일 때면 스트레스를 풀기 위해서인지, 개머리판으로 내려치는 사람도 있고, 군홧발로 마구 차는 사람들도 있었다. 그렇게 고참들이 개를 잡아주면 고기를 장만하고, 삶고, 끓이는 것은 졸병 몫이었다. 내가 늘 밥 주며 키우던 개인데, 내 손으로 끓이자니 꺼림칙했지만 그래도 맛있게 먹었다. 한번은 고참들이 개를 잡다가 놓친 적이 있었다. 반쯤 죽다가 도망간 그 개는 약 일주일간은 기지 근처에 얼씬도 하지 않았는데, 어느 날 숲속에서 '낑낑'거리는 소리가 들려 가보니, 앙상한 그 개가 배가 고파 기지 근처로 찾아온 것이었다. 사람을 여전히 경계했으나, 늘 밥을 줘오던 졸병에게는 경계심이 덜해, 나는 고참들 몰래 밥을 갖다 주곤 했다. 그러다가 고참들에게 들키고 말았는데, 고참들은 어김없이 그 개도 잡아먹어 버렸다. 어느 해에는 경남 고성에 있는 대대본부에 근무하는 레이다운용대장이 4월 초파일 날 순시를 나와서는 개를 한 마리 잡으라고 하셨다. 그해에는 부처님의 미움이 있어서인지, 일곱 마리의 강아지가 원인도 모르게 차례로 죽어갔다. 인과응보겠지. 가끔 성공적인 작전 수행 후에는 포상금이 나와, 돼지 한 마리를 사서 회식을 하기도 했고, 오래전에 동네에서 방목하다 잃어버린 염소들이 산속에서 번식을 하여, 무리 지어 다니는 산염소들이 있었는데, 가끔씩은 이 염소들을 사냥해서 회식을 하기도 했다.

17기 고참들의 횡포는 좀 도를 지나치다 싶었는데, 어느 날은 충무시에 외출 갔다가 돌아오는 도중 산 중턱에서, 17기 고참 한 명이 술에 취한 채로, 22기 후임 한 명을 괴롭히다가, 참다못한 후임(주먹이 커서 별명이 왕손이었다)에게 흠씬 두들겨 맞는 하극상의 사건이 발생했다. 졸병들은 그날 엄청난 기합을 받았음은 물론, 그 후임은 약 한 달간 반성문을 써야 했다. 또 한번은 야간에 좁은 연병장에서 엄청나게 두들겨 맞고 있었는데, 발에 차여 연병장 밖으로 굴러떨어진 박영욱이는 그 길로 살금살금 기어서 기지 부근에 있는 탐조등 초소로 도망을 가버린 사건이 발생했다. "니 동기는 니가 찾아오라"는 고참들의 명령에, 나는 횃불을 하나 밝혀 들고, 밤새도록 산을 헤매며, "영욱아~ 영욱아~"를 외쳐야 했다.

졸병 생활 18개월 되던 때, 26기, 28기, 29기, 30기 등으로 구성된 열 몇 명이 한꺼번에 118통제기지(그때는 기지명이 403기지로 바뀌었을 때다)로 교육받으러 왔다. 레이다기지 인력 구조의 문제점이 상부에 알려졌는지는 모르지만, 인력 조정 계획이 세워진 것이었다. 고참들은 우리 24기를 받은 후 오랜만에 받는 신참들이라, 신이 나서 구타와 기합을 즐겼다. 그러나, 이들은 신병이 아니고, 다른 데에서는 중고참에 속하는 병력들인데, 받아들이는 것이 옛날과 같을 수가 없었다. 28기인 한 친구가 구타에 못 이겨 탈영을 해버렸다. 그 친구의 고향이 나와 같은 밀양이라, 나는 부기지장인 이 경장과 함께 탈영병을 잡기 위해 밀양역과 삼문동 그의 집 주위를 탐문수사도 하고 잠복근무를 하기도 했다. 이러한 우여곡절 끝에 드디어 레이다기지의 조직은 정상적인 피라밋 구조로 바뀌었다. 기지장 윤승노 경위, 부기지장 이근식(?) 경장, 김기대 순경, 그리고 17기 2명, 18기 2명, 20기 1명, 22기 3명, 24기 나 혼자(동고동락했던 영욱이는 초소로 발령이 났다), 그리고는 새로 채워진 병력들이었다.

매물도기지 시절

어느 해, 거제도 최남단에 있던 기지는 통영군 매물도로 이전을 했다. 나는 졸지에 중고참이 되어 있었지만, 지게를 잘 지는 특기를 살려, 200kg에 육박하는 UHF 무전기의 전원부를 산꼭대기까지 지고 올라갔다. 매물도에서의 생활은 더 이상 지옥은 아니었다. 어선용 MR 레이다를 사용하던 거제도 시절과는 달리, SPS 10, SPA 25 등 미군들이 쓰던

매물도기지 시절

레이다와 육, 해, 공 및 경찰과의 완벽한 통신장비를 갖춘 첨단기지였다. 육, 해, 공, 경 합동훈련 시에는 상황본부로서의 역할을 완벽히 수행하여, 해군함정과 경찰 경비정, 그리고 공군의 항공통제본부와의 긴밀한 협조와 조명기, 폭격기에 대한 완벽한 유도로 포상을 받기도 했으며, 해군 함정을 출동시켜, 대마도 일본 영해에 거의 다 간 변침변속

어선의 신원을 확인하기도 했다. 특히 가배오보작전(정월 대보름날 가배마을 사람들이 바다에서 제사를 지내고 마을로 돌아오던 어선을, 때마침 순찰비행 중이던 미군 정찰기가 간첩선이 접안한 것으로 오인하여, 오산 항공통제본부(TACC)로부터 거꾸로 작전명령이 하달된 대간첩작전) 때는 스타(Star)들이 403기지를 방문한 적도 있었다.

한 가지 불편한 점은 매물도에는 큰 여객선이 다니지 않아, 우리는 네 시간 반이나 걸리는 충무(현재의 통영) 시내까지 부식을 구입하거나, 외출이라도 할 때면, 어선을 개조한 조그만 사설 객선을 타고 다녀야 했다. 큰 여객선은 태풍주의보라도 내리면 출항할 수 없지만 이 배는 태풍이 불어도 다녔다. 파도가 갑판 위를 좌우로 넘겨 다녔기 때문에, 이때는 마치 물속을 다니는 잠수함 같았다.

레이다기지에 근무하는 우리들은 경비정 근무자나 탐조등초소 근무자로부터 대접을 받았다. 어느 탐조등초소나 경비정이 기지요원들에 잘못 보이면, 우리는 밤새도록 그들을 속칭 뺑뺑이를 돌렸기 때문이다. 즉, 레이다에 포착된 멀쩡한 어선 한 척을 의아선박으로 간주하여, 경비정이나 탐조등초소에 확인 요청을 내리면, 그들은 바로 완전군장하여 전투 태세에 들어가야 했다. 하룻밤엔 두 번 정도만 확인시켜놓으면, 다음 날 충무에 나가는 사람은 무조건 이들로부터 술을 얻어먹게 되어 있었다.

기지 내에서 나는 고참이 되어갔지만, 한번도 후배들을 때리거나 욕을 하질 않았다. 내무반의 분위기는 바둑을 두거나 군대 오기 전의 얘기들을 하면서 화기애애했다. 역시 글 솜씨가 있던 나는, 한번은 대학

다니다 입대한 후배에게 여자친구를 하나 소개시켜 달라고 했더니, 주소와 이름이 적힌 쪽지를 건네면서 "이 아가씨는 정말 이뻡니다. 그러나, 손 상경님(나는 그때 계급이 육군의 상병에 해당하는 상경이었다)이 아무리 글 솜씨가 좋다 해도 절대로 답장은 받지 못할 겁니다. 내기를 해도 좋습니다."라고 했다. 오기가 발동한 나는 고심 끝에, 절해고도에서 망망대해를 바라보고 있는 한 군인의 젊고, 패기에 가득 찬, 그러면서도 앞날에 대한 희망으로, 누군가를 기다리는 심정을 표현해 편지를 띄웠다. 일부 기억되는 구절은 다음과 같다.

차라리 파도를 분신하여라

원시의 산 영 번지에 앉아
문명의 레이다가 목을 뽑아
망해의 허를 지킨다

금녀의 고지에
동백꽃이 바위틈에서 가늘게 웃어 언제까지나
귀향살이 상처를 아물려 주는데

뙤약볕이 내리고 비바람이 사나워도
조국의 전초 여기 레이다기지에 산다

약 2주 뒤 답장을 받은 내게 그 후배는 이렇게 말했다. "이 아가씨는 학교를 다니다 여러 가지 복잡한 사연들을 겪게 되어 인생의 쓴맛, 단

맛을 다 경험한 후, 다시는 사람과 만나지 않겠다고 머리를 깎고 중이 되었습니다. 절대로 세상에 다시 안 나오겠다고 했는데, 어떻게 된 영문인지 답이 왔네요. 손 상경님, 내기는 제가 졌습니다." 나는 내기에 이긴 걸로 만족하고, 다시 답장을 보내지 않았다. 그때만 해도 내가 글을 좀 쓰긴 쓴 모양이다.

17기(김영진), 18기(장덕상. 박춘식)가 제대하고 나가자, 레이다기지에서 작전이라도 벌어지면 레이다실은 22기 조정호 씨가 맡고, 통신실은 내가 주로 맡았다. 새로 들어온 후임병들은 작전수행능력이 좀 부족했다. '조정호 씨와 내가 제대하고 나면, 과연 이 기지에서 제대로 작전수행이 될까?' 하는 걱정도 들었다. 그러면서 나는 틈이 나는 대로 영어로 된 레이다 운용 매뉴얼과 정비 매뉴얼을 번역했다. 영어 공부도 할 겸, '명색이 공대생인데 이런 책 한 번쯤 번역해보는 것이 나중에 도움이 되겠지.'라는 생각도 했다. 윤승노 기지장도 나의 번역 작업에 대해 성원과 격려를 해주었다. 어느 날 합동작전훈련 후, 403기지를 방문한 한 해군장교는 내가 번역해놓은 매뉴얼들을 보고는 "경찰에 이런 인력이 있는 줄 몰랐다. 정말 대단한 일을 해놓았다"고 칭찬을 아끼지 않았다. 그날의 작전은 몇 대의 통신장비가 고장이 나는 바람에 결과가 만족스럽지 못했지만, 내가 번역한 매뉴얼 덕분에 잘 마무리가 되었다.

제대

대학 때 받은 군사훈련(교련) 덕분에 나는 4개월의 군 복무 기간 단축 혜택을 받을 수 있었다. 한번도 최고참 생활은 못 해보고, 수경(육군의 병장)으로 진급도 못 해보고. 1978년 7월 12일, 입대한 지 29개월 만에 제대를 하고 고향으로 돌아갔다. 뜻이 잘 맞았던 조정호 씨와는 "우리가 처음 만난 날(1976년 4월 16일)로부터 20년이 되는 날(1996년 4월 16일) 부산대학교 정문에서 다시 만나자"라는 약속을 했다. 내가 제대한 후 일어난 일이긴 하지만, 감시기지인 404기지에서는 실제로 침투하는 간첩선을 검거하는 작전을 수행하기도 했으나, 403기지는 해군으로 넘어갔다고 했다. 해군이든 경찰이든 후배 대원들은 내가 번역한 매뉴얼을 보다 더 잘 보완하여 철통같은 해안선 경계를 해주리라고 믿는다.

사과나무를 심다

세월을 낚고 사과나무를 심다

1978년 7월, 군을 제대한 나는 일단 고향으로 돌아왔다. 마을 뒤에는 아버지께서 '평생 동안 모으신 전 재산'이라 할 수 있는 논 1,500여 평이 있었다. 그해에 정부에서는 '천수답 전전환계획'이라 하여, 천수답에 과수를 심어 가뭄 걱정을 근원적으로 없애고, 농가 소득도 올리려는 사업을 추진하고 있었다. 우리 집 논을 비롯한 그 일대는 사과 단지로 지정되어 농민들의 동의를 받고 있었다. 주위의 다른 사람들은 이미 동의서에 도장을 찍었으나, 문제는 나의 아버지였다. 아버지는 자신이 평생 이루어 놓은 이 논에 대한 애착이 컸고, 다른 사람들 논과는 달리 저수지를 갖추어 논으로도 충분히 가치가 있다고 생각하여 도장을 찍어주지 않고 있었다. 우리 집 논은 지정된 사과 단지의 중앙 부분에 가장 넓게 자리 잡고 있었기 때문에, 아버지의 동의가 없으면 단지 전체 사업이 추진될 수가 없는 상황이었다. 거의 매일 농촌지도소 사람과 면사무소 직원들이 아버지를 찾아왔지만, 아버지는 허락하지 않고 버티고 있었다.

나는 할 일 없는 여름 내내, 집에서 조금 떨어진 조그만 저수지로 낚시를 하러 다녔다. 그때 역시 제대하고 온 '김해성'이란 중학 동창도 그 저수지에서 자주 만났다. 나는 붕어 몇 마리를 잡으면 흐르는 개울물에 씻어 소주와 함께 맛있게 먹고, 해가 지면 집으로 돌아오곤 했다. '기계과로 복학을 해야 하나? 아니면 동아대 법대로 편입을 해야 하나?' 마음속엔 많은 갈등이 있었지만 내 인생을 상담할 만한 사람은 아무 데도 없었고, 나는 세월을 낚고 있었다.

하루는 '이종형'이라고 하는 중학교 2년 선배가 날 찾아왔다. "오늘이 내 생일인데, 네가 집에 와 있단 얘길 들어서, 술 한잔하려고 왔다"고 하시면서. 그 형은 내가 가장 좋아하는 선배였다. 내가 다닌 밀양동강중학교 때는 공부, 달리기, 야구, 축구 등 모든 분야에서 단연 1등이었다. 중학 졸업 후 첫해 부산고에 낙방하고 동래고에 조금 다니다, 이듬해 재수 끝에 부산고로 진학했는데, 부산고 졸업 후에는 부산상대에 들어갔다. 다시 부산상대를 휴학하고 서울상대에 응시를 했는데, 실패하고 복학하는 바람에 나랑 대학생활을 같이 했다. 대학 때도 운동을 좋아해 모든 구기 종목과 달리기에서 상대 대표로 뛰곤 했다. 공부뿐만 아니라 내가 잘 못하는 운동까지도 잘하니, 나는 늘 그 형을 존경했는데, 내가 제대하고 온 지금, 그 형은 대학을 마친 뒤 동네에서 방위병으로 근무하고 있었다. 새까만 후배들에게 깍듯이 고참 대접을 해야 하는 현실에 대

아버지와 함께

한 불만과, 떠나버린 여자친구를 그리워하는 그 형의 하소연을 들으며, 우리는 마음이 맞아 엄청난 술을 마셨다. '나도 누구에겐가는 필요한 사람이구나. 그런데 나는 무엇을 해야 할 것인가?' 마음은 늘 초조했다.

　그러던 어느 날 아버지께서는 드디어 '천수답 전전환계획'에 동의하셨다. 아버지가 도장을 찍은 그다음 날 바로, 마치 대기하고 있었듯이 여러 대의 포크레인과 불도저가 들이닥쳤다. 나는 이날부터 땅의 숨결을 느끼고, 땀의 의미를 깨닫고, 희망의 씨앗을 뿌리며, 삶에 필요한 것과 불필요한 것을 골라내는 데 여념이 없었다. 걱정과 불안이 내 마음속에 비집고 들어올 틈이 없었다. 아침 일찍부터 밤늦게까지 포크레

인이 아무렇게나 파놓은 흙 더미에서 돌을 골라내고 흙을 고르며, 사과 묘목을 심을 구덩이를 다듬고, 그 속에 퇴비를 넣고, 사과나무 사이사이에도 다른 작물을 심을 이랑을 만들고…. 몇 달 동안 정신없이 흙에 파묻혀 지낸 결과 드디어 12월 초엔 사과나무 묘목을 심었다. "사과나무 한 그루가 논 한 마지기보다 수익이 낫습니다"던 농촌지도원의 말이

사과밭에서 형님과

귓전을 스쳤다. 내 손으로 1,500여 그루의 나무를 심은 것이다. 내게 이것은 단순한 나무 이상의 의미가 있었다. 나는 나무가 아니라 꿈을 심은 것이고, 아버지께서 '평생을 싸워온 가난'에서부터 벗어나는 희망을 심은 것이다.

복학

1979년 초, 나는 새 학기가 시작되기 전 조금 일찍 부산으로 내려왔다. 내게 약점이 있다면 마음속으로는 수많은 계획을 세우곤 하는데, 실제 실행이 잘 뒷받침되지 못한다는 것이다. '동아대 법대로 편입할

까?' 하는 생각도 생각 자체에서 그쳐버리고, 실제로는 동아대 근처에 가보지도 않았다. 대신 '내게 지금 필요한 것은 영어회화'라는 결론에 도달했다. 고3 때 한 달 정도 다녀본 경험이 있는 SDA 영어회화 학원에 등록을 했다. 나는 SDA가 Seventh Day Adventist를 뜻하는 것인 줄 처음 알았고, 이것이 기독교의 한 교파라는 것도 알았다. 아무려면 어떠랴. 그런 것은 내게 큰 의미가 없었고 내 목적은 제대로 된 영어 교육을 받는 것이었다. 고등학교 때 잠깐 동안 영어 공부를 열심히 했으나, 이제는 단어도 표현도 다 잊어버린 상태였다. 타임지는커녕 영어 신문도 어려워서 못 읽고, AFKN 같은 방송은 전혀 이해가 안 되었다. '명색이 대학생이고 곧 취직해야 할 내가 이것 참 야단났다'고 생각했다.

3월, 3학년에 복학을 할 때는 3년간의 군대생활로 학비를 벌어놓지 못했기 때문에, 아버지는 나의 학비를 대기 위해 소를 줄였다. 즉, 큰소 한 마리를 팔고 송아지 한 마리를 샀다. 중학교 때도 거의 장학금을 받았고, 고등학교 3년간은 학비면제 장학생, 대학입학 시에도 장학금, 1, 2학년 때는 내가 아르바이트로 학비를 벌었는데, 시골에서 '소' 한마리는 너무나 큰 의미가 있었기 때문에 나는 마음이 아팠다. 이즈음, 나는 시골 중학교에 다니던 동생을 부산으로 전학시켰다. 나에게는 그 누구도 공부, 학교, 인생에 대해 조언을 해주는 사람이 없었기에, 내동생에 대해서는 내가 바른길로 리드해 주고 싶었기 때문이었다. 동래명륜동에 방을 하나 얻어놓고, 사업을 하던 형님과 갓 전학 온 동생의 밥, 빨래 등을 뒷바라지해가며, 장전동에 있는 학교에는 자전거로 등하교를 했다.

ROTC를 한 친구들 외에 많은 친구들이 복학을 하여 다시 만날 수 있었지만, 군대 가기 전과는 달리 써클 활동이나, 술이나 카드 게임에 빠져 있지는 않았다. UNSA 친구인 최순철, 권태일, 이준국, 전병도와는 여전히 자주 어울렸지만 주로 바둑을 두면서 시간을 보냈다. UNSA 친구 중 여주현은 ROTC를 했는데, 군 복무 중 좋지 못한 일로 영어(囹圄)

주현이와 지리산 겨울 등반

의 몸이 되어 있었다. 나는 영도에 계시는 그의 부모님을 여러 번 찾아뵈었다. 용호동으로 이사하신 후에도 찾아가서 '끝까지 주현이를 챙기겠다' 했었지만, 결국 소식이 끊겨 안타까웠다. 대부분의 친구들은 취업 준비로 열심히 공부를 했지만, 나는 공부에 큰 흥미를 느끼지 못했다. 열전달, 유체기계, 자동제어, 내연기관, 기계역학 등 3학년의 새로운 과목들은 그럭저럭 따라가는 수준이지 원리에 재미를 붙여 파고드는 수준이 아니었다. 오히려 실험이나 실습 같은 과목은 다른 사람의 리포트를 베끼거나 친구에게 대신해 달라고 부탁을 했다.

야간학교

다니던 SDA에서는 영어도 영어지만 점점 더 성경 공부에 재미를 느꼈다. 나의 할머니는 1890년생인데, 그 시골에서도 성당엘 다녔다. 할머니의 영향으로 고모들이 다 가톨릭 신자였지만, 나는 기본적으로 종교에 대한 거부감이 강했다. 종교의 가르침에 대한 거부가 아니라 종교인에 대한 거부감이라고 해야 옳겠다. 내가 만난 대부분의 예수 믿는 사람들은 겉으로는 사랑과 봉사를 얘기하는 것 같지만, 실제로는 보통 사람들보다 훨씬 이기주의자였고, 그들의 신앙은 예수님 같은 희생이 아니라 예수님을 통한 구복(求福)이었기 때문이다. 그런데 SDA에서는 성경 자체에 재미를 느꼈다. 나는 한글 성경, 영어성경, 그리고 성경주해서를 펼쳐놓고 성경 속의 역사, 배경, 예언의 의미, 예수의 가르침, 그리고 영어 단어 등을 열심히 공부했다.

어느 날은 신학대학에 다니고 있던 '손영규'라는 고향 친구를 만났다. 그는 가정 형편상 상급 학교에 진학하지 못한 청소년들을 모아 중, 고등학교 과정을 가르치는 무료 야간학교를 막 시작했는데, 나에게 함께하자고 제안했다. 성경 공부에 푹 빠져 있던 나는 '이것이야말로 사랑이고 봉사다'라고 생각하고, 그를 돕기로 했다. 나 외에도 뜻을 같이한 사람은 이운용 씨와 손영숙 씨가 있었다. 영규는 개금동 산꼭대기에 어느 조그만 건물 2층을 빌려놓고 있었는데, 우리는 학교 이름을 '다니엘야간학교'라고 짓고, 학교 배지도 직접 디자인했다. 또 사랑의 열매 같은 것을 직접 만들어, 시내버스 승객들에게 팔아 경비를 충당해가면서, 열심히 애들을 가르쳤다. 나는 영어를 담당했는데, SDA

에서 들은 풍월이 있어, 수업 시작 전에는 영어로 기도를 드리곤 했다. 학생들은 내가 영어를 대단히 잘하는 것으로 알았겠지만 실제로 그렇지는 못했다. SDA의 미국인 선교사들과 몇 번 여행도 다녀봤지만 여전히 의사소통이 부자연스러운 수준이었다. 두 학급의 다니엘야간학교는 가르침에 대한 열정과 배움에 대한 열정이 똘똘 뭉쳐 잘되어가고 있었는데, 또 다른 신학대생인 장 모씨가 합류하면서 변질되기 시작했다.

장 씨는 이 학교를 발판으로 새로운 교회를 하나 개척하려는 의도가 있었다. 손영숙 씨와 결혼한 그는 학교의 모든 운영을 주도적으로 해나갔다. 성경 과목을 신설하고 그가 직접 강의를 담당했다. 나는 그가 어떤 내용을 가르쳤는지는 몰랐지만, "여러분, 공부보다는 하나님을 믿는 것이 더욱 중요합니다. 믿음만이 구원받을 수 있습니다."라고 가르치지 않았기를 바랐다. 학교에서는 더 이상 공부가 아닌 선교(宣敎)가 우선이 되었고, 가난한 애들에게 헌금을 강요하는 지경에 이르렀다. 학생 수는 날마다 줄어갔고, 나도 '그들이 하는 개척교회는 나와 어울리지 않는다'고 판단하고 깨끗이 물러났다. 몇 달이 지난 후, 다니엘학교에서 공부 잘하던 똑똑한 몇몇 학생들이 나에게 찾아와 하소연을 했다. "선생님, 우리는 공부를 하고 싶습니다. 다니엘야간학교는 더 이상 나가지 않습니다. 선생님이 학교를 하나 만들어 우리를 좀 가르쳐 주십시오." 그 당시 대학 4학년이던 나는 다른 친구들처럼 공부와 취업 준비에 여념이 없어야 했지만, 나를 필요로 하는 이들을 외면할 수가 없었다. SDA 학원교회에 다니는 이강성, 이옥수 씨 등 몇몇 대학생들과 힘을 합쳐, 다니엘학교의 정신을 계속 이어나가기로 했다.

'무료 야간학교 개강'이라는 전단지를 만들어, 범일동의 국제화학, 태화고무 등의 신발회사 정문에서 나눠주기도 하고, 산동네 곳곳에 전단지를 붙여보기도 했으나, 학생들이 오질 않았다. 일주일간을 발이 부르트도록 뛰어도 허탕 친 우리는 마지막이라는 심정으로 신문사를 찾아갔다. 국제신문에 게재된 '대학생들 무료 야간학교 개강'이라는 조그만 기사가 그렇게 큰 위력이 있을 줄 몰랐다. 수정동의 어느 초등학교 교실 하나를 빌린 우리들은 중학교반, 고등학교반 두 반으로 나누어야 했다. 그러나 며칠이 지나면서 대부분의 청소년들은 의지가 강하지 못했던 듯 나오질 않고, 정말 공부하기를 원하는 열 몇 명만 남았다. 몇 달 동안을 가르친 후, 검정고시에 경험 삼아 한번 응시해보기로 했다. 나는 시험 치기 전날 학생들을 모아놓고, '객관식 문제 정답을 찍는 방법'에 대해 특강을 했다. 그런데 이게 웬일인가? 초등학교를 졸업한 지 1년밖에 안 된 '전민강'이와 나이가 벌써 24살이나 된 '전효숙'이가 중학졸업자격 검정고시에 덜컥 합격되는 게 아닌가? 두 학생의 총명함과 공부에 대한 열의는 누구보다도 뛰어났기 때문에 큰 문제는 없을 것이나, 고등학교 과정으로 갈려면 모자라는 부분을 좀 보강해야 했다. 그렇게 우리의 야간학교는 잘되는 것 같았으나, 교실을 하나 빌려준 학교에서 야간 전기세 운운하길래 전기세를 내겠다고 했더니, 그다음엔 소음, 도난 위험성 등 온갖 구실로 우리를 쫓아내려고 했다. 결국 쫓겨난 우리는 갈 곳이 없었다. "어떡하든 다른 장소를 구하도록 해보자"던 우리의 다짐은 내가 학교를 졸업하고, 직장 따라 부산을 떠남으로써, 흐지부지되고 말았다. 그러나 그때의 경험으로 나는 많은 것을 느낄 수 있었으며, 그때 인연을 맺은 착하고 성실한 애들이 모두 행복하게 잘 살고 있기를 바랄 뿐이다.

SDA 학원교회

SDA 영어회화 학원에서 공부를 하다 보니, 자연적으로 영어 강사들인 선교사들과 친해지게 되고, 영어 공부에 도움이 된다는 생각으로 학원교회를 다니게 되었다. SDA는 우리말로 '제칠일안식일예수재림교'라는 긴 이름이었는데, 장로교 등 기존 교단에서는 안식교라고 부르며 이단시했다. SDA 교인들의 특징은, 일요일 대신 안식일인 토요일을 지키며,

SDA 선교사 Ken과 함께

세례가 아닌 침례를 행하며, 예수의 재림을 유난히 강조하며, 구약의 다니엘서와 신약의 요한계시록 같은 예언서 연구를 열심히 하는 점이었다. 특히 일상생활에서 신약은 물론 구약에 있는 내용도 열심히 지키려고 노력하는데, 예를 들면, 먹을 수 있는 음식과 먹어서는 안 되는 음식을 규정해놓은 구약 레위기 11장을 그대로 준수했고, '하나님이 거하는 전(殿)인 몸을 더럽히지 않는다'는 생각으로, 술, 담배를 하지 않으며, 가능하면 육류를 삼가고 채식을 즐기는 사람들이었다. 밀가루로 소고기 맛과 비슷하게 만든 '밀고기'라는 것도 여기서 처음 먹어봤다.

레위기가 쓰일 당시, 중동 지방의 기온, 요리법, 의술 등을 고려해볼 때, 돼지고기나 조개류는 잘 먹어봐야 본전이었겠지만, 요즘 시대에도 안 먹는다는 것은 좀 심한 것 같았고, 재림을 너무 강조하다 보니 결혼할 생각은 않고, 교회에만 열심히 나오는 아가씨들이 많았다. 맏언니 김옥순, 송월타월 사장의 딸이라는 시력이 안 좋았지만 성격이 활달했던 송지현, 이화여대 성악과 출신의 키 큰 미인 이정라, 그 외 이름은 잊었지만 많은 아가씨들이 교회 행사를 주도하고 있었다. 아버지가 시내버스를 운전하신다는 한미애 씨는 내게 『나는 너와 결혼하였다』라는 책을 선물했다. 물론 여기서 '너'는 하나님을 지칭하는 말로 열심히 하나님을 믿으라는 내용이었지만, 책 제목만 보면 오해할 수도 있었다. 나는 SDA 교회에서 부루스(Bruce), 캔(Ken) 같은 선교사들과 놀러 다니면서 영어회화를 익히려고 노력했다. 학원에서는 거제도가 고향이라는 한 아가씨를 만났는데, 거제도에서의 군대생활 시절이 생각나 가까워졌다. 얼굴은 무지 예뻤으나 행동이 너무 내숭이어서 몇 번 데이트를 해도 진도는 나가지 못했다. 예를 들면, 함께 있는 것은 좋아하면서도 길을 걸을 때는 항상 몇 발짝 뒤에서 따라왔으니, 손이라도 잡고 걷고 싶던 나는 포기할 수밖에 없었다.

그러나 SDA 교회에서 만난 두 사람은 잊을 수가 없다. 김용운 전도사와 오용문 씨가 그들이다. 공식적으로 학원교회의 책임을 맡고 있던 장병호 전도사와는 달리, 김용운 전도사는 신학대학을 졸업했으나 전도사 자격증을 받지 않았다고 했다. '신학을 공부한 것은 전도사가 되기 위한 것이 아니라, 인생의 기본을 갖추기 위함이었다'는 게 그의 생각이었고, 앞으로 문학을 공부하여 시인이 되려는 꿈을 가진 분이었다. '크리스찬(Christian)'이라는 말의 뜻은 '예수 그리스도를 닮은 사람'이란 뜻인데 이분이야말로 정말 크리스찬이었다. 나는 지금까지 입술로만 '예수'를 외치면서 예수님의 성품과는 정반대로 행동하는 자칭 크리스찬들을 너무나 많이 봐왔다. 그런 사람들 때문에 오히려 교회가 더 멀어진다는 것을 그

왼쪽이 김용운 씨

사람들은 아는지? 그런데, 김용운 전도사와 함께 있으면 그 사람이 풍기는 온화한 기운이 나를 감싸는 것 같고, 나도 덩달아 경건해지고 착해지려고 했다. 그가 하는 말 한마디 한마디는 진실과 사랑이 가득 담겨 있었고, 가슴으로 상대방을 이해하고 하나가 되려는 노력이 보였다. 불우한 어린 시절을 미군 부대에서 자랐고, 양가 부모가 반대한 결혼을 하여, 재산 한 푼 없이 사글셋방에 살면서도 마음은 항상 풍요로웠고, 얼굴은 언제나 미소를 띠고 있었다. 전도사로서 봉사한 봉급이 나오면 자신보다 더 가난한 이웃에게 다 줘버려 늘 끼니가 없었고, 심지어는 임신한 아내가 영양실조에 걸리기도 하였다. 그는 성경에 묘사된 예수님의 성품을 가졌고 내가 만나본 진정한 크리스찬이었다. 훗날 미국으로 공부하러 갔다는 소식을 들었는데, 주위의 많은 사람들에게 진정한 사랑이 뭔지를 보여주고 있을 것이라 생각되지만 모쪼록 그의 꿈이 이루어졌기를 바란다.

오용문 씨는 1944년생으로 나보다는 열한 살이나 많았으나, 참으로 마음이 통하는 형님이었다. 동아대 사학과를 나왔고 졸업논문은 러시아문학에 관한 것이라고 했으나, 미국에 대해서 더 많은 것을 알고 있었다. 그는 미국에 한번도 가보지 않았는데도, 미국의 헌법, 문화, 예술, 지리에 관한 지식은 물론 50개 주의 역사, 인구, 기후, 도시 등에 대해서

오른쪽이 오용문 씨

도 완벽하게 암기하고 있었다. 선교사가 한 사람 새로 오면, '고향이 어디냐'라고 한마디만 물어보면 금방 아주 친한 친구가 돼버렸다. 왜냐하면, 선교사가 말하는 주와 도시에 대해 마치 거기서 오랫동안 살았던 사람처럼 '어느 거리에 가면 무슨 건물이 있고, 그곳 음식은 뭐가 맛있다'라는 것까지 알고 있기 때문이었다. 대학 때 메이퀸과 사귀다 이루어지지 못한 아픔이 있었는데, 자신은 노총각이면서 내게는 위생병원 간호사 한 명을 소개해주기도 했다. 그녀는 나보다 키가 한 뼘 정도는 더 큰 김천 아가씨였는데, 우리는 몇 번 데이트를 하기도 했다. 나도 오용문 씨에게 어떤 참한 여자분을 소개한 적이 있는데, 옛 추억 때문인지 다른 사람에겐 전혀 관심이 없었다. 내가 교회 다니면서도 술 먹고, 담배 피우고, 고기 안주 좋아하고 했지만 그는 늘 나와 함께

했다. 한국인이든 미국인이든 이치에 맞지 않는 말을 하면 가차 없이 혼내줬고, 특히 겉과 속이 다른 교인들이 있으면 정곡을 찌르는 충고로 유명했다. 훗날 첫사랑을 다시 만나 미국 뉴욕으로 이민을 갔는데, 아들을 낳을 때까지 연락이 되었으나 지금은 어디서, 어떻게 살고 계신지 보고 싶다.

산동회 모임

부산에는 중학교 동기생들이 많이 살고 있었다. 더러는 고등학교를 나와 공무원이나 회사원이 되어 있는 친구도 있었고, 더러는 개인 사업을 하는 친구도 있었지만 대학생은 나뿐이었다. 밀양동강중학교 20회 졸업생 120여 명 중 4년제 대학을 간 사람은 나뿐이었기 때문에, 나는 개천에서 용 난 꼴이었다. 부모, 고향, 친구, 모교 이러한 것에 대한 애정이 남달랐던 나는 과거에 대한 집착이 강했다. 초등학교만 졸업한 친구들, 중학교만 졸업한 친구들, 또는 고교 친구들, 대학 친구들, 나는 어떠한 친구들과도 잘 어울렸다. 시골 아줌마들을 만나면 함께 관광버스 춤을 출 수 있었고, 동네 어른들과 농악을 할 때면 꽹과리, 북, 징 등을 치면서 함께 장단도 맞추었다. 내가 어떤 부류와도 잘 어울렸기 때문에 친구들은 나를 참 좋아했다. 부산에서는 중학교 동기생들을 모아 '산동회'라는 모임을 하나 만들었다. 산내면 동강중학교 20회의 모임이었다. 진시장 번영회 총무이던 김진억, 동래의 한 약국에서 일하던 김해성, 공무원이 된 민병주, 대우자동차에 다니던 배종성, 전화국에 다니던 배건수, 술집을 경영하던 김기수, 야채 도매를 하

김기수 결혼식 때 모인 산동회 친구들

던 유재준, 조선공사에 다니던 이인세, 철강회사에 다니던 하규태 등이 초창기 멤버였다. 산동회는 내가 직장 따라 부산을 떠난 뒤에도 고향 친구들 간의 친목 모임으로 계속 활발한 모임을 가졌으며, 나도 포항에 있을 때는 자주 참석했다.

공부

대학 4학년생이 성경 공부, 야간학교, 교회, 동기회 모임 등에 많은 시간을 투자하고 있었으니 학교공부는 그저 그럴 수밖에 없었다. 4학년은 설계공학, 정밀계측, 공기조화, 내연기관 등이 주요 과목이었

고, 졸업논문 대신 졸업설
계를 해야 했는데, 나는 보
일러를 하나 설계하는 과제
를 맡았다. 이러한 과목들에
대해 매력은 느끼지 못했으
나 그럭저럭 버텨내고 있었
다. 그런데 선택과목으로 수
강한 조규갑 교수의 '공장관
리'라는 과목은 어쩐지 내 적
성에 맞고 강의가 재미가 있
었다. 이 과목은 산업공학(IE:
Industrial Engineering)에 속하는
과목인데, 그 당시 부산대에

대학 시절

는 산업공학과가 없었고, 전국적으로도 산업공학과가 개설된 학교가
많지 않았다. 일찍 포항제철로 취직이 확정된 나는 다른 친구들이 도
서관에서 취업시험 준비를 할 때, 산업공학 관련 책들을 혼자 공부하
며, 어느 중소기업의 기계장비 설치 및 시운전에 관한 영문 매뉴얼을
번역해주는 아르바이트를 했다.

제2부

나의 포스코 이야기

1장

포스코 시절(1)

입사

1979년 3월, 아버지의 지원으로 3학년에 복학한 나는 형님, 동생과 함께 자취 생활을 했는데, 아르바이트를 하지 못하니 2학기 때부터의 학비가 걱정이었다. 그러던 어느 날 학교 게시판에서 '포항제철장학생 모집'이라는 공고를 보고 응모서류를 내게 되었다. 1977년, 78년의 중동 건설 붐으로, 포항제철에서는 기계과 출신을 거의 뽑지를 못하고 있을

포스코 장학생들의 현장 실습

때였다. 전국의 모든 기계과 졸업생들은 너 나 할 것 없이 대기업 건설 회사를 선호하였고, 금속학과 출신들이 주류를 이루는, 포항이라는 지방 도시에 가기를 꺼렸다. 포항제철로서는 몇 년간 기계과 출신을 뽑

지 못한 터라 '졸업할 때까지 학비 지원, 졸업 후 본인이 원할 경우 선발 우선권 부여'라는 조건으로 장학생을 모집했는데, 당시는 경기가 워낙 좋던 때라, 많은 학생들이 우선순위가 뒤떨어지는 포항제철에 혹시 발목 잡힐까 봐, 응모를 꺼리는 경향이 있었으나, 내게는 학비를 해결할 수 있는 하늘이 준 기회로 생각되었다. 나는 포항제철 장학생으로 선발되었고, 졸업할 때까지 학비를 지원받을 수 있게 되었다.

그런데, 78년 말에 시작된 제2차 오일쇼크는 79년의 한국 경제를 좀 어렵게 하는가 싶더니, 급기야 79년 10월 26일, 박정희 대통령이 서거하고, 12·12, 5·18 등의 사건으로 신군부가 등장하고, 정치, 사회의 혼란은 물론이고 경제는 마이너스 성장을 기록하였다. 따라서 중동의 건설회사들은 건설 장비를 내팽개친 채로 철수하는가 하면, 대기업에 취직하는 것은 갑자기 하늘의 별 따기가 돼버렸다. 나는 기계과가 적성이 맞지 않아, 3~4학년 때는 별로 열심히 공부도 하지를 않았으나, 다른 친구들이 취업 공부하느라 코피를 쏟아가며 공부하고 있을 때인 80년 8월 중순에, 약 45대 1의 경쟁률을 뚫고 포항제철에 취직이 확정되었다. 남보다 먼저 취직이 확정되어, 공부하는 친구들에게 참 술도 많이 사줬는데, 포항제철은 웬일인지 그해 신입사원의 입사 시기를 계속 미루다가, 이듬해(81년) 1월과 3월 두 차례로 나누어 입사를 시켰다. 나는 취업 확정 후 6개월 뒤인 81년 3월 1일부로 20기 2차로 포항제철 생활이 시작되었다.

연수원 교수실

연수원에서 약 한 달간 신입사원 교육을 받을 때부터, 나는 동기생들 중 좀 튀는 편이었다. 동기생들은 1952~1956년생들이었는데, 처음엔 서먹하였었지만, 나의 제안으로 서로 말을 놓기로 하면서부터는 교육 분위기가 아주 좋아졌다. 나는 단체생활에서는 항상 분위기를 주도하기를 좋아했고, 주량도 센 편이어서 동기생들과 빨리 친해지는 데는 내 성격이 적격이었다. 교육 프로그램 중에 살인사건의 범인을 추리해내는 팀워크 게임이 있었다.

각 팀의 주장을 맡은 수사반장들은 리더십, 발표력, 조정력이 우수해야 했는데, 나도 네 명의 수사반장 중 한 명이었다. 그 당시 포항제철은 아직 군대와 같은 조직문화여서 신입사원은 훈련병과 같은 대접을 받았다. 우리는 기숙사에서 합숙을 하며, 군대처럼 사감으로부터 일조점호, 일석점호를 받았고, 식사하러 갈 때는, 군인들이 제식훈련을 하듯이 열을 맞춰 손을 앞뒤로 흔들며 보행을 하였다. 교육 기간 중에는 고려대 출신의 강인모가 학생 대표를 맡았는데, 교육이 끝날 즈음에, 나는 20기 2차 동기회의 초대회장으로 선출되었다.

교육 기간 중 근무 희망 부서 조사를 할 때는, 조직명이 생소해서 어디가 뭘 하는 곳인지 차이점을 알기가 쉽지 않았다. 대부분의 기계 전공자들은 설비관리, 공무설계 등으로 지원했지만 나는 좀 달랐다. 대학을 졸업할 때까지 늘 기계공학을 전공하게 된 내 운명에 대해, 불만과 함께 거의 체념 상태로 지내온 날들이었기에, 산업공학(IE: Industrial Engineering)이라는 새로운 분야를 알게 된 것은 나에게 '내 인생을 풍요롭게 할 수 있다'는 자신감을 주는 계기가 되었다. 애초부터 기계 분야가 아닌 IE에 관심이 있던 나는, 강종섭 교수실장을 찾아갔다. "IE 분야 강의를 해보고 싶다"는 내 말에, 강종섭 씨는, "일본에서는 이미 IE 기법들이 현장의 작업 개선, 물류, 공정관리, 원가 절감 등 많은 분야에서 엄청난 효과를 발휘하고 있는데, 포항제철에는 아직 IE가 뭔지 아는 사람이 드물다. 포항제철도 이러한 IE 기법들을 도입할 때가 되었다"고 하시면서, 교수실의 박정길 과장을 만나보라고 하셨다. 박정길 과장님은 수습사원 3기로 나의 부산대 기계과 10년 선배였다. 제강 분야에 근무하다 제2제철 건설 업무를 담당하셨는데, 아산만 제2제철 프로젝트가 취소되면서 연수원 교수로 계셨다. 처음에는 "기계쟁이가 연수원엘 왜 와?" 하고 반대하셨지만, 나의 설명을 듣고는 "인사과장 박춘택이 동기니까 거기 얘기하면 잘될 거야."라고 하셨다.

기술강사 시절

'연수원 교수실 기술 강사'로 발령받은 나는, '강의를 하려면 현장을 알아야겠다'는 생각을 해, 약 한 달간의 제철소 현장 부서 순환근무를 자원했다. 교수실은 다른 부서와는 달리 교수와 강사들만 모인 조직이라서, 비서나 서무행정요원이 없었다. 개인용 컴퓨터도 없고, 모든 문서는 타자원 1명이 타자기로 쳐야 했고, 복사를 하기 위해서는 제철소 본관까지 가야 할 시절이라, 교수실에서 제일 막내인 나는, IE 분야 강의뿐만 아니라, 복사 업무, 은행 업무, 문서수발 업무, 업무일지 수합 업무, 신입사원 사감, 교무과에 한 명뿐인 타자직에게 교수님들의 타자 부탁하는 업무까지 눈코 뜰 새 없이 바빴다. 연수원장을 하던 강종섭 씨가 교수실이란 조직을 분리한 것은, 강의의 전문성을 높이고, 교수(강사)들로부터 잡무를 없애겠다는 취지였지만, 조직인 이상 누군가는 잡무를 해야 했기 때문에 신입사원인 내가 제일 힘들었다. 교수실을 거쳐간 많은 분들이 대부분 아주 불편해했다. 그러나 이 시기에 나는 많은 훌륭한 선배님들과 함께 근무할 수 있어 큰 경험이 되었다. 그당시 부, 차장급으로는 이동춘, 황재광, 이상일 씨, 과장급으로는 박정길, 김규식, 이정소, 김주휘 씨, 계장급으로는 양관동, 위중환, 이광수, 박찬오, 이인근, 황진곤, 최병한 씨, 4급사원 선배로는 우창제, 우성정, 이재우, 맹민덕, 김윤준, 노연길, 박용범 씨, 또 자주관리 전담강사인 손병열, 황동섭, 한신택, 조원신 주임 등으로부터 많은 것을 배울 수 있었다.

권오훈 원장이 물러나고 육사 출신인 서상달 씨가 연수원장으로 부임하면서, 교수실의 분위기는 썩 좋지 못했다. 서상달 원장의 관리 스타일은 좀 특이했다. 교수실의 위치와 물리적인 배치를 자꾸 바꾸게 함으로써, 고참 교수들이 원장에게 꼼짝 못 하도록 하는 효과를 노렸고, 누군가가 문서를 기안해오면, 자신이 완전히 이해가 될 때까지 끊임없이 수정 요구하고 반려시켰다. 수없이 수정되다가 마지막에 승인되는 내용은 언제나 초안과 거의 비슷하게 돌아와 있곤 했다. 그런데 나는 오히려, 누구라도 고개를 절레절레 흔들던 서상달 씨로부터 '능력 있고 똑똑한 사원'으로 인정을 받았다. 처음 문서를 기안할 때, '품의'라는 말을 몰라 '품위'라고 썼다가, 사수였던 박찬오 씨에게 창피를 엄청 당했던 적도 있었지만, 서상달 원장으로부터는 '문서의 체계와 논리가 정연하고, 표현력, 설득력이 뛰어나다'는 평가를 받았다. '신입사원의 대우'에 관한 기안이었는데, '지금까지 포항제철은 신입사원을 군대의 훈련병처럼 대해왔다. 회사 창립 이래, 제철보국이란 사명으로 무장되어, 무에서 유를 창조해야만 할 시기에는 군대조직과 같은 일사분란함과 기강, 그리고 명령과 복종의 문화가 강조되어왔지만, 이제는 더 이상 아니다. 젊고 유능한 신입사원들이 도입교육도 끝나기 전에 도망가고 있다. 우수한 인재들을 확보하고 그들의 창의성을 살리기 위해서는 신입사원을 브이아이피(VIP)처럼 대접해야 한다'는 것이 내 논리였다. 실제로 나의 아이디어는 회사 규정에 그대로 반영되어, 내 후배 기수들부터는 신입사원 교육 체계가 완전히 바뀌었다.

연수원 교수, 강사들

어느 날 고등학교 선배 한 사람을 만난 것이 계기가 되어, 전산 부서에 의뢰해 '배정고' 출신자를 뽑아보니 20명 정도가 되었다. 나는 내가 항상 떳떳하게 '나 이 학교 출신이오'라고 해왔는지 반성해 봤다. 고향이나 모교에 대한 정이 남달랐던 나는 재포 배정고 동문회를 조직했다. 내가 19회 졸업생인데 나는 여기서, 1회부터 18회까지의 선배들(이영복, 김선호, 정정수, 신용조, 이정국, 이종복, 배종주, 이병현, 임정진, 신완석, 오세원)과 동기들(석대용, 우정린, 최병선, 임대웅, 김성태) 그리고 후배 몇 명을 찾을 수 있었다.

결혼

술과 친구를 좋아하던 나는 취직이 된 후에도 주말이면 엄홍섭, 하재근, 홍섭이의 친구로 알게 된 배수상 등과 어울려 술 먹는 게 일과였다. 그러다 81년 10월 말쯤의 어느 날, 부산에 있던 동생 필자가 "오빠, 참~한 언니감 한 명 소개시켜줄 테니 내려오소." 하고 연락이 왔다. 학교 다닐 때 여자친구들이야 많았지만, 연애다운 연애를 해본 적이 없는 나는 큰 기대 없이 회사에서 신는 안전화를 신은 채로 부산으로 내려갔다. 동생 말대로 참~한 아가씨 '박무영'을 만나, 함께 식사를 하고 술도 한잔하면서 내가 살아온 여러 가지 얘기를 해줬다. 그녀는 순천 박씨로 사육신 중의 한 분인 박팽년의 후손이며, 위로 노언, 노강, 노정 세 오빠를 둔 막내였다. 무영 씨는 다소곳이 내 얘기를 잘 들어줬고, 밥을 먹든 술을 먹든 분위기를 편안하게 해줘서, 처음 만났지만 어색하지 않고 자연스러운 시간을 보냈다. 다음 주말, 다시 포항 시

내에서 친구들과 술 마실 생각을 하니 늘상 이어지는 내 생활이 불만
스러워졌다. 나는 무영 씨에게 전화를 해 "주말에 다시 술이나 한잔할
까요?" 했더니 "좋다"고 했다.

　이렇게 시작된 우리들의 데이트는 내가 거의 매주 부산으로 내려오
면서 이어졌다. 만나서는 함께 밥 먹고 술 먹고 얘기하고 뭐 그랬는데,
무영 씨는 주량도 제법이고 분위기도 잘 맞춰줘서 남자친구들이랑 술
마시는 것보다 훨씬 나았다. 몇 달 동안 만나면서 겪어보니 심성이 착
하고, 얼굴도 예쁘고, 나를 이해해주고 따라주는 배려심이 점점 마음
에 들었다. '무영이와 결혼해도 되겠다'라는 생각이 들어 부모님께 정
식으로 인사를 드렸는데, 어머니는 '아가씨가 몸이 약하고 병색(病色)이
있어 보인다. 아픈 사람을 집안에 들이면 나중에 얼마나 고생할 줄 아
느냐?'면서 반대를 하셨다. 아버지는 '내가 이미 경험했듯이 우리 집은
박(朴)씨와는 잘 안 맞는 것 같다. 그런데 이번에는 밀성 박씨가 아니고

순천 박씨라니 어떨지 모르지.'라고 하셨다. 내심 나와의 결혼을 생각하고 있던 무영이는 그날 많이 울었고, 나는 우는 무영이를 달래느라 애를 먹었다.

그다음 주부터는 내가 부산으로 가는 대신 삼촌 댁이 포항에 있던 무영이가 포항으로 오는 경우가 더 많아졌다. 만일 부모님과의 첫 대면 후 무영이가 적극적으로 나오지 않았더라면 우리의 인연은 이루어지지 못했을 수도 있었을 것이다. 그러나 그 이후로도 우리의 만남은 계속되었고, 나는 만남이 계속될수록 '무영이와 결혼해야겠다'는 생각이 굳어져갔다. 82년 봄 무영이의 생일날, 나는 부모님을 포항으로 모시고, 한복을 곱게 차려 입은 무영이를 다시 인사시켰다. 두 번째 만남 이후에도 어머니는 약간 누그러지기는 했으나 아직도 완전한 찬성은 아니었다. 나는 양가에게 '우리 결혼합니다'라고 선언하고 봉급날인 4월 25일을 결혼식 날로 잡았다.

부산 조방 앞에 있는 행복예식장에서 오후 2시에, 시골에서 오신 일가친척 어른들, 회사에서 온 황동섭 씨, 최학순 씨 등, 옥정동의 소꿉친구들, 산동회의 중학 친구들, 병재, 판규 등 고교 친구들, UNSA의 대학 친구들 등의 축복 속에 결혼식을 올렸다. 워낙 벼락같이 결혼하는 통에, 미리 신혼여행 계획을 세워놓지 못해 가까운 경주와 동해안으로 신혼여행을 갔는데, 카메라를 챙겨오는 걸 깜박했다. 나는 신부에게 "신혼여행은 우리 둘만의 시간인데 우리끼리의 추억으로 간직하면 족하지, 사진을 찍어 남에게 보여줄 필요가 있나?"라고 하고는, 신혼여행 기간 중에 사진을 한 장도 안 찍었다. 그때의 내 고집은 지금 생각해보면 어처구니가 없다.

아내는 3남 1녀의 막내로 처가에서는 귀하게 자란 딸이었다. 아버지는 나에게 '3남 1녀는 무남독녀만큼 귀한 딸'이라고 말씀하셨는데, 딸을 시집으로 데려다주는 날, 장인께서는 우리가 탄 차가 보기에도 아슬아슬한 낭떠러지 산길로 한없이 들어가자 눈물을 훔치셨다. 며느리를 맞은 어머니는 "두 번 봤을 때까지도 마음에 들지 않았는데, 식장에서 보니 완전히 다른 사람이더라. 키도 크고, 얼굴도 예쁘고, 인물이 훤~하더라. 내 사람이 되려고 그랬는지 정말 달덩이 같더라." 하시면서 흡족해하셨다. 나는 양가 부모님의 기대에 어긋나지 않게 효를 다하며 살기로 다짐했다. 그리고 나보다 먼저 결혼한 친구 병재 부부가 서로 '여보, 당신'이라 부르는 것이 보기 좋아서, 아내와 나도 서로 '여보'라 부르기로 했다. '여보, 사랑해!'

미국 유학 준비

강의는 내 체질에 맞는 것 같았다. 나는 'IE기초', '작업개선' 같은 교재를 만들고, 신입사원이나 현장의 반장, 주임들에게는 'IE란 무엇인가?'에서부터, 작업관리, 생산관리, 재고관리, 물류관리 등을 강의했고, 대졸 기술원들에게는 선형계획법(LP: Linear Programming), 공정관리기법(PERT/CPM)까지도 가르쳤다. 현장 주임, 반장들로부터 수집한 개선 사례들을 IE 기법을 적용해 재해석하고, 보다 쉽고 효과적인 문제해결 방법과 개선 방법을 제시해줄 수가 있어, 뿌듯하고 보람도 느꼈다. 신입사원들에게는 나는 아주 자상한 선배 사원으로 인식되었고, 현장 주임, 반장들에게는 이론이 아주 탄탄한 기술직 강사로 인정받았다. 또 나보다 고참인 기술직 사원들은 내가 자기들보다 고참인 줄로 알고 '계장님'이라고 부르는 사람도 많았다. 1982년도에는 그 당시 전 직원을 대상으로 '자주관리'를 교육시키느라 바빴던 교수실장 강종섭 씨보다 나의 강의시간이 더 많았다.

그러나 혼자 공부한 나의 산업공학지식은 한계가 있음을 느꼈다. 특히 OR(Operations Research), 시뮬레이션, 실험계획법, 생산시스템공학, 인간공학 같은 분야는 책을 봐도 무슨 소린지 이해가 되지 않았다. '체계적인 공부를 해야겠다'고 생각한 나는 미국 유학을 마음먹었다. 그 당시 연수원에는 나승철 씨와 김현철 씨가 나보다 먼저 유학 준비를 하고 있었는데 나는 이들의 도움을 받아가며, 차근차근 유학 준비를 해나갔다. 나는 갓 시집온 아내에게 제일 먼저 운전면허를 따게 하고, '미국 가면 돈벌이가 괜찮다'는 얘기를 들은 바 있는 매듭 공예와 박 공예를 배우게 했다. 아내는 그런 것을 배우면서 졸업증명서, 성적증명서 같은 걸 떼기 위해 수없이 부산엘 왔다 갔다 했다. 나는 토플시험을 몇 차례 치렀으나 성적이 썩 만족스럽지는 못했다. 미국의 거의 대부분의 주립대학에 응시원서를 제출했는데, 많은 대학에서는 토플성적이 문제가 되었다. 우여곡절 끝에 최종적으로 나는 미시시피주립대학과 알라바마주립대학으로부터 입학허가서를 받았다.

'드디어 미국 유학을 간다'는 생각에 가슴은 뛰었지만, '학비와 생활비를 어떻게 할 것인가'가 걱정이 되었다. 결혼을 한 후, '유학을 가겠다'는 계획 때문에 직원 전용 효자주택단지에 아파트도 하나 사지 않고, 환호동에 10평짜리 임대주택에서 신혼살림을 해왔고, 심지어는 임신했다는 아내에게 '유학을 가야 하는데 애기를 가지면 어떡하느냐?'고 하여, 낙태를 하게 한 적도 있었다(이것은 두고두고 꺼림칙하고 죄책감이 든다). 하루 종일 내 생각 속에는 '미국서 어떻게 살아갈 것인가'로 가득 찼다. 내가 가진 돈은 미국 가서 몇 달만 지내면 떨어질 수준이고, 본가나 처가에서 도와줄 만한 여유는 전혀 없었다. 아내가 배우고 있는 매듭 공예와 박 공예는 아직 미숙하기도 했지만 그것으로 생활한다는 건 그야말로 꿈같은 얘기이고, '아르바이트'를 해서 학비와 생활비를 번다는 것도 현실적으로 불가능하다는 걸 알았다. 고민에 빠진 나에게 미국으로 먼저 유학 간 김현철 씨가 되돌아 왔다는 소식이 들렸다. 나승철 씨는 뉴욕대로 떠났고, 김현철 씨는 언어학(Linguistics) 전공으로 장학금을 주겠다는 하와이대로 갔었는데, 돌아왔다니 의아했다. 사연을 들어보니, 생활비 때문이었다. 김현철 씨도 나처럼 돈이 별로 없는 상태에서 아르바이트로 생활비를 벌겠다는 생각으로 유학을 떠났는데, 그것이 생각대로 되지 않더라는 것이었다. 6개월도 안 되어 포기하고 귀국해 고등학교 영어 선생님이 되었다는 것인데, 세상이 이렇게 편할 수가 없다는 것이었다. '총각인 그도 힘들어 포기했는데, 결혼한 나는 어떻게 아내와 함께 살아갈 것인가? 알라바마나 미시시피가 LA처럼 한국인이 많이 살고 있는 곳도 아닌데, 영어가 전혀 안 되는 아내는 무얼 해서 먹고살 건가?'

깊은 생각 없이 덜컥 기분 내키는 대로 유학을 추진해 온 내가 '너무 무모했다'는 생각이 들었다. 기계 기술자로 살아가기에는 자신이 없었고, 지금 와서 다시 문학이나 법학 공부를 시작할 수는 더더구나 불가능한 것이고, 그나마 적성에 맞는 것 같은 산업공학을 제대로 공부는 해야겠는데, 방법이 없으니 앞이 캄캄했다. 그러던 어느 날부터, '굳이 불가능한 미국 유학을 꼭 가야 하나? 석사 과정은 한국에서 공부하고 나중에 형편을 봐가면서 박사 과정을 미국 유학 가면 되지 않겠나?'라는 생각이 들기 시작했다. 사람이란 참으로 간사해서 끊임없이 자기 합리화를 해나가는 것 같다. 나도 예외는 아니어서 '그래, 석사 과정은 한국서 하는 게 맞다'라는 생각으로 나를 합리화시켜나갔다. 그러한 생각은 지금까지 많은 것을 희생하면서 추진해온 미국 유학을 포기하게 만들었다.

서울대 대학원

미국 유학을 포기한 나는, 우선 서울대부터 생각했고, 『OR이란?』이라는 책을 저술한 박순달 교수를 떠올렸다. 그분은 서울대 산업공학과 교수인데 고향이 나와 같은 경남 밀양이라는 것이 기억났다. 나는 주저하지 않고 박 교수님께 장문의 편지를 썼다. '포항제철 연수원에서 IE를 강의하고 있는 아무개인데, 이러저러한 사유로 산업공학을 제대로 공부하고 싶어, 서울대 산업공학과 대학원에 응시하려고 한다. 어떻게 준비하면 서울대를 갈 수 있는지 좀 가르쳐달라'라는 내용이었다. 답장은 교수님이 직접 쓰신 게 아니고, 대학원생인 것 같은 조교가 보냈는데, 내용은 교수님의 생각이 그대로 담겨 있는 것 같았다. '직장인으로서 공부를 계속하겠다'는 내 의지에 찬사를 보내고, 대학원 시험을 준비하기 위해서 공부해야 할 여러 가지 교재 명을 알려주셨다. 또한 열심히 하면 좋은 결실이 있을 것이라고 격려해주면서, '시간이 나면 학교로 한번 찾아와보라'는 것이었다.

나는 하루 휴가를 내고, 서울대 산업공학과 박순달 교수님의 연구실로 찾아갔다. 연구실에서 나를 맞은 사람은 교수님이 아니고 조교였다. 어쨌거나 나는 그 사람에게 내 얘기를 다시 한번 들려주고, 서울대 대학원에 대해서 문의를 했다. 그는 "서울대 산업공학과 대학원은 매년 25명의 학생을 선발하는데, 23명 정도는 서울대 출신이다. 한, 두 명이 한양대 등 타 대학 출신인데, 그들도 서울대생과는 친구들로서 공부도 거의 서울대생과 함께 한다. 나의 학부 전공이 산업공학도 아니고, 더구나 직장에 다니는 사람으로서, 서울대 대학원에 바로 합격하기는 불가능하다. 올 한 해는 연습 삼아 한번 도전해 보고, 내년에 한 번 더 응시해보면 가능할지도 모르겠다."라고 얘기해주었다. 지금 생각해보면 하나도 틀린 말이 아닌데, 그때의 나는 슬며시 화가 났다. '서울대면 다냐? 너희가 뭔데 나를 무시하냐? 서울대 아니면 공부할 데 없는 줄 아나?'라는 생각이 들었다. 나는 겉으로는 "좋은 정보 주셔서 고맙습니다. 열심히 해서 한번 도전해보겠습니다."라고 했지만, 속으로는 '어디 두고 보자.'라고 다짐하면서 발길을 돌렸다.

고려대 경영대학원

서울대에서 발길을 돌린 나는 바로 고려대로 향했다. 가만히 생각해보니, '내가 대학원에 합격한다고 해도 학비와 생활비는 어떻게 할 것인가'는 여전히 문제였다. 미국 유학 가는 것에 비하면 덜 어렵겠지만 여전히 돈이 문제가 되는 것이었다. 그러나 어쨌든 공부는 해야 했으므로 나는 고려대 경영대학원을 생각한 것이다. '경영대학원은 야간 과정이 있다. 주간에 직장 다니고 야간에 공부하는 것이야말로 내가 공부도 하고 생활도 할 수 있는 유일한 방법이 아닌가? 이렇게 쉬운 결론을 왜 진작부터 생각해내지 못하고, 그 많은 세월을 유학 준비하느라 허송하고, 서울대에 미련을 가졌는가?' 이런 생각을 하니, 돈키호테처럼 너무 저돌적이기만 했던 지난 2년여의 내가 한심스럽고 한편으로는 쓴 웃음이 나왔다.

고려대 경영대학원에 가보니, 일주일 후가 바로 시험일이었다. '일주일밖에 남지 않았는데, 시험 공부할 시간이 너무 부족한 거 아닌가?'라는 생각이 들었지만, 무조건 그날 바로 입학원서를 접수시켰다. 그리고는 학교 앞 석탑서림에 가서 '경영학 원론'과 '경영학 문제연습'이라는 두 권의 책을 사서 포항으로 내려왔다. 일주일 동안은 회사일은 뒷전이고, 서울서 사온 두 권의 책을 달달 외웠다. 중, 고등학교 때 했던 것처럼 벼락공부에서의 천재성을 발휘할 기회였다. 공학이 아니고 경영학이니까 자신이 있었다. 시험 당일, 지금은 다 기억이 나진 않지만, '현금의 시간적 가치에 대해 논하라' 등과 같은 주관식 다섯 문제가 출제되었다. 일주일간 공부한 경영학 교재도 약간의 도움은 되었지만, 대부분의 문제는 내가 포항제철연수원에서 IE 분야 강의를 하면서 경험하고 공부한 내용을 바탕으로 답안 작성을 했다. 현금의 시간적 가치에 대해서는 투자이론을, 다른 문제에 대해서는 포항제철의 자주

관리이론을, 또 다른 문제에 대해서는 현장개선 사례를 갖다 붙였다. A3지 두 장을 촘촘하게 채워 답안지를 제출하면서, 다른 응시생들의 답안지를 흘깃흘깃 보니, 반을 채운 사람이 드물었다.

'고려대학교 경영대학원 석사 과정 39기 생산관리전공'에 합격한 나는, 입학하기 전에 학교로부터 한 통의 전화를 받았다. '내가 입학 성적 수석을 차지하여, 입학금 전액 지원 장학생으로 선발되었다'는 소식이었다. 기쁨은 이루 말할 수 없었지만, 한편으로 묘한 생각이 들었다. '도대체 뭐냐? 일주일을 공부한 내가 수석 합격이라고? 다른 사람들은 다 바보냐? 아니면 내가 천재인가? 내가 천재는 아닌데…, 그렇다면 나는 역시 시험엔 강한 모양이다. 국회의원이나 대통령은 시험 쳐서 안 뽑나?' 나는 또 한 번 쓴웃음을 지을 수밖에 없었다.

서울 발령

나는 동기회 회장으로서, 초기 근무 부서에 잘 적응하지 못해 타 부서로 전출을 희망하는 직원이나, 아예 사표를 내고 타 회사로 옮기려고 하는 동기들의 뜻을 전해주기 위해 박춘택 인사과장을 간혹 만났다. 나 또한 서울로 공부하러 갈 것을 대비해서 '서울사무소로 좀 보내 달라'고 일찍부터 면담을 했으나, 고려대 경영대학원에 합격할 때까지도 인사 부서로부터는 아무런 연락이 없었다. 서울사무소장으로 옮겨간 서상달 전임원장에게도 알아보았지만, '기계 전공자가 올 만한 자리가 없다, 통신실 쪽으로 한번 알아보겠다'는 대답이 전부였다. 다급해진 나는 만일의 경우를 대비하여 타 회사에 입사서류를 몇 군데 냈는데, 화신기계㈜로부터 영등포공장에 근무하는 조건으로 합격통지를 받았다. 인사 부서에서는 끝까지 연락이 없어서 나는 결국 사표를 써서 강종섭 실장에게 갔다. 강 실장님은 대단히 서운해하시면서도, '공부를 계속하겠다'는 내 의지를 꺾을 순 없어 사인을 해주셨다. 그 사표를 들고 이대공 연수원장에게 갔더니, "아니? 자네, 서울사무소로 보내주려고 하는데, 왜 사표를 들고 왔나?"라고 하시는 게 아닌가? "예에? 아… 알아보겠습니다."라고 하고는, 원장실을 뛰쳐나와 당시 한형섭 인사계장에게 전화를 걸었다. "며칠 기다려보라"는 대답을 듣고, 사표를 바로 찢어버렸는데, 그다음 날 바로 '외자부 압연기재과 근무'라는 인사명령이 났다. 그 당시 인사 부서의 인사 비밀엄수 관행은 정말 높이 평가할 만했다. 특히 인사면담 후 분명한 대답은 한마디도 하지 않으셨던 박춘택 과장님이, 무려 6개월의 시간에 걸쳐 외자부 내에 기술직 T/O를 만들어, 나를 보내준 것은 평생 잊지 못할 은혜였다.

외자 구매 업무

1983년 초 당시는 외국으로부터 설비와 기자재를 구매하는 업무가 정부 조달청에서 포항제철 직접 구매로 이관된 지가 얼마 되지 않았을 때로, 서류 곳곳에 조달청의 흔적이 남아 있을 때였다. 외자부장은 김철웅 씨였는데 보성고, 서울대 출신으로 박 회장님의 전적인 신임 아래, 일본이나 유럽의 설비 공급사들을 완벽히 컨트롤하시는 분이었다. 회사 내에서도 외자부라고 하면, 우수한 인재들이 모여 중요한 일을 하는 알짜 부서로 인식되고 있을 때였다. 전입 인사를 하는 자리에서, 김철웅 부장은 "자네, 어떻게 외자부로 왔지? 대단한 빽이 있는 모양인데, 어떻든 앞으로 잘해봐."라고 약간은 뼈가 있는 말을 하면서 기대감을 나타내었다.

　나는 처음에는 직접 기자재 구매 업무를 담당하지 못하고, 다른 사람이 구매하는 기자재에 대해 기술적인 검토를 해주는 일을 하면서, 사양회의, 입찰, 계약, 은행, 신용장, 선적서류, 통관, 보세운송 등 구매와 관련된 무역 업무를 익혔다. 특히 이메일이 없던 때라 외국과의 커뮤니케이션은 주로 편지나 텔렉스를 사용했는데, 영문 비즈니스 레터나 텔렉스 약어를 얼마 지나지 않아 다른 선배들 못지않게 잘 썼다. 내가 보기에 그 당시 기자재 공급사는 1) 납품실적이 있느냐 2) 뒤에서 누가 지원해주고 있느냐 3) 현장 소요 부서와 사전에 협의가 있었는가 4) 가격이 최저가(Lowest)인가 등의 요건에 의해 선정되고 있었다. 따라서 한번 인연을 맺은 업체는 별 다른 경쟁 없이 계속 납품하게 되어 있고, 그냥 입찰 공고를 보고 응찰한 신규 업체가 낙찰되기에는 거의 불가능한 측면이 있었다. 외자부의 담당자들도 가장 안전하고 쉬운 방법은 '아는 업체와 전례 구매 가격과 비슷한 수준으로 계약하는 것'이라는 데 이의가 없었다. 나는 차츰 업무가 익숙해지면서 이 부분을 개선하기 위해 많은 노력을 했다. 다양한 기술적인 자료를 정리하고 분석해서, '이 업체는 공급 가격은 비싸지만 수명이 길고, 정비비가 적게 들기 때문에 결과적으로는 유리하다.' 또는 '이 업체는 공급 실적은 없으나 품질이나 기술 수준을 믿을 만하고 가격도 싸다.' 등으로 기존의 구매 관행을 무너뜨리는 건의를 많이 했다. 김철웅 부장 앞에서도 끝까지 엔지니어의 소신을 굽히지 않는 일이 잦아지니, 부장님도 나에게 몇몇 품목에 대해 직접 구매 업무를 맡으라고 하셨다.

  내가 포항2열연의 압연유를 처음 구매할 때의 일이다. 당시까지는 냉간압연에서만 압연유를 사용했고 열간압연에서는 물만 사용했지 오일을 쓰지는 않았는데, 포항2열연에서 처음으로 유압연을 시도했다. 회사로서는 처음 시도하는 조업기술이라 걱정도 많았으며, 압연유에 대한 기대도 그만큼 컸다. 내가 현장에서 작성한 구매 요구 조건에 근거해서 견적을 받아보니, 일본의 니혼구리스(Nihon Grease) 외 1개사와 미국의 스튜어트(D. A. Stuart)사가 참여했다. 니혼구리스는 포항제철 냉연에 압연유를 공급한 실적이 있었고, 또 냉간압연유 국산화에도 관여하여 역대 포항제철 냉연부장들과의 인맥이 탄탄하였고, 반면 스튜어트사는 냉연에 여러 번 납품하려고 시도했으나, 번번이 들러리만 서고 고배를 마신 경험이 있었다. 그런데 열간압연에 대한 양사의 의견은 판이하게 달랐다. 우선 니혼구리스사의 압연유 가격이 스튜어트사 가격보다 약 3배가 비쌌다. 니혼구리스사의 설명에 의하면 '열연에서의 유압연은 냉연과 달리 위험하고 어렵다. 압연유가 조금만 잘못되면 대형 사고가 난다. 일본에서도 초기에 엄청 고생했다. 일본 기술자 두 명이 일주일간 조업지도(Supervising)를 해줘야 한다.'라는 것이고, 스튜어트사는 '열연유압연은 냉연보다 쉽다. 물을 쓰는 것이나 오일을 쓰는 것이나 기본적으로 다를 게 없다. 별도의 조업 지도는 필요 없다. 포항제철이 정 원하면 기술자 한 명이 무료로 와서 처음 압연할 때 참관하겠다.'라고 했다. 나는 국내외의 압연유 관련 자료를 찾아 공부하고, 외국의 열연유압연 현황을 조사해서 파악한 후 최종적으로 스튜어트사를 선정했다. 김철웅 부장은 '정말 자신 있는 거지?'라고 하면서 승인해주었다. 당연히 될 줄 알았던 니혼구리스사는 '큰일 날 것이다.'라며 겁을 주었고, 또 들러리를 설 줄 알았던 스튜어트사는 '포철이 복마전인 줄로만 알았는데 그렇지 않군요.' 하면서 크게 술을 한잔 샀다. 긴장과 일말의 걱정 속에서 진행된 첫 유압연은 너무나 쉽게 성공적으로 진행되었으며, 나중에 니혼구리스사는 이원섭 열연1부장을 동원해서, '스튜어트사와 동일한 가격으로 공급할 테니 테스트용으로 좀 구매해 달라. 성능 비교만이라도 좀 참여케 해 달라'라고 사정해왔다. 웃기는 세상이다.

3급 승진

외자부는 원료부와 함께 한영수 이사의 관장 부서였는데, 3급 승진 시험을 칠 때는 한영수 이사 산하의 대상자 13명 중 내가 제일 후배였다. 포항에 내려가 계장 양성 교육을 받을 땐, 오랜만에 만난 입사 동기들이기도 하고, 또 평소에는 잘 만나지 않던 20기 1차 동기생들과도 만날 수 있어 밤마다 양학동 임시 연수원 담을 넘어 술 먹으러 다녔다. 교육받으면서 서울대 출신인 김준식과 친해졌는데, 우리 둘은 공부보다는 술 마시는 게 우선이었다. 그때는 사규(社規)와 영어 두 과목의 시험이 있었는데, 밤낮으로 사규를 달달 외우고 있는 친구들에게 정리해놓은 자료들을 복사 좀 하자고 했더니, 이 핑계, 저 핑계를 대면서 아무도 주지 않았다. 나는 왠지 동기들과 경쟁하는 것이 씁쓸했지만 고등학교 때 공부하던 기억들이 떠올랐다. '야, 이 친구들아, 너희가 그렇게 통째 외운다고 그게 다 시험에 나오나? 중요한 것만 훑어봐라.'라고 말해주고 싶었다. 어릴 때부터 시험에는 늘 강했기 때문에, 이번에도 요행을 바랐지만, 워낙 준비가 부족했기에 사실은 좀 자신이 없었다. 약 일주일간 사규 두 권을 대강 훑어보고 시험을 치렀는데, 영어는 잘 치른 것 같고, 사규는 약간 아리송한 문제가 몇 있었다. 외자부로 전입 온 지 1년밖에 안 되었고, 한영수 이사 산하 승급 대상자 중에서 내 위치를 생각할 때엔, 인사고과나 추천 서열에서 좋은 점수를 기대할 수 없었기 때문에, 내가 믿을 구석은 오로지 시험성적뿐이었다. 결과는??? 한 이사 산하 13명 중 합격자는 나를 포함해 4명뿐이었고, 입사 동기들 중에도 약 1/3만 합격했다. '도대체 어떻게 된 것인가? 나는 천재인가? 뭔가 보이지 않는 손이 나를 도우는가?' 별의별 생각이 들었지만 그중에 하나, 언젠가 '어머니가 하신 말씀'이 생각났다. "나는 잘 믿지는 않지만, 한번은 어디 가서 니 사주를 봤더니, 아무도 없는 황량한 곳에 너를 버려놔도 누군가가 밥을 먹여준다더라." '그래, 내 일이 잘 풀리는 것은 사주팔자인가 보다.'

외자부 사람들

당시 외자부에는 김철웅 부장, 김문규 차장을 비롯해, 설비 구매를 담당하는 **외자과**(과장 신충식, 주무 강대식, 그리고 전홍조, 이문표 씨), **기자재 구매**를 담당하는 **선강기재과**(과장 최종을, 주무 이광수, 그리고 안영철, 단복만, 김기환, 김명원, 김삼만, 이황구 씨)**와 압연기재과**(과장 이정필, 주무 유영선, 그리고 이건수, 박문주, 안은엽, 장효준, 김병수, 박동우, 신기복 씨), **그리고 외환을 담당하는 국제금**

융과(과장 곽호정, 주무 이명철, 그 밑에 박창서 씨)가 있었다. 얼마 후 김문규 차장은 미국 뉴욕으로 발령 나고, 신충식 과장이 차장으로, 외자 과장에는 강대식 주무가 승진하는 등 좋은 일도 있었지만, 인사 문제에 관한 에피소드도 많았다. 당시의 포항제철 인사 시스템은 '직속상관이 자리를 비켜줘야만 승진할 수 있는 체계'였기 때문에, 고참 계장인 이광수, 이명철 씨는

외자부 시절, 남이섬 야유회

그들의 과장인 최종을, 곽호정 씨와 티격태격하는 일이 자주 있었다. 한번은 해외사무소에 근무하던 변의섭 씨가 외자 과장으로 발령이 났다. 변의섭 씨는 신입사원 시절에 박 회장 앞에서 영어로 연설을 한 적이 있다고 한다. 정확한 내막은 잘 모르지만 박 회장님으로부터 인정받은 변의섭 씨는 장옥자 여사의 중매로 5공 당시 실세였던 정호용 씨의 처제와 결혼하게 됐다고 한다. 어쨌든 변의섭 씨는 유창한 영어 실력, 노련한 협상 능력과 함께 우람한 체구에서 뿜어나오는 카리스마를 겸비하고 있는 유능한 관리자로 생각되었으나, 문제는 '변의섭 씨보다 입사 고참이면서, 외자 설비 도입에 경험도 많고 유능한 전홍조 씨를 어떻게 대우할 것인가'였다. 지금과는 달리 그 당시의 포항제철은 군대나 공무원 조직과 유사해서, 입사 고참이 후배 밑에 근무하는 경

우는 거의 없었다. 독실한 가톨릭 신자였던 전홍조 씨는 타고 있던 버스가 한강에 추락했을 때도 아무런 상처를 입지 않았던 일도 있었는데 나중에 유럽사무소로 발령이 났다.

서울 생활

당시 서울사무소는 소공동 대한항공(KAL)빌딩 7, 8, 9층을 사용하고 있었는데, 나 같은 시골 촌놈이 어쩌다 소공동 신사가 되어, 점심 시간이면 소공동 지하상가의 음식점, 명동의 부대찌개 집이나 삼계탕 집, 대연각호텔 옆 복집, 또는 북창동의 사브사브집 등으로 밥을 먹으러 다녔으니 참 출세한 거였다. 집은 친구 노판규가 살던 면목동에 전세를 얻었는데, 청량리까지 버스를 타고 와서 청량리에서 시청 앞까지 콩나물시루 같은 지하철 1호선을 이용하고, 시청 지하철역에서 소공동 대한항공(KAL)빌딩까지 걸어서 출근했는데 여간 힘든 게 아니었다. 그 당시 유행하던 워크맨을 하나 사서 출퇴근길에는 영어회화 테이프를 들으려고 노력했으나 생각만큼 공부는 잘 되지 않았다. 어쩌다 포항에서 손님이 오면, 점심은 명동의 삼계탕으로 하고, 저녁엔 북창동에서 오향장육을 안주로 소주 한잔 한 뒤, 무교동 가서 복불고기까지 먹으면 금상첨화고, 남대문 시장 입구에 있는 초원의 집에서 이주일 쇼를 보여주면 최고의 접대였다. 외자부 직원들이 저녁에 회식을 할 경우는 주로 청계천이나 신용산 지역, 때로는 강남으로 나가기도 했으며, 고스톱을 칠 때도 그 당시에 점당 1,000원이었으니 (참고로 포항에서는 점 100원), 내 스스로도 생각해도 분에 맞지 않는 '하이칼라 샐러리

맨'이 되어가고 있었다. 그러나 나의 서울 생활은 직장이 목적의 전부가 아니고, 석사 과정 공부를 하면서 IE 전문가가 된다는 신념이 있었다. 그러나 생활은 너무나 단순해서, 출근—직장—학교—퇴근—늦은 저녁식사—잠—다시 출근 이러한 일상이 반복되고 있었다.

임신을 한 아내는 다행히도 입덧 없이 조용히 넘어갔으나, 재수하는 동생이 함께 생활했고, 내가 늘 늦게 퇴근해서 많이 힘들었을 것이다. 아내는 83년 9월 4일 면목동에 있던 베데스다 기독병원에서 아들을 출산했다. 나는 학교 다닐 때 성명학(星命學)을 좀 공부한 적이 있었는데, 그 당시 훗날 태어날 자녀를 위해 지어둔 이름이 몇 개 있었다. 홍

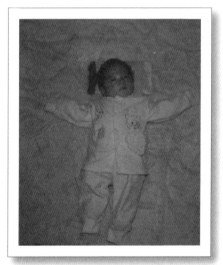

자아린

배(弘培)라는 이름은 조카에게 주었고, 내 아들에게는 '자랑스러운 아들인'이란 뜻인 자아린이라는 한글 이름을 주었다. 가문의 전통을 중요시하는 아버지께서 좀 화를 내셨지만, 족보에 올릴 한자 이름은 항렬자를 따서 의식(宜植)이라고 했다.

다시 포항으로

낮에 일하고 밤에 공부한다는 것이 힘들었지만 처음엔 재미있고 기대감도 컸다. 그런데 시간이 갈수록, 대학원 과정이라는 게 내 기대와는 영 딴판이었다. 미국서 박사학위를 받아온 교수라는 분들은, 이론적으론 잘 알지 몰라도 실무는 깡통들이었다. 생산관리 강의 중에는 내가 현장 개선 경험을 바탕으로 질문을 해대면, 교수는 답변을 못 해 쩔쩔 매고, 강의 진도는 나가지 않았다. 한,두 번이 아니고 강의 시간마다 난처한 질문이 길어지니, 나중엔 교수나 다른 학생들이 나를 부담스러워했다. 재무론, 마케팅 등 몇몇 과목은 나 혼자 책 보고 공부해도 충분한 내용이었다. 나는 다시 회의가 들기 시작했다. '나는 IE 전문가가 되고 싶다. 그러나 대학원이란 전문가를 양성하는 게 아니라, 그저 돈 내고 시간 지나면 학위를 주는 곳일 뿐이다. 내가 과연 돈과 시간을 투자해서 껍데기 석사학위를 받아야 되는가? IE 전문가가 되는 다른 방법은 없는가?'

지금의 나는 '성격이 너무 급하다'는 것이 내 최대의 단점이라는 걸 안다. 그러나 그 당시는 아직 젊은 혈기만으로 앞뒤 안 가리고 행동하던 때라, 한번 '아니다'라고 생각하면 빨리 다른 길을 찾아야 했다. 그때 마침 포항 생산관리부에서는 제철소 생산공정의 핵심인 생산관제모델 개발을 담당할 IE 기술자 양성 대상자를 모으고 있었는데, 연수원에서 초대 IE 강사를 맡았던 내게 당연히 연락이 왔다. 기존의 '능률과'라는 조직을 'IE실'로 확대 개편하고 (실장: 윤상규), 미국서 박사학위를 받은 후, 미국 내 제철소에서 많은 현장 경험이 있는 서대석 박사라는 사람이, 선발된 IE 요원들에게 시뮬레이션 기법을 가르쳐주고 생산관제모델도 함께 개발한다는 것이었다. '이번 기회야말로 내가 돈 안 들이고 IE 전문가가 되는 길이구나. 궁하면 통한다는 옛말이 지금 내게 해당되는구나.'라는 생각이 들었다. 결국 나는 IE 기술자 양성 대상 요원으로 선발되어, 서울 온 지 1년 남짓 만에 짐을 싸서 포항으로 내려왔고, 대학원엔 더 이상 등록하지 않았다. 내가 존경했던 김철웅 부장님으로부터는 '어떤 놈이 인사를 했어? 외자부라는 데가 니 맘대로 왔다가 니 맘대로 가는 데인 줄 아나? 이놈들 가만 두지 않겠어!'라고 크게 혼났다. 내가 모신 상관 중에 가장 멋있었던 실력파 부장님이셨다.

생산관리부 IE실

효자주택단지 인화아파트 28동 403호를 사서 포항으로 이사 온 나는 IE 전문가가 된다는 설레는 마음으로 새로운 포항 생활을 시작했다. 생산관제모델 개발에 참여하게 된 서대석 박사는 시뮬레이션 기법을 이용해 미국의 여러 철강회사에 자문을 해왔는데, 그의 부친과 박 회장이 아는 사이인가 해서 포항제철과 인연을 맺게 된 것으로 들었다. 나를 포함한 IE 전문 요원 양성 대상자들(이광무, 김재명, 이시정, 이해수, 오성수, 김의연 씨 등)은 서대석 박사로부터 시뮬레이션 언어인 SLAM II를 배우면서 포트란(FOTRAN) 77으로 생산관제모델 개발에 착수했다. 그 당시 시스템개발실에서는 후지쯔(FUJITSU) 컴퓨터로 주로 코볼(COBOL) 언어를 사용하여 각종 장표 같은 것을 개발했는데, 개발에 걸리는 시간과 불편함은 이루 말할 수 없었다. 우리는 생산관제를 위해 VAX 컴

서대석 박사와 초기 IE실 직원

퓨터를 도입하고, 포트란 언어로 프로그램을 개발했으며, 특히 내가 담당한 2제강 스케줄링(Scheduling) 모델에는 최적 용선배합을 위해 선형계획법(LP: Linear Programming) 기법을 응용해야 했다. 생각해보라. 책에서 기껏해야 변수 2개 제약조건식 3~4개의 LP 문제를 풀다가, 변수가 80개이고 제약조건식이 240개가 되는 LP 문제를 실무에 적용한다는 것이 얼마나 가슴 뿌듯한가를…. 대학 때 포트란(FORTRAN) IV 프로그래밍 언어를 공부를 해둔 게 정말 다행이었고, 평소에 LP 등 OR(Operations Research) 기법에 대해 나름대로 공부해온 것을 현장 문제에 직접 응용할 수 있는 것에 대해 정말 보람을 느꼈다.

권억근 생산관리부장은 생산관제모델 개발과 생산관제센타 신축 프로젝트를 RSDC(Real-time Status Dynamic scheduling and Controlling system)라 명명하고, 제철소 차원에서 전적으로 지원해주었다. 관제모델의 개발과 적용은 성공적이었고, 나는 핵심 IE 전문 요원이 되었다. 그런데 사람이 하는 모든 일에는 욕심이라는 게 개입되는가 보다. 권억근 부장이 구상하는 RSDC 프로젝트가 완성되기 전에 서대석 박사와의 1차 용역계약이 끝남에 따라 2차 용역계약을 체결하게 되었는데, 서 박사가 '2차 용역은 외자로 계약하고 싶다'고 하는 바람에 외자 계약 경험이 있는 내가 계약 담당자가 되었다. 서 박사는 'AtWorth'라는 회사를 만들어 직원을 고용하고, 생산관제의 소프트웨어뿐만 아니라 생산관제센타 내의 전광판 등 하드웨어 설계에도 관여하게 되었다. 그런데 내 생각에는 1차 용역계약에 비해 2차 용역계약이 너무 비싸고, 서 박사도 장사꾼이 되어버린 것 같았다. 그러나, RSDC 프로젝트를 부내 최우선 과제로 밀고 나가는 권억근 부장의 위세에 눌려 겉으로는 아무도 이의를 제기하지 못했으며, 내가 할 수 있는 일이란 그저 용역비 중도금을 지불할 때마다 여러 가지를 트집 잡고 지연시키는 것뿐이었다.

생산관제모델 개발이 끝나면서 내가 하는 일은 주로 시뮬레이션 언어 SLAM II를 이용한 네크공정 분석 업무가 많았다. IE실에서는 또 통계시스템인 SAS(Statistical Analysis System)를 도입하여 현장의 여러 가지 문제 해결에 통계적인 자료 분석을 지원해주기도 했다. 특히 SLAM II를 이용하여 광양2기설비 연주공장에서의 크레인과 대차의 능력에 대한 분석은 광양제철소장에게 보고하기도 하였다. 이 시기는 회사에서의 일이 재미있는 반면, 직원들과 너무 자주 어울리다 보니 가정에 충실하지 못했던 기간이기도 했다. 잦은 술자리와 특히 직원들과의 고스

톱에 빠져 있어, 아내는 매일 늦게 들어오는 나 때문에 속 꽤나 썩었다. 하루 늦게 들어와 아내와 다투면 그다음 날은 더 늦게 들어와 버리는 생활이 반복됐다.

이런 와중에 85년 5월 16일 아내는 포항기독병원에서 예쁜 딸을 낳았다. 나는 딸에게 '세상에 빛나는'이란 뜻으로 세빈(世彬)이란 이름을 주었다. 딸을 얻은 후 내 생활은 조금

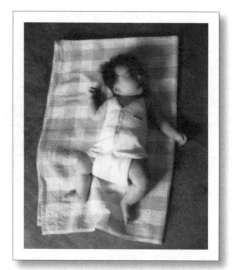

세빈

정신을 차렸고, 내가 지어놓은 이름은 우정(宇靜)과 세다운(세 가지 다운, 즉 아름다운, 참다운, 정다운, 종합하면 여자다운이란 뜻)이라는 두 개가 더 남아 있어 1남 1녀를 더 가져야 했지만, 그 당시 산아 제한을 권장하는 정부 시책에 속아서 포기해버렸다. 나중에 알고 보니 산아 제한을 권장했던 정부 고위 관리들은 대부분 다자녀였다.

일본 연수

1986년 여름, 나는 한국생산성본부에서 주관하는 일본의 해외기술 자연수협회(AOTS: Association for Overseas Technical Scholarship) 연수 프로그램의 참가자로 선정되어, 약 한 달 반 동안 일본으로 연수를 가게 되었

다. 도쿄의 키타센주(北千住)에
있는 AOTS 센타에서, 게이오
대학(慶應義塾)의 OR 분야 교수
몇 사람으로부터 여러 가지
개선 기법들을 배우고, 현장
견학도 여러 군데 다녔다. 동
남아 각국(홍콩, 싱가포르, 필리핀,
대만, 태국, 말레이시아, 인도, 파키스
탄, 스리랑카, 네팔, 이란 등)에서 온
연수자 중에 내가 나이가 제
일 어렸다. 그 당시는 서울에
지하철 1, 2호선이 운행될 때

AOTS 연수 수료

였는데, 도쿄에는 이미 10호선까지 있었다. 그런데 동남아에서 온 연
수자들 중에 지하철을 타본 경험이 있는 사람은 아무도 없었다. 나는
일본어 읽기, 쓰기는 물론 회화도 어느 정도 가능한 데다, 서울에 근무
한 경험이 있어, 도쿄의 지하철을 이용하는 데는 아무 문제가 없었다.
따라서 연수자들이 쇼핑을 한다 거나 시내 구경을 하려면 반드시 나에
게 함께 가자고 했다. 강의가 영어로 진행되어 수업시간에는 약간 힘
들었지만, 나는 졸지에 이 사람들의 길 안내자 겸 통역 역할을 하게 되
었다. 나중에야 알았지만, AOTS는 일본 정부에서 주로 아시아의 개
발도상국에게 기술 협력의 일환으로 일본의 기술과 문화를 전수해주
는 기관이었는데, 일본을 선전하는 단체인 것 같았다. 어쨌든 이 기회
에 나는, 일본 경쟁력의 원천과 아시아 각국의 사람들을 만나는 소중
한 경험을 했다. 대기업 과장급인 사람의 집이 아파트 20평 정도의 넓

이밖에 안 되는 협소함에 놀랐고, 토요타(Toyota)의 간판관리 시스템이 조그만 중소기업까지 완벽하게 적용되고 있는 데도 감명을 받았다. 현지 공장들을 방문했을 때 그들의 자동화 프로세스와 현장 작업자 중심의 문제 해결 방식에서도 배울 점이 많았다. 도쿄 시내에 근무하는 샐러리맨들의 집들이 대부분 시내 외곽에 있고, 자전거와 전철로 1~2시간씩 걸려 출퇴근하는 일상에도 놀랐고, 통역하던 일본 여자의 상냥함과 신칸센(新幹線)에서 만난 배우 지망 아가씨의 당돌함도 기억에 남는다. 반면 필리핀인과 인도인의 영어 발음에 적응하는 데에 어려움도 있었고, 네팔에서는 시멘트공장 공장장이 국왕과 자주 식사를 할 정도로 높은 직위에 있다는 사실도 알았으며, 싱가포르와 홍콩 사람들의 열의와 지식 수준은 한국이 경계해야 할 대상임을 알 수 있었다. 나로서는 이 연수가 처음 외국에 나가는 경험이었고, 86년도의 한국은 아직 사무자동화(OA: Office Automation)의 초보 단계라 개인용 컴퓨터는 8비트 내지는 16비트 수준이었기 때문에 더더욱 느낀 바가 컸다. 연수를 보내준 윤상규 실장과 권억근 부장, 신치재 부소장에게 감사를 드리며 여기에 연수일지를 남긴다.

〈연수 일지〉

'86.8.10.(일) "도착"

KAL 기내에서의 여행은 즐거웠다. 기내의 중앙 좌석이어서 바깥 풍경을 볼 수 없었지만 주는 음식 먹느라 바빴다. 양주(시바스리갈 12,000원) 한 병을 샀다. 준비한 선물은 양주 외에 솔 담배 두 보루와 인삼차 1세트. 나리따(成田) 공항에서 유현목 과장 일행과 헤어지고는 혼자였다.

처음 온 도쿄지만 그다지 낯설지 않았고 행동에 자신이 있었다. 영어를 잘 못 알아듣는 몇 사람에게 물어서 나리따 공항역으로 가는 버스를 탔다. 190엔, 우리 돈으로 1,000원 이상이니 우리나라 버스비 120원에 비하면 비싸다. 나리따 공항역에서 우에노(上野)역으로 가는 기차를 탔는데 옆에 앉은 사람이 재일교포 김천곤(金千坤) 씨, 이시바시(石橋)에서 식당을 경영하는데 고향 경주를 다녀오는 길이라 했다. 김치 생각이 나면 한국 식당에 가되, '총련'계인가 아닌가 보라고 했다. 그의 아들들은 한국말을 못 해서 경주서는 애를 먹었다고 하는데, 총련계는 어딜 가나 그들 학교가 있어 한국말을 열심히 가르치고 있다 했다. 한때는 크게 날뛰었으나, '모국방문단' 이후로는 '민단'으로 전향하는 사람이 대단히 많다고 한다. 민족의 피를 느끼면서 우에노역에서 헤어졌다. 택시를 타고 도쿄연수센터(TKC: Tokyo Kenshu Center)로 왔다. 프런트 데스크에서 안내해주는 사람과 로비, 그리고 객실 모두가 지극히 깨끗하고 친절하여 일본인의 성격을 한눈에 알 수가 있다. 방은 욕실과 에어컨이 달린 일인용(Single with bathroom & air conditioner). 그림엽서를 몇 장 사서 아내와 IE실 그리고 인력관리실로 보냈다(도착보고). 저녁식사에 김치가 있길래 먹었는데 맛이 우리 것 같지 않다. 로비에서 한국말로 떠드는 소릴 들었지만 다음에 인사하기로 하고 그냥 지나쳤다. 어쩌면 혼자 부딪혀보고 싶어서였다. 몇 마디 건네보는 영어가 통하니 기분이 좋았다. 저녁에는 앞마당에 어떤 페스티벌이 벌어지고 있었다. 본 오도리(Bon Dance: ぼん おとり)라는 것인데 황색인, 백인, 흑인 할 것 없이 모두가 어울려 일본식 춤을 추기도 하고 가수인지 모르지만 누군가 밴드에 맞춰 쇼를 한다. 「본(Bon)은 조상의 정신을 기리는 일본의 여름 축제로, 이 기간 중에는 본 오도리라고 하는 전통 춤을 일본 전역에서 볼

수 있고, 사람들은 유카타(Yukata)라고 하는 전통 옷을 입는다.」문화도
좋고 구경도 좋지만 내 방으로 와서 내일 준비를 한다. 그리고 일찍 잠
자리에 들었다.

'86.8.11.(월) "소개"

연수 첫날이다. 아침(라면)을 먹고 TKC의 직원 하라타 씨를 따라
APO 사무실로 갔다. 20여 명이 그 사람만 졸졸 따라다니고 때로 인원
을 세는데 꼭 국민학생 소풍 온 기분이다. 별로 좋지 못했다. 오전에는
개강식(Opening Ceremony)이였는데 몇 사람의 환영사 뒤에 자기소개 시
간이다. 참석자들은 나를 제외하고는 전부 영어를 평소 사용하고 있는
나라들이라 잘도 한다. 내 차례—두려워할 것은 없었다. 「My name is
Sohn Young Jing(나는 칠판에다 漢字로 내 이름을 썼다). I came from Korea
and I am working at Industrial Engineering office in Pohang
Iron and Steel Company. Pohang Iron and Steel Company better
known as POSCO was incorporated in 1968 and has achieved an
unprecedented record for rapid growth and development in the
world steel industry. I, as an IE engineer, pursuit the optimization
of operating and maintenance systems by work-improvement,
system analysis, and simulation. This is my first visit to Japan. So
I am very glad to meet you, all participants from Asian countries
by APO member. Iwanna not only to be trained as a high skilled
technician in MDM field but also to keep good companies with
all participants and professors. Thank you.」소개를 끝내고 자리
에 앉으니 '몇 마디 더 할 걸 못 했구나.'라고 생각되었다. 「As one

of the major steel makers in the world, POSCO has played a vital role in Korean economy over the past decade. With highly skilled manpower and a complete range of modern facilities, we constantly strive for advanced technological development as well as the quality improvement of our products in order to meet the ever-changing demands of our clients. It is our sincere hope that our quest for quality and cost competitiveness of steel products will continue to contribute to the well-being of people throughout the world.」

APO 사무실에는 조XX라는 한국인이 한 분 있었다. 한국의 최영석 박사와 잘 알고 있다면서 한국말로 얘기할 땐 반갑다. 아시안 센터에서 점심을 먹고 오후에는 일본 생활 소개 및 프로그램 소개(Program Overview)가 있은 후에 자기소개 시간이 있었다. 모두 다 영어를 꽤나 잘한다. ‒자기나라 말이 따로 없었기 때문이기도 하지만‒ 나도 말하는 것은 큰 애로사항이 없었다. 우선 발음이 그들보다는 영미에 가까우니까, 그들의 발음은 도대체가 알아듣지를 못하겠다. 차라리 교수의 강의는 다 알아듣겠는데, 이놈들은 자기 멋대로 말하니…. 내 소개는 상세한 IE 업무와 컴퓨터, OR, 시뮬레이션 등의 사용하고 있는 기법을 얘기하면서 취미는 포커게임(Playing Poker)이라고 했더니 모두 웃는다. 기혼, 자녀 둘‒‘아들 하나, 딸 하나’라고 했더니, ‘아들만 넷 있다’는 교수가 ‘Good combination’이라고 한다. 늦게 AOTS로 돌아와 일비(日費: per diem allowance)를 받았고, 식사는 필리핀인 두 사람, 인도네시아인(Krakatau 사람)과 하고, 식후 네팔인과 커피 한잔했다. 커피 파는 아줌마가 커피를 ‘코히’라고 하길래 나도 영어(two cups of coffee) 대신 ‘코히

후다쯔'라고 주문했더니 좀 놀라는 표정이다. 바둑 두는 사람이 있길래 '혹시 한국인인가' 하고 구경 좀 하고 있으려니, 바둑 실력이 8급 정도 되겠다. 일본 사람이었다. 연수 기간 중 사용할 책, 노트, 지도, 사전, 안내서, 샤프펜슬, 지우개, 필통, 가방 모두 다 받았다. 저녁에 이것들을 정리하고 내일 강의 받을 준비를 해야겠다. 오늘 강의 중에서 이란인, 인도네시아인 등이 질문하는 내용들은 전부가 상식적인 것인데, 설명하는 교수나 질문하는 학생이나 사뭇 진지하다. 정말 저런 내용을 몰라서 묻는 걸까? 참가국: 필리핀, 홍콩, 대만, 네팔, 인도네시아, 싱가폴, 스리랑카, 이란, 태국, 그리고 한국. 한국인은 나 혼자고 나이는 내가 제일 적다. 홍콩대 IE과 강사라는 陳俊明(Chan Chun-ming)이 나와 같은 나이인데, 이 녀석은 영국 유학을 갔다 왔다고 하는데 영어가 유창하다. 린다(Linda Luz B Guerrero)라는 필리핀 여자가 한 명 있는데 홍일점이라고 하면서 그 뜻을 설명해주었더니, 옆에 섰던 대만인이 중국에서는 일점홍(一点紅)이라고 한다. 미즈 게레로(Ms. Gerrero)라고 부를까 물었더니 린다라고 불러 달랜다. 린다(Linda)는 아름다운 빛이라는 뜻이고. 그녀는 기혼, 32세.

내일은 수익성 분석(Profitability Analysis, Economic Analysis)에 대한 강의가 있는데 설비개선과의 여러 가지 자료를 가져오지 못한 게 아쉽다.

'86.8.12.(화) "생일"

엊저녁에도 열심히 예습을 했지만, 아침에 또 책 좀 보느라 그만 강의시간에 지각을 했다. 그런데 의외로 강의 내용은 쉬워서 준비한 게 좀 아쉽다. 점심시간에 그저께 본 한국인을 만났다. 1년 6개월간 컴퓨터 소프트웨어에 대한 연수를 한다는 사람 등 총 8명이 이곳 AOTS에

있다고 한다. 저녁에 내 방
에서 만나기로 하고 헤어졌
다. 왜 저녁에 내 방이냐?
아침에 까맣게 잊어버리고
있었지만 오늘이 내 생일이
아닌가? 음력 7월 7일(七夕).
선물용으로 사 온 양주 한
병이 있으니 고국 사람들과
나눠 마시는 기분도 괜찮을
것이고. 오후엔 계속 수익성
분석에 대한 강의가 있었다.

AOTS 연수생들

후지타라는 일본인으로 현재 미국 테네시기술대(Tennesse Technological
College) 교수라고 하는데 영어 발음이 아주 좋다. AOTS 소개 시간엔 많
은 질문을 했다. 내 생각에는 굉장히 좋은 기회인데 우리 회사에서 왜
지금까지 이곳의 활동에 연수를 보내지 않았는지 모르겠다. 눈을 크게
뜨고 국제적인 모임에 자주 참가해야겠다는 생각을 한다. 저녁을 먹기
전에 빨래를 했다. 세탁실에는 세탁기, 건조기, 다리미 등이 준비돼 있
다. 식사 후 NHK 뉴스를 듣다. H-I 로켓 얘기, 나카소네의 임기 연장
은 다음 달 10일께 정해질 예정이고, 방위비의 증가는 당초 5.1% 선에
서 4% 선으로 낮추어 GNP의 1%를 넘지 않으려고 노력하고 있다. 공
무원 봉급을 평균 2.31% 인상하는데 거기에 대한 각 정당의 논평이 상
세히 소개되는 게 부럽다. 우리나라 같으면 인상액의 정당성에 대해서
만 얘기하고 해설하고 할 텐데…, 평균 봉급은 약 26만 엔 정도 된다.
7월 중 엔고(¥高)로 도산한 기업은 총 81개, 작년(소화60년)부터 금년 7월까지 총 303개 기업이 도산했다. 지금까지는 주로 상사가 도산했는데 이번엔 하청업이 대종을 이룬다고 한다. 도산하는 건 어쨌든 잘된 일이다 – 내 입장에서 보면 –. 밤 9시, 아무리 기다려도 약속한 한국인들은 내 방으로 오지 않는다. 할 수 없이 직접 그들 방을 찾아갔다. 시바스 리갈 1병, 솔 담배 3갑, 한국인들의 약속 안 지키기, 어떤 파벌주의, 외국에서도 이런 것들이 필요한가? 술을 마시면서 여러 가지 얘기를 나누었다. 도중에 한 동료의 와이프와 다른 한 동료의 일본인 여자친구가 놀러왔다. 자유분방한 일본 사회, 느낌이 많다. 새벽 1시쯤 샤워하고 잤다.

Happy Birthday to Me! 견우와 직녀의 만남! Congratulations! 한국정보산업주식회사 시스템개발부 황택현, 길찬익, xxx, xxx, 기타 4명이 더 있다.

'86.8.13.(수) "쇼핑"

지난밤의 술이 좀 과했나 보다. 아침까지 머리가 띵하다. 엘리베이터를 내리면서 다음 사람이 덜 기다리게 하기 위해 문을 수동으로 닫으면서 내리는 일본인들의 친절함, 대단한 사람들이다. 오전, 오후 계속 후지타 교수의 수익성 분석 강의를 들었고 16:00부터 환영파티가 있었다. 처음으로 참가자 전원이 한데 모여 음료를 즐기면서 끼리끼리 얘기를 나누었다. 네팔인은 매우 사교적이다. 인니, 네팔, 홍콩 등에 헌다이(Hyundai)가 매우 잘 알려져 있다. 네팔인은 이 과정을 마치면서 나랑 함께 한국에 가겠다고 하면서 2~3일 정도의 방문에 비자(Visa)가 필요한지 물었다. '오는 건 좋은데 비자가 필요한지 아닌지 알아야 대답을 하지.' '좋다, 함께 가자. 비자 관계는 알아보고 나중에 알려주마.' 저녁에 이곳 키타센주(北千住)에서 가까운 우에노(上野)로 바람 쐬러 갔다. 중국인 둘(李, 王), 네팔인(Jha), 필리핀인(Al), 인도인(Zumar), 그리고 나, 여섯이서 번화가를 떠들면서 다니고, 술집마다 "영어 할 줄 아느냐?(Can you speak English?)"라고 물으면 무조건 "No"다. 심지어는 어느 책방에 들러서 "얼마냐?(How much?)"라고 하니, 일본인 주인의 대답이 "모른다(I don't know)"다. 배꼽을 잡고 웃으면서 자동판매기에서 콜라 한잔 뽑아 마시고는 돌아와서 샤워하고 잤다. 아내와 자아린, 세빈이의 사진이나 한 장씩 가져올 걸.

'86.8.14.(목) "아시아인들"

어떻게 된 건지 8:45분까지 늦잠을 잤다. 이놈의 늦잠 버릇이 여기서도 계속되는가? 아침도 굶고 허둥지둥 강의실로 갔다. 점심은 두 그릇을 먹었고, 오후 강의는 4시에 끝났다. 필리핀인, 인도네시아인, 스리랑카인, 그리고 네팔인과 함께 아까하바라(秋葉源)에 쇼핑을 나갔다. 4개의 백화점을 돌아다니는데 다리가 아파 죽겠다. 1,500엔(약 8,000원)을 주고 면세점에서 면도기를 하나 샀는데, 거리에 내놓고 파는 데서 같은 물건을 1,000엔 하지 않는가? 1,500엔도 잘 샀는데 1,000엔짜리가 있다니 휴우~. 키타센주(北千住)로 돌아와서 중국집에서 볶음밥과 만두를 먹었다. 맛이 좋다. 일본소주(sake)를 두 병 사서 필리핀, 네팔, 스리랑카 사람들과 함께 내 방에서 마셨다. 나는 바나나를 샀는데 굉장히 싸다. 큰 것 10개에 300엔(1,600원). 내 방에서는 밤 12:00까지 많은 얘기를 나누었다. 모든 아시아인들은 일본인을 싫어한다. 반면에 한국인을 굉장히 좋아한다. '왜 그러냐'고 물으니, '한국인은 일도 열심히 하고, 기술도 좋고, 놀기도 좋아하고, 우월감이 없이 누구나와 친하

고, 술도 잘 마시고, 일본인처럼 주는 것이 있으면 반드시 빼앗아 가려고 하지 않으며' 하여간 좋단다. 내 인상도 처음엔 딱딱하고 엄하게 보였는데 알고 보니 그렇지 않다나? 어쨌든 나는 한국인과 포스코에 대해 내가 구사할 수 있는 영어를 총동원해서 선전했다. 낮에 후지타 교수에게 회사 안내 책자를 한 권 주었고, 이들에게도 한 권씩 주고 설명해주었다. 그들 말이 '한국은 곧 일본을 따라잡게 될 텐데, 일본인처럼 되면 안 된다'고 했다. 나는 '절대로 그렇지 않을 것'이라고 우리나라의 국민성과 인간성을 선전하느라 바빴다. 필리핀인은 메추리농장을 가지고 있는데 월수가 50~60U\$란다. U\$와 Million, 그리고 ￥, lbs., ache같은 단위에 익숙하지 않아 애를 먹는다. 네팔인 녀석, 나를 따라 한국에 가겠다는데 은근히 걱정이다. 한국에 자기 친구가 많이 있다고는 하지만. 가만히 생각해두었던 말이나 평소에 내가 잘 아는 분야는 표현하는 데 큰 애로사항이 없는데, 대화를 계속해 나가려니 내가 생각해도 상당히 표현을 못 한다. 영어 공부를 해야지, 해야지, 해야지. 쇼핑할 때 그래도 일본말을 조금이라도 아는 사람은 나뿐이다. "すみません(미안합니다)", "いくらですか(얼마입니까?)", "ありがとう(감사합니다)" 같은 기초 회화는 물론 한자를 읽을 줄 아는 사람이 없다. 이들은 돈을 대단히 아끼는 사람들이고, 길 찾아다니는 것도 나보다는 촌놈들이다. 한국의 국력을 느낀다.

'86.8.15.(금) "역사와 광복절"

아침에 빨래를 해서 옥상에 널어두고 강의에 들어갔다. 단 6시간 동안에 IBM에 근무하는 사람이 컴퓨터의 개념, 제어시스템(Control System), 데이터시스템(Data System), 관계데이터베이스(RDB), 응용분야

(Application Perspective), 영업부문 생산성(Business Professional Productivity), 사무자동화(OA) 및 일본 IBM에 대한 소개를 다 마쳤다. 대부분의 사람들은 그가 무엇을 얘기하고 있는지조차 잘 이해하지 못하고 있는 것 같았다. 나는 RDB에 대해 상당한 질문을 하고 DB2에 대한 책자를 구할 수 있느냐고 주문해두었다. 기타의 강의는 개략적인 내용 소개였다. 나는 RSDC와 OIMS에 대해서 점심시간에 교수와 별도로 얘기를 좀 나누었다. 저녁엔 긴자(銀座)에 쇼핑을 갔다. 우에노(上野)나 아키하바라(秋葉原)보다는 대단히 번화가였다. 많은 물건들이 있었으나 오~ 너무 너무 비쌌다. 그대로 돌아와서 AOTS 식당에서 저녁을 먹고, 몇몇 녀석들과 함께 일본 상점에 들어가서 한국 술(Korean Liquor)을 찾았다. 한참 만에 진로를 한 병 사서는 구운 오징어와 함께 가져와서 식당에 앉아 정말 많은 얘기를 나누었다. 인니인, 필리핀인, 네팔인, 그리고 대만인 2명서 정치, 경제, 사회, 문화, 역사, 국민성, 여자, 라이브 쇼 등등 대단히 유익한 시간들이다. 반면에 태국인과 무슬림인 이란인은 너무나 비사교적이라 아직 좋은 기회를 잡지 못했다. 다른 사람과 악수도 하지 않는다는 무슬림이니 식당의 오븐도 따로 사용할 수밖에. 그런데, 이거 온 몸에 옻 같은 붉은 좁쌀만 한 것이 너무 많이 돋아났다. 음식 때문인지, 술 때문인지, 피로 때문인지 모르겠는데 걱정이다. 전에도 이런 적이 있었던 것 같은데 어떻게 해야 될지 아직은 모르겠다. 아~ 그런데 오늘이 광복절 아닌가? 일본 녀석들의 TV를 보지 못한 것이 아쉽다.

'86.8.16.(토) "일본"

오전엔 일본어 기초회화 시간이었다. 몇몇 사람들은(대만인 1, 태국인 2

명) 일본어를 좀 알고 있었지만 대부분의 사람들이 처음 말하는 것이라, 계속 웃으며 재미있는 시간이었다. 오후에는 단체로 아사쿠사(淺草)에 있는 절(寺)과 도쿄타워를 관광했다. 절(寺)은 한국과 별 다름이 없으나 규모나 넓이가 아주 작다. 일본인들은 이것이 아주 큰 절이라 하지만 우리의 불국사, 통도사, 해인사에 비하면 정말 작다. 큰 건물은 단지 두 개, 탑 하나, 그것이 전부다. 이것도 관광지라고? 그러나 그 아사쿠사라는 지역의 상점들은 아주 멋있게 단장되어 있었다. 사진 두어 장 찍고, 히비야(日比谷)공원을 지나 도쿄타워로 갔다. 우리나라의 남산타워나 부산타워보다 높이 등 좋은 것은 하나도 없으나 그 시설이나 상점 등은 돈 벌기에 딱 좋게 되어 있다. 많은 아시아인들이 입을 헤~벌리고 놀란다. 그러나 우리나라 것에 익숙해진 내게는 별로 신기한 게 없다. 이런 것들이야 서울에도 다 있다. 그러나 그 상술은 배울 만하다. 도쿄타워가 그려진 컵 두 개와 탁상용 칼렌다시계를 하나 샀다. 기념으로.

일본의 TV에는 어떤 채널인지 모르겠는데 밤 11시 30분이 넘으니 요상스런 프로그램을 한다. 일종의 퀴즈게임인데 알아맞히는 것이 고작 여자 팬티의 값, 섹스비디오 테이프의 인기 순위, 호텔에 갔을 때의 일어난 일… 등, 그러한 모든 화면을 보여주고 난 뒤에 사회자가 젊은 여성에게 질문하는 형식인데, 별로다. 내일은 편지를 좀 써야지.

'86.8.17.(일) "일요일"

이곳에 온 지 일주일이 되었다. 일요일인데도 아침 일찍 인도 녀석이 전화로 나를 깨워서는 '도쿄 디즈니랜드에 가는데 같이 가지 않겠느냐?'고 한다. 'No, Thank you'라고 하고는 늦잠을 잤다. 느지막이 일어나 나가오마찌(長尾町)라는 곳으로 이란인과 같이 쇼핑을 나갔는데 이곳이 꼭 남대문 시장 같다. 물건값이 일본서 제일 싸다는 다께야(多慶屋) 백화점은 종업원 하기수련회 관계로 휴무였으나 남대문 시장 같은 거리를 이곳저곳 기웃거려봤다. 이란인, 네팔인, 또는 다른 백인들이 보는 곳이란 시계점, 신발점, 옷가게, 그릇가게, 핸드백 가게 등. 그들은 공기(국그릇)를 몇 개씩 산다. 난 또 자동판매기에서 콜라 하나 빼 먹고 돌아왔다. 웬일인지 피부에 난 반점이 낫지를 않고 피곤하기도 해서 오후에는 낮잠을 자고, 저녁을 먹고 난 뒤에도 한 녀석이 '맥주 한잔하러 가자'고 했지만 피부 핑계를 대고 나가지 않았다. 아버지와 회사의 과장, 부장께 중간보고를 했다. 내일은 NEC견학이고, 모레부터는 컴퓨터 프로그래밍이다. IBM PC 8801B(Basic 언어). 이곳 센터 내 비디오 도서관(Video Library)이 있는데 일본에 관한 모든 것이 잘 정리되어 있다. 틈나는 대로 그것을 봐야겠다. 영어 청취 연습도 되고, 일본에 대해 많은 것을 배울 수 있으리라 생각된다. 엘리베이터를 지나치다가 한국에서 왔다는 또 한 친구를 만났다.

'86.8.18.(월) "NEC 견학"

아비코(我孫子)에 있는 NEC 견학을 갔다. 사무자동화(OA)가 아주 잘 된 곳이다. NEC는 C&C를 모토로 하고 있는데 C&C란 Computer & Communication이다. 이 두 분야는 함께 발전해야 한다는 것이 이 회사의 슬로건이고, C&C 외에도 그들은 전자기기, 가전제품 등을 생산한다. 아비코 공장은 Switching Devices를 생산하는 곳으로 창고는 완전히 자동화되어 있었다. 그들이 개발한 자재조달계획(MRP) 시스템을 철저하게 이용하고 있었다. 특히 Tele Conferencing Room은 우리의 영상회의시스템의 미래를 보는 것 같았고, Office Service System, Tele-meeting Room, On-line Cash Dispenser, 무인운반차, Telephone Directory Assistance System 등 OA의 첨단을 걷고 있었다. 우리는 MRP에 대한 강의를 듣고 질문을 하였다. 거기서 점심을 먹고 16:00까지 현장 견학을 하고 돌아오니, 별로 할 일도 없고 해서 비디오

NEC에서

도서관(Video Library)에 가서 "일본의 철강산업"에 대한 비디오를 보았다. 우리의 철강생산공정에다 H-빔 생산공정 및 파이프 생산공정을 소개한 것으로 별로 새로운 것은 없다. 저녁을 먹은 후 피부의 점들이 하도 이상해서 의사(Consulting Doctor for AOTS Trainees)에게 갔다. 크림 같은 것을 주며 '발라보라'고 했다. 별로 신통찮을 것 같다. 인도인, 대만인, 필리핀인, 그리고 네팔인과 함께 일본 위스키 Hi-Suntory 한 병을 사서 나눠 마시면서 여러 가지 얘기를 나누었고, 12시 가까이 돼서 갔다.

'86.8.19.(화) "컴퓨터와 전화"

하루 종일 컴퓨터 프로그래밍에 대해서 공부를 했다. IBM 계통의 기종으로 NEC의 PC8801B인데 다양한 기능을 가졌다. 컴퓨터에 대

한 예비지식이 없는 사람이 많았으므로 나는 몇몇 사람에게 설명을 해주면서 내 문제를 풀어야 했다. 그러나 내일부터는 달라질 것이란 생각이 든다. 왜냐하면 그래픽(Graphic), 컬러(Color) 등 내가 해보지 않은 분야도 있고, 또 포트란(FORTRAN) 언어만 주로 사용해온 나는 베이직(BASIC) 언어에 대해서 아직 완전히 숙달되지 않았기 때문이다. 저녁시간이 되어서야 집에 전화한다는 생각이 들었다. 오늘이 아버님 생신인데 '전화해야지' 하고 생각은 했었는데 컴퓨터 때문에 잊어버렸다. 아내도 시골에 갔을 텐데…. 저녁시간에 전화를 하니 어머님이 받았다. 밀양 그 촌구석과 도쿄 시내 한복판이 이렇게 전화감이 좋을 수가? 바로 옆에서 얘기하는 것 같다. 3분 1통화에 1,740엔, 우리 돈으로 8,700원 정도 된다. 좀 비싸지만 이렇게 전화로 얘기하니 감회가 새롭다. 내일은 필름을 현상해야지. 그 필름엔 포항서 찍은 애들 사진도 몇 장 있으니 두고 봐야지. 저녁엔 몇몇 친구들과 맥주 몇 잔 하면서 보냈다.

'86.8.20.(수) "Color"

하루 종일(아침 9:00~ 밤 11:00) 컴퓨터와 씨름했다. 컬러(Color)와 그래픽(Graphic)은 처음 해보는 분야라 상당히 재미가 있다. 몇몇 프로그램을 인쇄해두었다. 나중에 큰 도움이 되리라 생각된다. NEC PC의 큰 단점은 모든 PC가 다 그렇겠지만 기억용량이 부족하다는 점이다. 그 외에는 아주 좋은 컴퓨터이다. '상(賞)'이 걸린(아직 내용은 모른다) 문제를 3문제 풀게 되어 있는데, 몇몇 녀석들이 나보다 잘해서 내가 상을 탈지는 의문이다.

'86.8.21.(목) "변명"

컴퓨터의 마지막날이다. 무슨 상인지는 끝까지 나는 몰랐다. 왜냐하면 내가 받지 못했기 때문이다. 첫 번째 문제는 평행사변형(Parallelogram)을 그리는 문제였는데 나는 그래픽(Graphic)으로 그리려고 했다. 두 개의 답을 냈는데 하나는 내가 봐도 좀 엉성하고, 하나는 아주 훌륭했다. 20명 중 10명 가까운 사람이 그 문제를 풀었으나 중국인 Chiu와 나의 대결이었다. 교수들도 누굴 1등 줄지 애매한 모양이다. Chiu의 프로그램은 아주 길었다. 왜냐하면 그는 그래픽을 사용하지 않고 무식하게 프린트(Print)와 탭(Tab)만을 썼기 때문이다. 그러나 내 프로그램은 단 몇 줄이다. 내 것의 약점은 * 대신 o을 썼다는 것이다. 그래픽에는 * 마크가 없다. 상은 결국 수고한 Chiu에게 돌아갔다. 두 번째 프로그램은 1~2,000까지의 소수(素數: prime number)를 찾는 문제였는데, 20명 중 그 문제를 푼 사람은 싱가포르인 Chen과 나 둘뿐이었다. Chen의 프로그램은 Run Time이 7초, 내 프로그램은 71초, KO패 했다. 세 번째 프로그램은 그래픽을 사용하여 아름다운 그림을 그리는 것이었다. 거의 대부분의 사람들이 이 세 번째 문제만은 푼 모양이다. 대부분이 제출했다. 나는 1번과 2번 문제를 푸느라 3번 문제에 시간을 많이 할애할 수가 없었다. 그러나 기지를 발휘해 내 그림(Figure)의 제목은 '내가 너희들의 선생님이야(I am your professor)'였다. 몇 가지 색깔로 원과 선을 그리다가 마지막에 푸른 바탕에 사람의 얼굴을 그리고 입을 헤~ 벌린 다음 그 입 속에 'I am your professor'라는 글귀를 써넣는 것이었다. 참고로 Figure들의 제목을 보면, Globe(지구), 우주, AOTS 마크, AOTS 참가국, 생일 케이크, Circles(원), House(집), Flag(국기) 등등 많았다. 몇몇 사람들 것이 지나갔다. 그렇고 그렇다. 내 것이다. 내

것은 좀 단순했지만 입을 헤~ 벌린 사람이 'I am your professor'라고
하니, 많은 사람들이 'Good, good' 하면서 손뼉을 쳤다. 또 몇몇 사람
들 것이 지나갔다. 어떤 사람들 것은 Endless loop(결코 stop 되지 않는 프로
그램), 어떤 사람들은 시간이 굉장히 많이 걸리는 것 등 여러 가지다. 다
보고 난 후 투표를 했다. 필리핀의 Alvin 것이 20표, 내 것이 12표, 홍
콩인이 9표, 기타는 1~2표였다. Alvin의 것은 필리핀 국기를 그리고
필리핀을 환영한다는 몇 가지 표식과 그림이 연속해서 나오는데 대단
히 좋았다. 나도 그에게 한 표를 주었으니까. 나는 세 가지 문제에 전
부 2등을 했다. 상은 1등에게만 있었다. 3문제를 다 푼 사람은 나밖에
없다는 위로를 하면서 저녁을 먹고 난 후는 홍일점과 함께 이곳 주위
를 한 바퀴 돌아 다녔다. 샤프펜슬 등 몇 가지를 사 가지고 돌아왔다.
그리고는 인력관리실로 중간보고를 위한 편지를 썼다.

'86.8.22.(금) "신주꾸(新宿)"

재고관리(Inventory Control)에 대한 비즈니스 게임을 두 가지 했다. 조금
은 유치한 게임이었지만 단순한 데서 이론을 정립해내는 일본인 교수
들은 어찌 보면 철저한 것 같고 어찌 보면 장난 같다. 프로그램을 짜는
일은 신나는 일이다. 남보다 일찍 마쳤다. 월포해수욕장에서 찍은 자
아린, 세빈, 그리고 아내의 필름을 현상했다. 일본서 찍은 것들은 이런
~ 네팔인에게 좀 찍어달라고 했더니 엉망이다. 사진도 찍을 줄 모르
는가? 자가용은 가지고 있다던데…. 어쨌든 가족사진을 보니 기분이
좋다. 많은 사람들이 신주꾸, 신주꾸 하길래 저녁 먹은 후 한번 가봤
다. 성(性)의 물결이랄까? 한국서는 금지된 수많은 일들이 벌어지고 있
다. 1시간가량 돌아다니다 콜라 한잔 못 마시고 다시 돌아왔다. 키타

센주(北千住)로 와서 일식 술집에서 맥주 한잔했다.

'86.8.23.(토) "Home Visit"

오전엔 일본어 기초회화 시간, 그야말로 기초기 때문에 거의 아는 말들이었으나 다른 사람들은 전연 일본어를 모르기 때문에 재미있는 시간이었다. 오후엔 일본 가정을 방문했다. 홍콩인 두 명(둘 다 대학의 강사)과 함께 니이주쿠에 있는 야타가이(八谷)씨 댁이었는데 그는 후지필름 사장실에 근무하고 있는 사람이었다. 대

Yatagai 씨 부부와

화를 걱정해서 우리들은 사전류를 몽땅 가지고 갔으나 그들은 영어를 아주 잘 했다. 그의 아내는 캐나다에서 1년 반 동안 공부를 했다니 나는 새 발의 피가 아닌가? 단독주택이 아니고 아파트인 것이 일본인 가정의 내부를 아는 데 조금은 덜 도움이 되었지만 어쨌든 아주 유쾌한 시간을 가졌다. 일본인의 가정생활은 한국과 흡사했다. 10살 된 아들과 8살 된 딸은 부모에게 대단히 순종하고 있었으며, 고양이 두 마리를 기르는데 귀엽다. 방 4개인 아파트이고 72m²라 하니 스물 몇 평 되겠지? 그는 후지필름의 주임인데(일본의 주임이 우리 회사의 주임과는 좀 다른 레벨인 것 같다) "일본이 아직도 가난한 나라이며, 보다 더 열심히 일해야 한다."라고 생각하고 있었으나 그의 아내 생각은 좀 달랐다. '결혼 때

문에 여러 가지 자기 일을 포기했다'며 (예를 들면 박사 과정), 가정에 충실하며, 세계 여러 나라로의 여행을 좋아했다(특히 엔高 영향). 또 한국의 서울과 경주를 와본 적이 있다고 했다. 일본인, 음식은 아주 좋았다. 특히 나를 위해서(사전에 그들은 우리의 신상을 대강 알고 있었다) 깻잎조림과 오이김치를 만들어두었으니 얼마나 친절한가? 그리고 그의 부인은 한국말도 제법 잘했다. 오래 전에 학교에서 한국어를 배웠다고 한다. 그들과 함께 사진도 찍고 노래도 부르며 즐거운 시간을 보냈다. 그의 집에서 패티킴의 카세트테이프와 이성애의 옛 노래 모음집 테이프가 있었다. 그중에 '울고 넘는 박달재'를 불렀더니, 앵콜송으로 '한오백년'을 신청했다. 가사를 끝까지 몰라 부르다가 그만두었다. 일본, 그들의 언어, 말의 구조, 가정생활, 사고방식, 이것들이 한국과 어쩌면 이렇게 흡사할까? 한 가지 재미있는 것은 그들의 성(姓)은 원래는 오직 5개뿐이었단다(藤原, 平, 移X, 源, XX). 이 다섯 가지에서 많은 가지를 쳐나와 오늘날엔 대단히 많으며, 1800년대까지는 성만 있었고 이름은 따로 없었다고 한다. 그 성도 산꼭대기에 살면 山上, 산 아래에 살면 山下, 산비탈에 살면 山田, 큰 나무 아래에 있으면 本下, 개울가에 있으면 川はな 등으로 우리나라의 오랜 핏줄과 혈통, 가문에 비하면 유치하기 그지없다. 어쨌든 일본의 오늘은 부지런함이 가장 큰 이유인 것 같다. 좋은 경험이었다.

'86.8.24.(일) "조촐한 파티"

일요일! 두 번째 일요일. 늦잠을 자서 아침을 굶었다. 비디오 도서관에 가서 일본에 관한 몇 가지 프로그램을 봤다. 신흥개발국(Newly

Industrialized Countries) 중 한국을 그 선두주자로 생각하는 모양이다. 어느 대학교수 한 사람과 C. Itoth 부장 한사람, 니쇼이와이 회장 비서 한사람, 그리고 사회자, 이렇게 네 사람이 대담하는 프로그램인데 한국과의 무역을 지속해야 하는 이유가 서로 협력해야 된다고 주장하고 있었다. 오후엔 다께야백화점에 가서 전자계산기를 하나 샀다.

카와세 교수와 Hoshi 교수

저녁엔 카와세 교수가 주최하는 파티가 있었다. 그의 아내와 막내아들도 함께 참가하여 여러 가지 대화와 춤과 노래, 상당히 유익한 시간이었다. 나는 참 많은 노래를 불렀다. 처음엔 '청춘의 봄', 앵콜송으로 '울고 넘는 박달재', 다음 차례 때는 송창식의 '고래사냥', 또 앵콜송으로 '불효자는 웁니다'. 그리고 휘날레도 내가 장식해서 카와세 교수와 함께 '가슴 아프게'를 합창했다. 중간중간에 나는 사진도 많이 찍고 인간관계를 위해 아주 좋은 시간을 가졌다. 술은 나만큼 먹는 사람은 딱 한 사람, 담배를 나만큼 피우는 사람도 딱 한 사람. 한국인은 술 많이 먹기로 이곳 일본에서도 소문나 있다. 이에 질세라 나도 한껏 마시면서 정말 즐거운 시간을 가졌다. 중국 위스키는 정말 독했다.(아침엔 아내에게 편지를 부쳤다.)

'86.8.25.(월) "나이"

정보시스템 분석에 대해 강의를 들었다. 카와세 교수는 많은 것을 알고, 인간관계는 아주 훌륭하나 교수법은 별로다. 아마 영어로 강의하기 때문일 게다. 주로 재고관리에 대한 문제로 컴퓨터의 시스템설계와 분석 및 응용에 관한 내용인데 그런대로 들을 만했다. 오후에는 키타센주(北千住) 주위를 쇼핑 삼아 돌아다니다 왔다. 저녁에도 싱가폴인, 인도인, 필리핀인, 홍콩인, 그리고 대만, 네팔 등 여러 나라 사람들이 모여 대화를 나누었다. 내가 제일 영어를 못한다. 정확한 나의 의견을 전달하기란 참 어렵다. 몸짓, 손짓, 인상 써 가며 얘기했다. 엊저녁의 파티 이후로 더욱 친해진 것 같다. 이란인(무슬림)은 시장에서 부엌용품 등 자질구레한 물건들을 5,000엔이나 샀다. 생활면에서는 아직 수준 차가 좀 나는 것 같다. 내가 좀 나이 들어 보이는 게 천만다행이다. 모두가 35세 이상 40세 전후인데 나만 32세이니 제일 어리다. 그러나 그들(부장, 이사 …)과 동년배로 지낼 수 있으니 얼마나 다행인가? 홍콩 모 대학 강사라는 친구는 34살인데 제일 어려 보인다. 우리는 그를 '젊은 친구'라고 부른다. 어제~오늘 사이 밤 12시께 태어났다니까 생일이다. 엊저녁의 파티에서도 축하해주었지만 오늘 다시 맥주 한잔 했다.

'86.8.26.(화) "먼델 박사(Dr. Mundel)"

Dr. Mundel의 강의를 들었다. Mundel 박사는 IE 분야에서는 세계적으로 유명한 사람이다. 나도 대학 때 그 사람이 지은 'Motion & Time Study'를 교재로 공부한 적이 있었다. 전후 일본의 산업을 부흥시키고 일본이 미국을 따라잡는 데 있어 '공장관리' 분야에 탁월한 수완을 발휘하여, 일본에서는 Mundel 박사가 거의 할아버지 같은 존재로 존경받고 있었다. 미국에서는 처음엔 그의 이론을 크게 환영하지 않았으나, 그가 일본에서 크게 공헌하자 케네디 대통령이 그를 미국으로 돌아오게 하여 미국을 위해 일하게 하였다 한다. 그러나 불행히도 케네디 대통령이 암살된 후 존슨과는 별로 사이가 좋지 못해 독자적인 연구소를 차려 놓고 세계 여러 나라의 산업체를 진단, 자문하면서 저작과 연구에 몰두했다 한다. 나이는 70을 넘은 것 같은데, 배가 불룩 나오고 농담 잘하는 전형적인 미국 늙은이였다. 게이오대학의 카와세 교수도 그의 제자였다니 그 명성은 알 만하나 나에게는 좀 어려운 강연이었다. 내용이 어려운 게 아니라 그의 말을 잘 못 알아들었기 때문이다. 6시간 동안의 강의라기보다는 차라리 강연이었다. '총생산성 측정'이 그의 주제였으나 주제보다는 생산성을 향상시키는 방법에 대하여 아주 개괄적으로 그의 경험을 중심으로 얘기했다. 강의 내용은 반쯤 알아들을 수 있었으며 영어공부의 필요성을 절감했다. 강의를 마친 후에는 그가 지은 책(교재)에다 사인을 받아두었고, 나는 포스코의 안내 책자 하나를 주었다. 내일부터는 오사카(大阪)로 간다.

'86.8.27.(수) "신칸센"

아침 일찍 도쿄(東京)를 출발하여 신칸센(新幹線) 편으로 오사카로 왔다. 신칸센은 시속 210km를 달리는 일본 교통수단의 근간이다. 도쿄에서 오사카(大阪)까지 약 세 시간이 소요되었다. 열차 안에서는 미용

학원(머리)을 다니는 젊은(?), 어린 아가씨들과 어울려 놀면서 왔다. 일본어를 조금이라도 아는 게 대화에 큰 도움이 되었다. 점심은 도시락을 준비했는데 모든 음식이 전부 너무 달아서(sweet) 도저히 입맛에 맞지 않았다. 오후에는 브릿지스톤(石橋: Bridgestone) 타이어 회사를 견학했다. 겉으로 큰 회사가 아닌 것 같았으나 일본 시장의 약 50%를 점유하고 있다는 건실한 회사였다. 그 회사의 생산관리 분야를 대강 설명 듣고 티셔츠 하나를 선물 받았다. 오사카의 DO Sports Plaza라는 호텔에 묵었는데 AOTS보다는 시설이 월등했으나 썩 좋은 호텔 시설은 아니다. 선물로 받은 티셔츠를 입고 이곳 신사이바시(心齊橋) 근처를 돌아다녔으나 다리가 아파 일찍 돌아왔다. 내 다리가 이거 큰 문제다. 조금만 걸으면 아파 죽겠으니 전문적인 치료를 받아야 할 것 같다. 대만서 온 한 사람이 '플라스틱 해머로 계속 두드려보라'고 했다. '아침에 더운물에 다리를 담그고 매일 약 30분~1시간 두드려주면 6개월 후쯤엔 괜찮을 거'라고 한다. 내가 어떻게 일찍 일어나겠는가? 그것보다는 운동을 해야겠다. 저녁에 이곳 호텔의 성인용 영화를 봤으나 내용이 신통찮다.

'86.8.28.(목) "쿠보다와 오사카(Kuboda & Osaka)"

아침식사 되는 곳이 시원치 않아 계란 스크램블과 머핀 한 개, 주스 한 잔으로 때우고, 쿠보다(久保田)철공을 방문했다. 농기계를 비롯하여 파이프, 밸브, 롤 등 여러 가지를 만드는 큰 회사였다. FMS(Flexible Manufacturing System)는 볼 만했다. '생산라인의 얼마 정도가 FMS이냐'고 물으니, 이곳 사카이(堺)공장은 낡은 공장이라 기계장비 부분만 FMS이고 약 10% 정도를 점유하지만, 쿠보다의 다른 공장들은 상당히 자동화됐다고 했다. 전자계산기를 한 개 선물로 받고, 나는 포스코 안내 책자를 한 권 주었다. 저녁엔 카와세 교수와 내일 방문할 Rex 공업㈜의 이사 한 사람, 과장 한 사람, 그리고 카와세 교수의 제자인 Bob, AOTS의 카타오카 씨, 통역하는 사람 미하라 씨, 우리 쪽에서는 술 먹는 사람 3 명(20명 중 술꾼은 3명뿐이고, 담배 피

Kuboda에서

우는 사람은 4명뿐이다)과 홍일점 필리핀 아가씨, 이렇게 모여서 일본식 식당에서 술을 마셨다. Rex에서 부담하는 것이니 홀가분하게 실컷 마셨다. 2차로 가라오케에 가서 노래도 부르며 신이 났다. Mr. Jha가 취해서 뻗었다. 그 술집에는 한국 노래도 상당히 많았다. '아리랑', '도라지'를 비롯하여 '비 내리는 호남선', '사랑해', '미아리고개', '타향살이' 등…. 오랜만에 취했다. 7시부터 11시 30분까지.

'86.8.29.(금) "Rex & Nara"

오사카의 Do Sports Plaza를 나와 Rex공업㈜으로 견학을 갔다. 아침엔 Mr. Jha가 신발 한 짝을 잃어버려 쇼를 했다. 엊저녁에 술집에서 부축해서 왔는데 아마 술집에 벗어놨는가 보다. Rex는 Pipe Threading machine과 Cutting machine 등 파이프에 관한 기계들을 만드는 회사인데 일본 시장의 약 60%를 점유하고 있다고 한다. 이 회

사의 간판(看板) 시스템은 정말 철저하게 잘돼 있다. 점심도 잘 얻어먹고, 수건(타월), 샤프펜슬, 부채 등을 선물로 받았다(술꾼에게는 Suntory 위스키 한 병씩을 주었다). 카와세 교수의 명성은 대단했다. 총무과장과 이사는 구면이었다. 그러나 나는 숙취로 머리도 아프고 속도 안 좋아 하루 종일 혼이 났다. 오후 늦게는 나라(奈良) 관광을 했다. 사슴과 함께 놀기도 하고 동대사(東大寺)의 대불(大佛)도 구경했다. 몇 장의 사진도 찍고, 여성용 백도 한 개 샀다. 누굴 줄까? 선물 고르는 것이 가장 어려운 일이다. (여기서는 쓰레기통을 護美箱이라 표시해둔 곳도 있다). 저녁에 교토(京都)에 도착, New Miyako 호텔에 들었다. 시설이 아주 훌륭하다. 비싼 게 역시 좋다. 시조(Shijo: 교토의 중심가)에 나가 인도 음식 Naan을 먹었는데 손으로 막 집어먹는 것이다. 닭고기와 빵 같은 것인데 맛은 괜찮다. 밤에 집으로 전화를 걸려고 했으나 001-82-0562가 잘 안 걸린다. 1,000엔 준 전화카드(Telephone Card)를 어디다 쓰랴.

'86.8.30.(토) "교토(京都)"

옛 일본의 수도인 교토를 관광했다. 관광회사의 안내자는 상당한 영어 실력이 있었다. 세계 각지에서 온 나이 많은 부부 몇 쌍이 우리 일행이었다. 나도 언젠가 아내와 함께 저렇게 세계여행을 다녀야 할 텐데…. 처음 간 곳은 니조 성(Nijo Castle)으로 옛날 쇼군(將軍)이 살던 오래된 성이다. 어제 오사카에서 차를 타고 오면서 본 히코네성(彦根城)이 가장 전형적인 것이라 하던데, 이곳의 성에서 내부를 상세히 보았다. 장식이나 그림 등이 인도풍과 중국풍, 한국풍을 조금씩 섞어놓은 것이리라. 그 다음은 무슨 회관 같은 데서 기모노(着物) 쇼를 구경했다. 기모노 수공(手工) 한 벌에 500,000엔 정도 한다니, 우리 돈으로 3백만 원이다.

직업 모델 여성 7명이 여러 가지 차림의 기모노를 선보였는데 볼 만했다. 몇몇 사람이 공장서 대량으로 만든 기모노를 한 벌씩 사더라. 현재 일본의 황실은 도쿄에 있지만 일본의 옛 황실은 이곳 교토에 있다. 그곳에 들러 여러 가지를 구경했는데, 벽이나 내부에 색깔이나, 그림, 장식이 없는 것이 특징이다. 그저 흰색으로만 칠해두었다. 호텔 근처에서 식사를 하고 신칸센 편으로 교토를 출발, 저녁 때쯤 도쿄에 도착했다. AOTS에서 다시 체크인하고 우선 빨래부터 했다(방이 바뀌어 332호가 되었다). 저녁을 먹고, 맥주 한 캔 마시고, 샤워하고, 뻗었다. 너무나 피곤하다. (신칸센 내에서는 홍일점 필리핀 아가씨에게 한글을 가르쳐주면서 왔다.)

'86.8.31.(일) "도쿄 시티"

오전에는 몇 군데 전화를 했다. 동경에 온 김에 김영삼 대통령과의 알력으로 동경으로 피신해 있는 박태준 회장님을 한번 찾아뵈어야겠다는 생각이 들어 동경사무소에 근무하는 변 과장의 호텔로 전화를 했으나 없었고, VAX 교육을 받으러 온 시스템개발실의 전홍선 씨에게도 전화를 했으나 없었다. KAL사무소에 전화를 하여 예약을 확인하고, 우스노미아(宇都宮)에 산다는 신칸센에서 만난 아가씨에게도 감사의 전화를 해주었다. 그리곤 낮잠을 자고, 오후에는 아카사카(赤坂)로 가봤다. 카세미가세키(霞ヶ關)에서 전철을 내려 걸어갔는데 이곳은 일본 정부의 여러 관청이 있는 곳이었다. 아카사카에는 많은 한국인 식당이 있었다. 그 이름도 명동(明洞), 종로(鐘路), 춘향(春香), 광주(光州), 금수(錦水) 등 낯익다. 한 한국인 식당에 가서 육개장을 먹었다. 같이 간 중국인에게는 곰탕, 네팔인에게는 비빔밥을 시켜주었는데 네팔인은 매운 것을 아주 좋아했다. 그걸 진작 알았으면 육개장을 시켜줬을 텐데…. 디

저트로 나온 수박을 고춧가루에 찍어 먹을 정도인 것을…. 일본의 외무성 근처에서 아내에게 국제전화를 했다. 그 목소리가 얼마나 반가운지. 키타센주(北千住)로 돌아와서 어느 필리핀 술집에 들러 맥주 몇 병을 마셨다. 상당히 비싸다. 한국 물가의 5배라고 생각하니 끔찍하다.

'86.9.1.(월) "편지"

오늘 강의는 'Quantitative Method & Model Building for Industraial Management'라는 거창한 제목이었다. 내용은 MRP와 LP. 그 개념을 소개하는 정도로, 나는 이미 알고 있는 내용이라 별로였다. 내일도 역시 LP를 한다는데 패키지가 'LINDO'라고 하니 이 역시 쓰고 있던 것이라 쉬울 것 같다. 그러나 이 일본인의 영어 발음이 워낙 빨라, 내용이 생소한 것이라면 전연 못 알아들을 것 같았다. 점심시간에 프런트 데스크에 들렀다가 내게 온 편지를 받았다. 아내에게서와 동료 직원들에게서. 편지 받는 기쁨이 이렇게 즐거운 것을 얼마나 오랫동안 잊고 있었던가? 같은 내용을 세 번씩이나 읽었다. 아내가 내게 편지 보낸 건 아마 이것이 처음인 것 같다. 사무실의 미스 김과 김의연 씨의 편지도 더 이상 반가울 수가 있으랴? 오후 내내 그리고 저녁 먹은 후에도 계속 즐거운 날이었다. 이광무 계장님께 대표로 답장을 썼다. IE실 모두가 고마운 분들이다. '솔' 담배가 다 떨어져서 일본 담배를 사 피우고 있다. 전흥선 씨, 심요석 씨에게 전화했으나 번번이 없다. 재미있는 모양이다. 연수생활이 반 이상 지나갔다. 내일은 저녁 먹은 즉시 시내에 나가 몇 군데 국제전화를 해야지.

'86.9.2.(화) "전화"

오늘의 강의는 MRP와 LP를 서로 연결하는 문제에 관한 것이었다. LP는 내가 잘 아는 분야였지만 MRP를 LP로 변환하는 문제는 조금은 생소했다. 그러나 어쨌든 LP 문제였기 때문에 그런대로 이해하는 데 별 어려움은 없었다. 홍콩대학의 강사 한 사람, 싱가폴의 컴퓨터 전문가(그는 IE 전공자다), 그리고 나 외에는 LP에 대해 전혀 몰랐으므로, 강의 중에도 주도권을 가질 수가 있었다. 오후 4시 반, 강의가 끝난 후 닛뽀리(日暮里)로 나가 국제전화를 했다. 아내에게, IE실장과 과장에게, 너무나 반가운 목소리였지만 할 말을 다 하지 못했다. 동전도 모자랐지만 막상 전화로 얘기를 하자니 할 말이 꽉 막히는 게 아닌가? 저녁엔 새로 AOTS에 온 두 필리핀 아가씨와 여러 가지 얘기를 나누었다. 일상적인 회화에는 내 영어 실력으로도 큰 어려움이 없음이 다행이다. 11시 가까이 돼서는 파키스탄에서 왔다는 몇몇 사람들과 얘기를 나누었다. 이러한 대화들이 내게는 큰 도움이 된다.

'86.9.3.(수) "Hoshi 교수"

계량경영모델에 관한 강의 마지막 날이다. 호시(Hoshi)교수는 OR을 전공한 사람으로 상당히 많은 것을 알고 있었다. 워낙 말이 빨라서 다 이해하지는 못했지만, 강의는 그렇게 중요한 것이 아니었다. 나는 SLAM과 SIMAN에 대해서 그와 많은 얘기를 나누었다. 연연주 그룹 편성에 관해서는 'β분포를 이용하는 것보다 내가 사용한 실제 데이타를 사용하는 편이 훨씬 좋다'고 했다. 크레인 간섭 문제는 그도 역시 해답을 가지고 있지 못했으며 다음에 서로 정보를 교환하기로 했다. 컴퓨터 패키지를 찾아보겠다는 것이다. 휴식시간에 LINDO 패키지의 데모가 있었다. LINDO를 사용해본 사람은 나와 홍콩대학 강사 둘뿐인 모양이다. 책을 구할 수 있으면 한 권 구해 가야겠다. 그러나 Hoshi 교수도 '시뮬레이션 결과의 분석이 시뮬레이션 그 자체보다도 훨씬 중요하다'는 내 말에 동감했다. '많은 일본인들도 분석에 대해 불평을 하고 있으며, 패키지 자체가 돈 가치를 못 한다'고 했다. 어떤 것이든 분석이 훨씬 중요한 것만은 사실이다. 3일간 주로 MRP와 LP의 연결 방법에 대해서만 했지만, 일본인들은 사용하기 쉽고, 시각적인 것을 원하는 경향이 아주 강하다. 저녁에 일찍 쉬었다. 어제 위스키 한 잔 한게 영 속이 안 좋다.

'86.9.4.(목) "게이오대학교"

오전엔 게이오대학교(慶應義塾) 관리공학과를 방문했다. 게이오대는 일본 최고(最古)의 사립대학으로서 캠퍼스가 여러 곳에 흩어져 있다. 그러나 오늘 방문한 곳은 요코하마(橫兵)에 있는 공대였다. 요코하마는 일본 제2의 도시로 인구 약 300만, 도쿄에서 버스로 약 1시간 30분 거리에 있다. 카와세 교수의 안내로 관리공학과의 여러 실험 실습 시설을 둘러보았다. 관리공학과는 학부가 약 600명, 석사 과정 약 60명, 박사 과정 15명 정도의 학생이 있다. 커리큘럼은 IE(생산관리, 생산성 향상), HE/SE, OR, 통계학, 정보공학(컴퓨터 포함), Management(Accounting, Decision Making) 등으로 구성되어 있다. 그곳에는 여러 가지 실험실습장비가 갖춰져 있었으며 대개 컴퓨터화되어 있었다. 특히 인간공학(HE: Human Engineering) 쪽의 실습기자재가 많이 있었다. 여학생이 날로 증가하는 것이 게이오대의 공통적인 경향이라 했다. 오후에는 지바(千葉)에 있는 동양유리(東洋 Glass Co.)를 방문했다. 한국의 두산유리와는 합작회사(Joint

Venture)라 했으며 프로세스 컴퓨터에 의해 자동 컨트롤되는 것이 특징이다. 특히 파렛트를 이용한 대량운반과 자동포장기기는 인상적이다. TCD(Total Cost Down) 운동, 물류합리화 및 원류(源流)관리 등이 이 회사의 슬로건이다. 원류관리란 문제가 커지기 전에 초창기 시작부터 잘하자는 것이다. 한국의 중소기업진흥공단에서 온 18명의 한국인 중에 부산대 기계과 3년 후배가 한 명 있었다. 복학한 후 같이 수업받은 적이 있어 대단히 반가웠다.

'86.9.5.(금) "후지 제록스(Fuji Xerox)"

아침 일찍 버스로 Fuji Xerox 에니바(海老名) 공장을 방문했다. 에니바는 여기서 버스로 약 두 시간(55km) 걸리는 곳으로 Fuji Xerox의 본사는 아카사카(赤坂)에 있으나, 공장은 이와츠키와 다께마츠(高松), 그리고 여기 에니바 세 곳으로 분산되어 있었다. 에니바 공장은 여러 가지 모델의 복사기를 생산하는 곳으로, 물류는 대부분 자동화되어 있었으나 조립라인은 여전히 수작업이었다. QC 써클이나 제안제도 등은 활동이 아주 활발했다. 정규사원 외에도 파트타임으로 일하는 사람이 많았고, 정년퇴직 이후에도 1년마다 계약을 갱신하면서 60세까지 일을 할 수 있는 것과 지체장애자를 약 1.5% 정도 쓰고 있는 것이 특징이었다. 지체장애자 1.5%선은 일본 정부에서 권장하는 선이라 했다. 본사의 생산관리 시스템과는 별도로 라인별 생산관리를 위해 독자적인 생산관리 시스템을 개발하여 점차 보완해가고 있는 중이었다. 통역하는 사람이 좀 지루했기 때문에 별로 도움이 되지 못했다. 컬러 프린팅은 대단히 신기한 기술이다. 재떨이 하나씩을 선물로 받고, 돌아오는 길에는 싱가폴인과 많은 얘길 나누면서 왔다. 내일은 휴일이다. 필리핀 아가씨 한 명에게 닉코(日光) 가는 차표를 부탁해두었더니 7:15 차표를 끊어났다. 내일은 일찍 일어나야겠다.

'86.9.6.(토) "닉코(Nikko)"

처음으로 토요일 쉬는 날이다. 아침 일찍 닉코(日光) 관광에 나섰다. 도쿄에서 토부(東武) 선 Limited Express를 타고 2시간 정도 달려서 다시 버스를 타고 30분 정도 갔다. 해발 약 1,500m에 있는 거대한 호수, 산 계곡이 멋있다. 주위에 있는 폭포, 온천, 절, 기타 여러 가지들은 정말 일본인답게 꾸며 놓았다. 오르는 길은 마치 말티고개 같고, 호수는 흡사 진양호다. 비가 질금질금 내려서 구경에는 좋지 못한 날씨였다. 호수의 이름은 추덴지(中樽寺)호, 난다이(男大)산 아래로 거대하게 펼쳐져 있었다. 내려오는 길은 다시 버스를 타고 니시산도라는 곳에 있는 일종의 신사참배 하는 곳엘 들렀다. 비 오는 날씨임에도 불구하고 수많은 일본인이 모여들고 있었다. 특히 국민학생들을 단체로 이끌고 온 어른(선생)들이 많았다. 어려서부터 일본혼을 불어 넣으려는 수작으로밖에 보이지 않았다. 일제하 36년간 저렇게 신사참배를 강요당했으리라 생각하니 섬찟하다. 다시 일본인들이 그들의 군국주의로 되돌아가는 기미가 보이니 경계하지 않을 수 없다. 다리 이름도 신교(神橋). 아침 6:50 AOTS 출발, 저녁 7:50 AOTS 도착. 피곤한 하루다. 일행은 홍콩인 2명, 대만인 1명, 태국인 2명, 네팔인 1명, 그리고 필리핀인 여자 3명이었다. 이 여자들은 말하는 것과 행동하는 것이 남자인지 여자인지 모르겠다. 너무나 대담하다.

'86.9.7.(일) "메이지신궁"

오전엔 빨래도 하고 쉬었다. 오후에 하라주쿠(源宿)로 나갔다. 메이지(明治)신궁과 요요기(代々木) 경기장 및 요요기 공원이 거기 있었다. 메이지신궁에는 역시 많은 참배객이 있었다. 요요기 경기장과 요요기 공원 사이의 도로는 저녁 6시까지 차량통행이 금지이고, 이곳에 수많은 젊은이들이 모여들어 춤추고 노래하고 심지어는 밴드까지 가지고 와서 하루 종일 춤춘다고 한다. 미치지 않았으면 예술가들이다. 그러나 정각 6시가 딱 되자 어김없이 차량은 다시 다니고 젊은이들은 싹 흩어졌다. 일본의 질서는 본받을 만하다. 저녁 때가 되어 시부야(澁谷)로 갔다. 지하철로 한 정거장이니 거기가 거기다. 시내 구경을 좀 하고 들어오려고 했으나 같이 간 필리핀 아가씨들이 디스코 클럽에 가자고 한다. 좋다, 어디든 가보자. 저녁을 시켰는데 말이 잘 안 통해 적당히 시켰더니 이거 원 모밀국수를 튀겨서 한 그릇 준다. 억지로 먹고는 Disco라고 쓰인 간판을 보고 들어갔다. 남자는 3,000엔, 여자는 2,000엔(7시 전에는 1,000엔씩 할인) 내면 음식과 술(맥주를 제외한 모든 종류의 술)을 마음껏 먹으면서 춤추고 구경할 수 있는 곳이다. 수많은 젊은이들이 와 있다. 반미치광이들이다. 나도 오랜만에 디스코 좀 추려고 했으나 이거 원 다리가 아파 오래 출 수가 있나? 이젠 더 이상 젊은이가 아닌가 보다. 어쨌든 즐거운 하루였고, 일본을 보다 잘 알 수 있는 하루였다.

'86.9.8.(월) "비즈니스 게임(Business Game)"

하루 종일 비즈니스 게임을 했다. 판매, 생산계획, 재고관리, 재무상태 등등을 고려한 최고경영자의 의사결정을 위한 게임이다. 크게 새로운 것은 없었지만 한번 해볼 만한 게임이다. 몇몇 그룹은 대단히 열심히 했다. 비즈니스 게임 외에 별로 특별한 일은 없는 하루였다. 저녁에는 남아 있는 몇 가지 술 '사케', '진로', '와인' 등을 재고정리했다.

'86.9.9.(화) "인도인(Indian)"

비즈니스 게임이 계속되는 하루였다. 투자를 어떻게 하느냐? 은행으로부터 언제, 얼마만큼의 돈을 빌리느냐? 광고를 하는 것이 좋으냐? 연구개발(R&D)에 투자하는 것이 좋은가? 새로운 설비를 구매하는 것이 유리한가? 시장조사는 어떤 분야에 해야 하는가? 하는 것이 주된 의사결정 부분이다. 저녁에는 인도, 파키스탄, 네팔 등 주로 힌디그룹들과 술을 한잔하면서 여러 가지 얘기들을 했다. 그들은 대단히 사교적이다. 노래도 부르고 술도 마시면서 '한국인도 너희들처럼 잘 논다'라는 것을 보여주고 싶었다.

'86.9.10.(수) "프로그래밍"

연일 계속되는 비즈니스 게임이다. 우리 회사의 이름은 'Ace Co. Ltd.', 주 생산품은 맥주, 특히 라거맥주 전문 생산업체다. 초창기부터 과감한 설비투자와 R&D 투자, 은행으로부터 가능한 많은 돈을 빌려 썼다. 처음엔 시장이 확보되지 않아 상당히 고전했다. 높은 은행이자, 쌓이는 재고… 그러나 오늘은 R&D가 성공을 거두고 난 후부터 광고에 대단한 투자를 했더니 이제 높은 경쟁력을 갖게 됐다. 시장 점유율은 약 25%, 좋은 품질, 싼 가격, 높은 생산성으로 점점 재무 상태도 좋아지고 있다. 이대로 나간다면 4개 회사 중 가장 높은 수익을 올릴 수 있으리라 예상된다. 내일은 보다 신속히 정보를 처리하기 위해서 밤 12시 가까이까지 프로그램을 하나 짰다. 수작업에 의한 계산을 없애

고, 정보의 신속, 정확한 분석을 위하여 만든 프로그램인 만큼 내일의
게임을 승리로 이끌 자신이 생겼다. 덕분에 빨래도 못 했다.

'86.9.11.(목) "전화와 편지"

컴퓨터 프로그래밍을 이용한 기업경영은 계속되었다. 그러나 우리
의 판매 전략에 중대한 실수가 있었다. 시장을 확보하지 못한 것이다.
한곳에 집중 투입해야 할 세일즈맨들을 이곳저곳(도시, 시골) 분산 투입
하다 보니 타 회사의 높은 장벽에 부딪힌 것이다. 그런대로 꾸려 나갔
으나 재정 상태는 점점 악화되었다. 설비 투자에 의한 높은 유지비와
쌓이는 제품재고를 도저히 감당할 수 없다. 세일즈맨들을 해고시키는
것도 별 도움이 못 되었다. 비상대책회의 결과 파산시키기로 결정되었
다. 결국은 파산을 선언하고 모든 제품재고를 낮은 가격에 팔아 치웠
다. 우리 회사를 인수한 사람은 또 우리다. 좋다, 이번엔 두 번째 도전
이니 결코 실패하지 않으리. 시장 확보에 최우선 순위를 둔 결과 판매
에 겨우 성공하였으나, 지난번 제품재고를 걱정하여 감산했기 때문에
원재료가 없어 더 이상 생산하지 못한다. 이런! 한 개의 설비를 거의
가동치 못하고 있다. 겨우 원료가 조달되어 풀생산체제로 돌입했으나,
아~ 이번엔 하나의 설비가 수명이 다 됐다.(이번엔 감가상각을 미쳐 고려하지
못했다). 타 회사는 서서히 설비를 투자하여 이제 몇몇 회사는 우리 수
준까지 올라왔는데 우리는 오히려 설비가 없다. 긴급 구매를 해야겠다
(내일). 게임 중에 회사로부터 전화를 받았다. 이기용 과장님, 이광무 계
장님, 이해수 씨, 윤영식 씨 등과 통화를 했다. 너무나 반가운 목소리
들이다. 모두들 고생하는데 나만 이곳에 와서 여러 가지 체험하고 있
으니 미안하기 그지없다. 모두가 고마운 분들이다. 저녁식사 중에 또

다시 전화가 왔다. 이번에는 안동모 씨, 김의연 씨, 이성국 씨 등과도 통화를 했다. 정말 반갑고 기뻤다. 또한 아내에게서 두 번째 편지를 받았다. 자아린이가 제법 말을 잘하는 모양이다. 식구 모두가 보고 싶다. 아내, 린, 빈. 이제 얼마 남지 않았는데, 아내는 장인, 장모와 함께 있을 땐 별 외로움을 느끼지 않았지만 이젠 혼자서 두 아이와 더불어 대단히 힘들 것이다. 편지를 또 써야지, 나의 사랑하는 아내에게.

'86.9.12.(금) "뷔페"

Ace Company는 서서히 회복되어갔다. 시장도 확보하고 설비도 늘려가며 확장세에 접어들었으나 지난번 긴축정책 때에 생산해 둔 게 없어 미처 수요를 따라가지 못했다. 원재료 구매와 높은 이자 상환 때문에 R&D에는 더 이상 투자하지 못했다. 오후 늦게 그러니까 회사를 차린 지 만 7년째에는 겨우 긴급 대부금을 모두 상환하고, 장기금리를 갚아 나가기 시작했다. 그러나 게임은 여기서 끝이 났다. 천만다행이다. 만일 게임이 계속되었다면 또 한 번 파산 지경에 이르렀을 것이다. 왜냐하면 R&D투자에 너무 소홀했기 때문에 우리 제품은 더 이상 경쟁력이 없었다. 타 회사보다 싼 값에 팔아도 잘 팔리지가 않았다. 이것이 비록 게임이지만, 설비의 교체 시기, 최적 재고 유지, 판매망 확보, R&D, 세일즈맨의 확보, 시장 전략, 수요 예측, 정보시스템 활용 등 기업 활동의 모든 분야를 체험할 수 있는 좋은 기회였다. 기업은 주먹구구식으로 되는 것이 아니라 철저한 전략과 장기계획 하에서만 성공할 수 있다는 것을 절감했다. 저녁식사는 TKC에서 특별히 마련한 뷔페식 식사였다. 1,200엔씩 내고 먹었는데 아주 괜찮았다. 한국 요리, 필리핀 요리, 대만 요리, 인디언 요리, 무슬림 요리 등 거의 모든 아시아 국가들의 요리가 선보였다. 한국 요리로서는 소고기찜과 곰탕이 인기였다. 사람들은 저마다 자기 나라 요리들을 먹었다. 식사 후에는 카와세 교수와 카나자와 교수, Bob(카와세 교수의 제자), 카타오카 씨, 그리고 몇몇 동료들과 Rex Co.에서 선물 받은 Suntory 위스키를 마셨다. 다른 사람들은 'Never Ending Story' 영화를 감상했다.

'86.9.13.(토) "신주꾸(新宿)"

오전엔 비즈니스 게임에 대한 총 강평과 소감 발표가 있었다. 점심을 먹은 후에는 아키하바라(秋葉原)로 쇼핑을 갔다. '전자제품은 이곳이 가장 싸다'고 한다. 어쨌든 수많은 물건들이 가득 차 있다. 다리가 아프도록 돌아다니다 히타치(Hitachi)사의 구형 라디오를 하나 샀다. AFKN 방송을 들으면서 영어 공부를 하기 위해서였다. '전자제품이 아무리 싸다'고는 하지만 우리나라보다는 비싸다. 그 구형 라디오는 75%를 Sale해서 우리나라서 사는 것보다 싸게 먹혔다. TKC로 돌아오니 회사서 전화가 왔다는 쪽지가 있다. 윤영식 씨인가 보다. 고맙다. 저녁엔 신주꾸로 나갔다. '라이브 쇼(Live Show)를 경험삼아 한번 봐야겠다'고 생각했기 때문이다. 중국인(대만) 2명과 같이 나가 그곳에서 식사를 했는데 정말 맛있고 싸다. (우리 돈으로 치면 싼 게 아니지만. 900엔 =5,400원). 엔을 원으로 환산하다간 아무 것도 못 하겠다. Live Show는 일본의 극단적인 한 단면을 보는 것 같았다. 이것이 경험이기에 망정이지 두 번 보기는 어렵겠다.

'86.9.14.(일) "체스"

아침을 먹고 난 후 한 대만인으로부터 중국 장기 두는 법을 대강 설명 들었다. 중국 장기도 우리나라 장기와 흡사하나 졸(卒, 兵)과 포(包, 炮), 기사(士, 仕), 말(馬) 사용법이 약간 다르다. 한 인도인과 서양 장기(체스)를 두었다. 그런데 이 친구, 한 수 두는 데 작게는 5분, 길게는 20분씩 생각을 한다. 도저히 지겨워서 못 두겠다. 아침 11시경에 시작을 했는데 점심을 먹고 계속하여 2시 반이나 되어 끝났다. 그것도 내가 하도 지겨워서 게임을 포기했기 때문에 끝난 것이지 만일 나도 신중히 생각한다면 하루 종일 걸릴 것 같았다. 우리의 바둑에 비하여 너무나 간단한 게임인데 그걸 저렇게 생각하다니, 새삼 우리 민족의 우월성이 생각난다. 오후엔 쇼핑을 하고, 저녁 먹은 후에는 TV를 보는데 김포공항 폭발 기사가 속보로 나왔다. 북한의 소행일 거라고 내가 단정하자 중국인이 옆에서 웃는다. 중국인과 대만인은 여기서 대단히 친하게 지낸다. 북한인이 여기 있다면 그들처럼 친하게 지낼 수 있을까? 밤늦게는 싱가폴인에게 바둑 두는 법을 가르쳐주었다. 그들에게는 너무나 복잡하고 어려운 게임인가 보다. 만일 나와 체스를 둔 그 인도인이 바둑을 둔다면 한 판에 한 달은 둘 것 같다. 끔찍하다.

'86.9.15.(월) "공휴일"

일본의 '경로의 날'이라 해서 공휴일이다. 비가 부슬부슬 내리는 가운데 어디 놀러가기도 마땅찮다. 오전엔 빨래를 해두고, 실장님과 부장님, 인력관리실에 편지를 썼다. 점심 먹고는 인도네시아인과 체스를 두었는데 1승 1패, 어느 정도 체스는 알 것 같다. 방으로 올라와서 짐을 전부 다 챙겨 넣었다. 선물을 쭉 헤아려보니 선물할 곳이 너무 많다. 무엇을 사고, 누구에게 어떤 것을 주어야 할지 골치 아프다. 비싸지 않고, 한국에서는 귀한 것이며, 부담되지 않는 것. 어떤 것이 좋을까? 라이터, 샤프펜슬, 샤프심 등을 좀 샀으나, 친척들이 문제다. 부장, 차장, 실장, 서 박사 등도 문제다. 어떤 것이 좋을까? 생각하다가 낮잠이 들었다. 윤영식 씨로부터 또 전화가 왔다. 실장님에게 바꿔서 통화 중인데, 일본 교환원이 '국제전화가 왔으니 끊어 달라'고 한다. 뭔가 잘못된 것 같다. 내가 국제전화를 통화 중인데···. 일단 전화를 끊고 프런트 데스크에 전화를 했다. 그들은 '뭔가 잘못된 것'이라고 했다. '알아보겠다'고 하더니 종무소식이다. 다시 교환원에게 전화를 했더니 '한국으로부터 다른 국제전화가 왔기 때문에 끊어 달라고 했다' 한다. '그럼 그 다른 국제전화는 왜 연결이 안 되었느냐?'고 하니. '다시 전화 걸겠다'고 하면서 끊었다고 한다. 누가 전화를 했을까? 아내일까? 집에 무슨 일이 있는 걸까? 서울일까? 궁금하기 그지없다. 외출을 하려고 했는데 힘들 것 같다. 리포트나 써야겠다. 그러나 리포트도 다 쓰지 못하고 저녁 늦게는 대만인 1, 싱가폴인 2, 인도인 한 사람에게 마이티라는 카드 게임을 가르쳐주었다. 의외로 빨리 이해하는 데 놀랐다.

'86.9.16.(화) "아내"

추석이 가까웠다. 아버지의 눈 수술 경과가 걱정된다. 아내는 부산에 자주 전화를 해주는지 모르겠다. 형수가 병간호하느라 얼마나 바쁠까? 전화라도 해주어야 할 텐데. 여기서 매일 전화를 할 수도 없고. 내일쯤 형님 댁으로 전화를 한번 해야겠다. 아니 오늘 저녁이 어떨까? 낮에는 정보시스템(Information System) 응용에 대해서 강의를 들었다. 후지 제록스(Fuji Xerox)와 후지 마그네틱(Fuji Magnetic)의 생산관리 시스템 개발 사례를 중심으로 한 교육이었는데 베이식(BASIC) 언어와 그래픽(Graphic) 그리고 개인용 컴퓨터(P/C)의 효과적인 사용에 놀랍다. 모든 일본인들이 P/C와 그래픽을 그렇게 잘 사용할 수 있을까? 우리 회사에서 P/C를 타자기 정도로만 활용하고 있는 걸 생각하면 정말 아까운 생각이 든다.

오후 5시 반경, 윤영식 씨가 아내와 전화를 연결해주었다. 반갑다.

그러나, 아버지의 수술이 늦어져서 추석 때에도 병원에 있어야 하는 모양이다. 엄마는 장사한다고 바쁘고, 형수는 제사 준비해야 하는데 병간호는 누가 하나? 아내에게 가보라고 한다. 물론 아내는 시댁에 가는 걸 싫어한다.

오~ 나의 사랑하는 아내에게는 오직 한 가지 문제가 있다. 그 문제는 나에게 사실 큰 비중을 차지한다. 아내는 내가 그 문제를 얘기하면 내가 미워지나 보다. 그것은 나에게도 마찬가지다. 그렇게 이쁘고 사랑스럽고 대견스럽다가도 이 문제에만 부닥치면 왜 그렇게 갑자기 정(情)이 싸늘히 식어갈까? 다시 원상회복할 때까지는 며칠이 걸린다. 어떤 때는 일주일이 지나도 아내의 그 표정이나 행동이 나의 뇌리에서 사라지지 않는다. 우리 부부는 평생을 이 문제로 싸워야 할까?

내가 잘못하는가? 나는 절대로 그렇지 않다고 생각한다. 아내가 잘못하는가? 아내는 절대로 그렇지 않다고 생각한다. 두 개의 평행선이 끝없이 달린다. 두 사람 다 피곤해진다. 굳어버린 사고방식 두 개가 절대로 좁혀지지 않고 끝없이 진행된다. 하느님은 사람을 공평하게 만들었구나. 절대로 완전한 행복을 주지 않는구나. 일본 연수 생활은 겉으로는 즐겁고, 활기차게 보내면서 머리 속에는 늘 '집' 걱정을 해야 할까? 자아린이와 세빈이의 교육에는 우리 두 사람의 사고(思考)가 어떤 영향을 미칠까? 우리는 어떤 해답이 없을까? 정말 두 사람이 다 만족할 수 있는 길은 없을까? 서울 장인에게 전화를 해서 신대방동에 인사

드리지 못하고 바로 부산으로 갈 계획이라고 말씀드렸다.

저녁엔 교수 모시고 조촐한 파티를 했다. 모든 사람들이 이제 대단히 친해져서 흥겨운 자리였다. 참석자 모두가 노래도 부르고 농담도 하면서 시간을 즐겼다. 나는 인디언 댄스도 배우고 몇 가지 마술도 배웠다. 12시가 넘어서 마쳤다.

'86.9.17.(수) "아내 2"

아침 일찍 아내에게 전화를 했다. 부산으로 가라고. 아내의 대답은 '이제 당신이 밉다'는 것이다. ----- 내가 바라는 바는 아내가 스스로 주위 사정을 고려하고, 스스로 판단하고, 스스로 행동하는 것이다. 그리고 그 행동이 남편과 집안 식구들을 즐겁게 하고, 아내 자신도 집안의 며느리가 아니라 집안의 한 중요한 어른으로 커가는 것이다. ----- 그러나 현재의 아내에게는 '집안'이 없다. 오로지 '남편'과 '애들'만이 있을 뿐이다. 나는 누구인가? ----- 아내의 심정과 처지를 모르는 것은 아니다. 아내의 건강과, 피로와, 자식에 대한 애정과, 집안 식구들과 같이 있을 때의 불편함과, 여행 중의 불편함, 고생… 모든 것을 나는 알 수가 있다. 그러나 우리에게는 다른 방법이 없다. 그런 것을 감수할 수밖에. ----- 하루 종일 기분이 언짢다. 이 기분이 귀국해서 아내를 만날 때까지 계속된다면 정말 불편할 거다. 매일 머리에 떠올리는 그 다정하고 사랑스러운 아내의 모습이 오늘은 하루 종일 싸늘한 눈초리와 서운한 표정, 그리고 실망한 것 같은 얼굴 모습이 떠오른다. 그런 모습에다 사랑을 표현할 수 있을까? 사랑하고는 있지만 그 사랑을 행동으로 표현하고 싶지 않은 얼굴 모습, 그러한 얼굴 모습을 바라보고 있는 것도 고역이다. 만일 아내가 부산으로 간다면 나는 부산서 아내를 만나게 되겠지. 어른들도 계시고 다른 식구들도 있어서 반가움의 표시를 화끈하게 하지 못하겠지. 아내는 반가움의 표시보다 더욱 강한 괴로움의 표정을 짓겠지. 그러면 나는 또 한 번 좌절하고… 포항으로 돌아가는 여정도 사랑이 담뿍 담긴 말을 하고 싶어도 그런 말이 안 나오겠지? ----- 나는 이러한 불편함을 언제까지 지속해야 할까? 우리가 죽을 때까지? (그건 불행이다) -----

나는 내 주위에 아무도 없이 오직 아내와 자식만을 가진 남편이 되 도록 노력해야 하고(그것은 내게 얼마나 힘든 일인가?), 아내는 자신의 주위에 남편과 자식 외에도 부모형제가 있고, 항상 하기 싫은 일을 하도록 노 력해야 한다(그것은 아내에게 또 얼마나 힘든 일인가?). ----- 나는 즐거울 때 는 술을 마시지만 언짢을 때는 술을 마시지 않는다. 그것은 정말 다행 한 일이다. -----

하루 종일 소화가 되지 않는다. 물집 생긴 것도 아직 다 낫지를 않 았다. 식당의 밥은 먹을 만한 메뉴가 없다. -----교육은 온통 정보 시스템(Information System)의 응용에 관한 것이다. 대단히 유익한 내용이 다. 일본인의 사고방식과 그들의 행동철학을 피부로 느낄 수 있다. 내 가 귀국하면 무엇을 할 것인가가 숙제다. 여기서 배운 내용을 당장 우 리 회사에 적용한다는 것은 불가능하다. 여기는 일본의 문화와 일본 의 정신이 배어 있기 때문이고 우리 회사에서는 불가능한 부분이다. 카와세 교수의 이 마지막 강의는 그의 컨설팅철학과 일본인의 행동 양 식을 그대로 설명해준다. ----- 한국과 한국인, 일본과 일본인, 그 리고 여기에 모인 아시아 각국 사람들의 사고방식, 수준. 이번 연수는 나의 시야를 크게 넓혀주었다. 그렇다면 나는 무엇을 해야 할 것인가? ----- 나는 누구인가? 집안에서 나는 누구인가? 가정에서 나는 누구인가? 회사에서 나는 누구인가? 그리고 사회에서 나는 누구인가?
───── 저녁에 우에노(上野)로 나갔다. 이곳에서 국제통화를 하니 전
화요금이 엄청나다. 아침에 아내에게 전화한 것도 3,300엔, 우리 돈으
로 18,000원이다. 공중전화를 이용하기 위해 우에노로 간 것이다. 뜻
밖에도 아버지께서 퇴원을 하셨다. 며칠간은 형수님이 대단히 고생을
하신 것 같다. 아버지의 수술 경과가 좋다니 다행이다. 진작 수술받으
셔야 하는 걸, 참 나도 불효자식이다. 아내와도 통화했다. 그렇게도 내
속을 끓게 하더니 부산에 내려와 있다. 아버지께서 일찍 퇴원하신 건
아내에게도 다행한 일이다. 추석 명절, 아내, 린, 빈, 할아버지께 재롱
도 부리며 잘 있어라. 며칠 후에 갈게. 아내의 명랑한 목소리를 들으니
지금까지 걱정하던 모든 것이 깨끗이 잊혀지고 상쾌해진다. 오늘 밤엔
잘 자겠다.

'86.9.18.(목) "추석"

오늘은 추석 명절이다. 그리고 모든 강의도 오늘로써 끝났다. 카와
세 교수의 컨설팅 기법과 그의 이론은 참 일본인답게 정리되어 있다.
'일본을 움직이는 한 사람, 한 사람의 힘이 저런 것'이라고 생각된다.
대강 선물도 준비했으나 아직 더 사야겠는데 워낙 물가가 비싸니, '뭘
살까'가 계속 걱정된다. 저녁에는 이곳 KTC에 있는 모든 한국인들이
소셜 라운지(Social Lounge)에 모여서 조촐한 파티를 가졌다. 내일 세 사
람이 귀국하고, 모레는 내가 귀국하고, 그리고 중소기업진흥공단에서
온 18명이 내일이면 각자의 스폰서 회사로 떠난다. 몇몇 사람들만 남
고 모두 가는 것이다. 아리랑도 부르고 두만강도 부르고 모든 한국의
노래들을 부르면서 우리의 추석을 보냈다. 그리고 나는 많은 한국인들

을 만났다. 이국 땅에서 만나는 것은 좋은 일이다. 마지막으로 우리는 '우리의 소원'을 합창하고 헤어졌다.

'86.9.19.(금) "마지막 날"

오전엔 MDM 과정에 대한 평가가 있었고, 이어서 종강식(Closing Ceremony)을 끝으로 6주간의 교육이 끝이 났다. 일본과 일본인에 대해서 배운 것도 많고, 다른 아시아 나라에 대해서 알게 된 것도 많다. 특히 세계 각국의 많은 사람들을 알게 된 것은 가장 큰 수확이라 할 수 있겠다. 영어를 직접 장기간 사용해본 경험도 귀중하다. 사진을 몇 장 찍고는 끝이 났다. 오후에는 동경사무소엘 갔다. 그러나 오늘도 휴일이지 않는가? 아! 6주 동안 동경에 있으면서 차일피일 미루다가 결국은 동경사무소를 와보지 못하고 유배생활을 하고 계신 박태준 회장님도 찾아뵙지 못하다니 이런 바보 같으니라고! 히비야(日比谷) 파크빌딩 316호실이 동경사무소였는데 문이 꼭꼭 잠겨 있었다. 오는 길에 마루센(丸善) 책방엘 들렀다. 영서(英書), 일서(日書)가 수없이 많은 책들이 있었지만 너무 비싸다. 영어책이면 최소 3,000엔부터 15,000엔 정도, 우리 돈으론 18,000원부터 약 100만 원까지. 살 엄두를 못 내고 구경만 하다 돌아왔다. 저녁에 카타오카 씨와 저녁을 먹었다. 그는 대단히 좋은 일본인이다. 17,000엔 정도를 그가 부담했다. 헤어질 때 그는 울고 있었다. 몇몇 동료들이 그와 함께 '한잔 더 하자'라고 제의했지만 내가 반대했다. 인생은 항상 헤어짐이 있는 법, 헤어짐은 끝이 아니라 시작인 것을 모르는가? 깨끗하게 헤어지는 것이 가장 좋은 헤어짐임을 모르는가? TKC로 돌아와서는 짐을 챙기고 내일 출발시간이 다른 몇몇 사람들과는 인사도 나누었다. 이제 정말 가는 것이다. 막상 가려니 조금은 섭섭하다. 왜 그럴까? 벌써 정이 든 것일까? 이것이 마지막 일기 인가? 가자. 돌아가자. 정말 좋은 경험이었다, 6주는.

CE-DSS(원가기반 의사결정 지원시스템)

생산관제 프로젝트가 끝난 후, 권억근 부장은 좀 더 큰 프로젝트를 기획하였다. 이름하여 CE-DSS였는데 Cost Engineering for Decision Support System의 약자로, 수익성 극대화를 위해 제철소의 전 공정, 전 부서가 이 시스템의 기능 내에서 통합되는 구조였다. 카이스트 출신의 김쾌남이란 친구의 아이디어였는데, 리더는 신동익 씨, 시스템 개발팀에는 나와 이시정, 김쾌남, 역시 카이스트 출신인 김봉열 등이 참여했고, 표준화팀에는 각 공정별로 1명씩, 제강에 김우일, 열연에 현성진, 후판에 서정윤, 선재에 최석규, 냉연에 백송학 씨가 참여했다. 이 시스템은 한마디로 전 제품, 전 공정의 생산 스케줄을 원가와 기대이익 개념에서 비교 분석하여, 최대 수익성을 낼 수 있는 생산계획을 수립하는 것이었는데, 강종별 원가가 정립되어 있지 않고, 또 제품별, 공장별로 지향하는 바가 서로 상충되었음으로 처음부터 추진에 큰 난관이 있었다. 그러나 권억근 부장은 박 회장님으로부터 '전 부서장은 CE-DSS 추진에 최우선적으로 협조할 것'이라는 달팽이 사인을 받아냈고, 이를 무기로 제철소 전 부서장들을 압박해나갔다. 조업 부서의 기술과장들은 물론 정비, 원가, 운송, 노무, 행정지원 부서의 담당자들도 수시로 CE-DSS 추진업무회의에 참석해야 했다. 그러나 제철소 전 공정을 대상으로 수익성 최대화 모델을 구축하기엔 프로세스의 표준화가 너무나 미흡한 상태였고, 타 부서에서도 회장님의 친필 사인 때문에 마지못해 참석은 했지만, 생산관리부의 독주에 대해서는 실질적인 협조가 잘 이루어지지 않았다. 더구나 권억근 부장이 제철 소 부소장으로 승진한 이후에는 CE-DSS의 추진력은 현저히 약화되 었다. 나는 결국 CE-DSS 업무를 어떻게 하면 순조롭게 마무리를 시 킬까를 고민하게 되었다. 그러나 우리가 그때 정리한 수익성 분석 모 델의 개념과 강종별 통과공정 표준화 자료는 관리회계 시스템 개발을 담당하던 강창균 씨에게 큰 도움이 되어 강종별 원가 시스템의 근간이 되었다.

포항공대 대학원

나는 생산관리부 IE실에 근무하면서 포항공대 산업공학과와의 관계 가 대단히 긴밀했다. 학교 개교당시 학과의 개설 때부터 인연을 맺어 왔을 뿐만 아니라, 주로 미국에서 공부하고 부임한 교수들은 포항제철 소에 무슨 자료가 필요하면, IE실을 통할 수밖에 없었다. 그 당시는 IE 실과 공대 산업공학과, 연구소(RIST) 경영과학연구원 멤버들이 정기적 으로 체육대회를 통해 유대관계를 강화해나가기도 했는데, 학과장인 정무영 교수를 비롯하여, 정민근, 전치혁, 홍유신 교수 등과는 잘 알고 지냈다. 1986년 12월에 개교한 포항공대는 학부 신입생을 1987년부 터 뽑았으나, 대학원 과정 신입생은 1년 늦은 1988년부터 뽑았다. 그 당시 나는 IE실에서 생산관제모델 개발도 끝났고, 시뮬레이션 팩키지 SLAM II와 통계 팩키지 SAS를 이용하여 네크공정분석이나 작업개선 업무를 하고 있을 때였는데, 포항공대 대학원에서 공부를 더 해야겠다는 생각에 잠을 못 이룰 지경이었다.

'포항공대는 일반 경영대학원과는 다를 것이다. 내가 공부할 수 있는 마지막 기회가 아닐까? 더구나 이번이 제 1회 아닌가? 어느 학교든 1회 졸업생은 대우를 받게 되어 있다. 더 늦어지기 전에 결단을 내리자.' 인생의 진로를 바꿔야겠다는 생각이 들자, 이번에는 몇 번의 실패를 거울삼아 돈 문제를 먼저 생각해봤다. 학비는 전액 장학금 제도이므로 해결이 되고, 현재의 돈으로 2년 정도만 생활하면 되는데, 여기는 미국이 아니라 한국땅 포항이므로, 무슨 수를 쓰든 견뎌낼 수가 있을 것 같았다. '아내는 나와 결혼할 때, 내가 미래에 교수가 될 거라고 생각했다는데, 그래 이제 내 진로를 바꾸자. 교수가 되는 것이다.' 여기까지 생각이 미친 나는 포항공대 대학원 입시원서를 접수시켰다.

내 나이 서른세 살, 군대도 갔다 왔고, 대학을 졸업한 지는 7년이나 된, 두 아이의 아버지인 가장으로서, 좋은 직장 포스코를 버리고, 대학원에 진학한다는 것은 누가 봐도 특이했지만, 산업공학과 교수들은 대개 환영하는 분위기였다. 학부성적 평균 B 이상이라는 1차 서류 전형은 통과되었다. 그러나 나를 제외한 다른 지원자들은 갓 대학을 졸업한 젊은 학생들로서, 내가 공부하던 시절과는 많이 달라져서, 모두가 평균 A의 성적이었다. 영어시험은 다행히 크게 어렵지 않아서 무난한 성적으로 통과되었고, 면접 때는 산업공학과 학과장을 비롯한 몇 분의 교수가 담당하였다. 나는 '내가 왜 공부를 하려고 하는지'를 일목요연하게 설명했고, 교수들은 나에게 큰 기대를 나타냈다. 사실 향후 제철소의 여러 프로젝트에 참여하게 되면, 나의 경험과 인맥은 큰 힘을 발휘할 수 있을 것이었다.

합격자 발표를 앞두고, 대학에서는 합격사정회의가 진행 중이었다. '포스코를 사직하고 다시 학생으로 돌아가면, 공부는 어떻게 하고, 연구 과정 유학은 어떻게 하고, 또 그동안의 생활은 어떻게 할 것인가'에 여념이 없던 나에게, 정무영 교수로부터 저녁에 조용히 만나자는 전화가 왔다. '합격이 됐다면 축하한다는 얘기부터 나와야 되는데, 조용히 만나자고 하니 떨어진 모양이구나.' 나는 불길한 예감이 들었지만, 약속장소인 송도비취호텔로 나갔다. 저녁을 함께 먹으며, 정무영 교수는 나와 함께 공부하지 못하게 된 걸 아쉬워했다. 합격사정회의에서는 나를 합격시킬 것인지 떨어뜨릴 것인지가 제일 큰 이슈였다고 했다. 교수들의 의견은 '합격시키자'는 쪽이었으나, 김호길 학장의 생각은 '안 된다'는 것이었다. '우선은 교수들이 편할 것 같지만, 학문에는 때가 있는 것이고, 이 사람은 포스코 직원으로 있는 게 맞다'는 것이 그의 의견이었고, 내 인생항로는 또 한 번의 변화 기회에서 좌절되었다.

2장

포스틴 시절

포스틴으로 가다

1988년 7월쯤으로 기억된다. 권억근 부장이 부소장으로 승진하고 난 후, CE-DSS 추진에 대한 각 부서장들의 협조는 더욱 잘 안 되어, 생산관리부의 CE-DSS 추진은 상당히 교착 상태에 빠져 있었다. 이때 누구에게선가 옛날에 모시던 '서상달 연수원장이 포항에 내려와 계시다'는 소식을 듣고 수소문해보니, 회사에서 포항특수석판이라는 자회사를 하나 설립했는데 거기의 부사장으로 계시다는 것이었다. '서상달' 하면, 모든 사람이 고개를 절레절레 흔들었지만, 그래도 나는 신입사원 때 그분에게 인정받은 몇 명 안 되는 사람 중에 한 사람이었고, 가까이 와 계시다는데 인사라도 하는 것이 도리일 것 같아, 그 당시 2냉연공장 2층 사무실을 빌려 쓰고 있던 특수석판으로 찾아 가서 인사를 드렸다. 서 부사장님은 대단히 반가와 하면서 자주 놀러오라고 하신 것뿐이었는데, 내 인생은 거기서부터 커다란 변화를 맞게 되었다.

어느 날 사무실로 전혀 안면이 없는 어떤 분이 나를 찾아왔다.
"나를 잘 모르겠지요? 이렇게 불쑥 찾아와서 미안합니다만, 나는 설비계획부에 있는 조병덕이라고 합니다."

"아, 그렇습니까? 그런데 저를 어쩐 일로?"

"혹시 TFS 추진반이라고 들어 보셨습니까?"

"네, 그 Tin Free Steel인가….."

"하하, 아시네요, 제가 원래 설비총괄실장을 하다가 TFS 추진반을 만들면서 지금은 TFS 추진반을 맡고 있습니다. 서상달 부사장을 잘 아시죠?"

아하! 그랬었구나. 그제서야 나는 이 분이 나를 불쑥 찾아온 이유를 짐작할 수가 있었다. 포항특수석판은 설립한 지 얼마 되지 않아 아직 직원이 몇 명 없었다. 초대 사장은 포항제철소장을 역임하신 장세훈 씨였고, 서상달 부사장과 운전기사, 비서 그리고 직원이 3~4명 있었다. 그 당시의 이 신설 회사는 공장 건설과 조업 대비 업무를 해나갈 핵심 간부 요원이 절실히 필요했는데, 서상달 부사장이 나를 만난 후 바로 콱 찍어버린 것이었다. 서 부사장은 조상무(조병덕 씨는 초대 기술 담당 임원으로 내정되어 있었다)에게 나를 만나볼 것을 지시하고, 그 당시 인사계장이던 이동우 씨에게 '무조건 데려오라'고 하신 모양이었다. 조병덕 씨와의 첫 만남은 그저 인사와 간단한 회사 소개 정도로 끝났는데, 문제는 그다음 날부터였다.

인사계장 이동우 씨는 오전, 오후 두 차례씩 꼭 내게 전화를 해왔다. 오전에는 '과장님, 안녕하십니까?'로 시작되었고, 오후에도 '과장님, 식사는 잘 하셨습니까? 언제 오시겠어요?' 하면서, 집요하게 끌어 당겼다.

그 당시 내 호봉은 3-5(계장 5년차)였는데, 3-10이 되어도 과장이 되기는 어려울 때였다. 승진 기준이 지금과 달라서, 아무리 고참이라도 자리가 없으면 과장을 시켜주지 않을 때였으니, 내 상관이 다른 곳으로 가야 내가 그 자리로 승진할 수가 있었다. 계장들 중에는 입사기수만큼 되어야 과장될 수 있다는 말이 퍼져 있었는데 과연 그럴 듯했다. 예를 들면, 7기는 7년, 8기는 8년, 10기는 10년, 14기는 14년 걸린다는 얘기인데, 대강 맞아 들어갔다. 내가 20기이니까 입사 후 20년이 되어야 과장이 된다는 뜻인데, 나보고 '과장님, 과장님' 하고 부르는 게 오히려 듣기가 미안했다.

나는 처음에는 '내가 자회사를 왜 가요? 안 갑니다.' 하고 단호히 대답했었다. 사실 자회사로 가려고 했었으면, 포항특수석판이 아니더라도 포항강재로 갈 수도 있었다. 포항강재공업㈜는 포항제철과 삼성이 합작하여, 칼라강판을 생산하는 공장이었는데, 포항특수석판보다 먼저 설립된 자회사였다. 그곳의 초대 판매부장으로 내정된 우창제 씨(연수원에서 함께 근무한 인연이 있어 잘 알고 지냈음)로부터, 생산과장 요원으로 스카웃하겠다는 제의가 있었지만, '자회사를 왜 가느냐?'고 거절한 적이 있었다.

이동우 씨는 신설 회사의 급여나 대우에 대해서도 참 솔깃하게끔 표현을 잘했다. '저희 회사는 급여 Table이 없습니다. 왜냐하면, 포항제철의 급여 Table을 그대로 갖다 쓰기 때문에 따로 만들 필요가 없습니다. 포항제철 과장 1호봉이나 저희 회사 과장 1호봉이나 모든 대우가 똑 같습니다. 차량유지비, 지휘감독비, 호봉체계, 기타 등등.' 이동우 씨의 집요한 설득 때문만은 아니라, 사실 나도 내 인생에 대해 깊이 있게 한번 생각하게 되었다.

1. 포항제철에 계속 있다면 언제 간부가 되겠는가?
2. 석도강판은 포항제철에서 내가 제일 먼저 시작하는 셈이 되는데, 한 분야의 선구자로서 최고 전문가가 된다는 사실이 얼마나 매력적인가?
3. 현재 하고 있는 CE-DSS는 포항제철로서는 아직 시기상조다. 안 될 줄 알면서 여기에 매달린다는 것이 얼마나 피곤한가?
4. 퇴직금을 받아 자가용을 한 대 뽑으면 고향의 부모님을 찾아뵙기가 얼마나 편리할 것인가?

일단 한번 긍정적인 방향으로 생각을 시작하니까, 모든 일에 대해서 내 생각을 합리화시키는 방향으로 바라보게 되었다. 나는 포항제철에서 만 8년을 채우고 싶어 '89년 3월 1일을 전직일로 잡고, 하고 있던 업무를 정리하기 시작했다. 사직서를 들고 갔더니 이원표 부장께서 '부장쯤 되어서 옮기지 너무 일찍 자회사로 가는 것 아니야?' 하셨지만, 나의 차근차근한 설명을 듣고는 쉽게 Sign을 해주셨다. 이리하여 나는 만 8년간('81.3.1~'89.2.28)의 포항제철 생활을 접고, '89.3.1부터 포항특수석판주식회사(나중에 '포스틴'으로 社名 변경)의 기술과장으로 새 출발을 하게 되었다. 이때부터 석판(錫板)은 내 인생이 되어버렸다.

기술과장 겸 생산과장

생산관리부에 있을 때는 '석판(石板)인가'라는 생각도 했지만, 철강공단에 위치한 동양석판을 방문해 보기도 하고, 냉연부의 석도원판(BP: Black Plate)에 대해서는 사전에 공부도 좀 했다. 1989년 3월 1일 부로 포스틴 기술과장으로 부임해보니, 2월 2일 착공한 공장은 아직 파일 몇 개 박아놓은 수준이었고, 운전기사와 비서직, 인사계장 이동우 씨를 빼면 공장 지을

기술과장 겸 생산과장 시절

인원도 몇 없었다. 설비계획부 TFS추진반원이었던 이형재 씨가 생산기술부 차장으로 와 있었고, 국제상사 출신의 김광노 씨가 판매 차장에, 동양석판에서 온 이경희 씨와 현대중공업 경력의 홍이식 씨가 기술과 소속이었고, 전기강판공장의 생산직에서 포스틴 기술직 사원으로 온 문재승 씨, 그리고 냉연부 근무경험이 있는 김경훈 씨가 현장직으로 와 있을 뿐이었다. 사실 생산 부서 근무 경험이 없던 나로서는 처음엔, 직접 공장 건설에 관여하기보다는 기술과장으로서, 인력충원계획, 교육 및 연수계획, 작업표준과 기술표준 제정, 소재조달계획, 초기 생산계획, 전산화 등의 조업 대비 업무만을 생각하고 있었다. 그런

데 가만히 보니, 건설공정은 진행 중인데, 이형재 씨는 각종 회의에 쫓아다니느라 정신이 없고, 공장 소속인 문재승 씨만 고군분투하고 있었다. 특히 외국 설비공급사와의 회의라도 있을 땐 포스틴이 주인이면서도 주인 역할을 할 사람이 없었다. 나는 '이형재 차장의 업무를 침범하는 게 아닌가'라는 생각도 들었지만 공장 건설관리에 직접 뛰어 들었다. 공사진도 점검, 공사품질관리는 물론 설비공급사, 시공사, 포스코 공사감독 간의 의견 충돌 때, 주인으로서의 의사결정을 내려야 했다. 다행히 문재승 씨의 공정진도 업데이트 능력과 각종 자료정리 능력이 탁월해서 나와는 손발이 잘 맞았다. 혼자서는 정신이 없을 정도로 바빴던 이형재 차장에게도 나는 큰 도움이 되었으며, 초대 장세훈 사장의 뒤를 이어 새로 부임한 안정준 사장은 나를 기술과장 겸무 생산과장으로 명령을 내었다.

역사의 주인으로

포스틴은 회사 창립부터가 우여곡절이 많았다. '석판(錫板: Tin Plate)을 해야 한다'는 박태준 회장님의 뜻에 따라, 포스코 냉연부 내에 석도강판공장을 지으려고 하자 국내 기존의 석도업체인 동양석판, 동부제강, 신화실업의 반발은 예상외로 컸다. 1970년대에 박 회장에게 '도금은 제가 할 테니 소재만 주십시오.'라고 해서, 박 회장의 동의를 받아냈다는 동양석판의 손열호 회장을 비롯해서, '소재를 독점 공급하는 회사가 제품까지 생산하는 건 공정거래 위반이다.'라는 기존 업체의 논리에, 상공부에서는 포스코의 석도공장 건설 허가를 내주지 않았다. 우여곡절 끝에 포스코는 '포항특수석판'이라는 자회사 형태로 정부의 허가를 받은 것이었다. 주석 도금을 전문으로 하는 기존 업체와는 달리 특수석판에서는 주석도금 외에도 크롬도금과 니켈 도금을 50% 생산함으로써 국내의 도금기술력을 높이고, 회사도 별도 법인이기 때문에 공정거래에 문제가 없다는 논리였다.

나는 공장 건설 중 설비공급사들과의 회의를 진행하면서, 설비공급계약이 당초 승인된 예산 범위 내에서 계약하려다 보니, 약간은 편법으로 이루어졌음을 알았다. 설비공급사는 외자기계 부문을 영국의 데이비 맥기(Davy Mckee)가, 내자기계 부문을 현대 중공업(HHI)이, 전기/계장/컨트롤(EIC)은 포스콘이 프랑스의 쥬몽 슈나이더(J/S: Jeumont Schneider)와 함께 공급하도록 되어 있었고, 시공은 제철정비가, 공사감독은 포스코 공사부가 하게 되어 있었다. 통상 컨소시움 계약의 경우 주도사(Leading Company)가 있어 공사 중 발생하는 각종 문제점에 대해 주도적으로 해결해야 하는데, 포스틴의 설비계약에는 Leading Company 없이 Davy, 현대중공업, 포스콘과 별도로 계약을 한 것이었다. 즉 Davy와는 공급 범위에 있는 외자기계 부문과 기술지도(Supervising) 공급 조건으로, 현대중공업과는 공급 범위 외 추가는 없는 조건으로 포스코 부사장 한 분과 현대중공업 박재면 사장이 합의를 해서 계약이 이루어진 것이었다. 또 당초 EIC 공급사로 참여한 J/S가 돈 문제로 포기하려고 하자, 포스코 경영층에서는 포스콘의 김기홍 사장에게 '포스콘도 앞으로는 단순한 전기제어 정비회사가 아닌 프랜트 건설에 EIC 공급사로서 커가야 한다. 이번이 좋은 기회이니 손해를 보더라도 J/S를 끼고 설비를 공급하라'라고 지시를 내림으로써 계약이

된 것이었다. 뿐만 아니라, Davy는 1958년도에 유고슬라비아에 주석
도금 설비를 공급한 이래 다른 실적이 없어서, 포스틴 설비의 기본 엔
지니어링은 1958년도 설비와 유사한 것이었고, 포스콘은 말할 필요도
없고, 현대중공업도 주석도금 설비를 공급하는 건 처음이었다. 게다가
시공을 맡은 제철정비는 그동안 포스코 기계정비 업무만 해오다가, 포
스코건설이 창립되기 전 잠시 공사파트 조직을 가진 과도기로서, 프랜
트 건설은 역시 처음이었고, 공사감독인 포스코 공사부도 사실은 주인
이 아닌 셈이었다.

어느 계약서든 공급범위가 사전에 완벽하게 구분될 수는 없는 법인
데, 이러한 문제는 Leading Company가 불분명한 포스틴 공장 건설
에서는 큰 문제였다. 예를 들면, '설비를 설치하려다 보니 설비간 서
로 맞지 않은 부분이 있어 현장에서 Drilling작업이 필요하다. 그러면
제작사인 현대중공업과 엔지니어링사인 Davy는 서로 책임을 전가하
고, 그렇다고 시공사인 제철정비가 할 일도 아닌데, 설비는 설치되어
야 하고 그 비용은 누가 부담할 것인가가 문제였다. 이러한 일은 설계
사와 제작사 간, 기계 내, 외자 공급사 간, 기계와 EIC공급사 간, 설비
공급사와 시공사 간, 또는 구매자(Buyer)와 판매자(Seller) 간에 수없이 발
생했고, 그 해결은 내가 해야만 했다. 다행히 이형재 부장과 조병덕 상
무는 나의 추진력과 결단력을 믿고 전적으로 지원해주셨다. 나도 이때
Davy의 Mr. Green과 Mr. Sands 및 J/S의 몇몇 기술자들과 싸우면서
영어 실력이 많이 늘었고, 이들 외국 업체와 현대중공업의 김중영 부
장, 포스콘의 조창흠 부장, 윤춘근 과장, 제철정비의 이인수 부장, 정
태진 부장 등과의 끊임없는 회의를 통해 협상력과 리더십도 많이 키웠

다. 또한 공사부의 지보림, 윤종황 과장, 공사감독이었던 김종선, 정영만, 권우택 씨 등을 통해 건설공사 관리도 많이 배웠다.

초창기 POSTIN 직원들(앞줄 중앙이 필자)

힘든 점은 설비공급사에만 국한된 것이 아니었다. 한전, 시청, 노동부, 환경청, 소방서, 경찰서 등 공무원이 왜 기업의 경쟁력을 떨어뜨리는지 생생하게 경험하게 되었다. 특히 공장 건설 당시는 한전의 횡포가 극심했다. 가설전원 수용신청에서부터 본전원이 통전될 때까지 매 단계마다 해당 부서 담당자, 주임, 과장들에게 뇌물을 먹여야 했다. 공장을 지어 국가 경제에 이바지하려는 기업에 전기를 공급하는 것은 그들의 의무이고, 그들이 존재하는 이유이고, 기업은 그들의 고객인데, 돈봉투를 받아 처먹지 않으면 무슨 트집이든 잡아서 계속 지연시켜,

결국은 기업으로 하여금 '더 이상 지연으로 인해 손해 보는 것보다는 뇌물을 주고 해결하는 것이 오히려 득이다.'라고 판단하게끔 하는 그들은, 기업의 피를 빨아먹는 거머리들이었다. 한전을 상대하면서 요령이 생긴 나는, 유류창고 허가를 낼 때는 포스코소방과 김선호 주임의 도움을 받아, 포항소방서 소방계장에게 직접 설계용역을 주었다. 자기가 설계했으니 허가는 일사천리로 진행되었음은 물론이었다.

인력 충원과 조업 대비

주석도금조업 유경험자를 찾던 안정준 사장은 처음에 동부제강의 오상진 부장을 스카웃하려고 했으나 잘 안 되었고, 신화실업의 송정선 이사를 본부장급으로 스카웃해왔다. 인사 부서에서는 동양석판에서 백철진 계장과 정명동, 양희성, 김해수 등 주임, 반장급, 이봉희, 김기동 등의 작업자를 뽑아왔고, 전기도금 공장에서 박영태 씨와 후판공장에서 신두완 씨가 주임요원으로 옮겨왔다. 그러나 더 시급한 문제는, 회사의 전산시스템을 구축할 인원과 J/S로 연수를 가야 할 제어분야 기술직을 확보하는 일이었다. 나는 분괴공장의 전기정비반장이던 이종복 씨를 정비주임요원으로 스카웃해와서 J/S에 DDC 분야 연수를 보내고, 전기강판에서 전기정비직으로 있던 조영보 씨를 기술직사원으로 뽑아와 PLC/DCS 분야에 연수를 보냈다. 또 서대석 박사의 AtWorth에서 만난 고교 후배 박영철 씨를 전산요원으로 뽑아왔는데, 박영철은 내 기대에 부응하여 박용순, 한요한 등을 데리고 와서, 회사의 생산, 판매, 재고관리, 출하, 재무, 급여, 원가 등 모든 전산시스템 분야를 VAX 컴퓨터 1대로 다 해결했다. 당시 포스코에는 입사할 당시의 학력에 의해 직무가 정해지고, 한번 정해진 신분은 입사 후에는 아무리 공부해서 '학사, 석사가 된다'해도 대졸 사원으로 대접받지는 못했으며, 관리직으로 신분 전환하는 것도 거의 불가능했다. 따라서 고졸로 입사한 후, 회사를 다니면서 방송통신대나 야간대를 졸업하고 대졸자로 신분을 전환하려는 우수한 인재가 많았다. 포스틴으로 온 문재승, 조영보, 고상원, 품질관리의 윤병현, 인사 쪽의 황후석, 재무 분야의 성태기 등은 이런 케이스의 우수한 인재들이었는데 나중에 포스틴의 핵심 요원들이 되었다.

영국에서 열린 기계 분야 설비사양 확정회의에는 이형재 부장이 참석했고, 프랑스의 J/S 본사에서 열린 EIC사양확정회의에는 마땅한 사람이 없다 보니, 내가 직접 갈 수밖에 없었다. 나는 VAX 컴퓨터 어플리케이션 소프트웨어 분야에만 약간의 경험이 있을 뿐, DDC, PLC, DCS 등 설비제어 분야는 사실상 문외한이었다. 그런데 회의에서는 구매자(Buyer) 측에서 나 혼자가 판매자(Seller) 측의 Davy 전기 담당자, 포스콘 조창흠 부장 외에 J/S 각 부문별 담당자 10여 명을 상대해야 했다. 내가 즉석에서 결정하지 못할 이슈가 생기면 저녁시간에 상세히 정리해서 한국의 안정준 사장에게 직접 보고하고 지침을 받았다. 낮에는 홀로 10여 명을 상대해야 하고, 밤에는 회의록 정리와 보고로 몸은 파김치가 되어갔다. 매일 두 시간가량이나 걸리는 점심시간 때는 각종 프랑스 요리가 제공되었지만 소화도 잘 안 되었다. 일주일간의 회의를 마친 후 파리 시내 관광을 좀 하고 싶었는데, 딱 한 나절의 여유시간밖에 없었다. 아무도 안내해주는 사람 없이 혼자 전철을 이용해, 개선

문, 상제리제 거리, 세느강, 몽마르뜨 언덕, 노틀담 사원을 둘러봤다. 에펠탑은 먼발치에서만 보고, 루브르 박물관은 입장시간이 지나버려서 바깥에서 건물만 쳐다봤다.

UPI 조업연수(사진 중앙이 필자)

Davy와 조업연수에 관한 지루한 공방 끝에, 전 세계적으로 생산하는 곳이 없는 니켈도금 연수는 포기하고, 네덜란드의 후고번스 (Hoogovens) 제철소를 검토하다가 시행이 어렵게 된 크롬연수도 일단은 보류하고, 우선 주석도금 분야 연수만을 미국 UPI에서 하는 걸로 합의를 했다. 1차 연수팀은 이형재 부장의 인솔로 이경희, 홍이식, 고상원, 김경훈 등이 다녀왔는데, 이 부장이 UPI에 근무한 적이 있었기 때문에 큰 어려움 없이 잘 갔다 온 것 같았다. 1990년 4월, 나는 조병덕 상무와 송정선 본부장을 모시고, 백철진, 문재승 씨 등 도합 7명이 2차로

UPI로 연수를 갔다. UA 항공을 이용했는데 샌프란시스코까지 직항이 없어서 알래스카 앵커리지를 경유했다. UPI의 수석부사장인 여상환 씨와 조업 담당 부사장인 이춘호 씨로부터 따뜻한 환대를 받았고, UEC의 카루프 씨(Mr. Karouf)로부터 이론 강의를 들었다. 특히 UPI에서 막 퇴직한 랜스트롬 씨(Mr. Lanstrom)가 우리를 많이 챙겨주었다. 포드사의 머큐리 세이블(Mercury Sable) 두 대를 렌트하여, 조병덕 상무와 내가 한 대씩 운전하여 출퇴근을 하였는데, 난생처음 국제운전면허증으로 미국의 고속도로(Free Way)를 달리는 기분도 괜찮았다. 주말엔 박정민 씨의 안내로 요세미티(Yosemite) 국립공원도 구경하고, 서상기 부사장의 동생분이 사는 산호세(San Jose)에도 가봤는데 그때는 어디가 어딘지 도통 감이 없었다. 연수를 마치고 귀국하는 날은 서울행 비행기를 놓치는 해프닝이 있었다. 그 당시는 탑승 하루 전에 반드시 비행기 예약을 재확인하는 제도가 있었는데, 우리를 도와주던 어느 미국인이 탑승 하루 전, 우리 일행의 비행기를 항공사에 분명히 확인했었다. 그런데 우리가 샌프란시스코(San Francisco) 공항에 도착했을 땐 비행기는 이미 이륙한 후였고, 황당했던 우리는 우여곡절 끝에 항공사에서 제공한 호텔에 하루를 묵을 수밖에 없었다. 나중에 알고 보니, 여행사에서 티켓을 발행할 때 출발시간을 잘못 인쇄했고, 예약을 재확인한 미국인은 탑승자 명단과 편명만 확인하고 출발시간을 체크하지 않았던 데에 원인이 있었다. 예나 지금이나 비행기 탈 때는 항상 시간적인 여유를 갖고 움직여야 함이다.

위기 봉착과 설비 준공

1950년대 설비를 모델로 엔지니어링을 한 Davy의 고집과 주석도금 설비 공급 실적이 없는 현대중공업과 포스콘의 무지를 상대해 나가느라 공장 건설 내내 하루도 조용한 날이 없었는데, 설비 준공일을 2달여 앞둔 1990년 6월에는 엄청난 문제가 터지고 말았다. 고려대 화공과를 나온 송정선 본부장은 동양석판에서 실험실 근무와 도금계장을 했었고, 신화실업에 스카웃된 후에는, 한일자동펌프 두 대로 공업용수를 해결하고, 직접 주석도금라인의 설계, 설치, 생산을 책임져 온 사람으로, 중국에 석도라인을 수출까지 한 경험이 있는 주석도금 전문가였다. 하루는 송 본부장이, 현장에 설치 완료된 도금탱크와 배관에 라이닝(Lining)된 고무를 떼 내어 주석도금 용액과 크롬도금 용액에 담궈 부식 테스트를 해본 결과, 고무가 용액에 녹아버린다는 것이었다. 설비의 설치에만 매달려 다른 여념이 없었던 내게는 청천벽력과도 같은 일이었다. 즉시 Davy에서 파견된 고무 전문가와 함께 확인한 결과, 도금탱크와 용액 배관에 라이닝된 고무는, 크롬도금 용액에는 며칠을 견디지 못하고 완전히 녹아 없어져버렸으며, 주석도금 용액에도 약간씩 녹아나서 3달 정도가 한계수명으로 결론이 났다. 현대중공업은 국내 석도회사에 고무롤을 납품하는 한합산업, 대성고무, 광성고무 등의 업체에게 고무라이닝 작업을 맡긴 게 아니라, 석도회사에는 전혀 납품 경험이 없는 명진고무, 북두화학 등에 하청을 준 것이었다. 그러면서 현대중공업은 Davy의 사양대로 'Ebonite Natural Rubber'를 공급했다고 우기고 있었고, 송 상무가 'Ebonite든 Un-ebonite든 도금라인에 천연고무(Natural Rubber)는 있을 수 없다'라고 해도, Davy는 '자기들 사양대로 제작했으면 문제가 없다'라고 책임을 떠넘기고 있었다. 한편 안정준 사장은 '무슨 일이 있어도 준공예정일인 8월 31일을 2주일 단축하여 8월 16일에는 공장 준공을 해야 한다'고 하니, 나는 그야말로 진퇴양난이었다.

안정준 사장, 조병덕 상무, 송정선 본부장, 이형재 부장과 협의한 후의 최종 결론은 8월 16일 공장을 준공한다는 것이었다. 불행 중 다행인 것은 '현재의 고무가 주석도금 도금 용액에는 3개월 정도 견뎌낸다'는 결론이고, 크롬도금은 어차피 바로 생산할 게 아니었기 때문에, '일단 준공을 시켜놓고 몇 달 돌리다가 11월 중에 공장 조업을 중단하고 설비 대수리를 하자'는 계획이었다. 나는 Davy와 현대중공업 공동책

안정준 사장으로부터 표창 수상

임 하에 긴급히 프로세스 탱크와 모든 배관들을 재제작하도록 하고, 11월 대수리 기간 중에 지하에 있는 용액순환탱크의 고무라이닝을 다시 할 수 있는 만반의 준비를 하도록 조치했다. 7월부터 설비 시운전(Cold Run)을 실시하고, 8월엔 실제로 생산을 하는 시운전(Hot Run)을 거쳐, 8월 16일 드디어 준공식 겸 초도제품 출하식을 가졌다. 그러나 공장 건설 내내 가장 고생이 많았던 나는 정작 준공식장엔 참석하지 못했다. 왜냐하면, 그 전날까지 잘 돌아가던 설비가 DDC에 문제가 생겨, 준공식 시점엔 설비를 돌리지 못하고 있었기 때문이었다. 가까스로 원인을 찾아 준공식 시작 5분전에 설비를 스타트시켰다. 나는 식이 끝나고 초대된 손님들이 설비를 둘러볼 때는 반짝반짝 광택이 나는 주석도금강판(석판: 錫板, Tin Plate)을 생산해내고 있는 설비를 보면서 감격에 북받쳤다.

조업 안정

준공은 했지만 안정적인 조업을 위해서는 해야 할 일이 너무 많았다. UPI 조업연수 시절, 우리에게 많은 도움을 준 랜스트롬 씨(Mr. Sig Lanstrom)를 초빙하여, 조업과 설비관리에 관한 그의 노하우(knowhow)를 배운 것도 조업 안정에 큰 도움이 되었다. 그러나, 내가 해야 할 일은 설비의 안정적인 가동에만 국한되는 게 아니었다.

우리집에 온 Sig Lanstrom과

Davy와의 정산

나는 공장 건설이 한창일 때 입사한 서울대 금속과 출신의 반영삼 과장에게 기술과장직은 물려주고 생산과장 역할만 했는데, 이때의 생산과장은 건설, 조업, 정비, 품질 분야를 책임지고 있었다. 우여곡절 끝에 공장 준공은 했으나, 준공 후 3개월 만에 공장을 세우고, 모든 프로세스탱크와 용액배관을 재설치해야 했다.

새로 설치한 프로세스탱크는 몇 달 간 조업해본 경험을 바탕으로, 용액 오버프로우(Over Flow) 구멍의 크기를 줄여서 작업자가 아노드 (Anode) 교체 작업을 용이하게 하도록 개조했으며, 또 첫 번째 탱크의 Over Flow 구멍을 위로 끌어올림으로써, 도금 패스라인(Pass Line)을 하나 늘려 라인 속도(Line Speed)를 증대시켰다. 경험이 부족한 Davy의 엔지니어링은 고무라이닝(Rubber Lining) 문제뿐만 아니라 또 하나의 큰 문제가 있었는데, 그것은 바로 전단설비(Shear Line)의 정도(精度) 문제였다. 한국 내의 석판은 코일(Coil) 형태의 제품은 일부 용도에 국한되고, 대부분은 쉬트(Sheet) 형태로 전단해서 판매를 했는데, Davy에서 설계한 전단설비의 정도는 ±0.8mm로서 이는 제품이 될 수 없었다. 전단된 쉬트는 적치대에 마치 두부 모 자른 듯이 반듯하게 적치되어야 했는데, 우리 전단설비의 제품 적치상태는 들쑥날쑥하게 마치 소가 풀을 뜯어먹은 것처럼 되어, 제관사에서 캔을 만들 수가 없었다. '계약서의 설비사양에 준해서 공급했다'는 Davy의 변명은 나를 더욱 화나게 했다. '엔지니어링 회사가 주석도금강판의 용도가 뭔지도 모르고, 제품이 되는지 안 되는지도 몰랐단 말인가?'

나는 '일본의 전기주석도금설비(ETL: Electrolytic Tinning Line)을 한번 보고 와야겠다'는 생각을 했으나, 일본 회사들은 선뜻 우리의 방문을 허락해주지 않았다. 결국 당시 동경사무소 심장섭 소장이 직접 인솔하여서, 이형재 부장, 반영삼 과장, 정명동 주임과 함께 신일본제철의 야하다(八幡)제철소, NKK의 후쿠야마(福山)제철소, 동양강판의 구다마쯔(下松)공장을 견학했는데, NKK는 조금 나은 편이었으나, 신일본제철과 동양강판은 우리를 대단히 경계했다. 나는 전단설비 정도 개선을 위한 설비 파악뿐만 아니라, 도금설비의 롤(Roll) 재질, 각종 모터의 구동 여부, 설비개조 내용 등을 최대한 보고 돌아와서 즉시 우리 설비의 개선에 반영하였다. 그리고 Davy에서 공급한 모터를 떼내고, 일본 리라이언스의 DDS 시스템으로 개조함으로써 전단설비 정도(精度)를 ±0.25mm로 개선해 제대로 된 주석도금강판을 생산했다.

Fukusima제철소 방문(앞줄 오른쪽이 필자)

또 한번은 이런 일도 있었다. 어느 날 Davy의 Mr. Green(나는 그를 'an old clever snake: 능구렁이'라 불렀다)이 나를 보고 싱글싱글 비웃으며 하는 말이,

'포스틴의 작업자들이 너무 무지하다. 왜냐하면, 라인 가동 중에 지하의 탈지용액순환 탱크를 보니, 탱크 속에 열교환기가 다 보이도록 용액의 양이 너무 적더라'는 것이었다. '이 친구가 뭘 좀 아는 것도 있는 모양이구나.'라는 생각이 얼핏 들었으나, 현장을 확인해본 결과 순환탱크 자체가 너무 작게 설계되어, 가득 찬 용액도 라인 가동을 위해 펌핑(Pumping)을 하면 열교환기가 드러나고, 가동 중에 용액을 만들어서 보충할 경우는 프로세스 탱크(Process Tank)에서 용액을 내릴 때 몽땅 넘쳐 흘러버리는 것이었다. 즉각 Davy의 비용으로 탱크를 개조하기는 했지만, 크고 작은 이러한 일들이 수도 없이 많이 일어났다.

나는 Davy의 설계 잘못으로 인한 문제점들의 리스트를 만들어, 내가 서명해서(안 사장님께 보고도 하지 않고, Mr. Green에게 보여주지도 않았다) Davy 본사로 약 200억 원을 보상하라고 클레임을 제기했다. Davy가 포스틴 프로젝트에서 받은 돈(약 120억 원)보다 더 많은 이유는, 내가 노하우를 가르쳐줌으로써 향후에 Davy가 유사한 프로젝트를 할 경우 얻을 기대이익을 고려한 때문이었다. 한방 먹은 Mr. Green과 이때부터 지루한 보상협상이 시작되었다. 연수를 실시하지 못한 니켈 및 크롬도금 연수비를 회수하는 것은 쉽지만, 기타 나의 주장은 Davy로서는 공식적으로 받아줄 수 없는 요구인 줄 나도 알았지만, 나는 협상의 주도권을 쥐기 위해 끝까지 물고 늘어졌다. '기술지도비의 계상이나 예비부품 추가 공급' 같은 편법을 동원하여, 어느 정도 상호 보상 범위를 좁혔다. 마지막 숫자를 점검할 때에, 내가 Mr. Green에게 "I am a simple man."이라 했더니, 그는 "You are a young clever snake."라고 했다.

이렇게 힘들게 협상을 마무리 짓고 안정준 사장에게 보고했더니, '회사의 공식적인 서류이니 네가 하지 말고 판매부장 김광노를 통해 처리하라.'라고 했다. 김광노 씨는 포스틴이 창립되기 이전부터 국내 석도공장 신설에 관여해왔으며, 초창기부터 포스틴에 입사하여, 안정준 사장이 계약서에 최종 사인할 때도 사장의 영어 자문을 하며 계약에 깊이 관여했었기 때문에, 그것이 타당한 걸로 생각됐다. 나중에 안 사장이 나가고 김진주 사장이 새로 부임한 후에, 나는 관리부장 김수영 씨와 재무 담당 성태기 씨로부터 'Davy의 보상금이 회사 구좌에 입금된 적이 없다'는 말을 들었다. 그 당시 무슨 일이 있었는지도 아직도 모르지만 나는 그저 최선을 다했을 뿐이었다.

Scroll Shear 설비 구매

포스틴 설비의 최종계약서 사인은 안정준 사장이 했지만, 전단설비의 정도(精度) 문제가 터졌을 때는, 설비계획을 담당했던 사람들이 전부 징계를 받았다. 당시 TFS 설비 추진반장이었던 조병덕 상무는 사직을 해야 했고, 반원이었던 이형재 부장, 박태준 과장은 감봉처분을 받았다. 새로운 기술 담당 상무로 송정선 본부장이 승진한 것 외에도 초기 포스틴의 임원진에는 변화가 있었다. 안정준 사장이 부임한 얼마 후, 안사장의 경북고 2년 선배였던 서상달 부사장은 도금강판 사장으로 가시고, 새로운 부사장에는 김영삼 대통령의 상도동 측근인 서상기 씨가 왔고, 초대 손진호 감사(5공 때 실세였던 손진곤 판사의 친형)는 광양의 승광 사장으로 가시고, 새 감사로는 정명식 회장의 서울대 후배이자 포스코 초창기 때 토건과장을 지낸 김광일 씨가 왔다. 그리고 관리이사는 유박인, 판매이사는 서울법대 출신의 신성휴 씨가 맡고 있었다.

주석도금강판 쉬트(Sheet) 제품은 캔의 몸통용으로는 반듯하게 전단된 쉬트를 사용하지만, 캔의 바닥용으로는 실수율을 높이기 위해 요철(Scroll) 형태로 전단된 쉬트를 사용했는데, 포스틴에서는 설비계획 당시 예산 부족으로, Scroll Shear 설비가 빠져 있었다. 공장을 준공한 후, 기존 전단 라인의 정도(精度) 문제도 생기고 하니, Scroll Shear 설비의 구매가 긴급해졌다. 공개경쟁입찰로 가지 않고 몇몇 업체로부터 견적을 받았는데, Version International이라는 데서 Littell Shear, 우진교역(사장: 손영락)이라는 오퍼회사로부터 고바야시 Shear, 그리고 미국의 이만형 씨라는 사람으로부터 Delta Brands Shear, 이렇게 세 군데서 견적을 받았다. 세 견적 모두 Scroll Shearing을 한다고 되어 있었지만, 내가 조사한 바에 의하면 전 세계의 모든 주석도금공장이나 주석도금 제품을 사용하는 캔 공장에서는 Littell Shear를 사용하고 있었다. 가격 측면에서는 Delta Brands가 제일 싸고 Littell Shear는 두 번째로 쌌지만, 이미 외자 구매의 경험이 있는 나로서는 Littell Shear를 사야겠다고 생각하고, 사장에게 견적 검토 결과를 보고드렸다. 더구나 최저가인 Delta Brands의 경우, 공급 실적이 주석도금용은 없고 전부 알미늄용이었기 때문에 아예 자격 미달이라고 생각했다. 그런데 안정준 사장은 경북고 후배인 손영락 씨가 제안한 일본의 고바야시 Shear를 선호했다. 나는 타석도사의 Scroll Shear 보유 현황을 설명드리고, Littell Shear를 사는 게 좋겠다고 했으나 쉽게 허락을 받지 못했다.

결론 없이 1~2주일 지난 후, 이만형 씨로부터 몇 장의 팩스를 받았다. '자기가 최저가(Lowest)인데 왜 빨리 계약을 안 해주느냐'는 것이었다. 나는 좀 어처구니가 없었지만, 그가 어떻게 우리의 견적 접수 결과를 아는지가 더 궁금했다. 나는, '아직 검토 중이고 결론이 나지 않았으니 기다려라'고 지극히 상업적인 회신을 보냈다. 며칠 후에 이만형 씨로부터 다시 연락이 왔다. '만일 Lowest인 자기를 제외시키고 다른 데와 계약을 하면 소송을 제기하겠다'는 협박성 내용이었다. '뭐 이런 사람이 다 있나?'라는 생각이 들어, 나도 좀 강한 반박성 회신을 보냈다. '당신이 뭔데 남의 회사 설비 구매에 간섭이냐? 우리가 언제 공개경쟁입찰을 한 적이 있느냐? 우리로서는 최고의 설비를 구매해야 하지 않느냐? 하물며 당신이 제안한 Shear는 주석도금 강판 전단 실적조차 없지 않느냐? 또한 우리가 아직 최종 결론도 내지 않은 상태인데, 당신이 Lowest인 줄은 어떻게 알게 되었느냐?' 이러한 내용이었다. 사실 나는 이만형이라는 사람이 어떻게 우리 회사에 Scroll Shear 견적을 제출하게 되었는지 알지 못했고, 또 미국에 거주하는 이 사람이 어떻게 우리 회사 내의 상황을 꿰뚫고 있는지도 알 수 없었다. 이때부터 나는 이만형이라는 사람과 밑도 끝도 없는 싸움을 해야 했다.

이만형 씨는 안정준 사장에게도 수시로 전화해서 협박을 해댔다. 그때마다 나는 '사장님은 빠지십시오. 이런 사람은 제가 상대하겠습니다.'라고 했다. 주고받는 팩스 문장 속의 말꼬리를 잡아 또다시 반박하고, 어떤 때는 새벽에 집으로 전화가 걸려와 욕을 해대기도 하는 상황 속에서, 포스코의 이대공 부사장이 사전 연락도 없이 갑자기 순시를 나오기도 했다. 서서히 드러난 이만형 씨는 5공 때 계엄사령관이었던 이희성 씨의 친척으로 이대공 부사장과도 아는 사이인 모양이었다. 또한 안정준 사장이 누군가와 통화한 내용이 이만형 씨에게 알려지면서 안 사장과 이만형 씨 사이에 무언가 심각한 오해가 있었던 것 같았다.

Scroll Shear를 가능한 빨리 설치해야 하는 나로서는 기가 찰 노릇이었는데, 어느 날은 김광일 감사가 나를 불렀다. '뭐야? 뭐가 문제야? 나한테 한번 설명해보라우.' 이북인 고향인 김 감사님은 특유의 북한 사투리와 함께 나를 웃음으로 맞아 주셨다. 나의 상세한 설명을 듣고 난 감사님은 '아니 천하의 손영징이가 이만한 걸로 일을 못하고 있어? 알고 보니 이거 머리가 안 돌아가는구먼.'이라고 하셨다. 어리둥절해 있는 나에게 감사님은 '어떤 Shear를 사야 돼?'라고 물었다. 'Littell Shear를 사야 합니다.'라는 내 대답에, '그러면 Littell을 사, 사기는 사는데, 이만형이한테 사.' 이러는 것이 아닌가? 아직도 잘 이해 못 한 내게 감사님은 '생각해봐, 이만형이가 원하는 게 뭔지, 이만형이가 원하는 것은 Delta Brand Shear를 파는 것이 아니고 돈이야 돈! 네가 원하는 대로 Littell Shear를 사고, 이만형에게는 커미션을 좀 줘.'라고 하셨다. 내 머리는 순식간에 맑아졌다. '아, 이것이야말로 꼬여 있는 문제를 한번에 해결할 수 있는 묘안이 아닌가? 회사가 필요한 설비를 구매하고, 곤경에 빠진 사장님도 구해내고, 거머리 같은 이만형 씨도 만족시키고, 이만형 씨를 은연중에 지원하고 있는 사람들을 실망시키지도 않고, 일석이조(一石二鳥)가 아니라 一石四鳥, 五鳥다.'

김광일 감사는 '언젠가는 두 대가 필요합니다.'라는 내 말을 듣고, 추가로 한 대를 더 사겠다는 계약서에 사인을 해버렸다. 안정준 사장은 '감사가 무슨 권한으로 마음대로 사인하냐?'라고 펄쩍 뛰었다.

KS 품질인증

초기 조업이 어느 정도 안정되어 감에 따라 새로운 현안은, 빨리 KS 마크를 취득하는 것이었다. 나는 품질관리실이라는 사장 직속 조직을 신설하여 초대 품질관리실장이 되었다. 생산과장 자리는 기술과장을 하던 반영삼 과장에게 넘기고, 생산과 소속으로 되어 있던 검사기능과 시험분석실을 품질관리실로 가져왔다. KS품질인증이 사실은 약간 형식적인 면이 없진 않았으나, 작업과 서식을 표준화하고, 공정관리 이력을 관리하며, 통계적인 품질관리를 통해 고객에게 신뢰를 제공한다는 측면에서 필요했으며, 더구나, 판매를 위해서는 KS 마크 취득이 필수였다. 나는 직원들과 함께 포스코의 여러 양식들을 모방하여 작업표준과 기술표준을 제, 개정하고, 직원들에게 필요한 교육을 보내고 훈련도 시키고 하여 공장 준공한 지 1년 여가 지난 91년 11월에 KS품질 인증을 받아냈다.

안정준 사장의 퇴진

직원들 사이에 안정준 사장의 별명은 '안반장'이었다. 그만큼 그는 모든 일을 직접 처리해야 직성이 풀리는 꼼꼼한 성격이었다. 고등학생인 아들의 영어, 수학 공부를 함께 할 만큼 적극적인 성격이었고, 일에 대한 욕심도 많았다. 모든 보고서류에 '조 이사, 이러이러 하시오', '송 상무, 이러이러 하시오'라고 메모를 붙여 보냈다. 한번도 바로 O.K.하는 경우가 없었다. 내가 영어로 된 대외공문을 기안했을 때도 어김없

안정준 사장과 직원들

이 수정을 했다. 내가 보기엔 그의 영어가 오히려 초점을 흐리는 것 같았지만, 사장이 직접 고치는 데야 어쩌랴. 오죽하면 송 상무는 '안 사장이 준 메모쪽지만 모아도 병풍 하나는 만들겠다.'라고 했다. 나는 공장이 하나뿐인 회사의 건설, 조업, 정비 및 품질을 담당하는 사실상의 공장장으로서 최선을 다해 그를 보필했다. 내가 경험한 포스코에서의 조직생리는 일단 사장 방침이 정해지면 그것을 이행하는 것이 직원의 도리였다.

겉으로는 인정이 많은 것처럼 보이고 그렇게 평하는 직원들도 있었지만, 가까이서 모시는 나는 '사장이 너무 쪼잔하고 편파적이다.'라는 생각을 자주 했다. 92년도에는 3급 승진시험이 있었다. 전기강판공장의 생산직으로 있다가 포스틴에 기술직 사원으로 옮겨온 문재승 씨는 부지런하고, 방향만 잡아주면 모든 일을 알아서 처리하는 능력이 있었고, 특히 문서정리 능력이 뛰어나서 공장 건설 기간과 초기 조업 기간에 큰 공을 세웠다. 실력이 뛰어난 만큼 승진필기시험에서도 당당히 1등을 했다. 그러나 안정준 사장은 문재승 씨보다는 아는 사람의 아들인 고상원 씨를 계장을 시키고 싶어 했다. 능력으로 보면 둘 다 똑똑한 인재였다. 안 사장은 갑자기 전에 없던 영어 과락제도를 도입하여 고상원 씨만 합격시키고 문재승 씨는 떨어뜨렸다. '관리자가 되려면 영어를 못 해선 안 돼요.'라는 게 안 사장의 설명이었고, 문재승 씨는 이일로 사표를 내고 회사를 떠났다. 또 한번은 현장에서 무슨 조업신기록을 달성하여 현장 직원들에게 어묵을 한 사발씩 돌렸다. 당시 생산과장이던 반영삼 씨가 '사장님께도 좀 갖다드려라.'라고 하여 여비서가 안 사장에게 어묵을 갖다드리게 되었는데, 안 사장은 송 상무에게 '송 상무, 현장 직원들을 이렇게 대하면 안 돼요, 자꾸 해주다 보면 버릇이 들여져서 나중에는 곤란하게 돼요.'라는 메모를 내려 보냈다.

92년부터 안 사장에 대한 사내외 평이 좋지 못했다. 전임 감사였던 손진호 씨도 안 사장의 서울대 전기과 선배였고, 현임 김광일 감사도 비록 전공은 달랐지만 서울대 선배였는데, 두 분 다 이곳 저곳에서 만나는 사람들에게 안 사장의 평을 좋지 않게 얘기했다. 포스코 감사실에서도 안 사장을 조사한다는 소식도 있었다. '안 사장의 마지막 보루인 장옥자 여사께서도 포기했고, 6공 실세이자 경북고 후배인 박철언 씨도 포기했다더라.'라는 소문이 돌더니, 어느 날 인사명령이 났다. '포스틴 사장 안정준, 의원사임, 포스콘 부사장 김진주, 임 포스틴 사장'.

그러나 어쨌든 내게 안 사장님은, 포스틴 공장을 함께 건설하고, 조업 초기에 고락을 함께하면서 많은 가르침을 준 사장임을 부인할 수 없다.

제2공장 추진

상하이(上海) 푸동(浦東) 지구

92년 여름, 조업과 품질이 어느 정도 안정되어 한숨을 돌리나 싶었는데, 포스틴에는 새로운 프로젝트가 떨어졌다. 평소 박태준 회장님은 '중국에 석도 공장, 캔 공장 및 음료 공장까지 패키지로 진출해야 한다'고 강조하셨는데, 이 때는 중국의 상해시가, 장쩌민 주석 등 상하이 4인방의 영향으로, 푸동 지역을 대대적으로 개발하기 시작할 때였다.

포스코 설비계획본부장이었던 유상부 전무는 상해 푸동 지역에 석도 공장을 건설하라는 박 회장의 특명을 받았다. 즉시 설비계획부 내에 상해 석도 공장 추진반이 결성되었는데, 포스틴의 참여는 필수였다. 포스틴에서는 송정선 상무를 추진반장으로 하는 제2공장 추진반을 발족시켰고, 나는 그 추진팀장이 되었다. 생산기술부 조직에 일부 변화가 있었는데, 내가 소개해서 포스틴으로 온 이덕규 과장(나의 대학교 선배)이 생산과장으로, 반영삼 씨는 다시 기술과장으로 와 생산관리와 전산을 담당하고, 이경희 씨가 승진하여 품질관리과장이 되었다. 나는 설비계획부의 최종일 부장, 윤용원 과장, 정태원, 이승기 씨 등과 함께 중국어 기초 과정 강의를 들으면서, 그들에게 석도강판 설비 및 제품에 대해 틈나는 대로 설명해주었다. 생산관리부에 근무할 당시 연수원에서 중국어 기초 과정을 한번 수료한 적이 있었는데, 그때 중국어가 참 재미있었고 내 체질에 맞는 것 같았다. 다시 공부하는 중국어가 그렇게 재미있을 수가 없었고, 평소에 막연히 동경하던 중국으로 갈 수 있다는 생각에 열심히 했다. 송정선 상무와 함께 푸동 지역의 예정 부지를 둘러본 유상부 전무는 송 상무에게 '이 프로젝트는 어떤 일이 있어도 성공시켜야만 합니다. 송상무만 믿으니 잘 좀 도와주십시오.'라고 했다. 이형재 부장도 최종일 부장과 함께 푸동 지구를 갔다 왔는데 아쉽게도 나는 뒷바라지만 했다.

이 무렵 회사에서는 국내에 제2공장을 건설하는 것을 검토했다. 졸지에 두 개의 신설 공장을 추진해야 되는 나로서는, 나를 도와 일할 사람이 절실히 필요했고, 기존 공장을 지을 때 나와 손발이 잘 맞던 문재승 씨 같은 사람이 아쉬웠다. 송 상무에게 말씀드렸더니 "문재승 씨를 다시 데리고 오자”고 하셨다. 송 상무는 포스코 출신이 아니라서 사고방식에 유연성이 있는 분이었다. 알맹이는 아리송하고 형식만 화려한 포스코식 보고서를 싫어하고, 규정에 얽매이지 않고 실리를 위해서라면 포스코로 봐서는 파격적인 의사결정을 내리곤 했다. 나도 공장이 하나뿐인 조그만 자회사의 공장장 역할을 해 오면서, 효율을 위해서는 규정을 뜯어고치고, 항상 신속한 보고와 적기(適期)의 의사결정이 몸에 배어 있어서 송 상무와는 여러 가지 면에서 의견이 비슷했다. 나는 경기도 용인에서 중국집을 차려 자장면을 팔고 있던 문재승 씨를 찾아가 '함께 일해보자'고 설득했다. 당시의 관리이사는 김용백 상무, 관리부장은 삼사 출신의 월남전 참전용사로 포스코 경비계장을 역임한 신동옥 씨, 그리고 인사과장은 역시 포스코에서 신분 전환한 황후석 씨였는데, 그들의 반대가 만만치 않았다. '그 사람의 능력이야 인정하겠지만, 이유야 어떻든 3급시험에 떨어져서 회사를 그만두었고, 퇴직 후에는 유사 분야 경력이 전혀 없는 사람을 어떻게 3급사원으로 채용할 수 있느냐?'라는 주장이었는데, 포스코 규정으로 보면 백 번 옳은 말이었다. 그러나 나는 그가 필요했고, 3급에 한이 맺힌 그를 4급사원으로 데리고 올 수는 없는 노릇이었다. 그런데, 김진주 사장은 전임 안정준 사장과는 전혀 달리 많은 일을 부하에게 위임하는 스타일이라 '송 상무가 필요하다고 하잖아? 너희들이 공장을 지어? 이놈들아!' 하면서 오히려 관리부 사람들을 혼내버렸다. 나는 돌아온 문재승 씨와 다시 일을 할 수 있었지만, 생각해보면 문재승 씨의 재입사는, 세 사람 다 현실적인 판단을 한 나와 송 상무, 그리고 김진주 사장의 합작이 아니면 도저히 일어날 수 없는 파격이었다.

광양 제2공장

우리는 한편으로는 설비계획부가 주관이 된 중국 프로젝트를 뒷바라지하면서, 한편으로는 국내의 제2공장 추진에 박차를 가하였다. 국내의 제관사가 중부 지역과 영남 지역으로 크게 나누어져 있었기 때문에, 처음에는 제2공장의 부지를 제관사가 밀집한 수원, 아산 등에 가까운 충청지역을 중점적으로 검토했다. 그러나 부지 매입비, 전력, 용수, 소재운송 등을 종합적으로 검토한 결과, 광양제철소가 낫다는 결론을 내렸다. 기존 공장에서의 경험을 바탕으로 제2공장은 멋지게 지을 수 있다는 자신감이 넘쳐났다. 광양체철소 냉연공장 옆 부지에 석도강판공장을 건설하겠다는 기안은 당시 박득표 포스코 사장의 결재를 받았고, 설비계획부의 레이아웃(Layout) 심의도 통과되었다. 문제는 박 회장에게 최종보고를 드려야 했지만, 좀처럼 보고 타이밍을 잡을 수가 없었다. 모두가 알다시피, 92년말 14대 대통령 선거에서 박태준 회장은 신한국당의 김영삼 대통령 후보와 밀고 당기는 줄 당기기를 계속하다 결국은 결별하게 되었다.

이런 와중에 광양의 제2 석도 공장 프로젝트를 보고드릴 만한 상황이 아니었지만, 나는 박 회장에게 최종 보고를 못한 채로는 사업이 개시되지 못하는 현실이 안타까웠다. 결국은 김영삼 대통령이 당선되고, 박 회장님은 포철에서의 영향력조차 흔들리는 처지가 됨에 따라, 나의 꿈인 중국 푸동(浦東) 프로젝트와 광양 제2공장은 사그라들고 있었다. 우리는 보고서의 날짜를 수없이 수정해가면서, 한편으로는 완벽한 설비구매사양서 작성을 위한 작업을 하고 있었지만, 기약도 없고 의욕도 많이 상실해 있었다. 결국 박태준 회장은 일본으로, 유상부 전무는 감옥으로 가고, 포스틴의 제2공장추진반은 해체되고 말았다.

다시 공장장으로

93년 7월, 생산과장을 하던 이덕규 선배는 설비개선팀으로 물러나고, 나는 다시 생산과장으로 컴백하였다. 제2공장 추진이 무산된 것에 대해 크게 실망했지만, 다시 정든 설비와 현장 직원들을 대하니 새로운 의욕이 솟았다. #2 Scroll Shear 라인 설치, 용액 여과설비 설치, 콘닥터 롤(Conductor Roll) 모터(Motor) 개조 등 생산성 증대와 품질 향상을 위한 개선 업무를 추진해나갔다. 수

그 당시 아내와 애들

시로 크고 작은 설비 사고가 발생했지만, 경영층의 전폭적인 지원과 조영보, 오경희, 황용화, 나수태, 박종빈 씨 등 정비요원들의 노력으로 무난히 끌고 나갔다. 94년 들어, 포스코에 김만제 회장이 취임함에 따라, 생산 파트는 완전히 송 상무에게 일임하고 전혀 간섭을 하지 않던 화끈한 성격의 김진주 사장은 이동춘, 조관행 씨 등과 함께 포스코 전무로 가시고, 판매 담당 신성휴 전무가 새로운 사장이 되었다.

문재승 씨는 ISO 품질인증을 받기 위한 업무를 맡았는데, 기대에 부

응하여 별 어려움 없이 무난히 ISO 9002 품질인증을 취득하였다. 나는 전처리시스템을 콘닥터 롤(Conductor Roll) 타입에서 전극타입(Grid to Grid type)으로 개조하여 전처리(前處理)의 효율을 높이고, 입·출측 코일 저장설비의 용량을 늘려 라인 속도를 증대시켰다. 특히 구리(銅)로 된 리플로 부스바(Reflow Bus bar)의 전류 언발란스(Unbalance) 문제, 정류기(Rectifier) 냉각 문제 등 전기 분야 이슈(Issue)는 포스코 에너지 부장과 동경사무소장을 역임하시고, 포스틴에 오신 이영록 감사님의 도움이 컸다. 94년 말에는 프로세스 라인(Process Line)의 속도를 분당 300m에서 330m로 높이는 작업을 하여, 준공 당시 12만톤/년 설비를 최종적으로는 19만톤/년 설비로 증대시켰다.

팔방미인이 되어야

직책은 생산과장이고 직급은 차장이었지만, 내가 하는 일의 범위는 사기업(私企業)에서 임원급이 담당하는 공장장 역할이었다. 포스코와는 달리 공장이 하나뿐인 회사의 조업과 정비를 책임지고 있는데다, 설비, 자재, 품질, 원가, 제품의 용도 등 모든 분야에서 다른 사람보다 많이 알고 있었으며, 어떤 문제가 생기든 해결은 나의 몫이었기 때문에 경영층의 신임도 컸다. 포스틴에서의 업무는, 설비를 구매하든 제품을 판매하든 항상 갑(甲)의 입장에서만 일해온 포스코와는 차원이 달랐다. 포스코에는 노동부 상대하는 부서, 환경청 상대하는 부서, 소방서 상대하는 부서, 한전 상대하는 부서, 자재 구매하는 부서, 업체 관리하는 부서가 따로 있지만 포스틴에서는 한두 사람이 다 해야 했으며, 공장장으로서 나는 이러한 모든 일에 관여가 되었다. 포스코의 판매는 판매가 아니라 분배라고 해야 할 정도로 물건을 사는 사람이 오히려 굽실거렸지만, 주석도금 제품의 판매는 전연 달랐다. 국내에서도 동양석판, 동부제강, 신화실업과 품질, 납기, 서비스 측면에서 치열한 경쟁을 해야 했고, 수출 시장에서는 일본, 중국, 대만 제품과 가격, 납기, 품질로 사활을 건 승부를 벌여야 했다. 고객사에서 기술적인 문제가 생기거나 대형 클레임이 제기되면 내가 직접 나서야 할 경우도 많았다. 양산의 한일제관과 금성제관, 대구 달성 논공단지의 영풍제관, 평택의 삼화제관, 아산의 대륙제관, 천안의 태양산업, 한일제관 수원공장, 안산의 매일제관과 삼화왕관, 인천의 우성제관과 승일제관 등의 고객사에 수시로 출장을 가서 사장, 임원 및 자재, 품질관리 담당자들과 격의 없는 교분을 쌓았다. 중국 중산시(中山市)에 있는 중월마구철(中粤馬口鐵)을 비롯해 일본, 홍콩, 태국, 인도네시아, 싱가폴, 인도 등지로 기술지원, 클레임 처리, 시장 개척을 위해 다니기도 했는데, 일본 수요가

의 요구 수준으로 보면 우리 제품이 신일본제철이나 NKK, 동양강판 제품과 비교했을 때 부끄러운 점이 많았다. 그러나 동남아의 많은 수요가의 클레임은 실제로 문제가 된 경우도 있었지만 마케팅성이 많았다.

싱가폴 출장

자회사에서 또 하나의 어려운 점은 각종 청탁이 많다는 점이다. 국회의원, 경찰서장, 고위 공무원 등 외부 사람도 있었지만, 더 골치 아픈 상대는 포스코 전, 현직 임원들을 배경으로 내세우는 사람들이었다. 협력 업체의 선정, 자재 구매, 인력 채용, 이런 방면에는 역대 사장님들이 골치 꽤나 썩었다. 제품 포장을 위한 목재 스키드 공급은 장여사의 오빠가 했고, 주석아노드 주조 및 스크랩 매각은 박 회장의 운전기사였던 박 모씨가 맡았으며, 퇴직하신 모 부소장으로부터는 자동 구리스급지기를 구매했다. 어떤 때는 '골치 아프니 하나 사주라'는 사장님의 지시로, 못 쓸 게 뻔한 롤(Roll) 국부도금기를 구매하기도 했다. 나는 우리 사회에서 일어나는 온갖 우스운 꼴, 메스꺼운 꼴, 그래도 참아야 하는 꼴들을 직접 경험하고 있었다.

여유

생산량이 늘어나고 품질이 좋아지면서, 자동적으로 판매량과 매출액이 늘어나 회사는 매년 흑자를 내고 있었으며, 나는 실로 오랜만에 생활의 여유를 찾았다. 건강을 위하여 단학선원에 평생회원으로 등록하여 단전호흡을 수련했으며, 한중일 3국의 고대 역사 공부에 심취하여 많은 역사책을 읽었다. 기존 사학자들이 일제 시대 때부터 왜곡해 가르쳐온 우리 역사에서 벗어나지 못한 반면, 나는 주로 민족사학자들의 역사서나, 단학(丹學), 기(氣), 예언, 종교 관련 서적들을 읽으면서, 지식과 삶을 풍요롭게 하는 여유를 즐겼다.

직원 야유회

청산과 합병

회사가 흑자를 기록하는 가운데 운동과 취미활동을 즐기던 내 생활의 여유는 오래가지 못했다. 95년 여름, 포스코가 '자회사 포스틴을 흡수 통합한다'는 방침을 세우자, 회사는 청산업무에 들어가고 직원들은 술렁거렸다. 그 당시 포스틴의 직원은 약 200명 정도였는데, 포스코에서는 '간부사원 1명을 포함해서 조업 및 정비의 연속성을 위한 약 50명 수준의 인력만 받겠다'는 계획이었으므로, 대부분의 직원들은 자신의 앞날에 대해 불안해했다. '망해가는 회사가 인수되는 게 아니라, 돈 잘 벌고 있는 흑자 회사가 모사에 흡수 통합되는 경우'였으므로 직장을 잃는 직원들에 대한 충분한 보상이 있어야 했다. 다소의 진통이 있었지만, 다행히 전임 김진주 사장이 포스코 전무로서 영향력이 컸고, 포스코에서 몇 해 전 60개월치의 월급을 주고 명예퇴직을 실시한 전례가 있었기 때문에, 포스틴의 청산 인력에 대해서도 60개월분의 급여를 지급하는 것으로 합의가 되었다.

포스틴 입장에서 보면 회사 전체가 없어지고 직원의 3/4이 회사를 그만두어야 했지만, 포스코 냉연부 입장에서 보면 부내에 석도강판공장이 하나 생기는 셈이었다. 나는 포스틴의 생산과장으로서 회사청산과 업무인수인계에 관여할 수밖에 없었는데, 매주 냉연부장이 주재하는 업무회의에 참석했다. 포스코 사람들은 나를 '석도강판공장장'이라 불렀고, 포스틴의 경영층에서도 나를 '설비와 인원을 가지고 포스코로 컴백하는 간부사원'으로 간주했지만 내 생각은 달랐다. 내가 계산해보니 퇴직금과 명퇴금을 합해서 약 1억 5천만 원의 현금을 받을 수 있었다. 그 당시의 1억 5천은 엄청난 금액이었고, 평생 가난하게 살아온 나로서는 인생역전의 기회로 생각되었다. 나는 명퇴금을 받고 회사를 옮기기로 마음먹고, 삼성중공업, 현대강관 등에 이력서를 냈다. 그런데 인수인계업무는 순조롭게 진행되지를 못했다. 관리부 직원들이 담당하는 법적인 회사청산 절차는 시간이 흐르면 어떻게든 진행이 되었지만, 설비와 인력의 인계인수를 맡은 내 일은 많은 어려움이 있었다.

첫 번째 난관은 설비의 상태 유지였다. 나는 설비를 인계하는 입장에서 모든 것이 완벽하게 정리되기를 희망했다. 제대로 작동되지 않는 상태로 넘겨주기 싫었고, 예비부품(Spare parts)이든 재고든 모든 것을 분명하게 하고 싶었다. 앞뒤가 맞지 않은 서류나, 어정쩡한 설비 상태는 내 성격 상 용납이 되지 않았지만, 회사가 없어지는 마당에 정비요원의 열의나 회사의 지원이 그전만치는 못했다. 또한 많은 사람들이 나를 포스틴의 인계자인 동시에 포스코의 인수자로 대하고 있었기에 '완벽을 기해야겠다'는 부담은 더욱 컸다.

두 번째 난관은 흡수되는 인력의 선정이었다. 아직 젊은 직원들은 처음부터 명쾌하게 '나는 명퇴를 희망한다'고 하는 사람이 많았다. 반면에 주임, 반장급이나 연령으로 봐서 타사 취직이 쉽지 않을 것 같은 직원들은 포스코로 넘어가기를 희망했으나, 내가 마음대로 할 수 있는 일이 아니었다. 특히 현장 주임, 반장들은 '포스코로 넘어간 뒤에도 계속 주임, 반장을 할 수 있을 것인가'에 대해 의구심이 많았는데, 나는 이들을 안심시키느라 상당히 애를 먹었다. 전체 인력의 선발은 포스코 인사팀에서 담당했지만, 나는 본인의 희망과는 달리 탈락한 직원들을 다독거려야 했고, 또 퇴직 후에 대한 별 뾰족한 계획도 없으면서 '포스코로 가면 견뎌내지 못할 것이다'라는 막연한 생각으로 퇴직하겠다고 고집을 부리는 몇몇 직원들의 앞날을 걱정하는 마음에서 그들을 설득시키느라 애를 먹었다.

세 번째 난관은 호봉의 산정이었다. 그 당시 포스코의 인사노무 담당 임원은 이형실 상무로, 김영삼 대통령의 부친인 김홍조 옹과의 인연 때문에 포스코 상무까지 오른 사람으로 알려졌었는데, 정말 이해가 안 되는 분이었다.

1988년 초창기의 포스틴은 포스코의 급여산정표를 그대로 적용했기 때문에, 호봉이 같으면 모든 대우가 똑같았다. 그런데 김만제 회장 시절의 포스코는 해마다 겉으로는 임금동결이라고 하면서 편법으로 봉급을 인상해줬다. 실제로 '임금동결한다'고 발표해도, 수당, 연말 상여금 등으로 임금을 보전해 주었고, '3% 인상'이라 발표해놓고 편법으로 10%씩 올려줬다. 그렇게 보전된 금액은 다음 해에 슬그머니 본봉에 합산되기를 반복했지만, 자회사나 연관 단지 회사들의 임금은 실제로 동결되었다. 어느 해에는 포스코에서 어려운 경영 여건을 타개하기 위해 간부사원들의 상여금 반납 운동이 벌어졌다. 서명만 하는 쇼였는지 진짜 반납했는지는 알 수 없으나, 나중에 그들은 반납한 액수의 몇 배를 상여금으로 되돌려 받았지만, 포스틴에서는 실제로 반납했던 경우도 있었다. 예를 들면, 내 동기들이 3급 5호봉일 때 나는 2급 1호봉으로 포스틴으로 옮겨 급여, 지휘감독비, 차량유지비 등을 고려하면 동기들보다 월등히 많은 급여를 받았지만, 7년이 지난 후 포스틴에서 차장대우 공장장인 내 봉급은 포스코의 과장급 동기들보다 훨씬 적었다.

이러한 상황에서 포스틴에서 포스코로 인수되는 인력의 호봉은 서로 밀고 당기는 단계가 있었으나 대체로 합의가 되고 인사명령만 남긴 상태였다. 이때 이형실 상무가 다 된 밥에 고추가루를 뿌렸다. '전환되는 인력의 호봉은 포스틴에서 받는 급여에 상응하는 포스코 호봉을 준다'는 것이었다. 이러한 기준을 적용할 경우, 대학원을 졸업한 포스틴 3년 선배가 대학을 졸업한 포스코 3년 후배보다 호봉이 낮고 급여가 적어졌다. 고졸인 경우, 포철공고 출신 포스틴 3년 선배가 포스코 3년 후배보다 호봉이 낮고 급여가 적어졌다. 오십 몇 명의 전환 예정

인원 중 방위산업특례근무 대상자를 포함한 2명만 빠지고 나머지 전원이 나에게 사표를 써가지고 와서, '60개월치 명퇴금을 주십시오. 우리도 나가겠습니다. 포스코에는 더 이상 미련이 없습니다.'라고 했다. 나도 1억 5천의 명퇴금을 받고 다른 회사로 나가려고 생각하고 있었으니, 그들의 생각이 틀렸다고 할 수는 없었다. 그런데 나는 어떡하든 순조롭게 인계인수를 마무리지어야 할 인계 책임자였다. 입사지원서류를 제출한 삼성중공업에서는 면접을 보자고 하는데 빠져나갈 여유가 없었다. 포스코 채용팀 담당자와는 더 이상 얘기가 진척이 되지 않았고, 사표를 들고 온 직원들을 더 이상 설득시킬 방법도 없었다. 그날은 광양제철소에서 포스코의 사운영회의가 열리는 날이었다. 포스코 경영진은 물론 포스틴 사장도 광양으로 가 있었는데, 나는 이 상황을 신성휴 포스틴 사장, 이구택 포항제철소장, 한수양 부소장 및 이형실 상무에게 보고했다. 광양에서 회의 중이던 임원들에게도 상황은 심각하게 받아들여졌고, 며칠 만에 '이형실 안(案)'은 철회되었다.

마지막 호봉은 당초에 합의한 데서 약간씩 조정되어, 포스틴의 조업, 정비, 품질, 판매 등 각 분야별로 정예요원 54명은 95년 12월 1일부로 포스코 직원으로 채용 인사명령이 났다. 나는 직원들 챙기는 일과 설비인계인수에 너무 깊이 빠져버려서 정작 나 자신을 챙길 여유가 없었다. 1억 5천의 현금을 받고 포스코를 떠나 새 생활을 꿈꾸던 내 계획은 그저 한바탕 꿈으로 끝나버렸다. 나는 포스코 생산관리부를 떠난 이후 7년 동안 '포스틴'이란 역사의 주인공 역할을 했는데, 이제 냉연부 석도강판공장장으로 포스코에 재입사를 하게 되었다.

포스틴 임원, 간부들(뒷줄 왼쪽이 필자)

신성휴 사장은 포스틸 무역 부문 사장으로, 서상기 부사장은 포철노
재 사장으로, 송정선 상무는 포스코건설 상무로, 김용백 상무는 어느
협력 회사 공동 사장으로, 이형재 부장은 명퇴 후 동양석판 이사로, 김
광노, 신동옥 부장과 이덕규 차장은 명퇴 후 개인사업, 반영삼 차장은
명퇴 후 현대강관 부장으로, 박영철 과장은 명퇴 후 현대정보통신 과
장으로, 이경희 과장, 홍이식 씨는 명퇴 후 고교 교사와 동우사 과장으
로, 황후석, 성태기 과장은 포스코 건설 과장으로, 조영보, 윤병현 계
장도 명퇴 후 각기 다른 회사에서 새 출발을 했다. 문재승 계장은 포스
틴에서 ISO 심사원 교육을 이수했는데, 이를 발판으로 ISO 인증회사

를 설립하여, 한국뿐만 아니라 일본, 중국, 캐나다, 인도네시아 등지로
사업을 확장했다. 또 공부도 계속하여 석사, 박사 학위도 받았다. 그의
인생역전에 박수를 보낸다.

3장

포스코 시절(2)

석도강판공장장

냉연부의 초대 석도강판공장장이 된 내가 해야 할 가장 중요한 임무는 안전과 화합이었다. 공장 소속 인력의 구성은 포스틴에서 포스코로 넘어온 인원이 반, 냉연부의 타 공장에서 석도 공장으로 옮겨온 인원이 반 정도였는데, 포스틴 출신자는 포스코 출신자에 비해 나이가 어리고 회사 경험이 적은 반면 석도강판 설비를 돌릴 줄을 알고, 포스코

초대 석도공장장 시절 안전활동

출신자는 나이가 많고 다른 경험은 더 많지만 석도강판 설비나 주석도금 제품은 처음이었다. 나는 조업의 연속성을 위해 각 근무조별로 인원의 비율을 반반씩 조직했으나, 낯선 설비를 운전하다가 아차 하는 순간 일어날지도 모를 안전사고에 철저히 대비해야 했고, 나이 어린 유경험자와 나이 많은 무경험자 사이에서 혹시 단합이 깨질까 봐 노심초사했다.

사람마다 조직원을 융화시키는 방법이 다를 수 있겠지만, 나는 솔선수범하고 직원들 속에 직접 뛰어드는 스타일이라, 소속원들이 공장장인 나를 믿고 따를 수 있도록 각종 모임에서는 하나가 되기 위해 몸을 아끼지 않았다. 새로 온 직원들에게는 안전은 물론 설비, 품질, 제품에 대한 교육을 시키면서도 자존심이 상하지 않도록 배려했고, 포스틴 출신자들에겐 자만하거나 덤벙대지 말고, 예의를 지키면서도 핵심(Key Job) 요원의 역할을 잊지 않도록 신경을 썼다. 등산, 낚시, 테니스 등의 취미활동을 겸한 조직 활성화 행사뿐만 아니라, 수시로 조별, 반별 회식이 끊일 날이 없었다.

나는 원래 술을 좋아하는데다가 직원들과 술을 마실 때는 정신력이 더욱 강해져서 아무리 마셔도 절대 흐트러짐이 없었다. 20명과 회식하면 최소한 20잔, 50명과 회식을 하면 최소한 50잔은 마셔야 했으니, 병으로 계산하면 소주 7병 정도는 먹는 셈이었다. 내 체격에 그렇게 많은 양을 거의 매일 마시는 것이 무리였으나 끝까지 견뎌내는 이유는, 나의 장(腸)이 나빠 소화, 흡수를 잘 못 시키는 데 있는 것 같았다. 흡수는 되지 않고 위(胃)에 모여 있다가 천천히 흡수됨으로써, 술을 마시는 당일보다는 마신 다음 날 더 취하고 고생하는 경우가 허다했다. 아침마다 해장국을 끓여 대는 아내도 고생이었지만, 다음 날 저녁 때면 또 다른 모임에 참석해야 했으니, 나는 이 시절 건강을 많이 해쳤다. 공장 대항 체육대회라도 열리면, 비록 인원수는 타 공장보다도 적었지만, 승부에 관계없이 가장 단합이 잘되는 공장이 되도록, 모두가 한마음이 되어 노력하고 악을 썼다. 냉연부장인 이동섭 씨는 하와이에 연수 중이었고, 부장을 대행하던 안선환 차장과 이중웅 기성보께서 적극 지원해주셨다. 조영봉 계장, 문형국, 박상욱 씨, 그리고 주임들(박영태, 신두완, 정명동, 김무식 씨)도 고생을 많이 했다.

품질 비상

포스틴 사장을 역임한 김진주 전무의 영향력이었는지는 모르지만, 96년 3월 초에는 김만제 회장이 '스틸캔 상용화를 위한 마스터 플랜을 수립하라'는 지시를 내렸다. 마케팅본부가 중심이 되어 향후 캔용 소재의 종합 경쟁력 향상을 위한 여러 가지 방안이 검토되기 시작했다. 즉시 마케팅본부의 최성종 씨, 최상현 씨, RIST의 손영욱 박사 등과 함께 독일의 라셀스타인(Rasselstein), 프랑스의 솔락(Sollac)을 견학하고 벤치마킹을 했으며, 유럽석도사협회(APEAL)와 유럽 최대의 제관사 CMB를 방문하여 향후 스틸캔의 경쟁력 확보를 위한 투자 자료를 수집했다. 내가 포스틴 초창기에 혼자 프랑스에서 일주일간 설비사양회의를 했을 때와는 달리, 이번에는 틈을 내어 쾰른 대성당, 베르사이유 궁전, 로마, 밀라노, 베니스 등을 관광하기도 했다. 뿐만 아니라, 인도

유럽 출장(앞줄 중앙이 필자)

의 힌두스탄(Hindustan), 싱가폴, 말레이지아의 CMB, 중국의 닝보(寧波)
등에서 클레임이 걸렸을 때에도, 일본 시장 공략을 위해 일본 지역 수
요가를 방문할 때도 나는 석도 공장장으로서 동분서주했다. 또 부내
에서도 한수양 부소장이 부친상을 당했을 때는 냉연부 직원을 대표하
여 전북 이리(익산)까지 문상을 다녀오기도 했다. 내가 생산관리부에 근
무할 때 생산관리부 차장으로 잠깐 모셨던 인연도 있었지만, 부내에서
나의 위치도 그만큼 커지고 있다는 생각이 들었다. 나는 석도의 선구
자로서 앞으로의 나의 역할에 대한 기대가 컸다.

그러나, 새로운 사람들이 새로운 공장의 분위기를 새롭게 가꾸고자
노력하는 가운데, 아직 안심하기는 이른 시기였는데, 품질 비상이 걸
렸다. 포스틸의 김규식 상무가 '우리 회사 제품은 품질이 나빠서 도저
히 팔 수가 없다.'라고 경영층에 문제제기를 함으로써 일이 크게 되었

다. 김규식 상무는 내가 연수원에서 모셨던 분이고, 서울사무소에서도 함께 근무한 적이 있었는데, 서울사무소 행정 담당을 하다가 냉연판매 부장이 되자 '냉연 품질 비상'을 걸었던 분이었다. 포스틴이 자체적으로 판매를 할 때는 내수 시장 점유율 30%를 유지했고, 고객만족지수가 타사 대비 뒤떨어지지 않고 판매를 잘 해왔는데, 포스코로 흡수된 후 포스틸이 판매를 담당하면서 왜 갑자기 못 파는지 처음엔 이해가 되지 않았다. 물론 우리 제품이 일본의 신일본체철이나 동양강판에 비해 품질이 뒤떨어지는 것은 확실했다. 그 이유는 설비와 조업 노하우의 차이였지만, 포스틸이 못 팔겠다는 것은 일본 제품과의 경쟁 때문이 아니었다.

김만제 회장의 석도공장 순시(중앙 보고자가 필자)

내가 단언하건대, 포스틸이 못 팔겠다는 이유는 석도 제품을 처음 팔아보기 때문이었다. 열연, 후판, 선재, 냉연강판, 아연도금강판, 지금까지 포스코가 판매해온 독과점 제품은 판매가 아니라 차라리 분배였다. 파는 입장이면서도 목에 힘주고, 수요가로부터 도리어 술대접을 받아오다, 치열한 경쟁 속에서, 품질에 조그만 하자가 있어도 클레임을 거는 고객사에게 술대접을 해야 하는 입장이 되니 '100% 완벽한 품질이 아니면 못 팔겠다'는 하소연이었던 것이다. 공정부의 박세홍 팀장은 제철소 운영회의 때마다 석도 제품 클레임 현황을 강조해서 보고하니, 이동섭 부장도 스트레스를 많이 받았다. 어쨌든 품질 비상은 걸렸고, 제철소 전 부서와 연구소가 합심하여 '석도 제품 세계 최고 품질 확보'를 위한 활동을 전개했다. 포스틴에서와는 달리 포스코에서는 개선을 위한 일이라면 아낌없이 투자했다.

나는 설비 개선을 위한 하드웨어적인 투자와는 별개로, 현장 직원들에게는 물론 다른 간부들이나 상관에게도 '석도 제품은 타 철강 제품과는 달리 관심과 정성이 없으면 안 된다'는 걸 강조했다. 다른 제품의 경우 단위가 일반적으로 '톤(ton)'인 반면, 석도 제품은 '그램(g)'이었다. 음료용 캔의 무게는 몸통이 30g, 바닥이 5g 정도인데, 두께 0.21mm, 폭 868mm, 길이 831mm인 석판 한 장으로는 캔 몸통 40개, 바닥 168개를 만들 수가 있으니, 석판 1장의 가격이 몸통용이면 880원, 바닥용이면 820원이었다. 나는 '석판 한 장은 1,000원짜리 지폐와 다를 바 없는데 아무렇게나 취급해서야 되겠느냐?'고 강조하고, 1,500매 한 포장 속에 불량 판이 한 장이라도 섞여 있으면, 제관사에서는 라인을 세워야 하는 상황을 교육시켰다. 제관사에서는 석판 1장이 불량이면 40개의 캔이 불량이 되므로, 불량 석판 몇 십 장, 몇 백 장을 모아서 클레임을 걸게 되는 반면, 몇 톤 정도는 그저 반올림 수치로만 생각하고, 몇 십 톤, 몇 백 톤도 담당 계장선에서 실수율 조정으로 ±가 가능한 타 제품에 익숙한 사람들에겐 석도를 이해하기가 그만큼 힘든 법이었다.

포스코 업무가 대부분 그렇지만 품질 비상 활동도 보고 업무가 태반이었고, 보고서 작성하느라 조영봉, 김정호, 박상욱 씨 등이 고생 많이했다. 특히 크롬도금 제품을 생산하기 위해, 설비 준공 이후 한번도 가동한 적이 없는 크롬도금설비(HCD-TFS)를 정상화시키느라, 미국 UPI 연수 때부터 시작해서 TFS를 생산할 때마다 밤샘을 한 김정호 씨의 책임감은 높이 살 만했다. 반면에, 정상화 설비 개선 투자 중에는 콘닥터 롤(Conductor Roll) 청소장치(Doctor Blade)나, 기술연구소의 연구 과제로 설치한 초음파 탈지장치, 초음파 산세장치, Drag-Out 용액 자동조절장치 등은 설치 후 얼마 있다가 폐기 처분했다. 지나간 일에 대해서는 아무도 잘잘못을 따지지 않는 풍토는 개인 기업에서는 있을 수 없는 일이다. 내가 보기에 품질이 월등히 좋아진 것은 아니었지만, 세월이 지나면서 직원들의 품질마인드는 크게 향상되었고 포스틸에서도 석판 판매에 익숙해져갔다.

CMB 수출

그 당시 석도 제품 판매는 스테인리스 제품 판매를 주로 해오던 강석곤 씨가 담당하고 있었는데, 그는 포스코에서는 보기 드물게 사고의 유연성이 있고, 업무 추진이 긍정적이고 적극적인 사람이었다. 이때, 유럽의 CMB에서 '많은 물량을 장기적으로 공급해줄 수 있느냐'는 오퍼가 들어왔다. CMB는 프랑스의 Claude와 영국의 Metal Box가 합병된 유럽 최대의 제관사였다. 당시의 석도강판 시장은 내수 가격이 수출 가격보다 항상 높았기 때문에, 석도사들은 내수를 우선으로 판매하고 남는 물량을 수출하는 정책을 폈는데, 생산 능력이 연간 19만 톤인 우리로서는 CMB와 대량의 물량을 장기 공급 계약을 해버리면, 국내에 판매할 여력이 부족하게 되어, 회사로 봐서는 수익성이 악화되는 결과였다.

CMB 방문(왼쪽에서 네 번째가 필자)

대부분의 사람이 반대했지만 나는 의견이 달랐다. 나는 그동안 석판을 해오면서 중동까지는 수출해 봤으나, 유럽 시장에는 수출해본 적이 없었다. 유럽의 철강사들이 워낙 막강했기에 우리가 지역적으로 불리한 유럽에서 그들을 상대하기란 무리였다. 그동안 내수 시장이 나빠지면 수출 시장을 개척하기 위해 갖은 노력을 다 하다가도, 내수 시장이 좋아지면 공급해주던 해외 수요가에게 물량을 줄이거나 아예 안 줘버리고, 또다시 내수가 악화되면 수출하려고 난리를 피우던 악순환이 반복되었다. 이번은 CMB가 먼저 제의해온 데다, 가격도 내수보다야 못하지만 평균 수출 가격보다는 높았고, 장기 고정 수요를 확보하는 측면에서 큰 이점이 있었다. 나는 '우리의 설비 능력이 모자라니 동양석판에 임가공을 줘서 CMB와 장기계약을 하자'는 아이디어를 냈다. 포스코식 사고에서 벗어나지 못한 사람들은 모두 나를 비웃었다. '생각은 좋지만 대포스코의 체면이 있지, 어떻게 동양석판에 임가공을 줄수 있냐?'라는 것이다.

나는 반대하는 사람들을 설득했다. '우리 설비 능력이 모자라니, 설비의 여유 능력이 있는 동양석판이 생산해서 우리 이름으로 공급하면, 우리는 장기 고정 수요가를 확보해서 좋고, 동양석판도 유휴설비를 돌려 임가공비를 받으니 돈 버는 일 아닌가? 이거야말로 누이도 좋고 매부도 좋은 격이다. 나중에 만일 우리가 제2공장을 지을 경우, 임가공을 중단하면 미리 수요처를 확보해두는 것이 된다. 임가공은 반드시 필요하다.' '생각이 바뀌면 행동이 바뀌고, 행동이 바뀌면 습관이 바뀌고, 습관이 바뀌면 운명이 바뀐다'는 말이 있지 않은가? 사람들의 생각이 바뀌자 임가공 계약은 일사천리로 진행되었다. 그 중에 '동양석판에서 생산하더라도 제품엔 포스코 라벨(Label)을 붙여야 하는데, 라벨 발행을 어떻게 할 것인가?'라는 문제가 이슈가 된 적이 있었다. 시스템개발실에 문의했더니, '시스템 연결, 라벨 프린터(Label Printer) 구입 등 개발비가 6천만 원 정도 들고, 개발 기간도 2달 정도 걸린다'라고 했다. 나는 생산관제모델 개발에 직접 참여했었고, 전산요원 5명으로 포스틴의 모든 전산시스템을 개발한 경험이 있었기 때문에, 그들의 대답에 정말 어처구니가 없었다. 동양석판 전산 담당자에게 가서 '라벨이 필요하다'라고 설명해줬더니, '작업하는 데 서너 시간 걸리겠는데, 내일까지 하면 되겠습니까?'라고 했다. 물론 개발비 같은 것은 따로 없었다. 그렇게 임가공 계약은 체결되었고, 포스코는 유럽 시장에 진출하게 되었다.

BP/TP 능력 증강 사업

냉연부가 포스틴을 흡수, 통합한 지 얼마 후에, '캔용 소재의 설비 능력을 키워야 한다'는 공감대가 형성되어 BP/TP능력증강팀(BP: Black Plate, 석도원판/TP: Tin Plate, 석도강판)이 구성되었다. 손인석 과장이 팀장이었고, 설비 및 조업 경험이 많은 문형국 씨와 설비 담당으로 포항공대 출신의 이태호 씨가 도왔다. 특히 유광재 차장이 대단히 적극적이어서 마케팅 부서와 연구소(RIST) 등 전사적인 지원을 이끌어냈고, BP 전용 소둔설비(CAL: Continuous Annealing Line) 신설 및 기존 석도설비(ETL: Electrolytic Tinning Line)의 합리화 또는 새로운 ETL의 신설 등 여러 각도로 검토했다. 포스틴에서 제2공장을 지으려다 실패한 경험이 있는 나로서는 감회가 새로웠다. 97년 4월에는 능력증강팀이 주관이 되어 RIST의 김태수 박사, 제어 담당 박남수 씨와 함께 일본의 가와사끼(川崎)제철 지바(千葉)공장, 신일본제철의 야하다(八幡)공장과 플랜트사업부

일본 출장(왼쪽이 필자)

를 방문하여, 향후 #2ETL의 최적 설비 구성을 위한 자료를 수집했다. 포스틴 초창기 시절, 일본의 ETL 설비를 보러왔을 때 대단히 폐쇄적이던 신일본제철 사람들이, 이번에는 회의에 적극 참여하는 등, 설비 공급의 욕심을 내고 있다는 것을 느꼈다. 이 당시 미국 UPI에서는 신규 ETL 프로젝트를 검토하고 있었는데, 석도공장장인 나는 UPI ETL 프로젝트의 타당성 검토에도 참여하고 있었다. 나는 일본 출장에서 돌아오는 그날 바로 서울에서 UPI의 ETL 프로젝트 설명회에 참석해야 했다. UPI에서는 유병창 수석부사장의 인솔로 조업담당 부사장인 살 스브란티(Sal Sbranti), 부사장 보좌역인 고든 먼로(Gorden Monroe), 기술 부서장인 라드 심슨(Rod Simpson), 자동화 부서장인 랜디 톰슨(Randy Thompson) 등 UPI 실세들이 다 모였다. 나는 석도강판과 ETL에 관한 포스코에서 나의 역할이 매우 중요하였기 때문에 대단한 자부심을 느끼고 있었다.

석도강판공장 준공 6주년 기념사

오늘 저희 석도강판 공장의 준공 6주년을 축하해주기 위하여 오신 부장님을 비롯한 직협대표위원과 여러 공장장님께 우선 감사의 말씀을 드립니다.

공장안전기원제(제주가 필자)

저희 석도강판공장은 6년 전 바로 오늘, '21세기 용기산업의 소재를 선도적으로 생산한다'는 기치를 내걸고 설비종합준공의 닻을 올렸습니다. 돌이켜보면, 설비 및 조업에 관한 기술이 일천하였고, 선진사의 품질 수준이나 제관기술에 관한 정보도 부족한 상태였지만, 모든 구성원이 하나가 되어 각고의 노력을 경주한 결과, 국내외의 타 업체와 어깨를 나란히 할 수 있게 되었습니다. 특히 작년 12월 1일을 기하여서는, 영원한 민족의 기업, 포항제철의 막내둥이로 새 출발함으로써, 세계 최고의 품질 확보를 위한 기반을 닦게 되었고, 그동안 전 조직 구성원이 합심하여 추진해온 품질 향상 활동의 결실이 서서히 나타나고 있습니다.

석도강판공장 직원 여러분!

우리가 생산하는 TP, TFS는 보다 편리하고 안전한 용기소재로서,

끊임없이 신기술이 개발되고 있으며, 또한 부가가치가 높은 제품으로서, 그 발전가능성이 크게 잠재해 있습니다. 이러한 가능성에 대한 확신은, 우리 공장으로 하여금, 경영층을 비롯한 모든 철강인들의 관심과 사랑의 대상이 되게끔 하였습니다. 따라서 이 시점, 우리가 해야 할 일은, 세계 최고의 품질 수준을 조기에 확보하는 것입니다. 우리 제품을 사용하는 고객사로부터 "과연 포철제품이 좋구나."라는 찬사와 신용을 받을 때에, 비로소 우리 노력의 열매가 맺어진다고 할 수 있을 것입니다. 또한 이러한 평가가 있어야, 꾸준한 성장과 새로운 도전이 가능해질 것이며, 우리 모두의 앞날도 더욱 밝아질 수 있게 될 것입니다.

직원 여러분,

그동안 이질적인 분위기의 화합과 단결을 위하여, 서로가 조금씩 양보하여, 하나로 뭉쳐주신 여러분의 노력에 감사를 드리고, 늘 관심과 정성으로 안전을 다짐하면서, 새로운 직무에 적응해주신 열성에도 감사를 드립니다. 다시 한번 세계 최고의 품질을 조기에 확보하기 위해, 조금만 더 지혜를 모으고, 힘을 뭉칠 것을 다짐하면서, 우리 공장의 준공 6주년을 자축합시다. 감사합니다.

1996년 8월16일 석도강판공장장 손영징

미국 어학연수

석도강판공장의 조직이 어느 정도 안정되고 품질 비상 체계도 거의

끝나감에 따라 약간의
여유가 생길 즈음에, 이
동섭 부장은 석도공장
장에 나의 고교, 대학
후배인 전병률 과장을
임명하고, 나에게 도금
기술팀장을 맡게 하는
인사를 단행했다. 그 동
안 동고동락했던 공장
직원들이 많이 서운해

함께 연수 간 최준용, 엄기춘 씨와

하고, 나도 거의 9년 동안 손때 묻힌 공장을 떠나는 것이 아쉽긴 했으
나, 언젠가는 떠나야 하는 걸 알고 있었기 때문에 담담히 받아들였다.
이 부장은 보직 변경과 함께 나를 미국에 3개월간의 어학연수를 다녀
오게끔 배려했다. 나는 맡은 일이 일인지라, 김만제 회장 취임 후 실시
돼오던 어학연수를 갈 기회가 없었는데 거의 막차로 합류하게 된 것이
었다. 이 어학연수는 내가 포스코에 근무할 동안 회사로부터 받은 최
고의 보상이었으며 정말 큰 혜택이었다. 나는 이 연수를 보내 준 회사
와 이 부장에게 두고두고 고맙게 생각한다.

나는 광양 에너지부의 최준용 씨, 포항 전산제어부의 엄기춘 씨와
함께 시카고에서 연수를 받았다. 갈 때는 샌프란시스코에서 비행기를
갈아탔는데 시카고에 도착해보니 가방이 함께 도착되지 않아서 한바
탕 쇼를 했지만, 다음 날 무사히 짐도 찾고 홈 스테이(Home Stay)하는 집
으로 찾아갔다. 최준용 씨는 오래전부터 골프를 쳐와서 이미 보기플레
이(Bogey Play) 수준이었고 엄기춘 씨는 골프 클럽을 한 번도 잡아본 적

이 없었으며, 나는 '연수 가면 골프를 시작해야지.' 하는 마음으로 연습장에서 8번 아이언만 몇 번 휘둘러본 상태였다. 우리는 도착한 다음 날 싸구려 골프 클럽을 한 세트씩 사서, 그 다음 날부터 바로 필드로 나갔다. 자동차를 한 대 렌트하여 셋이 함께 학교로 등교하고, 매일 수업이 끝나면 바로 골프장으로 직행하는 날이 계속되었다. 나와 엄 과장은 처음엔 골프라고 할 수도 없이 그저 땅만 콱콱 찍어댔지만 차츰 나아졌다. 평일 수업이 끝나고 나오면 할인(Twilight) 요금을 적용받기 때문에 $10만 주면 골프를 칠 수 있었고, 사람을 겁내지 않는 사슴, 토끼, 다람쥐, 오리들을 보며 녹색의 필드를 거니는 것이 마치 천국 같았다.

우리들은 주말에는 골프를 치지 않고 가까운 도시로 여행을 다녔다. 워싱턴, 뉴욕, 나이아가라 등으로 토, 일요일 1박 2일 코스로 다녀왔는데, 말로만 듣던 워싱턴의 광장, 스미소니언 박물관, 백악관, 국회의사당, 뉴욕의 맨하탄, 월 스트리트, 자유의 여신상, 영화 〈졸업〉의 무대인 센트럴 파크, 그리고 거대한 폭포 '나이야, 가라!' 모두가 소중한 추억이었다. 어느 주말에는 자동차를 몰고 오대호 중의 하나인 미시간 호수 일주 여행을 했는데, 한번쯤 가볼 만한 절경의 연속이었다. 참고로 오대호의 이름을 외울 때는 HOMES라고 외워두면 된다(Huron, Ontario, Michigan, Erie, Superior). 호수를 처음 봤을 때는 그 넓이가 너무 커서 정말 호수인지 확인하기 위해 물맛부터 봤다. 짜지 않더라.

시카고는 헤밍웨이의 고향이기도 하며, 1960년대 마피아 알 카포네의 주 활동 무대였던 무법의 도시에서, 마이클 조던과 샤킬 오닐이

Home Stay 식구들과

함께 소속된 농구팀 시카고 불스(Chicago Bulls)의 연고지로서 스포츠와 건축의 도시로 완전히 이미지가 바뀌어 있었고, 우리는 시카고 컵스(Chicago Cubs) 구장으로 가 LA 다저스 박찬호의 시즌 10승을 응원하기도 했다. 로렌스 스트리트(Lawrence Street)에 있는 한국 식당의 갈비는 정말 맛이 있어서 우리 일행과 일본에서 온 아가씨들이 자주 가서 포식하곤 했다.

하숙집 아줌마 에비 티만(Evie Tieman)은 초등학교 교사였는데 정말 친절했다. 아침은 각자 알아서 해결하고 점심은 학교에서 먹었으니, 하숙집에서는 저녁식사만 제공했는데, 술을 좋아하는 나는 매일 Evie와 함께 와인 한 병씩을 비웠다. 그 집 식구들이랑 호숫가에 놀러 가기도 했는데, 5명을 위해 킹크랩(King Crab) 한 마리만 요리하는 구두쇠이기도 했다. 훗날 Evie가 한국을 방문했을 때는 호미곶을 구경시켜주고

구룡포에서 회를 대접했는데 참 잘 먹었다. 자동차를 처음 렌트한 날, 학교의 교직원 전용 주차장에 주차를 하여 티켓을 받고 이의신청을 한 적이 있는데, 이의심사위원회의 위원장이 하숙집 주인인 Mr. Tieman 교수여서 한바탕 웃음으로 넘어갔던 경험도 있다. 할로윈(Halloween)을 며칠 앞두고 귀국하기 전에는 Evie의 학교를 방문해 미국 초등

연수 기간 중 턱수염을 길렀다

학교 1학년들의 교실을 둘러보고, 학생들에게 들려줄 메세지를 녹음했다.

내가 포스틴에서 공장을 지으면서 영국인, 프랑스인과 몸으로 부딪히며 배운 영어가 많은 도움이 되어서, 시카고에서의 어학연수는 고급 과정을 들었는데도 큰 어려움 없이 잘 마쳤다. 약간의 편법이긴 했지만 우리는 계획된 일정보다 일주일 정도 앞당겨 연수 과정을 수료하고, 미국 서부 및 하와이 관광을 하기로 했다. 좀 비싸긴 해도 '우리가 언제 다시 미국에 와보겠나?'라는 생각이 들어, 여러 가지 옵션이 포함된 투어를 계약했다. 일정에 맞춰 집사람들이 한국에서 날아오고, 우리 일행은 시카고에서 샌프란시스코로 와서 만나기로 하였다. 어느 식당에서 약 3개월 만에 만난 아내는, 청바지에, 카우보이모

자를 쓰고, 3개월간 턱수염을 기른 내 모습을 보고는 기겁을 하였다. 샌프란시스코의 금문교와 꽃길, '바위, 나무, 동물을 보라'는 요세미티(Yosemite) 국립공원, 인간의 의지가 결국 콜로라도(Colorado) 강의 협곡을 이겨낸 후버 댐(Hoover Dam), 라스베가스에서 경비행기를 타고 날아가 구경한 그랜드캐년(Grand Canyon)의 장관, 어두울 때 경비행기에서 내려다본 라스베가스의 야경, 그리고 LA에서 느낀 헐리우드(Hollywood)의 상술, 코리아타운(Korea Town)의 음식 맛 등···. 하와이 와이키키(Waikiki) 해변이 의외로 좁고 지저분해서 실망도 했지만, 하와이 민속춤 공연과 호놀룰루에서 다시 비행기를 타고 날아간 하와이 섬의 화산은 다시 가보기 힘든 좋은 경험이었다. 신혼여행 때에도 해외로 나가지 못했던 나는 결혼 15년 만에 아내에게 좋은 추억을 만들어주게 되어 흐뭇했다.

업무와 건강

도금기술팀의 일은 내가 늘 해오던 일(Black Plate, Tin Plate 기술관리)이라 업무 수행에는 아무런 어려움이 없었다. 회사에서는 중국 대련에 석도설비(ETL: Electrolytic Tinning Line)를 건설하겠다는 계획을 세우고 설비계획을 추진 중이었다. 박 회장 시절 상해 푸동(浦東)에 ETL 프로젝트 추진하다 포기한 경험이 있는 나로서는 이번 건은 반드시 성공시키겠다는 일념으로, 서울서 파견 온 채희명, 박상욱 씨 등에게 열심히 나의 노하우를 전해주었다. 팀원들과의 단합에도 신경을 써, 같은 사무실을 사용한 석판(TP: Tin Plate) 담당자 김정호, 박청용, 최진구 씨와 1냉연공장에 별도의 사무실을 쓰던 석도원판(BP: Black Plate) 담당자 이영기, 김영우, 김종호, 서종덕 씨가 한 조직 내에서 화합을 이룰 수 있도록 가족동반 야유회를 가는 등 세심하게 챙겨주려고 노력했다. 97년 11월에는 BP고객사인 말레이지아의 퍼스티마(Perstima)로부터 대형 클레임이 걸렸다. 나는 마켓팅본부의 양성식 씨, 광양 냉연부의 정범수 씨와 함께 말레이지아로 날아갔는데, 싱가폴 사무소의 백철현 과장이 동행했다. 상황을 파악해보니, 코일마다 조금씩의 불량 부위가 섞여 있었는데, 문제의 본질은 불량 혼입에 있는 것이 아니라, Perstima가 문제를 제기하였을 때 우리 회사의 대응이 일본에 비해 너무 늦다는 것이었다. 나는 고객사 → 상사 지사 → 상사 본사 → 제품기술부, 싱가폴 사무소 → 제철소로 이어져 6주가 걸리던 클레임 처리 절차를, 일주일 내에 상사와 싱가폴사무소가 입회하여 일단 제품을 사용하고, 보류된 코일의 샘플분석 결과에 의해 보상협의를 하도록 절차를 개선했다. 어디에서든 포스코의 굼뜬 대응 능력은 경쟁력을 떨어뜨리는 큰 요인이었다. 98년도에도 필리핀, 중국 등으로 고객사를 방문하여 기술지원을 함으로써 판매 활동을 지원하였다.

강창오 소장과 안전기원 산행

도금기술팀장이란 자리는 업무에서 크게 스트레스 받을 일은 없었지만, 문제는 건강이었다. 포스틴 공장장 시절에는 단전호흡을 열심히 하여, 늘 해야 하는 술, 담배를 어느 정도 상쇄해왔으나, 포스틴이 냉연부로 흡수, 통합된 후 석도 공장장으로 일한 2년간은 조금도 쉴 틈이 없는 격무와 스트레스, 술, 담배로 몸 상태가 말이 아니었다. 그런데 막상 공장장을 그만두고 기술팀장이 되니 정신력마저 무너져, 건강을 위해 뭔가를 하지 않으면 안 되겠다는 생각이 머리를 떠나지 않았다. 그러던 어느 날, 포스틴 시절에 열심히 다녔던 단학선원에 갔다가 '단식' 프로그램을 보고 눈이 번쩍 뜨였다. 5월엔가 나는 이동섭 부장에게, '일주일간의 단식 프로그램에 참여하기 위해 5일간 연차 휴가를 가겠다고 했다. 이로부터 몇 년 후에는 연차 휴가를 의무적으로 사용해야 하는 시절이 왔지만, 그 당시만 해도, 연차 휴가를 연결해서 며칠간씩 가겠다는 발상은 '나' 아니고는 아무도 말조차 꺼내지 못할 시기였다. 특히 이 부장은 연차를 가지 않고, 서류상 간 것처럼 하는 간부를 좋아했고, 그 자신도 그랬다. 이 부장은 안색이 조금 변하더니, 곧 웃으면서 '이번 달엔 좀 바쁘니까 다음에 가지.'라고 했다. 그 사람의 성격상 안색이 조금 변한 것은 '대단히 실망했다'는 의미이고, '다음에 가라'는 뜻은 '가지 말라'는 의미였는데, 나는 그것을 간과했다. 6월달에 나는 다시 이 부장에게 가서, '일주일간 연차 휴가를 가겠다'고 했다가, '6월은 상반기 결산월이라 바쁘니, 7월에 봅시다'라는 말을 들었다. 가지 말라는 확실한 지시였는데, 그러나 내가 누군가? 한번 하겠다 마음먹으면 무슨 일이 있어도 해내고야 마는 고집불통 아닌가? 7월달에 내가 다시 이 부장에게 '연차 가겠다'고 했더니, 싸늘한 어조로 거의 포기하다 싶은 표정으로 '갔다 오시오'라고 했다. 기어코 나는 7

월 제헌절 전후에 연차를 내어, 일주일간의 단식 프로그램에 참여한 것이었다. 이 단식을 계기로 나는 그렇게도 실패만 거듭했던 금연에 성공할 수 있었고, 속을 완전히 비우고, 장(腸)을 어린아이처럼 깨끗하게 만들어 완전히 새로운 건강출발을 할 수 있게 되었다. 그러나 나는 이 부장이 내 고과점수를 'C', 'C'를 주고 있다는 사실을 몰랐다.

이동섭 부장과의 인연

나는 포스코 9기 선배들과는 참 인연이 많았다. 연수원 교수실에서 내 사수였던 이광수 씨, 외자부에서 같은 공대 출신이라고 여러모로 잘 대해 주었던 유영선, 안영철 씨, 생산관리부에서의 전준영, 박세홍, 김용환 씨, 포스틴에서는 직속 상관인 생산기술부장 이형재 씨가 9기였다. 한창 일할 나이에, 때로는 사수로 때로는 선배로 때로는 동료처럼, 함께 오랜 시간을 동고동락해왔기에, '9기' 하면 내게는 아무런 거리낌 없이 친하게 터놓고 일할 수 있는 동료이자 선배로 생각되었다. 그런데 이동섭 부장은 같은 9기이면서도 조금 달랐다. 그는 겉으로는 그렇지 않은 것 같은데, 속으로는 권위주의가 자신도 모르는 사이에 몸에 배어 있어, 자기를 깍듯이 모시고, 자기 앞에서 굽실대며 잘 비비는 부하는 좋아하고, 나처럼 성질이 올곧아, 말을 있는 그대로 마구 해 버리는 부하는 부담스럽고 못마땅해했던 것 같다.

포스코같은 조직에서 출세하려면 윗사람에게 잘 보여야 하고, 자기를 끌어올려 줄 끈을 만들어야 하는데, 나는 부하 직원에게는 솔선수

이동섭 부장 시절의 냉연부 간부들

범하고 함께 어울려 인기가 있었지만, 상관에게 아부할 줄 모르는 내 성격으로는 어려운 일이었다.

상관에게 점수 따는 방법(남보다 먼저 보고하기, 남의 것도 내가 가로채서 보고하기, 무조건 '예스'하기, 같은 취미 갖기, 휴일 날 회사 나온 것 보여주기, 항상 늦게까지 일하는 것처럼 보이기, 와이프가 상관 부인과 친하게 지내기, 상관의 아이디어는 무조건 좋다고 말하기…)을 모르는 바는 아니지만, '정직과 성실'만을 최고의 무기로 생각하는 우직한 나는 상관에게는 부담스러운 부하였을 것이다. 이 부장으로서는 소 운영회의, 사 운영회의에서 석도강판공장이 자꾸 거론되니까 무척 답답했었을 것인데, 나는, 직속 상관인 그에게 '미주알 고주알 어떻게 할깝쇼' 물어보는 대신, 내가 알아서 처리하고, 아무런 스스럼없이 내 할 말 다 하고, 내 소신껏 공장을 관리해왔는데, 그가 보기엔 내 행동이 당돌하고, 자기를 무시하는 것처럼 보였는지도 모르겠다. 입사 동기들 중에서 진급과 보직 측면에서 항상 선두 그룹을 달리던 나는 이 부장에게서 받은 인사고과가 나빠, 몇 년간 진급 대상자에 들지도 못하여 결국은 인생의 방향이 바뀌게 되었다.

설비개선팀으로 보직 변경

부장의 반대에 아랑곳없이 일주일간의 연차 휴가를 갔다 온 지 2개월 후인 98년 9월, 나는 설비개선팀의 팀원으로 명령이 났다. 팀장은 16기인 이관도 씨였고, 새 도금기술팀장은 부산대 선배인 박정민 차장이 되었다. 그 동안 선배인 박 차장이 내 밑에 있었기 때문에 미안한 점이 있었고, '차라리 내가 팀원하고 선배인 박 차장이 팀장이 되는 게 어떤가'라는 생각도 했었지만, 당장 아무런 프로젝트도 없는데, 무작정 설비기술팀으로 명령내면서 사전에 나에게 아무 말도 해주지 않은

냉연부 간부들(맨 왼쪽이 필자)

이 부장에 대해서는 대단히 섭섭했다. '어떻게 그럴 수가 있느냐?'라고 항의하는 내게, 이 부장은 '팀장과 팀원을 바로 맞바꾸면 다른 사람이 이상하게 볼까 봐 그랬다'는 것이었다.

이 일로 나는 별로 할 일 없는 자리에서, 회사 입사 이래 처음으로 한가한 몇 달을 보냈다. 그런데, 일밖에 모르던 사람에게 할 일이 없다는 것은 정말 힘든 시간이었다. 나는 평소에 일본의 역사와 일본의 국가 기원에 대해 관심 있게 공부한 바가 있어서, 누가 일본어 공부의 필요성에 대해 얘기하면, '일본인이 우리 말을 배워야지, 우리가 왜 일본 말을 배우는가?'라고 반문하곤 했었는데, 이 할 일 없는 기간 동안에 그 동안의 고집을 꺾고 일본어 공부를 했다. 대학 때 독학으로 기초 수준을 공부한 적이 있어서인지, 약 4개월 만에 JPT(일본어 자격시험) C급을 땄다.

환경관리 업무

석도강판에 대해서는 늘 내게 물어보고 평소 일본어 공부의 중요성을 강조하던 유광재 부장이 이런 나를 좀 안쓰럽게 생각했던지, '나에게 냉연부 환경관리 업무를 맡기자'고 이 부장에게 건의를 했다. 나는 포스틴에서 KS와 ISO품질인증을 받는 데 주도적인 역할을 했지만, 인증심사원에게 굽실거리거나 아부하지는 않았다. 그러나 냉연부로 흡수된 후 석도강판공장장 시절에, 포스틴에서 받은 프랑스인증업체(BV-QI)의 ISO인증은 유효하지 않다고 해서 영국인증업체(Lloyd)의 ISO인증을 다시 받은 적이 있었다.

냉연부 동료들(뒷줄 세 번째가 필자)

　이때 인증심사원과 내가 의견 차이로 말다툼을 한 적이 있었는데,
목에 힘이 잔뜩 들어간 인증심사원도 문제였지만, 그 인증심사원에게
알랑거리고 굽실거리며 비위를 맞추려는 이규정 품질관리부장이나 이
동섭 부장이 더 추해 보였다. 도대체 누가 고객인지 헷갈렸다. 포스코
라는 큰 고객을 잡아, 매년 ISO 재인증심사비를 받아 먹고사는 회사
가 도리어 주인 행세를 하고, 정작 주인된 포스코는 돈을 지불하면서
도 그저 지적사항 없이 넘어가기 위해, 심사원이 무슨 소리를 하든 무
조건 비위만 맞추려고 하는 꼴을 보자니 속이 메스꺼웠었다. 이런 나
에게 'ISO 14000 대비 환경관리시스템을 맡기자'고 했으니, 이동섭 부
장은 반신반의하면서 동의했다. 나는 황보정만 씨와 함께, 부내 전산
요원인 권기하 씨와 이영민 씨의 지원을 받아, 냉연부 환경관리시스
템(EMS: Environmental Management System)를 구축하고, 공장별로 한 명씩의
담당자(최석욱, 정주한, 진성억, 김정하)를 정해, 주간 환경회의를 실시하며,

환경법에서 요구하는 모든 항목의 기록을 철저히 유지하고, 실질적인 환경 개선을 위한 조치를 지속적으로 해나갔다. 그 결과 99년 하반기에 냉연부가 전사 환경관리대상을 수상하여 3,000만 원의 포상금을 받았다. 이때부터는 내게 늘 냉정했던 이동섭 부장이 나를 좀 제대로 대해주는 것 같았다.

설비개선 업무

2열연공장에서 2냉연공장으로 이송되는 열연코일은 온도가 높아, 냉각을 시키기 위해서는 2냉연 입측에 넓은 소재야드가 필요한데다, 코일이 위로 세워져(Eye Vertical) 적치되어 있기 때문에 냉각시간이 오래 걸렸다. 나는 열연코일 강제냉각장치장을 설치하기 위해 설비 검토를 했는데, 2냉연공장 소재야드에 설치하는 것보다는 2열연공장 제품야드에 설치하는 것이 좋다는 결론에 도달했다. 열연공장에 강제냉각장을 설치하려면, 발생되는 증기 때문에 공장의 지붕 일부를 철거해야 했다. 열연부장 출신인 신수철 부소장에게 보고를 했더니, '냉연부에서 왜 열연부의 공장 지붕을 뜯어내라 마라 하느냐'고 화를 냈다. 나는 그 당시 열연기술관리팀장이던 조준길 부장과 함께 일본의 몇몇 제철소를 방문하여 벤치마킹(Bench Marking)을 했는데, 대부분 열연 출측 또는 열연과 냉연 사이 별도 건물에 있었다. 나는 그동안 포스코건설 사람들과 함께 검토해온 모든 자료를 조준길 부장에게 넘겨주고, 강제냉각장 설치 업무에서 손을 뗐다. 나중에 조준길 부장은 강제냉각장을 당초의 내 생각대로 열연공장에 설치했다.

동양강판과의 기술교류회

10년 이상 석도강판과 함께 살아온 나는 천상 'Tin Man'이었다. 주요 설비공급사인 영국 Davy의 설비엔지니어링에서부터 문제가 많았기 때문에 상대적으로 오히려 더 많은 경험을 한 나로서는, 새로운 공장을 내 손으로 하나 멋지게 지어 보고 싶은 꿈이 있었다. 기존의 도금설비를 광폭화(廣幅化)하고, 도금 방식도 신일본제철의 불용성 양극(不溶性 陽極: Insoluble Anode)으로 개조하려는 'ETL 합리화 사업'은 그런 의미에서 내게 적격이었다. 또한 1냉연 공장의 표면사상압연기(SPM: Skin Pass Mill)를 철거하고, 그 자리에 2차압연설비(DRM: Double Reduction Mill)를 지으려는 'DRM 신설 사업'도 함께 추진 중이어서, 설비개선팀 소속인 나로서는 오랜만에 팀 이름에 걸맞은 일이 생긴 셈이었다.

그러나, 정성현 부장이 주도하는 설비계획팀에는 문형국 씨와 박우상 씨가 파견을 가고, 나는 냉연부 내에서 지원하는 입장이 되어, 일이 생각만큼 재미있지는 못했다. 내가 설비계획을 총책임지는 자리라야

내 실력을 제대로 보여줄 수 있을 텐데, 내가 맡은 제한된 역할이 그저
아쉬울 뿐이었다.

2000년 봄, 나는 해외근무자 공개모집에 지원하여 UPI 파견요원으
로 선발된 가운데, 기술교류회 참석을 위해 포항을 방문한 UPI 직원
들을 안내하게 되었다. 라드 심슨(Rod Simpson), 쉐인 그래빗(Shane Gravit),
토드 캘스트롬(Todd Kelstrom), 드미트리 흐로밧(Dimitri Hrovat), 딘 브로글
리(Dean Broglie), 마이클 브래빅(Mikal Brevig), 팀 디위드(Tim Deweerd) 등이
왔는데, 석판을 처음 시작하면서 TP, TFS의 조업연수를 UPI에서 받
았고, UPI의 신ETL 신설사업 타당성 검토에도 참여한 적이 있는 나로
서는, 앞으로 이 사람들과 함께 근무할 생각을 하니, Tin과의 인연이
참 질긴 것 같았다. UPI의 조업 담당 부사장인 살 스브란티(Sal Sbranti)
는 나를 'Mr. Tin'이라 불렀다.

2000년 UPI-POSCO 기술교류회(중앙이 필자)

4장

미국 UPI 시절

UPI 파견

1998년, 중국 해남도에 있는 해우석판(海友錫飯: 일본의 가와사끼(川崎), 대우, 동양석판 합작회사)은 극심한 판매 부진으로 가동율이 저하되고, 경영 상태는 최악인 상황이었다. 당시 대우그룹은 그룹 전체가 상당한 위기에 처해 있었는데, ㈜대우의 장병주 사장은 포스코 이구택 사장과는 친구 사이로, 포스코가 해우석판에 자본 참여 또는 위탁 경영을 해주기를 의뢰했다. 나는 이구택 사장의 지시로 온경용 과장과 함께 두 차례에 걸쳐 해우석판을 방문하여 설비, 품질, 판매 등 현황과 당사의 지원방안, 그리고 투자 가능성 등을 보고하였다. 내심으로는 포스코가 해우석판을 인수하고, 내가 포스코를 대표하여 그곳으로 나가기를 바랐으나, 상황은 내 희망대로 되질 않았다. 이구택 회장은 의사결정을 계속 미루기만 하다가, 결국 대우그룹은 부도가 났고 해우석판은 가와사끼로 넘어갔다. 1999년, 나는 ETL 합리화, DRM신설 등의 업무에 관여되어 있었지만, 냉연부에서의 생활은 갑갑했다. 상관에게 너무도 직설적이었던 나를 별로 탐탁지 않게 생각한 이동섭 부장도 점점 나를 이해해줬고, 냉연부의 실세인 유광재 부장도 나를 인정해주는 분위기였으나, 이미 한번 잘못 받은 고과는 두고두고 나를 괴롭힐 게 뻔한 상황이고, 당초부터 냉연부 출신이 아닌 나는 어차피 굴러온 돌 신세였다. 그렇다고 내 성격이 누구에게 아부하고, 출세를 위해 끈을 잡는 행위와는 거리가 멀었기 때문에, 중국 등 해외로 나갈 수 있기를 바라고 있었다.

2000년 초, 포스코 사내 뉴스에 '해외근무요원 공개모집'이라는 공문이 떴다. 사실 그동안 해외근무란 아무나 나갈 수 없는 일종의 혜택이었는데, 누군가가 뒤를 봐주지 않으면 불가능했다. 공개모집이란 제1기 영보드(YOUNG BOARD) 멤버들이 최고경영층에 건의하여 채택된 제도였다. 처음엔 나도 별 생각이 없었는데, 공문의 내용을 가만히 들여다보니 갑자기 눈앞이 훤해지는 것이 아닌가? 'UPI 근무(UPI는 USS-POSCO Industries의 약자로 한국의 포스코와 미국의 유에스스틸이 50:50으로 합작한 회사), 과장급 이하, Tin 분야 2년 이상 유경험자, 토익(TOEIC) 점수 얼마 이상.'

나는 포스틴의 기술과장, 생산과장, 품질관리실장, 2공장추진팀장을 역임했고, 1995년 12월 설비와 인력 50여 명과 함께 포스코로 재입사하여, 초대 석도강판공장장과 도금기술팀장을 지냈지 않았는가? 한마디로 포스코에서는 내가 제일 먼저 석판을 시작했고, 내가 가장 많은 것을 알고 있었다. 그런데 과장급 이하 대졸 사원 중에 석도강판 2년 이상 유경험자가 누군가? 포스틴에서 같이 온 강신성, 문형국, 박청용, 백민석, 포스코로 합병 후 내가 가르친 조영봉, 김정호, 박상욱 등 7명뿐이었다. 이들 중 토익 점수 기준 이상이 되는 사람은 나와 조영봉 둘이었는데, 조영봉은 그때 캐나다에 유학중이었으므로, UPI 그 자리에 자격 있는 사람은 나 혼자뿐이 아닌가? UPI 근무를 지원하겠다는 내 말에, 이동섭 부장은 선뜻 동의해주었다. 이동섭 씨는 내 인생을 바꾼 하나의 커다란 터닝포인트가 되었다.

다만 한 가지, 집안 대소사에 중추적인 역할을 해왔던 내가, 시골에 혼자 계신 어머니와 여러 형제자매를 떠나는 것이 죄스러웠다.

생산 차장(Production Assistant Manager)

2000년 7월 6일, 우리 가족은 함께 부임하는 이박석 씨 가족, 고일석 씨 가족과 함께 샌프란시스코공항에 내렸다. 입주할 아파트가 미처 준비되지 못하여 콩코드(Concord) 시내에 있는 조그만 호텔에 여장을 풀고, 이튿날 피츠버그(Pittsburg)시에 위치한 회사에 첫 출근을 했다. 내 생일은 음력 7월 7일인데, 주민등록에는 그냥 7월 7일로 되어 있다. 신분증을 발급해주는 인사 부서 직원이 내 생일을 보고는 'Oh, Happy Birthday!'라고 한다. 엉겁결에 'Thank you'라고 하긴 했지만, '이렇게 미국 생활이 시작되는구나.'라는 생각이 들었다. 나는 원래 주석도금 부서(Tin Division)의 품질 담당 엔지니어인 김준형 씨의 후임으로 왔으나, 포스코에서의 내 지위와 경력을 감안하면 UPI에서 품질 담당 엔지니어로 대우받을 수는 없는 것이어서, 조업 담당 부사장인 살 스브란티(Sal Sbranti)는 나에게 Production Assistant Manager라는 직함을 주고 과장급(Department Manager)대우를 해주었다. 부장(Division Manager)인 그랙 아이졸라(Greg Isola)를 보좌하여 Tin Division의 조업, 정비, 품질 등 전 분야에 내 실력을 한번 발휘해보라는 취지였다. 나는 오랫동안 공장장을 하면서 현장 직원들과 함께 부대껴온 체질이라 우선 현장 작업

박태준 명예회장의 UPI 방문(맨 앞이 필자)

자들을 일일이 찾아다니면서 이름도 외우고 친해지기 위해 노력했다.
나중에 안 일이지만 이곳에서는 관리자(Manager)와 작업자(Union) 간에
는 엄연한 신분상의 차이가 있어서, 내가 현장 작업자들과 스스럼없이
어울리는 것이 그들에게는 아주 생소했었던 모양이었다. 나는 Tin 및
TFS 조업 연수를 위해 이미 두 번이나 UPI를 다녀간 적이 있기 때문
에 설비나 조업은 낯설지가 않았다. 다만 내가 10년 전에 여기서 조업
을 배웠지만 10년 동안 나는 많은 경험과 새로운 기술을 받아들여 이
미 전문가 수준에 올라와 있는 반면, 이곳의 수준은 10년 전에 비해 달
라진 게 없었다. 설비는 더욱 낡았고, 조업 방식도 10년 전과 별 차이
가 없었다. 포스코에서는 설비가 10년~15년이 되면 노후설비로 취급
되어 합리화 투자를 하게 마련인데, 이곳의 설비는 지은 지 수 십 년이
되었다. Tin Division의 대부분의 설비가 1946년~1963년 사이에 설치
한 포스코로 치면 박물관에나 가 있을 법한 설비들이었다. 하여간 이

러한 설비로도 어쨌거나 그런 대로 쓸 만한 제품을 생산해내고 있는 미국의 저력이 놀랍다. 부품이 고장 나면 그러한 부품은 더 이상 구할 수가 없기 때문에 직접 수리해서 정비하는 능력도 놀랍고, 50년대 기술인 AC

미국 생활

제네레타(Generator)와 70년대 기술인 DC 모터, 그리고 90년대 기술인 PLC(Programmable Logic Controller)가 한 라인(Line)에서 문제없이 돌아간다는 사실에 감명받기도 했다. 미국 사회가 기초가 튼튼하다는 것은 인정해야 했지만 한편으로는 신기술로의 투자가 이루어지지 못해 생산성과 품질이 뒤지는 것은 어쩔 수 없었다. 현황을 조사해보니, 도유(塗油) 불량, 각종 회전체에 의한 찍힘/파임(Dent/pick up), 그리고 너무나 자주 설비가 정지(Stop)된다는 것이었다.

나는 P퀵스(PQICS: Productivity& Quality Improvement for Customer Satisfaction)라는 팀을 조직해서 조업, 정비, 품질 분야 실무자들과 함께 문제 해결에 착수했다. 대부분은 내가 포스코에서 경험한 사안들이었기 때문에, 도유기(塗油機: Oiler)의 점검과 정비 방법을 표준화하여 조업, 정비 요원들이 이를 준수하도록 하고, 품질에 취약한 회전체(Roll)들의 재질을 포스코 경험을 바탕으로 바꿔 나가고, 라인 스톱(Line Stop)의 원인을 지속적으로 분석해나갔다. 약 6개월간의 활동 결과 2000년 1,800톤에 이르던 도유 불량이 2001년도에는 150톤 미만으로 줄어, 금액으로는 $120,000 이상을 절감시키고, Dent/pick up에 의한 불합격품 양을 35% 정도 줄여 $330,000정도 이익에 기여하였으며, 라인 스톱(Line Stop) 감소로 고정비를 $130,000정도 줄이는 효과를 보았다.

회의(懷疑)와 도전

미국으로 온 첫 해에는 한국에서 해온 가락이 있어서, 그 의욕과 자신감으로 여러 가지 문제들을 해결하고 회사에 기여도 했지만, 처음 생각과는 달리 미국 회사에 쉽게 적응되지 않았다. 첫째는 생각보다 영어가 잘 되지 않는 것이고, 두 번째는 생각과 문화의 차이가 쉽게 극복되지 않는다는 것을 알았기 때문이었다. 미국 회사에서 일상생활에 사용하는 영어는 한국에 있을 때 찾아오는 외국 손님을 대할 때나 외국으로 출장 가서 정해진 주제에 대해 회의하는 영어와는 차원이 달랐다. 매일 아침 회의를 하지만, 내가 관련된 사안 외에는 도무지 50%도 이해하지 못했다. 그들만의 농담, 그들만의 분위기, 그들만의 보고였고, 나는 늘 소외된 기분을 떨칠 수가 없었다. 그 사람들의 대화를 잘 못 알아듣는 내 듣기 실력과, 내 의견을 일목요연하게 표현하지 못하는 내 말하기 실력에 화가 났다. '내가 이렇게 바보였나?'라는 생각이 자꾸 들었다. 어찌 보면 한국에서의 영어 교육을 탓할 것도 아니었다. 'How are you?'라고 인사하면 'Hanging in there'라고 대답하고, 야간 근무를 Graveyard(무덤)라고 하니 미국에서 자라지 않은 사람이 이걸 어떻게 안단 말인가? 단지 문화의 차이일 뿐이고, 나이 들어 미국에 온 것이 죄라면 죄일 것이었다. 조화유 씨의 책 『Every day American English』가 생각났다. 그가 처음 미국에 왔을 때 'locked out'이라는 표현을 몰라 '열쇠를 방안에 두고 문을 잠궈버렸다'는 상황을 장황하게 설명해야 했다는 일화가 피부에 와 닿았다. 나도 조화유 씨가 했던 것처럼 일상생활에서 사용되는 미국식 표현들을 접할 때마다 노트에 메모를 하기 시작했다. 이렇게 한,두 개씩 모은 표현들은 언젠가는 한 권의 책이 될 수도 있을 것이라 생각하면서 하루하루가 그야말로 영어와의 전쟁이었다. 뿐만 아니라, 업무적인 측면에서도 미국 회사와 포스코적인 사고방식에는 많은 차이가 있었다. 이 사람들의 시스템과 문제 해결 방식이 내 마음에 안 드는 경우가 많았지만, 내 짧은 영어 실력으로 일일이 설득하고 바꿔나가는 것은 불가능했다. 또한 내 지위가 과장급 대우였지만 내게는 부하 직원이 한 명도 없었다. 부장을 보좌하여 조업 전반에 관한 조력이 내 할 일이었기 때문에 모든 일은 보스(Boss)인 그렉(Greg)과 얘기를 해야만 했다. 문제점은 보이고 의욕도 있는데 혼자서는 어찌할 수 없는 답답함에 매일의 생활은 스트레스의 연속이었다. 나는 나의 답답한 마음을 UPI로 온 지 1년이 지난 연말 그렉 아이졸라(Greg Isola)에게 하소연을 했다.

보스에게 보낸 편지

Dear Greg,   Dec-27-2001

I have hesitated for long time until I write this letter. But I finally made up my mind to write, because I don't have any alternative to express myself due to the poor English conversation ability.

Almost one and half year has passed since I came to America in July 2000.

I have learned a lot of American ways of living and ways of thinking for last 17 months. Also,I have met many people who are so kind, friendly, capable and skillful here in UPI. What I had an opportunity to work here in UPI(America) can be a benefit for my life, can be a challenge for my children and can be a trial for my ability.

I had thought that myself be qualified enough to perform my jobin UPI before I came here, because I had a lot of experiences and knowledge of Tin(construction, operation, quality and maintenance) and the good human-networks in POSCO which would be helpful to me at any time. However, I have not contributed to UPI as much as you and I expected for the last one year. I have always been the key person in my organization since last 20 years, but not now here in UPI. I have always been very positive, aggressive, enthusiastic and talkative to all kinds of works since last 20 years, but not now here in UPI. Why? I have been and am being stressed everyday of 'What and how can I do for the company?'

The most difficult thing to me is the language barrier.

First of all, the talking speed, the stress/intonation, the expressions and the vocabularies that people use are not familiar to me. I have tried and tried to improve my listening ability through TV, radio, loud reading and meetings every day. And I have tried to take a tip for the English expression from everyone whom I meet every day. I had two English classes at LMC. But I could not be improved as rapidly as I wish. The disappointments(or frustrations) and the new trials are being repeated. Also, I know 'If I knew the detail situations before I have a meeting, I would understand better'. But grasping the situations in detail requires the more efforts and times for me.

Secondary, I didn't know how the everyday American living English is different from the English used inside the manufacturing company. I think I have no problem to communicate with people every dayfor living. But I have too much problems to talk to the people at the meeting in our company. The words such as 'boom' 'graveyard' 'bogey' being used in the company have the quite different meanings from my understanding.

Another difficult thing to me is that I don't have my routine job. I always thank You, Sal and KH Kim who considered me and gave me 'a manager position' since I involved in UPI. I, as a manager, could attend the various kinds of meeting in which I can take a lot of information helpful to me. I also could have plenty of time to meet many crews, to study facility and to grasp things. But my works have been limited as the advices,the information, the helps or the assistant. I have not been responsible for the main stream. At the morning meeting, for example, you know everything and Lynnette/Todd, Jim/Brian, Matt/Shawn and Charles/Karen talk about something new fluently, but I have nothing to say. I am dispirited because I think of my position not to contribute to our company.

This year, I had taken some training courses such as coaching skills and the facilitative leadership at the learning center, two English classes at LMC and one MBA class at Golden gate university, which were very helpful for me to understand UPI and improve my English. In terms of work, I tried to contribute to the company by performing problem solving or providing information. The eye-hole claims were reducedremarkably by leading workers to have concerns on the oiler and by providing check lists for the oiler. The number of line stop was not reduced as many as we expected, but a lot of line stop hours were reduced by improving the rolls. And the tests for improving roll materials are still being performed.

Greg, I know I must be careful to tell you about these, but the followings are my strong questions about our works and business based on my observation.

1. Why we supply the wider products by a quarter inches than the order sizes of customers. --- Is it customary?

2. Is 'Trim after Coating' necessary? Is it impossible for us to eliminate TAC?

--- Because of the too old facility?

3. Should the operators take rest during the line stop for maintenance?

4. --- Because of the Union's regulation?

5. Should every operating job be done by the individual instead of the team work? --- Also because of the Union's regulation?

6. The immediate judging of 'How to treat the disposed materials and held coils' is very important. Should we leave it to Don Golick and Roger Auch, outside people?

7. The inventory control for the following processes is also very important to run the lines continuously. Who cares as much as you?

I have surprised many times to see that some managers were sacrificing their private lives in order to perform their responsibilities in the company even here in America.

I also want to do something contributable to the company in 2002.

First of all, I have to finish PQICS team activities successfully. And then I will try to remove 'TAC' by improving the edge over-coating problem. Also, I will try to minimize the inventory of disposed coils by judging immediately − at this point, I can help Marilyn or Rodger −. And also, I think I can do something worthy at the can manufacturing company such as C−box audit, printing process and/or D&I process.

Thank you for your endurance to wait my improvement in English.

Please give me your orders from next year. I will do my best to make profit in UPI.

Thank you again, Greg.

I wish you have a glorious new year!

Young Sohn

• 독자들의 이해를 돕기 위해 우리말로 번역해본다.

그렉,

이 글을 쓰기까지 많이 망설였지만 결국 쓰기로 했습니다. 왜냐하면 나의 영어 대화 수준이 모자라니 나를 알리는 다른 방법이 마땅치 않기 때문입니다.

2000년 7월에 미국으로 왔으니, 거의 1년 반이 지났네요. 지난 17개월간 미국 사람들의 사고방식과 생활방식을 많이 배웠습니다. 또한 여기 UPI에서 친절하고, 우호적이고, 능력도 있고, 숙련된 많은 사람들을 만났습니다. 내게 UPI에서 일할 수 있는 기회가 주어진 것은 내 인생의 축복이 될 수 있고, 나의 자식들에게는 도전이 될 수 있고, 또 내 능력에 대한 시험대가 될 수 있습니다.

나는 UPI로 발령 나기 전에 'UPI에서 내 일을 수행하는 데에 충분한 자질을 갖추었다'고 자부했었습니다. 왜냐하면, 나는 주석도금 분야(건설, 조업, 품질, 정비)의 경험과 지식이 많고, 항상 나를 도와 줄 수 있는 포스코의 인맥이 두터웠기 때문입니다. 그러나, 지난 1년간 내가 UPI에 기여한 것은 당초 나의 기대에 못 미쳤습니다. 나는 지난 20년간 내 조직 내에서 항상 핵심 요원이었으나, 지금 여기 UPI에서는 아닙니다. 나는 지난 20년간 모든 일에 항상 매우 긍정적이고, 저돌적이고, 열정적이며, 다변(多辯)이었는데, 지금 여기 UPI에서는 아닙니다. 왜일까요? 나는 매일 '내가 회사를 위해 무엇을 어떻게 할 것인가?'고민하느라 스트레스를 받습니다.

내게 가장 어려운 것은 언어의 장벽입니다.

먼저, 말하는 속도, 강약과 억양뿐만 아니라 사람들이 사용하는 표현과 단어들이 내게는 낯설다는 것입니다. TV/라디오를 듣고, 큰 소리로 읽기도 하고, 매일의 회의에서도 청취력을 높이기 위해 노력 또 노력을 해왔습니다. 또한 매일 만나는 사람마다 영어 표현에 관한 팁도 구해왔고 LMC(지역대학)에 영어 과목을 두 과목 수업도 받아왔습니다. 그러나 내가 원하는 만큼 빨리 실력은 늘지 않았고, 이러한 실망/좌절 그리고 새로운 시도가 반복되고 있습니다. 물론, 내가 회의 들어오기 전에 상세 상황을 파악했다면 훨씬 이해하기 쉽겠지만, 상세 상황을 파악한다는 그 자체가 내게는 더 많은 시간과 노력이 필요한 것입니다.

두 번째는, 제조업 현장에서 사용되는 영어는 일상의 미국 생활영어와 다르다는 걸 나는 미처 몰랐던 것입니다. 나는 일상생활에서 사람들과의 의사소통은 아무런 문제가 없다고 생각하지만, 회사 내 회의 시 직원들과 대화하는 데는 많은 문제가 있습니다. 예를 들어, 회사 내에서 사용하는 'boom', 'graveyard', 'bogey' 같은 단어는 내가 알고 있는 의미와는 아주 다릅니다.

• 내가 알고 있는 의미: boom(붐, 호황), graveyard(묘지), bogey(골프에서 규정 타수+1)

현장에서 사용되는 의미: boom(쾅!), graveyard(야간근무), bogey(목표)

나에게 또 다른 어려움은, 내게는 일상적인 업무가 없다는 점입니다. 내가 UPI에 올 때부터, 나를 배려해서 '매니저' 직책을 준 Sal(조업담당 부사장)과 김경화 수석부사장에게는 감사하고 있습니다. 나는 한 사람의 관리자로서 각종 회의에 참석하여 내게 도움 되는 많은 정보를 얻을 수 있었고, 많은 시간을 작업자들과 만나면서 설비를 공부하고 여러 가지 정보를 얻을 수 있었습니다. 그러나, 내가 할 수 있는 일은 그들에게 조언, 정보 제공, 도움으로 한정됩니다. 나는 주류에 대한 책임이 없습니다. 예를 들면 아침회의에서 당신은 모든 것을 알고 있고, 다른 참석자들도 자주 뭔가 새로운 것에 대해 얘기하지만, 나는 할 말이 없습니다. 그래서 '내 직책은 회사에 기여를 못 하는구나.' 하고 기가 죽게 되는 것입니다.

올해, 나는 연수원에서 코칭 스킬, 리더십 같은 교육도 받았고, 지역 단기대학 및 대학에서 영어 클래스도 수강해서 UPI를 이해하고 영어 실력 향상에도 도움이 되었습니다. 회사 일에서는 문제 해결과 정보 제공으로 회사에 기여하려 하고 있습니다. 아이홀 클레임 건은, 작업자들에게 도유기 일상 관리를 강화하게 하고, 설비 점검 체크리스트를 제공해줌으로써 클레임을 거의 없애게 되었습니다. 라인스톱 횟수는 기대치만큼 줄이지 못했지만, 롤을 개선해서 라인스톱 시간은 크게 줄였으며, 롤 재질 개선은 여전히 진행 중입니다.

그렉, 당신에게 이런 얘기는 보다 더 신중해야 한다는 걸 알지만, 내가 봐온 관점에서 우리 작업자들과 영업에 관해 다음과 같은 강한 의문은 말할 수밖에 없습니다.

1. 왜 고객사가 주문한 칫수보다 약 6mm 정도 더 넓은 폭을 주는지?-- 관례인지?

2. '코팅 후 트리밍'이 필요한지? 없앨 수는 없는지? --설비가 너무 낡아서인지?

3. 설비를 정비할 동안 운전자들은 아무 일도 안 하고 그저 쉬어야만 하는지? --노조의 규약인지?

4. 각종 운전이 팀웍 대신 개인 작업인지? - 이것도 노조 규약인지?

5. 폐기된 자재와 보류된 제품은 즉각적인 처리가 매우 중요한데, 이런 업무를 돈(Don)이나 로저(Roger)같은 외부 인력에게 맡겨야 하는지?

6. 설비를 연속적으로 돌리기 위해서는 다음 공정을 위한 재고관리가 역시 중요한데, 당신만큼 누가 이 일에 신경 쓰는지?

나는, 여기 미국에서도 어떤 관리자들은 회사일 때문에 자신의 개인 삶을 희생하고 있음을 알고 놀란 적이 많습니다. 나 역시 2002년도에는 회사에 뭔가 더 기여하고 싶습니다. 우선, 제가 맡고 있는 피큐스 팀 활동을 성공적으로 마무리하고, 엣지 과도금 문제를 개선하여 '코팅 후트리밍'을 없애도록 노력하겠습니다. 또한 보류제품을 신속히 판단하여 폐기제품재고를 최소화해보지요. 물론 현 시점에서는 마릴린과 로저를 돕는 것뿐이지만. 이 외에도 고객사인 제관회사에게도 불량제품 검수, 인쇄공정, 또는 디앤아이(D&I) 공정 같은 데서 도움 될 만한 일이 있을 것 같습니다.

내 영어 실력이 향상될 때까지 기다려줘서 감사합니다.

내년에는 내게 직접 지시를 내려주면, 회사가 돈 벌 수 있도록 최선을 다하겠습니다.

그렉, 다시 한번 감사하며 빛나는 새해가 되기를 바랍니다.

손영징

UPI Bulletin

YOUNG–JING SOHN BRINGS TIN PRODUCTION EXPERTISE, PROBLEM–SOLVING SKILLS TO UPI

'Twelve pages and growing.' That's the number of pages of English expressions that Young (Jing) Sohn has catalogued in his quest to record new idioms he hears. Young arrived in the United States from Korea two years ago to begin his assignment at UPI in the Tin Division as Production Assistant Manager. Although fluent in English, Young had not heard the idioms commonly used in American English conversations. Perplexed by these unfamiliar sayings yet determined to master them, he began documenting them with their Korean translations. "Chill Out", "Hang in there", "Aye, Aye Captain" were just a few of the unfamiliar expressions. Now, as his list of idioms grows, Young is better able to understand his fellow employees.

Young came to UPI with nearly 20 years of experience in the steel business, with more than half of the years spent working in tin production. After graduating from Busan University with a degree in mechanical engineering in 1981, Young began his career with POSCO as an instructor of industrial engineering in POSCO's Education and Training Center. Following his teaching position, Young became a Purchasing Engineer in the Foreign Procurement Department. Two years later, Young moved to the Production Control Department where he developed production schedules and control systems. In 1989, Young became the Superintendent of a new ET Line planned to open at the Pohang mill in 1990. During the yearlong planning process, Young traveled to Pittsburg to learn how UPI operated its tinning line in preparation for the new Pohang line. Young recalls the dedication ceremony of the new Pohang tinning line with a smile. "I missed the dedication ceremony because we had an electrical problem just ten minutes before the ceremony was to begin. We worked very quickly to resolve the problem so that the site tour could proceed as planned," explained Young.

Young arrived at UPI in July of 2000. Young has supported Greg Isola (Tin division manager) with investigating and resolving a number of important tin production issues. He served as the team leader for PQICS (Productivity and Quality Improvement for Customer Satisfaction) in 2001 that involved Eye Hole Improvement, Roll Improvement and Non−Stop Running. He is satisfied that his team contributed to reduce significantly the customers'claim, roll related defects and ET lines delays. He has also assisted the department managers of black plate and tin operation, maintenance and quality department with bench marking from other tin mills. He could give the technical supports by his long experiences and knowledge of tinning lines. In 2002, Young contributed his technical expertise as a member of the TFS Stain Team. Over the course of several months, the team identified the causes of the discoloration and initiated corrective actions that ultimately reduced the diversion rate below more recent historical levels. He also collected the strip tracking data at CA line entry section for improving the strip tracking issues which caused strip edge damage and line trouble. "Problem is there to be solved", Young emphasized, "Team work and proactive approach is the key for problem solving"

Young is excited about the Technology Division's exploration into the feasibility of DUO mill and a new or modified tinning line. "UPI is operating with lines that are thirty to fifty years old. I was very surprised to see how UPI can produce this good quality by using these old facilities. It could be possible to achieve by maximizing our abilities. But in the future, without investing in the black plate and tinning lines, UPI cannot remain competitive. Foreignproducers will once again be in the United States marketplace in three years and UPI needs to be prepared to compete by increasing productivity of the highest quality product at the lowest cost," explained Young.

With a five-day work week (rather thanthe six-day schedule in Korea), Young has found the time to improve his golf game on the weekends. His wife, son and daughter are enjoying American life and education. His son (Jarin) will enter Diablo Valley College and his daughter (Sebin) will return to Deer Valley High School in Antioch in the fall.

- 2002년에 UPI Bulletin에 실린 나에 관한 얘기다.
- 이 기사도 이해를 돕기 위해 여기 번역해본다.

Young J Sohn, UPI에 주석도금 제품의 생산 경험과 문제 해결 기술을 가져오다

'열 두 페이지, 계속 늘어나는 중.' 이것은 Young J Sohn이 수집한 새로운 영어 표현들을 정리한 페이지 수를 말한다. 그는 2년 전 한국에서 UPI로 와서 주석도금 부서의 생산지원 담당 매니저가 되었다. 영어는 유창하였지만 미국인들의 대화에 흔히 사용되는 관용구들은 못 들어본 게 많았다. 이러한 잘 모르는 말들에 당황한 그는 관용구들을 마스터하겠다는 결심으로 한국어 번역과 함께 이들을 정리하기 시작했다. "Chill Out(긴장 풀어)", "Hang in there(그럭저럭 지낸다)", "Aye, Aye Captain(네, 네 대장: 어린이 용어)" 이런 것은 그들 중 몇 가지 예일 뿐이다.

현재는 그의 관용구 모음은 계속 늘어나고 있고, 그의 현장 작업자들에 대한 이해도 좋아지고 있다.

YOUNG(*미국인들이 부르는 내 이름)은 UPI에 오기 전 철강 분야 경력이 20여 년이었는데 그 중 반 이상은 주석도금 분야였다. 1981년 부산대학교에서 기계공학 학사를 받은 후, 포스코에 입사하여 연수원에서 IE 강사를 시작으로, 외자 구매 부서에서 구매 엔지니어 2년, 그 후 포항 생산관리부에서 생산관제시스템 개발에 참여하였다. 1989년에 주석도금설비의 공장장이 되어 1990년 설비를 준공시키는 데 기여했다. 이 기간 중에 포항설비의 조업준비 일환으로 피츠버그에 있는 UPI에 연수를 왔었다. YOUNG은 포항설비의 준공식을 회상하면서 미소를 짓는다. "나는 준공식에 참석하지 못했어요. 왜냐하면 준공식 시작 10분 전에 전기 문제가 생겼기 때문이죠. 합심해서 재빨리 문제를 해결해서 손님들의 현장 투어에는 차질이 없도록 했지만 아찔했죠."

YOUNG은 2000년에 UPI에 와 주석도금 부서 부장인 그랙을 보좌하고 있는데, 조업상의 여러 가지 문제점들을 조사하고 해결하고 있다. 2001년에는 '피퀵스'라는 팀의 리더를 맡아 '아이홀' 개선, '롤 새선', '스톱 없는 연속가동' 등에 노력하고 있다.

그는 그의 팀이 고객의 클레임을 획기적으로 줄이고, 롤 관련 결함과 설비 지체를 개선하는 데 기여한 데 대해 만족하고 있다. 그는 또한 타 주석도금회사들로부터 벤치마킹을 통해 조업, 정비, 품질 등 동료 매니저들에게 도움을 주고 있다. 그의 오랜 경험과 기술로 여러 가지 기술적인 지원이 가능하고, 2002년에는 'TFS 변색결함 개선 팀'에서 그의 전문지식이 발휘됐다. 몇 달 동안의 과정에 걸쳐, 팀은 변색의 원인을 찾아내고 개선 계획을 시행함으로써 변색으로 인한 보류율을 현격하게 줄여서 최근에는 보류율 최소 신기록을 수립하기에 이르렀다. 뿐만 아니라, 실수율에 큰 영향을 주고 있는 연속소둔 설비입측의 철판 진행 이슈를 개선하기 위해 꾸준히 데이터를 모으고 있다. "문제는 풀리기 위해 존재하는 것입니다."라고 YOUNG은 강조한다. "팀워크와 적극적인 접근이 문제 해결의 핵심입니다."

   YOUNG은 기술 부서에서 하고 있는 DUO 압연기 타당성 조사와 새로운 주석도금 설비 또는 기존설비의 개조에 대해서도 대단히 기대하고 있다. "UPI의 기존 설비는 30년 내지 50년이 된 낡은 설비입니다. 나는 UPI가 이러한 설비로 이만큼 좋은 품질의 제품을 생산하는 것을 보고 정말 놀랐습니다. 우리의 능력을 최대화해서 가능했을 것입니다. 그러나 앞으로는 설비 투자 없이는 더 이상 경쟁력을 가질 수가 없습니다. 외국 업체들은 3년 내 미국 시장에 진출할 것이고, UPI는 최소 원가, 최고 품질로 생산성을 증대시켜 그들과 경쟁할 준비를 해야 합니다."라고 YOUNG은 설명했다.

   주 5일 근무(한국에서는 여전히 6일이지만) 후, 주말에 그는 자신의 골프 실력을 향상시키기 위해 노력한다. 그의 아내, 아들, 딸도 미국 생활을 즐기고 있다. 아들(자아린)은 지역 대학인 DVC에 진학하고, 딸(세빈)은 안티옥에 있는 디어밸리 고등학교에 가을학기에 복귀한다.

MBA

나는 2001년 가을학기에 한 과목을 등록하는 것을 시작으로 샌프란시스코에 본부가 있는 대학(Golden Gate University)의 MBA 과정 공부를 시작했다. 그동안 포스코 입사 이래 참으로 여러 번 대학원으로 진학해 공부를 계속하려고 했었지만 그런 시도들은 전부 내가 처한 환경과 내가 하고 있던 일에서 벗어나 뭔가 새로운 삶을 추구하려는 시도였다. 그러나 이번에 MBA를 공부하는 것은 내 직업을 바꾸려는 것이 아니라 순전히 영어 공부에 대한 욕심이었다. 매일 영어와의 전쟁을 치러야 하는 나로서는 MBA 과정을 통해 미국인들의 생각, 문화, 상식, 일 처리 방식 등을 심도 있게 경험함으로써 나의 자질을 향상시키려는 생각이었다. 마침 회사에서는 직원이 업무 외 시간에 학교에 등록하여 공부할 경우, 학비를 전액 지원해주는 제도가 있어 그 비싼 학비 걱정

MBA 졸업식 때 아들과

은 안 해도 되었다. 미국이 선진사회이고 복지국가라 할 수 있는 것은 이러한 평생교육이 제도적으로 뒷받침되는 데에도 있다고 하겠다. 한국에서라면 꿈엔들 가능한 일인가? 물론 많은 사람들이 회사 비용으로 높은 학위를 따고, 또 회사에서 급여 받아가며 일정한 경력을 쌓은 후는 대우가 더 좋은 직장으로 이직해버리는 사례가 많아 회사 입장에서는 큰 손실이지만 미국 전체 입장에서 보면 인적 자원에 대한 투자요 국가 경쟁력을 높이는 정책임에는 틀림없다. 대학 캠퍼스는 회사에서 가까운 월넛 크릭(Walnut Creek) 시내에 있어서 일과 후 등하교도 쉬웠으며, 학생들 중에는 나와 같은 직장인들이 많았다. 대부분이 미국인들이어서 함께 팀을 이루어 토의도 하고 프로젝트를 수행하고 하면서 미국과 미국인들에 대해 배우는 점이 적지 않았다. 또 직장생활 20년 동안 엔지니어로서 일해온 나로서는, 경영학 분야는 새로운 관심이었다. 원래 나의 적성은 공학이 아닌 인문계였었는데 20년 동안 엔지니어로 생활해와서 그런지 경영학의 여러 과목들이 좀 황당하기는 했다. 알맹이는 없고 말장난 같은 느낌이드는 과목도 여럿 있었다. 그러나 경영학에서 사용되는 용어, 이론, 접근 방법 들은 앞으로 내가 무슨 일을 하든 내 상식을 넓혀주고 생활을 윤택하게 해줄 것이라 생각되었다.

나는 미국 생활에 빨리 적응하기 위해, MBA 과정 수강뿐만 아니라 회사 근처에 있는 지방대(Community College: Los Medanos College)에 영어 과목 수업도 많이 들었다. 여기에는 대학생들보다는 나처럼 영어가 제2외국어인 사회인이 더 많았다. 발음(Pronunciation)과 회화(Conversation) 과정에서부터 시작해서 독해(Integrated Reading), 작문(Writing), 사고(思考:

Critical Thinking)까지 여러 단계의 영어 수업을 받았는데, 정말로 신기한 것은 영어 문법에 관한 한 내가 미국인들보다 훨씬 낫다는 점이었고, 정말 황당한 것은 미국 사람들끼리의 대화에는 아무래도 끼어들 수가 없다는 점이었다. 그들만의 대화에서 특히 농담을 할 때에, 내가 함께 웃을 수 있는 경우는 전혀 없었다. 영어로 생각하고, 영어로 꿈꾸고, 영어로 싸우고, 영어가 아니면 생활이 안 되어야 하는데, 모든 대화가 머릿속에서 한글은 영어로 영어는 한글로 수없이 번역해야 하고, 사전 없이는 책을 읽지 못하는 나로서는 죽을 때까지 여기 살아도 영어에 대한 스트레스에서는 벗어날 수 없는가 보다.

다양한 경험과 미국 생활 적응

차츰 미국 생활에 적응해 가는 과정에서는, 미리 경험한 선배들로부터 생활 속의 다양한 노하우를 전해 받고 그걸 활용할 줄 알아야 할 필요가 있다. 그래서 미국에 오는 많은 사람들이 교회로 나가는 것 같았다. 믿음은 나중이고 우선은 한국 사람들을 만나고, 필요할 때 그들의 도움을 받을 수 있기 때문인 것 같았다. 그러나 나는 온갖 일상을 혼자 부딪혀가며 배워나가는 게 훨씬 많았다. 회사의 현장 작업자들과 저질 영어(Ebonics)를 섞어가며 대화를 하고, 일과 후 함께 맥주를 마시러 다니기도 하며 그들의 생활 속으로 파고들려고 노력했다.

개인적으로는 경찰로부터 교통위반 딱지(Driving Ticket)를 받아 법원이나 교통교육(Traffic School)에 불려 다니고, 주차권을 보이게 걸어놓지 않았다는 이유로 벌금 딱지를 받았을 때는 학교, 경찰, 법원을 상

어느 해의 연말 파티

대로 끝까지 싸워도 보았고, 교통사고를 내기도 하고 당해보기도 하면서 생활의 노하우를 많이 배웠다. 차고가 세 개나 있는 넓은 단독주택에 사는 느낌도 경험했고, 국립공원을 중심으로 한 미국 내 가볼 만한 곳으로 자동차 여행도 해봤고, 인접 지역 수십 군데의 골프장을 차례로 다니면서 1년에 100라운드가 넘도록 골프도 실컷 쳐봤고, 한국서 손님들이 오면 어디를 어떻게 안내해야 할 것인가도 터득했다. 그중에서도 가장 잊지 못할 것은 음주 운전으로 면허가 취소되면서 겪은 미국 사회의 법이 어떤 건지 확실히 알게 된 경험이 아닌가 싶다. 수갑을 차고 경찰서에서 피검사(Blood Test)를 받은 것, 견인된 자동차를 찾으러 간 것, 재판을 받은 것, 어딘가에 가서 열 손가락 지문을 찍은 것, 구류 대신 고속도로(Free Way)의 갓길 청소 봉사를 한 것, 5개월간 음주 운전(DUI: Driving Under the Influence) 학교에 다닌 것, 제한된 운전면허(Restricted Drive License)로 출퇴근 외에는 운전을 할 수 없었던 것, 비자 갱신을 위해 귀국했다가 DUI 기록 때문에 한 달 넘게 기다려야 했던 것 등은 직접 경험할 필요가 전혀 없는 것들이었다. 설날에 걸려서 추석 때 마무리되었지만 그 후로도 보험료 인상 등을 합치면 금전적으로도 $20,000 이상 들어간 것 같다. 덕분에 음주 운전은 다시는 안 하게 되었다. 또 한 가지 자주 느끼는 것으로 미국인들은 대체로 융통성이 없다는 점이다. 어찌 보면 바보 같고 어찌 보면 여유가 있는 것 같기도 하지만, 항상 눈치 빠르고, 빨리빨리 해치워야만 되는 우리 입장에서 보면, 미국인들이 10년 걸릴 일이라면 우리는 3년 만에 해낼 수 있다는 자신감이 있다. 미국인들은 예상외로 순진하다. 흑인 범죄자가 가장 겁이 많은 사람들이라는 아이러니가 그럴 듯하다. 미국인들의 유머는 도무지 이해가 안 된다. 언어도 언어지만 더 중요한 것은 생각과 문화의 차이다. 10년을 살면 10년 동안, 20년을 살면 20년 동안 계속해서 공부해야 하는 것이 영어다. 그것에서 스트레스를 받지 않으려면 포기하는 수밖에 없다.

미국에 오신 엄마와 누나

정말 직접 겪어볼 필요가 없는 불필요한 경험도 해가면서 차츰 미국 생활에 적응해가는 나 자신을 본다. '언젠가는 한국으로 돌아간다'는 생각에는 변함없었지만, 미국 생활에 되도록 빨리 적응하고 가능한 즐기면서 사는 것도 중요한 일상이 되었다. 가족들과 여행하는 것은 물론이고, 한국서 오는 손님들의 여행 안내, 포스코와의 기술교류회, UPI에 남아 있는 한국에서 파견되어 온 직원 가족들과의 친교, 주말 골프, 외국인들과의 스스럼없는 어울림 등 한 주, 한 달, 1년… 그렇게 내 생활은 점점 미국화되어가고 있었다.

신분 전환

2000년 7월에 UPI로 온 이래 김경화 부사장과 1년 반, 신충식 부사장과 2년여 지날 동안은 이승안, 김민동 두 사람의 경쟁적인 의욕 때문에 조직생활이 사실상 좀 피곤했다. 7년씩 근무한 김민동, 이승안 씨가 다 귀국한 2005년 초, 아직 부임한 지 1년이 채 안 된 이문수 부사장이 포스코 출신 직원 회의를 소집해서는 '회사의 방침이 바뀌어 UPI의 기술직 인원 파견이 더 이상 필요 없다고 판단했기 때문에 모두 귀국해야 한다'고 했다. 나는 2005년 상반기까지 복귀해야 할 대상이었다. 나는 반드시 돌아간다는 생각으로 UPI에 근무해왔기 때문에 집도 구입하지 않았고(회사에서 주는 주택지원금으로 충분히 모기지(Mortgage) 상환이 가능하였었는데…집 한 채 사 두었더라면 큰돈 벌었을 텐데), 영주권도 신청하지 않았었다. 다만 5년 근무하는 것으로 알고 파견 나왔지만, 지금까지의 관례로 보아 7~8년은 통상 근무하고 들어간 사람이 대부분이었으므로 나도 2년 정도는 연기가 가능할 것이라 생각했던 것이 큰 오산이었다. 왜냐하면 애들 교육이 큰 문제였기 때문이다. 큰 애(자아린)는 고2 때 미국으로 와서 첫 학교(College Park High School)에서 한 학기, 다른 학교(Deer Valley High

아들(자아린) SFSU 졸업

School)로 전학 가서 1년 공부하여 고등학교를 졸업하고, 4년제 대학으로 바로 진학하는 게 어려웠기 때문에 지방대(Community College)인 디어배리 칼리지(DVC)에서 2년을 하고, 이제 막 캘리포니아주립대(SFSU: San Francisco State University) 3학년에 편입한 상태이고, 작은애(세빈)는 중3 때 전학을 와, 여기서 고등학교 졸업 후 이제 UCLA(University of California, Los Angeles) 1학년을 다니고 있는데, 둘 다 한국으로 전학 가는 것은 불가능했다. 하나는 샌프란시스코에, 또 하나는 로스엔젤레스에 두고 내가 귀국하여 세 집 살림을 한다는 것은, 무일푼으로 회사 봉급만이 유일한 소득원인 내게는 전혀 불가능한 시나리오였기 때문에, 나는 주재 기간을 2년만 연장해 달라고 통사정을 했다. 2년 후에는 큰애는 졸업할 거고, 작은애는 2학년을 마칠 수 있으니 국내의 대학으로 편입이 가능할 것이기 때문이었다. 나는 첫째, 어떡하든 2년 정도 연장하는 방법과 둘째, 돌아가되 국내가 아닌 중국, 동남아 등 해외근무로 나가는 방법을 찾으려고 얘기가 될 만한 사람들과 접촉을 시도했다. 그러나, UPI에서 엔지니어의 철수는 회장의 방침인지라 아랫사람들은 전혀 융통성이 없었다. 내가 체면을 무릅 쓰고 부탁이라도 좀 할 만한 사람들은 의도적으로 나를 만나는 걸 피하는 것 같았다. 내가 23년간 회사일만 열심히 할 줄

딸(세빈) UCLA 졸업

알았지, 윗사람에게 아부할 줄 모르고, 어려울 때 나를 이끌어줄 든든한 라인을 만들지 못해 온 점이 아쉽기도 했다. 결국 갈 곳이라곤 친정 (포항) 냉연부 밖에 없는 것 같았다. 입사 동기인 김동호가 냉연부장을 맡고 있었는데, 거기로 돌아가본들, 곧 조그만 자회사 또는 협력 회사 임원 자리 몇 년 할 수 있는 게 전부였다. 많은 선배들이 그렇게 물러 갔듯이… 나는 누구보다도 유능하고, 무슨 일이든 남보다 더 잘할 수 있다고 생각해왔는데, 그저 그렇고 그런 사람들이라 생각해온 선배들이 간 그 길을 나도 가게 될 것이라 생각하니 분하기도 하고 서글퍼지기도 했다. 포스틴에서 포스코로 재입사하면서부터 꼬이기 시작한 것이 아닐까라는 생각도 들고, 토사구팽이라는 말의 의미가 가슴에 와 닿았다. 아직도 조직 속에 몸담고 있다는 생각을 못 버려서인지, 나를 특별히 대해주지는 않았지만 그래도 담당 임원인 조성식 전무에게 장문의 편지를 썼다.

나의 입사 후 연수원, 외자부, 생산관리부, 포스틴, 그리고 냉연부를 거쳐온 경력을 소개하면서 신규공장의 건설, 초기 조업과 품질 안정화, 프로젝트 추진 능력 등을 알려드리고, '그 당시 조 전무님이 맡은 중국 프로젝트에 관여되어, 그동안 쌓아온 실력을 한번 유감없이 발휘해보고 싶다'는 간절한 뜻을 말씀드렸다.

조성식 전무는 나에게 가타부타 대답이 없었다. 직접 대면하기도 했으나 나의 편지를 못 본 것처럼 행동했다. 한국으로 잠시 귀국한 나는 서울에서 조성식 전무, 최종두 전무, 박한용 상무, 인도사업추진반의 정태현 씨, 권춘근 씨, 동기생인 김준식, 장인환, 포항제철소에서 유광재, 이건수, 김태만 상무, 윤동준 인사실장, 김동호 냉연부장 등을 두루 만나보았지만 그 누구도 나에게 '어떻게 해보자'고 확실히 얘기해준 사람은 없었다. 정태현, 권춘근 씨가 '인도에 함께 가자'고 말 못 하는 위치에 있는 것은 이해가 되었지만, 윤동준 씨는 신입사원 때부터 내가 알고 있던 그가 아니라 너무도 달라져 있어 적잖이 실망을 했다. 포항, 서울, 광양을 돌면서 한때 동고동락했던 친구, 직원들과 엄청난 술을 퍼 마시고 미국으로 돌아온 나는 포스코로 복귀하지 않고 UPI 직원으로 신분을 전환하기로 마음을 굳혔다. 대학 졸업 후 24년간 아부할 줄도 모르고, 돈을 모을 줄도 모르고, 오로지 일에만 최선을 다해온 나의 포스코 생활은 그렇게 끝나가고 있었다. 나는 UPI에서 제 2의 인생을 시작하기로 하고 미국영주권부터 신청했다. 다행히 회사에서 신분 보장을 확실히 해주고, 미국에 꼭 필요한 기술 인력이라는 것이 인정되어 쉽게 영주권을 받을 수가 있었다. 하지만 큰애는 나이 초과로 이미 나의 부양가족이 아니어서 영주권 신청 대상자도 되지 못했다. 2000년 처음 미국으로 올 때는 7년 정도 있다가 돌아간다는 생각이 확고하였기 때문에 그동안 전혀 생각해보지 않았던 미국 생활인 만큼 모든 것이 불확실했다. 부모형제, 일가친척 또는 친구들에게 나는 항상 중심적인 역할을 해왔는데, 이제는 다시 함께 모일 날이 언제가 될지 기약도 할 수 없고, 노후생활 준비가 전혀 되어 있지 않은 내 입장에서는 언제까지 여기에서 직장생활을 해야 할지도 모르겠고, 아들은 한국에, 딸은 미국에서 살아야 할 것 같으니, 나는 어디에 정착할 것인지도 모르는 불분명한 생활이 오랫동안 계속될 것 같았다. 그동안 다행히 애들이 잘 적응해줘서 위안이 되었다. 대한민국 대부분의 부모와는 달리 나는 애들의 과외 비용 때문에 고생한 적도 없었고, 특별히 말썽도 부리는 일 없이 반듯하게 자라준 애들에게 고마울 뿐이었다. 2006년 1월 말, 나는 포스코에 아직 재직하고 있는 나를 아는 지인들 약 500명에게 퇴직을 알리는 이메일을 보냈다.

"안녕하십니까? 설은 잘 쇠고 오셨는지요? 외국에서 맞는 명절은 늘 허전합니다. 세월이 갈수록 세배도, 차례도, 성묘도 차츰 잊혀져 갑니다. 멀리 떨어져 있으면 그렇게 잊히듯이, 저 또한 25년 동안의 열정과 도전, 그리고 보람과 아쉬움을 역사 속으로 묻고, 조용히 잊혀가고자 합니다. '81, '82년에 연수원에서 IE 담당 기술강사로, '83, '84년에 외자부에서 기자재 구매업무, '84~'88 생산관리부 IE실에서 생산관제모델 개발과 RSDC, CE-DSS 등 시스템 업무, '89~'95 ㈜포스틴에서 석도강판공장의 건설, 조업, 품질 안정화, 광양 및 중국 상해에 제2공장 건설 추진, 회사 청산 및 포스코로의 합병 업무, '95년 말 냉연부로 재입사하여, 석도강판공장 직원들의 단합과 품질 향상 활동, 도금기술팀장, 설비개선 업무, 그리고 2000년 UPI로 파견. 그렇게 지내온 페이지마다, 제가 모셨던 분들과 고락을 함께했던 선후배, 동료 여러분들의 얼굴이 생생하게 떠오릅니다. 저도 항상, 일에는 적극적이지만, 인간적으로는 소탈하고 여유 있으려고 노력해왔으나, 혹시라도 저에 대한 좋지 못한 추억이 있다면 이젠 털어주십시오. 저 또한 아쉬웠던 일, 섭섭했던 기억들은 다 잊고, 자랑스런 일과 생각하면 미소가 지어지는 순간들만 기억하겠습니다. 25년간 포스코로부터 많은 것을 배우고 느꼈습니다. 항상 건강하시고, 해마다 계획하시는 모든 일 순조롭게 이루시고, 가정에는 늘 웃음과 행복이 가득하시길 바랍니다."

기술 부서
(Technical Support Manger/Advisor, Technology Division)

일단 포스코를 퇴직하고 UPI의 직원이 되니, 생산차장(Production Assistant Manager)이라는 나의 직책은 좀 애매해졌다. 나이 어린 부장(Greg Isola는 압연 부서장으로 가고, 이때는 르넷 쟈코바치(Lynnette Giacobacci)라는 젊은 여자가 Tin Division Manager가 되어 있었다)이 졸지에 나의 직속 상관이 되었고, 그동안 스스럼없이 지내온 살 스브란티(Sal Sbranti) 조업 담당 부사장은 하늘 같은 상관이 된 게 아닌가? 더구나 이제부터는 단순히 미국인들의 일을 도와주는 자리가 아니라 나의 확고한 자리가 필요했다. 부하가 한 명도 없는 어정쩡한 자리에서 스트레스를 받기는 싫었다. Sal에게 'Tin 조업 또는 Tin 품질을 담당하는 과장급 자리를 줄 수 없느냐'고 몇 번 얘기해봤으나, 신통한 답을 받지 못했다. 서운하기도 했지만 한편으로는 안도하기도 했다. 만일 정말로 내게 수십 명의 부하를 통솔해야 하는 자리를 맡긴다면, 설비, 조업, 조직 관리야 못 해낼 것도 아니었지만, 매일매일이 말 그대로 전투(Fire Fighting)인 상황에서 순간순간의 의사소통이 과연 본토 미국인처럼 될까 하는 걱정이 컸던 것도 사실이었으니까. 그러나 맡은 일은 더더욱 소홀할 수 없어 어느 고객사가 제기한 Scroll 형태로 전단된 쉬트 제품의 직각도불량 클레임(Index Issue)을 단 한 번의 출장으로 해결하는 등 Tin의 경험을 살려 내 존재를 각인시켜나갔다.

2007년 초, 기술 부서(Technology Division)에서 포스코-UPI 간 기술 분야 창구 역할을 해오던 조정호 씨가 신설되는 파이프회사(USP: United Spiral Pipe)로 가게 됨에 따라, 기술 부서에 자리가 하나 났다. 나는 살스브란티(Sal Sbranti)와 라드 심슨(Rod Simpson, Technology Division Manager)에게 얘기해서 2007. 5월부로 Tin 부서를 떠나 기술 부서로 자리를 옮기기로 했다. 1989년 초 포스틴으로 가면서 시작된 나와 Tin과의 인연은 만 18년간 수많은 역사를 만들어냈다. Tin 때문에 내가 존재해왔다고 할 만큼 나는 Mr. Tin이었고, Tin 때문에 결국은 내가 미국서 살게 된 것이 아닌가? 물론 기술 부서에 있다고 해서 Tin쪽 업무를 전혀 관계하지 않을 수는 없지만, 본연의 업무는 Tin과 한 발짝 비켜서는 것이었기 때문에 만감이 교차했다. 한국과는 달리 이곳에서는 직장인에게 정년이라는 개념이 없다. 나이가 많다는 이유로 차별대우를 했다가는 고소 대상이 아닌가? 대학 졸업 후 이십 수 년을 직장 생활하면서 오로지 순간순간의 일에만 매달려, 부동산에 투자할 줄도 몰랐고, 노후 생활에 대해 한 번도 진지하게 생각해보지 않은 바보같은 내가, 막상 나이 오십 초반에 직장에서 퇴직을 강요당한다면, 내 인생은 그때부터 어떻게 될 것인가? 미국에서의 제2의 인생은 언제까지일지는 몰라도 기술 부서에서 기술지원 담당 매니저(Technical Support Manager)로서 새로 시작하게 되었다.

주 업무는 포스코와 UPI 간 기술창구로서, 설비 투자 검토 및 포스코에 보고, 모든 투자에 대한 투자수익율(IRR) 계산, UPI 조업 부문에 대한 월간 조업실적 분석, 포스코 측 경영위원(Management Committee Member)에 대한 보고서 사전 조율, UPI와 한국(포스코. 동부제강)과의 기술 교류회 주관, 한국으로부터 구매하는 기자재 구매에 대해 구매 부서 업무를 도와주는 것, 그리고 가장 중요한 것은 실제로 프로젝트 매니저(Project Manager: PM)가 되어, 하나의 투자 사업을 발의부터 준공까지 책임지는 역할을 수행하는 것이었다. 또한 통계 패키지의 일종인 SAS 응용 프로그램 능력과 Tin경험을 바탕으로 Tin쪽의 설비 및 품질 문제점 해결에 간혹 관여했다. 적당한 업무 부하로서 미국 생활하기엔 딱 알맞다고나 할까.

프로젝트 매니저로서, 아연도금라인의 아연포트에서 아연찌꺼기(Dross)를 걷어내는 로봇(Robot)을 설치할 때는 포스코로부터 광양제철소에 많은 공급 실적이 있는 '유진 엠에스'라는 회사를 소개받았으나, 미국 내의 중소기업 하나를 찾아내어 10만 달러 이상의 원가 절감을 하였다. 기계 부품이나 제작품 같은 경우에는 대부분 한국 내 제작사들이 미국 제작사에 비해 품질도 좋고 값도 싸지만, 로봇(Robot) 쪽은 아직 미국이 앞서 있는 것 같았다.

주석도금라인에 있는 퀜칭시스템(Water Quench System)에 사용되는 물을 재순환하여 재활용할 수 있도록 설비를 개조하여 원가 절감에 크게 기여를 하였고, 소둔라인, 주석도금라인, 검사라인에 미세 홀 탐사기(Pin Hole Detector)를 설치하여 고객사로부터의 클레임을 방지했으며, 또한 소둔라인, 아연도금라인, 주석도금라인에 표면결함검출기(Surface Defect Detector: SDD)를 설치하여 품질 향상에도 기여하였다.

투자비가 많이 소요되는(75만 달러 이상) 대형 프로젝트는 양 모사의 승인을 받아야 하기 때문에, 내가 부임한 2000년 이후에는, 2005년도에 투자한 DUO Mill Conversion Project(두 개의 설비를 하나로 통합하는 프로젝트) 딱 한 건만 있을 뿐이었다. 그러나 그때 나는 다른 부서에 근무하고 있었기 때문에 참여할 수가 없었다. 투자 계획을 수립하여 양 모사에 보고하면 항상 승인이 되지 않았다.

2007년에는 포스코 입사 동기인 김홍섭 씨가 UPI의 수석부사장으로 부임해왔다. 김홍섭 씨의 대학 1년 선배인 유종완 씨가 포스코 아메리카 사장으로 있으면서 UPI의 MC 위원이기도 했다. 당시 나는 압연설비에서 PO제품(Pickled & Oiled Coil)을 생산할 수 있도록 투자계획을 세우고 있었는데, 이번에는 양 모사에 '이러이러한 투자를 승인해주십시오'라고 하는 게 아니라 거꾸로 진행시켰다. 즉 유종완 사장이 MC 위원으로서 UPI에 '이러이러한 제품을 생산하는 방안을 검토해보시오'라고 지시하는 형태였다. 물론 모든 자료는 사전에 유종완 사장에게 주었고, 우여곡절 끝에 투자 승인을 받게 되었다. 이 프로젝트에서 나는 핵심 설비인 도유설비(Oiler)와 전단설비(Shear)의 구매를 담당하였고, 2012년부터는 PO제품을 생산할 수 있게 되었다.

포스코에 압연유를 공급하는 범우라는 회사는 UPI에 압연유를 팔려고 계속 시도를 했었는데, 살 스브란티(Sal Sbranti)가 조업 담당 부사장으로 있을 때는 출입 자체가 허락되지 않았다. Sal이 퇴직한 후인 2015년에 범우의 윤명철 씨와 함께 압연유 교체(Fat Oil에서 Semi-Synthetic Oil로)를 추진하여 2016년에서는 테스트에 성공하였고, 그 후부터 Semi-Synthetic Oil을 사용함으로써 원가 절감과 품질 향상, 환경 개선에 크게 기여하였다.

POSCO-UPI 기술교류회(중앙이 필자)

포스코와 UPI 간 기술 관련 조정자(Coordinator)로서, 한국과 미국에서 매년 번갈아 개최하는 기술교류회를 빈틈없이 추진하는 것은 당연하지만, UPI가 포스코에 벤치마킹(Bench Marking) 하러 가거나 반대로 포스코가 UPI에 벤치마킹(Bench Marking) 하러 올 때에도 모든 준비, 진행 및 통역은 내가 할 일이었다. 양사가 기술적인 문제에 있어 현황을 파악하거나, 자료를 교환하는 일체의 업무는 내가 조정(Coordination)을 해야 했으니, 바쁘기도 했지만 늘 보람이 있었다. 포스코와의 기술교류뿐만 아니라, 예전에 몇 번 하다가 중단된 동부제철과의 기술교류회도 한광희 씨가 동부제철 부회장으로 있던 2010년에 재개하여, 서로 몇번 왔다 갔다 했다.

구매 업무에 관여를 하여서는 UPI의 원가 절감에 크게 기여를 하였다. UPI의 구매 부서는 현장에서 구매 요구가 오면, 아무런 경쟁 없이 기존 공급 업체와 계약해주는 게 관행이었다. 한국 내의 제작 업체는 특히 기계부품이나 롤(Roll)류, 제작품 등에 대해서는 미국 내 업체와는 비교가 되지 않을 정도로 경쟁력이 있었다. 많은 아이템들에 대해 한국 업체를 경쟁에 참여시킴으로써, 연간 수십만 달러의 비용 절감을 할 수 있었다. 그러나, 처음 몇 년 동안은 계속 신규 업체를 발굴하고 품목을 확대시켜나갔지만, 몇 년이 지나고 안정화에 접어든 이후로부터는 처음처럼 매년 절감 금액을 키워갈 수는 없었다. 다만 현장에서 무슨 문제가 생길 때마다 나에게 도움을 요청해오고, 또 나는 그런 문제들을 한국 업체를 통해 해결함으로써, UPI에도 기여하고 한국의 국익에도 기여하게 되니 보람이 있었다.

2011년에 정준양 회장은 김홍섭 씨의 후임으로 유럽사무소에서 인연이 있었던 김광수 씨를 수석부사장으로 보냈다. 김광수 씨는 2012년에 UPI 사장이 되었는데, UPI 설립 이래 포스코가 사장을 맡는 것은 처음 있는 일이었다. 사장이 된 김광수 씨는 UPI 경영 개선을 위해 많은 변화를 시도했는데, 그 중 하나가 경쟁력 있는 소재(Hot Coil) 구매였다. 가격이 비싸고 품질이 좋지 않은 USS Hot Coil을 줄이고, 포스코와 일본 등 제 3국 Hot Coil 물량을 늘리는 것인데, 이는 경영 개선에 크게 기여하여, UPI는 안정적인 흑자 기업으로 전환할 수 있었다. 조직 개편도 있어 Department Manager, Process Manager 같은 구분이 없어짐에 따라, Department Manager급이었던 나는 Technical Support Manager 대신 Technical Advisor가 되었다. 2015년 초, 김광수 씨는 능력을 인정받아 상무로 승진하여 한국으로 돌아가고, 후임에는 USP 사장을 하던 유영태 씨가 왔다. 2015년, 몇 년 동안 UPI에 Hot Coil을 공급하지 못한 유에스스틸(USS: United State Steel)은 미국 정부에 철강 수입 규제를 해줄 것을 요청하였고, 'America First'의 슬로건을 내건 트럼프가 대통령에 당선되면서, 철강 수입 규제는 유에스스틸(USS)의 의도대로 이루어져서 포스코 열연제품에 대해서는 AD 4.8%, CVD 58%가 부과되게 되었다.

　2016년 8월에는 UPI 사장으로 유에스스틸(USS)의 부장급 직원이 왔는데, 웃기는 것은 유에스스틸(USS)의 직책을 그대로 유지한 채로 UPI 사장 역할을 수행한다는 점이었다. 다시 말해서 사장으로서의 의사결정 권한이 없고, 모든 일을 유에스스틸(USS)의 자기 상사에게 보고하고 의견을 물어봐야 한다는 것이다. 포스코는 UPI에 한 톨의 소재도 공급할 수 없게 되었고, 영향력 또한 전혀 없었다. 모든 소재는 유에스스틸(USS)이 공급했는데, 예상했던 대로 생산성 저하, 품질 저하, 원가 상승, 클레임 증가는 필연적이었고, 종업원들도 '회사가 문 닫는 것 아닌가' 걱정하기 시작했다. 그러나 유에스스틸(USS)은 계속 소재를 팔아 이익을 남긴다는 생각에 룰루랄라하는 것 같았다. 신규 프로젝트 투자는 생각지도 못하고, UPI와 포스코 간 관계도 예전 같지 않았다. 기술교류회는 계속 보류되었고, 벤치마킹(Bench Marking)이나 인적 교류도 거의 이루어지지 않았다. 기술 코디네이터(Coordinator)로서의 내 역할은 크게 줄었고, 구매 업무가 나의 주 업무가 되어가고 있었다. 투자도 없고, 프로젝트도 없고, 기술 교류도 없는 상태에서 Technical Advisor라는 직책은 뭔가 어울리지 않은 것 같았다.

뿐만 아니라, 늘 쪼들리는 내 급여 수준과는 달리 다른 사람들의 급여 수준을 알게 된 후에는, 직속상사(Boss)인 라드 심슨(Rod Simpson)에게 크게 실망하여, Technology Division을 떠나고 싶어졌다. 내가 UPI 직원으로 신분 전환할 당시 채용 담당자는 트레비스 스완슨(Travis Swenson)이라는 녀석이었는데, 포스코 25년 경력인 나의 월급을 월 $6,000로 책정했다. 여러 사람에게 몇 번이나 더 올려 달라고 해봤으나 받아들여지지 않았고, 나는 UPI 외에는 미국에서 직업을 구하는 것이 사실상 힘들어 그대로 수용할 수밖에 없었다. 세금 등을 공제한 후 실수령액은 월 $4,500정도 되었는데, 생활비가 월 $1,500정도 부족했다. 한국에 있는 아파트를 처분하고, 국민연금도 해약하고, 조금 있던 주식도 팔고 해서 생활해나갔다. 1년에 한번씩 정기적인 급여 인상 시기에, Boss인 Rod가 조금씩 급여를 올려줄 때 '회사도 어려운데 이렇게 봉급까지 올려주나' 생각해서 고마워했다. 그런데 알고 보니, 이놈들은 자신이나 자신과 친분이 있는 사람들의 봉급은 수시로 올려줬고 (일년에 세 번 올려준 사람도 있었다), 틈만 나면 새로운 자리를 만들어 봉급 올려주는 수단으로 이용해왔던 것이었다. 트레비스(Travis)는 승승장구하여, 재무 담당 부장을 거쳐 조업 개선 담당 이사(Director)라는 직책을 스스로 만들어 아무 하는 일 없이 많은 급여를 받고 있었고, 새로 조업 담당 부사장이 된 르넷(Lynnette)은 이사(Director) 자리를 마구 만들어 친한 사람들의 봉급을 올려주었다. Rod도 물론 Director가 되었다. 회사는 망해가고 있는데, 자신의 이익만을 위해 조직을 바꾸고 친한 사람들의 급여를 마구 올려주는 이놈들의 행태가 괘씸해졌다. 나는 이미 회사 경력이 37년째이고, 회사에 매년 수십만 달러씩 원가 절감에 기여하고 있으며, 내가 아니면 아무도 하지 못할 일들을 해왔는데, 아직 연봉이 십만 달러가 되지 않았다. 미국놈들은 '봉급 올려 달라고 얘기하지 못하는 나를 철저히 이용만 해왔구나.'라는 생각이 들었다.

경영/재무 부서(Senior Advisor, Administration & Finance)

한국에서는 정권이 바뀌면 여지없이 포스코 회장도 임기를 채우지 못하고 물러났다. 문재인 정권이 들어선 후 1년 여를 버티던 권오준 회장도 결국 물러나고, 우여곡절 끝에 부산대 출신인 최정우 씨가 신임 회장이 되었다. UPI에서도 조직 개편이 있어, Supply Chain을 담당하던 르넷(Lynnette)이 조업 담당 부사장이 되었다. Supply Chain이라는 조직은 없어졌고 여기에 속해 있던 구매 파트는 경영/재무 담당 부사장 밑으로 들어갔다. 담당 부사장은 포스코 소속인 선주현 씨가 맡고 있었는데, 나는 선주현 씨와 얘기해서, '현재 내가 하는 일이 구매 위주이니 소속을 바꾸고 싶다'고 요청해서, 새로운 직책은 'Senior Advisor, Administration & Finance'가 되었다.

2018년 7월, 나는 포스코 신임 회장에게 다음과 같은 Mail을 보냈다.

수신: 최정우 회장
참조: POSCO Lover Letter

최정우 신임 회장님, 우선 포스코 회장이 되신 걸 축하합니다.

나는 현재 UPI에 근무하고 있는 손영징이라고 합니다. 부산대학교 74학번 기계과 출신이며, 1981년에 포스코에 입사해서, 연수원 IE 담당 기술강사 2년, 외자부 압연기재과에서 1년, 포항 생산관리부 IE실에서 5년을 근무한 후에, 1989년에 포스틴(POSTIN)으로 옮겨, TIN 공장 건설, 조업 및 제2공장 추진(상해, 광양) 프로젝트 등을 담당했습니다. 1996년말 포스틴이 포스코에 흡수 통합된 후, 냉연부 석도강판공장장, 도금기술팀장 등을 역임하다가, 2000년 7월 UPI로 파견 나왔습니다. 2005년 이구택 회장으로부터 "UPI에서 엔지니어 철수하라"는 방침이 내렸을 때, 상황이 여의치 않아 2006년 1월 포스코를 퇴직하고, UPI에서 계속 근무하고 있습니다.

UPI는 박태준 회장께서 광양2기 설비 건설 계획시, 대량의 열연코일 시장 장기 확보 차원에서 US Steel과 50:50 합작으로 1986년에 설립되었습니다. 1989년에 PLTCM과 KMCAL 두 설비를 준공하여 미국 내에서는 가장 최신의 압연설비와 소둔 설비를 갖추게 되었습니다. 조업 초기 몇 년간 적자 규모가 컸으나, 1994년 이후부터는 포스코가 연간 70만 톤의 Hot Coil을 수출하는 최대 고객사가 되었습니다. IMF 시절에도 포스코의 제품 출하를 견인했으며, 판매 여건이 어려울 때마다 가장 든든한 수출 시장이 되어왔습니다. 물량뿐만 아니라, 가격 또한 미국 서부 시장은 과거, 현재 그리고 앞으로 영원히 세계에서 가장 비싼 시장입니다.

UPI의 역할은 단순한 철강 수출 시장 이상이었습니다. 거의 폐쇄 직전이었던 US Steel의 CA Pittsburg공장은 포스코가 들어옴으로써 많은 것이 바뀌었습니다. 포스코의 안전 제일문화, 청결문화, 직원을 한 가족처럼 대하는 문화, 지역사회에 기여하는 문화, 최저 원가-최고 품질을 지향하는 문화는 직원들과 직원 가족, 지역사회 시민들, 정치인들까지 모두가 한국과 포스코를 사랑하게 되고, 미국 사회의 이 모든 사람들은 마치 한국의 외교관 같은 역할을 하게 되었습니다. 1992년에 Anti-Dumping에 피소되었을 시, 고객사들, 노조원들, 시민들, 상원의원 등 각 분야의 사람들이 한마음으로 노력한 결과, 미국 ITC로부터 'UPI향 포스코 Hot Coil은 미국 산업에 피해를 주지 않는다'는 판정을 받아내는 등, UPI는 한미 철강 무역의 마찰을 완화시키는 역할을 해왔습니다.

US Steel과 포스코가 50%씩 공급하던 Hot Coil 공급 Rule은 2013년부터 깨어졌습니다. 김광수 UPI 전임 사장(현 POSAM 사장)은 2012년부터 UPI 경영 개선을 위해 많은 노력을 했는데, 그 중 하나가 경쟁력 있는 Hot Coil 구매였습니다. 가격이 비싸고 품질이 좋지 않은 USS Hot Coil을 줄이고, POSCO와 제3 Source Hot Coil 물량을 늘이는 것이었습니다. 이는 경영 개선에 크게 기여하여, UPI는 안정적인 흑자 기업으로 전환할 수 있었습니다.

그런데, 문제는 2015년에 터졌습니다. 철강 경쟁력이 극도로 약화된 US Steel은 미국 내 타 철강사와 힘을 합쳐 철강 수입 규제를 밀어붙이게 되었는데, UPI도 예외는 아니었습니다. US Steel은 UPI Supporters(고객사, 직원과 직원 가족, 지역사회 시민, Pittsburg City, 변호사 등)의 활동을 사전에 철저하게 차단했습니다. 때마침 당선된 트럼프 대통령의 '미국 우선주의' 정책에 힘입어 결국 포스코가 UPI에 공급하는 Hot Coil에 대해 AD 4.8 %, CVD 57%가 부과되기에 이르렀습니다. 포스코 입장에서는 60% 이상의 관세를 내고 UPI에 소재를 공급할 수는 없기 때문에, UPI는 US Steel의 Hot Coil밖에 사용할 수 없었고, 이것은 실수율 저하, Line Stop 증가, 고객 Claim 증가, 직원 사기 저하로 이어졌고, 회사는 작년에만 4천만 달러의 적자를 보았습니다. 이런 상황이 지속된다면 UPI라는 회사는 더 이상 지속할 수가 없을 것입니다.

포스코가 관세 60%를 물고 UPI에 Hot coil을 공급할 수는 없겠지만, 문제는 현대제철 Hot Coil에 대한 CVD는 5%라는 점입니다. 현대제철이 5%라면 포스코도 당연히 그 수준이 되어야 합니다. '이것을 낮출 노력은 하지 않고, 60%이니까 UPI는 Vision이 없다'고 한다면, 이는 단견이고, 패배주의자이며, 경영자로서의 책임 회피입니다. CVD는 매 2년마다 재심의합니다. 현재 재심의 Process가 진행 중인 것으로 아는데, 지금이라도 제대로 된 대응을 한다면, 5% 수준으로 낮출 수가 있습니다. 트럼프 대통령의 철강 수입 규제 정책이 영원히 미국의 무역 정책으로 되지는 않을 것입니다. AD+CVD가 10% 이내로 내려간다면, 포스코의 원가 경쟁력, 품질 경쟁력으로 비추어볼 때, UPI는 세계에서 가장 비싼 철강 시장에서 포스코의 이익에 크게 기여할 수가 있을 것입니다.

포스코 50년 성공을 기반으로 100년 기업으로 나아감에도, 철강은 기본이라 할 수 있습니다. UPI의 지리적 위치, 넓은 부지, 전용 부두,

미국 내 최고의 압연 및 소둔설비 등은 큰 강점입니다. 포스코가 미국 철강 시장에서 주도적으로 활동할 수 있는 최고의 Base Camp입니다. 박태준 회장의 혜안에서 UPI가 출발했다면, 후배들의 의지와 통찰력으로 UPI를 더욱 발전시켜야 할 것입니다. 현재 UPI에 걸려 있는 US Steel의 AR은 1억 2천만 달러 정도인데, US Steel에서는 이 AR을 회수하는 수준에서 UPI를 포기하려는 것으로 알고 있습니다. 이 기회에 포스코가 UPI를 인수하여 조금만 투자를 한다면, 미국 내에서 가장 경쟁력 있는 철강회사가 될 수 있습니다. Tin 제품은 중서부 시장에서 유일한 제조사이며, Galvanizing제품은 현재에도 설비 능력이 부족한 실정이지만, 품질 좋은 포스코 소재를 사용할 경우 시장은 얼마든지 넓힐 수 있습니다. 넓은 부지에는 열연공장이든, Stainless Mill이든, 전기강판이든 Galvalume이든 뭐든 지을 수 있습니다.

나는 머지않아 Retire해야 할 나이지만, 후배들에게는 자랑스러운 UPI를 만들어서 물려주고 싶습니다. 퇴직 전에 마지막 정열을 불사르고 싶은 것은 개인적인 바람이지만, 포스코의 최초 해외 생산기지인 UPI가 영원히 미국 시장에서 포스코의 이름을 빛내는 것은, 개인의 소망이 아니라 100년 포스코의 절대 가치가 될 것입니다. 단견에 기초해서 UPI를 포기함으로써 역사의 죄인이 되지 않기를 바랍니다.

2018년 7월
UPI 손영징

포스코에서는 최정우 회장 명의가 아니라 Love Letter라는 곳에서 즉시 회신이 왔다.

Young Sohn님

　보내주신 의견은 포스코가 앞으로도 변함없이 국가와 사회 발전에 기여하고 국민과 함께 성장할 수 있는 기업이 되는 데 활용하도록 하겠습니다. 문의 사항은 loveletter@포스코.com 또는 02-3457-8265/8266으로 언제든지 연락 바랍니다. 감사합니다.

　포스코 Love Letter 대응팀 일동

　즉각적인 회신을 해주는 걸 보면, 최정우 회장이 이끄는 포스코는 뭔가 바꿔질 수 있겠다는 기대감이 들었다.

　내가 느끼는 바를 정직하게 표현하면, 박태준 회장이 계실 때의 황경로 회장이나 정명식 회장은 언급할 필요가 없지만, 박회장이 물러난 이후의 모든 포스코 회장들은 포스코를 제대로 경영했다고 볼 수 없었다.

　김영삼 정권 때의 김만제 회장은 직원들의 급여를 올려준 점은 공으로 인정되나, 그룹 구조 조정을 하면서 거양해운을 팔아버린 것은 최대의 실책이었다.

　김대중 정권 때의 유상부 회장은 그 당시 정부가 '정태수 씨의 한보철강을 5천억 원에 인수해 달라'고 요청했을 때, 공짜나 다름없는 그것을 거절해버린 사람이다. 그 한보철강은 오늘날 현대제철이 되어 포스코의 가장 강력한 경쟁사가 되었고, 유 회장 자신은 스톡옵션이라는 제도를 만들어 많은 돈을 챙겼다.

노무현 정권 때의 이구택 회장은 유상부 씨와 함께 스톡옵션을 챙겼으나, 사람이 너무 우유부단해서 의사결정을 내릴 줄 몰랐다. 한 가지 사안에 대해 수없이 보고를 받기만 했지 의사결정의 시기는 항상 놓쳤다. 이 회장이 결정한 것이 두 가지 있는데, 하나는 인도의 오릿샤주에 제철소를 건설하겠다는 것이고, 다른 하나는 UPI 부지에 USP(United Spiral Pipe)라는 공장을 건설하는 것이었다. 오릿샤 제철소는 착공도 못한 채 포기했고, USP는 준공 후 당초 계획했던 원유수송용 대구경 파이프는 1톤도 생산해보지 못한 채, 회사는 문을 닫고 설비는 철거되었다.

이명박 정권 때의 정준양 회장은 공업교육학과 출신답게 '철강(Fe)뿐만 아니라, 원소 주기율표의 모든 금속에 대한 투자를 해야 한다'고 하더니, 수많은 비철금속에 무리한 투자를 했고, 결국에는 포스코의 현금자산을 엄청나게 까먹어, 그의 후임인 권오준 회장으로 하여금 알짜 자회사인 포스코특수강까지 팔아서 유동자산을 확보하게 했다.

박근혜 정권 때의 권오준 회장은 정준양 회장과 함께 수많은 부실투자를 한 장본인인데, 재임 중에 만회를 하려고 노력은 했으나, 경영상의 큰 진전은 없었고, UPI에 대해서는 유에스스틸(USS)과의 협력을 지속하려고 노력했으나 성공하지 못했다.

지금 문재인 정권 하에서, 최정우 회장의 포스코는 어떻게 되는지 포스코를 걱정하는 포스코 OB의 한 사람으로서, 또 대한민국의 국민의 한 사람으로서, 지켜보기로 했다.

2019년 6월, 포스코 열연강판에 대한 미국 정부의 관세율은 약 63%에서 11% 수준으로 최종 조정되었다. 11% 정도이면 포스코에서 충분히 원가 경쟁력이 있기 때문에 수출하는 데는 문제가 없는 수준이었다. 나는 내심 포스코가 이 기회에 아예 UPI를 인수해서 미국 시장에 확실히 진출해주기를 바랐다. 미국 서부 시장은 영원히 세계에서 가장 비싼 철강 가격이 유지될 것이고, UPI의 위치, 넓은 부지, 자체 항만 시설 등 좋은 조건을 갖추고 있어, 포스코의 자금력으로 설비 투자를 좀 하기만 하면, 미국 내에서는 타의 추종을 불허하는 최고의 철강 회사가 될 수 있는 것이다. 아연도금강판 설비를 증설하고, 주석도금강판 설비를 합리화하여 일단 이익을 내는 회사로 만든 다음, 추후에 열연공장을 지어도 되고, 스테인리스 압연 설비를 놓을 수도 있고, 자동차용 강판 생산 설비를 갖출 수도 있는 것이다. 트럼프 행정부의 무역 정책이 영원히 계속될 수도 없을 것이니, 장기적인 관점에서 UPI의 인수는 포스코의 미래에 분명히 좋은 선택일 수밖에 없는 것이라 생각했다. 유에스스틸(USS)로부터 공급받는 소재는 품질이 너무나 나빠, 주석도금강판인 경우 생산하면 50% 이상이 불량품이 되었다. 'Garbage In, Garbage Out'(쓰레기를 넣으면 쓰레기가 나온다) 말 그대로였다. 유능한 인재들은 회사의 미래에 대해 희망을 갖지 못하고 하나둘 떠나갔다. 경험 많은 직원들은 퇴직하고, 새로운 젊은 인재들은 충원되지 못하여, 조업 수준이나 정비 수준이 현저히 저하되었다. 수십 년 이래, UPI의 수익성, 생산성, 설비 가동율, 정품 실수율은 최악을 기록하고, 안전사고 발생율, 불량률, 클레임 발생율 등도 사상 최악으로 되었다. 회사 경영은 몇몇 사욕을 채우려는 사람들이 끼리끼리 자리를 만들어 마음대로 쥐고 흔들었다. 포스코가 빠진 UPI의 미래는 전혀 길이 보이지 않았다. UPI 직원들은 모두가 포스코가 UPI를 인수해주기를 바랐다. 나도 40년 가까이 쌓아온 경험을 마지막으로 한번 마음껏 발휘해서 멋진 회사 하나 만들어놓고 은퇴하고 싶어졌다. 설비 투자, 조직 개편, 직원 교육, 시스템 정비, 모든 분야에서 옛날의 포스코 정신을 심어서, 영원히 살아남는 회사, 자손대대로 근무하고 싶어 하는 회사로 만들고 싶어졌다.

그러나, 포스코 경영층들의 생각은 전혀 달랐다. 그들은 더 이상 옛날 박태준 회장 시절의 포스코맨들이 아니었다. 미래를 내다보는 투자는 관심 밖이고, '지금 당장 수익을 내고 있느냐 그렇지 못 하냐'가 평가의 우선순위이다 보니까, 자신의 임기 중에 무사안일만을 바라는 신세대일 뿐이었다. 유에스스틸(USS)은 UPI에서 더 이상 포스코와의 합작을 원치 않았고, 외상매출금 1억 4천만 달러를 회수하는 게 목표였다. 그러나 포스코 역시 UPI를 인수하기는커녕 오히려 UPI에서 완전히 철수할 생각이었다. 2020년 1월 말, 드디어 양사는 합의에 이르러 포스코는 2020년 2월 말까지 완전히 철수하기로 되었다. 1985년부터 유에스스틸(USS)과 포스코가 합작하여 한미의 큰 가교역할을 해왔고, 양사가 서로 서로에게 유익하게(Win-Win) 할 수 있었던 UPI라는 회사는 2020년, 35년이라는 수명으로 이제 역사가 되어버렸다. 마지막으로 UPI에 남은 포스코인으로서 그동안 UPI의 역사와 함께 해온 선후배들과 35년의 UPI 환송회를 개최했다. 회사용으로 지출할 수 있는 마지막 행사인 셈이다.

UPI에서 고락을 함께했던 선후배들과(흰색 상의가 필자)

    1980년도 대학 4학년 때, 포스코 장학생으로 포스코와 인연을 맺었는데, 내 젊음과 열정을 다 바친 40년이 지나 이제 포스코와의 인연도 다한 것 같았다. 미국에서 세금을 낸 햇수가 20년 밖에 되지 않으니, 회사연금(UPI Pension)과 국가연금(Social Security)을 합해도 미국서 생활해 나가기에는 부족한 노후 수익이었다. 나는 퇴직 후 한국으로 이사하기로 하고, 노후생활계획(Retirement Plan)을 수립했다. 한국 내 주택 구입과 미국 내 주택 매각, 미국 생활 정리와 한국 생활 준비, 이를 위해서는 6개월 정도의 시간이 걸릴 것으로 예상하여 2020년 말까지는 한국으로 이주하여, 모든 걸 잊고 행복한 노후생활을 하기로 했다.

Bye UPI, Bye America.

제3부

나의 종교관과 여가 활동

1장

종교관

왜 사느냐?

세파에 찌든 사람이 넋두리처럼 "왜 사느냐?"라고 묻는 경우는 "사람답게 살기 위하여"라고 대답한다. '사람답게 산다'는 것은 자식으로서 자식답게, 부모로서 부모답게, 남편으로서 남편답게, 친구로서 친구답게, 민주시민으로서는 민주시민답게, 또 회사원으로서는 회사원답게 산다는 뜻으로써, 일범(一凡)인 나에게는 딱 어울리는 삶의 이유이다. 그러나 일상적인 그런 '왜 사느냐?'의 물음이 아니라, 정말 인생에 대해 고민하는 자가 있어 철학적으로 심각하게, "당신 인생의 목적이 무엇이오?"라고 묻는다면, 나는 "혼(魂)을 완성시키기 위해서"라고 대답한다. '혼을 완성시킨다'는 의미는 내가 수많은 의문과 고민과 공부와 수련을 통해서 깨달은 마지막 결론이다.

성경 창세기에 보면 "하나님이 흙으로 사람을 자기 형상대로 빚어, 생기를 불어 넣으니 생령이 되었다."라고 되어 있다. 생령(生靈)은 영어 성경에는 'Living Soul'이라고 되어 있는데, 우리나라 말로 번역을 할 때 잘못 한 것 같다. 영(靈)은 영어로 'Spirit'라고 하며, 'Soul'은 혼(魂)이라고 번역되어야 옳다. 어쨌든 사람은 영(靈, Spirit)과 육(肉, Body)과 혼(魂,

Soul)으로 구성되어 있는 것은 확실하다. 우리 선조들은 육(肉)을 백(魄)으로도 표시했으며, 혼백, 영혼 등의 말을 보면 혼과 영과 육은 떼어낼 수 없는 일체(一體)로 인식하였음을 알 수 있다. 사람이 죽으면 육신은 흙으로 돌아가지만, 영혼이 어디로 가는지에 대해서는 종교마다, 사람마다 의견이 분분하다.

'죽는다'는 의미는 무엇인가? 그것은 사람(Living Soul, 生魂)의 육(肉, Body)과 혼(魂, Soul)이 분리되어 '원래 상태대로 돌아감'을 의미한다. 따라서 육(Body)은 '흙으로 돌아감'이 확실한데, 혼(Soul)에 대해서는 기독교인들은 '하늘나라(천국)로 간다'고 하고, 불교인은 '극락에 간다'고 하고, 어떤 사람들은 '자미원(紫微垣)으로 간다' 하고, 또 어떤 사람들은 '근본자리로 돌아간다' 하고, '한(古語, 흰) 자리로 돌아간다'고도 한다. 내가 보기에는, 천당이나 극락이나 자미원이나 근본자리나 한의 자리나, 다 똑같은 장소를 서로 다르게 지칭하고 있는 것 같다. 몸(肉, Body)이 흙에서 났으니 흙으로 가듯이, 혼(魂, Soul)은 이름이야 뭐든 관계없이, 원래 있었던 그 자리, 즉 몸과 결합하기 이전의 자기자리로 돌아가게 되는 것이다. 따라서 혼(魂)이 몸(肉)과 분리될 때, 우리는 '죽었다'라고 하며, '갔다, 돌아갔다'라고도 표현하는 것이다. 그러나, 영(靈, Spirit)은 다르다. 영(Spirit)은 수시로 몸을 들락날락할 수가 있다. '마음이 콩밭에 가 있다'는 속담도 그렇고, 우리가 꿈을 꿀 때, 내 몸을 떠나 다른 곳에서 활동하는 것도 다 영(Spirit)이다. 영(Spirit)은 혼(Soul)과 육(Body)이 결합되어 있을 때만 활동하는 것이며, 혼과 육이 분리되면, 즉 죽으면 자연히 없어져버리는 것이다. 따라서 영(Spirit)과 혼(Soul)을 혼동하지 말아야 할 것이다.

그러면 혼(魂)과 육(肉) 중에서 '참 나'는 무엇인가? 그것은 당연히 혼(魂, Soul)이 바로 '나'이다. 육(肉, Body)은 '내 머리, 내 손, 내 가슴, 내 입' 하듯이 나의(My) 것, 즉 나의 소유물이다. '나의 무엇' 할 때의 이 '나'는 무엇인가, 그것은 혼(魂)이다. 혼(魂)은 내 몸과 결합하기 이전부터, 원래부터 있었다. 단지 이 세상에서는 '내 몸'이라는 육신을 빌어 형체를 가졌을 뿐이다. 따라서 내가 부모님으로부터 육신을 받았으나, 혼(魂)은 부모님 이전부터 존재했던 것이다.

일찍이 이러한 진리를 깨달은 성인들은 우리에게 이 진리를 가르쳐 주기 위해 많은 노력을 기울였으나, 일반인들은 안타깝게도 이해하지 못하고 있을 뿐이다. 예수님도 '나는 천지가 창조되기 이전부터 존재했다', '하나님이 천지를 창조하실 때, 내가 그 우편에 있었다'라고 하심은, 예수님의 혼(魂)이 원래부터 존재하였다는 의미이고, 석가모니가 윤회의 비밀을 설파한 것도, 현재의 나는 전생(前生), 전전생(前前生)…의 나였다는 것을 말씀하신 것이다.

육(肉)이 '나'가 아니고 혼(魂)이 '나'라면, 그러면 '나'는 무엇을 위해 살 것인가? 그것은 당연히 혼(魂)을 위해서 살아야 할 것이다. 내 소유인 '입'을 즐겁게 해주기 위해 살 것도 아니고, 내 소유인 '눈'을 즐겁게 해 주기 위해 살 것도 아니며, 내 소유인 '코'와 '귀'와 '위장'을 위해 살 것도 아니다. 그러한 삶은 주인이 종을 위해 사는 인생일 뿐이다. 그러면, '혼(魂)을 위하여 산다'는 것은 어떻게 사는 것인가? 결론부터 얘기하자면, '혼(魂)을 완성시켜, 원래 자리로 돌아갈 수 있도록 살자'는 것이다. 혼(魂)은 어디에 있는가? 혼은 가슴에 있다. 혼이 머리에 있는 것이 아니다. 머리에 있는 것은 혼이 아니라 영(靈)이다. 영(靈)은 지적(知的)

으로 성장한다. 공부를 많이 하고 경험을 많이 쌓아, 아는 것이 많아질수록 영(靈)이 커 간다. 따라서 영(靈)은 관념이고 생각이다. 그러나 가슴에 있는 혼(魂)은 많이 배운다고 자라는 것은 아니다. 못 배운 사람도 혼이 성장할 수 있고, 가난한 사람도 혼은 성장할 수 있다. '가슴이 따뜻하다, 가슴이 뿌듯하다, 가슴이 넓다, 가슴이 두근거린다, 가슴이 답답하다, 가슴이 뛴다, 또는 가슴으로 느낀다' 이러한 말들은 가슴에 있는 혼(魂)의 느낌을 얘기하는 것이다. 혼(魂)을 다른 말로 하면 마음이다. 따라서 우리 몸의 주인은 마음이라는 의미이다.

'기쁘다'는 표현을 쓸 때는 두 가지의 의미가 있다. 하나는 관념이 기뻐하는 것이고, 다른 하나는 마음이 기뻐하는 것이다. 관념이 기뻐하는 것은 욕심을 채움으로써 기뻐하는 것이지만, 마음이 기뻐하는 것이야말로 혼(魂)이 기뻐하는 진정한 기쁨인 것이다. 혼(魂)은 기뻐할 때 성장한다. '복권에 당첨되어 기쁜 것, 시험에 합격하여 기쁜 것, 상사로부터 칭찬받아 기쁜 것, 경기에 이겨서 기쁜 것, 맛있는 음식으로 기쁜 것', 이러한 모든 기쁨은 욕심에서 비롯된다. 명예욕, 소유욕, 권력욕, 식욕, 성욕…이러한 욕구들을 채워주는 기쁨들은 진실한 의미의 기쁨이 아니다. 혼(魂)이 기뻐하는 것이 아니다. 혼(魂)이 기뻐하는 경우는 진실된 마음이 기뻐하는 것이다. 누구에게나 한,두 번의 비슷한 경험이 있겠지만, 여기 한 가지 상황을 그려보자.

누구와의 약속이 있어 어디를 가게 되었다. 비는 추적추적 내리고 있는데, 기다리는 버스는 오지 않고 있다. 시계를 자꾸 쳐다보며 머릿속이 복잡해져 있다. 이때 허리가 꼬부라진 할머니 한 분이 다가온다.

비를 맞으면서도 조그만 보따리 하나를 꼬옥 껴안고 있다. 다가와 내민 쪽지에는 간단한 약도가 그려져 있는데 도움을 청한다. 순간 '이 할머니를 위해 아들네 집인지 딸네 집인지는 모르지만 찾아드려야 할 것인지, 나도 바쁜 사람인데 그냥 모른 체해야 할 것인지'를 망설인다. 그러나 결국은 선(善)한 마음의 결정에 따라 산동네 꼬불꼬불 길 찾아간다. 조그만 우산은 할머니께 씌워드리고 나는 비를 흠뻑 맞는다. 우여곡절 끝에 찾아낸 산동네 집안에서는 가난하지만 마음 착한 사람들이 있다. 백 번 천 번 고마워하며 '과일 한 조각이라도 먹고 가라' 하지만 약속시간이 바빠 대충 뒤돌아 나온다. 비는 흠뻑 맞았고 약속시간은 못 지켰지만, 밤늦게 집으로 돌아오는 마음은 너무나 뿌듯하다. 아무도 모르게 혼자 느끼는 기쁨, 선(善)을 행함으로써 느낄 수 있는 마음의 기쁨, 이것이야말로 진짜 기쁨이며, 혼(魂)의 기쁨이다.

이러한 기쁨을 느낄 때 혼(魂)은 자란다. 사랑을 한없이 베품으로써 혼(魂)이 점점 성장하는 것이다. 예수님도 "네 오른손이 하는 일을 왼손이 모르게 하라"고 하셨지 않은가? 사랑을 베풀 때는 남모르게 베풀어야지, 자기가 행한 선행을 남에게 자랑할 때는 그것은 이미 혼(魂)이 기뻐할 일이 아니다. 자신의 명예욕과 허영심과 자만심이 기뻐할 뿐이다. 따라서 혼(魂)을 성장시키기 위해서는 꾸준히 남모르게 선(善)한 일을 하여 사랑을 베푸는 것이다.

남모르게 혼자 꾸준히 착한 일을 한다는 것은 보통 사람에게 굉장히 어려운 일이다. 특히 처음 시작하기가 어렵다. 다시 말하면 사랑의 씨앗을 뿌린 지 얼마 안 되어 혼(魂)이 아직 어릴 때는, 그만큼 더 보살피

기가 어렵다는 것이다. 때로는 남에게 이용당하거나, 남으로부터 무시당하거나, 또는 바보취급을 당할 수도 있다. 그러나 조금씩조금씩 혼(魂)을 성장시켜나가면, 그 다음에는 부끄럽지도 않고, 자랑하고 싶지도 않고, 자연스럽게 '나'와 '혼'이 동행하는 단계에 이를 수가 있으며, 혼(魂)이 더욱 성장하게 되면, 그때는 혼(魂)이 이끄는 대로 내가 행동하게 되는 것이다. 이 수준까지 이르게 되면 이제는 주위로부터 성자(聖者)의 소리를 들을지도 모른다. 예수님이 그랬고, 석가도 그랬고, 테레사 수녀도 그렇다. 이러한 경지에 이르면, 사람이 죽을 때, 그 혼(魂)은 원래 자리로 돌아갈 수가 있는 것이다. 왜냐하면 그 혼(魂)은 원래 자리로 돌아갈 자격이 주어진 것이다, 즉 '완성된 혼(魂)'인 것이다.

불교에서는 윤회를 말한다. 이것은 혼(魂)이 완성되지 못하여 원래 자리로 돌아가지 못하고, 귀신으로 떠돌다가, 또다시 인연을 얻어 다른 육신으로 태어나, 전생의 업보를 갚고, 다시 한 번 그 사람의 행실로 완성된 혼이 되기 위한 기회를 잡는 것이다. 몸은 '내'가 아니고, '내 것'인 바, 혼(魂)이 진정한 '나'인 것을 깨닫는다면, 내가 이 육신을 빌어, 이 세상에 태어나 살아갈 동안 당연히 해야 할 나의 일은 '혼(魂)의 완성'이 아니고 무엇이겠는가? 기독교의 사랑도, 불교의 자비도, 공자의 인(仁)도 모두가 남을 사랑하라는 가르침이다. 남을 사랑함으로써 나 자신이 완성을 향해 나아갈 수 있으며, 내 혼(魂)이 완성될 때 천당도 가고 극락도 가게 되는 것이다.

(단학선원 다닐 때 一指 이승헌 대선사의 영향을 많이 받았다.)

교회와 교인

나는 할머니와 고모들이 성당에 다니는 카톨릭 신자였지만, 내가 직접 교회에 가본 것은 대학 때였다. 무슨 축제 때 파트너가 필요했는데 친구 윤탁이가 소개해준 분이 부산 연산동 어느 교회에 다니는 아가씨였다. 그녀를 따라 일요일날 교회를 몇 번 갔었는데, 거기서 고향 친구 이정석을 만나게 되어 깜짝 놀랐다. '아니, 고향서 사과 농사를 짓고 있는 줄 알았는데, 이 교회는 웬 일이냐?'는 내 말에, 정석이는 '얼마 전 부산으로 내려와 조그만 철공소에 다니는데, 철공소 사장이 이 교회 장로님이고, 일요일날, 일은 안 하지만 교회에 나오지 않으면 하루치 일당을 뗀다'고 했다. 그의 가정 형편을 잘 아는 나는 '헌금할 돈은 있나?'라고 물었더니, '헌금 바구니에는 손만 슬쩍 넣었다가 뺀다'고 했다. 목사, 장로, 또 여러 교인들이 교회에 처음 나오는 대학생인 나에게는 대단히 친절하게 대해주었다. 나는 예배가 끝나면 목사님과 함께 점심을 먹으면서, 믿음과 성경에 대해 토론을 하곤 했다. 그런데 창세기는 신화인가? 삼위일체란 무엇인가? 침례냐 세례냐? 안식일인가 일요일인가? 초기 기독교가 로마시대에서 왜곡되지 않았는가? 사람이 죽은 후에는 어떻게 되는가? 등의 주제에 대해 의문이 많았던 나는, 목사와 믿음에 대해 얘기하는 수준을 넘어 신자와 비신자 간의 논쟁이 되어갔다. 내가 몇 주째 계속 이렇게 물고 늘어지자 처음에 반겨하던 사람들도 '저 사람, 이제 우리 교회에 안 나왔으면…' 하는 눈치가 보였다.

이렇게 시작된 나의 성경 공부와 교회에의 들락거림은 수년간 계속

되었다. 몇몇 교회에 가봤으나, 매번 비슷한 일들이 벌어졌고, 목사들과의 논쟁에서 지지 않기 위해서라도 더욱 열심히 성경과 과학, 역사에 대해서 공부를 하게 되었다. 믿음은 '그냥 믿어버려야 하는 것'인데 나는 그렇지가 못했다. 같은 하나님을 믿으면서, 카톨릭은 왜 여러 개로 갈라졌으며, 개신교의 그 많은 교파들은 왜 자신들이 정통이고, 옳다고 주장하는지? 기독교가 유대교로부터 박해를 받고, 신교가 구교로부터 박해를 받았듯이, 역사적으로 보면 항상 새로운 교파는 기존 교파로부터 박해당해왔다. 지금 기존 교단으로부터 이단시되는 몇몇 교파들도 언젠가는 기존 교파들과 오십 보 백 보가 될 것 아닌가? 이런 생각을 했다.

성경의 해석 차이 또는 저마다의 교리에 대한 실망보다, 나를 더욱 교회로부터 멀어지게 한 것은 교인들에 대한 실망이었다. 기독교인 즉 크리스찬(Christian)이란 무엇인가? 그것은 성품과 행위에 있어서 예수 그리스도(Christ)를 닮은 사람, 또는 닮으려고 노력하는 사람이다. 성경에 묘사된 예수의 성품과 행위를 보면, 가난하고 힘든 사람의 친구이며, 자기의 이익을 구하지 아니하고, 이웃을 심지어는 원수까지 사랑하고, 죄인들을 대신하여 목숨을 버리신 분이다. 예수를 생각하면 우리는 사랑, 온유, 희생, 봉사, 화목, 용서, 믿음과 같은 단어들이 떠오른다. 그런데 내가 만난 자칭 크리스찬(Christian)이라는 사람들은 거의 대부분이 입술로는 '주여, 주여'라고 외치면서, 그들의 성품과 행위를 보면, 자신과 자신 주위의 구복(求福)을 위해 기도하고, 금전적으로는 조금도 손해 안 보려고 교묘한 술책을 고안하고, 교회와 교인을 자신의 출세와 장사에 활용하고, 종교를 빙자하여 탈세와 불법을 저지르고, 자신과 생각이 다르면 배척하고 심지어는 증오하고, 비기독교인에 대해 다리를 놓기는커녕 장벽을 치고, 사람을 피곤하게 광신(狂信)적으로 선교하며, 교세를 키우고 헌금을 더 많이 거둬들이기 위해서 전도하고, 생색내기 또는 광고 목적으로 헌금하고, 하나님 사업을 빙자하여 사기를 치고… 기독교인(Christian)이 아니라 그냥 교회 다니는 사람들을 보면 구복(求福), 집착, 편견, 분열, 구속(拘束), 독선, 이기(利己) 같은 단어들이 떠오른다. 모든 것이 예수님의 성품과는 정반대다. 적그리스도(Anti-Christ), 즉 사탄과 다를 바 없다. '교회에 다니다가는 나도 선(善)을 빙자한 악(惡)에 물들겠구나.'라는 생각이 드는데 어떻게 교회에 나갈까? 문제는 종교 자체에 있는 것이 아니라 종교인에게 있다.

다른 종교

나는 다른 종교에 대해 직접 경험해보지 않았기 때문에 함부로 말할 수가 없다. 그러나 책을 읽고, 혹은 경전을 공부하기도 하여 그 종교들이 무엇을 추구하고, '종교인은 어떻게 살아야 하는가'는 알고 있다. 모든 종교의 가르침은 사랑이다.

내가 아는 불교의 가르침은 가만히 듣기만 해도 저절로 경건해지지 않을 수 없는 사상이다. '모든 존재는 무상(無常)하다'는 '공(空)'의 사상, 욕망과 집착을 멀리하는 '무아(無我)', 구제기원(救濟祈願)의 '자비(慈悲)', 평안이 있고 어지러움이 없는 깨달음, 적정(寂靜) 그 자체의 열반(涅槃: nirvâna)을 이상으로 하는 '해탈' ….

스스로 깨달아 부처가 되는 것(成佛)은 불교 최고의 가치다. 불교에서 흔히 얘기하는 '일체유심조(一切唯心造)'라는 말은 '세상 모든 일이 마음먹기에 달렸다'라는 뜻으로 고통을 극복하는 것도, 깨달음을 얻는 것도 바로 자기 자신의 '의지'에 달린 것이지 다른 어떤 것으로부터 얻을 수 있는 것이 아니라는 것이다. 그런데 현실은 어떤가? 불교 신도들에겐 깨달음은 없어지고 구복(求福)만 남았다. 내 자신이 부처가 되려고 하는 종교가 불교인데, 이제는 부처님에게 복을 달라고 빌기만 하는 종교가 되어버렸다. 그러다 보니 승려들도 타락하여 해탈을 구하는 노력은 없고 신도 위에 군림하려고 하고, 종파로 나뉘어 권력과 재산 다툼에만 몰두하고, 금전 관계와 여자 관계로 사회 지탄의 대상이 되고 있는 스님의 탈을 쓴 짐승들이 속출하는 것이 아니겠는가? 내가 아는 이슬람은 평화의 종교다. 이슬람이란 말은 평화, 청결, 순종, 복종을 뜻하며, 종교적 의미에서의 이슬람은 오직 하나님의 뜻에 순종하고 그분의 법에 복종을 뜻한다고 한다. 그런데 왜 거기에는 암살단파, IS와 같은 과격한 파들이 활개를 치는가? 종파가 갈라져 나가 대립하는 것이 그들이 믿는 유일신 알라의 뜻인가? 아니면 내가 최고가 되겠다는 욕심인가?

모든 종교는 사랑을 가르치며, 거룩하고, 경외로우며, 자기를 희생하고, 정의롭다. 이것은 확실한 진리다. 그러나 인류 역사상 또 하나 확실한 것이 있으니, 그것은 '전쟁의 90%는 종교 전쟁이었다'는 것이다.

나는 모든 종교의 가르침을 존경한다. 그러나 종교인이 되기는 싫다.

2장

취미 생활

바둑

나는 어릴 때 시골서 동네 어른들이 정자나무 그늘 아래서 장기를 두는 모습을 많이 봐 와서인지 일찍부터 장기는 잘 두었으나, 바둑은 고등학교 다닐 때 처음 접했다. 361칸 바둑판 위에서의 무궁무진한 수(手)와 변화에 매료되어, 대학 다닐 때나 군대 있을 때도 틈만 나면 바둑을 두었다. 내 생각에는 내 실력이 '아마추어 4급 정도 될 거라' 생각하는데, 인터넷 바둑에서는 2~3단 정도 둔다. 나의 바둑 스타일은 정석을 외워서 실전에 응용하는 탐구형 바둑이 아니라, 수없이 대마를 죽이기도 하고 잡기도 하는 전투형 바둑이다. 바둑은 인생과 닮았다고들 한다. 역사에서 유래된 지피지기(知彼知己), 허허실실(虛虛實實), 성동격서(聲東擊西), 부득탐승(不得貪勝), 소탐대실(小貪大失) 같은 말들이 바둑에 꼭 들어맞는 걸 보면 바둑을 통해 인생을 배울 수가 있다. 실제 인생과 바둑이 다른 점이 있다면 인생에는 패(覇)가 없다는 것이다. 어쩌면 인생에 패(覇)가 없기 때문에 바둑에서 대리만족을 얻는지도 모른다.

예로부터 바둑을 신선놀음이라고도 했는데, 바둑을 둠으로써, 얻을 수 있는 이득이 가히 신선이 되는 과정일까? 전해져오는 바둑 5득을 소개하면, 첫째, 남과 더불어 바둑을 두다 보면 어느 사이에 친해지고 상대의 심성까지 돌을 통하여 감지되므로 경계하지 않아도 가까워지니 좋은 벗을 얻게 되고, 둘째, 바둑을 두다 보면 상대의 인간적인 약점이 드러나고, 나의 약점도 상대에게 밝혀져 흉허물 없게 됨으로써 서로 친화력을 느끼니 서로 화합하게 되며, 셋째, 욕심이 지나치면 실패하고, 작은 것을 버리고 큰 것을 취해야 한다는 여러 가지 진리를 수시로 일깨워 교훈이 되니, 넷째, 이와 같이 벗과 화합과 교훈을 통하여 스스로 부족함을 알고 부끄러움을 알아 다소곳이 마음을 닦게 되니 크게 깨닫는 바가 있다. 다섯째, 그리하여 자세를 바로 함으로써 마음 편히 천수를 누리며 살아갈 수 있다는 것이다. 그런데 요즘은 모두가 바쁜 세상이라 마주 앉아 예(禮)를 다하여 바둑 두기가 쉽지 않다. 나도 저녁시간에 오로지 컴퓨터 앞에 앉아 얼굴도 모르는 상대와 10분~20분 만에 한 판씩 두어버리는 인터넷 바둑에 빠져 있으니, 나이 들어 치매 예방하는 것 외에 무슨 효과가 있을꼬? 바둑으로 인격을 도야하고 인생을 배우는 여유로움이 아쉽다.

등산

내 고향이 산내(山內)면이라는 산촌인데다, 어릴 때 겨울이 되면 지게를 지고 땔나무를 하러 매일 산으로 올라 다녔기 때문에 산은 내게 친근한 존재였다. 그러나 일부러 등산을 가는 경우는 잘 없었는데, 대학 다닐 때 친구들과 지리산 천왕봉을 오른 게 유일한 경험이었다. 1989년쯤 경주에서 1박 2일간의 Team Work 교육이 있었는데, 아침 식사 전 보문호 근처에 있는 숙소에서 석굴암까지 올라가 일출 광경을 보게 되었다. 그런데 이게 웬 일인가? 어린애나 노인들도 쉽게 오르내리는 그 길을 오르는데 숨이 차고, 허리가 부러지는 것 같고, 다리와 배까지도 아파 죽는 줄 알았다. 대학 졸업 후 약 10년 동안 술에 절어 살아왔고, '공장 짓는다'는 핑계로 몸 관리를 게을리해온 내가 부끄러워졌다.

그 후 몇 년간은 단학 수련을 하면서 건강을 유지해왔는데, 포스틴이 포스코에 흡수 통합되면서 다시 운동할 시간이 없어 건강을 많이 해쳤는데, 97년 공장장 자리를 벗어나면서부터 주말이면 아내와 함께 가까운 산부터 시작해 등산을 다니게 되었다. 포항 인근의 운제산, 내연산, 천령산, 비학산을 비롯해 경주의 남산, 내 고향 밀양에 접해 있는 영남의 알프스라 불리는 가지산, 운문산, 재약산, 천황산, 억산, 구만산과 양산의 영취산, 취서산 등으로 주로 당일 코스를 다녔다. 어떠한 산이든 산은 제 나름대로의 풍광과 정취가 있지만, 산마다 느끼는 기운도 달랐다. 어떤 산은 오를 때는 힘들지만 산에서 받는 기운이 맑고 강하여 내려올 때는 오히려 힘이 솟는 산도 있고, 또 어떤 산은 기운이 탁하여 갔다 오면 피곤한 산도 있었다. 그러나 어느 산이든 정상에 올라 준비해온 도시락을 먹을 때는 날아갈 듯한 기분이 된다.

등산을 하면 심신이 건강해진다. 허리, 다리, 심폐 기능이 좋아짐은 물론이고, 목적지까지 도착하려는 의지력과 지구력, 난관을 극복하는 과정이 인생과 닮은 점도 있다. 또한 등산은 사람의 마음을 자연으로 돌아가게 한다. 자연 앞에서 겸손해지고, 자연을 배우고, 어쩌면 자연의 한 부분이 되어 하늘과 숲과 시냇물 소리를 즐기게 된다. 그것은 세파에 찌든 생활에 새로운 활력을 불어넣어 주기에 충분하다.

내가 살던 샌프란시스코 지역에는 한국의 산과는 다르지만 3~4시간 정도 등산이라기보다는 하이킹을 할 수 있는 트레일(Trail)들이 참 많다. 야산(Open Space)뿐만 아니라 지역공원(Regional Park), 시립공원(County Park), 주립공원(State Park), 국립공원(National Park) 등으로 구분되어 있고, 나무가 울창한 곳, 경치가 좋은 곳, 또는 단순히 운동 삼아 걸을 수 있는 곳으로 구분하여, 기호에 따라 즐길 수 있다. 나도 약 200군데의 등산 코스를 뽑아놓고 주말마다 하이킹을 다니면서 경치를 Camera에 담고, 기록을 보관하고 있다. 등산이든 하이킹이든 지친 심신에 활력을 주는 자연이 고마울 따름이다.

단학 수련

1989년 초 포스틴으로 옮겨 와 공장 건설, 초기 조업, 품질 안정 등 눈코 뜰 새 없이 바쁜 생활이 몇 년간 계속되는 가운데, 건강을 돌볼 여유를 갖지 못하다가, 공장 조업이 조금 안정된 93년 여름에 평소 관심이 많았던 단학선원(丹學仙院)을 찾았다. 단학(丹學)은 일지 이승헌 대선사(一指 李承憲 大禪師)가 우리나라 고유의 양생법(養生法)을 체계화시켜 보급하고 있는 심신수련법으로, 현대인의 지친 몸과 마음을 수양하여 건강한 삶을 살아갈 수 있도록 하는 데 좋은 운동이 되고 있으며 수련원은 우리나라뿐만 아니라 미국에도 더러 있었다. 일지 대선사는 단학의 원리를 수승화강(水昇火降), 정충기장신명(精充 氣壯 神明), 심기혈정(心氣血精)이라고 정의를 내렸다.

평생회원 입회

수승화강이란 '물기운(水氣)은 올리고 불기운(火氣)은 내린다'는 뜻인데, 우리 몸의 신장은 물기운을 다스리고 심장은 불기운을 다스리는데, 신장의 수기(水氣)는 머리로 올려 머리를 항상 시원하게 유지하며, 심장의 화기(火氣)는 단전(丹田)으로 내려 아랫배를 항상 따뜻하게 유지하는 것이 건강의 첫째 원리라고 했다. 머리에 열이 나거나 아랫배가 차가우면 몸이 안 좋은 상태이고 반면에 머리는 냉정하고 아랫배가 뜨끈뜨끈하면 최고의 몸 상태임을 생각해보면 단학의 수승화강 원리는 우리 조상 대대로 내려오는 상식임에 틀림없다. 정충기장신명은 말 그대로 '정(精)이 충만해지면 기(氣)가 장해지고 기(氣)가 장해지면 신(神)이 밝아진다'는 뜻이다. 정(精)은 米+靑인데 米는 지기(地氣)이고 靑은 천기(天氣)이다. 사람은 지기(地氣: 음식물)와 천기(天氣: 호흡)를 함께 받음으로써 생명을 유지하는데, 하늘과 땅으로부터 받아들이는 기운이 맑고 깨끗한지 아니면 탁하고 오염되어 있는지에 따라 사람의 건강이 판이하게 달라지는 것이다. 단학의 정충기장신명 원리는 단전호흡을 통하여 맑은 하늘의 기운을 받아들이고 건전한 식생활을 통해 몸을 바르게 만듦으로써 궁극적으로는 정신을 밝게 하는 것이다. 마지막으로 심기혈정은 '마음이 있는 곳에 기(氣)가 있고 기(氣)가 있는 곳에 피가 있으며 피가 있는 곳에 정(精)이 있다'는 뜻인데, 이는 단학을 수련하는 방법이다. 즉, 기를 느끼고(止感), 모으고(縮氣), 운용하고(運氣), 활용하는(活功) 것이 모두 마음으로부터 시작되는 것이며, 이런 의미에서는 불교의 가르침 '일체유심조(一切唯心造)'와도 일맥상통한다.

나는 참으로 오랫동안 내 몸의 건강을 돌보지 않고, 스트레스와 담배 등으로 오염된 탁한 천기(天氣)를 호흡하고, 과음과 폭식, 피로 등으로 오염된 탁한 지기(地氣)를 받아들인 결과, 머리는 항상 복잡하고 화를 잘 내며, 아랫배가 차갑고 사르르 아파서 화장실을 너무도 자주 들락거렸다. 뿐만 아니라 몸은 마치 나무토막처럼 굳어 있어서 단전호흡 전에 하는 몸 풀기 체조(導引체조) 때는 온 몸의 뼈와 근육이 아파서 제대로 따라할 수가 없었다. 동작 하나하나가 힘들 뿐만 아니라, 다른 사람들이 쉽게 느끼는 기(氣) 감각도 머리 속이 잡념으로 꽉 차 있는 나에게는 쉬운 일이 아니었지만, 수개월이 지나면서 차츰 바뀌고 있는 나를 발견할 수 있었다.

'내 몸은 내가 아니라 내 것이라'는 가르침이 마음에 와 닿았다. 아침에 항상 늦잠을 자던 내 잠버릇은 새벽에 일어나 선원(仙院)으로 수련하러 가게 되었고, 그렇게도 끊기 힘들던 담배를 단학 단식 프로그램에 참여하면서 금연에 성공할 수도 있었다. 휴일에는 단학선원 도우들과

단학선원 도우들과 함께(앞줄 오른쪽에서 두 번째가 필자)

함께 산에 올라 맑은 기운을 받는 것도 즐거웠고, 주말에 천제(天祭)를 지내거나 또는 한단연(桓檀研)에 우리 역사를 공부하러 충북 영동에 있는 천화원(仟化院)까지 왕복하여도 피곤한 줄 모르고 오히려 즐거웠다. 화를 잘 내고, 짜증도 잘 내던 성격은 점점 느긋해져서 내 앞에서는 늘 긴장해 있던 직원들이 부담 없이 나에게 흉금을 터놓게 되었고, 내 고함소리에 살벌해하던 집안 분위기는 웃음과 화목으로 가득해졌다. 나는 단학 평생회원에 가입을 하고 우리 집의 가훈(家訓)을 '바른 몸, 바른 마음'으로 정하여 아이들에게 단학의 가르침을 생활화하게 했다. 세상에 대해 늘 비판적이고 비관적이던 내가 모든 것을 수용하고, 이해하며 웃음으로 포용하게 된 것은 내가 봐도 신기했다. 가슴이 항상 뿌듯이 기쁘고 명문혈(命門穴)로 호흡을 하면 아랫배가 뜨끈뜨끈해져서 내가 마치 신선이 된 듯한 기분이 들어서, 출퇴근 할 때 개량한복을 입고 다니는 나를 직원들도 이상하게 보지 않았다.

단학을 만나면서 나는 몸과 마음의 변화뿐만 아니라, 우리 민족의 3
대 경전인 천부경(天符經), 삼일신고(三一神誥), 참전계경(參佺戒經)의 진리도
알게 되었고, 일제에 의해 왜곡된 역사가 아닌 우리나라의 참 역사도
공부할 수 있는 계기가 되었다. 좋은 기회를 가질 수 있었던 것에 대해
늘 감사하고 있지만, 미국으로 온 이후 단학 수련도 더 이상 하지 않고
세상사의 스트레스에 대해 또다시 옛날 성격이 나오고 있으니 언제 다
시 초심(初心)으로 돌아갈까?

마라톤

나는 단거리 달리기는 잘
못했어도 지구력을 요하는 장
거리 달리기는 다른 사람 못
지않게 잘하는 편이었다. 대
학 2학년 때는 병재가 ROTC
지원을 했을 때, 5km 정도를
뛰는 체력장이 있었는데, 내
가 대신 뛰어주면서, 그 당시
체육과의 강진헌이랑 거의 비
슷하게 들어왔으니까 잘 뛰는
편이었다. 하지만 사회생활을
하면서 얼마나 술, 담배로 몸

석도공장장 시절 마라톤 대회

을 망쳐놨는지, 1999년 3월(내 나이 마흔세 살 때), 제 70회 동아마라톤이 경

주에서 열렸는데, 직장 동료들이랑 5km에 도전했다가, 완주는 했지만 정말 힘들었다. 다리, 허리, 배, 가슴, 팔 … 어디 안 아픈 곳이 없었고, 하늘이 노래졌다. 이것을 계기로 나는 '아! 이것 정말 큰일 났구나, 내가 너무 건강을 돌보지 않았구나!' 하는 생각이 들었다. 그리고 몇몇 사람들의 마라톤 완주기를 읽어보니 가슴 뭉클해지는 사연들도 많았다. 마라톤을 통해 '할 수 있다'는 의지로 온갖 시련과 역경을 이겨낸 사람들의 사연이나, 마라톤을 통해 나이 들었어도 젊은이처럼 살아가는 노익장들의 활기찬 모습들이 나이 들어 골골거릴 것만 같은 나와 극명히 대비되었다.

이때부터 나도 마라톤으로 건강을 지키리라 마음먹고, 아침 조깅부터 시작했다. 봄, 여름을 꾸준히 연습을 한 후, 가을에는 제철소 직장협의회가 주관하는 한 가족 건강달리기대회 10km부문에 도전했는데 크게 힘들이지 않고 완주할 수 있었다. 자신감이 붙은 나는, 하프마라톤에 도전하기로 목표를 세우고, 그해 겨울을 나름대로 열심히 연습을 했다. 추운 날씨에도 불구하고 아침 일찍 일어나, 한 시간 가까이 뛰고 오는 나를 아내도 좋아했다. 제71회 동아마라톤은 서울에서 열렸는데, 하프코스는 광화문을 출발해서 올림픽공원까지 구간이었다. 대회 참가 2주전에 포항-경주 간 7번 국도상을 22km 정도를 미리 뛰어보았기 때문에 크게 힘들이지 않고 완주할 수 있었다. 비록 하프 마라톤이었지만 목표의 설정과 도전 그리고 성공했다는 것에 대해 가슴이 뿌듯해졌다.

마라톤은 많은 사람들이 달리지만 결국은 나 혼자 달리는 것이다. 그런 점에서는 인생과 비슷하다. 내 인생은 내가 사는 것이고 내 건강도 내가 지키는 것이다. 많은 사람이 옆에 있지만 그 사람들이 내 인생을 살아주는 것이 아니고, 그 사람들이 내 건강을 책임져주는 것이 아니다. 마라톤은 목표를 정해놓고 혼자 달리는 것이다. 정신력과 체력이 뒷받침되지 않으면 안 되고, 완주할 수 있는 정신력과 체력을 기르기 위해서는 평소에 꾸준히 몸 관리를 하지 않으면 안 된다.

하프마라톤을 완주한 나는 이번엔 풀코스에 도전하기로 목표를 정하고, 다시 일정 계획을 세우고 훈련에 들어갔는데, 미국으로 발령 나는 바람에 나의 마라톤 인생은 차질을 빚고 말았다. 미국으로 이주한 이후에도 샌프란시스코 인근에서 열리는 마라톤대회에 참가할 요량으로, 동네 주위를 몇 바퀴씩 뛰며 몸 관리를 한 적도 있었다. 그러나, 새로이 시작한 골프에 미치는 바람에 혼자 달리는 외로운 투쟁에 게을러져버렸다. 언젠가는 다시 시작해서 마라톤 풀코스를 완주하고 싶다.

역사 공부

우리는 고려 때 편찬된 『삼국사기(三國史記)』와 『삼국유사(三國遺事)』를 현존하는 가장 오래된 우리 역사책으로 배웠다. 그러나 그것은 일제에 의해 날조된 허구일 뿐이다. 우리나라는 병자호란과 임진왜란이라는 두 번의 외침을 겪으면서 수많은 역사책이 찬탈되었고 특히 일제 36년간 우리의 역사책들은 거의 모두 없어졌으며, 일제의 황국사관에 기초하여 우리의 역사는 철저히 왜곡되었다. 해방 후에는 본래의 우리 역사를 되찾아야 했으나, 혼란의 시기에 역사 교육의 중요성을 미처 깨닫지 못하여, 역사 왜곡에 함께 기여한 이병도 일파가 우리 사학계의 본류를 차지하면서 천추의 한이 되었다. 이병도 박사가 말년에 '단군은 신화가 아니고 역사였다.'라고 고백하고, 잘못을 후회했을 때, 그의 제자들은 '스승님이 나이 들어 노망드셨나 보다'라고 하면서, 자신들의 기득권을 지킨 게 바로 일제의 잔재가 아니고 무엇이랴. 대한민국 초대 문교부 장관을 지낸 안호상 박사는 후에 '역사를 바로 가르치지 못한 것이 내 탓'이라며, '우리의 역사를 바로 알자'고 눈물로 하소연하고 다니셨다. 나라가 안정되어감에 따라, 기득권에 안주한 황국사관 사학자들과는 달리 우리의 진정한 역사를 찾으려는 민족사학자들의 피나는 노력으로, 9,000년의 찬란한 우리 역사가 하나하나 밝혀지고 있다. 중국의 장개석 총통은 대륙에서 대만으로 후퇴할 때 '금(金)과 역사책'만 가지고 나온 후, '중국의 역사를 집대성하라'는 지시를 내렸는데, 25년 만에 완성한 '집대성한 중국 역사'를 보니, 그것은 '중국 역사가 아니라 한국 역사더라'는 것이었다. 따라서 장개석은 전반부 7,000년의 동이족 역사를 중국 중심으로 새로 쓰게 하였다는데, 당초의 원본은 대만 정부 지하창고에 있다고 하니, 우리의 국력이 중국을 뛰어 넘어 언젠가는 '집대성한 우리 역사'를 찾기를 바랄 뿐이다.

내가 역사에 관심을 가지고부터는 일제에 의해 조작된 역사가 아닌 진짜 우리 역사를 공부하기 위해 책도 골라가면서 읽었다.

우선 우리나라 역사에 관한 책으로는 『한단고기(桓檀古記)』(임승국 역), 『조선상고사(朝鮮上古史)』(신채호 저), 『천부경(天符經)과 단군사화』(김동춘 저), 『천부경』(최동환 저), 『천지인(天地人: 天符經, 三一神誥, 參佺戒經 해제)』(한문화원 편), 『맥이(貊耳)』(박문기 저), 『다물』(김태영 저), 『다물의 역사와 미래』(임승국, 주관중

공제), 『부도지(符都誌)』(박제상 저, 김은수 역), 『격암유록(格菴遺錄)』(남사고 저, 박순용 역), 『규원사화(揆園史話)』(북애 저, 고동영 역), 『상고사(上古史)의 대발견』(이중재 저), 『이야기 한국고대사』(최범서, 안호상 공저), 『고조선은 대륙의 지배자였다』(이덕일, 김병기 공저), 『신화(神話)는 끝나지 않았다』(유순영 저), 『단군의 나라 카자흐스탄』(김정민 저), 『짐은 이것을 역사라 부르리라』(김현기, 유정아 공저), 『흠정만주원류고(欽定滿洲源流考)』(이병주 감수, 남주성 역), 『고구려, 백제, 신라는 한반도에 없었다』(정용석 저), 『비류백제와 일본의 국가기원』(김성호 저), 『중원(中原)』(정용석 저), 『발해사』(박시형 저, 송기호 해제), 『새 고려사의 탄생』(이중재 저), 『성공한 왕 실패한 왕』(신봉승 저) 등이 있으며, 송준희 교수가 진행하는 인터넷 강의, 구리넷(www.coo2.net)도 열심히 공부했다.

중국 역사에 대해서는 『사기(史記)』(사마천 저, 김원중 역) 「본기」, 「세가」, 「열전」, 『강의』(신영복 저)를 읽었고, 일본에 관한 책은 『일본서기(日本書記)』(성은구 역), 『일본인의 한국인에 대한 콤플렉스 2000년』(김홍철 저), 『일본은 한국이다』(김향수 저), 『노래하는 역사 - 만엽집(萬葉集)』(이영희 저), 『일본천황도래사』(와따나베 미츠토시 저, 채희상 역), 『일본을 정복한 한국인 이야기』(F. 호소노 저, 신동란 역) 등이 있다.

미국 역사에 대해서는 『나를 운디드니에 묻어주오』(디 브라운 저, 최준석 역), 『인디언의 길』(김철 저), 『아메리카 인디언의 땅』(필리프 자켄 저, 송숙자 역) 등을 읽었고, 더불어 멕시코 원주민에 관한 『우리 민족의 대이동』(손성태 저)이 많은 도움이 되었다.

세계 문명과 또 다른 세계사 관련해서는 『잃어버린 MU대륙』(제임스 처치워드 저, 지방훈 역), 『잃어버린 고대문명』(알렉산더 고르보프스키 저, 김현철 역),

『문명의 종말』(랜드 플레아스 저, 민윤기 역), 『세계의 유사신화』(J. F. 비얼레인 저, 현준만 역), 『그리스 로마 신화』(토마스 불핀치 저, 박용철 역), 『역사는 수메르에서 시작되었다』(세뮤얼 노아 그레이머 저, 박성식 역), 『신(神)의 지문』(그레이엄 핸콕 저, 이경덕 역), 『창세의 수호신』(그레이엄 핸콕 저, 유인경, 김신전 역), 『역사를 움직인 위선자들』(김삼웅 저) 같은 책을 읽었다.

또한 종교 서적으로는 성서 외에『기독교 성서의 이해』(김용옥 저), 『요한복음 강해』(김용옥 저), 『성서의 뿌리』(민희식 저), 『법화경과 신약성서』(민희식 저), 『살아 있는 반야경』(서경보 저), 『성약성서』(보병궁복음서, 리바이 도우링 저)를 읽었다.

이 외에도, 우리 민족의 3대 경전인『천부경(天符經)』, 『삼일신고(三一神誥)』, 『참전계경(參佺戒經)』을 공부하고, 태극기에 대한 공부, 광개토대왕비(廣開土大王碑)에 관한 공부, 한말글연구회장인 정재도 씨의「한」에 대한 우리말 강좌, 또 우리 조상들의 곰 사상에 대해서도 공부를 했다.

역사를 알아야 현재 어떻게 행동해야 할 것인가가 결정되고, 미래에 어떤 나라를 꿈꿀지도 알게 되는 것이다. 많은 사람들이 이런 책들을 읽고 잃어버린 우리 역사를 바로 알고, 또 세계사에도 상식을 가지고 살아갔으면 하는 바람이다.

골프

97년 여름, 미국으로 3개월 간의 어학연수를 떠나기 전에 골프연습장에 한 달간의 티켓을 끊었다. 그러나 바쁜 업무로 인해 5일밖에 나가지 못했다. 첫날은 클럽을 손에 잡지도 않고 맨 손으로 스윙 연습을 했고, 나머지 며칠은 8번 아이언 하나로 맞지 않는 공을 맞추려고 휘둘러본 게 전부였다. 결국 드라이버는 한 번 잡아보지도 못하고 시카

시카고에서 골프 입문

고행 비행기를 탔다. 연수를 함께 가는 최준용 씨는 이미 보기플레이 (Bogey Play)수준의 골프 애호가였는데, 그로부터 비행기 안에서 드라이버는 뭐고 우드는 뭐고 아이언은 뭔지 하는 설명을 들었고, 또 골프의 에티켓에 관한 얘기도 들었다. 우리 일행(나와 최준용, 엄기춘)은 시카고에 도착한 다음날 $400 정도를 주고 윌슨(Wilson)이라는 상표의 골프 세트를 싸서, 그다음 날 바로 필드로 나갔다. 몸은 굳어 있고, 스윙 자세를 제대로 배우지도 않은 상태에서 의욕은 앞서 있으니 공이 제대로 맞을리가 없었다. 나의 골프는 이렇게 시작되었는데, 시카고에서 연수 받을 3개월 동안 주말에는 워싱턴, 뉴욕 등지로 여행을 갔지만, 평일에는 하루도 빠지지 않고 필드로 나갔다. 학교에서의 수업이 오후 3시경

에 끝났으므로 곧장 골프장으로 가면 할인요금(Twilight fee)을 적용 받아 싸게 경기를 할 수 있었다. 남달리 승리욕이 강한 나는 볼을 제대로 맞추지를 못하고 땅을 찍거나, 악성 슬라이스를 낼 때마다 입에서는 욕이 튀어나오고, 나 자신을 무던히도 학대했다. 그러나 3개월 정도 열심히 치니 몇 번 100파를 하는 수준이 되었다. 제법 재미를 붙일 만한 정도였는데, 아쉽게도 연수 기간은 끝났고, 다시 포항에서 일상의 업무로 돌아왔다.

이후 3년간 간혹 운동 삼아 연습장으로 가서 드라이버를 휘두르며 땀을 흘리는 것으로 만족했지, '내 처지에 언제 다시 골프를 칠 수 있겠나?'는 생각이었다. 그런데, 누가 알았으랴? 2000년 7월, 나는 미국 UPI로 파견되어 꿈으로만 생각하던 골프를 다시 할 수 있게 되었다. UPI로 함께 온 이박석 씨도 골프를 무지 좋아해서 우리 둘은 죽이 잘 맞았다. 미국이란 나라에 썸머타임(Day Light Saving Time) 제도가 있는 데다, 퇴근시간도 상관 눈치를 봐야 하는 포스코와는 달리, 정해진 시간에 맡은 일만 처리하면 되는 시스템이었기 때문에, 우리는 여름 내내 하루도 빠지지 않고 골프장으로 나갔다. 비용이 'Two for One'을 적용 받으면 $5 정도였으니 세상에 이런 천국이 어디 있나? 해가 점점 짧아지면서 18홀(Hole)을 다 마치지 못해도 우리는 깜깜해서 볼이 안 보일 때까지 쳤다. 그래도 날이면 날마다 술 먹고 늦게 들어오는 포항 생활보다는 퇴근이 빨랐으니, 아내도 포항에 있을 때보다 오히려 좋아했다. 2001년부터 몇 년 간은 골프 스코어를 엑셀파일에 저장해서 관리해보았는데, 시작할 때 40개 정도 되던 핸디가 점차적으로 낮아져서 보기플레이(Bogey Play) 수준으로 안정이 되었다.

라운딩 횟수를 카운트해보니, 1년에 120번 이상 쳤다. 매주 토, 일요일 치니까 1년은 52주, 약 100회이고, 휴가 때는 멀리 여행 갈 때도 있지만, 여행을 가지 않으면 일주일 내내 골프만 치고, 하절기에는 퇴근 후에도 18홀 라운딩이 가능하니까 그 정도를 칠 수가 있는데, 과히 '골프광'이라 할 수가 있겠다. 그런데 한국에서 한 게임에 25만 원이

Golf Tour

든다고 가정하고 여기서는 평균 $25을 잡으면, 한 게임당 최소 20만 원씩 버는 셈이다. 따라서 120게임을 치면 1년에 2천 4백만 원을 버는 것이다. 나의 이러한 논리에 아내는 '그런 궤변 고만 하시오, 1게임 당 $25 이상, 1년에 $3,000 이상 골프 비용이 나가는 거요.'라고 한다. 아내의 말이 맞지만, 나는 '세상에 골프만큼 싼 운동이 어디 있느냐? 포항에서의 술값 지출을 잊었냐? 여기서의 골프는 자주 치면 칠수록 돈을 버는 것이야.'라고 우긴다. 사실 매일 영어 때문에 스트레스를 받는 미국 생활에서, 주말이면 등산할 만한 아기자기한 산이나 계곡도 없고, 가자미, 우럭 같은 맛있는 회도 없고, 포장마차에서 마음 맞는 친구랑 순대국 안주로 소주 한잔할 수도 없는데, 골프 아니면 무엇으로 낙을 삼을 것인가?

나는 다리가 안장다리여서 군대에서는 차렷 자세가 제대로 되지 않아 맞기도 많이 했고, 팔, 어깨, 허리, 목, 다리 등 온 몸이 마치 나무토막처럼 굳어 있어서 골프 스윙이 제대로 되지 않는다. 다른 사람이 나의 스윙을 보면 대부분 웃는다. 마치 곡괭이질이나 도끼질 또는 도리깨질하는 것 같기 때문이다. 나는 스스로 나의 폼을 '목도리깨 타법'이라고 부른다. '허리는 어떻게, 손목은 어떻게, 왼 다리, 오른 다리는 어떻게…' 이러한 레슨은 나에게는 전혀 도움이 되지 않는다. 왜냐하면 내 몸은 그렇게 되지 않기 때문이다. 나는 내 폼이 어떤지는 전혀 생각치 않고 오로지 정신력으로 볼을 친다. '볼을 끝까지 봐야지, 정확하게 맞추어야지, 어깨에 힘을 빼야지.' 한 타 한 타에 이런 생각만으로 친다. 싱글도 여러 번 기록했고, 시작할 때의 목표였던 '안정적인 보기플레이 수준'이 되었다. 새로운 골프장에 가면 반드시 사진을 찍어두는데, 벌써 내가 다녀본 골프장이 100곳이 넘는다. 주말이면 아내와 함께 골프를 즐길 수 있는 이 생활이 미국에서의 유일한 낙(樂)이다.

여행

미국으로 오기 전, 내게 여행은 그저 구경이었다. 그냥 누군가와 대화할 때 '아, 나도 그곳에 가본 적이 있다'는 말 한마디 하는 것일 뿐이다. 중학교 때 서울로 수학여행, 고등학교 때는 속리산, 부여 등지로 수학여행을 간 기억 외에는 여행의 기억이 별로 없다. 88년도에 자동차를 한 대 산 후로는 아내와 더불어, 동해안, 서해안, 강원도, 전라도, 거제도 같은 곳으로 다니기도 하고, 충주호, 도산서원, 단양팔경으로 다니기도 했지만 그것도 그냥 구경이었다.

회사생활을 하면서 해외로 출장을 나가면 그곳의 관광지를 휘익 둘러보는 경우도 있었지만 그것도 그냥 구경이었다. 물론 대부분이 업무 목적이었지만, 그렇게 그저 한번 가서 그곳의 음식을 먹어보고, 그곳 사람들의 생활을 구경해본 곳으로는 제법 많다. 일본, 중국, 홍콩, 필리핀, 태국, 말레이시아, 싱가폴, 인도네시아, 인도, 독일, 프랑스, 영국, 이탈리아, 미국, 캐나다 등이 내가 포스코와 포스틴에 있을 때 가본 나라들이다.

그런데, 내가 미국에 와서 살게 되면서부터는 여행하는 방법이 많이 달라졌다. 아직도 진정한 의미의 즐기고 배우는 여행이 아닌 것은 마찬가지지만, 여행사나 혹은 안내자가 안내하는 대로 따라다니는 여행이 아니라, 내가 직접 계획을 세우고, 숙소를 정하고, 식사도 해결하고, 직접 운전하면서 돌아다니는 것이다. 가족끼리 가거나 또는 손님이 왔을 때도 이러한 여행이 단체 관광에 비해서 훨씬 기억에 오래 남고, 가보고 싶은 곳을 가볼 수가 있다.

백두산보다 높은 위치에 있는 타호호수(Lake Tahoe)에서 모터보트를 빌려 직접 망망대호를 마음껏 달려보는 것, 요세미티(Yosemite)국립공원의 산 위(Glacier Point)에서 내려다보는 절경, 자동차로 해발 10,000ft(3,300m)가 넘는 시에라 네바다(Sierra Nevada) 산맥을 넘어올 때의 가슴 뿌듯함, 이 세상에서 가장 기운이 강하다는 세도나(Sedona)에서의 기(氣) 체험은 자동차 여행이 아니고서는 불가능하다. 데쓰

Bryce Canyon

밸리(Death Valley)나 모하비(Mohave) 사막, 아리조나(Arizona) 사막을 끝없이 달리는 경험도 미국 여행에서는 빼놓을 수 없는 추억이고, 특히 1시간을 달려도 차 몇 대 볼 수 없는 몬태나(Montana)주에서는 시속 120mile(192km)까지 속도를 내볼 만하다. 또한 아리조나, 유타(Utah), 콜로라도(Colorado)에 걸쳐 있는 그랜드 서클(Grand Circle)은 그랜드 캐년(Grand canyon), 자이언 캐년(Zion Canyon), 브라이스 캐년(Bryce Canyon), 안텔로프 캐년(Antelope Canyon), 아취국립공원(Arches NP), 서부영화의 단골 촬영지인 모뉴먼트 계곡(Monument Valley), 또 내츄럴 브릿지(Natural Bridge) 등 미국 최대의 절경이 모인 곳으로 꼭 한번 자동차 여행을 가보도록 추천하고 싶다.

뉴욕, 워싱턴 등 동부 지역을 여행할 때도 일단 그곳까지는 비행기로 가더라도, 그곳에서 직접 자동차를 렌트하여 돌아다녀야 한다. 스

Crater Lake

미소니언(Smithsonian) 박물관이나 자유의 여신상뿐만 아니라, 캐나다 쪽에서 바라본 나이아가라 폭포(Niagara Falls), 메인(Maine)주의 아카디아 (Acadia) 국립공원, 메사추세츠(Massachusetts)주의 케이프 코드(Cape Cod) 등 이 기억에 남는다. 애리조나주의 그랜드 캐년, 유타주의 브라이스 캐 년, 오리건(Oregon)주의 크레이터 레이크(Crater Lake), 와이오밍(Wyoming) 에 있는 옐로스톤(Yellowstone), 몬태나주에 있는 글레이시아 국립공원 (Glacier NP) 등 미국의 국립공원은 어디든 한번 가볼 만한 곳이다.

캐나다 록키(Rocky)는 세계 최고의 절경으로 손색이 없다. 밴프(Banff National Park), 쿠타니(Kootany NP), 요호(Yoho NP), 자스퍼(Jasper NP)로 이루 어져 있는데, 호수, 빙하, 야생동물 등 자연의 위대함을 피부로 느낄 수 있는 곳이다. 미국 쪽 글레이시아 국립공원(Glacier NP)에서 캐나다 캘거리(Calgary) 쪽으로 넘어가면 워터톤 국립공원(Waterton NP)인데 거기도 가볼 만한 곳이다.

그러나, 미국과 캐나다를 떠나, 멕시코, 남미, 유럽을 여행할 때는 어쩔 수 없이 상황에 맞게 갈 수밖에 없었다. 멕시코는 단연 칸쿤(Cancun)이 최고이다. 바닷물 색깔이 가장 아름답다는 카리브해 연안으로, 고급 호텔에서의 휴양 외에도 마야 유적지, 멕시코 전통 쇼, 보트타기(Sailing), 돌고래와의 유희 등 다양한 경험을 할 수 있는 곳이다.

남미도 꼭 한번 갔다 와야 할 곳으로 추천하고 싶다. 페루의 고대 잉카문명 유적지인 태양의 신전 및 마추픽추(Machu Picchu), 신비의 나스카(Nasca) 지상그림, 아르헨티나의 부에노스아이레스(Buenos Aires) 및 아르헨티나와 브라질에 걸쳐 있는 이과수 폭포(Iguazu Falls), 브라질의 삼바 쇼, 아마존 정글 체험 등 죽기 전에 꼭 한번 가봐야 할 곳이다.

유럽에 가본 적이 없는 아내를 위해서는 서유럽(영국, 프랑스, 스위스, 이태리) 단체관광을 다녀왔다. 역시 아메리카는 자연 관광, 유럽은 역사 관광이다.

한국으로 돌아가 노후생활을 즐길 때는 이집트의 피라밋, 캄보디아의 앙코르와트에 대해 깊이 있게 연구도 하고, 터키/그리스를 방문하여 동서양 문명 이전의 발자취도 찾아보고, 중국의 동정호에서 술 한잔하며 무협지에 나오는 영웅호걸들도 느껴보고, 징키스칸의 정복 루트를 따라도 가보고, 고대 우리 조상들인 12 한국의 숨결을 찾아 핀란드, 헝가리, 터키, 태국 북부, 몽골로도 가보고 싶다.

삶의 활력소, 도전

나는 목표를 세우고, 힘들지만 그것을 꾸준하게 성취해나가는 데 큰 보람을 느낀다. 2000년에 미국으로 와서 약 10년간 주위에 있는 거의 모든 골프장을 다 가봤다. 100곳 이상을 가본 후에는, 집 근처에 있는 골프장에 회원권을 사서 1년간 약 150게임을 쳤더니, 어깨도 아프고 골프에 대한 열정이 많이 식었다(San Francisco Bay Area, Sacramento, Nevada 주 Reno, Carson City까지 당일 또는 1박 2일 코스로 너무 비싼 곳이 아닌 코스를 선택하여 지금까지 총 117개의 골프장에서 라운딩을 했다).

Presidio GC at San Francisco

2011년부터는 근처에 있는 모든 등산 코스를 다 가보겠다는 계획을 세웠다. 그리하여 토, 일, 휴일, 심지어는 휴가 중에도 새로운 등산 코스를 찾아 다녔다. 약 2년간을 열심히 다녔더니 200곳 이상을 가게 되었다. 더 이상 새로운 곳이 없으니 하이킹에 대한 목표도 달성이 되었고 새로운 것을 찾아야 했다(San Francisco Bay Area, Sacramento 인근 당일 코스로 갔다 올 수 있는 모든 Hiking 코스를 다 갔더니 총 204곳이 되었다).

　다음으로 목표를 세운 것은 수영이었다. 2014년 수영 강사로부터 몇 달간 개인교습을 받았다. 자유형, 평영, 배영까지 배우고, 접영은 너무 힘들어 포기했다. 쉬지 않고 장거리를 계속 수영할 수 있는 능력을 키우려고, 1년간 꾸준히 혼자 연습하였다. 그러나, 호흡이 충분치 못하고, 스테미너가 부족해서 도저히 장시간 수영하는 것이 불가능했다. 그냥 1시간 정도 쉬어가면서 수영을 즐길 수 있다는 것만으로 만족하고 그만두었다.

Mt. Tamalpais Cascade Canyon

그 다음으로 목표를 세운 것은 권상우와 같은 복근을 만들자는 것이었다. 2015년에 개인 트레이너와 함께 운동을 시작하여 주 3일은 트레이너와 함께, 나머지는 혼자 정말 열심히 운동을 하였다. 트레이너가 짜준 엄격한 식단을 준수함은 필수였는데, 하루 다섯 끼의 단백질과 채소 위주의 식단이었다. 1년 2개월을 하고 나니, 운동하기 전에는 배가 부르면 숨쉬기조차 힘들어 했었는데, 몸무게가 약 6 kg 정도 줄었고 생활이 엄청 편하고 자신감이 생겼다. 복근은 어느 정도 형태가 잡혔으나, 당초 생각만큼 권상우같은 왕(王) 자 복근은 만들 수가 없었다. 트레이너와 함께 운동하는 것은 그만뒀지만, 내 몸 관리를 위해 지금도 꾸준히 음식을 조심하고, 헬스클럽에서 수영이나 운동(Workout)을 꾸준히 계속하고 있다.

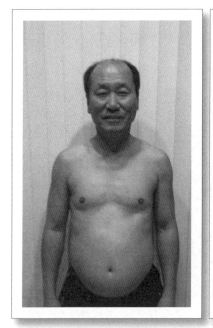
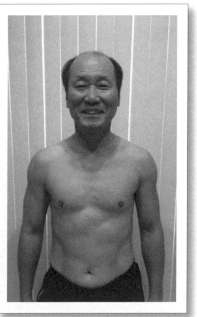

2015년 1월 20일   2016년 1월 16일

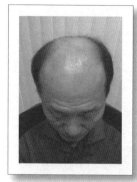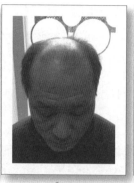

| 2016년 4월 20일 | 2017년 1월 7일 | 2019년 6월 9일 |

어느 정도의 몸을 만든 후에는 욕심이 생겨 그다음 목표는 머리카락을 재생키로 했다. 2016년부터 국내 모 회사의 모발재생 약품을 꾸준하게 사용했다. 1년 정도를 사용하니 많이 달라졌으나, 약 사용을 중단하니 도로 원래 상태로 돌아가버리고 말았다. 대머리는 의지와 노력으로 되는 게 아니라는 결론을 내리고, 마지막으로는 가발을 맞추었다.

대머리로 대중교통을 이용할 때는 나보다 나이가 많을 것 같은 사람들도 내게 자리를 양보하는 일이 있었는데, 이제부터는 젊은 사람이 나를 얕보지는 않을까 즐거운 걱정을 한다.

2017년에는 자전거 타기, 번지점프, 그리고 일본어 공부 세 가지의 목표를 세웠다. 자전거는 젊었을 때 등하교나 출퇴근을 한 경험이 있기 때문에 힘들지 않을 것이라 생각했으나, 현실은 많이 달랐다. 평지는 그런 대로 괜찮으나 조금만 경사진 곳을 오르려면 보통 힘든 게 아니었다. 다시 젊은 시절로 돌아갈 수야 없겠지만 지금의 건강을 유지하기 위해서라도 꾸준히 자전거도 탈 필요가 있겠다. 그 후 몇 년째 일주일에 두 번 이상 자전거를 타고 있다.

2017년 7월 29일 번지점프

번지점프는 높은 Bridge 위에서 뛰어내렸는데 롤러코스터 타는 것보다 더 아찔한 경험이었다. 한국처럼 번지점프 시설을 설치해놓고 영업하는 곳이 이 주위에는 없어서 좀 아쉬웠지만, 다음에 또 기회가 생긴다면 어떤 높이서건 전혀 두려워하지 않을 자신감이 생겼다.

일본어 공부의 목표는 2년 내에 일본어로 일상의 대화를 할 수 있는 수준에 도달하는 것이었다. 포항에 근무할 때, 일본어 C급 자격을 취득한 경험이 있기 때문에 크게 어렵지 않을 것으로 생각했다. CD가 달린 교재를 여러 권 사서 틈나는 대로 열심히 읽고 듣고 했다. 1년 반 동안 열심히 모든 교재를 다 공부했으나, 생활 일본어는 자신이 없었다. 가장 큰 문제는 일본인과 실제 대화를 해볼 수가 없다는 것이었다. 다음에 일본으로 여행 갈 기회가 있으면 조금은 도움이 되리라 생각되지만, 내가 이미 1986년도에 경험했듯이 일본에서는 영어를 유창하게 사용하는 것이 잘 안 되는 일본어로 더듬거리는 것보다 훨씬 대우받을 것이라는 생각이 든다. 일본으로 여행 갈 경우, 일본어로 얘기하도록 노력해서 일본어 실력을 높이는 게 좋을지, 아니면 영어로 얘기해서 일본인들로부터 존경받는 게 좋을지, 벌써부터 기대된다.

2019~2020년 2년간의 목표는 중국어 마스터하기와 패러글라이딩(Paragliding), 스카이다이빙(Skydiving) 도전이었다. 중국어는 평소에 관심이 많았고, 포항 근무할 때 HSK 자격시험 D급을 딴 적이 있기 때문에 쉽게 배울 자신이 있었다. 일단 몇 권의 교재를 사서 공부하는데, 평소 한자 실력이 좀 있었기 때문에 공부하는 재미가 있었다.

2019년 65세 되던 생일날에는 드디어 패러글라이딩에 도전했다. 장소는 샌프란시스코 해안, 즉 태평양이다. 아내는 지상에서 나를 촬영했고, 나는 공중에서 날고 있는 나를 촬영하면서 아래를 내려다 보았다. 하늘에는 구름, 내 옆에는 함께 날고 있는 갈매기, 저 멀리 보이는 바위 섬에는 펠리칸 무리들이 앉아 있고, 바다에서는 고래가 가끔씩 점프하고 있었다. 인간이 만든 건물과 자동차들은 저 아래로 보이

2019년 8월 7일 패러글라이딩

고, 나는 맑은 공기를 마시면서 푸른 하늘을 마음껏 휘저었다. 함께 타는 텐덤(Tandem) 강사에게 요청하여 고요히 비행하는 것보다 좌우로 심하게 요동치면서 날아보았을 때는 하늘은 그대로 있는데 땅과 바다는 서로 뒤엉키는 기분이었다. 이 짜릿한 경험은 영원히 잊지 못하리라. 지상에 내려오니 공중에서의 그 스윙(Swing) 때문에 멀미 기운이 느껴졌다. '젊었을 때는 멀미라는 걸 몰랐는데 나도 이제 좀 늙었구나.'라는 생각이 들었다. 그러나 더 늦기 전에 더 많은 도전을 해야겠지.

2019년 10월, 내친 김에 스카이다이빙에도 바로 도전했다. 다행히 집 근처 가까운 경비행장에 스카이다이빙하는 곳이 있었다. 이것도 역시 Tandem 강사와 함께 하는 것이라 절대적으로 안전한 것이다. 고

2019년 9월 21일 스카이다이빙

도 13,000ft(약 4,000m) 상공에서 바로 뛰어내려 처음 얼마 동안은 자유 낙하를 하다가 어느 시점에 낙하산을 펴고 서서히 땅으로 착륙하는 것 인데, 짜릿한 느낌은 최고였다. 다만 공중에 머무는 시간이 패러글라 이딩에 비해 짧아 다소 아쉬웠다. 카메라맨을 대동하여 전 과정을 비 디오 녹화를 했다.

제4부

나의 글

1장

고등학교 때 쓴 글들

국어 과목을 잘 했고, 글쓰기에 소질이 있던 나는 1학년 때 「창(窓)」이라는 수필을 써 교실에서 발표를 해서 이창원 국어 선생님으로부터 칭찬을 받은 적이 있고, 2학년 때는 시화전에 「새 날」이라는 시조를 출품한 적도 있었다. 또 3학년 때는 신문배달 할 때의 경험을 살려 「수금(收金)」이라는 소설을 써서 선생님께 보여 드리기도 했는데, 그 원고가 지금은 남아 있지 않아 아쉽다. 3학년 여름방학 때는 친구 노판규에게 '나는 어느 싱겅싱겅한 방 속에서'로 시작되는 편지를 써서 학교로 우송한 적이 있었는데, 이것이 선생님들 사이에 큰 이슈가 되기도 했다. 왜냐하면 이 편지글은 국어사전을 뒤져 내가 뜻을 모르는 어휘들만 모아서 문장을 구성한 것인데, 보통 사람이 읽으면 무슨 뜻인지 전혀 알 수 없는 암호문이었기 때문이었다. 더구나 1973년을 '한즈믄아홉온일흔셋'으로 표기하고, 내 이름을 '42026210'으로 썼으니 더욱 오해를 받을 만했다.

한문 시간에 이병혁 선생님께 들은 어느 노인의 유언에 관한 얘기는 두고두고 잊히지가 않는다. 어린 아들을 걱정한 노인이 아들이 장성할 때까지 재산을 사위에게 맡기고, 아들이 장성한 후에게 되찾게 한 기가 막히는 유언장이었다.

"七十生子非吾子 家産傳之婿他人勿論"

사위의 해석: 칠십에 아들을 낳으니 내 아들이 아니라, 가산을 사위에게 주니, 타인은 논하지 말라.

아들의 해석: 칠십에 낳은 아들인들 내 아들이 아니랴, 가산을 주노니, 사위는 타인이라 논하지 말라.

선생님은 한시(漢詩)에 얽힌 재미난 얘기를 많이 해주셨는데, 댓귀(對句)가 멋들어진 아래 한시를 아직도 기억하고 있다.

白鷗飛 白鷗飛 沙千里 波萬丈(백구비 백구비 사천리 파만장)
杜鵑啼 杜鵑啼 夜三更 花一枝(두견제 두견제 야삼경 화일지)

백구가 날고 또 나는 바닷가 모래는 천 리요 파도는 만 장이구나
두견이 울고 또 우는 산 중 밤은 깊은데 꽃 한 송이 피었구나

또 재미있게 읽었던 김삿갓의 시(詩)도 몇 수 기억하고 있는 걸 보면 내가 옛날에 태어났었더라면 서당 훈장이 되었을지도 모르겠다.

二十樹下三十客四十家中五十食(이십수하 삼십객 사십가중 오십식)
人間豈有七十事不如歸家三十食(인간기유 칠십사 불여귀가 삼십식)

스무나무 아래 서러운 나그네   망할 집구석 쉰밥을 주네
인간 세상에 어찌 이런 일이 있으랴
차라리 집으로 돌아가 선밥을 먹지

특히 3학년 때 국어 시간에 김종욱 선생님이 '어머니의 손'이란 제목으로 시(詩)를 쓰게 한 적이 있는데, 솔직히 나는 시(詩)에는 영 자신이 없었다. 시(詩)를 쓰려고 끙끙거리다 보면 결국엔 시조가 되어버리곤 했는데, 나는 그날,

어머니의 손가락도 열 개입니다.
아버지의 손가락도 열 개입니다.
우리 모두의 손가락은 열 개입니다.

그러나 우리 손이 돈을 세고,
남을 손가락질하며,
싸움을 하고,
더러운 것을 주무르는 반면,

사랑하고,
쓰다듬고,
보호하고,
감싸주는 것은
어머니의 손뿐입니다.

뭐 이런 내용으로 시를 썼다가 선생님과 급우들에게 왕창 창피를 당하기도 했다. 그때 장원한 한 친구의 시(詩)에는 어머니의 손에 있는 주름을
'어디서 학의 날개가 저렇게도 표연히 날고 있을까?'라고 표현한 게

기억이 난다.

　아무튼 글재주가 좀 있긴 있었는데, 그때 쓴 글들이 지금 남아 있지 않아 아쉽다. 아래 시조는 유일하게 기억나는 나의 고등학교 시절 작품이다.

　난(蘭)

　　삼춘을 울 안에서 곱게 화장을 하다가
　　오월을 장식하는 선남선녀 대열에
　　수줍은 두메 처녀인 양 다소곳이 앉은 너

　　이슬 머금은 자태 청초하고 수려하여
　　선비는 너 더불어 시름을 잊었는가
　　살포시 얼굴 내미니 오뉴월의 여왕님

2장

대학 시절 쓴 글들

대학 시절 펜팔 친구에게 쓴 편지들과 군대 시절 내무반장을 대필해 쓴 편지 등이 남아 있지 않아 아쉽지만, 그 시절의 노트에 수상(隨想)이 몇 개 남아 있어 여기에 옮긴다.

인간

인간은 어디까지나 인간인 것이다. 인간은 인간이다. 그는 생각할 줄 안다. 남의 일에도 아량과 희생을 베풀 수 있고, 자기 일에는 최대한의 융통성을 나타낼 줄 안다. 태초에 하나님으로부터 기계가 아닌 인간으로 창조된 바에야, 그에게는 자의(自意)가 있다. 그리고 발전이 있다. 남에게서부터 머저리라 불려도 그에게는 숨은 저력이 있다. 놀랄 만한 눈과 힘이 있을 수 있다.

어떤 사람에게나 그 사람의 능력을 최대한 발휘할 수 있도록 해주는 것은 가장 중요한 일이다. 한 사람에게 무슨 일을 맡겼을 때는 멀리서 지켜보는 게 중요하다. 두 눈과 손을 가진 사람에게 '이것 보아라', '저 것 만져보라'는 식보다는 가만히 바라보고 있는 게 좋다. 잘못하는 법이 있을 수 있고 지체되는 경우도 있다. 그러나 그는 스스로 느끼고 깨달아 가장 빠른 길을 결국에는 찾게 된다. 어려운 일이라면 몰라도 대강은 알고 있는 쉬운 일을 '요것' '조것' 시킨다는 것은 결국 잔소리밖에 되지 않으며, 일을 하는 사람에게는 그 시키는 횟수가 많아질수록 뚜렷한 저항감을 가지게 되는 것이다. 저항감, 단체 생활이나 지휘 계통이 있는 사회일수록 낮은 사람들의 저항감은 그 단체가 파괴되는 가장 중요한 요인이 된다.

상관이 부하를 사랑한다는 것은 무슨 일을 시킴에 있어 부하의 인격을 생각해준다는 데 있다. 마치 기계처럼 '이것' 하는 스위치를 누르면 부하의 손이 움직이고, '저것' 하는 스위치를 넣으면 그의 발이 움직이게 하는 것은 위험한 일이다. 어려운 고비에서의 조그만 지도 - 마치 제 기능을 발휘 못 하는 기계에 윤활유를 치는 것처럼 - 는 부하로 하여금 상관을 존경하게 할 것이다. 그러나 누구나 다 인간이므로 기계적 취급보다는 인격적 대우를 받고 싶어 하기 마련이다.

글쓰기

사람이 사회생활을 해나갈 때, 때때로 글을 쓴다는 것은 참 좋은 일이다. 내성적인 성격의 소유자나 단체생활을 하는 사람에게는 더욱 다행한 일이다. 남모를 고민에 싸여, 한밤중 아무도 바라보지 않는 나뭇가지에 걸린 달에게, 눈물의 하소연을 하는 그런 사람이나, 똑같은 환경의 질식할 것 같은 되풀이 속에서, 마음의 여유와 생활의 공백을 잃어버린 사람에게 있어서, 글을 쓴다는 그 사실은 놀라우리 만치 마음을 여유 있게 하고 생활을 부드럽게 해준다.

글에는 여러 종류가 있지만, 특히 편지와 수상(隨想)은 이런 사람에 가장 적합하다. 편지는 살아서 움직인다. 멀리 있는 친구와 진리와 인간을 논하고, 함께 술에 취하기도 하며, 그 사연이 너무 애절하여 얼굴을 맞대고 얘기할 수 없었던 깜찍한 소녀에게 흉금을 터놓기도 한다. 편지를 주고받는 그 마음은 미워할 수 없으며, 편지를 받는 그 기쁨은 어디에도 비할 데가 없으리라. 틀에 박힌 생활은 이런 사람에게, 새싹의 돋아남에 희열을 느끼고 굴러가는 한 잎 낙엽에 우수를 느낄 만치 감상적(感傷的)이게 하진 않지만, 터질 듯 터질 듯하면서도 터뜨리지 못한 분노나 뼈에 사무치는 고난과 혹은 가슴깊이 새겨 둘 추억으로 하여금 하얀 종이 위에다 마음껏 하소연하고 자랑하게끔 해준다. 그 하소연 뒤에 오는 후련함, 그 자랑 후에 오는 뿌듯함, 그것이 바로 글이 우리에게 주는 고마움이다.

부모와 친구를 멀리 떠나 무비판적이어야 하고, 항상 바쁜 생활을 해나가는 사람들에겐 남의 생각을 읽고 비판해야 하는 독서보다는, 서로 얘기를 주고받거나 마음껏 갈겨 쓰는 일이 더 생활의 활력소이며, 웃음을 피우는 비료임을 생각하면서, 이제 밥을 해야지.

담배 소고(小考)

담배는 인간생활에 없어서는 안 될 중요한 기호품이다. 그건 마음 약한 자의 강심제이며, 지루한 자의 말동무면서, 안타까워 말 못 하는 사람의 대변자이고, 답답한 사람에게는 '킨사이다'이다.

그대는 안개가 자욱이 끼인 날 저녁, 도시의 조그만 다리 위에서, 오염된 하천에서 눈을 돌려 희뿌연 하늘을 쳐다보고, 길게 한 모금 내뿜어본 적이 있는가? 강력한 니코틴 합성세제가 폐 깊숙한 세포 사이사이를 세척하고 내뿜어질 때의 체증이 확 풀릴 것 같은 후련함을 무엇에다 비할 것인가? 얼굴도 모르는 사람을 처음 대할 때의 그 서먹한 분위기와 두근거리는 가슴을 무엇으로 진정케 할 것인가? 담배는 진정제이면서 소화제이다. 또한 그것은 승리자의 환성이며 패한 자의 격려이고, 다정한 친구와 만나 즐거움을 나누는 서곡(序曲)이며, 이별의 종지부이기도 하다. 떠나는 친구에게 '안녕' 하는 인사도 되고, 새로 만난 사람에게는 반가움의 표시도 되며, 땀 흘리는 농부, 다리가 후들거리는 지게꾼에게는 한잔의 시원한 샘물만큼이나 힘을 북돋아준다. 뿐만 아니라, 깜박거리는 전등 아래 밤을 세워 연구하는 학자의 복잡한 머리를 식혀주며, 철부지 청소년들의 멋에도 한몫 차지하고, 때로는 조폭들의 체면을 세우는 데까지 담배는 고루 작용한다.

동그라미를 그리는 담배는 여유와 한가의 상징이요, 길게 내뿜는 담배는 허무와 실망을, 그리고 고르지 못한 연기를 내쉬는 담배는 불안과 초조를 표시한다. 잠에서 깨어나 피우는 담배는 하루의 설계이며,

식후의 담배는 효소이며, 작업 중의 담배는 포근한 휴식, 일을 마무리 지은 후에는 한 번 더 확인하는 담배, 저녁엔 잠을 청하는 담배며, 얘기의 담배며, 잠자리에 들 때는 일기장 같은 담배이다.

담배, 그것이 꽁초이든 완초(完草)이든, 그것은 인간과 사회를 연결하는 커다란 교량적 역할을 함에는 틀림없으리라.

현대의 영웅

시대감각에 민감하게 생활하는 것이 좋은지 나쁜지 옳은지 그른지 나는 알지 못한다. 현대생활에 있어서는, 동서고금의 명언이나 진리를 좇아 생활하는 것이 남으로부터 가장 이용당하고 무시당하는 원인이 되고, 때로는 자신마저도 학대하게 될지도 모르기 때문이다.

사소한 일에 세밀하고 자상하고 부지런히 돌보는 사람은, 어느 때에나 어떤 좌석에서나 그저 한 청소부나 시종으로서의 소임을 다하는 것에 지나지 않으며, 혹시 그가 '자신의 솔선수범이 자신의 이익에 조금도 도움이 되지 않는다'는 지극히 현대적인 생각을 한다면, 오히려 가장 현대인들로부터 이기적이고 비협조적이라는 비난을 받게 되니, 웃어넘길 문제가 아니다. 예수니 석가니 하는 성인들을 믿고 그들의 가르침을 따르려는 사람이 더욱 더 역행하고 있는 데야 더 할 말이 없지만, 스스로 그렇지 않다고 열변을 토하던 사람이 좀 더 고차원적으로 놀아나는 꼴이야 장관이 아닐 수 없다. '영웅은 외롭다'라는 말이 진리라면, 현대의 영웅은 가장 올바르게 살아가고 가장 성실히 일하는 사람이다. 시시각각 불어나는 인종들, 그들 대부분이 너무나, 진실로 너무나, 현대적이기 때문에 이 외로운 영웅들의 삶은 더욱 고달프다.

그러나, 영웅들이여! 그대들의 생각과 행동이 옳을지언데는 너무 슬퍼하지 말지어다. 죽을 때까지 청소부나 시종 취급을 당할지라도 그대들은 깨끗할지니라. 남이 알아주기를 바람은 가장 소인이 될 뿐이니, 오직 계속 올바르고 항상 성실하기만을 하라. 남에게 얘기한다는 것은 그대의 마음에 파문만 일으키게 되니, 오직 말없는 전진만이, 그리고 그 속에서의 자아의 발견만이, 그대가 얻을 수확일지니.

지기(知己)

우리는 때때로 어떤 제한된 환경 속에서는 가장 절친하다고 생각하는 사람에게도 실망을 느낄 때가 종종 있다. 그 이유야 물론 현대를 사는 사람들의 가장 기본적인 자기 안일과 자기 이익에 있다고 하겠지만, 좀 더 구체적인 이유를 캐자면, 문제는 그 제한된 환경에 있다고 하겠다.

성격이나 언행이 아무 나무랄 데 없는 사람들이라 할지라도, 꼭 붙어서 함께 생활하다 보면, 그 많은 장점보다도 아주 사소한 잘못이 더 눈에 띄게 마련이고, 어차피 투쟁적인 인간인 바에야 언쟁도 불가피하게 되는 것이다. 그러나 이미 청년기의 연령층이라면 누구나 개성이 있기 마련이고 자존심이 존재하기 때문에, 비록 겉으로는 아무렇지도 않게 보이나, 의식의 심층부에는 자기 우월에 의한 반격 태세를 준비하기 마련인 것이다. 이 반발심은 우연한 기회에 자신들도 예기치 못한 결과를 초래하게 될지도 모른다. 때문에 나 자신과 다름없다고 여기는 친구가 있다면, 항상 멀리 떨어져 있는 게 좋다. 멀리서 생각하고 충고해주는 '또 다른 나'로 만들어야 하는 것이다. 모름지기 지기(知己)라면 '내가 없을 때 내 일을 해주고 내 생각을 해주는 자'라야 한다. 현세는 그런 사람을 얻기가 그리 쉬운 일이 아니다. 희생과 봉사 없이는 절대 불가능한 일이나, 지금의 사회적 환경과 인위적 여건은 오히려 인간을 이기적 동물로 만들어가고 있을 뿐이다. 질투, 시기, 아부, 적자생존의 시대며, 여기서의 적자(適者)란 가장 약삭빠르고 비양심적이며, 폭군 네로처럼 자기만족을 위해서라면 모든 사람이 고통을 당해도 좋다는 생각을 가진 철저한 에고이스트를 말한다. 왜냐하면 대개의 사람들은 자기 이익을 생각하긴 해도 의사 표시는 잘 못하는 순진성이 남아 있기 때문이다.

나와 마음을 같이 하는 지기(知己)가 있다면 멀리 두고 사랑해야 변치 않을 것이다. 그의 단점을, 이기성(利己性)을 발견할 수 없기에.

하소연

염라대왕께 아뢰오. 제가 이렇게 어린 나이에도 불구하고 여기로 잡혀온 그 연유가 너무나 분하고 기가 차서 대왕을 뵈었사오니 대왕께서는 통촉하여 주옵소서. 제가 고양이 된 몸으로 쥐에게 물려 죽었다면 누구나 나를 병신이나 바보로 취급하겠지요. 그렇지만 이렇게 사지가 멀쩡하고 이목구비가 온전히 갖추어져 있지 않사옵니까? 제가 맨 처음 부모님 슬하를 떠난 것은 어떤 푸른 옷 입은 사람에 의해서였는데, 그분은 겉으론 냉담해 보였으나 퍽 인자하여서, 나는 별 고생 없이 어느 지독히도 외진 바닷가에 도착했답니다. 경치도 좋고 공기도 맑아 유쾌한 기분으로 기대감에 잔뜩 싸인 채 고지로 올라갔는데, 하! 이게 웬 일 입니까? 거기는 보통 사회와는 전연 달랐습니다. 똑똑하고 일 잘하고 진취적인 사람들은 지독히도 무지한 자들에게 짓눌려 있었습니다. 눈을 두 개 가진 사람들은 단지 수적으로 적고 늦게 왔다는 이유로, 눈 한 개만 가진 자들에게 이루 말할 수 없는 고초를 겪고 있었습니다. 나는 그들이 잠자고, 괴상망측한 버릇을 부리는 침상 마루 밑에 목에 줄을 맨 채 잡혀 있었습니다. 주는 밥이라고 냄새가 퀴퀴 나고, 밤이면 타작하는 소리에 잠도 제대로 잘 수 없을 뿐더러 심심풀이로 나를 툭툭 치는 무지막지한 자들의 행동에는 어린 나이에도 참을 수 없어, 죽을 결심을 하고 탈출을 감행했답니다. 그런데 밖은 춥고 배고 팠습니다. 할 수 없이 먹을 것을 찾아 컴컴하고 다 허물어져가는 창고로 들어갔는데, 내 신세가 마치 도둑고양이 꼴 같아, 가문을 목숨보다 중히 여기는 나의 조상들에게 지은 죄가 실로 컸습니다. 그런데 이건 또 웬일입니까? 콩낱만 한 쥐새끼들이 감히, 어리긴 해도 지체가 고양이인 나에게 발로 차고 몽둥이를 들고 휘두르는 등 갖은 학대를 하는 게 아니겠습니까? 나는 정말 기가 찼습니다. 그래서 날카로운 발톱과 이빨을 내보이며 멋진 수염을 곤두세우고 한바탕 당연한 호통을 쳤는데, 글쎄 이것이 내 죽음을 자초하다니요? 곧 수십 마리의 쥐들이 몰려오더니 나를 집단 구타하는 게 아니겠어요? 그 이유는 감히 이제 며칠 전에 온 녀석이 고참에게 대들고 잘난 체했다는 거였지요. 나는 온 얼굴과 전신에 타박상을 입고 드디어는 이렇게 일찍 이 세상으로 오게 되었사오니, 대왕께서는 그 무법 천하에 벌을 내려 주시고 하루 속히 질서를 잡아주옵소서. 대왕, 대왕이시여.

개구리 울음

개구리의 울음은 주인의 잠을 깨운다. 개구리에게 돌을 던지던 머슴은 이제는 더 이상 돌을 던지지 않는다. 머슴은 개구리가 암만 울어도 연못가에서 잠을 잘 수가 있다. 주인은 개구리의 울음소리 때문에 마음이 편하지 못한 체한다. 주인이 잠을 이루지 못하는 것은 개구리의 울음소리가 시끄럽기 때문이기보다는 그 울음소리를 그치게 하는 방법을 생각하느라 못 자는 것이라는 게 옳겠다. 머슴은 금년 한 해의 보수에 대해서는 걱정하지 않는다. 그러나 당장의 생활에 있어서의 주인의 눈초리, 언쟁, 그리고 태도 그런 것들이 내년에 미칠 영향 때문에 다시 돌을 던진다. 풍———하는 소리와 일렁이는 파문에 놀란 개구리는 더러는 물가로, 더러는 풀 이끼 속으로, 또 물속으로 제각기 몸을 숨긴다. 이제 웅덩이는 고요에 잠기고 주인은 다시 잠을 청한다. 그러나 소리 없이 사그러져가는 파문과 함께 어느 용기 있는 개구리가 다시 동조자를 규합하는 울음을 부르고, 동조자가, 다른 동조자가, 또 다른 동조자가… 웅덩이는 다시 개고르르 개고르르 아우성이 된다. 밤잠을 설치는 머슴이지만 이제는 거의 반사적으로 또 하나의 돌을 손에 쥔다….

어느 심하게 가문 여름날 웅덩이는 점점 말라 들어가 개구리들은 아우성치며 다른 곳으로 다른 곳으로 이동해간다. 비록 그곳에 뱀들이 있다 해도. 주인은 머슴에게 '개구리들이 미리 준비해둔 뱀의 무리 속으로 가게끔 잘 쫓아라'라고 또 소리친다. 이러기를 눈이 오고 꽃이 피고 또 단풍이 지고 소낙비가 내리고 하여 주인은 영원히 돌아올 수 없는 곳으로 떠나고, 머슴은 새로운 주인이 된다. 어느 여름날 새로운 주인은 새로운 머슴에게 또 웅덩이에 돌을 던지게 한다. 풍덩 풍덩 풍덩. 개구리들은 더러는 놀라기도 하지만 그 울음소리는 늘 그치지 않는다. 개고르르 개고르르.

젊음의 기개

젊은 사람이라면 자신이 옳다고 생각되는 일이라면 어떠한 난관이 있어도 뜻을 굽히지 말아야 한다. 특히 그 사회가 계급적인 굴레 안이라면 상관의 뜻이 자신과 다르다고 하여 굳이 상관을 좇을 필요는 없다. 그것이 어떤 극한 상황에서 그 사회 전체를 좌우하는 커다란 논제라면 별개의 문제이지만, 어떤 개인의 이익이나, 극히 일부분을 위한다거나, 또는 차후 유사한 문제에 또 그런 방향으로 유도하기 위한 일 단계 조치로서 취해지는 논제라면, 이 젊은 사람에게는 아양도 필요 없고, 타협도 필요 없으며, 오직 고독한 가운데서 꿋꿋이 싸워나가는 투지와 용기, 고집만이 필요할 따름이다.

젊은 청년에게는 매우 넓은 세계가 올 수 있으며, 지구를 뒤흔들 수도 있는 가능성이 있는 것이다. 그가 아부하고 이기하며 빤질빤질한 회색인간이 된다면 실로 억울한 일이다. 벌써 기성세대의 흉내를 낼 필요도 없으며, 벌써 불의와 타협하고 세상사와 흥정할 필요는 없다. 오직 옳은 일은 옳은 일이라고 말하고 행동해나가는 용기와 굳은 신념 이 그의 의식의 심층부까지 깊이 박혀 있어야 한다. 그러기 위해서는 친구를 잘 두는 게 중요한 요소 중의 하나며, 또 좋은 책을 많이 읽고 훌륭한 교수의 강의를 들을 필요가 있다. 자신이 어느 정도 입신(立身) 을 하였을 시기엔 실제 부딪혀 봄이 또한 중요하다. 그 가운데서 참고 이겨나갈 때 그는 발전하는 것이다. 그렇게 자신을 키운 젊은이는 실 로 이 사회를 사는 데 많은 어려움이 뒤따를 것이다. 어쩌면 영원히 사 회 속에서 매장될지도 모른다. 그런 반면 그는 옳게 살았는데야 어쩌 랴. 그가 만일 매장되지 않고 일어선다면 사회는 변할 것이다. 모든 것 이 변할 것이다. 썩은 싹은 잡초와 더불어 깨끗이 없어질 것이며, 오직 뿌리 깊은 나무만이 크며, 그 원천이 줄기찬 샘만이 바다로 흘러갈 것 이다. 젊은이여, 최선을 다하라. 그리고 불의를 외면하지 말라.

인간에 대한 투자

(모 재벌 K 씨의 답장을 받지 못하고, 이어령 씨의 글을 옮겨 적다.)

알렉산더 뒤마가 문단에 데뷔하기 전 그리고 몹시 가난하던 시절, 프랑스 최대의 은행가인 라피뜨에게 돈을 배부 받으러 간 적이 있었 다.

"3천 프랑 빌리고 싶습니다."

"농담 말게. 대체 무엇을 담보로 내놓을 작정인가?"

뒤마는 호주머니에서 한 묶음의 종이를 꺼냈다. 그것은 '앙리3세와 그 궁전'이라는 각본 원고였다. 은행가 라피뜨는 청년 뒤마의 재치와 기백에 넘친 설명을 듣고 난 후, 프랑스 은행 사상 처음으로 무명 문사의 휴지쪽 같은 원고를 담보로 하여 3천 프랑을 빌려주었다. 물론 영수증 같은 것은 주고받으려 하지 않았다. 그러나 영수증을 요구한 것은 오히려 뒤마 쪽이었다.

"나는 무일푼의 자네를 신용하고 있는데, 자네는 백만장자인 나를 신용하지 않는군!"

라피뜨가 화를 내자 뒤마는 이렇게 대답했다.

"신용 문제 때문이 아닙니다. 내가 원고를 담보로 돈을 빌렸다는 그 증서를 신문기자에게 보이기만 하면 큰 뉴스거리가 될 것입니다. 그리고 사람들은 은행가인 당신의 투자이니만큼 누구도 내 연극의 성공을 의심하지 않을 것입니다."

이렇게 해서 뒤마는 작가의 첫걸음을 내디디게 되었고, 라피뜨의 투자는 적중해서 그의 앞날에는 누구도 누려보지 못했던 명성과 돈이 쏟아지게 된 것이다.

이 일화에서 우리가 느낄 수 있는 것은 인간에 대한 투자는 세 가지의 법칙이 따른다는 사실이다. 첫째는 무담보인 것이다. 그것은 극히 위험이 따르는 투자이다. 뒤마의 대본 원고는 사실상 휴지쪽이나 다름없는 것이다. 이 확실치 않은 무명 인사의 원고를 담보로 하여 3천 프랑의 거금을 던진다는 것은 매사에 빈틈이 없고 손해를 절대 본 적이 없었던 은행가 라피뜨가 '어리석은 짓'을 했다. 시골뜨기 청년에게 무담보의 돈을 빌려준 것이다. 그러기에 라피뜨는 정말 대은행가였으며 백만장자가 될 수 있는 거목이었다.

인간에 대한 투자를 할 줄 안다는 것은 곧 자기 자신이 위대한 인물임을 증명하는 것이다. 그것은 남을 위한 일이 아니다. 바로 자기 자신을 증명하는 일인 것이지.

地球의 위기와 生의 秩序

1960년대의 미래학자들은 대체로 미래에 대해서 밝은 전망을 가졌다. 그러나 1970년대에 들어서면서부터 생태학자들과 환경공해를 연구하는 학자들은 인류의 앞날을 어둡게 보기 시작했다. 뿐만 아니라, 오늘날에 있어서는 앞으로 인류가 과연 얼마나 오래 살아남을 수 있는가 하는 문제가 심각하게 대두되고 있다.

생태학자들과 환경학자들로 하여금 인류의 미래에 대해서 어둡고 비판적인 전망을 갖게 하는 몇 가지 중요한 이유들이 있다.

그 첫째의 이유는 자원의 고갈이다. 로마클럽의 보고서 '성장의 한계'에 의하면, 향후 50년 내에 가장 필요한 자원의 대부분이 바닥날 것이라 한다. 석유는 앞으로 20년, 철은 90년, 석탄은 1백 10년가량밖에 지속되지 못할 것이라 한다.

둘째의 이유는 환경의 오염이다. 1972년 스톡홀름에서 '하나뿐인 지구'라는 주제로 열린 유엔 주체의 환경회의는 인류의 생존을 위협하고 있는 환경오염에 대해서 경종을 울렸다. 폴 알레르리히는, 이대로 나간다면 1979년 9월까지는 바다의 모든 생물은 오염으로 전멸하리라고 주장한다. 인류의 에너지 소모량이 연 4%씩 증가한다면 130년 후에는 남극과 북극의 얼음이 녹아서 지구는 물속에 들어가리라고 한다.

셋째의 이유는 인구의 폭발이다. 현재의 세계 인구의 증가율을 2%로 억제하는 데 성공한다고 해도 앞으로 20년 후인 2000년에는 세계 인구는 70억에 도달될 것이다. 이렇게 인구가 늘어나면 식량의 부족을 초래한다. 지구의 경작할 수 있는 농토는 제한되어 있으며, 게다가 비료와 농약의 사용은 농토를 황폐하게 하고 식량을 오염시키는 원인이 되고 있다.

문제는 여기에 그치는 것이 아니다. 인구의 팽창과 식량의 부족은 세계대전을 초래할 가능성이 있다. 지금 인류는 지구상의 모든 생물을 70번 전멸시킬 수 있는 핵무기를 소유하고 있다. 기독교의 구약성경에 노아의 홍수와 소돔과 고모라의 불의 심판의 이야기가 있다. 인류는, 속히 어떤 대책을 강구하지 않고 이대로 나간다면 머지않아 '불의 심판' 아니면 '물의 심판'을 맞이하게 될 것이다. 이것은 종교가 그렇게 말하는 것이 아니라 과학자들의 경고이다.

그러면 인류가 이런 비극의 운명에서 벗어날 길은 없겠는가? 있다면 그것은 인류가 갖고 있는 재원과 기술을 전적으로 지구를 구출하고 인류가 살아남을 수 있게 하기 위해서 투입하는 것이다. 그런데 이것을 하지 못하게 하는 것이 있다. 그것은 다름이 아니고 이데올로기적인 대립이요, 국가 이익의 충돌에서 오는 국가 간의 갈등이다. 강대국이 1년간에 소비하는 군사비는 3천억 달러에 달한다. 미국인 1인이 소모하는 천연자원은 인도인 1인의 50배 내지 100배에 달한다. 1969년에서 1971년 사이에 북미 대륙에서 가축들에 먹인 곡식은 3억7천4백만 톤에 달하며 이것은 후진국의 12억 인구를 먹일 수 있는 식량이다. 그뿐이 아니다. 북미 대륙이나 호주에는 경작지와 개간할 땅이 많이 있다. 그런데 세계 인구의 2/3 이상을 차지하고 있는 지역에 있어서는 기아에 허덕이고 있으며 아사율이 가공할 정도로 증대해가고 있다.

이러한 모든 현상은 인간의 사는 태도와 질서가 근본적으로 무언가 잘못된 데가 있다는 것을 말해주고 있다. 따라서 지구 관리에 있어서도 무언가 잘못되어 있다는 것을 나타내고 있는 것이다. 사실 인류를 장구한 세월 동안 지배해온 生의 자세와 질서는 자기의 이익만을 내세우고 그것을 달성하기 위해 상대방을 지배하고 착취하는「주인과 종의 관계 - Master and Slavery Relation」의 질서이다. 이데올로기 간의 대립, 국가 간의 싸움, 계급 간의 투쟁, 여당과 야당 간의 갈등, 이러한 모든 양극화 현상은 그러한 그릇된 生의 자세의 인간관계에서 온다.

때문에 인류가 오늘의 지구의 위기를 극복하기 위해서는 새로운 生의 질서와 진리에 대해 깊이 생각해볼 필요가 있는 것이다. 자기가 잘 살기 위해서는 다른 사람을 위해서 자기를 희생해야 한다는 것, 따라서 사람은 주인과 종의 관계가 아니라 '동료 관계-Partnership'로 살

아야 하는 새로운 生의 자세와 질서가 전 인류에게 절실히 요구되는
것이다.

3장

공장장 시절 쓴 글들

　다음 글들은 내가 포스틴 생산과장으로 있으면서, 직원들의 교육을 위하여 매월 발행되던 포스틴 소식지에 기고한 글들이다.

공장관리와 금발의 여성 ('93. 8, 제16호)

　제조업에서의 생산이란 3M(Man, Machine, Material)을 유효 적절히 활용하여, 좋은 제품을(품질), 싸게(원가), 많이(생산성) 만들어내는 활동을 말한다. 그러나 이러한 3 Best는 안전이라는 바탕 위에서 이루어지지 않으면 안 된다. 결국, '공장관리란 안전을 바탕으로 하여, 3 Best를 달성하기 위해, 3M을 관리하는 것'이라 할 수 있겠다. 블론디(Blondie)란 본래 금발의 여성이란 뜻이지만, 우리에게는 미국의 만화가 칙 영의 신문 연재만화의 주인공으로도 친숙하다. 그러나 여기서 나는, 조금은 말장난 같은 느낌이 들기도 하지만, 공장관리의 기본을 BLONDE(Bolting, Leak, Oiling, Notice, Dirt, Earth)라고 풀이해본다.

　완전한 Bolting은 기계정비의 기본이며, Earth의 확인은 전기정비의 기본이 된다. 지난번 출측 Tension Reel의 Collapse 불량으로 조업에 상당한 지장을 준 사고의 원인이 Bolt가 느슨해진 때문으로 확인된 것이나, SD후 라인 Start할 때, Reflow 차단기의 연속적인 Trip현상이 Ground Fault였음을 상기해보면 쉽게 이해가 갈 것이다. Water Leak, Steam Leak, Air Leak의 방지가 바로 낭비를 줄이는 기본이며, 윤활유, 작동유 등 주기적인 Oil 상태의 확인이 점검, 정비의 기본이 됨은 주지의 사실이다. 또한 깨끗하지 못한(Dirt) 환경과 설비가 방치되지 않도록 주위를 항상 청결하게 유지하는 것은 행동거지의 기본이며, 늘 관심(Notice)과 정성을 기울이는 것은 마음가짐의 기본일 것이다.

질서란 너무나 단순한 개념으로서, 있어야 할 곳에 있고, 없어야 할 곳에 없도록 유지하는 것이다. 꽁초는 재떨이에, 기름걸레는 기름걸레 수거함에 있어야 하고, 제품 위의 먼지와 설비 위의 오물은 없어야 하는 것이 질서인 것이다. 공장관리는 한,두 사람의 소관이 아니고, 우리 모두의 공통된 생활 그 자체이다. 공장관리를 함에 있어서 항상 금발의 여성을 생각하자. 위하여!

부하 훈련과 상관 교육('93. 9, 제17호)

TWI(Training Within Industry: 감독자 훈련 과정), MTP(Management Training Program: 관리자 훈련 과정)같은 관리, 감독자 교육 훈련 Curriculum에는, 관리, 감독자의 자질 중 가장 중요한 것으로 부하 훈련을 들고 있다. 부하를 훈련시키는 목적은 관리, 감독자가 장기적인 목표에 의해, 조직 전체의 능력을 향상시키는 데 있다고 할 수 있으나, 매일매일 부닥

치는 일(Task)의 처리와 위로부터의 업무 지시(Order) 수행 및 여러 부서가 관계되는 문제를 해결(Problem Solving)하는데, 능력이 미흡한 부하에게 맡길 수는 없지 않은가? 이러한 문제를 어떻게 완벽히 해결할 것인가는, 관리, 감독자가 그동안 상관을 얼마나 잘 교육(?)시켜 왔는가에 달려 있다. 어떠한 교육 훈련 과정에도 없는 과목이지만, 사실 관리, 감독자의 자질 중에 부하 훈련만큼이나 중요한 것이 상관 교육인 것이다.

　그러면 상관 교육은 어떻게 하는 것인가? 여기 그 비법을 공개한다.
　첫째, '진실하라'는 것이다. 진실은 최고, 최선, 최강의 방책이 된다. 설사 진실로 인해 내게 질책과 꾸지람이 되돌아올지라도, 내가 진실했다는 것은 인정받을 수 있다. 항상 사실을 있는 그대로 솔직하게 말하면, 머리를 굴릴 필요도, 계산을 할 필요도 없어진다. 그리고 시간이 흐르면, 상관이 설사 오적(五賊)에 속한다 할지라도 사필귀정(事必歸正)은 이루어진다.

　둘째, '두어 번 확실히 인정받으라'는 것이다. 오로지 진실하다는 것만으로는 부족하며, 나의 능력을 발휘하여 확인받는 절차가 필요하다. 대상 문제는 보통의 기준으로는 해결하기 힘든 어려운 것일수록 좋다. 남이 하기 싫어하는 일이면 더욱 좋다. 이러한 일을 명쾌하게, 확실히, 빨리 상관의 마음에 쏙 들게 해결함으로써, 상관에게 깊은 인상을 몇 번 남겨야 한다.

　셋째, 'Timely한 보고'가 필요하다. 예를 들어 과장이 계장에게 어떤 상황을 물었을 때, 그 계장은 몇 시간 전에 주임으로부터 보고받은 바가 있어서 정확히 답변했다면, 적시에 보고한 주임은 계장에게는 믿음이 되는 것이다. 이러한 믿음이 계속 쌓일 때, 그 계장은 주임을 능력 있는 확실한 감독자로 인정하게 된다. 모든 계층 간의 보고는 이와 같아서, 관리, 감독자는 상관에게 항상 적기에 정확한 Information을 줘야 한다. 관심 있는 것, 알고 싶어 하는 것, 업무에 관한 것이든 아니든, 대외적인 것이든 대내적인 것이든, 모든 정보에 대해서 그래야 한다.

넷째, '원활한 인간관계의 유지'이다. 이것은 조직 속에서 상하 관계의 문제뿐만 아니고, 우리가 사람과 사람 사이에 살고 있는 인간(人間)이기 때문이다. 지금 만나고 있는 사람을 언제, 어디서, 무엇이 되어 다시 만날지 모른다. 관리, 감독자에게 이 항목은 또 다른 의미가 있다. 상관이 부하를 평가할 때는 절대로 직속 상관의 의견만 묻는 게 아니기 때문이다. 어떤 사람이, 언제, 어디서, 어떤 경로로, 나의 상관에게 나를 평가하게 될지? 과장 아무개의 평가는 상관 분이 아니라, 도금직, 정비직, 운전직, 여직원, 판매직, 총무직, 수요가, 포철직원, 청소하는 아줌마, 또는 친구가 아는 사람의 형님 등, 따지고 보면 이 세상의 모든 사람은 나를 평가할 수가 있는 것이다.

이상의 네 가지 비법(祕法)이 생활화되었을 때, 그 사람은 상관으로부터 어떤 평가를 받을 것인가? '저 친구는 항상 진실하고, 일을 처리하는 능력이 우수해. 나의 가려운 곳을 잘 긁어도 주고, 누구에게 물어봐도 평이 좋아.' 상관 교육이 끝났다면, 누가, 언제, 어떤 일을 맡겨도, 적기에 완벽하게 해낼 수 있는 관리, 감독자가 된 것이다.

삶과 직장('93.10, 제18호)

"왜 사느냐?"라고 물으면, 나는 항상 "사람 답게 살기 위해 산다."라고 자신 있게 대답한다. 여기서 사람답게 사는 것은 어떻게 사는 것인가? 그것은 자식으로서 자식답게, 아버지로서 아버지답게, 남편으로서 남편답게, 친구나 친척으로서 친구나 친척답게, 후손으로서 후손답게, 어떤 모임의 구성원으로서 구성원답게 거기에 주어진 역할을 충실히 수행하면서 살아가는 것이다.

그런데 이 역할 중에는 조직 구성원으로서의 역할이 있다. 예컨대 직장에서 과장이라는 직책이 있다면, 직장의 과장이라는 역할을 해야 하는데, 직장 밖에서 ㅇㅇ로서의 역할과 직장 내 과장으로서의 역할은 종종 상충되는 경우가 있다. 회사에서는 시간 외 근무를 해야 하는데 누군가와의 중요한 약속이 있을 경우, 주말에 아버지의 생신인데 회사 일로 출장을 가야 할 경우, 둘도 없는 친구의 결혼식이 평일에 잡혔을 경우…. 물론 여러 가지 사정을 고려하여 그때그때 선택을 해야 하지만, 보다 근본적으로 접근하면, '살아가기 위해 직장을 다니는가? 또는 직장을 다니기 위해 사는가?'로 귀결된다. 이렇게 되면 만인에게 물어봐도 '직장에 다니기 위해 산다'라고 대답하는 사람은 없을 것이다.

그러면, 직장이란 내 삶에서 무엇인가? 우리가 소위 오렌지족이 아닌 바에야, 직장 그 자체가 내 삶을 풍요롭게 하며, 직장이 있음으로 인하여, 직장 바깥 삶에서 ㅇㅇ로서의 역할에 충실해질 수가 있다. 직장인에게는 잠자는 시간 외 하루의 약 75%가 직장을 위해 존재하는 시간이다. 일찍 일어나야 하는 것도, 잠을 충분히 자 두어야 하는 것도, 모두가 직장에서의 자기 역할을 충실히 하기 위해 필요한 것이다. 따라서 삶과 직장은 불가분의 관계에 있으며, 내가 사람답게 살아가기 위해 직장이 존재하는 것이다.

그리고 직장이 내 삶을 풍요롭게 하는 또 하나의 이유가 있다. 그것은 직장에서의 '일'이다. 큰 일이든 작은 일이든, 어려운 일이든 쉬운 일이든, 내가 맡아서 해결해나가야 할 과제가 있다는 것 자체가 삶의 보람이 될 수 있다. 대부분이 이기적인 사람들을 융화시키고, 때로는 부딪히기도 하면서, 알면서 속아 주기도 하고, 유치한 잔꾀에 대해 빙그레 미소 한번 지어주면서, 결국에 찾아오는 성취감—그것이야말로 삶의 목표가 될 수도 있는 것이다.

결론은, 사람답게 살기 위해 살아가고, 직장은 사람답게 살기 위해 반드시 필요할 뿐만 아니라, '일' 그 자체가 삶을 의미할 수도 있다는 것이다. '일에 보람을 느끼느냐 못 느끼느냐' 하는 문제는 회사 경영자나 관리자의 책임도 크며, '직장 바깥에서의 역할과 직장 안에서의 역할이 상충될 때, 그것을 어떻게 조화시켜 나가느냐' 하는 문제는 '그 사람의 인격에 달려 있다'고 하겠다.

Money Making과 Money Control('93.12, 제20호)

'生産'이라고 하면 일반적으로 제품을 만드는 것 또는 Service를 제공하는 것으로 정의되며, 제조업은 당연히 前者에 해당된다. 기업의 목표가 이윤 추구 및 종업원의 복리 증진과 사회에 기여하는 데 있다면, 기업이 '생산'이라는 수단을 통하지 않고 그 목표를 달성할 수는 없다. 사람, 설비, 원재료 및 돈을 유효 적절히 활용하여, 종업원의 안전과 사기를 확보하면서, 좋은 제품을 싸게, 많이, 적기에 만들어내는 것이 넓은 의미에서의 생산 활동이라면, 이것은 곧바로 기업 활동이 된다.

조직은 이러한 기업 활동을 가장 효율적으로 해나가기 위해 기업 나름대로 구성해놓은 기본 틀을 말하며, 제조업에서의 조직이란 크게 두 부류로 나누어질 수가 있다. Money Making을 위한 조직과 Money Control을 위한 조직이 바로 그것이다. Money Making이란, 말 그대로 돈을 만드는(버는) 조직이며, 좁은 의미에서의 생산 부서가 여기에 해당된다. Money Control이란, 돈을 관리하는 조직으로, 사람관리(인력의 채용에서부터 교육, 보직, 승진, 상벌, 퇴직까지), 설비관리(설비의 계획에서부터 설치, 시운전, 점검, 보수, 정비, 폐기까지), 원재료관리(주, 부원료 및 자재에 대한 구매, 운반, 재고, 창고관리까지), 생산관리(생산 계획에서부터 작업 지시, 진행, 조정, 실적 분석, 통계까지), 품질관리(제품 개발에서부터 품질 개선, 검사, 분석, 수요가 서비스까지), 자금관리(중장기 기획에서부터 회계, 원가, 출납, 결산까지), 판매관리(시장 개발부터, 수주, 계약, 납기, 출하, 수요가 서비스까지), 안전관리, 환경관리 및 기타 지원 업무 담당 부서가 전부 여기에 해당된다.

'Money Making 중심의 조직을 가지느냐, Money Control 중심의 조직을 가지느냐' 하는 문제는 기업의 규모와 성격 및 최고경영자의 방침에 따라 달라진다. 일반적으로 서비스, 용역업에서는 Control 중심의 조직이 되지만, 제조업일 경우는 제조 담당 부서가 많은 경우와 하나뿐인 경우가 다르며, 또 지역적으로 산재해 있는 경우와 집중되어 있는 경우가 서로 달라질 수 있다. 어떤 경우건 경영자는 어느 부서를 기업 활동의 중심에 둘 것인가에 대해 명확한 철학을 가지고 있기 마련이다. 조직의 중심이 Money Making에 있든 Money Control에 있든 관계없이, 정작 중요한 것은 Total Merit의 추구이다. 부분의 최적이 반드시 전체의 최적이 되는 것은 아니며, 단위 조직마다 최적을 고집하거나, 자칫 배타적 이기주의나 편리주의에 빠지게 되면, 조직 간에 불협화음과 알력이 생기게 되고, 결국에는 Total Merit에 마이너스가 되어 기업의 경쟁력, 순발력, 적응력이 떨어지게 된다. 따라서 관리, 감독자는 일을 처리함에 있어 항상 전체를 먼저 생각하여야 할 것이다.

4장
___

불편한 나라, 미국

    이 글들은 내가 미국에 와서 겪었던 사례들을 모은 것이다. 이 외에도 초창기에 DMV(미국차량관리국)의 불친절과 오랜 대기 시간 문제, GGU(Golden Gate University) 직원들의 태도 등 참 많은 경험이 있었으나, 상세한 기록이 남아 있지 않아 글로 남길 수가 없어 아쉽다. 그러나 이정도만으로도 '미국에 처음 온 사람들이 미국 생활에 적응하기 위해서는 얼마나 많은 고생을 해야 하는가'를 이해하기에는 충분할 것으로 생각이 된다. 미국 사회에서 자리 잡고 열심히 살아가는 교민들이 고맙게 느껴진다. 문화적인 차이로 인해 이해하기도 힘들고, 적응하기도 힘들지만 작은 경험들이 차곡차곡 모여서 결국은 적응하는 것 같다. 미국에 처음 가시는 분들에게 도움 되기를 바란다.

Home Work(숙제)

    미국에 있는 출자회사로 발령이 나서, 2000년 7월 6일, 가족(아내, 고등학교 2학년에 다니던 아들, 중학교 3학년에 다니던 딸)과 함께 미국으로 왔다. 가족들은 영어가 전혀 되지 않아, 내가 없으면 집밖으로 나가서 활동하기가 쉽지 않았다. 미국의 새 학년은 9월에 시작하기 때문에 한국에서보다 6개월씩 늦춰서, 아들은 11학년에, 딸은 9학년으로 전학을 시켰다. 영어로 의사소통이 어려운 애들이 고등학교 과정에 정상적으로 적응하기에는 어려울 거라 생각이 들었지만 애들을 믿을 수밖에 없었다. 학기가 시작된 지 얼마 지나지 않은 어느 날, 아들이 숙제를 좀 도와 달라고 했다. 어떤 숙제인지 보니, "다음 주까지 책을 한 권 읽고, 그 책에 나오는 등장인물들의 성격을 파악하고, 그 성격을 가장 잘 나타내는 대사를 몇 군데 찾아오라"는 것이었다. 그 책은 가벼운 소설책이 아니라 「Crucifier(십자가에 못 박는 사람)」라는 제목의 희곡 책인데, 읽어보려고 몇 장 넘겨보니 단어나 문장이 너무나 어려워서 단 몇 페이지도 읽을 수가 없었다. 아무 일도 하지 않고 사전을 끼고 앉아 책만 읽어도 2주는 걸릴 것 같았다. '미국과 한국의 교육 방식이 이렇게 다르구나' 하고 감탄하고 있는데, 주 1회 2시간씩 애들의 영어를 가르쳐 주는 신시아(Cynthia) 선생님이 "유명한 작품이니 영화로 제작되었을 것이다. 비디오가게에 한번 가보라"고 했다. 나는 즉시 동네 비디오 가게를 찾아 회원 등록을 하고 해당 비디오를 빌려왔다. 온 식구가 TV 앞에 앉아 본의 아니게 한 편의 외국영화를 감상하게 되었다. 한글 자막은 없었으나 영화를 다 보고 나니, 무슨 내용이고 등장인물들의 성격이 어떤지 대강 파악이 되었다. 다음 단계로는 비디오를 다시 보며 스톱–재생을 반복해가며, 책의 어디쯤에 나오는 무슨 대사를 하고 있는지 체크해나갔다. 이러한 방법으로 며칠 내에 무사히 아들의 숙제를 도와줄 수가 있었다. 또 한번은 유물을 조사해오는 숙제가 있었는데 폴라로이드 카메라를 하나 사서 어떤 박물관에 가서 즉석 사진을 찍어온 적도 있었다. 이처럼 한국에서 처음 온 학생들에게 미국에서의 학교생활은 부모가 도와주지 않으면 안 되는 일이 많다. 그러나 어려움은 잠시이고 애들의 영어 적응 속도는 어른과는 차원이 다르다. 특히 나이가 어릴수록 적응은 쉽게 하는 편이니, 어른들이 너무 안달할 필요는 없는 것 같다. 한국 학생들은 머리가 우수해서 금세 미국 학생들을 앞지르게 되어 있다. 우리 애들도 나름대로 고생은 많았겠지만, 한 학기가 지난 후부터는 내게 숙제 도움을 요청하지 않았고, 1년이 지나니까 나보다 훨씬 유창한 영어를 구사했다.

한국 부모들이 자녀를 좋은 학교에 보내기 위해 집값 비싼 지역에 불편을 감수하며 고생하는 것도 다 부질없는 짓이다. '학교가 좋으냐, 안 좋으냐'는 결국 대학 진학률로 결정되는데, '내 자녀가 좋은 대학에 진학하느냐, 못 하느냐'는 학교에 달려 있는 것이 아니라 학생에 달려 있는 것이다. 어느 학교에 가든 학생 자신이 공부하는 학생들과 친구가 되어 열심히 노력하면 좋은 대학에 가는 것이고, 대학을 목표로 하지 않고 노는 학생들과 친구가 되어 공부를 게을리하면, 좋은 대학에 갈 수 없는 것이다. 뿌린 대로 거두는 것이지.

Speed Ticket(과속 딱지)

2001년 8월 어느 금요일 오후에 직원들과 골프를 치기로 약속을 하고, 일찍 회사를 나와 같이 중국식당에서 급히 점심을 해결했다. 식당에서 만난 동료 한 명은 식사를 일찍 끝내고 나보다 먼저 출발했다. 나도 서둘러 식사를 끝내고 4번 고속도로(Free Way: 고속도로라고 번역은 했지만, 미국의 Free Way는 High Way와는 다르다. 도시와 도시를 연결하는 고속도로이지만 건널목, 교차로, 신호등이 없다)를 탔다. 이 구간에서 4번 도로의 제한속도는 시속 65mile이지만 통상 75~80mile 정도로 달린다. 조금 가다 보니 웬일인지 다른 차들의 속도가 평소답지 않게 좀 느린 것 같았고 특히 1차선은 거의 차가 없었다. 골프 예약시간(Tee Time)에 늦은 시간은 아니었지만 차가 별로 없는 1차선으로 기분 좋게 쌩~ 달렸다. 그런데 갑자기 경찰차 한 대가 내 뒤에서 마이크를 통해 뭐라고 소리 지르는 것 같았다. 나는 미국 온 지 얼마 되지 않아서 운전 중에 항상 라디오를 틀어놓고 영어 듣기 공부를 하고 있던 때라 바깥에서 들리는 소리에 신경쓰지를 못했다. 조금 더 가다가 이상해서 라디오를 끄고 상황을 살펴보니 경찰차가 '내 차를 멈추라고 하는 것'임을 알았다. 처음 당하는 일이라 당황한 나는 '빨리 차를 세워야겠다'는 생각으로 가능한 빨리 도로 좌측의 넓은 공간에 차를 세웠다. 뒤따라온 경찰이 고함을 지르며엄청나게 화를 내는데, 처음엔 왜 그렇게 화를 내는지 잘 이해가 되지않았다.

사실 고속도로에서 경찰에게 걸리면 차를 도로의 좌측에 세우는 것이 아니라 반드시 도로 우측의 안전한 곳에 차를 세워야(Pull over) 하는데, 그 당시 나는 처음 당하는 일이고 또 너무 당황한 나머지 그걸 깜빡 잊어버린 것이었다. 편도 4차선의 고속도로에서 도로 좌측(1차선 쪽)에 세운 차를 도로 우측(갓길)으로 이동하는 것은 대단히 위험한 일이었다. 결국 여러 대의 경찰차가 동원되어 내 뒤에 오는 모든 차량의 통행을 일시적으로 통제한 후에, 내 차를 갓길로 옮겼고, 내 차가 갓길로안전하게 옮긴 한참 후에 4번 고속도로의 통행이 재개되었다. 경찰은내게 과속운전+Pull Over 위반 두 가지 죄목으로 $450의 벌금을 부과했다. 과속은 65mile 도로에서 75mile로 운전했다는 것이었고, Pull

Over 위반이 과속보다 벌금이 더 많았다.

골프장에 조금 늦게 도착하니, 식당에서 나보다 먼저 출발한 동료가 '경찰에게 잡히는 것을 봤다'고 하면서 '경찰차가 있었는데 왜 1차선으로 쌩~ 달렸냐?'고 물었다. 경찰차를 못 봤으니 내 부주의였지만, 사실 '65mile 도로에서 75mile로 간 것'은 큰 문제가 아니고, 문제는 '경찰차를 추월한 것'이 아니었나 싶었다. 벌점을 받지 않기 위해 교통학교(Traffic School)에 교통안전교육을 받으러 갔더니, 전직 경찰 출신인 강사가 모든 참가자에게 '왜 여기 교육받으러 오게 되었는지' 물었다. 나는 '65mile 도로에서 75mile로 달려서 경찰을 추월했다'(75miles at 65miles and I passed the cop)이라고 했더니 많은 사람들이 웃었다.

벌금고지서를 이의 없이 수용하고 $450을 내면 상황은 끝인데, '재판을 받으면 벌금을 깎아준다'는 유경험자들의 얘기를 듣고 재판 경험도 해볼 겸 해서 이의신청을 하고 재판 날짜를 받았다. 재판을 받는 경우도 처음이고, 영어도 서툴렀기 때문에 판사에게 얘기할 내용을 미리 영작해서 달달 외웠다. '미국에 온 지 얼마 되지 않아 미국 생활에 적응하기 위해 열심히 영어 공부를 하고 있다. 차 안에서도 라디오로 영어 공부를 하다 보니 경찰의 말을 제대로 듣질 못했다. 죄송하다. 그러나 미국 생활과 영어에 익숙해지려고 노력하는 것을 참작해 달라.' 이런 내용이었다. 그런데 정작 재판정에 가보니 '판사에게 이런 변명을 할 기회를 갖는 게 쉽지 않다'는 걸 알았다. 경찰과 이견이 있는 경우는 재판에 참석한 경찰과 판사 앞에서 논쟁을 했지만, 나와 같은 단순한 케이스는 판사가 '니 죄를 인정하느냐?'라고 물으면 대부분의 피고

인이 '죄를 인정합니다(I am guilty)'라고만 대답한다. 그러면 판사가 벌금 선고를 하는 것으로 끝이었다. 계속해서 준비해온 말을 달달 외우고 있다가 드디어 내 차례가 되었다. 'I am guilty but I want to excuse myself for the situation…' 판사는 내게 발언을 허락했고 나는 준비해온 대로 실수 없이 변명을 할 수 있었다. 그게 주효했는지 몰라도 벌금은 $250로 감해졌고, 나는 생애 처음으로 미국 법정에 서보는 경험을 할 수 있었다. 운전 중에는 언제나 경찰 조심!

Lucky Day(운 좋은 날)

2003년 12월 추운 겨울 밤, 안티옥(Antioch) 시내 힐크레스트(Hill Crest Avenue) 주변에 살고 있을 때였다. 콩코드(Concord) 시내에서 저녁을 먹고 4번 고속도로를 타고 귀가 중이었다. 낮 동안에 내린 비로 고속도로의 노면이 미끄러웠기 때문에 조심해서 운전을 했는데 오토바이 한 대가 내 뒤를 따라오더니 잠시 후 추월해 지나갔다. 나는 저녁식사 중에 일어났던 두 동료의 말다툼을 생각하느라 오토바이에는 별 신경을 쓰지 않았다. 술은 사람을 용감하게 만드는지, 반주로 마신 고량주와 식후에 마신 칵테일이 두 사람을 싸우게 만든 원인이라 생각이 들었다. 두 사람의 싸움을 말리느라 힘이 들었는데, '내일은 별도로 화해의 자리를 마련해야겠다.' 이런저런 생각으로 운전에 집중하지 않다가 한순간 퍼뜩 정신을 집중하니, 조금 전 나를 추월해갔던 그 오토바이가 다시 백미러(Rear- Mirror)에 보이는 것이 아닌가? '별 이상한 오토바이가 다 있군.' 생각하면서 가속페달을 밟아 속도를 조금 높였다.

그 순간 뒤따라오던 그 오토바이가 갑자기 경광등(Flash lights)을 켜면서 뭔가 경고(Warning)하는 소리가 들렸다. '뭐야? 경찰인 거야?' '참 재수 없는 날이구나.' 갓길에 차를 세우고 잠시 기다렸다가 경찰에게 운전면허증과 보험서류를 건네주니, 경찰이 나에게 차 밖으로 나오라고 했다. 나는 아주 자연스런 목소리로 "무슨 일입니까?"라고 물었다. 경찰은 너무나 사무적인 톤으로 "과속했습니다."라고 말한다.

"아니오, 앞 차와 같은 속도였는데요."

"당신은 80으로 달렸어요."(시속 80mile은 약 시속 128km)

"속도계를 보지 않아서 내 속도가 얼마였는지는 모르지만, 앞 차와 똑같은 속도로 달렸고 아무도 추월하지 않았다."

"추월하지는 않았지만, 내가 당신에게는 경고를 한번 주지 않았느냐?"

"경고를 줬는지는 모르겠으나, 생각해봐라. 교통이라는 것이 물 흐르듯이 자연스럽게 가야 되는 것 아니냐? 모든 차가 똑같은 속도로 가는 것이야말로 안전 운전이 아니냐?"

나는 최대한 나의 무죄를 주장하려고 했는데, 경찰이 갑자기 "당신, 술 마셨지?"라고 한다. 순간 머릿속에 온갖 생각이 스쳐간다. '이크, 보통 문제가 아니다! 늑대 피하려다 호랑이 굴에 들어온 격이구나! 큰일 났다! 어떻게 해야 되나? 안 마셨다고 하면, 이미 술 냄새를 맡은 경찰이 믿어줄 리가 없겠지…….' "마신 건 맞다." "얼마나?" "맥주 두잔." "큰 잔? 작은 잔?" "작은 잔." 이런 대화를 하다가, 경찰이 "당신을 음주 혐의로 조사를 해야겠는데, 지금 장비가 없으니, 여기서 기다려라. 전화를 해야겠다."라고 하더니 다른 경찰에게 도움을 요청하는 것 같았다.

그가 전화를 걸고 있는 동안 주위를 둘러보니, 4번 고속도로, 섬머스빌(Somersville)과 엘 스트리트(L Street)사이이니 우리 집에 거의 다 온 지점이고, 오토바이에는 '고속도로 순찰(Highway Patrol)'이라 적혀 있었다. 시계를 보니 새벽 0:30, '차갑고 신선한 공기가 술 깨는 데 도움 될지도 모른다'는 생각에 몇 번 숨을 크게 들여 마셨다. 잠시 후 두 대의 경찰차가 경광등을 요란하게 비추면서 오더니, 한 대는 내 차 앞에, 다른 한 대는 내 차 뒤에 세웠다. 차 안에서 덩치가 큰 세 명의 경찰이 내리더니 나를 애워쌌다. 오토바이를 탄 경찰은 뭔가를 다른 경찰에게 인계해주고는 가버렸다. 나는 추위와 두려움으로 몸을 떨면서 입술을 굳게 깨물었다. '어떡하든 술을 많이 마시지 않았다고 해야지.' 경찰관 중 한 명이 "당신은 음주 운전 혐의가 있으니 지금부터 몇 가지 테스트를 하겠다"고 했다. 나는 마치 아무 일도 아닌 것처럼 "오케이"라고 대답했다. 그는 먼저 "둘째손가락으로 콧등을 짚어보라"고 했다. 그렇게 했더니, 내 눈 앞에서 손가락을 뱅뱅 돌리면서 내 눈동자가 그 손가락을 따라 움직일 때, 랜턴으로 내 눈동자를 관찰했다. 다음에는 양팔을 수평으로 들고 한쪽 다리로만 서서 균형을 잡아보라 했다. 그 다음에는 양손 손가락을 구부렸다 폈다 하면서 1부터 10까지 숫자를 세게 했다. 이런 테스트를 다 하고 난 후에는 튜브를 하나 주면서 "숨을 불어넣어라"라고 했다. '이제 올 것이 왔구나, 지금 혈중 알콜 농도를 체크하는 거겠지? 구속될지도 모른다. 구속되면 그 다음에는 어떻게 될까?' 가슴이 두근두근 거렸다. 나는 숨을 두 차례 튜브에 불었고, 그는 그 수치를 확인하면서 동료 경찰과 얘기를 했다. 그들끼리 얘기하는 그 짧은 시간이 엄청 길게 느껴졌다. 마침내 그 중 한 명이 "당신은 구속되지는 않습니다. 그렇지만 운전을 해서는 안 됩니다."라고 했다.

이 말을 듣는 순간 안도의 긴 한숨을 쉬면서 다시 추위를 느꼈다. 그들은 내 집 주소를 묻더니 '경찰차에 타라'고 했다. 뭘 하려는지 이해가 안 되었지만 일단 경찰차를 탔다. 그들은 나를 우리 집에서 가까운 주유소까지 태워주고, 그 중 한 명은 내 차를 운전해서 가져왔다. 그리고는 집 전화번호를 묻더니 우리 집으로 전화를 했다. "여긴 경찰인데요, 지금 당신 남편과 함께 있습니다…." 잠시 후 아내와 아들이 주유소로 나왔다. 아내는 아직도 멍~한 상태로 "무슨 일이에요?"라고 물었다. 나는 술이 완전히 깨서 "아무 것도 아니야."라고 대답했다. "경찰이 당신과 함께 있다는 말을 듣는 순간 얼마나 놀랐는지 알아요?" "그래, 미안해." 나는 일어난 일을 간략히 설명해주었고 아들이 내 차를 몰고 집으로 왔다. 긴 하루였다.

나는 늘 술 좀 먹었다고 해서 운전에 지장이 있으리라고는 생각하지 않았기 때문에 '술을 조금 마시고 운전하는 것은 괜찮다'고 생각해왔다. 그런데 이제 그게 대단히 위험한 생각이며 '정말 큰일 날 수도 있겠구나.'라는 생각이 들었다.

어쨌든 과속으로 걸렸다가 과속 딱지도 받지 않았으니 운 좋은 날이라고나 할까?

Parking Citation(주차 위반)

국내에서는 영어를 좀 한다 했는데도, 실제 미국 회사에서 속어나 은어(Slang)를 많이 쓰는 현장 직원들과의 의사소통(Communication)은 참 어려움이 많았다. 2004년도 가을 학기에는 회사 근처에 있는 2년제 지역대학(Community College: LMC, Los Medanos College)에 영어를 두 과목(점심 시간에 한 과목, 저녁시간에 한 과목) 신청했다. 회사에서는 학비만 지원해주기 때문에, 나는 교재와 영어사전 외에, $35을 주고 주차증(Parking Permit)을 구입했다. 학교에 있을 시간보다는 회사나 집 또는 바깥에 있는 시간이 많기 때문에, 주차증을 차 안에 항상 걸어두기는 불편해서, 학교 갈 때면 주차증을 바깥에서 잘 보이게 걸어두는 걸 잊지 않도록 늘 신경을 썼다.

어느 날 한국과의 국제통화가 길어져서 집에서 좀 늦게 나왔는데 '엎친 데 덮친 격'이랄까 그날 따라 교통이 많이 막혔다. 수업에 늦지 않기 위해 많이 서둘렀고 가까스로 수업이 막 시작될 즈음 교실에 도착할 수 있었다. 수업을 마치고 차로 돌아오니, 차 앞 유리에 $35짜리 주차 위반 딱지(Parking Ticket)가 놓여 있었다. '아차 내가 주차증을 걸어두는 걸 잊어버렸구나!'

이튿날 학교에 있는 경비실(Security Office)에 찾아갔더니 자기들 소관이 아니라고 하면서 서류(Review Form)를 하나 주었다. 재심요구서 같은 것인데, 나는 이걸 작성해서 우편으로 ORC(Office of Revenue Collection)로 보냈다. ORC는 경찰 대행사(Police Agency)로서 이러한 사례에 대한 1차 심사 기관인데, 그들은 '주차증을 가지고 있더라도 바깥에서 보이게끔 걸어 두지 않으면 소용없으니, $35을 내라'고 했다. 나는 '잊어버리는 것이 죄가 될 수 있나?'라는 생각 때문에 그들의 결정을 수긍할 수 없어서 2차 심사기관으로 가기로 했다.

2차 심사기관은 주차 위반 담당 판무관(Parking Commissioner)에게 가서 공판을 받는 것인데, 진술서(Declaration)를 작성하고 공판 비용 $35을 미리 예치(Deposit)해야 했다. 공판 비용은 현금이나 수표로 받지 않고 은행보증수표(Cashier's Check)로만 받기 때문에, 은행 가서 $35짜리 Cashier's Check를 끊는 데 수수료만 $6이 들었다. 이 돈은 공판에서 내가 이기면 돌려받고, 지는 경우는 돌려받지 못하는 돈이었다. 나는 Commissioner에게 사실관계를 진술하고, '$35 벌금을 수긍할 수 없다'고 주장했다. Commissioner는 '그러면 마지막 단계로 상급법원(Superior Court)으로 항소를 해라.'라고 했다. 내가 '상급법원으로 항소를 하면 결과는 어떨 것 같으냐?'라고 물으니, '완벽히 이기는 것은 불가능하고, 최선의 결과는 $25 정도 깎아줄 수 있을 것이다.'라고 했다. '$25를 감해준다면 경험삼아 상급법원까지 한번 가볼까' 생각도 했으나, 결국은 여기서 포기하기로 했다. 왜냐하면 Commissioner가 '상급법원에 항소하려면 재판 비용 $25을 내야 한다'고 했으니….

미국에서는 잊어버리는 것은 죄가 됩니다.

음주 운전

설날(2005.2.14. 토요일)이었다. 회사의 모든 포스코 출신 직원들이 프래전트 힐(Pleasant Hill)에 있는 일식집에서 회식을 했다. 오십세주를 만들어 마셨는데, 평소 애주가인데다 술도 소주보다 달고 순하다 보니 과음을 하게 됐다. 밤 10시가 넘어 회식은 끝났는데, 누군가가 '가까이 있는 동료의 집으로 가서 포커게임을 하자'고 제안했다. 술이 많이 취한 상태였지만 마르티네즈(Martinez)에 있는 동료의 집으로 차를 몰고 갔다. 거기서 포커를 치면서 술이 깨기를 기다렸으면 좋았을 것을…. 문제의 발단은 포커게임을 하면서도 계속 맥주를 마셨다는 것이었다. 포커게임은 자정이 넘어서 끝났는데, 하루 종일 즐거웠던 이날 밤이 내 생애 최악의 밤이 될 줄이야 상상이나 했던가!

한국에서부터 워낙 술을 자주 마셔야 했던 나는 음주 후에도 항상 운전을 하고 다녔었다. 그것은 '음주 후에도 문제없이 운전을 할 수 있다'는 자신감이 있었기 때문이었다. 다른 사람들에게는 '나는 음주 운전면허증을 갖고 있다.'라고 말해왔다. 음주 운전면허에는 몇 가지 규칙이 있다. 첫째, 규정 속도를 지킬 것, 둘째, 항상 양보할 것, 셋째, 서두르지 말 것, 넷째, 평소보다 교통규칙을 더 잘 지킬 것 등이다. 이러한 규칙을 준수하면 음주 후 운전을 해도 문제가 생길 이유가 없는 것이다. 그런데 이날은, '내가 술을 마셨으니 이러한 규칙을 지켜야지.'라는 생각 자체를 잊어버렸다. 그만큼 취해버린 것이었다.

마르티네즈의 동료 집을 나왔으나 길이 낯설어 4번 고속도로 진입로를 찾기가 쉽지 않았다. 몇 번을 뱅글뱅글 돌다가 겨우 진입로를 발견해서 신나게 고속도로로 진입했는데, 갑자기 경찰차 한 대가 경광등을 켜고 요란한 사이렌을 울리면서 따라붙었다. '이크! 걸렸구나!' 갓길에 차를 대고 운전면허증과 보험증서를 건넸다. 보험증을 찾는 데는 시간이 한참 걸렸다. "과속, 너무 빨리 달렸어(Speed, you drove too fast)." 경찰은 대단히 사무적으로 말을 했고, 나는 '내 속도가 얼마였는지' 몰랐기 때문에 아무런 말도 하지 못했다. "술 마셨죠?(Did you drink?)" 경찰의 갑작스러운 질문에 나는 화들짝 놀랐다. 'Oh! My God! 나의 부자연스러운 행동과 풍겨 나오는 술 냄새로 내가 취한 것으로 보이는가 보다.' 나는 최대한 안 취한 척하면서 "마시긴 했는데 5시간 전이라 지금은 괜찮다."라고 했다. 순간 2년쯤 전에 음주 운전에 한 번 걸렸던 일이 생각났다. '그때도 여러 가지 테스트(Physical Balance Test)를 하고, 음주 측정까지 했으나 결국 무사히 풀려나지 않았는가? 오늘도 괜찮겠지.' 2년 전과 마찬가지로, 경찰은 내 눈앞에서 손가락을 돌리면서 랜턴으로 내 눈알을 관찰했고, 양팔을 들고 한 다리로 서 있게 하고, 직선을 따라 똑바로 걷는지도 보고, 손가락을 구부렸다 폈다 하면서 100부터 90까지 숫자를 세어보라고도 했다. 이러한 Physical Balance Test는 잘 통과한 것 같았는데, 문제는 혈중 알콜 농도 측정이었다.

내가 시험관 같은 튜브에 숨을 불어넣은 후, 경찰은 바로 내 손을 등 뒤로 해서 수갑을 채우고는 경찰차에 바로 태워버렸다.

체포되어 경찰차를 타고 마르티네즈 경찰서로 가면서 여러 가지 걱정이 몰려왔다. '유치장에 갇히겠지? 벌금은 얼마가 나올까? 변호사를 선임해야 할지도? 아내에게 뭐라고 설명할까? 음주 운전하지 말라고 신신당부했었는데 얼마나 실망할까?' 마음속에는 이런 생각으로 가득 찼는데, 경찰에게는 '저기 놓아둔 내 차는 어떻게 되느냐?'라고 물었다. '견인회사에 자기들이 연락하니 걱정 말라'고 했다. 경찰서에 도착한 뒤, 수갑 찬 내 손을 의자에 묶고는 여러 가지 신상 정보를 확인했다. 혈중 알콜 농도 재측정 방법에 대해 물었을 때는 '입으로 부는 대신 혈액을 채취하겠다'고 했다. 입으로 부는 것에는 이미 통과를 못 했으니, 혹시나 하는 마음으로 다른 방법을 선택한 것이었는데 혈액 채

취 직원이 올 때까지 오랫동안을 기다려야 했다. 기다리는 동안 경찰은 나에게 집으로 전화하게 했다. 시계를 보니 새벽 1:30이었다. 아내가 경찰서에 도착했을 때는 수갑 찬 왼손이 보이지 않도록 몸을 비틀어 숨기려고 했다. 경찰이 시키는 대로 몇 가지 서류에 사인을 했지만 내용이 뭔지는 모르고 했다. 왜냐하면 서류의 글씨도 너무 작고 불빛도 어두워 보이지도 않았고, 설사 보였다 해도 내 영어 실력에 술 취한 상태로 짧은 시간에 알 수 있는 내용이 아니었다.

아내의 차를 타고 집으로 한참을 오다가, 내 품속에 있어야 할 지갑이 없음을 알았다. '불행은 겹쳐서 온다고 했든가?' 얼른 차를 돌려 경찰서로 되돌아갔다. 경찰에게 뭐라 물어봐야 될지 생각하면서 출입문을 들어서는데, 출입문 입구 땅바닥에 내 지갑이 떨어져 있는 게 아닌가? 안도의 한숨을 쉬고는 다시 집으로 향했는데, 또 한참을 오다가 보니, 지갑 속에 운전면허증이 없는 게 아닌가? 다시 차를 돌려 경찰서로 가서는 나를 취조한 경찰에게 '운전면허증을 돌려 달라'고 했다. 어처구니가 없어진 경찰이 나에게 뭐라고 설명하는데 대충 이해되기로는 운전면허증은 압수되었다는 것이었다. 사실은 내 면허증은 압수되었고, 내가 받은 서류 중에는 '집과 회사 간 출퇴근 시에만 운전이 가능한 임시면허증(Restricted Drive License)이 있었는데, 경찰서에서 조사받는 내내 나는 술에 취해 있어서 무슨 일이 일어나는지를 잘 알지 못하고 있었던 것이었다. 이튿날 아침, 술에서 깨어나 가져온 서류를 찬찬히 읽어본 뒤에야 내가 얼마나 심각한 상황에 빠졌으며, 앞으로 처리해야 할 절차가 얼마나 골치 아플지를 알았다.

내가 다시 운전면허증을 되찾은 것은 그해 추석 때였으니, 그 9개월 동안은 매일매일 음주 운전의 심각성을 뼈저리게 깨달았다.

먼저, 견인되어 간 차량을 찾아야 했다. 경찰에 전화를 하니 견인 (Towing)회사 전화번호를 가르쳐 주었다. 바로 차를 찾으러 갔으나 일요일이라 문이 닫혀 있었다. 다음 날 다시 찾으러 가보니 그곳은 폐차장이었다. 내 차는 다른 폐차할 차량과 뒤섞여 있어 빼내는 데 한참의 시간이 걸렸다. 견인비용과 이틀간의 보관료로 상당액을 지불해야 했다.

다음, 임시면허증(Restricted Drive License)의 유효기간은 한 달(2/15~3/15)로 되어 있었는데, 법원 출두 날짜는 3월 30일로 되어 있었다. 차 없이 어떻게 법원에 출두할 수 있는가? 나는 그 불친절하고, 오래 기다리기로 악명 높은 DMV(Department of Motor Vehicle: 차량관리국)에 수차례 전화하고 방문하고 해서 임시면허증의 유효기간을 연장시켰다. 비용도 꽤 들었다.

지정된 날짜에 법원(마르티네즈에 있는 콘트라코스타 카운티 법원(Contra Costa County Court))에 출두하여 재판을 받았다. 재판 전에 '한국인 통역이 필요하냐'라고 묻길래 '필요 없다'고 했다. 이 재판 과정에서 나는 음주 운전으로 걸릴 때의 내 혈중 알콜 농도가 0.95%였음을 알았다. 미국에서의 음주 운전 기준은 0.8%로 한국의 0.5%보다는 덜 엄격하다. 나에게는 벌금 약 $2,000, 3개월간의 음주 운전(DUI: Driving Under Influence) 교육(First Offender DUI Program), 그리고 2일간의 구류처분이 선고되었다. 다만 구류 대신 사회 봉사활동 2일로 대체하는 프로그램(Work Alternative

Program)이 있었다. 법원에서 재판이 끝난 후에 나는 다른 보안관 사무실(Sheriff Office)로 가서 열 손가락 지문을 찍고 몇 가지 서류를 작성해야 했다. 물론 지문 찍는 비용은 내가 부담해야 했다.

재판을 받은 후, 나는 우선 인터넷에 들어가 지정된 교육장에 DUI Program 등록을 하고, 또 구류 대체 프로그램(Custody Alternative Program) 사무실에 전화를 해서 사회봉사 활동 날짜를 4월 말로 잡았다. 4월 말에는 일주일간의 휴가를 내고, 그 중 이틀은 지정된 장소로 출근을 했다. 도시락을 사들고 오클리(Oakley)에 있는 사무실로 가서, 거기서 관리자의 차를 타고 허큐레스(Hercules)에 있는 또 다른 사무실에 집합해서 출근도장을 찍었다. 여기에 모인 범죄인들은 형광색 조끼와 안전모를 지급받고 버클리(Berkeley) 근처의 80번 고속도로(Freeway)에서 관리자의 감시 하에 길가에 버려진 오물 줍기를 했다. 평소에 나는 고속도로 갓길에서 쓰레기 청소를 하는 사람들이 자원봉사자인 줄 알았는데 알고 보니 모두 나와 같은 범죄자였다. 나는 이틀이었지만, 거기서 만난 어떤 사람은 1년 내내 주중에는 회사 나가고 토, 일요일은 청소하러 나오는 사람도 있었다.

DUI Program 교육은 4월 15일부터 매주 금요일 오후에 2시간씩 3개월을 받아야 했다. 수강료가 비싼 것은 어쩔 수 없었지만 정해진 시간 스케줄에 결석하거나 지각하는 것이 용납되지 않아 생활에 불편이 컸다. 어디에 출장 갈 일이 있어도 DUI Program 때문에 불가능했다. 특히 한국에 나갈 일이 생기면 정말 큰일이라 3개월간 하루도 마음이 편치 않았다.

2000년도에 미국에 올 때의 VISA(비자)를 다른 비자로 갱신해야 해서 미국대사관 인터뷰 스케줄은 8월 2일로 잡았다. DUI Program 교육 종료 후 출국할 수 있게 되어 다행이었다. 7월 중순 DUI Program 교육을 종료하고 7월 30일에 비자 갱신을 위해 한국으로 나갔다. 8월 2일 미국대사관에서 비자 인터뷰를 하고 새 비자가 나오기를 기다렸다. 통상 일주일 정도, 길어도 2주 내에는 새 비자가 나와야 하는데, 나에게는 대사관에서 연락이 오지 않았다. 어떻게 된 건지 확인해보니 미국에서의 내 전과기록(미국에서의 음주 운전은 중범죄에 해당한다) 때문에 시간이 걸린다고 했다. 오랜만에 어머님과 형제자매들과 함께 오래 있을 수 있어 좋은 점도 있었으나, 어쩌면 비자가 거부될지도 모른다는 생각에 하루도 마음 편한 날이 없었다. 내 속을 모르는 형님께서는 '오랜만에 왔으니 산소에 벌초까지 하고 나갈 수 있겠냐?'라고 묻는데 속이 콱 막혀왔다. 드디어 8월 31일 비자가 나왔다. 안도의 한숨을 쉬면서도 '이왕 줄 거면 며칠 더 늦게 주지, 벌초라도 하고 출국할 수 있게'라는 생각이 들었다.

음주 운전으로 인한 불편과 비용은 이것이 전부가 아니었다. 보험회사에서는 나의 자동차보험을 해지해버렸고, 나를 받아주는 새 보험회사에게는 연 $2,000 이상을 더 내야 했다. 약 5년 동안을 비싼 자동차보험을 들었으니, 그 비용만 해도 $10,000이 넘었다. 또 10년간은 보험료 할인(Good Driver Discount)을 받을 수 없으니 추가 보험료는 생각보다 훨씬 더 많아진다. 뿐만 아니라 미국 와서 유일한 취미 생활인 주말 골프를 하려면 골프를 치지도 않는 아내가 항상 나를 태워다 주곤 했다. 무면허 상태로 운전을 할 수도 있었으나, 그러다 만일 걸리면 이제는 추방일 거라는 생각이 들어 고분고분히 법을 지켰다.

추석이 가까이 온 어느 날 드디어 새 운전면허증을 받았다. 미국 와서 처음 운전면허증을 받았을 때보다 훨씬 흐뭇했다. 9개월 동안 직접 경험하지 않아도 될 경험을 비싼 돈 주고 배웠다. DUI 교육에서 배운 바로는 미국에서 음주 운전 초범이 재범을 저지르는 비율이 25%라 했다. 이후 나는 후배들에게 '절대로 음주 운전을 하지 말아야겠다'는 좋은 사례가 되어 있으며, 틈나는 대로 내 경험을 얘기해준다. 지금은 음주 운전 벌칙이 그때보다 훨씬 강화되어 한 번만 걸려도 인생 망치게 됨은 물론이다.

"음주 운전은 중범죄이고 두 번 다시는 해서는 안 된다(Drinking Driving is a felony. Never again)."

도둑

2006년도 8월경, 아파트에 살 때다. 미국 처음 올 때에 1995년형 혼다 시빅(Honda Civic EX) 중고차를 사서 타고 다녔는데, 한 번 사고가 난 차를 잘못 사서 겉보기에도 낡은 차처럼 보였다. 골프를 좋아하는 나는 항상 골프채를 트렁크에 싣고 다녔고 야간에도 차 속에 그냥 실어두었다. 토요일 오후에 골프 약속이 되어 있었는데 아침에 나와 보니 차 문이 잠겨 있지 않았다. '어제 퇴근 시 분명히 잠궜을 텐데….' 의아해하면서 차를 점검해보니, 골프 클럽 한 세트가 가방채로 사라져버렸다. 캘러웨이 아이언 세트(Callaway iron set), 얼마 전 바꾼 3번, 5번 우드,

새로 산 클리브랜드 드라이버(Cleveland Driver), 볼, 장갑… 가격으로 따지면 $2,000가 넘는데 정말 속이 쓰렸다. 그 뒤부터는 차 안에 돈 될 만한 물건은 절대로 두지 않는 버릇이 생겼다.

어느 날 아침 출근을 하려고 나와보니 이번에도 차 문이 열려 있었다. 저녁에 퇴근 시에 차 문을 잠그지 않은 것 같았다. '차에 훔쳐갈 만한 것이 없었으니 별일 없겠지.'라고 생각하며 차문을 여는 순간 '세상에 이런 일이!' 도둑이 차의 계기판(Dash Board)을 뜯어가버렸다. Dash Board 없이 운전해서 혼다 정비소로 갔더니, 이 기종의 Dash Board는 세트로 나오는 것이 아니라 부품 하나하나를 사서 조립을 해야 하고 비용은 약 $2,500 정도 들 거라 했다. 차 값도 $2,500이 안 될 텐데… '뜯어간 Dash Board를 팔면 얼마나 받느냐?'라고 물으니 약 $50 정도 받을 수 있을 거라 했다. 난 차를 $500 받고 처분했다.

Credit Card(신용카드)

2011년 7월 8일, 신용카드 계좌(Credit Card Account)에서 갑자기 $20이 지불(Charge)되었다. 돈을 가져간 곳은 'coa*hoteltaxes&fees 866-636-9088Ny'으로 되어 있었다. 최근 캐나다 여행을 계획하면서 온라인(On Line)으로 호텔을 예약한 적은 있으나, 이 회사로부터 도움을 받은 적은 전혀 없다. 이유를 알아보려고 이 번호로 전화를 했으나, 계속 '통화 중' 신호음만 들린다. 수십 차례의 시도 끝에 전화가 연결되었으나 이번에는 녹음된 메세지만 나온다. "모든 고객서비스(Customer service)

담당자가 다른 사람과 통화 중이니 기다리라"고 하면서 계속 회사 선전만 반복된다. 20분을 참고 기다려도 계속 같은 메세지만 나오니 결국 통화를 포기하게 된다. 회사 선전 메세지에는 전화를 계속하지 말고 웹사이트를 방문해 이메일을 보내주면 회신하겠다는 내용도 나와 있어서 마이클 얌폴스키(Michael Yampolsky: Michael@altour.com)와 조 모리슨(Joe Morrison: joe.morrison@altour.com)에 이메일을 보내보니 부재중 자동응답(out of office auto reply mail)만 날아온다. 다음 날 다시 이메일을 보내봐도 결과는 마찬가지다. 온라인으로 호텔을 예약하는 신용카드 정보를 알아내서 사기 치는 회사이니 특히 조심이 필요하다.

한번은 조지아 주에 있는 어떤 병원에서 출산을 하고 그 비용이 내 신용카드에서 결제된 일도 있었다. 카드 회사에 연락해서 돈을 환불받고 새 카드를 발급받기는 했지만, 카드 번호가 남에게 알려지지 않도록 항상 조심할 일이다.

약국

미국에서 병원 가거나 약 사는 것은 너무 불편해서 가능한 한국 방문 때마다 상비약을 많이 사오곤 한다. 2012년 1월 어느 날, 몇 주 전부터 사타구니와 겨드랑이가 자꾸 가려워, 집에 있는 바이러스연고를 발라보았으나 낫지를 않는다. 할 수 없이 가족 주치의(Family Doctor)인 닥터 류(Dr. Ryoo)에게 전화를 해서 진료 예약을 했다. 한국인 의사니까 당일 전화해도 예약이 가능하지 미국 의사인 경우 병원 예약을 하려면 최소한 일주일 이상이 걸린다. 퇴근길에 예약시간보다 10분쯤 일찍 병원에 도착했는데 그날따라 손님이 많아서 약 30분을 기다렸다. 닥터 류는 '곰팡이 같다'고 하면서 처방전(Prescription)을 써주었다. 진료시간은 5분. 환자가 직접 지불하는 비용(Direct Pay) $15를 주고, 가까운 월마트(Wal-Mart)약국으로 갔다.

처방전 제출(Drop Off) 창구에 가서 이름, 생년월일을 말하고 처방전을 제시하니, 한참을 꾸물거리던 약사가 "약 45분쯤 걸리겠다"고 말한다. '집 가까이 있는 약국으로 갈 걸.' 하는 후회가 있었으나 이미 늦은 것이고, 그렇다고 집에 갔다 올 수도 없고 해서 "여기서 기다리겠다."라고 얘기하고 기다렸다. 아무 할 일도 없이 약국 앞에서 45분을 기다리는 것은 참 무료하다. 약국 안을 쳐다보니 조그만 약국에 5명이 일하고 있다. 처방전 제출 창구에 1명, 약 인수(Pick up) 창구에 1명, 상담(Consultation) 창구에 1명, 컴퓨터 앞에 앉아 있는 1명, 그리고 약이 진열되어 있는 선반 사이로 왔다 갔다 하는 직원이 1명 있었다. 겨우 45분이 지나 약 인수 창구로 가서 다시 이름, 생년월일을 얘기하고 약을 달라고 했다. 컴퓨터 화면을 두드려보던 직원은 "이 약은 재고가 없어(out of stock) 주문을 해놓았다"고 했다. 45분 동안 힘겹게 기다린 나는 어처구니가 없어서 "아니, 그렇다면 왜 기다리는 내게 진작 얘기해주지 않았냐?"고 했지만, 그녀는 "나는 몰랐다"고 대답한다. '그렇지, 그녀는 약 인수 창구 담당이니까, 약의 재고 유무를 알 수가 없었겠지.' 내가 이 직원에게 항의해봐야 아무런 소용이 없다는 걸 아니까 항의는 포기하고 "그러면 언제 찾으러 오면 되느냐?"고 물으니, "내일 정오경에 오라"고 한다. 기분은 나빴지만 어쩔 수 없지 않은가.

다음 날 퇴근길에 그 약국으로 다시 가서 약 찾으러 왔다고 하니, 다시 이름, 생년월일을 묻고, 컴퓨터로 확인하더니 "그 약은 현재 재고가 없어 주문을 해놓았으니 내일 찾으러 오라"고 하는 게 아닌가. 이번엔 말문이 콱 막힐 정도로 답답했지만 심호흡을 한 번 하고는 어제부터 일어난 일의 자초지종을 설명한 뒤, "다시 한 번 찾아보라"고 말했다. 그 직원은 약이 진열된 선반 한곳으로 가더니 해당 연고를 바로 찾아냈다. 시간은 3분도 걸리지 않았다. 옆에 있는 다른 직원과 뭔가 얘기하더니 컴퓨터에 정보를 입력시키고, 약 사용설명서 붙이고, 약 봉투 준비하고 하는 데 약 10분쯤 걸렸다. 환자 부담 $10을 주고 속으로는 쌍욕을 하며 약국을 나섰다. 깨알 같은 약 사용설명서는 아무도 읽지 않는 것이다. 봉투는 바로 쓰레기통에 버렸다. 피부병에 바르는 연고는 '하루 두 번씩 환부에 발라주라'는 것은 닥터 류에게 이미 들어서 알고 있는 사항이다. 한국 같으면 약국 가서 '피부에 이런 것이 났는데 연고 하나 주세요.'라고 하면, 약사가 그 자리에서 바로 찾아주고 5,000원 정도 주면 끝인데, 미국의 시스템은 참 사람을 화나게 한다. 아마 닥터 류는 의료보험조합에 $100 이상, 약국도 의료보험조합에 $100 이상 청구하겠지.

호텔 예약

2012년 4월, 친한 친구가 미국 여행을 온다고 해서 여행 스케줄을 짜면서 벌어진 일. 캐나다 록키(Canada Rocky)는 여름철에 호텔 숙박료가 참 비싼 곳이다. 록키에는 두 번이나 가봤지만 밴프, 자스퍼(Banff,

Jasper) 시내에서 숙박을 했었지 캘거리(Calgary)에서 숙박을 한 적은 없었다. 이번에는 호텔비를 좀 줄여볼까 해서 캘거리에 숙박을 할 계획으로, 인터넷을 뒤져 싼 호텔을 찾고 있었다. 워낙 여러 사이트들을 찾아다니다 보니 조금은 혼란스러운 상황에서 익스피디아(Expedia.com: 여행 중개사)에서 환불 불가(no refund) 조건으로 아주 싸게 나온 호텔을 발견했다. 예약을 취소할 이유가 없는 상황이었기 때문에 '운이 좋다'는 생각으로 일사천리로 예약을 마쳤다. 흐뭇한 마음으로 예약 확인 이메일(Confirmation e-mail)을 프린트한 순간 '아차, 이것 뭐가 잘못되었음'을 발견했다. 내가 숙박할 날짜는 6월 19일인데 6월 17일로 예약이 되어 있는 것이 아닌가?

즉시 Expedia의 전화번호를 찾아 전화를 걸었다. 처음에 자동 녹음된 메세지와 대화를 한다. 회사 인사말을 듣고 난 후, 이름을 묻길래 대답해주고, 여행일정번호(Itinerary number)를 입력하라길래 예약확인 이메일을 보고 찾아서 입력했다. '직원에게 연결시켜주겠다'고 하고는 자동응답시스템은 끝난다. 한 남자직원이 나와서 또 이름을 묻고 '뭘 도와드릴까요.'라고 한다. 나는 자초지종을 설명하고 날짜를 6월 17에서 6월 19일로 바꾸고 싶다고 얘기했다. 그 직원은 나의 이메일 주소(e-mail address)를 묻고, 불러주니 기다리라고 한다. 한참 만에 '내 예약 현황을 찾을 수가 없다'고 다시 이메일 주소를 확인한다. 또 한참 후에 나와서는 '아직 찾을 수 없다'고 한다. 나는 Expedia 멤버였기 때문에 혹시나 해서 Expedia 멤버번호를 불러주고 찾아보라고 했다. 한참 후 나의 '예약 현황을 찾았다'고 하면서 이름, 체크 인, 체크 아웃 날짜, 방 갯수 등 예약 현황을 꼼꼼히 재확인했다. '그래, 다 맞는데, 요지는 날짜를 변경하고 싶다'고 했더니, 'Nonpublish' 어쩌고 하면서 '수정이나 취소가 불가능하다'고 했다. '그 날짜에는 그 호텔에 갈 수가 없고, 페널티를 내라면 낼 테니 어떻게 방법을 강구해달라'고 했더니, '어쨌든 이 예약은 최종 확정된 것이라 Expedia에서는 더 이상 방법이 없고, 호텔에 직접 연락해보라'고 하면서, 호텔 전화번호를 알려주었다.

호텔에 전화하니 자동 녹음 메세지가 '뭐 하면 7번을 누르고, 뭐 하면 8번을 누르고…', 절차를 다 밟아 직원과 연결이 되었다. 자초지종을 설명하고 날짜를 바꾸고 싶다 했더니, '알았다(Sure)'라고 한다. 한참 후에 '예약을 호텔로 직접 했는지'를 묻는다. '아니다, Expedia를 통해서 했다'고 하니, '그러면 자기는 바꿀 수 없다'고 한다. 'Expedia에서 호텔로 직접 연락해보라고 하더라'고 하니, '그렇다면 자기는 권한이 없고 매니저에게 말해보라'고 하면서 '매니저는 이미 퇴근하고 없으니, 내일 8~2시 사이에 다시 전화하라'고 했다. 전화를 끊고, Expedia에서 받은 예약확인 이메일을 자세히 읽어보니, Expedia의 전화번호와 호텔 전화번호가 거기에 다 적혀 있고, 또 이런 문구가 인쇄되어 있었다. IMPORTANT: All bookings are final for Expedia Unpublished Rate hotels(no refunds, no change).
'융통성 없는 미국 사회에서 이런 일이 일어났으니 해결하기가 참 어렵겠구나.'라는 생각이 들었다.

다음 날 다시 호텔로 전화해서, 자동 메시지 절차 밟아 매니저와 연결이 되었다. 다시 자초지종을 설명했으나, 매니저도 똑같은 얘기를 한다. '이건 호텔과는 관계가 없고 'Hot???'라는 여행 중개사(Travel

Agency)에서 돈을 다 받아가니, 그쪽과 얘기해라.'라는 것이다. '어쨌든 나는 6월 17에 방 두 개를 예약했지만, 숙박은 할 수 없다. 니네는 그 방 두개를 다른 사람에게 줘도 된다. 대신 나는 6월 19일날 방 두개가 필요하다. 날짜만 바꿔주면 되지 않느냐?'라고 했더니, 그 매니저는 '나와 얘기해서 직접 바꾸는 것은 불가능하고, 여행 중개사에서 바꾸어달라고 요청하면 바꾸어주겠다.'라고 하면서 여행 중개사 전화번호를 알려주었다. 나는 분명 Expedia로 예약을 했는데 'Hot???'라는 여행 중개사는 또 뭔지 의아한 생각이 들었지만 일단 받은 전화번호로 전화를 했다. 신호는 계속 갔지만 받지 않는다. 전화를 끊고 한참 후에 다시 걸었다. 이번에 여자가 전화를 받기에 설명하려고 하는데, '전화를 잘못 걸었다(You have a wrong number.)'라고 한다. 전화번호를 다시 확인하려는데, '배관작업을 원하느냐(Do you wanna plumbing)?'이라 한다. 아마 배관작업(Plumbing)회사인 듯싶다. '미안하다'고 하고, 전화를 끊은 후 혹시 번호를 잘못 눌렀나 싶어 다시 걸었다. 같은 여자가 받아 '아니라고 했잖아요?'라고 톡 쏜다. 'Sorry.' 호텔 매니저에게 다시 전화를 하니 자리에 없고 메세지를 남기라고 한다. '당신이 준 번호는 틀린 번호더라. 이 메세지를 들으면 내게 전화해달라.'라고 말하고 내 전화번호를 남겼다. '당신이 전화해주면 좋고 만일 전화가 안 오면 내가 다시 전화하겠다.'라는 말도 함께. 호텔 매니저로부터 연락이 없어 결국 내가 다시 전화했다. 그의 말은 일관되게 '여행 중개사의 요청이 있으면 바꿔줄 수 있다'는 것이었다.

다시 Expedia로 전화를 걸었다. 복잡한 절차를 걸쳐 한 여직원과 연결이 되었다. 이번에는 내 이메일 주소로 바로 나의 예약현황을 찾아냈다. 내가 자초지종을 설명하니, '사정은 이해가 되지만, 자기로서는 바꿔줄 수가 없다'고 했다. 호텔 매니저의 말을 전하면서 '호텔에다 전화를 좀 해달라.'라고 했지만 '이 예약은 Final이기 때문에 변경할 수가 없다'는 말만 되풀이했다. 순간 열이 확 받치면서 '쌍욕을 해버리고, $150 날려버리고 말까.' 하는 생각도 들었지만, 다시 심호흡을 하고 냉정을 되찾았다. '그러면 어떻게 해야 되느냐?'고 물으니, '6월 19일 날짜로 다시 예약을 해주겠다.'라고 했다. 한참의 시간이 걸린 후 '6월 19일로 방 두 개를 $220에 잡았는데 동의할 것인지' 물었다. '내가 동의하면 6월 17일 예약 건은 어떻게 되느냐?'라고 되물으니, '6월 17일 예약 건은 이미 지불된 것이고 환불(refund)은 불가능하다'고 했다. '그렇다면 하룻밤 자는 데 총 $370을 내는 것 아니냐?' '맞다, 지금으로서는 그 방법 밖에 없다.' '6월 19일 새로 한 예약은 6월 17일 건이 어떤 식으로든 해결된 뒤에 동의하겠다'고 했더니, '6월 19일 예약 건에 대한 이메일을 보내겠다. 끊지 않고(Hold) 있을 테니, 마음이 정해지면 전화해달라.'라고 하면서 Reference 번호를 불러주었다.

전화를 끊고 생각해보니, 융통성 없는 미국인들을 상대할 별 뾰족한 방법이 떠오르지 않았다. 한참 후에 다시 Expedia로 전화를 걸었다. 복잡한 연결 절차를 거쳐 이번에는 남자 직원이 받았다. 또 다시 마치 처음으로 Expedia에 전화한 것처럼 자초지종을 설명했으나, 이 친구도 똑같은 대답이다. '6월 17일 예약은 아는 사람에게 사용하라고 하고 6월 19일은 별도로 예약을 해야 한다'는 것이다. '손님은 한국에서 오는데, 아는 사람이 어딨냐? 어쨌든 6월 17일은 거기 갈 수 없고 6월 19일은 방이 필요하다.'라고 했더니, '그러면 6월 19일날 호텔에 가서 상황을 설명하면 방을 줄 수도 있을 것이다. Expedia에서는 방법이 없다.'라고 한다. '호텔 매니저가 여행 중개사가 요청하면 바꿔주겠다고 하는데, 호텔에 전화 한번 걸어주는 게 뭐가 어렵냐? 제발 전화 한 통만 해줘라.' 욕설이 나오려는 걸 꾹 참으며, 설득도 하고, 애원까지 했더니, '기다려보라'고 했다. '아마 호텔로 전화하는가 보다, 잘돼야 할텐데' 한참을 기다리니, 그 직원이 '호텔에 전화해봤는데, 안 된다고 하더라.' 하는 게 아닌가? 내가 '분명히 매니저가 약속했는데 그럴 리가 있나? 호텔 매니저와 직접 통화했냐?'라고 물으니, '프런트 데스크와 통화했다.'라고 한다. '어휴~ 이런 돌대가리가 다 있냐?' '이 건은 직원이 결정할 사항이 아니고 매니저의 권한이다. 매니저와 통화하는 방법은 교환이 나오면 매니저 바꿔 달라고 하면 된다. 다시 한 번 전화해달라.' 아무 응답이 없길래 '통화하나 보다.' 생각했는데, 한참을 기다려도 조용하다. 뭔가 이상해서 보니, 전화가 끊어져 있는 게 아닌가? '이런 x새끼…'

한참 후에 다시 Expedia로 전화를 했다. 이번에는 나이가 좀 든 것 같은 여직원이 받았다. 여러 번의 경험으로 미루어 대화가 어떻게 진행될 것인지 예상이 되었기 때문에 이번에는 내가 선수를 치고 나갔다. '이 예약이 Unpublished hotel 예약이라 no refunds, no change인 줄 안다, 그러나 호텔에 연락해본 결과 매니저가 여행 중개사에서 요청하는 경우 바꿔줄 수 있다고 하더라, 호텔 매니저에게 전화 한번 해주세요.' 이 여직원은 다른 사람과 달리 '알겠다, 좀 기다려라.'라고 하더니 호텔로 전화하는 것 같았다. 조금 후에, '호텔 매니저가 지금 자리에 없다, 1시간 후쯤 들어온다고 하는데, 그때 다시 전화해서 요청하겠다. 그리고 나에게 확인 이메일을 보내겠다.'라고 한다. '야~ 지성이면 감천이구나. 끈질기게 달라붙은 보람이 있구나.'라는 생각이 들었다. '고맙다, 기다리겠다.'라고 했더니 6월 19일로 별도 예약을 해 두었으니, Reference 번호를 적어두라면서 불러주었다. 받아 적어보 니 아까 다른 여직원이 불러준 번호와 똑같다. 좀 이상한 생각이 들긴 했으나 일단 믿고 상황을 지켜보기로 했다. 전화를 끊었으나, 담당자 의 이름을 물어보지 않은 것이 후회가 된다.

하루가 지나도 확인 이메일이 오지 않았다. '마지막에 약속한 그 여 직원의 이름을 모르니, 다시 Expedia로 전화해봐야 전개될 상황은 뻔 하다'는 생각이 들었다. 그러나, 어쨌든 해결은 해야 될 문제이니, 다 시 Expedia로 전화를 했다. 자동 녹음 메시지 절차를 거쳐 이번에는 다른 남자 직원이 받았다. 이메일 주소와 전화번호를 두 번씩 불러주 고 나서 상황을 설명했다. 결론은 'Expedia에서 호텔 매니저에게 연락 해보고 확인 이메일을 주기로 했는데, 하루가 지나도록 못 받았으니, 어떻게 된 건지 확인 좀 해달라, 새 예약에 대한 Reference 번호 가지 고 있다'는 것이었다. 그 직원에게 Reference 번호를 알려주었더니 '기 다려라.'라고 했다.

한참을 기다리니 전화에서 다른 직원이 '뭘 도와드릴까요?' 라고 말 한다. 내가 '방금 다른 사람과 통화 중이었고, 지금 그 사람이 내 파 일을 찾고 있는 것 같은데, 그 사람을 기다리고 있다.'라고 했더니, '자기가 조치해줄 테니 용건을 말하라.'라고 한다. 나는 우선 그 직원 의 이름을 물어본 후(Glenton), 다시 경위를 설명하고 이메일 주소와 Reference 번호를 말해주었다. 조금 후에 그는 내 파일을 찾아내어,

거기에 남겨진 메모를 발견한 모양이었다. 메모에는 '호텔 매니저와 연락 시도했으나, 연락이 되지 않음. 1시간 후 재연락 시도 예정이라고 되어 있다'고 했다. 이 얘기를 들으니 약간 안도되었다. 'Expedia에도 제대로 일하려는 사람도 있긴 있구나.' 그런데 1시간 후의 후속 조치가 없었던 것은 아쉬운 점이다. Glenton은 '자기가 조치해줄 테니 걱정 말라. 그리고 향후에는 Expedia에 연락할 필요 없이 호텔과 직접 얘기하면 된다'고 했다. '알겠다, 고맙다.'라고 하고 전화를 끊을까 생각하는데, 전화는 끊기지 않고 계속 회사 음악이 흘러나왔다. 나는 '내가 그의 말을 잘못 이해했는지'도 모르니 계속 전화기를 붙잡고 기다리기로 했다. 한참 동안 음악이 흘러나오더니 갑자기 전화가 끊겼다.

다시 Expedia로 전화를 해야 되나? 호텔로 연락해야 되나? 아니면 기다려봐야 되나? 여러 가지 생각이 들었으나, 결국은 호텔에다 e-mail을 보내기로 했다. 인터넷에서 호텔 이메일 주소를 찾아서 편지를 썼다. '사건 경위를 설명하고, 호텔 매니저(Joshua)와 Expedia 직원(Glenton)이 한 약속을 상기시키고, 6월 17일 예약된 방은 다름 손님에게 주어도 된다. 내가 필요한 것은 6월 19일 방 2개다. 물론 가격 차이가 있다면 감수하겠다.'는 내용이었다. 이제는 6월 19일 호텔에 가서 부딪혀보는 수밖에 없다. Good Luck for me!

To: whg7102@whg.com
Subject: Hotel Room on June 19, 2012

Hello,

My name is Youngjing Sohn.

I made a reservation for 2 rooms, 1 night at your hotel through Expedia.com.

When I printed out the travel confirmation e-mail from Expedia, I found that I had made a mistake to put in the date. I need 2 rooms on June 19 but the check in date at the confirmation letter was June 17.

At first, the Expedia employees said the reservation was final and no refunds, no change.

Secondly, when I called to your hotel directly, Hotel Manager(Joshua) told me he could not change the date without Expedia's request.

Finally, Expedia(Mr. Glenton) promised me that they would contact Hotel Manager to change the date from June 17 to June 19.

The reference number for my new reservation for June 19 (12 rooms, 1 night) is S-36420639.

The 2 rooms I reserved for June 17 can be used for other customers, because I cannot be at your hotel on that day.

Instead, I need 2 rooms two days later (check-in June 19, check-out June 20). And I will pay any Price Difference between June 17 and June 19.

If you have any question, please let me know by reply mail.
Thank you for your kind cooperation.

Youngjing Sohn,

여행을 떠나기 하루 전에 다시 호텔로 전화를 해서 예약현황을 물어
보니, 6월 17일에만 예약이 되어 있고 6월 19일은 예약이 되어 있지 않
았다. Expedia에서는 아무런 조치도 취하지 않은 것이었다. 일단 6월
19일 방을 예약해두었다. 호텔 직원은 '조수아(Joshua)는 그만두었고, 새
매니저는 아산(Assan)이라는 사람인데, 오늘은 통화 불가하고 내일 다
시 전화하라'고 한다. Expedia에 다시 전화해서 '내일 아침 호텔 매니
저에게 전화해 줄 수 있느냐.' 물으니, '내일 다시 전화해달라.'라고 한
다.

6월 15일, 금요일, 드디어 여행을 출발했다. 하루 종일 운전하고 또
어떤 지역에서는 휴대전화(Cell Phone)가 터지지 않아 호텔과 Expedia에
전화를 하지 못했다. 그다음 날은 토요일, 일요일(문제의 6월 17일)이라 매
니저는 출근하지 않을 것이라 판단되어 결국 전화를 하지 못했다.

6월 19일, 자정쯤 되어 호텔에 도착하여 체크인을 하면서 직원에게
자초지종을 설명하니, '내일 아침 매니저 출근하면 얘기하라'고 한다.

이튿날 아침, 프런트 데스크에 가서 '매니저를 만날 수 있느냐?'고

물으니 '사전 약속이 되어 있느냐?'고 되묻는다. '안 되어 있다'고 대답하니, 매니저에게 전화해서 '손님이 사전 약속 없이 만나려고 한다'고 보고한다. 잠시 후 매니저가 나왔다. 그의 사무실로 가서 자초지종을 설명하고 호텔로 보낸 이메일까지 보여주니 'Expedia가 환불할 수 있도록 하겠다.'라고 한다. 내가 'Expedia에게는 이미 지불이 끝난 상황인데 그게 가능하겠냐?'고 하니, 잠시 생각 후에 '불편하게 해서 미안하다. 6월 17일 예약으로 이미 숙박료를 지불했으니, 6월 19일 숙박료를 받지 않겠다'고 하면서 컴퓨터에서 숙박기록을 수정해주었다. 이로써 몇 달간 골치 아팠던 문제가 한꺼번에 해결이 되었다.

아산 아마딘(Assan Amadin)이라는 이름을 가진 그 호텔 매니저 덕분에 나머지 여행은 즐겁고 유쾌하게 보낼 수 있었다. 나는 여행에서 돌아온 즉시 Tripadvisor.com에 들어가 친절하고, 손님 배려할 줄 아는 Assan에게 '고맙다.'는 Hotel Review를 남겼다.

그러나, 이후부터는 호텔을 예약할 때, 절대로 expedia.com을 이용하지 않고, hotel.com을 이용한다.

Toll(통행료)

캘리포니아에는 대부분의 고속도로(Freeway)에 통행료를 내지 않아 참 편리하다. 대신에 차량이 교량(Bridge)을 통과할 경우에는 한쪽 방향으로만 통행료를 내는 경우가 많다. 아들이 샌프란시스코(San Francisco)에서 대학을 다닐 때, 자주 Bay Bridge를 지나다녔는데, 어느 날은

'Toll $3을 내지 않고 갔다고 벌금 고지서가 날아왔다'고 했다. 분명히 통행료를 내고 지나갔는데 직원이 'Paid'라는 단추를 누르기 전에 지나간 것이라 이해를 하고 '다음부터는 주의하라'고 한 적이 있었다.

2010년부터는 통행료가 올라, Bay Bridge는 혼자 탄 승용차의 경우 출퇴근 시간에는 $6, 일반 시간에는 $5씩 통행료를 낸다. 출퇴근시간에 카 풀(Car Pool: Bay Bridge는 두 명 이상 탑승 시)을 하면 예전에는 통행료를 받지 않았으나, 얼마 전부터는 카 풀 차량에 대해서도 $2.5씩 징수했다. 2012년 7월에는 친구가 미국 여행 차 우리 집에 얼마간 머물렀는데, 가까운 거리는 아내가 주로 운전을 했다. 어느 날 아내가 'Bay Bridge toll violation ticket(벌금: $27.5)이 날아왔다'고 했다. 아내의 설명으로는 친구 부부를 샌프란시스코 공항에 바래다주기 위해 Bay Bridge를 지날 때, Fast Trek & Car Pool Lane(*Fest Trek은 한국의 Hi Pass와 동일)으로 진입했는데, '돈 받는 사람이 없더라'는 것이었다. 할 수 없이 그냥 갈 수밖에 없었는데, 도대체 '돈 받는 사람이 없으면 카 풀을 하고 $2.5를 어떻게 낼 수 있느냐'고 짜증을 냈다. 카 풀 할인은 출퇴근시간에만 적용되는데, 카 풀을 하면 $2.5이고, 카 풀을 하지 않으면 $6을 내야 한다. 세 명이 타고 카 풀 Lane으로 들어섰는데 돈 받는 사람이 없다면 결국 $27.5짜리 벌금고지서를 받게 된다. 뭔가 법이 잘못된 것 같다는 생각이 들었지만, 싸우기 귀찮아 그냥 벌금고지서에 신용카드 번호를 적어 우편으로 보냈다.

반전은 그다음 날 벌어졌다. 평소에 너무나 조용한 아내가 엄청 화가 난 것 같아 '왜 그러느냐?'고 물으니, 'Bay Bridge Toll 위반 벌금

고지서가 또 왔다'는 것이었다. 그럴 리가 있나? 의아해하면서 찬찬히 살펴보니 확실히 $27.5짜리 Bay Bridge Toll(Fast Trek & Car Pool Lane) 위반이 맞다. 그러면 어제 송금한 것은 뭔가 다시 확인해보니 그것은 Bay Bridge가 아니라 Antioch Bridge Toll(Fast Trek & Car Pool Lane) 위반이었다. Antioch Bridge는 아내가 친구 부부를 태우고 리오 비스타(Rio Vista)라는 골프장에 골프를 치러간 날이고 다리를 지나간 시간대는 출퇴근 시간대도 아니다. 또 나나 아내는 Fast Trek 이용권이 없기 때문에 Fast Trek Lane으로는 절대 지나가지 않는다. 따라서 반드시 현금 내는 곳(Cash Lane)으로 지나갈 수밖에 없고 돈을 내지 않고는 다리를 건널 수가 없다. 'Antioch Bridge에서 통행료를 내지 않았다'고 벌금고지서가 온다는 것은 정말 있을 수 없는 일이다. 내 성질에 '반드시 싸워서 이겨야겠다'고 생각했다.

그런데 어쩌랴? 제대로 확인해보지 않고, Antioch Bridge 벌금은 어제 이미 지불해버렸는 걸….

이 바보야, 모든 일에 신중, 신중, 또 신중할 것이로다.

Parking Fee(주차비)

내가 살고 있는 캘리포니아 샌프란시스코 베이 지역(California San Francisco Bay Area) 인근에는 하이킹할 수 있는 산과 공원이 참 많다. 지역공원(Regional Park), 시립공원(County Park), 주립공원(State Park), 국립공원(National Park). 격에 따라 이렇게 분류되어 있고, 주말 하이킹하기에는 다 괜찮다. 그 중에서 주립공원은 통상 차량 1대당 $8 또는 $10씩 주차료를 받는다. 직원이 상주하면서 징수하는 곳도 있고, 이용자가 준비되어 있는 봉투에 스스로 지불해야 하는 곳도 있다. 주립공원에 갈 때마다 주차료를 지불하는 것이 불편기도 하고, 나처럼 자주 주립공원에 가는 사람에게는 쌀 것도 같아서, 캘리포니아 주립공원 연간 이용권(Annual Pass)을 $125을 주고 샀다. '일년 동안 최소한 15회 이상 가야 본전은 하겠구나.'라는 생각을 하며, 가능한 주립공원을 자주 가기로 마음먹었다. 2012년 7월 몹시 더운 어느 날, 샌프란시스코 인근 노바토(Novato)라는 곳에 위치한 올롬파리 히스토릭(Olompali Historic) 주립공원으로 하이킹을 갔는데, 주차료는 $8이고 무인 시스템이었다. '연간 이용권이 있다'는 생각에 약간 흐뭇해졌다. 차를 주차하면서 연간 이용권이 잘 보이게 차 안 백미러에 잘 걸었다. 그런데 주차장은 그늘 한 점 없는 완전 땡볕이라서 등산을 마치고 내려오면 차 안이 너무 더울 것 같은 생각이 들어, 차 안에서 앞 유리의 햇볕 차단 커버를 했다. 이때에도 '혹시나 연간 이용권이 안 보이지나 않을까.' 걱정이 되어 조심스럽게 햇볕 차단 커버와 연간 이용권을 걸어두었다. 약 세 시간의 등산을 마치고 차로 돌아와보니, 내 차의 앞 유리에 주차비 지불용 봉투가 하나 꽂혀 있었다. 공원 관리 직원이 점검하러 왔다가 내 차의 연간 이용권을 보지 못하고 '주차비를 내라'는 의도로 빈 봉투를 꽂아 놓은 것 같았다. '나는 연간 이용권이 있으니 그냥 무시해버릴까.'라는 생각도 들었지만, 자세히 보니 봉투마다 일련번호가 찍혀 있었다. 가만히 생각해보니 그 직원은 내 차량번호와 봉투의 일련번호를 적어갔을 테고, 어느 시점까지 그 봉투로 주차료를 보내오지 않으면 또 몇 십 달러의 벌금을 부과할 것 같은 생각이 들었다. 분명히 내가 걸어둔 연간 이용권을 보지 못한 공원 관리 직원의 잘못이지만, 그 직원이 '걸려 있는 것이 없었다.'라고 우기면 '그 골치 아픈 싸움을 또 어떻게 하나?'라는 생각도 들어 '$8 그까짓 것 그냥 줘버릴까?'라는 생각도 해보았다. 그러나 그렇게 하기에는 억울하고, '사필귀정인데 이번에는 무슨 일이 있더라도 끝까지 가보자.'라고 결심했다. 나는 그 조그만 봉투에 주차료 $8을 동봉하는 대신 간단한 메모를 적어넣었다. "나는 연간 이용권을 걸어두었는데 너희가 못 본 것 같다. 내가 주차료 위반을 한 것이 아니니, 너희 기록을 수정해라."라는 취지의 메모였다.

My name is Youngjing Sohn. I parked my car at Olompali SP on July 22, 2012(Plate number: 5XEB834). I hanged my annual pass for California State Park inside of Front Wind Shield. My annual Pass number is 2013083GP06645. And it is valid until July/13. You might not see my annual pass because of my sun protecting cover which was also hanged inside the front wind shield. I did notviolate the parking fee. Please correct your record. Thank you. 7/22/12 Y. J. Sohn

다행히 몇 달이 지나도 벌금고지서는 날아오지 않아 지루한 싸움을 피할 수 있었다.

Home Owner Association(관리비)

내가 사는 도시는 브렌트우드(Brentwood)인데, 사는 주택단지는 로즈 가든(Rose Garden)이라는 이름으로 풀티(Pulte)라는 회사가 건설한 마을이다. 로즈 가든 거주자들은 매달 $40씩 HOA 회비를 낸다. 통상 전월말에 청구서(Bill)가 날아오는데, 나는 혹시 잊어버릴지 몰라 청구서가 오는 즉시 수표(Check)를 끊어 우편(Mail)으로 보낸다.

2012년 7월 중순에 로즈 가든 OA에서 편지가 왔길래 뜯어보니, 7월분 회비(Monthly Assessment) $40을 내지 않아서, 연체금(Late Charge) $10, 연체서류비(Late Statement Fee) $15을 포함해서 총 $65을 당장 내라는 청구서였다. '보냈을 텐데 왜 이런 일이…' 의아해하면서 수표 책(Check book)을 확인해보니, 6월 29일 날짜로 분명히 $40을 보낸 게 아닌가? 사무실 전화번호를 찾아 통화를 시도했으나, 근무시간이 아니라고 아무도 없다. 이튿날 아침 일찍 사무실로 전화를 하니 여직원이 받는다. '6월 말에 회비 $40을 보냈는데, 왜 이런 걸 날렸나?'라고 물으니 '자기들은 받은 적이 없다'고 한다. '내가 분명 보냈으며, 수표 책 복사본(copy) 보내줄까?'라고 하니, '필요 없다. $40은 받지 못했다.'라고 한다. '나는 분명 보냈고 너희들은 안 받았다고 하니 어떻게 하면 되나?'라고 하니, '집주인(Home Owner)이 배달 책임까지 져야 한다, 연체금은 면제해줄 수 있다'고 한다. 뭐라고 더 싸우고 싶었지만 할 말이 없었다. '그러면 8월분 청구할 때 한꺼번에 낼 테니 $80 청구서를 보내라.' 하고 전화를 끊었다.

오후에 동료 직원과 얘기하다가 수표는 추적이 가능하다는 것이 생각났다. 즉시 인터넷 나의 은행 계좌로 들어가 확인해보니 다행히 내가 보낸 수표는 아직 결제가 되지 않았다. 그렇다면 미결제된 그 수표만 지불 정지시키면 내가 손해 보는 건 없게 된다. 얼른 해당 사이트를 찾아 들어가 수표번호와 금액을 입력하고 지불정지 요청을 했다.

이튿날, 집으로 새로운 청구서(New Bill)가 날아왔는데, 7월분 벌금 포함 $65, 8월분 $40, 합계 $105을 내라고 되어 있는 게 아닌가? '분명히 벌금을 면제해준다고 했는데, 뭐가 또 잘못된 건가?' 다음 날 다시 사무실로 전화해서 자초지종을 설명하니, "아직 $80짜리 New Bill을 보내지 않았다"고 한다. "그러면 $80짜리 New Bill을 보내지 말고, 내가 그냥 이 $105짜리 청구서를 첨부해서 오늘 $80을 보내겠다."라고 하니, "O.K"라 한다.

'휴우~ 또 한 건 해결은 했지만, 미국의 우체국(Post Office), 믿을 게 못 되구나.'

또 한번은 이런 일이 있었다.

2012년 12월 말일까지 2013년 1월분 청구서가 날아오지 않았다. 사무실 담당자(Jennifer Cross)의 이메일 주소(jcross@commoninterest.com)를 찾아서 2013년 1월 3일에 "지불쿠폰(Payment Coupon)을 아직 받지 못했는데, 쿠폰을 보내줄 거냐? 아니면 쿠폰 없이 그냥 수표를 보낼까?"라고 문의를 했다. 1월 7일까지 전화통화도 여러 번 시도했으나 받지를 않았고, 이메일에 대한 답장도 없었다. 1월 9일부터 약 일주일 간 한국을 다녀올 계획이었기 때문에 더 늦어지면 또 벌금(Penalty)을 물어야 될지 모른다는 생각이 들어, 1월 8일 아침에 쿠폰 없이 $40 수표를 끊어서 덴빌(Danville)에 있는 사무실로 우편으로 보냈다. 출근하고 난 후 내 사무실로 이메일 회신이 왔는데, "수표는 발레호(Vallejo)에 있는 퍼스트 은행(First Bank)로 보내라"고 되어 있는 게 아닌가. 나는 즉시 "이미 수표를 덴빌 사무실로 보냈다. 그것을 발레호에 있는 퍼스트 은행으로 전해줄 것인지, 아니면 내가 퍼스트 은행으로 다시 $40을 보내야 할지를 오늘 중으로 알려 달라"고 했다. 왜냐하면 내일이면 나는 한국으로 출국해야 하니까. 1월 8일까지 아무런 회신이 오지 않았다. 1월 9일 한국으로 출국하기에 앞서 나는 $40 수표를 하나 더 끊어 퍼스트 은행으로 우편으로 보냈다. 그리고는 제니퍼(Jennifer)에게 휴대폰으로 "$40을 퍼스트 은행으로 다시 보냈으니, 내가 사무실로 보낸 $40 수표는 찢어버리든지 아니면 2월분으로 퍼스트 은행으로 전해주든지 알아서 하라"고 이메일을 보냈다. 1월 9일, 제니퍼는 "다음 달 분으로 퍼스트 은행에 보내겠다(I will forward it to First Bank to apply to next month)."라고 답장이 왔다. 또 1월 11일에는 "아니, 은행으로 보내겠다(No it will be forwarded on to the bank)."라는 답장이 왔는데, 무슨 뜻인지 애매했다. 나는 'No'가 아니라 'No를 잘못 쳤으리라'고 해석하고 '모든 게 잘되었다'고 생각했다.

1월 16일, 한국 방문을 마치고 집으로 돌아와보니, 1월 14일 날짜로 HOA 사무실(C. Flood)에서 내게 편지와 함께 열쇠고리(Key Fob) 하나를 보내왔다. 편지에는 "Thank you for your check # 551, in the amount of $40. I have enclosed Key Fob #05831 which you requested."라고 되어 있었다. 내가 열쇠고리를 사기 위해 $40를 보낸 것이 아닌데 뭔가 오해가 있는 것 같았다. 또 편지의 제목이 Amenity

Key(선물?)라고 되어 있어서 그냥 선물로 보낸 건지, $40짜리인지 분간하기가 어려웠다. 그런데 며칠 후에는 2월분 $40짜리 청구서가 날아오는 게 아닌가? '이런 도둑놈들이 다 있나?' 1월 28일, 나는 제니퍼에게 다시 이메일을 보냈다. "당신이 $40 수표를 다음 달 분으로 퍼스트 은행에 전해준다고 하지 않았느냐? 그런데 그 $40이 2월분 HOA 관리비로 지불된 게 아니라, $40짜리 열쇠고리를 구매한 것처럼 되어 있는데 어떻게 된 건가?"

2월 1일까지 전화와 이메일로 제니퍼와 프루드(C. Flood)에게 계속 연락을 시도했으나 응답이 없다가, 며칠이 지난 2월 4일, 제니퍼가 케이시(Casey)에게 보낸 이메일이 전달(forward)되어 왔다. '$40은 계정(Account)을 수정하면 되는데, 열쇠고리는 어떻게 할 것인지' 묻는 내용이었다. 다음 날, 케이시로부터 최종 회신이 왔다. "계정은 $40 지불한 것으로 수정했으니, 열쇠고리는 돌려보내 달라"는 내용이었다. 열쇠고리를 반송하기 위해 우체국까지 10분간 운전해가서, 또 10분간 줄을 서고, 우표 값 $2.07을 지불한 것은 거의 한 달 동안 스트레스 받은 것과 비교하면 차라리 즐거웠다.

Home Loan(주택자금 대출)

한국에서도 요즘에는 '하우스 푸어(House Poor)'가 문제가 되고 있지만, 대부분의 경우는 어느 정도의 돈을 모아서 은행 융자를 최소로 하면서 내 집을 마련하게 된다. 그러나 미국은 대개 10% 정도의 계약금

(Down Pay)만 지불하고 나머지는 은행에서 융자(Loan)를 받아 집을 사는 데, 나도 2009년에 30년간의 은행 융자를 안고 주택을 구입했고 매달 $1,374.26씩 갚아 나가고 있다. 매월 초 온라인(On-line Banking)으로 내 구좌(Checking Account)에서 대출구좌(Mortgage Account)로 자금이체를 시켜 왔다.

2012년 12월 17일에는 뱅크오브어메리카(Boa: Bank of America) 온라인 (On-line Banking Site)에 들어가서 2013년 1월분 상환금(Mortgage)을 12월 31일에 자금 이체되도록 조치했다. 그런데, 12월 20일 경에 은행에서 편지가 하나 날아왔는데 '12월 분 상환금을 내지 않았으니 지체료(Late Charge) $68.71을 포함해서 빨리 내라'는 통지였다. 체크해보니, 12월 초에 내야 할 돈을 깜박 잊어버린 것을 알았다. "개 같은 미국 시스템 이다." 마치 16일까지 잊어버리고 있기를 기다리고 있었던 듯이 16일 이 지나 지체료 내야 될 때가 되면 음흉한 미소를 흘리면서, "이 자식 걸려 들었구나! 벌금내라!" 하고 편지를 보내는 놈들이다. '미국에선 잊어버리는 것이 죄가 된다'는 것을 경험했기 때문에, 억울하지만 다 시 한 번 12월 31일에 같은 금액이 자금 이체되도록 조치했다. 상환금 지불(Mortgage Payment) 시스템이 이상해서 지체료 $68.71은 함께 낼 수 가 없었다.

연말연시 연휴가 지나고, 2013년 1월 2일에 은행으로 가서 은행융자 (Bank Loan)에 대한 재융자(Re-Financing)를 상담했다. 계약금(Down Payment) 별로 없이 은행융자(Bank-Loan)로 집을 구입했던 많은 사람들이 2008 년 이전까지는 계속 집값이 올랐기 때문에 그 집을 담보로 다시 추가

융자를 받아가면서 생활해왔는데, 2008년도 미국에 금융위기(Financial Crisis)가 오면서 집값이 폭락하게 되고, 많은 사람들이 융자금 상환을 못 하게 되어 집을 포기하게 되었다.

나는 2009년도에 '집값이 바닥에 왔다'고 생각하고 집을 구입했으나, 내가 샀을 때보다 집값은 더 떨어져 있고, 이자율도 낮아져 있기 때문에, 재융자를 하면 월 상환금을 줄일 수 있을 것이라 생각했다.

BoA 유자 담당자는 다른 주에 거주하고 있어 모든 상담은 전화로만 해야 했는데, 대출 관련 약정이 다 그러하겠지만 쓸데없는 형식적인 질문이 많고, 어려운 돈 관련 용어도 많아 전화 상담하는 게 쉽지는 않았다. 어쨌든 성공적으로 재융자 상담을 끝내고, 새로운 융자 계좌번호(New Loan Account Number), 담당자 이름(Bob Burnett), 전화번호, 이메일 주소, 그리고 매월 내야 될 금액 등을 잘 받아 적어두었다. 온라인 뱅킹으로 지불하지 못한 벌금 $68.71은 은행창구에 직접 냈다. 그리고 잊어버리는 것을 미연에 방지하기 위해 다음 달부터는 매월 초가 되면 내 구좌에서 대출구좌로 자동 이체되도록 요청했다. 밥(Bob)은 내게 24시간 내에 몇 가지 서류(BOA Statement, Green Card copy, The last two Pay Stuff, The last two years W-2 form)를 보내줄 것을 요구했고, 나는 1월 3일 그 서류들을 차질 없이 보냈다. 또 다른 대출 담당자(Sue Pfohl)가 다시 내게 "대출 관련 서류를 보낼 테니 서명해서 팩스로 회신해 달라"고 했는데, 나는 "일주일간 한국을 갔다 올 일이 있기 때문에, 한국에서 돌아오는 즉시 보내겠다"고 했다. 한국 체류 중에 누군가가 휴대폰으로 전화가 와서 "새로운 융자 관련해서 주택 실사(House Inspection)를 해야겠다"고 하길래, "집에 아내가 있으므로 1월 15일날 가서 사진 찍을 일 있으면 찍어가라"고 했다. 1월 16일, 한국으로부터 돌아와서 아내에게 물어보니 "잠깐 동안 조사하고 돌아갔다"고 했고, 1월 17일에는 대출 관련 서류들에 Sign을 해서 팩스로 이상 없이 다 보냈다. 이로써 재융자 관련 모든 서류 행정이 끝난 것이다.

며칠 후, 은행 온라인대출구좌(On-Line Banking Mortgage Account)에 들어가보니 "You have currently 1 payment past due: 한 달 분이 연체되어 있다."라고 되어 있지 않은가? 내 구좌(Checking Account)를 확인해보니, 12월 31일 날짜로 $1,374.26씩 두 번 인출되어 있고, 1월 2일에는 벌금 $68.71까지 정확히 빠져나가 있었다. "이런 개 같은…"

1월 28일, 나는 대출구좌에 나와 있는 연체 내용과 내 구좌의 거래 내역(Transaction Statement)을 프린트해서, 가까운 BoA 지점으로 가서 자초지종을 설명했다. 그러나 지점에서는 대출 관련해서 상세한 자료를 볼 수가 없어서, 다시 다른 주에 거주하고 있는 청구서 담당자 및 상환금 담당자와 지루한 전화를 해야만 했다.

미국에서 행정기관, 금융기관 같은 곳에 내가 원하는 담당자와 통화하려면 보통 어려운 일이 아니다. 수신자부담인 1-800 대표번호를 눌러서 통화를 시도하면 자동응답기계(Answering Machine)에서 흘러나오는 지시에 따라 나에 관한 온갖 정보를 다 알려주고 난 후에야 교환과 연결된다. 전화를 한 이유를 자세히 설명하면 "담당자를 연결해주겠다"고 한다. 그러나 그 담당자가 바로 전화를 받는 경우는 극히 드물다. 다시 녹음된 목소리인 "지금은 전화를 받을 수 없으니, 메세지를 남기기 바랍니다."를 듣게 될 뿐이다. 메세지를 남겨도 전화(Return Call)가

온다는 보장은 없다. 욕 한번 하고 전화를 끊은 후 나중에 다시 전화해야 한다. 이러한 과정을 그 담당자와 연결될 때까지 계속 반복해야 하는데, 나같이 성질 급한 사람은 좀 손해 보더라도 안 하고 마는 경우가 대부분이다. 미국의 시스템은 이렇게 남의 돈을 떼먹게 되어 있다, 높은 인건비를 핑계로.

은행 지점 담당자의 도움으로 담당자와 통화접속이 되어 몇 가지 의문사항을 설명했다. 첫째, 돈을 다 냈는데 왜 한 달치가 연체되어 있다고 되어 있는가?

둘째, 재융자를 하고 새 구좌번호를 받는데, 왜 옛날 구좌에 연체되어 있다고 나오는가? 재융자에 뭔가 잘못되었는가?

셋째, 자동이체를 신청했는데 언제부터 자동이체가 되느냐? 2월 달치는 이전 구좌(Old Loan Account)로 돈을 내야 하나, 새 구좌(New Loan Account)로 돈을 내야 하나?

담당자는 한참 동안 뭔가를 묻고, 확인하고 하더니, "온라인 뱅킹에서 대출구좌로 입금된 것은 한 번뿐이며, 등록되어 있는 대출구좌도 하나뿐이다. 내가 확인해줄 수 있는 것은 이런 사실뿐이며, 새 구좌와 자동이체 건은 융자 담당자와 통화해보라"고 하고는 융자 담당자에게 전화를 돌려주었다. 예상대로 융자 담당자는 자리에 없었고, 녹음된 메세지에서는 "Thank you for yourcalling, I am not available now. Please leave a message after a beef, I will call you back as soon as possible(전화해 주셔서 감사합니다. 지금은 전화를 받을 수 없으니 삐 소리 후 녹음을 남겨주세요. 가능한 빨리 전화해 드리겠습니다)." 뭐 이런 내용이 흘러나온다. 결국 나는 아무 것도 알아내지 못하고 전화를 끊어야 했다.

내가 프린트해 간 거래내역(Transaction Statement)를 자세히 보던 은행 직원이 "12월에 내 구좌에서 $1,374.26씩 두 번 인출된 것은 사실이나, 하나는 대출구좌로 이체되었고, 다른 하나는 청구서 지불(Bill Payment)"이라고 했다. 나는, "$1,374.26짜리 청구서를 받은 적도 없을 뿐만 아니라, 분명히 온라인 뱅킹 대출구좌에 들어가서 자금이체를 시켰는데 무슨 소리냐?"고 되물었다. 은행직원은 또 한참의 시간이 걸려 이번에는 '청구서 담당자'에게 전화를 연결시켜주었다. 담당자에게 자초지종을 설명하니, 그 담당자는 $1,374.26은 청구서 지불로 인출되었고, 내 주소지가 '1111 James Donlon Blvd. Antioch'로 되어 있다고 했다. "그 주소지는 내가 주택을 구입하기 전에 살던 아파트 주소이고, 그 후로도 두 번이나 이사를 했던 옛날 주소지였다. 내가 2009년도에 지금의 주택(주소지: 1683 Marina way, Brentwood)을 구입해서 이사한 후부터 융자금 상환이 시작되었는데, 느닷없이 옛날 주소가 왜 나오느냐?"고 하니, "이유는 모르겠으나 어쨌든 그렇게 되어 있으니, 청구서 지불을 취소하겠느냐?"고 한다. "지불을 취소시켜 달라"고 하니, "1~2일(1 or 2 business day) 내에 내 구좌로 환불될 것"이라고 했다. 나는 "연체료(Late Charge)는 없는 걸로 하고, 새로 $1,374.26를 내 구좌에서 대출구좌로 이체"하도록 했다. 마지막으로 융자 담당자에게 이메일을 하나 보내 줄 것을 요청했다. "새로운 융자(New Loan) 관련해서 물어볼 것이 있으니 전화 좀 해 달라"고.

은행 직원에게 내가 가지고 있는 융자 담당자(Bob)의 전화번호를 주면서 다시 한 번 전화 연결해주도록 부탁했다. 드디어 통화가 이루어졌다. Bob은 "방금 동료로부터 '내가 전화해 달란다'는 메세지를 받았다. 1주간 휴가를 가는 바람에 서류 처리가 늦어졌다. 모든 서류는 잘 받았으며 이상이 없는 것 같다. 새로운 대출구좌가 시스템에 등록되기 전까지는 기존의 대출로 계속 돈을 내라. 새 구좌가 등록되면 연락하겠다. 그때 가서 자동이체를 다시 신청해주면 조치하겠다."라고 했다.

2월분은 이전 구좌로 지불하고, 새 융자가 승인되기를 기다렸다. 2월 8일에 융자 담당자(Sue)로부터 편지가 왔는데, '자산가치(Property Value)가 낮아서 새로운 융자를 승인해줄 수 없다'고 한다. 정말 기가 찰 노릇이다. '새로운 융자 조건을 내가 요구했나? 나는 단지 재융자(Refinancing)를 하고 싶다'고 했는데, 자산가치나 이자율 등은 자기네들이 '그렇게 하겠다'고 해서 나는 'O.K.'라고만 했는데, 이제 와서 안 된다고 하니, 이놈의 미국 시스템을 아무리 이해하려고 해도 안 된다.

며칠을 곰곰 생각하다가 2월 15일, 융자 담당자(Sue)에게 항의 메일을 보냈다. "재융자의 모든 조건들을 너희들이 정해놓고 이제 와서 안 된다니 무슨 소리냐?"Sue의 회신은 "Bob이 연락을 안 한 모양인데 죄송하다. 융자 담당자인 Bob이 어떤 방법(Guidance)을 제시해줄 것이다." 라고 하면서, "내가 보낸 이메일을 Bob에게 전달(Forward)했다"고 했다. 한 달이 지나도록 Bob에게는 아무런 연락이 없어서 3월 13일, Sue 와 Bob에게 다시 이메일을 보냈다. "지금까지 아무런 연락도 받지 못했는데, 이제 다른 대출기관을 찾아 봐야겠다"고. 또 며칠이 지났으나 여전이 회신이 없었다. 이제는 BoA 융자를 정리해야겠다.

거래 은행으로부터 직접 융자를 받지 않고 브로커를 통하려고 한다면 브로커들은 주위에 많다. 3월 15일, 집으로 날아온 광고지를 보고

스트림라인 파이낸스(Streamline Finance)라는 곳에 전화를 해서 재융자 상담을 하고 그들이 요구하는 서류들을 보내주었다. 또 3월 20일에는 한국 교포인 그레이스 강(Grace Kang)융자라는 곳에도 재융자 상담을 하고 관련 서류를 보냈다. 스트림라인 파이낸스라는 미국 회사는 나의 신용조회를 한 번 해본 후로는 진도가 잘 나가지 않았고, 그레이스 강은 신용조회뿐만 아니라 서류 처리가 신속하고 소통(Communication)도 잘되었다.

'재융자 상담을 복수의 에이전트와 동시에 추진하면 곤란하다'는 그레이스 강 측의 항의가 있었지만, 나야 뭐 어느 곳이든 빨리 되면 좋은 것이다. 역시 한국 사람들이 빠르고 정확하고 일 잘하는 것은 확실하다. 그레이스 강과 융자 상담을 한 지 한 달쯤 만에 모든 서류 행정이 끝나고 재융자는 마무리되었다. 그동안 아무 진척이 없는 스트림라인 파이낸싱에게는 '중단하라'는 연락을 보냈다.

얼마 후 BoA에 계좌 상담을 하러 가서 재융자(Refinancing)를 타 금융기관으로 바꾸었다고 했더니, '왜 BoA에 Refinancing을 하지 않고 다른 곳으로 옮겼느냐'고 묻는다. 그저 헛웃음만 나온다. Bank of America나 Streamline Financing이 미국 행정의 현실이라고 보면 된다.

자동차 보험

2001년도쯤에 신호대기하고 있던 내 차를 뒤에서 누가 들이받은 적이 있었는데, 그때는 서로 보험 정보와 연락처를 교환하고, 그 운전자가 자기 보험회사에 신고하고, 나는 지정된 정비공장(Body Shop)에서 가서 차를 수리했고, 모든 비용은 상대방 보험회사에서 알아서 처리를 했던 기억이 있다. 그런데 2013년 8월 1일에는, 직장 선배와 함께 밖에서 점심을 간단히 먹고 회사로 돌아오는 길이었다. 고속도로(Freeway)를 빠져나와 회사 방향으로 우회전을 하기 위해 신호를 기다리고 있었다. 잠시 후 직진 신호가 들어왔고, 우회전을 하려고 차를 출발시키려는 순간, 내 전방에 차량 한 대가 왼쪽에서 오른쪽으로 빠른 속도로 질주해왔다. 그 차가 신호 위반을 한 셈이지만 내가 우회전을 하기 위해서는 그 차가 지나가기를 기다릴 수밖에 없었다. 차를 출발시키려고 하다가 도로 정지하고 약 1~2초 정도의 시간이 지났는데, 갑자기 뒤에서 뭐가 '쿵' 하고 부딪혀왔다. 당황하고 정신이 얼얼했지만 차에서 내려 상황을 파악해보니, 내 차의 뒤 범퍼가 찌그러져 있고 머플러(Muffler) 쪽에서 심한 소음이 났다. 내 뒤에 오던 차량이 앞의 상황을 제대로 살피지 않고, 아마 내가 당연히 우회전할 것으로 생각했던지, 그대로 내 차를 추돌한 것이었다. 나는 그 운전자의 보험카드와 운전면허증을 요구해서, 휴대폰으로 보험카드와 운전면허증 및 차량번호판을 사진을 찍어두었다. 그리고 전화번호를 물었으나 그는 '보험회사에 물어보라'는 말만 남기고, 연락처를 가르쳐주지 않은 채 가버렸다.

회사로 돌아와 상대방 보험회사(State Farm)에 먼저 사고신고를 했다.

보험증 번호(Policy Number)를 확인하고, 운전자 이름(Alfonso Orozco)을 불러
주니 '그런 사람은 없다'고 하질 않는가? 보험카드에 있는 보험 가입자
이름을 보니 후아나 & 레오나르도 오로즈코(Juana & Leonardo Orozco)라고
되어 있었다. 뭔가 이상해서 그 운전자가 건네준 운전면허증을 사진을
보니, 그건 운전면허증(Driver License)이 아니라 신분증(Identification Card)이
었다. 1987년생인 걸 보니 면허증이 없는 젊은 아들이 부모의 차를 몰
고 나온 것 같았다. 보험회사에 사고 상황을 상세히 설명하고 '어떻게
처리되느냐'고 물으니, '사고조사를 해봐야 안.'고 했다. 나는 '상대방이
100% 잘못했다'고 생각했기 때문에 수리 기간 중 '차(Rent Car)를 빌려야
하는데 보험 커버가 되느냐'고 물었더니 '그쪽 보험에는 렌터카는 포함
되지 않는다'고 했다. '내가 일방적인 피해자인데 내 비용으로 차를 렌
트할 수는 없지 않는가?'라고 얘기해봤지만 쉽게 결론이 나지 않았다.
상대방보다 내가 좀 더 빨리 신고했을 뿐이지 상대방도 당연히 보험
사에 사고 신고를 할 것이라 생각하고 클레임번호(Claim Number)를 받은
후 전화를 끊었다.

차 수리 비용을 뽑아보기 위해 토요타 정비센타(내 차는 2007년형 Toyota
Matrix)로 갔더니, '토요타에서는 이런 수리는 하지 않으니 바디 샵(Body
Shop: 차체 수리만 전문으로 하는 정비공장)으로 가보라'면서 정비소(Jim's Auto
Body)를 소개해주었다. 바디 샵에서 상황을 설명하고 견적을 뽑아보니,
뒤 범퍼 교체 비용만 $830, 머플러에서 소음이 나는 것은 뜯어봐야 알
겠으며 수리 소요 기간은 약 3일 정도라고 했다. 직원(Mark)이 '수리비
를 누가 부담하느냐'고 물어서, 자연스럽게 보험사 얘기가 나오게 됐
고, 나는 사고 상황과 보험사와 있었던 얘기를 설명해주면서 '보험사

에서 렌터카는 커버가 안 된다고 하는데 그럴 수가 있느냐?'고 물어봤다. 마침 그곳에는 State Farm 보험사 직원이 한 명 옆에 있었는데, 그는 '뭔가 잘못 전달된 것 같은데, 렌터카는 책임소재(Liability)에 따라 다르다. 상대방이 100% 잘못한 경우라면, 그 보험이 렌터카 커버가 없다 하드라도 렌터카를 지원해준다. 다만 이 경우는 운전자가 무면허이고, 보험 가입자가 아니기 때문에 어떻게 될지 알 수 없다. 따라서 내보험회사에게도 사고신고를 해두면 둘 중 한곳에서는 보험처리를 받을 수 있지 않겠느냐?'고 충고를 해주었다. 나는 즉시 그 자리에서 내보험회사(Armco) 대리인(천하보험)에게 사고 신고를 했다. 힘든 영어가 아니라 한국말로 자초지종을 설명할 수 있어 속이 후련했다.

다음 날, State Farm에 전화를 해서 상황을 물어보니, '아직 보험 가입자와 연락이 되지 않아서 사고 조사를 못 하고 있으며, 연락이 되는 대로 확인을 하고, 나에게 전화를 주겠다'고 했다. 아마 사고를 낸 운전자가 아직 사고 신고를 하지 않은 것 같았다. 기다리는 것 외에 내가 할 수 있는 일은 없지 않은가? 하루 종일 전화를 기다렸으나 연락이 없다가, 저녁에 집에서 저녁식사 후 휴식을 취하고 있는데 '보험회사에서 전화가 왔다'고 아내가 전화기를 건네주었다. 나는 당연히 State Farm으로 생각하고 '어떻게 됐느냐?'라고 물었는데, 그쪽에서 오히려 사고 상황을 꼬치꼬치 물어왔다. 좀 귀찮았지만 또 열심히 설명해주다가, 이상한 생각이 들어 'State Farm 아니냐'고 물어보니 Armco라고 했다. 낮에 Armco Agent(한국인)에게 사고 신고를 한 것에 대한 확인 전화였다. 결국은 한국 대리인에게 한국말로 한번 신고하고, 미국 담당자에게 영어로 다시 한번 신고하는 셈이었다. 짜증이 좀 났지만 상세히 상황을 설명해주니, 'Armco에서 보험 처리해주길 원하느냐? 아니면 State Farm에서 처리해주길 원하느냐'라고 묻는다. '내 보험에서 처리할 경우, 내가 본인부담(Deductible) $500을 내야 하느냐?'라고 물으니, 'Deductible $500은 내가 부담해야 한다'고 한다. '내가 아무런 잘못이 없는데 내가 왜 $500을 부담해야 하느냐? $500을 부담하지 못하겠으니 상대방 보험회사인 State Farm이 처리하길 원한다.'라고 했더니, '알겠다, 도울 일 있으니 언제든지 연락해 달라'고 하면서 전화를 끊는다. 나에게 아무런 도움도 주지 않으면서 생색을 내는 것 같아 괘씸했지만 어쩌랴. 그냥 웃고 말아야지.

토, 일요일 하이킹 갈 때는 머플러 쪽 소음이 너무 심해 내 차를 타지 못하고 아내 차를 타고 다녀야 했다. 건강이 안 좋아 요즘 하이킹을 함께 다니지 못하는 아내는 내 차를 운전하는 대신 가까운 거리를 걸어 다녔다고 했다.

월요일, State Farm에 다시 전화를 걸어 상황을 물어보니, '아직 고객과 연락이 되지 않아 보류(Pending) 상태'라고 하면서, 나에게 '사고 운전자의 전화번호를 아느냐'고 묻는다. '운전자는 Alfonso Orozco인데, 사고 당시 내가 전화번호를 물었더니 그는 보험회사에 물어보라고 했다. 그런데 보험회사가 오히려 내게 그의 전화번호를 묻다니 황당하다'고 했더니, 이 직원은 '그러냐? 상황을 업데이트(Update)해야겠다. 우리는 후아나 & 레오나르도 오로즈코(Juana & Leonardo Orozco)와 연락을 시도하는데 그들의 전화번호를 가지고 있지 않아 처리가 지연되고 있다'고 했다. 나는 한 번 더 '운전자는 누구였고, 보험 가입자는 누구며, 차종은 뭐였고…' 다 설명해줬다. State Farm의 업무처리 수준을 짐작할 만하다. '연락이 안 되면 나는 어떻게 하느냐'고 물으니, '주소지로 우편(Mail)을 보내겠다'고 한다. '우편을 받고도 답을 안 하면 어떻게 되느냐? 1년이고 2년이고 마냥 기다려야 하느냐?'라고 했다가 크게 소리 내어 웃고 말았다. 그 직원도 '그렇게 오래 걸리지는 않는다. 어쨌든 보류 상태이니 자기들이 사고조사가 끝날 때까지 기다려 달라'고 했다. '차가 운전하는 데 문제가 없으면 느긋하게 기다릴 수 있지만 지금은 내 차를 몰고 다닐 수가 없다. 하루라도 빨리 수리해야 한다'고 하니, '내 차의 상태는 운전가능(Drivable)이라고 알고 있다'고 한다. 내가 화가 나서 '운전이야 가능한 상태지만 소음이 너무 심해 운전하면 스트레스를 받는데 어떻게 그런 상태로 운전하고 다니느냐? 이제 변호사와 상의해야겠다.'라고 약간 겁을 줄려고 했더니, 당장 '몸이 어디 아픈 곳 있느냐?' 라고 묻는다. '현재로서는 괜찮다.'라고 약간의 여지를 남기는 대답을 한다. 잘되지도 않는 영어로 이런 지루한 대화는 하는 것 자체가 속만 답답해질 뿐이다. 결국 State Farm으로부터 보험 처리 받는 것은 시간이 많이 걸릴 것 같아 내 보험회사로부터 보험 처리 받는 것이 나을 것 같아 전화를 끊었다.

State Farm에 최초 사고 신고 시 '증인이 있느냐'고 묻길래 동승했던 선배의 사무실 전화번호를 알려주었는데, 점심시간 즈음에는 State Farm에서 그 선배에게 전화를 걸어 사고 상황을 물어왔다고 했다.

오후에 천하보험에 전화를 걸어 'State Farm에서 시간이 너무 많이 걸릴 것 같아 Armco를 통해 보험 처리를 하고 싶다'고 했더니, 잠시 후에 클레임 번호와 담당자(Lisa), 그리고 담당자의 전화번호를 알려주었다. '그런데 내 보험서류를 보면 Allied Insurance라고 되어 있고, 보험카드에는 Armco Insurance라고 되어 있는데, 뭐가 맞냐?'라고 물으니, 'Allied, Nationwide, Armco가 다 같은 회사'라고 했다.

화요일, 천하보험에 다시 전화를 걸어 '차 수리를 맡겨도 되겠느냐'고 물었더니, '맡겨도 되는데 본인부담(Deductible) $500은 내가 부담해야 하며, 나중에 보험사에서 상대방 보험사에 청구하여 변제(Reimburse) 받을 수 있다'고 한다. '렌트카 비용은 어떻게 되느냐'고 물으니, '차 수리를 시작하는 날부터 차 수리가 종료되는 날까지 하루에 $30 정도 지원해준다'고 한다. '내 기억에는 하루에 $50 이상 하는 것 같은데 $30로 되느냐' 했더니, '그 정도면 된다' 하면서 '그 비용도 내가 먼저 부담하고 영수증을 보내주면 변제 받을 수 있다'고 했다.

수요일 오전, 더 이상 소음 심한 차를 타고 다닐 수가 없어 바디 샵에 수리를 맡기기로 하고, 렌터카 회사(Enterprise는 Jim's Auto Body에서 길 건너 바로 위치해 있다)로 먼저 갔다. 차를 빌리려는 사유를 대강 설명하고, 직원(Larry)과 함께 몇몇 차종을 둘러봤다. '어차피 보험 처리를 할 건데 이번 기회에 고급 차 한번 타볼까?' 하는 생각이 들었지만, 이내 '만일 보험 처리가 안 되면 어쩌나' 하는 걱정이 앞서서, 렌트비가 비싼 밴즈(Benz)같은 걸 포기하고 닛산(Nissan Altima)를 골랐다. 보험사가 Armco라고 하니 옆의 직원과 몇 마디 주고받더니 '하루에 $37'이라 한다. '보험사에서 $30 정도라고 하던데 어찌된 거냐?'고 하니, '보험사마다 약정된 금액이 다르다'고 한다. 천하보험에서 말한 얘기가 생각나 Armco가 Nationwide와 같은 회사라고 하니, 'Nationwide라면 하루에 $30.50'이라고 한다. 하루에 $7.5 정도 부담하는 보험을 포함시켜서 렌트 계약서를 작성하고 차를 받았다. 마지막으로 고객 만족도 점수를 매겨 달라고 하길래 '10점 만점에 10점'이라고 얘기해주니 좋아했다. 그 길로 바로 바디 샵으로 가서 '차 수리를 맡기겠다'고 하니 '차는 두고 갈 수 있으나, 수리는 보험회사에서 승인을 해줘야 시작할 수 있다'고 했다. 나는 이미 보험사와 얘기가 다 끝난 상황이라 생각했기 때문에 바로 승인될 것으로 생각하고, 내 차를 맡겨 두고 렌터카를 몰고 사무실로 돌아왔다. 오랜만에 소음 없는 차를 타니 정신이 맑아지는 것 같았다. 천하보험에 전화하여 '차를 빌렸다'고 하니, '내 보험회사에서 이런 경우 렌트카에 대한 보험은 종합보험(Full coverage: 차 사고 시, 대인, 대물, 자가차량, 자기 신체에 대한 배상이 다 포함됨)이 되기 때문에 렌트카에 대한 별도의 보험은 들 필요가 없다'고 말해 주었다. 나는 다시 Enterprise 로 가서 하루에 $7.5 추가 부담하는 것을 없는 걸로 계약서를 수정했다.

오후에, 바디 샵으로 전화해서 '보험사로부터 승인이 났느냐?'라고 물으니, 아직 연락을 못 받았다고 한다. 즉시 천하보험에 전화를 하여 '이미 내 차를 수리 맡기고, 렌트카도 빌렸는데 아직 왜 승인을 해주지 않느냐?'고 하니, '상대방 보험사가 아직 보험 가입자와 연락이 되지 않고 있어, 상대방 보험사로부터 보험 커버가 어디까지 되는지 확인을 할 수 없고, 또 하나는 수리 승인을 하기 전에 내 차의 상태를 확인해야 하므로 승인이 지연되고 있다'고 한다. '상대방 보험사가 지연되기 때문에 내가 우리 보험사가 처리하도록 했는데 무슨 뚱딴지같은 소리를 또 하느냐?'고 짜증을 냈더니, '확인해보고 난 뒤에 다시 전화해 주겠다'고 한다. 잠시 후 다시 전화가 왔는데, '상대방 보험사와는 관계가 없고, 자기네 회사의 사고 차량 확인하는 직원이 바빠서 내 차를 볼

시간이 나지 않아 그러니, 1~2일의 시간이 걸리겠다'고 한다. '그러면 내가 이미 빌린 차는 반납해야 되는 것 아니냐?'고 했더니, '반납하는 게 좋겠다'고 한다. 참 어처구니가 없었지만 어쩌랴! 다시 Enterprise로 갔다. 사정을 설명하고 차를 반납하겠다고 했더니 흔쾌히 'OK'라고 한다. '웬 일로 이렇게 친절한가?' 하는 생각도 잠시, '하루분 렌트 비용을 내라'고 한다. '뭐? 하루분 렌트비를 내라고?' 도저히 납득할 수 없었다. 내 주장은 '차를 빌리고 난 후 Enterprise 사무실과 내 사무실을 두어 번 왕복한 것밖에 없는데 하루분을 내야 하는 것은 말이 안 되지 않느냐?'고 하니, 그 직원(Larry)은 '오전부터 오후까지 내가 차를 가져갔고, 자기들은 나 때문에 그 차를 다른 사람에게 대여할 기회를 놓쳤다'고 했다. '저기에 아직 저렇게 많은 차가 대기하고 있는데 이 차를 렌트할 기회를 놓쳤다는 것도 말이 안 된다'고 다시 이의를 제기하자, 그러면 '$10을 깎아주겠다'고 했다. 어쩔 수 없이 동의하고($30.50-$10)+tax 해서 $22을 주기로 했다. Larry는 마지막으로 '고객만족도 점수를 10점 만점에 몇 점 주겠느냐'고 물었다. 내가 '8~9점'이라고 하니, '왜 10점을 못 주느냐?'고 했다. '왜냐하면 렌트비를 내야 했으니까 그렇지.' Enterprise 서류를 다 꾸미고 서명을 하려고 하는데, 보험회사에서 전화가 왔다. 'Armco 보험사의 사고 차량 확인 담당자인데, 오늘 저녁에 내가 사는 도시로 올 계획인데 내 차를 보고 싶다'고 했다. '좋다. 그러면 언제 어디서 만날까?' 물으니, '전화하겠다'고 한다. 가만히 생각해보니, 오늘 저녁에 차량 확인을 하고 내일 아침까지 수리 승인을 해준다면 굳이 내가 렌터카를 반납할 필요가 없을 것 같았다. Larry에게는 '미안하지만 1일분 렌트비 정산 서류를 폐기해달라'고 부탁하고, 렌트카를 도로 가지고 오려고 했으나, 보험사 직원에게 내 차를 보여주기 위해서는 어차피 내 차를 몰고 가야 하기 때문에, 렌트카는 그대로 Enterprise에 주차해둘 수밖에 없었다. 바디 샵에 내 차를 가지러 가니, Mark가 막 전화를 끊으면서, '방금 보험회사의 Rick에게 전화를 받았는데, '내 차의 상태를 사진을 찍어 보내주면 차를 직접 보지 않아도 되니, 바로 수리를 시작해도 된다고 하더라'고 하는 게 아닌가? 아마 내가 Enterprise에서 길 건너 바디 샵까지 걸어오는 동안 Rick이라는 친구가 생각을 바꾼 것인가 보다. Mark는 나와 함께 뒤 범퍼와 머플러를 포함해 내 차의 사진을 몇 장 찍었다. 그리고 나서 내가 'Mark, 오늘부터 수리를 시작하면 나는 렌트카를 반납할 필요가 없다'고 하니, Mark라는 이 친구 왈 '부품이 다 준비된 상태라면 3일이 걸리지만, 지금 필요 부품을 주문하면 다음 주 월요일쯤에 부품이 도착한다. 따라서 차량 수리는 월요일부터 가능하다. 그때까지 네 차를 여기 두든지 가져가든지는 니 마음대로 해라.'라고 하는 게 아닌가? 아~ 이게 미국이다. 한숨이 나왔지만, 차량 수리 승인이 날 때까지는 부품 주문을 하지 않는 것은 그들 입장에서는 당연하겠지. '좋다, 그러면 다음 주 월요일에 차를 가져오겠다. 부품 준비해둬라.'라고 하고는 다시 Enterprise로 갔다. 한참을 기다려 Larry를 만난 나는 '아무래도 렌트카를 반납해야겠다.'라고 했더니, 다시 하루분 정산 서류를 작성했다. 그리고는 내게 '얼마를 받으면 만족하겠느냐?'고 물었다. 나는 '한 푼도 안 내는 것이 맞다'고 하고 싶었지만, 'It's up to you.'라고만 했다. 그가 다시 물었고, 내가 여전히 '니가 정하라'고 하니, 결국 그가 'Half'($15)를 제시했다. '좋다. 사실 나도 이번 기회에 많은 걸 배웠고, $15은 수업료라 생각하겠다.' 정산서류에 서명 후, 그가 웃으면서 고객만족도 점수를 물었을 때, 나도 역시 웃으면서 10점을 주었다.

사고 발생 후 만 일주일이 지난 목요일 오후, 천하보험에서 전화가 왔다. '상대방 보험사에서 보험가입자와 연락이 안 되고 있다. 따라서 우리 보험에서 처리하고 나중에 상대방 보험회사로부터 변제 받을 경우는 렌터카 비용은 받지 못할 수도 있다'는 내용을 다시 상기(Remind)시켜 주었다. '아무 잘못 없는 내가 렌터카 비용을 부담하는 것은 말이 안 된다. 꼭 받으려면 어떻게 해야 하느냐?'고 물으니, '소액청구법원(Small Claim Court)에 재판을 청구해야 한다'고 한다. '그렇게 소송(Sue)을 할 경우, 렌터카 비용 외에 나의 시간, 노력, 정신적 피해보상까지 다 받아낼 수 있냐?'고 하니, '변호사를 선임해서 정식 재판을 진행해봐야 할 것 같다.'라고 한다. 정말 어처구니가 없다. 이 담당자가 무슨 죄가 있으랴? 미국이 워낙 변호사 천국이다 보니, '만일의 경우를 대비해서 자기로서는 고객에게 최대한 알려줄 것을 알려주는 소임을 다하기 위해 나에게 이런 얘기를 해준다'고 이해는 하지만 아무래도 한국인 정서에는 맞지 않은 것 같다. '정말로 이런 일이 벌어진다면, 돈 안 되는 이런 일에 나서줄 변호사는 없을 테니까 변호사 없이 나 혼자 보험사를 상대로 갈 때까지 가봐야지, 경험을 위해서.'라는 생각을 해본다.

목요일 늦은 오후, 상대방 보험회사(State Farm)에서 전화가 와서, '자기 보험회사 또는 내 보험회사 중, 어느 보험사가 처리하기를 원하는지' 물었다. 'State Farm에서 처리가 지연되니까 내가 내 보험회사로 가는 것이지, State Farm에서 직접 처리해준다면 내가 왜 귀찮게 내 보험회사랑 이러쿵저러쿵 얘기하느냐?'라고 반문했더니, 자기들이 직접 처리해주겠다고 한다. 그리고는 차 수리에 대해서 '어디에 차를 맡길 것이냐? 바디 샵을 내가 선정했느냐? 내가 선정한 바디 샵의 수리

비용이 자기들 지정 정비 업체보다 비싸면 그 차액만큼은 내가 부담해야 된다 등등' 내가 말할 틈도 주지 않고 자기 할 말만 마치 글을 보고 문장을 읽어 가듯이 따발총처럼 얘기한다. 겨우 말을 중단시키고, '내가 수리 비용을 견적 받은 Jim's Auto Body는 너희가 지정하는 정비 업체이고, 며칠 전에 너희 직원이 이미 다 확인한 사항이다.'라고 얘기하니까, 그제서야 'OK, 그러면 차 수리에 대해서는 됐고 이번에는 렌트카에 대해서 얘기하겠다'고 하면서 다시 장황한 설명을 하려고 했다. 내가 그 직원의 말을 중단시키고, '렌트카 회사인 Enterprise도 당신네 회사 지정 렌트카 회사이고, 너희 직원이 이미 다 확인한 사항이다.'라고 설명해주고, 그녀의 이름과 전화번호를 받아두었다. 통화 중에 다른 전화가 걸려 왔는데 보류(Hold)해두었다가 전화를 걸어보니 Enterprise에서 걸려온 전화였다. 렌트카 예약이 되어 있다고 언제 가져갈(Pick up) 것인지 물어왔다. 아마 State Farm에서 Enterprise에 전화를 걸어 자기들 비용으로 나에게 차를 한 대 렌트해줘야 하는데 미리 예약을 해놓은 것 같았다. '이럴 때는 또 신속하게 잘 움직이는구나. 미국의 시스템이 한번 작동하기만 하면 시간이 걸리긴 하지만 되기는 되는구나. 고객에 대한 서비스 업종의 태도가 조금씩 달라지고 있구나.'라는 생각이 들었다.

다음 주 월요일 아침, 정비 공장에 차를 맡기면서 State Farm Claim Number를 알려주었다. 바로 길 건너 Enterprise로 렌트카를 가지러 가니, 리셉션 데스크(Reception Desk)에 내가 예약 손님이라고 'Welcome, YoungGaing Sohn'이라고 비록 이름은 틀렸지만 최대한 성의를 보이는 조치를 해두었다. 개인적으로 차를 빌릴 때는 여러 가지 비싼 차종을 보여주면서 선택하라고 하고, 렌트 조건도 복잡하게 물어보더니, 보험사가 미리 예약해놓은 상태이니 가장 소형차 하나를 미리 준비시켜놓고 서류 행정도 단 5분 만에 끝났다. 고객만족도를 10점 주었다.

차를 수리하는 데는 5일이 걸렸고 비용은 $940, 5일간 렌트비는 $118이 나왔다.

Gym Membership(헬스클럽 회원권)

국가별 비만인구 통계를 보면, 미국인의 70%가 비만에 해당되어 미국은 세계 1위의 비만 국가이다. 그러나 동네 헬스클럽(Gym)에 가보면 매일 규칙적으로 열심히 운동하는 사람들도 많다. 나도 아파트에 살 때는, 집에서 가까운 인쉐이프(In-Shape) 헬스클럽에 회원등록을 하여, 적당한 운동(영어로는 workout이라 한다)과 가벼운 수영을 하곤 했다. 주택으로 이사한 후 2009년 이후에는, 집 앞에 있는 다이아몬드 힐스(Diamond Hills) 스포츠클럽으로 옮겨 운동을 계속했는데, 몇 년이 지나면서 점점 게을러져서 Workout은 거의 하지 않고 매일 샤워만 했다. 아내와 함께 2인 기준으로 월 회비가 $99이나 되어서 늘 '비싼 샤워하고 다닌다'는 생각을 하고 있었는데, 2013년 8월 어느 날, 4번 고속도로를 운전해 가다가 보니 피츠버그(Pittsburg)에 있는 In-Shape에 '월(Month to Month) $10'라는 광고가 보였다. 그날 오후 브랜트우드(Brentwood)에 있는 In-Shape에 가서 물어보니, '그것은 피츠버그에서만 한시적으로 생긴 프로그램인데 1인 기준'이라 했다. 아내와 함께 가족회원이 필요한 나에게는 해당되지 않아, 일반적인 In-Shape의 월회비를 물어보니 '개인적으로는 $79이지만 내가 다니는 회사 직원에게는 할인이 되어서 $59'라 했다. Diamond Hills에 비해 월 $40씩 절감이 가능하므로 망설이지 않고 회원가입을 신청했다. 계약서에 서명하려는데 '수건 사용료 $6을 별도로 내라'고 했다. 조금 괘씸한 생각이 들었지만 $65이라도 월 $34씩 절감이 가능하므로 그렇게 했다.

　이틀 후(8월 23일), 회사로 출근하여 24 Hours Fitness Center를 이용하는 선배 한 분에게 물어보니 24 Hours는 1년 회비가 $90이라 했다. 그날 오후, Diamond Hills로 가서 '회원을 탈퇴하고 싶다'고 했더니, 직원이 '9월 회비는 내고 10월부터는 회비를 내지 않아도 된다.'라고 했다. 나는 지금까지 회비를 선불로 내고(은행자동이체) 운동하는 것으로 알고 있었기 때문에 '9월이 되려면 아직 일주일이나 남았는데, 왜 9월 회비를 내야 하나?'고 하니, '서류 처리하는 데 시간이 오래 걸린다. 그리고 9월 초에 떨어지는 회비는 8월달 운동한 것에 대한 회비'라고 했다. '그러면, 멤버카드는 언제 반납해야 하느냐?'고 물으니, '멤버카드는 반납할 필요 없으며, 9월 말까지 사용 가능하다'고 했다. 나는 전후 사정을 확실히 알아보지도 않고 In-Shape와 덜컥 계약부터 한 내 성급한 행동에 짜증이 났지만, '결국 내 급한 성질 때문에 $65 손해 보게 되었구나.' 생각하면서 집으로 왔다. 내 얘기를 들은 아내가 '8월달 운동한 것에 대해 9월 초에 돈을 뗀다는 것은 후불이라는 얘긴 데, 9월 말까지 이용할 수 있다는 것은 말이 맞지 않는다.'라고 했다. '생각해보니 그렇네! 이럴 땐 아내가 훨씬 똑똑하단 말이야!' 나는 곧바로 Diamond Hills로 되돌아가 담당 직원을 만났다. 평소 내 성질대로라면 버럭 화부터 내고 싸우려 들었을 텐데 최대한 웃으며 자제했다. '내가 머리가 나빠 그런 것 같은데, 아직 당신 말이 이해가 안 된다. 나는 선불제(Pre-payment)라 생각했는데, 당신은 후불제(Post-payment)라고 했다. 따라서 8월달 운동한 것에 대해 9월 초에 회비가 떨어지고….' 이렇게 얘기하는데, 이 직원은 Pre-payment, Post-payment라는 말을 이해하지 못했다. 선불, 후불을 Pre-payment, Post-payment라고 했는데 못 알아들으니 순간 일상생활 용어에 대한 내 영어 실력이 너무 형편없는데 당황했다. 종이에다 달력을 그려가면서 선불, 후불을 설명하고 나서, '카드는 9월 말까지 사용 가능하다고 하면서 10월부터는 돈이 떨어지지 않는다고 하는 것은 모순 아닌가?'라고 했더니, 그 직원 왈, '내가 언제 10월달에 요금이 떨어지지 않는다고 했느냐? 당신은 10월달도 돈을 내야 한다.'라고 했다. 쌍욕이 입 밖으로 나오려 했으나 또 꾹 참았다. '니가 아까 내가 계약 해지 신청할 때, 9월 회비는 내고 10월부터는 회비를 내지 않아도 된다고 했지 않았느냐?' 하니, '아니다. 당신은 9월, 10월 두 달치 회비를 내야 된다.'라고 한다. 정말 어처구니가 없어진 나는 '당신 매니저를 불러 달라'고 했다. 담당 매니저에게 상황을 설명하니, 그 매니저는 '8월 16일부터 9월 15일 사이에 탈퇴 신청을 하는 경우는, 9월 초에 회비를 납부해야 하고, 모든 계약은 9월 말로 종료된다. 따라서 10월 회비는 납부하지 않아도 된다.'라고 정리를 해주었다. 그 매니저의 말을 다르게 해석하면 '회비는 선불제이며, 회원 탈퇴를 위한 서류 처리 기간은 15일~30일 정도 걸린다'는 뜻이었다. 나는 매니저에게 '그 직원 교육을 다시 좀 시키시오.'라고 했고, 매니저는 그러겠다고 약속했다.

아직 $65 추가 비용이 해결되지 않았기 때문에, 이번에는 바로 In-Shape로 갔다. 계약을 담당했던 직원을 찾아보니 이름이 Anjelica였다. 나는 일부러 그녀를 Angel이라고 부르면서 상황을 설명하고, '회원가입을 1개월 유보해줄 수 있느냐?'고 물으니, 사무실로 돌아갔다가 잠시 후에 나타나서는 '가능하다'고 했다. 간단한 서류를 작성하고 서명을 했다.

멍청하고 융통성 없는 미국인들, 생활용어 몰라 고생하는 한국인들… 착잡한 심정이다.

사전을 찾아보니 선불은 Advance payment, 후불은 Deferred payment라고 되어 있다.

병원 1

미국의 의료 체계는 상상을 불허할 정도로 복잡하고, 비싸고, 시간 오래 걸리고, 불친절하다. 한국과 비교해서 10배 불편하고, 20배 비싸고, 30배 시간이 많이 걸린다고 생각하면 틀림없다. 2002년 아내가 맹장 수술을 했는데, 병원비가 약 $20,000이 나왔다. 한국이라면 100만 원이면 충분할 텐데 미국에선 2천만 원 이상 나온 것이다. 2004년도에는 동료의 부인이 출산을 한 달가량 앞두고 병원에 진료를 갔었는데, 의사가 '유산 위험성이 있으니 입원하라'고 해서 한 달 정도 입원 후 출산했는데 병원비가 약 $500,000이 나왔다. 우리는 그 애를 Half Million Baby라 불렀다. 또 한 동료의 장모님이 한국에서 딸네집에 왔다가 갑자기 심한 복통이 와서 병원엘 갔다가 담석 판정을 받아 담낭 제거 수술을 받게 되었는데 수술비가 $100,000이 나왔다. 우여곡절 끝에 $10,000을 지불하고 해결이 되긴 했지만, 이건 말 그대로 노상강 도나 다름없질 않는가? 2013년도에 내가 경험한 일련의 진료 과정을 예로 들어 미국의 병원, 의사 및 진료비를 한번 진단해보자.

아내는 평소에도 건강한 몸은 아니었다. 쉽게 피로하고, 유전적 고 혈압이 있어 혈압약을 꾸준히 복용해오고 있다. 특히 2년 전 자궁 적 출 수술을 받은 뒤부터는 호르몬 이상에 의한 갱년기 증상이 심했다. 잘 체하고, 소화를 잘 못 시키며, 목과 등 근육이 딱딱하게 굳고, 신 경이 예민해지며, 스트레스를 너무 잘 받기 때문에, 평소에도 콩코드 (Concord)에 있는 한의사(Dr. Woo: 닥터 우)에 꾸준히 침을 맞으러 다녔고, 프레전트 힐(Pleasant Hill)에 있는 카이로프락터(Chiropractor: 척추지압사를 의미 하는데 미국에서는 매우 많은 직업이며 그냥 '카이로프락터'라고 부른다) 닥터 안(Dr. An)에 게 주기적으로 마사지를 받으러 다녔다.

아내의 자궁 적출 수술을 집도한 산부인과 의사 닥터 김((Dr. Kim)이, 2013년 초에, '호르몬제를 먹어보라'고 권하여 약 한 달간 복용하였었 는데, 2월 중순경에 혈압이 높아지고 소화가 잘 안 되는 현상이 있어, 산부인과 의사에 전화해서 호르몬제 때문이 아닌지 물어보니 '약을 끊 어보라'고 했다. 약을 끊고도 소화가 잘 되지 않고, 위가 답답하며, 야 간에 혈압이 200 가까이 올라가서 주무르고, 열 손가락을 바늘로 따고 하는 일이 잦아졌다. 3월 5일에는 팔에 힘이 너무 없어 닥터 우에게 가서 침을 맞고, 닥터 안에게 마사지를 받으러 갔다. 왼쪽 팔이 저리고

무감각해지는 증상을 본 닥터 안이 '이것은 일반적인 목디스크에서 오는 증상과는 다르다. 카이로프랙터에서 치료할 상황이 아닌 것 같다. 특히 심장에 가까운 왼쪽 팔의 증상은 알 수가 없다. 갱년기 이후 여성의 건강은 여러 가지 원인으로 나타날 수 있다. 큰 병원으로 가 심장을 검사해보는 것이 좋겠다.'라고 했다. 걱정이 된 아내가 퇴근 시간쯤에 내게 연락을 했고, 나는 곧바로 아내와 함께 집 근처에 있는 셔터델타(Shutter Delter) 병원 응급실로 갔다. 아내의 증세를 설명하고 '심장에 혹시 이상이 있는지 걱정된다'고 했더니, '심장 검사를 하려면 8시간마다 피를 뽑아야 하므로 하루 동안 입원하라'고 했다. 다양한 문진(問診)과 복잡한 서류 작성부터 시작해서 다음 날 오후 늦게까지 만 하루 동안 아무 것도 먹지 못하고, 잠도 자지 못한 상황에서 8시간마다의 피검사뿐만 아니라, 머리 시티(CT) 촬영, 심장 반응 검사 등 힘든 24시간을 병원에서 보냈다. 결론은 '심장에는 아무런 이상이 없다.'였다. 처방 내려준 고혈압 약은 지금까지 먹고 있는 혈압약이랑 큰 차이가 없었고 나머지는 평범한 소화제였다.

아내는 가족주치의(Family Doctor)인 닥터 류(Dr. Ryoo)에게 분기에 한번씩 간(肝) 기능 검사와 피검사를 받아왔다. 심장 검사를 받은 며칠 후인 3월 8일, 닥터 류에게 가서 심장 검사를 받은 경위를 설명하고, '위(胃)와 장(腸)이 굳어서 막혀 있는 것 같고, 소화가 안 된다. 자다가 심장이 펄떡거려 잠을 깨면 혈압이 엄청 올라가 있으며, 최근에 체중도 많이 빠졌다.'라고 하니, 닥터 류는 '피 검사 결과 큰 이상이 없다. 아마 신경성인 것 같다. 신경안정제를 처방해줄 테니 밤에 잠이 안 올 때 먹으면 도움이 될 거'라고 했다.

아내는 B형 간염을 앓은 적이 있어서, 로스앤젤레스(L.A.)에 사는 딸에게 부탁하여 간(肝)에 좋다는 민들레와 엉겅퀴를 샀다. 또 헛개나무와 오리나무엑기스가 좋다는 얘길 듣고 황금몰, 누림몰 같은 데서 조제한다는 골든벨에 대한 정보도 모았다. 3월 말까지 음식을 소화가 잘 되는 죽 위주로 먹으며, 일주일에 3일씩 닥터 우에게 침을 맞으러 다녔다. 때로 잠이 안 올 때는 닥터 류가 처방해준 안정제를 먹으면 잠자는 데는 도움이 되었다. 그러나 날이 갈수록 체중은 빠지고, 속이 아픈 상태는 전혀 나아지지 않고 오히려 더 심해져갔다. 더구나 셔터델타병원에서 하루 동안 입원해서 심장 검사를 받은 것에 대해 청구서(Bill)가 날아왔는데, 총 비용은 $29,000이고, 이 중 $7,000은 보험회사에서 받았고, 얼마는 할인이 되고 해서 약 $19,000은 환자 부담이니 '언제까지 돈을 내라'는 것이었다. 물론 내가 가입하고 있는 의료보험 규정상 그 돈을 내가 다 부담할 필요는 없었지만, 원래 신경이 날카로운 아내는 그러한 편지가 올 때마다 더욱 스트레스를 받아 소화 안 되는 증상은 점점 더 심해져갔다.

4월 1일, 다시 닥터 류에게 가서, '체중도 자꾸 빠지고 있고, 증상이 호전되지 않는다. 그동안 한국에 갈 때 위(胃) 내시경은 몇 번 받아봤는데 대장 내시경은 받은 적이 없다. 혹시 대장에 이상 있는 것 아닐까?'라고 했더니, 대장 전문의 한 사람(Dr. Zai)을 소개해주었다. '혹시 신장(腎腸)에 이상이 있는 것 아닐까?' 했더니, '신장이 문제가 있으면 소변을 정상적으로 못 눈다. 지금 소변 보는 데 문제가 없질 않느냐? 단정적인 것이 아니라는 전제하에 Pheochromocytoma라는 것이 있는데 이것이 약간 의심된다'고 하였다. 나는 '보다시피 아내는 힘이 없이 정상적인 생활이 안 된다. 실제로 증상이 이렇게 심한데 신경성으로만 치부하고 있을 수 없다. 위장인지, 간장인지, 신장인지, 췌장인지, 대장인지도대체 원인이 뭔지 알아야 할 것 아니냐?'고 했더니, 닥터 류는 '복부 CT를 하면 모든 장기를 다 살펴볼 수 있으니, 복부 CT 촬영과 24시간 소변 검사, 그리고 피 검사를 해보자'고 하면서 메모(Slip)를 작성해주었다. 미국의 병원 시스템은 한국과 달라, 복부 CT와 피 검사, 소변 검사를 하자고 해서 그 자리에서 바로 되는 것은 아니다. 닥터 류 사무실 바로 옆에 붙어 있는 진단 전문회사(Diagnosis)에 가서 24 Hrs. 소변 검사(Urine Test)와 피 검사(Blood Test)를 하러 왔다고 하니, 24시간 동안 소변을 받을 수 있는 통 하나를 주었다. 피검사는 피를 뽑기 전날 저녁부터 굶어야 하기 때문에 4월 2일 저녁부터 굶고 4월 3일에 피를 뽑기로 하였다. 복부 CT 촬영을 위해 AMI(Antioch Medical Imaging)에 가서 날짜를 예약하니 4월 5일로 잡혔다. Dr. Zai 사무실에 전화를 해서 대장 내시경(Colonoscope) 검사를 예약했다가, '복부 CT를 하면 대장도 다 볼 수 있다'는 닥터 류의 말이 생각나 예약을 취소했다. 또 혹시나 해서 닥터 류가 말한 Pheochromocytoma를 인터넷에서 찾아보니, 크롬친화성세포종 또는 갈색세포종이라는 병으로 부신수질에 발생하는 종양인데, 고혈압이라든지, 체중 감소 등 몇 가지 증상은 아내의 증상과 비슷해서, 그 발병 원인과 치료 방법에 대해 많은 자료를 찾아봤다. 4월 4일 하루 종일 소변을 수집해서 4월 5일 아침 일찍 Diagnosis 검사실로 갖다 주고, AMI로 CT 촬영을 하러 갔다. '15분 정도면 끝난다'는 촬영기사의 말과는 달리 1시간가량 걸렸다. 왜냐하면 촬영 전에 간호사가 무슨 주사를 놓는데 아내의 핏줄이 가늘어 주사바늘을 제대로 꽂지 못해 몇 번이나 반복해야만 했기 때문이었다. 결국에는 주사액을 다 주입시키지 못한 상태로 촬영을 하게 되었는데, 촬영 결과가 제대로 나올지 의심이 되었다. 우여곡절 끝에 CT 촬영을 끝내고 '결과를 언제쯤 알 수 있느냐?'라고 물으니 '닥터 류에게 알려주겠다'고 했다.

CT 촬영, 24 Hrs. Urine Test 및 Blood Test가 다 끝나고 일주일이나 지났는데도 닥터 류로부터는 아무런 연락이 없었다. 아는 선배에게 '왜 아무런 연락이 없을까?'라고 하소연했더니, '아무 이상이 없으니 연락을 안 하겠지, 큰 이상이 있다면 연락했을 것 아닌가?'라고 했다. '명색이 가족 주치의인데 이상이 있든 없든 연락해주는 것이 맞지 않을까?'라는 생각이 들었다. 아내는 그동안 닥터 우에게 계속 침을 맞으러 다녔지만 증상은 오히려 점점 악화되어만 갔다. 답답한 내가 먼저 연락할 수밖에 없어 닥터 류 병원으로 전화하니 접수 직원이 받아서 '지금은 전화를 받을 수 없으니 전화번호를 남겨주면 전화하게 하겠다'고 한다. 4월 15일 낮에, 아내로부터 전화가 왔다. '닥터 류로부터 연락이 왔는데, C형 간염(Hepatitis C) 바이러스 수치가 높다.'라고 했다. C형 간염은 수혈(輸血)에 의해서 발생될 수 있다고 들었는데, 아내는 첫 애를 낳을 때 수혈받은 적이 있었다. 그것이 벌써 30년 전인데 이제 와서 발병할 수 있는 것인가? 인터넷으로 C형 간염에 대한 원인과 증상, C형 간염에 좋은 음식, C형 간염 치료법, 기타 C형 간염을 앓고 있는 사람들의 블로그를 다 뒤져보았다. 희망적인 것은 '한국인 체질은 최근 개발된 인터페론 주사를 맞으면서 항바이러스 약을 먹으면, 시간과 비용이 만만찮지만 거의 완치가 된다'는 것이었다. 아내에게도 'C형 간염이 원인이라면 치료가 가능하니 걱정하지 말라'고 안심을 시켰다.

며칠 후 닥터 류에게 상담하러 갔더니, '누가 C형 간염이라고 했나요? 혈액 속에 C형 간염 바이러스 수치가 높다고 했지, C형 간염이라고 말한 적이 없다'는 것이 아닌가? 참 어처구니가 없었다. 'C형 간염인지 아닌지를 알아보기 위해 간(肝) 조직 검사를 해보면 안 되겠느냐?'라고 했더니, '피 속에 C형 간염 바이러스 수치가 높지만, 간(肝) 기능 검사 결과를 보면 간(肝)은 큰 문제가 없다. 간(肝) 조직 검사라는 것은 간(肝)에 문제가 있다는 확신이 있을 때 수술을 하기 위한 전 단계로 하는 것이지 멀쩡한 간(肝)의 조직을 떼내다가 오염이라도 되면 어쩔 거냐?'라며 내게 오히려 핀잔을 주었다. '그러면 뭔가? 원인을 알아야 치료를 할 것 아닌가?' 닥터 류는 '모든 검사 결과 아무런 이상이 없으니 신경성이다. 마음 편히 먹고 음식을 잘 챙겨 먹으라. 남편도 아내에게 너무 스트레스를 주지 마라.'라고 했다. '닥터 류에게서는 더 이상 도움받을 게 없다'는 생각이 들었다.

이 무렵 로스앤젤레스에서 방송하는 '라디오 코리아(Radio Korea)'라는 프로그램에 한의사 한 분이 '위무력증'에 관한 대담을 하는 걸 들었다. '온갖 검사를 다 해봐도 아무런 이상이 없다고 하는데, 소화가 안 되고 먹지를 못한다. 살은 계속 빠진다. 누워서 배꼽 주위를 만져보면 맥박이 뛰는 걸 느낀다. 배꼽 주위가 딱딱하다. 명치 끝에서 방광까지 딱딱한 막대기 같은 것이 만져진다. 이것은 만성 위무력증이다. 발바닥에 침을 놓아 치료한다.'라는 내용인데, 상당 부분이 아내의 증상과 비슷했다. '여기서 좀 더 방법을 찾아보다가 언젠가는 로스앤젤레스로 한번 가서 상담을 받아봐야겠다.'라는 생각이 들었다.

5월 초까지 닥터 우에게 계속 침을 맞으러 다녔으나, 증상이 호전되지 않아 닥터 우에게는 그만 다니기로 하고, 산호세(San Jose)에 있는 감초한의원(원장 김용훈)으로 가서 상담을 받았다. 김 원장은 '갱년기로 인해 호르몬 이상이 생겼고, 기(氣)가 허(虛)해서 나타나는 현상이라며 기(氣)를 보(補)하는 약을 먹어야 한다. 우선 약이 몸에 맞는지 안 맞는지 알아보자'면서 한약 4봉지를 지어주었다. 아내는 김 원장에 대해 '환자의 말을 경청해주고, 진솔하고 또 자신을 과시하려 하지 않는 자세에서 믿음이 간다.'라고 했다.

5월 7일에는 샌프란시스코에 있는 김효중 의료원에 예약하여 찾아갔다. 지난 2~3개월 동안의 경과와 증세를 설명하니, '피 검사, 소변 검사, 그리고 위(胃) 내시경 검사를 해보자'고 했다. 소변과 채혈을 하고, 위(胃) 내시경 검사는 일주일 후로 예약이 되었다.

5월 8일에는 감초한의원에 가서 주사를 맞고 한약을 한 재 지어왔으며, 주 2회씩 한의원에 다니기로 하였다.

5월 15일, 김효중 의료원에서 위(胃) 내시경 검사를 했는데 '식도에서 위(胃)로 들어가는 입구가 약간 좁아져 있는 것 외에는 위(胃)가 깨끗하고 아무런 이상이 없다'고 했다. 또 헬리코박터균 검사 결과, 위(胃) 내에 헬리코박터균이 검출되어서 약 처방전을 받았다. 대장 내시경에 대해 얘기를 하다가, 내가 '나도 대장 내시경을 한번 받고 싶은데, 얼마 전에 미국 친구 한 사람이 대장 내시경을 받다가 잘못되어 죽었다. 그러한 의료사고의 확률이 극히 낮겠지만 무서워서 못 하겠다.'라고 했더니, '요즘은 대장 내시경(colonoscope)이 아닌 대장 촬영(colon scan) 기법이 많이 이용된다. 뱃속에 공기를 불어넣고 사진을 찍는 기술인데, 내시경과는 달리 촬영 중 시술은 불가능하지만 상태 확인만 하는 데는 내시경이나 다를 바 없다. 다만 이 방법은 의료보험 혜택이 안 된다'고 하였다. 미국에서 의료보험혜택이 안 된다면 그 비용은 나같은 봉급생활자가 감당하기에는 불가능한 경우가 워낙 많아, '방법이 없느냐?'고 물으니, '대장 촬영을 하면서 복부 CT를 한 것으로 보험 처리를 하면 가능하다'고 했다. 아내는 얼마 전에 이미 복부 CT 촬영을 한 적이 있기 때문에 또다시 복부 CT를 한다고 할 수 없어서, 나 혼자만 대장 촬영을 하기로 했다. 또 닥터 김은 매주 금요일에는 집에서 가까운 월넛 크릭(Walnut Creek)에서 진료를 하기 때문에 샌프란시스코까지 나올 필요가 없으니 편리할 것 같아, 다음 주 금요일에 대장 촬영을 하기로 예약을 했다.

아내는 주 2회 감초한의원으로 주사를 맞으러 다녔는데, 먹고 있는 한약이 소화 기능 향상에 조금 도움이 되는 것 같다고 했다.

나는 5월 24일 금요일에 휴가를 내고 월넛 크릭에 대장 촬영을 받으러 갔다. 뱃속으로 공기를 불어넣을 때는 배가 빵빵해질수록 통증이 좀 있었지만, 어릴 적에 개구리 배에다 바람을 불어넣으며 놀았던 기억이 나서 웃음이 나왔다. 촬영 중에 '컴퓨터에 문제가 생겼다'며, 촬영이 잠시 중단되었다가 다시 공기를 불어넣어야 했기 때문에 예상보다 시간이 좀 더 걸렸다. 촬영 기사에게 '결과는 언제 나오느냐?'고 물으니, '닥터에게 통보가 간다'고 했다. 지난번에 아내에게 헬리코박터균

이 있다고 했기에, 남편인 나도 의심스러워 헬리코박터균 검사를 했는데 '없다.'라는 결과가 나왔다. 함께 병원에 온 아내가 몸에 힘이 하나도 없이 너무 힘들어 하여 닥터 김의 진료를 받으려고 했더니, 다른 예약 환자가 우선이라 1시간 이상을 기다려야 했다. 닥터 김에게 '지난번 처방해준 헬리코박터균 약은 이틀쯤 먹다가 중단했다. 위(胃)의 소화 기능이 워낙 좋지 않아 약 복용도 부담이 된다. 헬리코박터균 치료는 우선 위(胃)를 좀 정상화시킨 뒤에 해도 늦지 않을 것 같다. 지금은 위장(胃腸)이 마치 파업을 하고 있는 것 같다. 몸에 기운이 하나도 없다.'라고 했더니, '혹시 담석일지도 모르겠으니 상복부 초음파 검사를 해보자'고 하였고, 소화 기능을 돕기 위한 효소 처방을 해주었다. AMI로 가서 상복부 초음파검사 예약을 하니 5월 31일로 날짜가 잡혔다. 아내는 어떤 선전물을 보고 소화에 도움이 된다는 우메켄 효소를 구입하여, 닥터 김이 처방해준 미제(美製) 효소와 함께 복용하기 시작했다.

5월 31일 상복부 초음파 검사를 하고, 6월 4일 닥터 김에게 전화해서 결과를 물어보니, '담석이 있다'고 하면서, 산 라몬(San Ramon)과 월넛 크릭(Walnut Creek)에 있는 두 의사를 소개해주었다. 월넛 크릭은 산 라몬보다 우리 집에서 거리가 가깝고, 또 란 김(Ran Kim)이라는 의사가 한국인일 것 같아 의사소통이 쉬울 거라 판단해서 월넛 크릭으로 가기로 했다. 닥터 란 김 사무실로 전화를 해서 '담석 수술을 하려고 한다'고 했더니, '처음 오는 환자의 경우 바로 수술을 할 수 있는 게 아니라 우선 진료 예약을 해야 한다.'라고 했다. '진료는 언제 가능하냐?'고 물으니, '2주 후인 6월 20일이 가장 빠른 날'이라고 했다. 한숨이 나왔지만, '좋다. 6월 20일에 진료를 받으면 수술은 언제쯤 가능하냐?'

고 물으니, '그것은 의사가 상태를 보고 난 후에, 수술이 필요하다고 판단되면 다시 수술 날짜를 잡는다'고 했다. '담석이 있다고 바로 죽는 건 아니니 한 달이야 못 기다리겠나'라는 생각이 들어 '예약을 하겠다.'라고 했더니, 'BACRS.com이라는 사이트에서 등록(Registration) 양식을 다운받아, 그 양식대로 서류를 작성해서 luz@bacrs.com으로 보내주면 환자 정보를 미리 등록할 수 있기 때문에 시간을 절약할 수 있다'고 했다. 해당 사이트를 찾아 들어가보니, BACRS라는 것은 Bay Area Colon & Rectal Surgeons의 약자(略字)이고, 양식은 환자등록(Patient Registration) 용인데, 처음 환자가 병원을 찾았을 때 질문하는 온갖 정보를 세세하게 기록하게 되어 있었다. 다음 날 그걸 다 작성해서 이메일로 보내줬다. 담석으로 인해 담낭 제거 수술을 받은 적이 있는 선배에게 상황을 설명하고 언제쯤 수술이 가능할지 물어보니 "한 달 뒤가 될지 두 달 뒤가 될 지 알 수가 없다. '미국 병원에서는 기다리다 사람 죽는다'는 말이 있다"고 했다. 정말 실감이 났다.

담석이 아내의 병의 원인이라면, 담낭 제거 수술이 위험한 수술도 아니니까 문제는 간단할 것인데, 내 생각에는 아무래도 다른 무슨 원인이 있을 것 같은 생각이 들었다. 아내의 건강은 호전될 기미가 보이지 않는데 수술을 언제 할지도 모른 채 마냥 기다리는 게 힘들었다. 6월 7일 금요일, 닥터 류에게 전화하여 상황을 설명하고, '좀 더 빨리 수술해줄 수 있는 의사가 있으면 소개 좀 해달라'고 했다. 닥터 류는 '담석이 있다고 누가 얘기하더냐?'고 물었다. '김효중 의료원에 갔다'는 얘길 했더니, '복부CT 결과 아무런 이상이 없었는데, 무슨 검사를 해서 담석이 있다는 걸 알아냈느냐?'고 따지듯이 물었다. 나는 사실 그때 초음파 검사를 했는지 X-ray 검사를 했는지 잘 알지 못했기 때문에, 'X-ray 검사인지 뭔지를 했다'고 했더니, '복부 CT가 가장 정확한 검사인데, 복부 CT에서 아무 이상이 없는 걸 X-ray가 담석을 찾았다는 것은 도저히 이해가 안 된다'고 하였다. 내가 닥터 류에게 전화한 것은 조금이라도 빨리 수술해줄 수 있는 의사가 있는지 도움을 요청하기 위한 것인데, 닥터 류는 자신이 발견하지 못한 담석을 다른 의사가 발견했다고 하니 자존심이 상했는지, 본질과는 벗어난 얘기만 늘어놓았다. 속에서는 열불이 났지만 꾹꾹 참고, '그러면 닥터 김에게 전화해서 검사 결과를 닥터 류에게 보내게 할 테니 그걸 보라'고 하고 전화를 끊었다. 닥터 김 병원으로 전화해서 닥터 류 병원 팩스번호를 알려주고 담석 검사 결과를 보내주도록 요청했다. 잠시 후 닥터 류에게 전화해서 '팩스를 받았느냐?'고 물으니, '팩스 온 게 없다'고 했다. 다시 닥터 김 병원으로 전화해서 '닥터 류 병원에서 팩스를 못 받았다고 하는 게 어떻게 된 거냐?'고 하니, '분명히 보냈다'고 했다. 다시 닥터 류에게 전화해서 '저 쪽에서는 팩스를 보냈다고 하는데, 아직 못 받았느냐?'고 하니, '아니, Mr.Sohn은 왜 내 말은 못 믿는 거냐? 저쪽에서 안 보내놓고 보냈다고 하는지는 생각 안 해 봤냐?'라고 한다. 기가 막힐 노릇이다. 또 다시 닥터 김 병원으로 전화하니, 이번에는 다른 아가씨가 전화를 받는다. 팩스 얘기를 하니 '무슨 말인지 모르겠다'고 한다. '좀 전에 나랑 통화하고 팩스 보낸 직원을 좀 바꾸라'고 했더니, '퇴근한 것 같다'고 대답한다. 나는 참고, 참고, 또 참는다. 성질 급한 내가 쌍욕을 하지 않고 이렇게 참는 것은 어떡해서든 아내의 수술을 빨리 해야 하기 때문이다. 심호흡을 한번 하고 다시 그 여직원에게 자초지종을 설명하려는데, '잠깐만 기다려봐요, 저기 담당했던 사람 바꿔

줄게요.'라고 한다. 팩스 보냈다는 그 여직원이 아직 퇴근하지 않은 모양이다. '이유가 어찌됐든 닥터 류 병원에서는 팩스를 받지 못한 것 같으니 다시 한번 팩스를 보내주길' 신신당부했다.

집에 와서 아내에게 '담석 검사를 X-ray로 했느냐?'고 물으니, 'X-ray가 아니고 초음파 검사'라고 했다.

그렇게 또 주말을 보내버리고, 6월 10일 월요일, 닥터 류에게서 전화가 왔다. '팩스를 받았는데 담석이 있네요. 어디서 검사했어요?'라고 묻는다. 'AMI에서 했다'고 하니, 'AMI이라면 내가 직접 AMI에게 초음파 검사 결과를 보내 달라고 하면 되는데.'라고 하질 않나? 한숨밖에 나오질 않는다. 닥터 류는 닥터 글릭만(Dr. Glickman)이라는 의사를 소개해주었다. Dr. Glickman 병원으로 전화해서 6월 13일로 진료 예약을 하고, 닥터 란 김과의 예약은 취소했다. 오후에 닥터 류가 전화를 해서 '내일 오후에 Dr. Glickman이 시간이 나는데, 올 수 있느냐?'고 물었다. 당연히 갈 수 있지. 하루라도 빨리 한다면 좋지. 닥터 류가 웬 일인가? Dr. Glickman의 일정을 체크해서 빨리 진료 받을 수 있도록 해주다니? 이제 Family Doctor로서의 역할을 하는 건가? 닥터 류는 '이번에 담낭 제거 수술을 하는 김에 간 조직 검사도 함께 해보는 게 좋겠다'고 하였다.

6월 11일, 닥터 류는 Dr. Glickman의 사무실이 셔터델타 병원 내에 있다고 했는데, 셔터델타 병원으로 갔더니 Dr. Glickman은 다른 곳으로 이전을 한 후였다. 이전한 곳으로 찾아가 진료를 받고, 담낭 제거 수술과 간 조직 검사를 위한 수술 날짜를 6월 20일 1:30으로 잡았다. Dr. Glickman은 '수술 시간은 오후 1:30이지만, 수술 전에 여러 가지 서류를 작성해야 하므로 11:30까지는 병원에 도착해야 된다'고 하였다. 당초에 닥터 란 김과는 6월 20일에 진료를 하기로 했었는데, 진료가 아닌 수술 날짜가 6월 20일로 잡혔으니 우여곡절 끝에 많이 앞당긴 셈이다. 6월 20일 아침, 계획보다 조금 이른 11:00에 수술하기로 한 셔터델타 병원에 도착했다. 접수를 마치고 수술실로 올라가니, 담당 간호사 한 명이 '수술이 11:30인데 왜 이렇게 늦게 왔느냐?'고 한다. 헛웃음이 나온다. '수술시간은 오후 1:30에 잡혀 있고, 도착하라는 11:30보다 더 일찍 11:00에 도착했다.'고 하면서 인쇄된 안내 서류를 보여주니, '뭐 괜찮다, 지금 빨리 하면 문제없다'고 하면서, 자기들 커뮤니케이션 잘못은 어물쩍 넘어간다. '미국 병원은 하나같이 왜 이 모양일까?'라는 생각을 해본다. 한 시간 반 정도면 된다던 수술은 네 시간 가까이 지난 후에야, 집도한 Dr. Glickman을 만날 수 있었다. 그는 '수술은 잘되었다. 아마 오늘 중으로 퇴원할 수 있을 거다.'라고 했다. '참 간단한 수술이구나.'라고 생각했다.

아내가 회복실로 옮기고 조금 있으니 저녁 식사가 나왔다. 빵, 쥬스, 계란 조림 등이었는데 방금 담낭 제거 수술을 한 환자가 먹을 수 있는 음식은 아닌 것 같았다. 그러나, 몇 년 전 아내가 맹장 수술을 했을 때도 첫 식사에 커피부터 나왔으며, 애기를 출산한 산모에게도 미역국은 커녕 커피부터 먼저 주고, 산모도 바로 찬물에 샤워하고 1일 내에 퇴원하는 걸 보면 놀랄 일은 아닌 것 같다. 어쨌든 아내가 도저히 먹지를 못해 '부드러운 음식이 없느냐?'고 물으니 젤리 하나를 갖다 주었다. 젤리를 좀 먹어보도록 하였으나, 잠시 후 전부 토해내고 말았다. '당일 퇴원 가능하다'던 수술 의사도 연락이 안 되고, 야간 당직 의사도 연락이 안 되고, 간호사들은 누구의 지시를 받아야 되는지도 몰라 우왕좌왕하기만 했다. 머리 아프고, 토하고, 잠 오는 증상은 밤새도록 계속되었다. 간호사들은 수술 마취 후유증이라고 하면서 무슨 주사액을 자주 투여했다. 새벽녘에 겨우 가스 배출이 있었고, 아침이 되어서야 토하는 것이 멈춰서, 결국은 다음 날 아침에 퇴원할 수 있었다.

6월 25일에는 선배의 소개로 오클랜드에 있는 대건한의원(원장: Dr. Lee, 여자)에 가서 침을 맞고, 뜸도 뜨고 마사지도 받았다. 당분간 대건한의원에도 다니기로 했다.

6월 27일 닥터 류에게 전화해서 간 조직 검사 결과에 대해 물으니, '간에 염증이 좀 있다. C형 간염 초기라고 하며, 간염 전문 의사에게 가서 인터페론 주사와 바이러스 성장 억제 치료를 받으면 되는데 현재의 몸 상태로 그러한 힘든 치료를 받을 수 있을지 모르겠다.'라고 했다. 또한 나에게는 '다음에 병원에 올 때는 남편이 함께 오지 말고 아내만 보내라'고 하였다. 닥터 류는 '아내의 병이 신경성, 스트레스성이며 그 원인이 남편인 내게 있는 것 같다'는 뉘앙스를 풍겼다.

얼마 전에 한번 찾아서 정리를 한 적이 있었지만 다시 한번 인터넷에서 C형 간염 치료 방법을 찾아보니, '페그인터페론(PegInterferon)이라는 주사를 맞으면서 리바비린(Ribavirin)이라는 간염 바이러스 죽이는 약을 복용하는 방법인데, 항암 치료를 받는 것처럼 힘들고 완치율도 크게 높지는 않다'고 되어 있었다. 또 C형 간염에 좋은 음식 정보를 찾아보니, 신선한 과일과 야채, 섬유질이 많은 배, 사과, 브로콜리, 양배추, 당근, 민들레, 카레 등이 좋다고 되어 있었다.

7월 1일, 아내를 만난 닥터 류는 '간염 타입을 알아보기 위해 피 검사를 다시 한 번 하자'고 했고, 또 월넛 크릭에 있는 간염 전문의를 한 사람(Dr. Burnett)을 소개해주면서 '피 검사 결과가 나오면 피 검사 결과와 간 조직 검사 결과를 그 전문의에게 보낼 테니, 2주 후에 그 의사의 진료를 받아보고 치료 여부를 결정하자'고 했다. 또 아내가 '그동안 김효중 의원이 처방해준 소화 효소제와 아내가 직접 구입한 우메켄 효소를 먹고 있는데 소화 기능이 많이 좋아진 것 같다'고 하자, '닥터 김이 처방해준 약은 췌장이 나쁜 사람이 먹는 약인데, 아무런 도움도 안 되는 이런 걸 왜 먹느냐?'고 했다. 마지막으로는 '간염 외의 증상은 신경성 같다'며 항우울증 약을 처방해주었다. 그날 밤, 아내는 항우울증약을 하나 먹었다가 거의 죽을 뻔했다. '머리 속이 텅 빈 것 같고, 힘이 완전히 없으며, 잠만 계속 오고 사람이 완전히 정신 나간 바보가 된 것 같았다'고 했다. '약의 부작용이 이렇게 심한 경우는 처음 겪어본다'고도 했다.

7월 9일, 닥터 류에게 전화하여 피 검사 결과를 문의했다(나에게 먼저 전화해주지 않으므로 항상 답답한 사람이 우물 파는 격이다). 'C형 간염 중 JINO type2 라는 것인데, 간염 전문의에게 간 조직 검사 결과, 간 기능 검사 결과, 이번의 피 검사 결과를 보내겠다. 그러나, 우선 위 기능을 정상화하지 않으면 치료약을 먹을 수 없으니, 어디서든 치료가 불가능할 것이다.'라고 했다. 다시 위(胃) 문제로 돌아오니, 닥터 류는 기능상통증

(psychosomatic), 즉 신경성이다.'라고 했다. 내가 '당신이 처방해준 우울증 약을 한 번 먹었다가 아내가 죽을 뻔했다.'라고 하니, '그런 부작용이 있으면 왜 자기에게 알려주지 않았나?'라고 한다. 어처구니가 없다. 환자는 아파 죽어가는데, 의사는 '아무 이상이 없다, 신경성이다.'라고만 하니 미치고 환장할 노릇이 아닌가? 닥터 류는 '나는 더 이상 관여하지 않을 테니 향후 처치는 알아서 해라'는 투였다.

로스앤젤레스에 있는 수맥기한의원 원장의 라디오 대담 프로가 생각이 나서, 인터넷사이트에 들어가 다시 듣기를 해보고 아내에게 물어보니 증상은 거의 비슷하다고 한다. 로스앤젤레스로 전화를 해서 '샌프란시스코 사는 사람인데, 위무력증 증상이 있어 진료받으러 한번 가겠다.'라고 했더니, 강 원장은 '배꼽 주위를 만지면 맥박이 느껴지느냐?', '배꼽 주위가 딱딱하냐?', '명치끝에서 아랫배까지 딱딱한 막대기 같은 것이 만져지느냐?' 이런 질문을 한 후에 '언제든지 오라, 환자의 상태를 보고 치료 기간이 얼마나 걸리는지, 치료비는 얼마나 드는지를 알려주겠다.'라고 했다. 전화를 끊은 뒤 이번에는 감초한의원으로 전화를 하여 '위무력증인 것 같은데 치료해본 경험이 있느냐?'고 물었다. 김 원장은 '위무력증이라는 단순 명쾌한 병명으로 부르는 것보다, 전반적으로 위(胃)의 기능이 떨어지고, 기(氣)가 허해진 것인데 이러한 증상을 치료한 적이 물론 있다. 전체적으로 허(虛)해진 기(氣)를 바로잡아 줘야 한다. 우선 소화 기능을 회복하고 다음에는 기운을 북돋워주는 약을 써야 한다. 시간이 좀 걸릴 것이다.'라고 했다. 아내와 의논을 해봐도 '과연 로스앤젤레스로 치료받으러 가는 게 옳은지 아닐지' 쉽게 결론을 낼 수가 없었다.

7월 11일, 담낭 제거 수술을 집도한 Dr. Glickman을 수술 후 진료 차원에서 만났다. 수술 부위를 살펴본 의사는 '수술 부위가 잘 봉합이 되었다. 흉터는 차차 없어질 것이다.'라고 하였다. 내가 '통상 절제 수술을 하면 절제된 부위를 보여주던데, 이번 것은 보지를 못했다. 담석이 몇 개가 있었느냐? 사진을 찍어 두었느냐?'라고 물으니, '담석이 좀 특이해서 몇 개로 셀 수 있는 형태가 아니고, Gel 형태였다.'라고만 했다. '멀쩡한 쓸개를 떼어낸 게 아닌가'라는 의구심이 있었지만 말로 표현할 수는 없었다. Dr. Glickman은 '대장 내시경을 한번 해보는 게 좋겠다'면서 대장 전문의 한 사람(Dr. Gollapudi)을 소개해주었다.

7월 13일은 마침 토요일이라, 아내가 오크랜드(Oakland)에 있는 대건 한의원에 침(鍼) 맞으러 갈 때, 내가 운전해서 함께 갔다. 침(鍼)을 다 꽂은 원장이 밖으로 나오는데, 아내가 '제 남편은 다 건강한데 요즘 등산 다니면서 사타구니에 습진 같은 것이 났는데 치료가 안 돼요?'라고 하면서 나에게 '선생님께 좀 보여 드려요.'라고 한다. 아내가 습진이라고 한 것은 사실 습진이 아니고, 독초에 의해 독(毒)이 오른 것이었다. 닥터 류가 처방해 준 약이 있었는데, 내가 게을러 약을 잘 바르지 않고 차일피일 미루다 보니 상태가 좀 악화된 것이었다. 더구나 독(毒)이 옮은 그 부위는 여자 의사에게는 보여줄 수 없는 부위라 정말 난처하게 되었다. '어서 보여 드려요.'라고 하는 아내의 독촉이 있고, 한의사가 보려고 내 앞에 오니, 어쩔 수 없이 중요 부위는 옷으로 가리고 허벅지 부분만을 보여줬다. 얼핏 본 한의사는 '습진 이거는 주사 두 방이면 싹 나아요.'라고 한다. 침이 아니고 주사라고 하는 게 이상하고, 한 번 쓱 ~ 보고 습진이라고 단정하는 것도 이상했다. '집에 바르는 약이 있는

데, 그걸 일단 발라 보겠다.'라고 얼버무리고, 화제를 아내 문제로 돌려 몇 마디 대화를 해보니, 크게 믿음이 가지 않았다. '신선한 야채와 과일이 간에 좋다고들 하는데, 아내 체질에는 좋지 않다. 꼭 먹으려면 삶아서 먹으라, 생수도 좋지 않다. 사람들은 물 속의 미네랄을 생각해서 생수를 먹는데, 미네랄은 물이 아니더라도 얼마든지 다른 음식물을 통해서 섭취가 가능하다. 나는 증류수만 먹는다. 아직까지 아파본 적이 없다.' 뭐 이러면서 자기 자랑만 늘어놓았다.

'이곳에는 그만 다니는 게 좋겠다'고 아내에게 얘기해야겠다.

한국에서, 기운 없는 사람이 먹으면 쉽게 기력을 회복할 수 있다는 '공진단'이라는 약이 크게 히트하고 있다는 얘기를 들어서, 한국에 있는 처남에게 전화를 했다. 처남은 제약회사 분야 종사자여서 그 방면으로는 정통했다. 공진단에는 고가(高價)인 사향(麝香)이 들어가기 때문에 가격이 매우 비싼 편이었지만, 처남이 도매 가격으로 구입할 수 있어 30알을 사서 보내주도록 했다.

7월 15일, 한의사 자격증이 있는 직원 동료의 부인이 산 라몬(San Ramon)에 살고 있는데 아내가 그곳으로 가서 침도 맞고 뜸도 뜨고 왔다.

카이로프락터인 닥터 안은 '아내가 외국인 의사와의 의사소통이 원활치 않으면 자기가 좀 도와주겠다'고 하면서 대장(大腸) 전문의(Dr. Gollapudi)에게 전화해서 대장 내시경 예약을 해주었다.

7월 17일을 마지막으로 대건한의원에 침(鍼) 맞으러 다니는 것을 중단했다.

고심 끝에 드디어, 로스앤젤레스에 있는 수맥기한의원으로 전화를 하니, 원장(가브리엘 강)이 직접 전화를 받았다. '라디오 코리아'라는 방송에서 원장님의 대담하는 프로를 청취한 적이 있습니다.'라고 얘기를 꺼내려는데, '나 지금 바쁘니, 용건만 간단히 얘기하세요.'라고 말을 딱 자른다. 순간적으로, '이 사람도 올바른 의원은 아니구나.'라는 생각이 스쳤지만 내색은 할 수 없고, 단도직입적으로 '샌프란시스코 사는 사람인데, 로스앤젤레스로 가서 진료를 받고 싶다.'라고 했더니, 갑자기 안 바빠졌는지 물어보는 것을 잘 들어주었다. '위무력증 같다.'라고 했더니, '증상이 어떠냐?'고 되물었다. '원장님이 라디오 프로에서 하신 말씀과 똑같다.'라고 하니, '그러면 찾아보면 알겠고.'라고 한다. '찾아보면 알겠고는 뭐지? 자기가 한 말을 기억을 못 하는가?'라는 생각이 들었지만, 내색하지 않고, '치료는 어떻게 하는가?'라고 물으니, '한약을 먹으면서 일주일에 한번씩 침을 맞아야 한다.'라고 했다. '사는 곳이 샌프란시스코라 로스앤젤레스에 오래 가 있기가 좀 곤란한데, 주사를 더 자주 맞으면 안 되는가?'라고 물으니, '3~4일에 한번씩 맞아도 한 달은 걸린다'고 한다. '아내는 담석으로 인해 쓸개를 떼어냈고, 현재는 C형 간염이 있다'고 했더니, 'C형 간염이 활동성인지 비활동성인지' 물었다. '모르겠다'고 하니, '활동성인지 비활동성인지에 따라 치료 방법이 달라지니, 진료받으러 올 때 꼭 알아서 오라'고 했다. '보험에 대해서 물으니, '한약은 한 재에 $440~$550인데 보험 처리가 안 되고, 침(鍼)은 한번에 $70인데, 일단 환자가 부담한 뒤에, 나중에 한의원에서 보험회사로 청구해서 보험회사에서 돈이 나오면 환자에게 되돌려준다'고 했다. 내 경험에 의하면 한의원에서 보험회사에 청구하는 금액을 보험회사에서 100% 인정해주는 경우는 거의 없다. 결국 이곳에서는 '보험은 자기 알 바가 아니고 우선은 모든 치료비를 환자로부터 다 받겠다'는 것이었다. '7월 29일(월)에 진료 예약을 하고 싶다.'라고 하니, '그날은 환자가 꽉 차서 어렵겠는데, 멀리서 온다고 하니, 중간에 끼워 넣겠다'고 하면서 11:00경으로 시간을 잡아주었다. 처음 전화 받을 땐 '바쁘니까 용건만 간단히 얘기하세요.'라고 했던 사람이 '진료받겠다'고 하니, 갑자기 안 바빠진 것도 그렇고, '치료비를 미리 선불하라'는 것도 그렇고, '7월 29일이면 아직 2주가 남았는데, 그날 벌써 예약 환자가 많다.'라고 하는 것도 그렇고, '예약 환자가 많지만 중간에 끼워 넣어주겠다'는 것도 그렇고, 모든 언행이 은연중에 자신을 과시하려는 것 같다. 의원이 아니라 '시골 약장수' 같은 느낌이 들었지만, 이미 로스앤젤레스로 가보겠다는 결심을 바꿀 수는 없어서 예약을 했다. '아~ 이 세상에 환자를 대할 때, 돈으로만 생각치 않고 생명으로 생각하는 의원이 어디 없나?'

닥터 류에게 전화로 상황을 설명하고, '아내의 C형 간염이 활동성인지 비활동성인지' 물었는데, 그는 'C형 간염을 활동성, 비활동성으로 구분 자체를 하지 않는다.'라고 했다. '치료를 위해 로스앤젤레스까지 가야 하는데, 그곳 한의사가 효과적인 치료를 위해서는 C형 간염이 활동성인지 비활동성인지 알아와야 한다'고 했다 하니, '한의사가 뭐라고 했던 그것은 그 사람 사정이고, 활동성이니, 비활동성이니 하는 그런 용어 자체가 없는데 무얼 어쩌란 말이냐?'라고 했다. 닥터 류는 '한의원'이라는 말 자체에 거부감을 가진 사람이긴 하지만, 도대체 누구 말을 믿어야 하나?

7월 26일, 닥터 안에게 마사지를 받으러 간 아내는, 로스앤젤레스에 갔다 온 후에 대장 내시경을 받아야 할 것 같아서 Dr. Gollapudi와 예약되어 있는 대장 내시경을 취소시켰다.

처남이 보내준 공진단이 배달되어 왔다. 자세히 상표를 보니 '공진단'이 아니고 '공진보'라고 되어 있었으며 사향(麝香) 대신 침향(沈香)이 들어가 있는 약이었다. 며칠을 먹어본 아내가 '확실히 원기 회복에 도움이 된다.'라고 했다. 다행이다.

아내는 로스앤젤레스로 치료받으러 갈 준비를 착착 진행했다. 집에서 약 한 달간 혼자 생활해야 할 나를 위해 소고기국을 끓여 냉동실에 넣고 각종 반찬도 준비했다. 로스앤젤레스에 사는 딸에게도 전화해서 '며칠 날 가겠다'고 얘기해두었다. 로스앤젤레스로 갈 날짜가 다가오는데, 감초한의원에게 전화해서 다시 한 번 아내의 상태에 대해 얘기를 나누었는데, 김 원장이 말하는 내용이나 환자를 대하는 태도가 성실하고 진심에서 우러나는 것 같고, 환자를 돈으로만 보는 보통의 닥터들과는 좀 다르다는 느낌이 들었다. 결국에는 감초한의원에게 다시 한 번 약을 지으러 가기로 하고, 로스앤젤레스의 수맥기한의원은 포기하기로 결정을 내렸다.

7월 29일, 수맥기한의원 예약을 취소하고, 7월 30일 감초한의원에서 새로 지은 한약을 받아왔다. '공진보가 기운을 차리는 데 조금 도움이 되는 것 같다'고 하니, 김 원장은 '녹용, 인삼 등 약의 성분이 공진단과 겹치는 부분이 많으므로 한약을 먹을 동안에는 공진단을 함께 먹지 않는 게 좋겠다'고 하였다. 아내는 '새로 지은 약 한 봉지를 먹었는데, 약 때문에 '혈압이 올라가고 머리가 아픈 것 같다'라고 했다. 김 원장은 '그런 성분이 없는데 왜 그런지 모르겠다. 정 그러면 약의 양을 반으로 줄여보라'고 했다. 아내는 하루 동안 약의 양을 반으로 줄였다가 그다음 날부터는 정상적으로 한 봉지씩 먹었다. 첫날의 부작용 증상은 원인을 알 수가 없었고, 위 기능도 좋아졌다 나빠졌다 하고, 음식도 잘 넘어가다가 또 안 넘어가다가 하는 현상이 도무지 종잡을 수가 없었다. 며칠 동안 먹는 음식을 체크해 본 아내는 '콩이 들어간 음식에 대한 알러지가 있는 것 같다'고 했다.

아내는 직원 부인에게 주 1회씩 침을 맞으러 다니면서, 8월 8일에는 정기적인 피 검사를 했다.

8월 19일에는 감초한의원에 가서 진맥을 하고, 약을 재주문했다. 김 원장은 '어느 정도 위 기능이 회복되었으니 이제는 소화 기능을 강화시키는 성분은 좀 줄이고, 기(氣)를 보(補)하는 성분을 늘려서 조제해야겠다'고 하였다.

8월 20일에는 닥터 류에게 정기 피 검사 결과를 알기 위해 들렀는데, 닥터 류는 체중이 더욱 줄어든 아내에게 '간(肝)은 현상 유지를 하고 있다. 체중을 좀 늘리는 것 것이 좋겠다.'라고 했다. 음식을 못 먹고, 먹었다 해도 소화를 못 시키는데 체중을 어떻게 늘리라는 말인지? 내 환자가 아니라 남 얘기하듯 하는구나. 또 아내가 '우울증 약을 먹고 부작용이 심해 고생했다'고 하니, '그건 우울증 약이 아니고, 80~90세 된 노인이 입맛 없을 때 처방해주는 입맛약인데 왜 그런 부작용이 있는지 모르겠다'고 했다.

8월 21일 새로 지은 한약을 가져와서 한 봉지를 먹었는데 가슴이 두근거리고 심장이 벌렁거리는 부작용이 났다. 새로 지은 한약에 대한 기대가 컸는데, 아예 약을 먹을 수조차 없다. '몸의 기운은 완전히 빠져 땅으로 기어들어갈 것 같다'고 했다. 그동안 소화를 돕는 한약과 소화 효소 등을 동시에 복용하면서 음식은 먹을 수 있게 되었으나, 먹은 음식이 기운으로 만들어지지 않고 몸은 더욱 쇠잔해지는 것 같았다. 한국에서는 몸에 이렇게 기운이 없으면 가까운 병원에 가서 링겔 주사 한번 맞고 오는 게 쉬운데 여기서는 링겔 주사를 아무데서나 놔주지도 않는다. '산호세에 있는 중앙병원(원장: Dr. Cho: 닥터 조)에 가면 링겔을 맞을 수 있다'는 얘길 들은 바 있어서, 중앙병원에 진료 예약을 했다.

8월 23일, 중앙병원에 10:30에 예약이 되어 있었으나, '초진(初診)인 경우 서류 작성이 오래 걸린다'는 걸 알기 때문에 약속보다 이른 9:30 경에 도착했다. 모든 서류 작성을 일찍 마치고 혈압부터 쟀다. 아내의 혈압은 집에서 재면 정상인데 일단 병원에만 오면 거짓말처럼 혈압이 올라간다. 전문 용어로는 'White gown syndrome'이라 했다. 아내 말로는 '한국에서는 혈압이 너무 높으면 링겔을 놓아주지 않는다'고 하는데, 링겔 맞으러 왔다가 '링겔 못 놓아주겠다'고 하면 어쩌나 걱정이 되었다. 진료예약시간이 되었으나 빈 진료실이 나질 않았다. 10:30에 진료 예약을 한 환자는 아내뿐만 아닌 것 같았다. 원래는 부부 의사가 운영하는 병원인데, 오늘 따라 닥터 조 한 분만 진료를 하고 있었다. 11:30이 되어서야 의사를 만날 수 있었다. 그 동안의 경과를 설명하니, 닥터 조는 '담낭 제거 수술 후유증으로 그럴 수 있다'고 하였다. 내가 '지금 이런 현상은 담낭 제거 수술 이전에도 있었고, 수술 후에도 마찬가지다.'라고 했더니, '그렇다면 그 이유는 아닌 것 같고, C형 간염이 원인인 것 같다'고 했다. 믿음이 가진 않았으나 닥터 조는 '그럴 수 있다'고 하면서, '다행인 것은 금년 연말에 C형 간염 치료약(먹는 약)이 시판된다. 지금 스탠포드대학에서 실험이 끝났다.'라고 했다. 좋은 정보에 감사해야겠다. 닥터 조는 '상복부 CT 검사를 한번 해보자'고 했다. 닥터 류에게서 CT 검사할려면 AMI에 예약하고, 검사하고, 결과 나올 때까지 또 2주일이 걸릴 텐데, 여기서는 그 자리에서 바로 검사할 수 있으니, 엄청 편리하다. 촬영기사 말로는 결과가 일주일 후에 나온다고 했다. 닥터 조는 고혈압에 관계없이 링겔을 맞게 했다. (미국에서는 링겔이라고 하면 아무도 모른다. 사실 Ringer는 독일어이고 미국에서는 IV, Intravenous라고 한다). 링겔 맞는 데는 1시간 정도 걸렸으나, 점심시간과 겹쳐 의사를 만나기 위해서는 또 약 1시간 정도를 기다려야 했다. 드디어 만난 닥터 조는 촬영기사에게 'CT 검사상 특별한 게 있었냐?'고 물었고, 촬영기사가 '아무 이상 없었다.'라고 대답하자, 그것이 끝이었다. 링겔을 맞기 위해 이 병원에 왔으니 목적은 달성했지만, 'C형 간염이 원인인 것 같고, C형 간염치료제가 연말에 시판된다.'라는 정보를 얻은 것이 소득이라면 소득이었다. 이 병원에는 위 내시경 및 대장 내시경 센터가 있어, 다른 곳보다 편리할 것 같아 일주일 후인 8월 30일에 대장 내시경을 받기로 예약을 했다. 대장 내시경을 받기 위해서는 금식, 장(腸) 비우기 등 준비할 게 많아서 접수 담당자가 한글로 된 안내문을 주면서,

하루 전날 준비해야 할 내용에 대해 꼼꼼히 설명을 해주었다.

링겔을 맞은 후 감초한의원에 들렀다. '새로 지은 한약의 부작용'에 대해 얘기를 했더니, 김 원장은 '약이 너무 센 것 같다. 약 자체는 기(氣)를 보(補)해주는 좋은 약이므로 보관해두었다가 나중에 위가 좀 좋아진 후에 먹도록 하고, 우선은 실험용으로 몇 봉지만 무료로 새로 지어주겠다'고 하였다. 링겔 맞고 온 얘기를 하면서 닥터 조는 간염 때문이라고 한다니까, 'C형 간염 바이러스가 30년 동안 피 속에 있었는데, 지금 그것이 원인이 되어 이러한 증상이 나타난다고 할 수는 없다. 의사도 가끔 오진할 수도 있다.'라고 했다. 누구 말이 맞는지 모르겠다. 아내가 '영양제를 좀 사 먹을까' 해서 집에 오는 길에 한국 사람이 운영하는 약국에 들렀다. 나이 많은 아줌마 약사에게 '몸에 힘이 없어서 영양제를 좀 먹어볼까 하는데 추천해줄 만한 것이 있나?'라고 물었더니, 그 아줌마는 우리 얘기를 이해하지를 못했다. 할 수 없이 영양제 사는 것은 포기하고, 다음 주 대장 내시경을 준비하기 위한 설사약을 구입했는데, 집에 와서 보니, 비닐 안에 넣어둔 약병이 새고 있었다.

8월 27일, 감초한의원에 가서 새로 지은 한약(4일분)을 가져왔다. 한번 먹어본 아내가 '이 약도 부작용이 있다'고 했다. '위(胃)에 무언가 젤리 같은 것이 뭉쳐서 돌아다니는 것 같고, 속이 이상해서 말로 표현할 수 없이 기분이 나빠진다'고 한다. 한약에 대한 알러지가 생긴 것 같다. 아니 한약뿐만 아니라 음식에 대한 알러지가 생긴 것 같다. 공진보를 먹어도 기운이 회복되지 않고 마찬가지 증상이 나타나고, 도대체 먹을 수 있는 게 뭐고, 먹을 수 없는 게 뭔지 답답하기만 하다. 이런 몸 상태에서 24시간을 굶으면서 설사약을 먹는다는 게 도저히 불가능할 것 같아, 8월 30일로 예약된 대장 내시경 검사는 또 취소할 수밖에 없었다. 대장 내시경 예약 취소를 위해 중앙병원에 전화를 걸었더니, 예약현황을 확인한 직원이 '대장 내시경 하는 것으로 예약되어 있지 않고 위 내시경 하는 것으로 예약되어 있다'고 한다. 정말 어처구니가 없다. 대장 내시경 준비를 하기 위한 안내문을 주면서 친절히 설명해줄 때는 뭐였는지.

한약을 먹지 않고 며칠 관찰해보니 몸의 상태가 좋아졌다 나빠졌다 도저히 종잡을 수가 없다. 어떤 경우에 좋아지는지, 또 어떤 경우에 나빠지는지, 무엇이 몸에 받고, 무엇이 몸에 받지 않는지를 가늠할 수가 없다. 어쨌든 음식을 먹는 것이 처음보다는 많이 좋아졌으니, 시간이 걸리더라도 식사를 통해 차츰 원기를 회복하는 게 맞는 것 같은 생각이 든다.

9월 6일에는 한의원 닥터 우의 부인에게서 전화가 걸려왔다. 미국의 보험회사는 통상 한의원에서 침을 맞는 것에 대해서는 보험 처리를 해주는데, 한약을 지어먹는 것은 보험 처리를 해주지 않는다. 닥터 우는 다른 한의원과는 달리 한약을 지어먹어도 환자에게 부담시키지 않고 보험 처리를 해준다. 그 대신에 한약을 먹은 만큼 침을 맞은 것처럼 서류를 꾸며서 보험회사에 청구를 하게 되는데, 보험회사에서 인정해주지 않은 경우가 많은 것 같았다. 나도 아내가 한약을 먹은 경우에 내가 침을 맞은 것처럼 사인을 해준 적이 몇 번 있었는데, 얼마 전에는 보험회사에서 나에게 '무슨 사유로 침을 맞았는지 확인해 달라'는 편지를 보내왔다. 서류를 어떻게 작성하는지 몰라서 닥터 우에게 물었더니, 닥터 우 부인이 대신 작성해주었고 나는 사인을 해서 보험회사로 보낸 적이 있었다. 닥터 우의 부인은 전화로 '그때의 돈이 아직 입금되지 않았는데, 보험회사에 치료받은 게 확실한데, 왜 한의원에 돈을 지불해 주지 않는지 독촉 좀 해 달라'는 부탁을 하는 것이었다. '보험회사에서 의료기관에 의료수가를 지불하느냐 안 하느냐'의 문제는 환자가 개입할 상황은 아닌 것 같았지만, 매정하게 거절을 할 수도 없고, 또 비정상적인 방법으로 보험 처리 하는 것도 왠지 께름칙하게 생각되어서, 내가 '보험회사 계좌에 들어가 확인해보니, 보험회사에서 유독 닥터 우의 청구에 대해 거부한 것이 많더라. 다른 한의원에서는 처음부터 한약은 보험 처리가 안 된다고 하는데, 닥터 우는 보험 처리가 된다고 하면서, 결국 보험회사로부터는 돈을 받아내지 못하는 경우가 많다는 것은 행정 처리하는 데 뭔가 문제가 있는 것 아닌가?'라고 했다. 닥터 우의 부인이 '그러면 지금 다른 데를 다니고 있느냐?'고 물었고, 내가 솔직하게 '현재는 산호세의 감초한의원에 다니고 있다'고 했더니, 그 여자는 '우리는 환자를 생각해서 돈을 안 받고 보험 처리를 해주는데, 배신을 하고 다른 병원으로 가버릴 수 있느냐?'고 한다. 내가 '아니, 효과가 없는데 왜 다니느냐?'라고 하니, 그 여자는 '전에는 효과가 있다고 하지 않았느냐? 이게 배신이지.'라고 했다. 말문이 막혔다. 배신이라고? 아픈 사람이 그 아픈 것을 치료할 수 있는 병, 의원으로 찾아가는 것은 당연한 것 아닌가? 침을 아무리 맞아도 효과가 없는데 거길 왜 계속 다니겠는가? 배신이라는 말은 정치인이나 장사꾼이 그 동안의 관계를 저버리고 반대편으로 합류하는 것을 말하는데, 명색이 의원에서 환자가 다른 의원으로 가는 것을 배신이라고 말하다니, 이 사람은 의원이 아니고 장사꾼이라는 걸 스스로 인정하는 것이 아닌가? 환자의 병을 '고쳐야겠다'는 생각보다 환자로부터 '돈을 벌어야겠다'는 생각만 하는 의료 장사꾼! '당신에게는 돈의 문제지만 환자에게는 생명의 문제요.' 여러 가지 할 말이 머리 속을 스쳐갔으나, 상식이 통하지 않는 여자와 무슨 얘길 길게 하리요? 그냥 대꾸 없이 전화를 끊어버렸다. 다시는 상대하고 싶지 않다. 사실 닥터 우에게는 나도 초기에 몇 번 침을 맞으러 다녔는데, 목이 아파서 침 맞으러 가면 '간(肝)이 안 좋아서 그러니 한약을 좀 먹어보세요.'라고 하는 말을 들은 이후부터는 발길을 끊었었다.

반면, 산호세의 감초한의원은 '지어준 한약이 몸에 잘 안 받는다'고 했을 때, 어떨 때는 간(肝), 어떨 때는 위(胃), 또 어떨 때는 갱년기 호르몬에 관한 새로운 약을 3~4봉지씩 계속해서 무료로 조제해 주면서 병을 낫게 하려고 최선을 다해 오질 않는가? 한번은 아내가 무료로 계속 이런저런 한약을 먹는 것에 대해 미안해서 얘기를 했더니 김 원장은 '걱정하지 말라, 보험회사에 청구할 거다.'라고 했는데, 실제로는 보험회사에 청구하기 위한 환자의 사인도 받지 않았고, 또 보험회사 웹사이트에는 감초한의원에서 아내의 치료를 위해 보험 청구를 한 기록은 전혀 없었다. 닥터 우와는 확실히 대비되는 한의원이다.

아내는 인터넷에서 담적병(痰積病)이란 걸 찾아냈다. 소화가 잘 안 되고, 조금만 더 먹거나 조금만 신경 써도 잘 체하고, 위(胃)가 운동을 하지 않고, 누르면 아프고, 돌처럼 단단하게 굳어져 있으며, 위 내시경 등 어떤 검사를 해도 아무런 이상도 발견되지 않고, 의사는 '신경성,

과민성, 역류성, 또는 기능성 소화장애니까 안정을 취하고 신경을 쓰지 말라'고 한다. 본인은 아파 죽겠는데 의사는 '신경성 소화불량이 무슨 큰 병이냐?'면서 꾀병 취급을 하니 미치고 환장할 노릇인 것이 아닌가. 아내의 증상과 너무나 흡사하다. 여기가 한국이라면 담적병을 치료한다는 그 한의원에게 가서 진맥을 받고 뭔가 조치를 취할 수 있을 텐데 여기서는 그저 답답하기만 할 뿐이다. 좀 더 상황을 지켜보다가 몸 상태가 좀 나아지면 한국으로 가봐야겠다. 우선은 음식에 대한 알러지가 있긴 하지만 그래도 음식을 정상적으로 먹고 소화를 시키고 있으니, 이런 상태로 시간만 지나면 몸 상태가 회복될 거라는 기대를 가져본다. 비타민 B 복합제 외에 먹던 약을 다 끊고, 열심히 먹고, 충분히 쉬고, 간단한 운동만 하는 일상이 반복된다.

10월에 들어서도 몸 상태는 현저히 좋아지는 기색이 없다. 음식 알러지는 왔다 갔다 하고, 몸은 항상 피곤하고, 잠이 계속 온다. 카이로프락터 닥터 안에게 마사지를 받으러 갔더니 닥터 안이 '알러지 전문의사에게 한번 진료를 받아보는 게 어떠냐? 영어 의사소통이 문제가 되면 도와주겠다'고 했다. 알러지 담당 의사에게 한번 가보는 것도 도움이 될 것 같은데 무엇이 알러지의 원인인지 꼬집어 말할 수 없으니 그것도 또 답답하다. 식당에서 산부인과 전문의 닥터 김을 만났다. 닥터 김은 '비타민 B 복합제 복용이 잠이 오는 증상의 원인이 될 수도 있다'고 했다. 또 'C형 간염의 치료를 위(胃)가 좋아질 때까지 미루지 말고 일단은 간염 전문 의사와 상담해보고 전문의의 의견을 듣는 게 좋겠다'고 조언을 해주었다.

정기적인 간(肝) 검사보다 조금 이른 시점인 10월 29일에 닥터 류에게 가서 '좀 더 상세한 간(肝) 검사를 원한다'고 했더니, '검사 결과 아무 이상이 없는 것으로 나오는데 뭐 어떤 검사를 더 받고 싶냐?'라고 한다. 뭐 어떤 검사가 더 있는지 환자가 어떻게 아나? 의사가 알아서 조치를 취해주어야지. 어쨌든 10월 30일 검사 전문 회사 Quest에서 1시간 이상을 기다려 간(肝) 검사를 위한 피를 뽑았다. 비타민 B 복합제 복용을 중단했더니 시도 때도 없이 잠이 오는 것은 없어졌다고 했다. 일주일 뒤 결과가 나왔는지 전화로 물어보니 '아직 결과가 나오지 않았다'고 했다. 11월 7일 닥터 류로부터 전화가 왔는데, '피 검사 결과 아무런 이상이 없고, 간염 바이러스 수치는 550에서 440으로 오히려 줄었다'고 했다. 아내는 점심 때 상추쌈을 먹었는데 그것이 알러지를 일으켰는지는 몰라도, 속이 니글거리고, 답답하고, 최악의 컨디션이라고 했다.

환자는 아파 죽겠는데, 아무리 검사해도 이상은 없다. 2월 말부터 아프기 시작했으니 벌써 9개월째다. 나는 아내를 한국에 보내기로 하고 비행기 예약을 했다. 추수감사절(Thanks Giving) 연휴를 지내고, 12월 초에 한국으로 가서 위 내시경과 대장 내시경을 다시 받아보고, 담적병(痰積病) 치료 전문 병원인 위담한방병원에 가서 진료를 받기로 했다. 광혜병원 건강검진센타에 전화해서 위 내시경과 대장 내시경을 포함한 종합검진 예약을 했다. 또 위담한방병원에 전화를 해서 보험, 치료 방법, 비용 등에 대해 물어본 뒤 진료 예약을 했다. 직장 동료 한 사람과 얘기 중에 아내의 체질이 미국 생활에 잘 안 맞는 것 같은 생각이 들었다. 우유, 두부, 콩, 된장, 육류, 매운 것, 현미, 조미료, 몇몇 과일… 이제는 알러지를 일으키지 않는 음식이 거의 없다. 이러다가 물만 먹어도 알러지가 생길 것 같은 생각이 든다. 이것이 일종의 풍토병이라면, 한국에 가 있으면 저절로 치유될 것이 아닌가? 신토불이(身土不二).

몇 개월간 한국에서의 진료는 여기서 자세히 밝힐 필요는 없겠지만, 위담한방병원도 돈만 밝히는 병원이라는 측면에서는 더 나을 게 없었다. 서울과 부산을 오가며 돈만 썼지 조금도 나아지지 않았다.

우연한 기회에 아내는 '흡선치유법(吸腺治癒法)'이라는 것을 보급하고 있는 이현기 씨를 만나게 되어, 흡선하는 방법을 배우고, 흡선기와 흡선 관련 책 몇 권을 사서 미국으로 돌아왔다. 흡선이란 한선(汗腺, 땀샘)에 음압을 가해 인체에 누적된 노폐물을 빨아낸다는 의미인데, 흡선기는 부항기와 비슷하게 생겼으나, 흡선치유법은 부항요법과는 시술 방법이나 치유 원리 면에서 완전히 달랐다. 부항요법이 피부에 5분 정도 음압을 가하여 어혈을 제거하고 기혈 순환을 촉진하는 것이라고 한다면, 흡선치유법은 피부(등, 배, 팔, 다리 등 모든 피부)에 흡선기로 40분 정도 음압을 가하여 몸속의 모든 노폐물(가스, 고름, 핏덩이, 어혈)을 땀구멍을 통해 빼내는 방법이다. 나는 처음에는 긴가민가했지만, 다른 방법이 전혀 없었기 때문에, 정성을 다해 아내에게 흡선을 해주었다. 약 6개월간에 걸쳐 몸 안의 온갖 노폐물을 빼내고 나니, 조금씩 음식물에 대한 알러지가 줄어들었다. 음식을 먹게 되니 자연적으로 체중도 차츰 늘게 되어 원래 모습으로 돌아왔다.

그러나 음식 알러지 치유는 끝났는데 얼굴은 10년 정도는 늙어버린 것 같았다. 아프기 전에는 함께 외출하면 나는 노안이고 아내는 동안이라 '딸인가?'라는 소리를 듣기도 했었는데, 이제는 함께 늙어버린 것 같다. 홀아비 안 된 게 다행이지. 감사하며 살아야겠다.

Golf Tee Time 예약

미국엔 Golfnow.com이라는 웹사이트가 있는데, 골프장에 직접 전화하지 않고 비교적 싸게 Tee time을 잡을 수 있기 때문에 자주 이용해왔다. 예약비용(Booking fee)은 $1.96/player였는데 단골(Frequent user)에게는 면제시켜줬다. 2015년이 되어 golfnow.com으로 tee time을 예약해보니, Booking fee를 내야 했고 또 fee도 $2.49/player로 올라 있었다. 왜 그런지 전화해서 물어보니 그런 서비스를 더 이상 제공하지 않게 되었다고 했다. 괘씸한 생각이 들었지만 Golfnow를 통해 tee time을 예약하자면 어쩔 수 없었다. 특히 특가(Hot Deal)로 나오는 tee time이 있는데 이것은 그린 피(Green fee)가 30~60% 할인되기 때문에 예약 fee는 감수할 수밖에 없다.

1/19/2015, Hot Deal로 나온 Tee time을 $48.98로 하나 예약했다가 (Green fee $22/player, Booking fee $4.98), 갑자기 급한 일이 생겨 취소할 수밖에 없었다. 전화를 걸어 '취소해야겠다'고 했더니, 골프장에 확인 후 취소시켜주었다. Green fee 환불에 대해 물으니, "Next time, I can use promo code for reserving tee time at the same golf course with new booking fee, without new green fee(다음에 promo code를 사용하면, 추

가비용 없이 예약할 수 있습니다)."라고 대답했다. 그런데, 곧 바로 보내준 예약이 취소되었다는 확인(confirmation) letter에는 promo code가 적혀 있지 않았다. '나중에 보내주겠지.'라고 생각하고 2주가 지났다.

2주 후, 동일 Golf course에 다시 예약하려고 했으나 Green fee를 내야 되기 때문에 그냥 예약하기에는 억울했다. Golnow에 전화를 시도했으나 하루 종일 전화가 불통이었다. 다음 날 다시 전화를 시도했는데, 이번에는 교환까지는 연결되었으나, 20분 넘게 전화기를 붙잡고 있어도 담당자가 바뀌지지 않았다. 결국 전화통화를 포기하고 customer service에 이메일을 보냈다. 하루 후에 답장이 왔는데 전화를 해달라는 내용이었다. 다시 전화를 거니 이번에는 쉽게 담당자와 연결이 되었다. 상황을 다 설명하니 48시간 내에 promo code를 e-mail로 보내주겠다고 했다. 그런데 통화 중에 프린트해둔 예약확인(reservation confirmation) letter를 자세히 읽어보니 Hot deal로 예약한 tee time은 취소도 안 되고 환불도 안 된다고 되어 있었다. "These tee times are non-refundable and non-cancelable unless the course is closed due to weather. If you or a member of your party becomes unable to play, you will still be charged for each round of golf you purchased."

어쨌든 결과를 기다려보자.

의료보험

몇 번을 애기했지만, 미국의 의료 체계는 상상을 불허할 정도로 복잡하고, 비싸고, 시간 오래 걸리고, 불친절하다. 조금 과장해서 얘기하면 '기다리다 죽든지, 치료하다 살림 거덜나든지' 둘 중 하나다. 이것은 아마 미국의 의료보험이 민영화되어 있기 때문이라 생각한다. 오래 전에 미국의 정치인들이 의료 종사자들의 로비에 넘어가 '의료민영화를 하면 경쟁 체제가 도입되어 소비자는 값싸고 질 좋은 의료서비스를 받을 수 있게 된다'고 순진한 시민들을 현혹해서 생긴 법인데, 그 결과, 경쟁은커녕 의료 종사자들을 담합시키게 되어 현재 최악의 의료시스템이 된 것이다. 한국에서도 이명박 정권 때 '의료민영화를 한다'고 해서, 나는 '한국의 의료민영화를 저지하기 위해 직장을 그만두고 한국으로 갈까' 생각한 적도 있었다. 한국의 의료 시스템은 세계 최고다. 어떤 정치인이 무슨 감언이설로 현혹해도 절대로 속아서는 안 될 것이다.

미국에서는 만 65세가 되면 Medicare라는 연방의료보험을 적용 받는다. 65세가 되기 전에는 개인이 각종 의료보험을 들게 되는데, 보험 혜택 범위에 따라 종류는 다양하며, 아예 무보험자도 많다. 보통 사람들이 가입하는 보험은 Kaiser와 PPO 두 가지로 구분되는데, Kaiser는 반드시 Primary Doctor(Family Doctor)를 경유하여 지정된 의료기관에서만 진료가 가능하며, 보험료가 PPO에 비해 싸다. PPO는 Family Doctor 경유 없이 아무 병원에나 갈 수 있으며, 보험료가 비싸다. 물론 보험이 커버해주는 범위에 따라 보험료는 달라진다.

내가 다니는 회사의 의료보험은 미국 철강업이 잘 나갈 때 적용된 것이라 커버 범위가 좋은 편이다. 아내는 맹장 제거, 담낭 제거, 자궁 적출 등의 큰 수술이 있었지만, 보험이 적용되어 내게는 큰돈이 들지 않았다. 2016년에는 C형 간염 치료제로 소발디(Sovaldi)라는 신약이 나왔는데, 치료가 힘들지 않고, 완치율도 99%라고 했다. 그러나 가격이 $85,000 정도로 한국 돈으로는 약 1억 원이 되었다. 간염 전문의를 만나 상담을 했는데, '내가 가진 의료보험이 적용되는지 알아보겠다'고 했다. 약 한 달 후, 닥터는 '의료보험이 된다'고 했다. 아내는 소발디(Sovaldi)와 리바비린(Ribavilin)이라는 두 가지 약을 약 3개월간 복용하여 그토록 괴롭히던 C형 간염을 완치하였다.

내가 좋은 의료보험을 가지고 있지 않았다면 이게 가능한 일인가? 일찍 퇴직하고 노후를 즐기고 싶지만, 나이가 들수록 언제 무슨 일이 일어날지 모르는 일이다. 나와 아내가 만 65세가 될 때까지 내가 회사를 계속 다녀야 하는 이유이다.

병원 2

미국 병원은 말 그대로 병의 원인이다. 병원의 불편함을 너무나 잘 아는 나는 가능한 한 병원에 가지 않으려고 한다. 한번 병원을 이용하려면 걸리는 시간과 들어가는 돈, 불친절, 불편함 때문에 스트레스가 더 쌓이기 때문이다. 나는 2009년에 오른쪽 어깨가 너무 아파 병원에 가서 코티졸(Cortisol) 주사를 맞고 좋아진 적이 있었다. 2015년에는 왼쪽 어깨가 아파 다시 코티졸 주사를 맞으려 갈려고 했으나, 그 기다림, 그 불편함 이런 것들이 떠올라 차라리 어깨 아픈 게 더 낳을 것 같아 참고 또 참았다. 그러나 너무 아프게 되니까 다시 가지 않을 수가 없었다. 2015년 12월 28일에 Dr. Wyzykovski라는 정형외과 의사에게서 코티졸 주사를 맞는데, 4주 후에 다시 오라고 했다. 2016년 1월 27일 08:30에 예약을 했다.

4주 지내는 동안 통증은 많이 좋아졌으나 완전히 나아지지는 않고 여전히 아팠다. 1월 27일 08:20에 병원에 도착하여 접수하고 $15 Co-pay를 지불했다. 그리고는 1시간을 기다렸다. 1시간 후에 닥터를 만났는데, 약 5분간 왼쪽 어깨를 이리저리 돌려보며 아픈지 안 아픈지 물었다. 그리고는 MRI를 찍어봐야겠다고 했다. 자기들이 보험회사에 연락해보고 보험에서 커버해준다고 하면 나에게 전화를 해주겠다고 했다. 2주가 지난 2월 10일에 지정해준 곳에서 MRI를 촬영할 수 있었고, MRI 결과를 보기 위한 닥터 예약(Doctor Appointment)은 2월 29일로 잡혔다. MRI를 촬영하고 결과를 아는 데까지 한 달 이상이 걸린 셈이다.

2월 23일부터 갑자기 다리가 아파 걸음을 걸을 수가 없게 되었다. 작년에 허리에서부터 오른쪽 다리까지 저리고 아파 한의원에 다니면서 침을 맞고, 운동할 때도 애를 먹은 적이 있는데, 그때는 통증이 허리에서부터 시작되었으나, 이번에는 다리가 더 아픈 것이 작년 상황과는 좀 다른 것 같았다. 너무 아파 5분 이상 걸음을 걷거나 서 있을 수가 없어서 회사에는 일주일간 휴가를 냈다. 2월 29일, 어깨MRI 결과를 알기 위해 만난 Dr. Wyzykovski는 "위 뼈와 아래 뼈 사이에 뭐가 있는데, 일단 4주간 물리치료를 해보자. 4주 후에도 나아지지 않으면 수술을 생각해보자."라고 했다. 닥터에게 "어깨가 문제가 아니라, 지금은 다리가 더 큰 문제다. 아파 걸을 수가 없다."라고 했더니, "자신은 어깨 전문의라 허리나 다리는 볼 수 없다"고 하면서 허리 전문의(Spine Specialist: Dr. Lee, 닥터 리)와 다리 전문의(Hip & Knee Specialist: Dr. Kronick)를 소개해주었다. 접수실에 가서 예약하려고 하니, Dr. Kronick는 약 20일 후인 3월 18일이 되어야 만날 수 있고, 다행히 닥터 리는 그다음 날 바로 시간이 난다고 했다. 허리보다는 다리가 문제인 것 같아 아쉬웠지만 어쩔 수 없이 Hip Doctor와는 3월 18일에 예약을 하고, 바로 다음 날은 닥터 리를 만났다. 접수하는 여직원이 "닥터 리를 만날 때는 허리가 아프다고 말해라. 다리가 아프다고 하면 자기 소관이 아니라고 진료받기 힘들 것이다."라며, 친절히(?) 경고를 해주었다. 병원에 딸려 있는 물리치료사에게 갔더니, "2주 후부터나 시간이 되니 다른 곳에 가보라"고 했다. 소개해준 다른 곳에 오후 5:30경에 갔는데 이미 문을 닫아버려서 만날 수 가 없었다.

3월 1일, 닥터 리는 바로 허리 X-ray를 찍어보고 나서, "큰 문제는 없는 것 같고 신경이 좀 눌린 것으로 보인다. 약 처방을 내려줄 테니, 일주일간 복용하면서 물리치료(Physical Therapy)를 병행해라. 그리고 일주일 후에 결과가 어떤지 전화해 달라."라고 했다. 약 처방전을 우리 집 앞에 있는 약국(Walgreens)으로 팩스로 보내주겠다는 것을 확인하고, 아픈 다리를 이끌고 어제 만나지 못한 물리치료사에게 갔더니 여기서도 마찬가지로 2주 후에 시간이 난다고 했다. 헛걸음을 하고 약국으로 가서는 약 30분 줄 서서 기다린 끝에 약사를 만나 "닥터가 처방전을 팩스로 보냈다"고 했더니, 약 5분간을 이곳저곳 확인하고 나서 "팩스를 받은 적이 없다"고 했다. '아직 안 보낸 모양이다'라고 생각하고는 한의원으로 가서 물리치료에 대해 상담을 했다. 이 한의사(Dr. Kang: 닥터 강)는 원래 전공이 Sports Medical이라 어깨와 허리, 다리에 알맞은 운동 방법을 알려주었다. 다리 아픈 부위에 침을 맞는데, 그 통증이 걸을 때의 통증과 흡사해서 5분 이상 침을 맞을 수가 없었다. 닥터 강은 "침을 놓은 그 근육은 Piriformis Muscle이라는 것인데, 이 근육이 좌골신경을 눌러서 생기는 통증으로 Piriformis Syndrome인 것 같다. 빨리 Hip Specialist를 만나보는 게 좋겠다."라고 했다.

집으로 오는 길에 약국에 들렀더니, 대기하는 사람이 너무 많아 1시간은 족히 기다려야할 것 같아 그냥 집으로 왔다. 오후에 헬스클럽에 가서 트레이너와 물리치료에 대해 상담을 했는데, 닥터 강 의견과 비슷했다. 운동은 못 하고 샤워만 한 채 약국으로 갔다. 다시 40분을 기다려서, 약 지어 놓았는지 물었더니 "여전히 팩스를 받은 적이 없다"고 했다. 이미 늦은 시간이라 닥터에게 전화를 할 수가 없어서, 다음날 병원에 전화를 했다. 전화는 자동응답음성만 나올 뿐 30분 동안 기다려도 아무도 받지를 않았다. 일단 한 번 끊었다가 이번에는 Speaker Phone으로 전화를 걸어놓고, 받을 때까지 기다리자는 심정으로 컴퓨터 바둑을 두었다. 1시간 동안 바둑을 두는데도 여전히 전화기에서는 응답이 없었다. 전화 거는 것은 포기하고 이번에는 종이 쪽지에다 사정 내용을 적어서 병원 접수창구에 직접 갖다주었다. "닥터 리에게 이 메모를 좀 전해주시오."

오후에 병원에서 전화가 왔는데 "I'm sorry, I sent it to Costco(미안해요. 처방전을 코스코에 보냈네요)."라고 했다. "우리 집 앞에 있는 월 그린(Walgreens)을 아느냐"고 내가 물었을 때는, "잘 안다, Lone Tree Way와 Empire Street에 있는 그 Walgreens이 아니냐"라고 대답했던 그 여자가 처방전을 엉뚱한 Costco로 보내놓고는 그냥 "I'm sorry"다. 나는 이틀 동안 얼마나 아프고 얼마나 화가 났는데…. 향후를 대비해서 병원 홈페이지(Home Page)에 접속해서 닥터에게 직접 이메일을 보낼 수 있는 계좌(Account)를 하나 만들었다.

다음 날부터 일주일간 한의사가 조언한 대로 운동을 하면서 닥터가 처방해준 약을 복용하니 통증이 많이 좋아졌다. 그런데 약을 다 먹은 후부터는 다시 통증이 재발했다.

이번에는 병원 이메일로 닥터 리에게 사정을 설명하고 어쩌면 좋을지 묻고, Dr. Kronick에게는 3월 18일 이전에 '더 빨리 진료받을 수 없겠느냐'고 물었다. 한참 후 닥터 리 쪽에서 전화가 와서 "MRI 촬영이 필요하다. 며칠 내로 MRI schedule을 잡아서 연락해주겠다."라고 했다. Dr. Kronick으로부터는 아무런 연락이 없다. 그렇게 일주일이 지날 동안 다리 통증은 거의 사라졌다. 닥터 기다리는 중에 나아버린 것 같기도 했다. 그러나, 약간의 통증이 있을 뿐만 아니라, 다리 전문의를 언제 다시 만날 수 있겠냐 싶어, 당초 Schedule대로 3/18에 DR. Kronick에게 갔다. X-ray를 몇 장 찍고, 다리가 아팠던 경위를 설명했더니, X-ray 상으로는 큰 문제가 없는 것 같다면서, 약 처방을 내려주고는 좀 더 상세한 것을 알려면 'MRI 촬영을 해야겠다'고 했다.

3월 19일에는 허리 MRI를 찍었는데, 닥터 리는 한국계 미국인이라 그런지 다음 약속(Follow-up Appointment)이 신속했다. MRI 촬영 3일 후인 3월 22일, 닥터 리는 "허리에 큰 이상이 없다. 간혹 허리가 아프다면 그것은 늙어가는 증거"라고 했다. 3월 28일에는 어깨 전문의인 Dr. Wyzykovski를 만났다. 어깨 통증은 완전히 낫지는 않았지만 많이 좋아졌다. 생활하는 데 큰 불편은 없는 것 같다. 이것도 늙어가는 증거라 생각했다.

3월 29일에는 다리 MRI를 찍었는데, 가관인 것은 결과를 알기 위해 닥터를 만날 수 있는 가장 빠른 날짜는 한 달 후인 4월 29일이라 했다. 정말 기가 차서, "더 빠른 날짜를 잡아봐 달라, 그렇지 않으면 의사를 만나지 않고 포기하겠다."라고 하고는 전화를 끊어버렸다. 우여곡절 끝에 MRI 촬영 3일 후인 4월 1일에 닥터를 만났다. 닥터는 다리에 아무런 이상이 없다고 했다. 어깨, 허리, 다리 진찰받는데 약 4개월이 걸렸다. 기다리는 시간은 1시간, 진료시간은 5분, 그동안 병원과 MRI 업체는 한국보다는 수십 배의 진료비를 보험회사로부터 챙겨갈 것이다. 개인 부담도 만만찮다. 병원에 가느니 차라리 아픈 채로 사는 게 속은 편할 것이다.

2년 후, 2018년 3월 28일, 이번에는 오른쪽 어깨가 아파서 Dr. Wyzicowski를 만났더니, '코티졸(Cortisol) 주사를 바로 놓아줄 수 없고, Rotator Cuff에 이상이 있는지 MRI 촬영부터 먼저 해보자'고 했다. 'MRI 촬영은 언제 할 수 있느냐?'고 물었더니, '자기들이 전화를 해주겠다' 했다. 지난번의 경험도 있고 해서 'MRI 촬영 후 Follow-up appointment는 바로 되느냐?'고 물었더니, 'MRI 촬영 후 일주일 후에 가능하다'고 했다. '의사는 정말 돌아가는 상황을 모르는구나.'라는 생각이 들었지만 의사랑 싸울 일도 아니고 해서 돌아왔다.

일주일을 기다려도 전화가 오지 않아, 지난번에 가입한 Patient Portal을 통해 MRI Schedule을 요청했더니 전화번호 하나가 회신 왔다. 전화를 해보니, '닥터로부터 오더(Order)를 받지 못했다'고 했다. '닥터로부터 Order가 내리지 않을 리가 없지 않은가? 닥터와 얘기한 내용을 자세히 설명해주니까 다른 전화번호를 하나 가르쳐주었다. 그곳에 전화하니 자기들도 Order 받은 거 없다고 하면서 또 다른 전화번호를 주었다. 뭔 놈의 담당자가 이리도 많으며 같은 번호에 전화해도 받는 사람도 또 다르니 도대체 뭐가 뭔지 알 수가 없다. 미국은 정말로 한 가지 일로 뜯어먹고 사는 사람이 너무도 많다. 그래서 직업을 구하기 쉬울지는 몰라도 너무나 비싸고, 불편하고, 시간이 많이 걸린다. 우여곡절 끝에 'Doctor Order를 찾았다'는 곳과 연결되었다. '어디서 MRI를 찍을 것이냐'고 묻길래 '집에서 가까운 브랜트우드(Brentwood)에서 찍겠다'고 했더니, 'Brentwood로 Doctor order를 팩스로 보낼 테니 15분쯤 후에 예약하라'면서 또 다른 전화번호를 주었다. 15분이 아니라 30분 후에 전화하니 'Order를 받지 못했다'고 한다. 두 시간 후에 다시 전화하니까 드디어 팩스를 받았다고 했다. 지루한 통화 후에 MRI 촬영 날짜를 잡으니, 4월 27일이란다. 3월 28일에 의사를 만났는데, MRI 촬영은 4월 27일? 1달? 정말 말도 안 되는 미국이다. '더 빠른 날짜는 없느냐?'고 물으니 '월넛 크릭(Walnut Creek)에 문의해보라'고 했다. 월넛 크릭에 예약을 하니 4월 11일로 당길 수 있었다.

촬영 하루 전(4월 10일)에 예약확인 전화를 받고 '시간 맞추어 가겠다'고 대답했다. 4월 11일 12시 45분, 약속한 시간에 맞추어, 2년 전에 MRI 촬영을 하러 가본 적이 있는 그곳에 도착했는데, 이게 무슨 일인가? 'MRI 촬영 Schedule이 예약되지 않았다'고 하지 않는가? '2년 전의 기록만 있다'고 했다. '예약확인(confirm) 전화까지 받았다'고 하니, 다른 곳에 전화를 해보더니, '이번 MRI 촬영은 이곳이 아니고 월넛 크릭(Walnut Creek)에 있는 John Muir 병원으로 되어 있으니 그곳으로 가보라'고 했다. 아하! 이제야 그간의 일들이 이해가 되었다. Dr. Wyzykowski는 Order를 Muir Ortho Specialist가 아닌 Muir 병원으로 보냈는데, 담당자는 나에게 전화를 해주지 않았다. 나는 기다리다 지쳐서 Patient Portal로 MRI schedule을 문의했고, 나에게 처음으로 회신 준 곳은 내가 2년 전에 MRI 촬영을 한 적이 있는 Walnut Creek Muir Ortho Specialist MRI center였던 것이었다. 내가 그곳으로 전화를 했을 때, 그들은 Order받은 적이 없다고 브랜트우드 전화번호를 알려줬고, 브랜트우드에서도 Order받은 적 없다고 월넛 크릭 Muir 병원 전화를 알려줬던 것이었다. Walnut Creek Muir 병원에서는 브랜트우드로 팩스를 보냈는데 그 팩스는 가는 데 두 시간이 걸리고……. 어쨌든 병원에는 15분 지각해서 1시에 도착했다. '늦어서 미안하다'고 하니, '늦지 않았다, 예약시간은 1:30으로 되어 있다'고 했다. 몇 가지 서류를 작성하고 기다리니 2:00 되어서 내 이름을 불렀다. 2년 전과는 달리 MRI 촬영 전에 어깨 부위에 주사를 한 대 맞았다. MRI가 잘 나오게 해주는 주사라고 했다. 약 두 시간 걸려서 MRI 촬영이 끝나고 '닥터와의 Follow-up Appointment는 어떻게 되느냐?'고 물으니, '그것은 자기들 소관이 아니다'라고 했다.

다음 날, Patient Portal을 통해 Follow-up Schedule을 잡기 위해 이메일을 보냈다. 회신이 없어서 그다음 날 두 번째 메일을 보냈다. 주말을 지나고 월요일(4월 16일)에 세 번째 이메일을 보냈을 때 드디어 회신이 와서 전화번호를 하나 알려주었다. 전화로 예약을 해보니 가장 빠른 시간이 한 달 후(5월 14일)라 했다. '닥터는 MRI 촬영 후 일주일이라 했는데, 왜 한 달이냐? 더 빠른 Schedule을 잡아 달라'고 하니, 닥터에게 Double Schedule이 가능한지 알아보고 전화해주겠다고 했다. 다음 날, 어제 전화하겠다는 그 사람이 아닌 다른 여자로부터 전화가 오는데, '자기가 메일을 보냈는데 뭔가 잘못된 건지 전달되지 않았다'면서 'Doctor Appointment는 4월 19일 Walnut Creek'이라고 했다. 휴~ 미국 의료 시스템은 당할 때마다 정말 피곤하다. 미국 생활 참 힘들다.

　4월 19일, 닥터를 만나보니, 'MRI 결과, Rotator Cuff는 이상이 없고 코티졸 주사를 맞도록 Schedule을 잡아 전화를 해주겠다. 또 주사 맞은 후 4주 내지 6주 지나고 나서 다시 의사와 약속을 잡아라'고 했다. '지난번에도 전화해주겠다고 해놓고선 전화를 해주지 않아 생쑈를 했는데 이번에는 확실히 전화해주는 거냐?'라고 하니, '그럴 리가 없는데 뭐가 잘못됐는지 확인할 필요가 있겠다'라고 했다. 확인 결과, 그들의 컴퓨터에 틀린 전화번호가 저장되어 있었다. 2년 전에는 내 전화번호로 전화해주었는데, 왜 틀린 전화번호로 바뀌어져 있는지 이해가 되지 않았다. 더구나 그 번호는 Muir 병원에 다니기도 전에 벌써 10년 전에 없애버린 옛날 우리 집 전화번호였다. 직원에게 '전화는 언제쯤 해줄 거냐? 내일 되나?'라고 물으니, '내일은 안 된다'고 했다.

　일주일이 지나도 전화는 오지 않아, Patient Portal로 다시 mail을 보냈더니, 다음 날 답장이 왔는데, '보험 적용이 되는지 확인 후에 전화해주겠다, 확인하는 데 3주가량(14 Business days) 걸린다'였다. 내가 메일을 보낼 때까지 아무 것도 안 하고 있다가, 내 메일을 받고나서 이제서야 보험 확인해보겠다고 하는 것이다. 2년 전에는 보험 확인 없이 바로 주사를 놔주었는데, 왜 지금은 보험 확인해야 하는지? 또, 보험 확인하는 데 전화해서 '되냐? 안 되냐?' 물어보면 5분이면 될 텐데 왜 3주가 걸리는지? 도대체 알 수 없는 미국이다.

그런데, 어처구니없게도 4월 30일, 누군가에게서 전화가 왔는데, 주사는 5월 1일 가능하고, 주사 후 Follow-up appointment는 5주 후인 6월 4일 가능하다고 했다. 다음 날 Dr. Wyzy가 아닌 Laura라는 여자 의사로부터 코티졸 주사를 두 대 맞았다. '코티졸 주사는 여러 번 맞으면 안 된다는 얘길 들었다'고 하니까, '1년에 몇 번씩 맞을 수 없다는 뜻이지, 몇 년 만에 한번씩 맞은 것은 관계없다'고 했다. 감사한 마음으로 살아야겠다.

이사

2000년 7월에 미국으로 부임해와서, 2006년 1월까지 POSCO 직원 신분으로 UPI에 근무하는 동안은 급여 외에도 주택지원금, 해외근무 수당, 연말 상여금 등으로 맞벌이를 하지 않아도 생활에 큰 어려움이 없었으나, UPI 직원으로 신분 전환을 한 이후에는 매달 생활비가 모자랐다. 주 요인은 주택 비용으로 1년에 1만 불 이상 한국에서 돈을 가져와야 했다. 2017년 10월에는 더 이상 버틸 수가 없다고 판단되어 주택을 Downsizing하기로 했다. 살던 집을 팔고, 당분간 Apt같은 곳으로 이사했다가 다시 새 집을 사서 이사를 하는 것이 일반적인 절차인데, 그렇게 할 경우, '불편함과 비용을 도저히 감당할 수가 없겠다'는 생각이 들었다. 한국인 중개사(Realtor) 몇 명과 의논해보았으나, 미국에서 팔 집과 살 집을 동시에 진행한다는 것은 아예(또는 거의) 불가능하다고 했다. 인도 출신 여자 Realtor 한 명을 만났는데 "그러기를 원하면 당연히 그렇게 해야지."라고 했다. 2017.10.14. 처음 만나 리스트에 나온 집 몇 곳을 둘러보고 우리 집도 보여주었더니, "자기에게 집을 맡기겠느냐?"고 물었다. "파는 것과 사는 것이 동시에 진행될 수 있다면 맡기겠다"고 했더니, 그때부터 일은 일사천리로 진행되었다. 내가 살던 집은 일주일 후 오픈 하우스(Open House), 그다음 날에 원매자가 선정이 되었고, 나도 내가 둘러본 몇 집 중에서 하나를 사기로 했다. 수많은 서류에 전자사인(Electronic Sign)을 해야 했지만, 나는 Realtor를 믿었기 때문에 내용 확인 없이 무조건 Sign을 해서 시간을 단축시켰다. 가장 시간이 많이 걸리는 것은 은행융자(Loan Process)인데, 나의 경우는 Loan 비율이 많지 않고 아직 직장을 다니고 있기 때문에 문제될 게 전혀 없었다. 10월 14일에 Realtor를 처음 만났는데, 내가 살던 집은 11월 14일에 Escrow가 종료(close)되었으니, 한 달 만에 완벽히 팔린 것이었다. 내가 사려는 집은 3일 후인 11월 17일에 Escrow close 예정이었는데, 마지막 순간에 융자회사(Mortgage Company)의 투자자가 기상천외한 요구를 하는 바람에 5일 정도 늦어졌다. 내가 사려는 집이 있는 주택단지는 1985년부터 택지 개발을 시작했고, 그 집은 1997년에 지어져서 20년간 다른 사람들이 거주해온 집이었다. 그런데 투자자의 요구는 "그 땅에 1962년도에 Mineral Oil이 검출되었는데, 현재는 Mineral Oil이 더 이상 문제가 되지 않는다는 것을 보증하라”는 것이었다. 요구를 받은 Title company는 “우리는 그러한 서류를 작성해줄 수 없다”라고 하고, 투자자(Investor)는 “그 서류 없이는 돈을 빌려줄 수 없다”라는 것이었다. 택지 개발한 지 30년, 주택 지은 지 20년, 수많은 사람들이 20년 이상 거주해왔고, 지금도 거주하고 있는데, 50년도 더 지난 지금에 와서 Mineral oil이 왜 나에게는 문제가 되는지 도저히 이해할 수 없는 일이었다. 우여곡절 끝에 11월 23일 새 집으로 이사를 하게 되었는데, ‘한 달 열흘 만에 살던 집 팔고 새 집 구해 이사를 완료했다’는 미국에서는 전무후무할 이사 신기록을 세웠다.

　참고로 미국의 모든 행정 절차가 다 복잡하지만, 이사에 관계되어 뜯어먹고 사는 직업들을 한국과 비교해볼 필요가 있다. 부동산업자(Realtor: 파는 측과 사는 측 따로), 검사 회사(Inspection Company: 외관, 내부, 지붕, termite 각각 따로), 융자 회사(Mortgage Company: 부서별로 많은 인원 외에 Investor 별도), 보험회사(Insurance Company), HOA(Home Owner Association), 에스크로(Escrow Company: *판매자와 구매자 사이에 신뢰할 만한 중립적인 제 3자가 개입하여 금전이나 물품을 거래하는 서비스 회사. 미국의 부동산 거래는 부동산 중개자와는 별개로 반드시 에스크로 회사가 끼어서 돈을 뜯어간다), 타이틀 회사(Title Company: *구체적으로 하는 일이 뭔지 잘 모르지만 부동산 거래를 주관하는 돈 뜯는 회사), 각종 수리를 위한 Repairing Service Company, 이사 회사(Moving Company), 시청과 카운티(City and County)… 미국에 왜 직업이 많은지 이해가 가는 부분이다.

은행 Customer Service

새 집을 살 때 융자를 Guild Mortgage라는 곳에서 받았는데, 월납부액(monthly payment)은 융자에 대한 원금과 이자뿐만 아니라 재산세(Property Tax)와 보험(Property Insurance)도 함께 내도록 계약이 되었다. 첫 번째 달에는 Guild Mortgage로 돈을 보냈으나, Guild Mortgage에서는 Mutual of Omaha Bank라는 곳에 Account를 팔아버려서 두 번째 달부터는 Omaha Bank에 매달 돈을 보내고 있다.

매월 청구서(Bill)가 날아오면 수표(Check)를 써서 우편으로 보내는데, 이것이 귀찮아 매월 자동으로 이체되도록 하고 싶어 웹사이트에 들어가서 Account ID를 하나 만들었다. 온라인으로 이체하려고 하니 수수료를 $15씩 뗀다고 해서 포기했다. 얼마 후 카운티에서 재산세 청구서(Property Tax Bill)가 날아왔는데, 금액을 보니 내가 매달 Omaha bank로 보내는 금액보다 적었다. 왜 그런지 알아보려고 웹사이트에 접속하려 하니 Login이 되지 않았다. ID가 잘못되었는지 Password가 잘못되었는지 아무리 해봐도 안 되었다. '너무 많이 받아갔으면 돌려주겠지.'라고 생각하고 그대로 내버려두었다. 몇 개월 후 Omaha Bank에서 수표가 하나 왔는데, 많이 받아간 Tax를 돌려주는 것으로 생각했다.

(*미국의 행정 단위는 City-County-State-Federal로 되어 있다.)

다시 며칠 후 이번에는 카운티에서 세금을 더 내라고 추가 청구서(Supplemental Bill)가 날아왔다.

Bill은 County Tax collector로 부터 나에게 직접 온 것이기 때문에

Omaha bank에서는 모를 것 같았다. 내가 내야 할 것인지 Omaha bank에서 내줄 것인지 물어볼 필요가 있었다. 웹사이트에 접속하려 했으나 login이 되지 않았다. 이것저것 해보다 안 되어서, 옛날에 사용했던 Account ID 그대로 다시 만들어보니 만들어졌다.

몇 가지 질문사항을 메시지 창에 적어서 '전송(Send)'을 했으나, 메일은 배달되지 않고 에러가 났다. 다시 시도해보려고 logout을 하고 다시 login하려 했으나, login이 되지 않았다. 여러 가지 시도해봐도 안 되어서 Account ID를 다시 만들려고 했다. 그런데 이번에는 Account ID를 다시 만드는 것도 안 되었다.

Customer Service 전화번호를 찾아 전화를 했다. 어떤 이가 받아서 내 신상정보를 다 확인한 후에 '문제가 뭐냐'고 물었다. 상황을 설명해주었더니 '이렇게 해봐라, 저렇게 해봐라'라고 시켰다. 이미 내가 다 해본 것이었지만 시키는 대로 또 했다. 역시 안 되니까, '나는 잘 모르겠는데, 잘 아는 사람을 바꿔주겠다'고 했다. 아무리 기다려도 전화 받는 사람은 없다. "All agents are assisting other customers. Your call is very important to us. Please stand on line for next available agent.(모든 직원이 다른 사람의 전화를 받고 있습니다. 당신의 전화는 우리에게 매우 중요합니다. 잠시만 기다려주세요.)"라는 메세지가 나오고 약 3분 광고를 보낸다. 그리고는 또 똑같은 메세지가 나오고 광고를 한다. 약 30분간 기다려도 전화 받는 사람은 없고, 광고만 계속되니 '다음에 다시 걸어보자'고 생각하고 전화를 끊었다.

얼마 후에 다시 전화를 했다. 전화 받은 사람이 또 내 신상정보를 확인하고' 문제가 뭐냐'라고 묻는다. 상황을 설명해주면 '이렇게 해봐라, 저렇게 해봐라' 한 후에 결국은 안 되니까 '잘 아는 사람을 바꿔주겠다'고 한다. 똑같은 광고를 이번에는 1시간 동안 듣다가 결국은 끊었다.

약 1시간 후 다시 전화를 했다. 이번에는 여자가 받았다. 상황은 똑같았고 다시 '전문가(Specialist)를 바꿔주겠다'고 했다. '바꿔주기 전에 몇 가지 묻고 싶은 게 있다'고 하고, '언제쯤 전화하는 게 통화하기 쉬우냐?'고 물었더니 '모르겠다'라고 대답한다. 아침시간에는 아무래도 전화가 바쁠 것 같아 '오후에 전화하면 좀 더 쉽게 연결될 수 있느냐?'라고 물으니 역시 '모르겠다'라고 대답한다. 야간에 하면 잘될 것 같아서 '24시간 근무하냐?'라고 물으니 '자기 근무시간은 6시까지'라고 대답한다. '니 근무시간 말고 너 회사 근무시간이 어떻게 되냐?'라고 물으니 '그건 지역에 따라 다르니 자신은 알 수 없다'라고 한다. '너는 어디냐? 혹시 인도냐?'라고 물으니 '유타(Utah)'라고 한다. '내가 같은 번호를 전화를 다시 걸면 유타가 아닌 다른 곳에서 전화를 받을 수 있겠네?'라고 하니 '그렇다'라고 한다. 대강 상황 파악이 되어서 'Specialist를 바꿔달라'고 했다.

약 10분간 광고를 듣고 있는데, 이번에는 누군가가 전화를 받았다. 상황 설명을 하니, '자기는 그 담당자가 아니라'고 한다. 정말 어처구니가 없다. 'Web site Login 문제가 있어 여러 번 전화를 했다. 그때마다 Specialist를 바꿔주겠다고 했다가 아무리 기다려도 전화를 받지 않았다. 이번에는 전화를 받긴 받았는데 담당자가 아니라니 도대체 어떻게 된 것인가?' 물으니, '융자(Mortgage) 문제냐? 아니면 은행 계좌(Bank Account) 문제냐?'라고 되묻는다. '융자에 관한 것이지만, 실제 문제는

Web site login 문제'라고 하니, '자기는 계좌 담당자이니까 융자 담당자를 바꿔주겠다'고 했다. 전화 바꿔주기 전에 융자 담당자 전화번호를 받아두었다. 다시 광고와 음악만 흘러나오고 전화를 받는 사람은 없다. 약 30분을 기다리다 전화를 끊었다.

오후에, 이번에는 Customer service number로 전화하지 않고, 새로 받은 융자 담당자 전화번호로 전화를 했다. 이번에는 의외로 쉽게 전화가 연결되었고, Web site Login 문제, 추가세금(Supplemental Tax) 문제, 보험(Insurance) 문제, 온라인 지불(On-line Payment) 문제 등을 상담할 수 있었다. 나의 요구사항은 관련 부서 검토를 거쳐 1주 내에 답해주겠다고 했다.

약속한 일주일이 지났으나 아무런 연락도 오지 않았다. 이제는 당연한 것으로 여겨진다. 이렇게 미국화가 되어가는 모양이다. 나는 웹사이트에 접속해서 'Contact us'라는 창에 내가 원하는 내용의 메세지를 남겼다.

미국 생활 참 어렵다.

피부병

2018년 6월 말, 발목과 무릎 부분이 벌겋게 된 게 피부병이 났다. '운동할 때 착용한 꽉 조이는 양말과 무릎보호대가 원인이 아닐까' 하는 생각이 들었고, 주치의(Family Doctor)에게 갔더니 연고를 처방해주었다.

며칠이 지나도 낫지를 않고 점점 심해지는 것 같아, 피부과 전문의 (Dermatologist)를 찾아갔다. 닥터는 다른 연고를 처방 내려주면서 피 검사를 하도록 했다. 약 2주 후에 닥터를 다시 찾아갔더니, 일종의 알러지라고 하면서 알러지 전문의(Allergist)를 소개해주었다.

Allergist를 만났더니, 집 안 환경에 대해 여러 가지를 세세하게 물어보고 또 다시 피 검사를 하게 했다. 약 1주 후 전화가 왔는데, 피 검사 결과 '내가 먼지 진드기(Dust mite)에 대한 알러지가 있다'고 했다. 나는 이 말을 우리 집에 Dust mite가 있는 것으로 이해를 하고, 우선 침대 매트리스가 의심스러워 매트리스를 새 것으로 바꿨다. 두 번째는 업체를 불러 에어컨 닥트(Aircon Duct)를 청소했다. 세 번째는 거실과 방 안에 깔린 카펫을 걷어내고 나무바닥으로 바꾸기로 하고 홈디포(Home Depot)에 가서 계약을 했다(계약에는 단순히 카펫 걷어내고 나무를 까는 직접적인 작업뿐만 아니라 방 안이나 거실에 있는 가구, 전자제품 등을 움직이는 작업도 포함시켰다). 마지막으로는 이불 빨래를 손쉽게 자주 하기 위해, 세탁기와 건조기를 용량이 큰 것으로 바꾸었다. 이렇게 조치하는 데 약 $12,000을 지출했다. 얼마 후 피검사 결과가 우편으로 왔는데, 거기에는 내가 'Dust mite와 Pollen(꽃가루)에 알러지가 있다'라고 되어 있었다. 그냥 'Dust mite와 Pollen에 대한 알러지가 있다'는 뜻인데, 나는 '집 안에 Dust mite가 있다'고 이해를 해서 '과잉 조치를 취한 게 아닌가' 하는 생각이 들었다.

그런데, 당초의 피부병은 거의 나았는데, 오른쪽 다리에 새로운 형태의 피부병이 생겨서, 닥터가 처방해준 연고는 효과가 없었다. 다시 Dermatologist를 찾아갔더니 '이건 알러지가 아니고 전혀 새로운 것'이라고 하면서 새로운 약을 처방해주었고, 3주 후에 Follow up Appointment를 잡았다.

8월 말 토요일에 한국에서 온 손님과 골프를 쳤는데, 일요일 오후부터 왼쪽 머리 부분이 찌릿찌릿한 느낌이 있었다. 월요일에 출근해서 선배에게 물어보니, 주치의(Family Doctor)에게 일단 한번 가보라고 했다. 화요일에 닥터를 만났더니, '머리 한쪽 부분의 색깔이 좀 불그스름하지 않느냐'고 묻는데, 내가 보기에는 전혀 차이가 없는 것 같았다. 닥터는 '대상포진인가? 골프 치면서 옻이 올랐나?' 몇 가지를 의심을 하더니, 연고를 하나 처방 내려주었다. 연고를 바르고 자고 일어나니(수요일), 이마에 물집이 생겨 있었다. 연고를 발라도 낫지 않고 점점 커졌다.

목요일, Dermatologist와의 Appointment는 아직 1주가 남았으나, 1주를 앞당겨 닥터를 만났다. 닥터는 보자마자 'Shingles(대상포진)'이라고 했다. 'Shingles이 뭐냐'고 물으니, 어릴 때 앓은 'chickenpox(수두)'가 재발한 것이라고 하면서, 약을 10일치 처방해주었다. 또 '빨리 Family Doctor와 의논하고, 눈에 영향을 줄 수 있으니 안과 의사를 만나보라'고 했다.

Family Doctor와는 오후에 바로 만나기로 약속을 정하고, 인터넷으로 찾은 집 근처의 거의 모든 안과 전문의(ophthalmologist)에게 전화를 해보았으나, 오늘, 내일 중으로 시간이 되는 닥터가 없었다. 할 수 없이 일주일 후로 약속을 잡아놓고, 오클랜드(Oakland)에 있는 Family

Doctor를 만나 그 동안의 이력을 설명해주니 꼼꼼하게 기록을 남겼다. 닥터는 '치료약은 피부과 의사로부터 처방 받았으니, 진통제 처방만 주겠다'면서, 가바펜틴(Gabapentin 300mg)이라는 진통제를 처방해주었다. '에드빌(Advil)같은 일반 진통제는 아스피린 성분이 있기 때문에 좋지 않다'고 했다. 그 자리에서 바로 인터넷으로 오클랜드 시내에 있는 안과 의사를 찾아서 전화해보니 한곳에서 '오늘 가능하다'고 했다. 오클랜드 시내는 주차하기가 어려워 병원 주위를 뱅글뱅글 돌다가 겨우 한 자리(Parking Spot)를 하나 찾아 1시간 주차권을 끊고, 안과 의사 사무실로 들어갔다.

몇 가지 서류를 작성하고 있는데, 내 보험증을 보던 직원이 '보험 적용이 안 된다'고 했다. 미국에서 '보험이 안 된다'는 것은 바로 '내 재산이 거덜난다'는 뜻이다. 5분 만에 병원을 나오니 1시간 끊은 주차권이 아깝다. 내가 빠져나가기를 기다리는 뒷사람에게 1시간 주차권까지 주었다. 그 사람에게는 운수 좋은 날이었겠지.

다음 날(금요일) 하루는 회사에 휴가를 내고, 집 근처(Brentwood, Antioch, Pittsburg)의 모든 안과 의사에게 다 전화를 해보았으나 아무도 나를 만나 줄 의사는 없었다. 집에서 조금 먼 곳까지 범위를 넓혀 찾은 결과, 콩코드(Concord)에 있는 안과 의사 한 사람과 오후에 약속을 잡았다. 혹시나 해서 일주일 후에 약속된 집 근처의 안과 의사 사무실로 찾아가서, '오늘 좀 만나줄 수 없겠느냐?'고 사정해 보았지만 어림없는 소리였다. 한국이었다면 융통성이 있었을 텐데…. 오후에 콩코드에 있는 닥터를 만나보니 다행히 '눈에는 영향이 없으니 걱정하지 마라'고 했다. '휴! 이 말 한마디 듣기 위해 그 난리를 피웠던가?' 기분이 좋아졌

다. 집으로 돌아오는 차 속에서 김추자의 노래 '아침'을 찾아 들었다. '세상은 즐겁게 인생은 신나게.'

다음 주, 완치하기에는 10일분의 약이 모자랄 것 같아 다시 Dermatologist를 만나 '약을 좀 더 달라'고 했더니, '10일치의 약으로 충분하다'면서, 더 이상 약을 주지 않았고, '통증은 사람에 따라 달라 평생 동안 아픈 사람도 있으며, 통상은 한두 달 정도 지속된다'고 했다. 또한 '상처는 나아도 흉터가 생기니, 햇빛에 노출시키지 말라'고 했다. '다리에 생긴 피부병이 아직 완치가 되지 않은 것 같고, 약을 발라도 더 이상 진전이 없는 것 같다'고 했더니, '다 나은 것이니 약은 더 이상 바를 필요 없고, 흔적이 완전히 없어지려면 6개월쯤 걸릴 것'이라고 했다.

그렇게 매일 독한 진통제를 하루 세 번씩 먹고, 모자를 푹 눌러써서 상처 부위를 가리고 다녔다. 어떤 사람들은 '모자가 멋있다'고 했다.

침대 매트리스를 바꾸는 데는 계약한 다음 날 바로 배달해주었고, Air Duct 청소는 일주일, 세탁기/건조기는 2주일이 걸렸는데, 실내 카펫을 나무로 바꾸는 일은 하세월이었다. 8월 중순에 계약할 때는 '자재 준비하는 데 2주, 자재가 준비되면 통상 1주 후에 설치하고 설치 기간은 3일 정도'라고 했다. Home Depot에 찾아가기도 하고 담당자에게 전화도 몇 번 했다. 한 달 후에 담당자에게 다시 전화해보니(전화는 바로 연결되는 게 아니다. 수없이 시도하다가 도저히 안 되면 메세지를 남긴다. 메세지를 듣고 Return Call이 오는 경우도 있으나 안 오는 경우가 더 많다), Return Call이 와서, '자재는 도착했으며, 설치 업체에게 얘기해놓았으니, 설치 업체에서 나에게 전화를 할 것이다. 전화가 오면 설치 날짜를 협의해서 정하라'라고 했다.

며칠이 지나도 전화는 오지 않았다. Home Depot 담당자에게 다시 전화해서 물어보니(물론 바로 통화한 것이 아니라 메세지를 남기고 Return Call을 받아서), '설치 업체에게 메세지를 남겨놓았다'고 했다. '더 이상 자기는 할 일 없다'라는 의미다.

설치 업체의 전화번호를 물어본 뒤 '내가 직접 설치 업체에 전화할 경우, 뭐라고 하면 되느냐?'고 물으니, '전화번호만 얘기해주면 된다'고 하였다.

내가 직접 설치 업체에 전화를 했다. 'Thanks for calling bra bra bra…' '뭐 하면 1번 누르고, 뭐 하면 2번 누르고….' 겨우 통화음이 연결되고 녹음된 메세지가 들린다.

Message repeats again and again……

'Thank you for holding. 또는 Thank you for waiting.

Your patience is appreciated. 또는 We sincerely appreciate your patience.

Please hold on the line. 또는 Please stay on the line.

We'll be right back with you. 또는 We'll back in a moment.'

약 20분 후에 담당자와 연결이 되었다. 내 전화번호를 알려주니, 한참 후에 '그런 번호로 계약된 게 없다'고 하면서, '다른 번호는 없냐?'

고 한다. 내 전화번호가 아닌 다른 번호를 사용할 리가 없지 않은가? 다시 한번 확인시켜봐도 여전히 대답은 '없다'이다. PO(Purchase Order) number를 묻는데, 나는 PO#를 가지고 있지 않았다.

할 수 없이 전화를 끊고, Home Depot 담당자에게 전화했으나, 여전히 통화할 수 없었다. 메세지를 남기고, 집사람에게서 '계약서류를 사진 찍어서 보내 달라'고 했다. 받아보니, Measure #, Quote #, Store-order#, Install Order # 등이 있었으나 PO#는 안 보였다. 다시 설치업체에 전화를 걸었다. 내 앞에 통화 대기자가 8명이라고 알려주었다. Message continues……

이번에는 30분 정도 지나서 담당자와 연결되었다. 담당자가 바뀌었으니 혹시나 해서 다시 내 전화번호를 말해봤으나 결과는 마찬가지였다. Measure #, Quote #, Store-order#, Install Order # …. 다 소용없고 PO#를 원했다. 마지막에는 나의 Last Name을 물었다. 'SOHN'이라고 하니 바로 찾았다. '이런 XX, 처음에 전화 받았던 놈은 왜 Last Name으로 찾아보지 않았는가? 전화번호 아니면 PO#, 이런 공식밖에 모르는 융통성 없는 미국놈들….' PO에 적힌 전화번호는 물어보니, 내가 미국 와서 처음 사용했던 번호다. 'Home Depot 놈들은 왜 내가 적어준 현재의 내 번호를 적지 않고, 어디서 18년 전의 번호를 찾아냈을까?'

설치 일정을 물으니 '10월 말'이란다. 8월 중순에 돈 지불했으니, 두 달 반 이후에 설치해준다는 것이다. 불편한 나라 미국이다.

교통사고

2018년 10월 4일(목요일), 한국에서 온 손님과 골프를 치고 점심도 함께 하면서 의미 있는 시간을 보낸 후, 집으로 돌아오는 길이었다. 퇴근 시간이라 교통 체증이 많아 좀 짜증이 났다. 680 Free Way에서 242 Free Way로 빠지기 얼마 전, 계속 막히던 길에서 차들이 갑자기 속도를 냈다. '이제 뚫리는구나' 싶었는데, 곧 다시 차들이 급격히 속도를 줄였다. 나도 급브레이크를 밟아 속도를 줄여 앞 차에 약간의 간격을 두고 세웠는데, 갑자기 뒤에서 '쿵' 소리가 나면서 내 차가 앞으로 밀렸다. 그리고는 앞 차를 받은 것 같았다. 받히는 순간 잠시 동안 멍~하니 정신을 차릴 수가 없었다. 잠시 후 정신을 차리고 돌아보니 내가 큰 사고를 당했음을 알았다. 일단 차를 갓길로 빼내니까 내 차를 받은 차도 갓길에 주차를 시키고 있었다. 다시 한참 동안 멍~하게 있다가 내 차의 상태를 살펴보니, 뒤 범퍼의 약 1/4이 날아가버렸고 트렁크 문짝과 뒤 휀다(Fender)까지 데미지를 입었고, 앞 범퍼와 휀다도 찌그러져 있었다. 엄청 큰 사고인데, 내가 안 다친 게 다행스러웠다. 상대방 차는 앞 왼쪽이 심하게 망가져 있는 걸 보니, 그 운전자는 나를 들이받지 않기 위해 핸들을 오른쪽으로 꺾었는 듯싶었다. 갓길로 Pull over시킨 차는 우리 둘 외에도 두 명이 더 있었다. 4중 충돌인 모양인데 나는 어떻게 된 상황인지 기억이 나지 않았다. 잠시 후 경찰이 나타나 우리가 서로의 운전면허증과 보험증 등 정보를 교환하는 걸 도와주었다.

'당일 중으로 보험회사에 신고하라'는 경찰의 조언에 따라, 저녁에 보험회사에 사고 신고를 하고, 주말을 쉰 후 월요일에 차를 바디 샵

(Body Shop)에 맡기기로 했다. 다음 날 보험회사 담당자(Adjuster)로부터 전화가 와서 상세한 경위에 대해 물었다. 기억나는 대로 대답한 후, '수리비가 차 가치보다 많이 나오는 경우는 어떻게 되느냐?'고 물어보니 '상세 수리 견적이 나온 후에 보자'고 했다. 월요일에는 상대방 보험회사로부터 전화가 와서 다시 한번 사고 상황을 설명해 주었다.

대상포진이 아직 덜 나아서 머리가 계속 아픈 가운데, 이러한 사고가 겹치니 더욱 머리가 어질어질 했다. 몇 개월간의 피부병, 대상포진 그리고 교통사고…. 심신이 피곤하여 일찍 잠자리에 들었더니 새벽 1시쯤에 잠이 깨서 더 이상 잠이 오지 않았다. 온갖 생각이 떠오르고 머리는 더욱 또렷해졌다. 엎친 데 덮친 격(Add insult to injury)이라는 표현이 딱 지금의 내 경우일 것이다. '내가 나비 꿈을 꾼 것인가? 나비가 내 꿈을 꾸는 것인가?' 했던 장자(莊子)의 호접몽(胡蝶夢)이 떠올랐다. 차라리 이게 꿈이었으면…. 몇 시간 동안 잠들지 못하고 생각을 정리해나갔다. 나는 해마다 연초가 되면 새해목표를 세웠다. 골프를 어느 수준까지 치겠다, 200개 이상의 하이킹 코스를 가보겠다, 수영을 배우겠다, 복근을 만들겠다, 유럽 여행을 하겠다, 번지점프를 하겠다, 일본어 공부를 하겠다. 이러한 목표를 세우고는 어김없이 해내었다. 모든 사람들이 내 의지력에 감탄할 정도였다. 그러나, 매년 내 목표에 들어가 있는데도 해내지 못하는 것이 있는데, 그것은 '느긋하게'이다. 모든 일에 항상 서두르는 내 버릇은 정말 고쳐지지가 않는다. 의지력으로는 안 되는 문제인가 보다. 몇 시간 동안 잠들지 못하고 고민한 결과는 '위기 때일수록 긍정적으로 생각하고 느긋하게 행동하자. 위험과 기회가 합쳐서 만들어진 말이 위기이니까'였다.

대상포진

2018년 10월 4일에는 교통사고를 당한 후, 사고 보고, 차량 폐차, 신차 구입 등으로 정신없이 몇 주를 보냈다. 보험회사와의 싸움은 정말 사람을 지치게 한다.

10월 26일에는 다시 안과 의사를 만났는데, 눈에는 별 이상이 없다고 한다. 다행이다.
한 주간 휴가를 얻어서 10월 29일부터 며칠 동안 카펫을 걷어내고 나무마루를 깔았다.

대상포진으로 아픈 두통은 계속되고 있는데, 교통사고의 후유증이 겹쳤는지 머리가 더 아픈 것 같아, 머리 MRI를 찍어서 이상 없음을 확인하고 싶어졌다.

10월 31일, 카이로프락터(Chiropractor)를 찾아가 두통에 대해 설명하니, '교통사고로 목이 충격을 받았고, 목의 통증이 머리 통증을 악화시킬 수 있다'고 했다. 그럴듯하여 얼마 동안 치료를 받기로 했다. 피부과 의사에게 가서 '신경과 의사를 좀 소개시켜달라'고 했더니, '신경과 의사를 잘 모르니 Family Doctor에게 의논해보라'고 했다.

11월 1일, Family Doctor를 만나 사정 설명을 하고, 'MRI를 찍도록 도와 달라'라고 했더니, '대상포진으로 인한 두통으로는 MRI를 찍을 수 없고, 교통사고 후유증으로 MRI를 찍으려면 보험회사의 사전 승인이 있어야 한다'고 했다. '보험회사의 승인은 내가 알아서 할 테니, MRI를 어디서 찍으면 되는지 알려 달라'고 했더니, 오늘 진료는 없었던 것으로 하는 조건으로 사설 MRI 업체를 알려주었다. 이런 사람이 어떻게 Family Doctor인가? 이 의사의 오진으로 대상포진 치료의 Golden Time을 놓치는 바람에, 내가 이 고생을 하고 있는 것 아닌가? Family Doctor를 바꾸어야겠다.

11월 5일부터 다시 운동을 시작했다. 아프기 전에는 월, 수, 금은 Gym에서 근육운동을 하고, 화, 목은 자전거를 탔다. 그걸 계속할 생각이다. 나의 뒤를 받은 운전자의 보험회사에서는 '상해보상금으로 $500을 줄 테니 합의하자'고 했다. 어처구니가 없다. $500의 근거는 무엇인가? '이상이 있나 없나'를 확인하는 것이 우선이지 않는가?

11월 6일, 집 근처의 신경과 의사 몇 곳을 찾아 예약을 하려고 했더니, 한곳은 보험 문제로 예약을 받아주지 않았고, 다른 한곳은 가장 빠른 시간이 12월 19일, 또 다른 곳은 내년 1월 4일이라고 한다. 미국에서 아프면 의사 기다리다 죽는다는 말이 실감난다.

퇴근 후에 자전거를 타보니 썸머타임(Day Light Saving Time) 기간이 끝난 후라서 날이 많이 어두워졌다. 그런데 자전거를 타는 중에 멀리 보이는 가로등 불빛이 두 개로 보였다. 한쪽 눈을 감으면 분명 하나인데, 두 눈으로 보면 두 개로 보였다. 집에 와서 인터넷을 찾아보니 '두 눈 복시(複視, Double Vision, Diplopia)'이고, 여러 가지 원인 중 나의 경우는 머리 쪽 신경 손상이 원인인 것 같고, 초기 치료가 중요하다'는 것을 알았다.

11월 7일 아침 안과 의사에게 가보니, 'Double Vision'이 20분 정도만 지속되다가 다시 오지 않는 경우는 처음 들어보는 케이스라 이상하지만, 어쨌든 눈에는 이상이 없다'고 했다. 또, '신경과 의사와 약속 잡는 데는 시간이 너무 많이 걸리니까, Family Doctor에게 가서 머리 Scan(MRI)을 한번 해보도록' 권유했다.

11월 8일, Family Doctor에게 다시 가서 사정을 설명하니, "안과 의사가 해도 되는데 왜 안 해주었지?" 하면서 MRI를 찍을 수 있게 조치해주었다. 'MRI를 찍으려면 신장에 이상이 없는지 먼저 확인해야 한다'고 해서 피검사를 먼저 하였다.

일주일이 지나도 MRI 촬영 일정을 잡지 못했다. Family Doctor 사무실 여직원은 '승인을 받기 위해 보험회사에 아무리 전화해도 전화를 받지 않는다'고 했다. 여직원이 휴가 가 버리고 없는 사이에 MRI 회사에서 전화가 와서 11월 26일로 Schedule을 잡았다.

11월 29일, Family Doctor로부터 MRI 결과에 대한 설명을 들었다. '약간의 뇌빈혈 증상이 있으니, 중풍 등을 예방하기 위해서는 아스피린을 꾸준히 복용해야 한다'고 했다.

대상포진으로 인한 두통에는 아스피린 성분의 진통제는 먹어서는 안 되므로 '가바펜틴'이라는 진통제를 처방해준 Family Doctor가 지금 와서 '아스피린을 먹어라'고 하니 말이 안 맞다. '아직 두통 진통제 가바펜틴을 먹고 있는데, 아스피린을 먹으라고 하니 나는 어떡해야 하는 거요?'라고 되물으니, 대상포진인 걸 깜빡했단다. 참 어처구니없는 노인네다. 일단 가바펜틴을 계속 먹다가 두통이 완전 사라지면 그때부터 아스피린을 먹기로 했다.

한편, 상대방 보험회사에서 담당자(Matt Rice)가 '상해보상금 $500로 합의를 보자'고 제안한 것에 대해서, '$500의 근거가 뭐냐?'라는 질문과 내 상황을 설명하는 메일을 보내려고 열 번 이상 시도했으나, 메일 주소(mrice@anchorgeneral.com)가 block되어 있었다. 아무리 전화를 해도 받지를 않고, 수없이 메세지를 남겼으나 회신은 없었다. 다른 직원(Dulce Machado)에게 메일을 보내 Matt에게 좀 전해달라고 하고 또 팩스로도 보냈다. 담당자와 연락을 취하려면 항상, 메일 시도, blocked, 다른 사람에게 메일 전달 부탁, 팩스 송부 …. 이러한 과정을 거쳐야만 회신이 왔다. 그가 일단 메일로 회신을 하면 그 메일에 대한 회신(Reply)은 되는데, 내가 다시 메일을 보내려고 하면 Block이 되어 있다. 보험회사 클레임 처리 담당자의 메일 현황이 이러니, 그 보험회사가 잘될 리가 없을 것이다. 한국이라면 바로 망할 텐데, 미국이라서 안 망하는 모양이다. 살기 힘든 미국이다.

우여곡절 끝에, 교통사고 이후 나의 치료 경과와 현재 상태를 전달하고, 'Revised offer를 보내 달라'고 했더니, 담당자로부터 '상해보상금 $500에 합의를 못 해주겠다면, 의료비 청구서, 병원 기록 등 서류를 보내 달라'는 연락이 왔다. 서류를 챙겨 보냈으나 계속 연락이 없었다.

사고가 난 지 4개월이 지난 2019년 2월 5일에 상대방 보험회사로부터 우편으로 메일이 왔는데, '내가 청구한 렌트카 비용($950)은 물어줄 수 없고, 재산 피해액 $709에 합의하자'는 내용이었다. 무슨 뜻인지 알 수가 없고, 또 그 동안의 치료비(Chiropractic Care Bills)에 대해서는 아무런 언급이 없는 것도 이해가 되지 않았다. 나는 '상해보상금 $500에 동의할 수 없고, 렌터카 비용이 빠진 재산 피해액 $709에도 동의할 수 없으며, 렌터카 비용과 치료비를 주지 않으면 어떠한 합의도 하지 않겠다'고 회신을 보냈다.

2월 말에 내 보험회사에서 전화가 와서 재산 피해액 $709이 렌터카 비용과 같은 의미라는 걸 알게 되었다. 한국어 통역이 붙었는데, 그녀의 능숙한 영어에 감탄했다.

3월달이 되어서, 상대방 보험사에서 $1,000에 합의하자는 편지가 왔다. 회신을 하지 않고 있으니, 며칠 후 전화가 왔다. 이때도 통역을 붙여 달라고 했는데, 이 통역의 영어 실력은 나보다 못한 것 같았다. 그들의 주장은 '붙여 달라고 치료한 목과 허리는 교통사고와 관계없으니 치료비를 물어줄 수 없다'는 것이고, 나는 '목이 아픈 것이 머리 아픈 것에 연결되어 있는 것이고 어쨌든 치료를 한 것 아니냐?'라는 것이었다. 나는 전화로 얘기하는 것이 서로를 이해하기 힘드니, 메일로 얘기하자고 요구해서, 이때부터는 메일로 서로의 주장을 수없이 주고받았다.

사고당한 지 5개월이 넘었다.

보험회사와 싸우는 것 자체가 또 다른 스트레스이고, 머리가 아픈 이유였다. 결국 나는 포기할 수밖에 없었다. 치료비를 내 건강보험에 청구하도록 하고, 상해(Bodily Injury) 보상금 $1,000과 재산 피해액(Property Damage) $709에 합의했다. 미국, 참 불편한 나라다.

Amazon(아마존)

Amazon.com에서 Probiotics라는 유산균약과 Night Guard라는 치아 보호용 Piece를 구매한 적이 있었는데, 한 달이 지난 후 똑같은 물건이 다시 배송되어 왔다. 확인해보니 실수로 매월 정기적으로 구매하는 것으로 처리된 것 같았다. 물건을 반품 처리하고 구매를 취소시켰다(사용해 본 사람은 알겠지만, 구매를 취소시킬 수 있는 기간이 정해져 있어 아무 때나 취소가 되지 않는다).

하여간 취소가 제대로 이루어졌는지, 더 이상 배송되어 오지는 않았다.

어느 날, 멕시코 여행을 다녀온 뒤에 온라인으로 Visa 카드 계정에 들어가보니, 두 건 $72 정도의 돈이 Amazon Bookstore로 빠져나가 있었다. Amazon에서 책을 산다는 것은 상상도 할 수 없는 일이라, 멕시코 여행 중에 Visa 카드번호가 유출된 것이라 생각되었다. 즉시 Visa 카드 회사에 전화를 했더니, 기존 카드는 정지시키고 새 카드를 발급해주겠다고 했다. 카드를 갑자기 못 쓰게 되니, 카드로부터 자동 이체되는 쓰레기 수거비, 인터넷 사용료, 전화비 등등 바꿔야 할 부분이 복잡했다. 이틀 간에 걸쳐 모두 조치하고 Apple iTunes 사용료($0.99/월)는 방법을 몰라 포기해버렸다.

이틀 후, 느닷없이 Amazon에서 우리 집으로 뭔가를 배송했다고 메일이 왔다. 확인해보니 두 달 전에 구매를 취소했던 Probiotics와 Night Guard였다. 지난달에는 분명히 오지 않았는데, 세상에 이럴 수가 있나? 한 달이 지나니까 매월 자동 구매가 되살아난 것 같았다. 다시 반송 절차를 밟았는데, 돈을 환불받아야 할 Visa 카드는 이미 폐기처분 한 뒤여서, 예전에 만들었다가 지금은 사용하지 않는 Amazon 계정으로 환불받기로 했다.

이런 복잡한 절차를 거치는 3일 동안 짜증이 많이 났는데, 마지막으로 생각난 것은 Amazon Bookstore로 인출된 돈이 Probiotics와 Night Guard 값이라는 것이었다.

왜 구매 취소된 것이 두 달 만에 되살아났고, 그 돈이 왜 또 Amazon에서 책 구매한 것으로 됐는지 도무지 이해가 안 된다.

허탈하다.

미국, 참 불편한 나라다.

일범의 비범한 인생 이야기

초 판 1쇄 2021년 10월 27일

지은이 손영징
펴낸이 류종렬

펴낸곳 미다스북스
총괄실장 명상완
책임편집 이다경
책임진행 김가영 신은서 임종익 박유진

등록 2001년 3월 21일 제2001-000040호
주소 서울시 마포구 양화로 133 서교타워 711호
전화 02) 322-7802~3
팩스 02) 6007-1845
블로그 http://blog.naver.com/midasbooks
전자주소 midasbooks@hanmail.net
페이스북 https://www.facebook.com/midasbooks425

© 손영징, 미다스북스 2021, *Printed in Korea*.

ISBN 978-89-6637-971-2 03810

값 35,000원

미다스북스는 다음세대에게 필요한 지혜와 교양을 생각합니다.